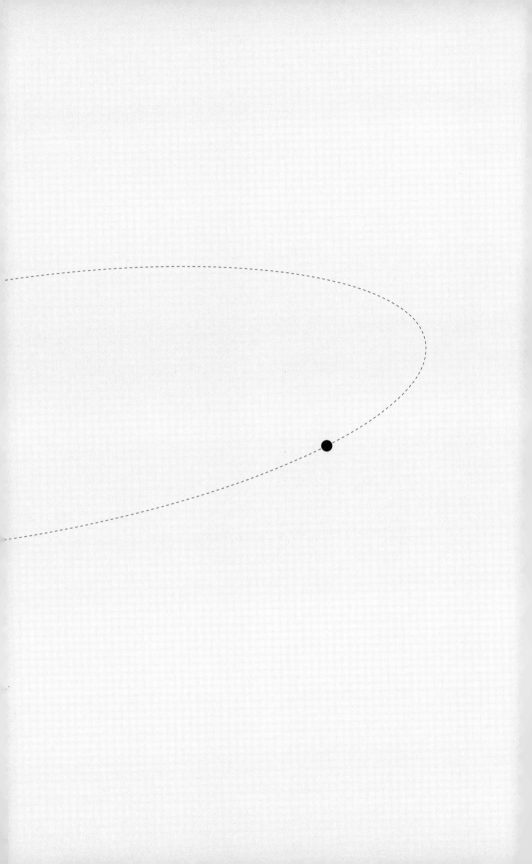

刁斗 著

圣婴

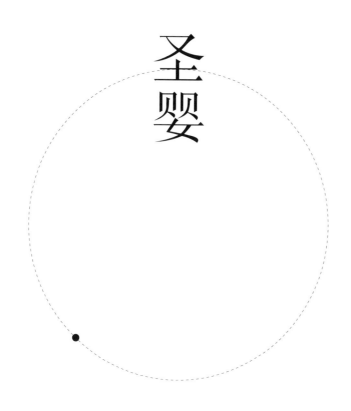

作家出版社

刁斗

　　一九六〇年出生，一九八三年毕业于北京广播学院，曾当过新闻记者和文学编辑，现专事写作，居住沈阳。已出版的著作单行本有：诗集《爱情纪事》，随笔集《一个小说家的生活与想象》，长篇小说《私人档案》《证词》《回家》《游戏法》《欲罢》《代号SBS》《我哥刁北年表》《亲合》，小说集《骰子一掷》《独自上升》《痛哭一晚》《为之颤抖》《爱情是怎样制造出来的》《重现的镜子》《实际上是呼救》《情书考》《出处》，另有被译为法语和英语的六本小说集在海外出版。

乐羊为魏将而攻中山。其子在中山，中山之君烹其子而遗之羹，乐羊坐于幕下而啜之，尽一杯。

　　　　　　　　　　　　　　　　——《战国策·魏策》

　　希律见自己被博士愚弄，就大大发怒，差人将伯利恒城里，并四境所有的男孩，照着他向博士仔细查询的时候，凡两岁以里的，都杀尽了。

　　　　　　　　　　　　　　　——《圣经·马太福音》

目录

卷一 进化论

1

只能假设，那时就有了看的眼睛和听的耳朵——

首先出现的，是微光一闪与薄烟一抹，其光潦草，若隐若现，其烟清淡，似有还无；紧接着，就响起了"噗"的一声，或"啪"的一声，或"呼"的一声，或"咚"的一声，或"咔"的一声，或"吭"的一声，或"哐"的一声，或者，"噗""啪""呼""咚""咔""吭""哐"之声此起彼伏连绵不绝，交汇成一串串一阵阵一片片……总之吧，伴随着某种超乎想象的、用任何象声词都难以形容的巨大声响，那个隐晦的点，那个幽暗的点，那个很可能比篮球场还小、比篮球架还小、比篮球筐还小、比篮球还小、比巴掌还小、比拳头还小、比指甲还小、比指甲上一处肉眼几乎看不见的纹理还小的点，那个或圆或方、或椭圆或长方、或看不出形状根本就不体现为形状的点，那个仅大于零或等于零的，所谓的奇点，不可思议地就爆炸了，朝向所有的方向——爆！炸！了！

在那之前没有空间，没空间自然没有方向，这里我提早言及方向，只是为了方便表述。事实是，零的爆炸无法向内，只能向外，既然向外，与爆炸同时出现的，便必然是由方向拓展的空间，和被空间规范的方向。也就是说，顶多在理论上，方向可能滞后于爆炸。那个奇妙的虚有之点爆炸之后，立刻携带着超过一百亿摄氏度的热量，疯狂扩张恣意膨胀。须臾间，便开辟出一个广袤的实在，仿佛一滴空气都能托住的垂涎的口水，竟只用去眨眼工夫，就泛滥出无数条天际的银河。如果把眼睛再多眨几次，眨上几十次几百次，那个广袤实在的生动雏形，也就脱胎换骨地彻底完成了：既无边无际没遮没拦，又具体而微细致精密，把空间、时间、物质、能量，把雾气弥漫和尘埃纷纭，把基本粒子和化学元素，把合成与衰变，把生与死……都一股脑地创造了出来。

这个被一股脑地创造出来的大家伙，名叫宇宙。

道生一一生二二生三三生万物。

偌大的宇宙来之于一点，而这尺度为零的虚有之点，此前又并不存在于时空之中，只是好多年前，在有我之前，有我们之前，有盛英和盛大庆高小波以及他们的父辈祖辈祖宗辈之前，有中国和印度和埃及以及其他文明之前，有人之前，有人科动物之前，有哺乳动物之前，有脊椎动物之前，有棘皮动物节肢动物刺胞动物之前，有海绵扁虫水母之前，有花草树木和地衣苔藓和藻类之前，有氧气之前，有细菌之前，有细胞之前，有地球磁场和臭氧层之前，有雨和雪之前，有海洋和火山之前，有地球和太阳之前，有银河系和河外星系之前……在大约一百三十七亿年以前，这玄奥的一点，这神秘的一点，这匪夷所思莫名其妙的一点，不知基于偶然还是必然，突然间，便烟熏火燎地发生了爆炸。于是，我们现在已知的一切方陆续出笼：各就各位，各司其职，各行其是。这，就是对宇宙大爆炸理论的基本描述。

宇宙大爆炸理论貌似离奇实则中肯，与其他宇宙模型相比，能说明较多的观测事实，发展到二十一世纪，已获得大量研究成果的充实与支持，为科学界所普遍认同。但我们慎重，对它，既不赞成也不反对。

我们不赞成它，并非因为它也有对我们不利的方面。比如，它在推演宇宙开始的同时，也预见了宇宙结束——至少，结束是宇宙的结果之一，而肯定是地球的唯一结果。如此，能量无穷的宇宙都可能有结束之时，我们，便当然也有消亡之日。可我们期望永恒，就像人类期望成仙得道，进入天堂或轮回再生。我们的永恒，比之人类又进一步，不需要死一下再进入天堂或轮回再生。我们没有自然死亡，如果死，只能是个刻意的结果，也就是说，正常情况下，我们的出生即为永生。可是，大爆炸理论让我们的永恒说成了谎言，让万寿无疆永远健康的说辞成了愚民的蛊惑，不望长久远，不推测太阳的能量耗尽之时，只看眼前，了解一下它对我们的告示提醒，也足以否定我们比海市蜃楼逼真的愿景。我们赖以栖身的地球，这太阳系中唯一拥有生命的天体，不仅不是高枕无忧的伊甸园桃花源，其危机灾难存在的几率，比之于大爆炸理论问世之前，竟不知又高出多少倍来：难道那些人体炸弹般的彗星流星小行星们，过去只喜欢挑衅水星金星或火星木星，从近期开始，才有了兴趣向地球发难？接受这种结局假定，是痛苦事，但理性地面对大千世界，不打折扣地尊重科学、尊重规律、尊重道，又是我们的思想原则。好在，说毁灭是生存的又一种形式或另一个阶段，也非完全强词夺理，而说宇宙之外还有宇宙，并且，那宇宙很可能达到了十的五百次方那么多，也与说山外有山天外有天一样，已不仅仅是比喻象征。

是的，那十的五百次方个沙数宇宙，各自拥有不同的定律，但我们却相信，生命的大循环理论，绝不只孤零零地在推导理论的公式内部自我循环，那些遍布所有宇宙的、以不竭精力游荡着的、作为生命基本元素的碳原子、氧原子、氮原子、氢原子……其随机的、率性的、不断重新组合的轨迹，终将在科学智慧的影响之下，变得有法可依有迹可循。即使地球不再宜居，它们也会友好慷慨地，在这里或那里，为我们辟出温馨的家园。我们是地球的孩子，也是宇宙的孩子；我们是"这个"宇宙的孩子，也是其他宇宙和所有宇宙的孩子。所以，对大爆炸理论我们不表示赞成，绝不是因为我们狭隘，而是我们严谨的天性，没法不让我们像所有关心宇宙起源的智慧生命那样，怀着强烈的好奇叩问一声：大爆炸之前的情形怎么样呢？具体地说，就是在那爆炸为宇宙的一点爆炸之前，那个被压缩和凝结为零的奇点，它是否也需要某种存在的方式。如果需要，它存在的方式是什么呢？这就好比，在人类中，针对上帝造人的设计说，即使在宗教蒙昧最深重和宗教迫害最严酷的时代，也会有人举手发问：如果人类出于上帝的创造，那上帝又由谁创造呢？

我们相信我们高级，尤其将来，进化为真正意义上的超人以后，我们所拥有的更先进更完善的神经结构和细胞组织和循环系统，我们所具有的更强大更高效的社会化能力，都会比声称自己是万物之灵长宇宙之精华的人类高级许多；但我们同样承认，再高级的物种也有经验局限，再成熟的生命也有想象盲区。有局限的经验和处于盲区的想象，都容易生成残缺的认知，而残缺的认知，自然没法养育绝对的论断。况且，无论我们如何高级和优秀于人类，毕竟还是人类的寄生物和衍生品，在一个相当长的时段里，在许多方面，我们还得借助人类的文明成果完善自己。所以，眼下，我们仍无力建立更有说服力的宇宙起源学说，只能参照人类的认知，来理解广袤寰宇与浩瀚时空。这便是我们也不反对大爆炸理论的主要理由，而次要理由，即大爆炸理论关于无序必然走向有序的后续说法，关于熵增定律之后又有耗散结构理论的推演，则已经发育成了我们的核心价值观念，成了支撑我们为这一抽象事业永恒奋斗的具象理想，每念及它，我们都会被神圣感洗礼，被使命感冶炼，让信仰获得更牢固的依凭。大爆炸理论说，大爆炸后，宇宙中充满了雾气和尘埃，它们没有方向漫无目的，轻柔地游荡又凶猛地冲撞，很像苍蝇、蚊子、蝲蝲蛄、扑棱蛾，很像无数怔呵呵又傻呼呼的无名昆虫，在夏夜路灯梦幻般的光区里盲行蠢动。可慢慢地、渐渐地、缓缓地，无序的它们归顺于引力，引力把它们纳入了有序，使盲行和蠢动臣服于规律。引力就是造物，至少是造物的左膀右臂，它设置原则制定轨道，组织起浓度不同的雾气和体积不一的尘埃，帮它们彼此吸引或者排斥，让它们互相毁损或者凝结，在这里聚沙成塔，到那里集腋成裘，把星系、星云、星团、星斗，把所有复杂的天体都结构起来，让它们在不可思议的宇宙中美妙地运转，神奇地演化，以其生生不息的活力，展示希望，预设奇迹，创造未来。

这多好呀！

当然，我们还承认，巨观明晰，微观混沌，这是对有序与无序的辩证表述。

2

高小波肚子里揣上盛英，是揣上后来分娩出盛英的那枚受精卵时，她二十一岁生日刚刚过完，时间为一九六〇年四月五号深夜至八号凌晨，即农历庚子鼠年的三月初十至十三。几十年里，高小波坚持不过生日，理由是她生在清明鬼节，而在鬼日子里庆生会亵渎神明。别人都说，没你那么算日子的，要么算阴历要么算阳历，哪有算节令的。可高小波倔，认死理，在过生日这件事上，她只认每年的清明鬼节与她有关。她生于一九三九年四月六号，农历二月十七。一般年份的清明都四月五号，几十年不遇的，才能赶上回四号或者六号。一九三九年就六号清明。一辈子里，说到自己生日，高小波喜欢只提清明，倒好像她生于五号。

一九六〇年四月五号清明节，高小波自认为满二十一岁这天，大部分的白天都细雨淅沥。偶尔有几声或远或近的哭嚎之声经细雨切割零碎地传来，不论清晰还是模糊，抑或强劲还是微弱，一概像走过场的应付与敷衍。

从上午十点到晚上八点，鬼祟的盛大庆一直没守在高小波身旁。先是雨最大时出去一趟，不知多久后又冒雨回来——只回到灶屋没回正屋，然后再出去再回来，再出去再回来，直至天黑。天黑之后雨也停了，但密集的阴云仍像苫布，截住了天上的星辉月色，也遮住了地上的灯光灶火。盛大庆又摸黑出去一会，再回来，就以各种锅碗瓢盆的杂沓声音通知高小波，他已扎根于灶屋里灶台旁。高小波没叫他。有几次，她想叫他，想对他说，早上喝橡子面粥时，她说的是气话，她并不后悔当他的女人。当时她之所以对着那碗并不比水稠多少的粥发了通脾气，还提程伟，说嫁给程伟就饿不死了，饿死也能有地方埋，只因她想到了名分问题。名分即归宿，归宿即归属：她是成年女人，总得属于某个男人，这样，死后才成不了孤魂野鬼，才有资格被埋入某块具体的坟地。现在，归属问题已提上日程，因为她看到了死神在招手，她断定，这个春天她过不去了。濒死的高小波渴望妻子的名分，关心埋骨的坟场，可躺在盛大庆家古迹遗址般的破火炕上，除了尚有资格呼吸的空气，她一无所有。不过，当时她发脾气，倒让盛大庆欢喜得不行，像条小狗得到了宠幸。你缓过来了死不了了，盛大庆把屁股撅起来说，骂完你再打我一顿。高小波道，放屁，你要累死我呀！我这叫回光返照。她浮肿的圆脸又白又大，的确闪烁着晦暗的青光。后来盛大庆就退出了正屋。可盛大庆一离开她的视野，她又想立刻叫他回来，尤其是盛大庆走出房门院

5

门不知去向时，她都想推开窗子冲远处喊了。她想让他守在身边，听她告诉他，其实她心里非常知足，在她生命的最后时刻，两人能朝夕厮守，当孤魂野鬼也甘心了，所以，她抱怨他，只是在以扭曲的方式表达快乐。但张好几回嘴，她也没冲灶屋叫他或朝院外喊他。她没力气，也不好意思儿女情长，更主要的是，她一张嘴，便会有酸腥的黄绿汁水涌出口腔，而它们，皆由这些天盛大庆喂她的食物消化而成，她得确保它们尽量久一点留在体内。好几天了，她撒尿都节俭、拉屎都计划、膀胱里的尿大肠里的屎和胃里的汁水，全都是她活命的保证，她不敢轻易浪费它们。

就这样，正屋里的高小波和灶屋里的盛大庆，十来个小时没怎么说话。盛大庆的问候若间或传来，高小波只作简单应答，倒好像她仍在赌气。直到不知疲倦的墙上的挂钟，慢条斯理地敲响了八下。

并非八点意义特别，而是恰好八点，盛大庆忙完了手上的活计。他由灶屋来到正屋，嘴里边，有备而来地哼着"喀秋莎站在峻峭的岸上"，情绪好得令人费解。他的意图十分明显，要以歌曲旋律的轻松欢快掩饰他的手忙脚乱，更要掩饰他脸上的苦楚以及恍惚。小波小波，精神精神。盛大庆把双手托着的面板放炕上时，又下意识地顿了一下，就好像他想把送来的食物再收回去。他没收。他目标准确地，把热腾腾的、放多了盐的、形如烙饼的肉馅野菜包子一点点喂进高小波嘴里。待高小波抖颤着双手自己吃时，他又变魔术一样，不知从哪摸出小半瓶白酒。你大口吃，抿一点……暗影里，盛大庆那张讨好的笑脸上，游移的目光一闪一闪，像某种找不到巢穴的动物幼崽，胆怯地、试探地、小心翼翼又焦灼不安地，在高小波脸上寻觅落脚之处。高小波吃个包子又喝口酒，重新找回了说话的力气，她说——可没等她声音滑出喉咙，盛大庆就声音表情都郑重起来：小波，小波，我衷心祝你——哈，快乐……显然，盛大庆里出外进地忙活一天，就是为了她的生日。他记得她生日，可又没提生日犯她的忌讳。这就是盛大庆让她迷恋的地方，他比她认识的任何男人都温柔细腻得体。高小波嗔怪地笑了一下，笑中的羞涩驱逐了凄凉。她顺着盛大庆扶她的胳膊，朝盛大庆怀里依偎过去。大庆，你也吃吧……她脸上的眼睛鼻子嘴，重新现出了应有的轮廓。此前，由于面部浮肿和没有表情，她眼睛鼻子嘴是不存在的，或虽然存在，但被庞大的面孔掩埋了起来。

这天晚上，跨进二十一岁门槛的高小波始终高兴，她一会问这肉和白面哪淘换的，一会又问现在地里的蚂蚁菜或苦苦菜发多大芽了，但每次都不等盛大庆把含糊的解说编排周延，她就又把形如烙饼的肉馅野菜包子朝盛大庆嘴里塞，让咀嚼帮他获得时机转移话题。在那之前，盛大庆光喝酒，吃干萝卜皮。干萝卜皮比皮带还韧，很难顺利滑下食道，这样，他对包子的拒绝就没法坚决，尤其是，高小波都嘬嘴了，说你不吃我也不吃，他才艰难地吞咽起来。高小波以为他舍不得吃。他知道她倔，倔人以自虐的方式虐待别人。盛大庆就也分享了味道古怪的生日包子。高小波的高兴完满起来，以至于，四十分钟后熄灯睡觉时，她主动邀盛大庆上了她身子，还好几分钟里一直配合。身子没配合光声息配合。不过盛大庆看得出来，高小波身子没配合他，只是因为太虚弱了，如果不虚弱，如果还有气力，她身子也肯定能配合他。在那之前，在他们住到一起的二十几天里，盛大庆一次也没敢要她，暗示过但遭了拒绝。高小波一直是具喘气的尸首。可四月五号晚九点后，差不多连续五十小时，高小波通过声音配合着盛大庆共交欢三回。有一回，还用身子配合了他，是配合一半。她先把盛大庆搂紧夹紧，一阵阵抖，然后与盛大庆掉了个个，翻身爬到盛大庆身上。是因为虚得没力气蹲，连坐盛大庆身上都不稳当，她才歉疚地嘟哝句什么，稀泥般地又瘫下来，任盛大庆重新呼呼哧哧地压到她身上。她在底下光咿呀呀。

可以想见，高小波的排卵期，恰好重叠在这连续交欢的五十小时里。盛大庆在三度交欢中，共射三泡精子约十亿枚，平均一泡三亿多点，其中与高小波排卵时间最接近的那泡中的三个多亿，成了主要的种子选手，供高小波所排的卵子选择取用。

把时间前推几个小时，可以看到，最初，那泡种子选手从盛大庆阴茎里突围之时，虽然为数众多声势浩大，却一点也不恢弘壮观，只像一个误打误撞的乌合群体被笼络起来，制造万众一心众志成城的恫吓效果。但神奇的女性生理机制不怕恫吓，很快，在高小波腹腔里边，由阴道口到子宫颈，严防死守的筛选工作层层展开，那些没头苍蝇般胡乱游弋的乌合之众纷纷阵亡，即使成千累万目标明确的健全个体，也只能以尸身狼藉的惨烈殉自己的理想，最后的闯关成功者，不超过寥寥的亿分之三五。那亿分之三五枚幸运儿，虽然经历了百般挑剔，也还是不敢有半点松懈，它们一进入高小波山高水长又山清水秀的漂亮子宫，就急迫稳健地扎好营盘，埋伏下来，以休眠的状态积蓄能量，等待卵子的最终召见。必须承认，直到这时，这些硕果仅存的精子才耐看一点，它们显示的强悍和展览的俊逸，证明着它有多优秀，证明着，它们是精英精子或精子精英。然后，终于，决定性的时刻就来到了，从高小波卵巢里，冲出一枚发育成熟的漂亮卵子，它羞涩地，但也欢快地，沿输卵管那条狭窄的"V"形通道闪亮登场，停留在相对宽敞的壶腹部位，以袅袅飘散的魅惑气息，向它的候选者发出召唤。这时，那强悍俊逸又绅士风度十足的十几枚精子，已结束休眠，经过短暂的骚动和躁动，正同时振奋起斗志，抖擞起精神，难免有些虎头虎脑和毛毛糙糙地，对召唤它们的卵子做出回应，箭镞般地向它扑去。但高小波排出的那枚卵子，对欲献身者要求苛刻，标准高到了残忍的程度，它不仅对数亿乌合精子的批量死亡无动于衷，对精英中多数成员的功败垂成也不怜惜。它顽固、执拗、决绝，只允许精英中的精英与它媾合。竞争和运气，共同把精英中的精英造就了出来。那十几分之一精英中的精英异常兴奋，它纵身腾跃，奋力前游，以它特殊出色的警觉、强健、机灵、敏捷，抢在其他精英伙伴之前零点零零零零几秒，身子一耸尾巴一摆，既轻盈麻利又势不可挡地，刺破并进入了那枚卵子。如同不可思议的宇宙大爆炸的骤然发生，神奇的生化效果，也迅速把一只将要诞生盛英的胚泡生成了出来，在耸动的纤毛和蠕动的肌肉的帮助之下，这枚胚泡的分裂和运行同步开始，很快，它就占领了子宫实现了着床。

但在盛大庆与高小波间隔不长的三回交欢中，究竟哪一回射出的精子成就了胚泡、成就了盛英、也成就了我呢？除了我，盛大庆高小波以及盛英都不知道。不知道比知道正常。况且，知不知道也不重要，重要的是，半个月后，也就是一九六〇年四月二十一二号时，高小波一向来去规律的月经没有出现，再下个月，还有再下个月，以及很多个再下个月，她月经始终丑媳妇不敢见公婆那样拒绝露面，直到一九六六年八月

8

十八日上午，她顺利产下盛英，然后，又哺乳盛英大半年后，她久违的月经才再度来潮，还比较汹涌。

嗨，这东西又来了，你又能怀孕了！蹲在高小波裆下，盛大庆望闻问切了一番之后仰头宣布，额前的头发都蹭上了血。染血的头发乌黑油亮，不红。

高小波的眼泪淌了出来，说原来我还不算老女人呀。她本以为，能熬过饥饿已算万幸，并不敢奢望再像以前那样，有点得意地抱怨月经累赘。

高小波不老，从哪个意义上说，刚过完二十八岁生日的她都算年轻女人。二十八岁的年轻女人高小波和同样年轻的三十一岁男人盛大庆都反常地，反绝大多数中国人之常地，喜欢女孩，很希望在盛英之后再生个女儿。可从二十八岁起，直到四十九岁断经，五十三岁死了丈夫，五十四岁以后的六七年里，又先后交往过三个男友，四十年里，高小波平均每周性交零点三次，而早期的十多年里，除了来月经那三四天，与盛大庆更是夜夜云雨，甚至一夜都不止一次，完事之后，还总要练杂技做瑜伽一样，拱腹收阴拿大顶，让流进阴道的亿万精子，几乎倒灌进腹腔胸腔乃至口腔。可是，新的胚泡拒不现身，她子宫一直空空荡荡。

怀不上也好，她自我安慰道，省得再挺个大肚子上班，太遭罪了。她偎在盛大庆怀里并和盛大庆一起偎在一张小单人床上这样说话时，在她子宫里赖了六年多的盛英都快上小学了。这时，即将成为小学生的盛英正匍匐在另间屋子的双人床上，借着从窗玻璃照进来的明亮月光，盯着身旁熟睡的翠翠。女孩刘翠翠将近三岁，可她身量大体态壮，倒好像比蜷缩的盛英不小多少。她背对盛英，侧身躺着，滑腻的小屁股像饱满的倭瓜，安适地贴着盛英的肚皮。她的充分的安全感，由她那只搭在身前一坨乳房上的手传导而来。那坨平摊在翠翠掌中的乳房铺陈为弧形，像一只黑眼仁偏小的硕大的眼白，既朝向翠翠也朝向盛英。它的主人高小澜，是翠翠的妈妈盛英的小姨。高小澜的双手都夹在裆间，仿佛特意捂着阴毛，间或发出小小的鼾声，似乎比女儿睡得还香。其实，睡得最香的是刘金富，他睡在床外侧，与妻子高小澜近与盛英远。他甩开四肢，仰面朝天，呼噜声起伏得韵味十足，像催眠曲又像起床号。和其他三人一样，他也溜光一丝不挂，不一样的是，他身体中间有根阴茎，粗壮、魁梧，呈七八十度锐角斜向站着。盛英身体中间也有阴茎，但又细又小也没站着，更不成角度，只是缩头缩脑地纠成个小团。盛英对自己的和小姨夫的阴茎没有兴趣，对小姨的乳房和阴毛也没兴趣，对表妹贴着他肚子的圆屁股同样没有兴趣。他的兴趣，集中在表妹翠翠的头部。他对她头部上方那片脆薄的太阳穴，以及下端那弯细嫩的脖颈，充满一种探究的热情。表情冷峻而又瘦小枯干的他很想知道，要一招毙命地杀死翠翠，应该从她太阳穴下手呢，还是脖颈？

3

　　一九六六年八月十八日的北京是个好天，这从凌晨时分缀满夜幕的稠密星斗上就看得出来。凌晨一点，在统一指挥下，比天上星斗还稠密的人流从四面八方会聚而来，无孔不入又秩序井然地塞满了整个天安门广场。广场正中最前方，是高举《第一张革命大字报》模型的北京大学红卫兵，广场正前方依次排列的红卫兵方阵，除了来自首都各学校，也有些来自其他城市：上海的、天津的、武汉的、广州的、哈尔滨的呼和浩特的乌鲁木齐的……被安置在天安门城楼两旁观礼台上的人，则是各界代表。台上的代表人物不愧为代表，其自我约束能力，比台下的非代表强了许多。他们身边，空间密度比台下小，席地而坐是有条件的。可他们不搞特殊化。广场上，好多红卫兵已站不住了，没缝也插针地瘫倒在那些还站得住的同伴的脚下，像喊冤的群众抱领导腿。代表人物不模仿喊冤的群众，只效法被抱腿的领导，坚持以麻木的双腿支撑身体，顶多为了借点外力，彼此之间搂搂抱抱——是男男或女女间彼此搂抱。也有个别支撑不住的，会短暂和羞愧地塌下身子，或坐或蹲小憩片刻。但不论他们坐与蹲的时间多短，为坐与蹲表示出怎样的歉意，都要挨白眼、受批评、听呵斥，甚至会被人有意无意地踢一脚掐一下。天亮后，踢一脚掐一下的事才没有的。
　　天是五点彻底亮的。所谓彻底，是指五点钟时，太阳冉冉升了起来。这是一个特殊的时刻。不是太阳升起有什么特殊，早上出太阳是晴天必有的自然现象，没什么特殊；此时特殊，是因为在冉冉朝阳的衬托之下，一身戎装的中国最高领导人毛泽东，也在一个年轻女军人的陪伴下出现在了晴朗的早上。毛泽东喜欢熬夜办公，通常早上要睡懒觉，五点钟常常刚进梦乡。太阳是从天安门高耸的东檐角升起来的，全广场的人都能看到，可毛泽东出现在天安门城楼下的金水桥时，竟没人看到他来自哪里，至少万分之九千九百九十九的人，没能看到他现身的过程。他们只看到，含蓄的林彪和机敏的周恩来像两个尖兵，先悄然出现在金水桥上，紧接着，由年轻女军人陪伴的毛泽东就也出现了，并带动着惊讶骚动还有沸腾，也出现了。微笑。握手。招手。扬臂跳跃。呼喊口号。又哭又笑。这之后，只要角度和距离适宜，大部分人就都看到了，毛泽东如何走下金水桥，又怎样上了天安门城楼。

所谓看到，也只能取个大概的意思。与诸动物比，人的视力就中等偏上，比老鼠强，没狮子好，把自身那么大的目标当成看的标靶，一两百米开外，也就能看出个肢体的轮廓。哪是胳膊腿倒分得清楚，脖子上有脑袋腰以下有屁股也还明显，可五官却模糊一团，甚至，光裸的圆脸上只一片白，根本就没有口鼻眼睛。看人不就看五官吗？看不见五官算看到吗？广场上看毛泽东的人有数十万上百万，最远的，距他大约有两千米。当然，稍后，即使距他两千米的，也有机会作为数十万上百万的一分子，在能看清他五官的距离内，走过长安街接受他检阅。但一走一过地扫描与长久驻足的凝望，效果和感觉并不一样。

在这种时候，当代表的好处就体现了出来，可以簇拥在毛泽东周围，不仅看得清他的五官，幸运的、有福的、视力好的，都分辨得出他下巴左侧那颗圆痦子上，是否长有几根毛毛。当然，这些代表，并不是观礼台上的各界代表。观礼台上的各界代表达一两万人，虽然比广场内外的百万之众幸运有福，但也只够格看清毛泽东五官；真正幸运和有福的，是一千五百个半大孩子，作为各地的造反先锋红卫兵代表，他们可以登上天安门城楼，与含蓄的林彪和机敏的周恩来一样，与惶惑的刘少奇和明媚的江青一样，与优雅的陈伯达和安静的邓小平一样……站在可以与毛泽东比肩的同一平面上，检阅广场上与长安街上的幢幢人影。而代表里，最为幸运和有福的，当属北京师范大学附属女子中学的学生代表宋彬彬。北师大女附中是贵族学校，许多学生系皇亲国戚，即使学习一塌糊涂，入读北大清华也没什么困难。宋彬彬的爸爸叫宋任穷，时任中共中央东北局第一书记兼沈阳军区第一政委，在沈阳工作，就在他女儿荣幸地登上天安门城楼，与毛泽东比肩于同一平面的不久之后，这个东北地区的最高首脑，便成了众多他女儿的同龄人以及年龄大于或小于他女儿的工农兵学商们所树立的靶子，被批判得狗血喷头，被斗争得屁滚尿流。当时，他与他的几个副手，马明方、顾卓新、喻屏、徐少甫，被合称为"宋马顾喻徐"，沈阳人最响亮的革命口号之一就是：打倒宋马顾喻徐，誓死保卫毛主席。盛大庆和高小波也按要求参加过几回针对他们的斗争大会，听人们总把打倒他们与保卫毛主席放一块说，有一回，高小波似乎若有所悟，就发现了新大陆一样对盛大庆喊：我知道了知道了知道了！是不，宋马顾喻徐想暗杀毛主席？吓得盛大庆几乎尿了裤子，说姑奶奶呀，你以为这是《秘密图纸》《羊城暗哨》吗？这种事你闹不明白，就别瞎议论行不行呢？那天的批斗大会，开在东北局大院外北陵大河右岸的绿草坪上，空间开阔声音嘈杂，即使高小波以再大的音量议论什么，也不可能被别人听到。高小波不屑地斜了盛大庆一眼，然后想想，为加强不屑的效果，又从脑袋里的词汇库中，选了个书面化的贬义词配合眼神：弱不禁风！盛大庆被"弱不禁风"给逗笑了，可那笑，比哭难看。

真正看上去弱不禁风的，是能笑出一派璀璨的眼镜女生宋彬彬。然而，体貌上的弱不禁风，并不影响意志品质上的硬如铁石。作为一名小小的造反头目，多日以来，她一直在有效地组织和领导学校里的造反活动，就在十多天前，在全中国最大的造反头目毛泽东写出《炮打司令部——我的一张大字报》前后的那个时段，她这个女中豪杰的多名属下，刚把另一个叫卞仲耘的女中豪杰活活打死——卞仲耘能以党总支书记兼副校长的身份长期为贵族子弟提供服务，足以见得，出任女中豪杰她资质不差。

宋彬彬是把一条"红卫兵"袖章戴上毛泽东左臂时，得到机会与毛泽东对话的。宋任穷的出生地是湖南浏阳，与出生地为湖南湘潭的毛泽东算挺近的老乡，北京姑娘宋彬彬听得懂父亲的家乡话，对毛泽东浓重的乡音就不会陌生。

你叫什么名字呀？

宋彬彬。

文质彬彬的彬？

是。

要武嘛。

两天以后，更名"宋要武"的宋彬彬在《光明日报》发表《我给毛主席戴上了红卫兵袖章》的重要文章，通篇表达的，是崇暴尚武的腾腾杀气，《人民日报》全文转载。再以后，好多年后，北师大女附中的造反代表宋彬彬又成了母校建校史上的才俊代表，这时，她已习惯了怀揣美国户口回祖国逡巡。一晃又是几年以后，在缺少忏悔习惯和少有认错勇气的中国人中，久浸西方文化的她，又不先不后地带了个头，于某个不太寒冷的冬日回到母校，就她在文化大革命中批判过老师表示歉意，并同时声明，她从未更名"要武"，也从未写作和同意以她的名义发表《我给毛主席戴上了红卫兵袖章》这篇文章，她还说，卞仲耘之死与她无关，如果有关，也只是她阻止凶手施暴的努力未能奏效那么种关系。

这是后话，不提。要提的是，这时的我一阵阵抽搐，就好像，有电波正源源通过我身体，刺激得我没法平静。这是我宿主身上的降生感应波，正准确又适时地传递给我，我毫不费力就读懂了它，我知道，我那自由自在无忧无虑的预备期生活，结束的时候已经到了，我得回去了。回到沈阳，回到位于沈阳市皇姑区北陵大街一段一里24号的沈阳铁路医院皇姑门诊部，回到高小波收缩得越来越剧烈的子宫里，回到盛英体内，回到一个生命的真正起点，等待着片刻之后，与盛英这个宇宙一同"爆炸"。

师傅，咱们——得走了吧……

我所收到的降生感应波，我师傅同样也能收到，甚至对我的情况，他了解得比我更多，至少在我的预备期里应该这样。处于预备期的徒弟，可以被视为未成年的监护对象，没有行为能力，也不必担负行为责任，如果出了纰漏犯了错误，需要批评或者惩处，那笔账，有百分之九十也得算到师傅身上。我把预备期定义为自由自在和无忧无虑，就因为如此。可现在，提醒我们预备期结束的信号一波波传来，我师傅本应马上送我返回我出处，可他却像全无感觉，只顾裹挟着我东游西逛，从一个人的肺叶跳进另一个人的睾丸，再从一个人的脚后跟钻进另一个人的手指肚，这里看热闹，那里寻好玩。

师傅，咱们——

我把嗓门又放大些。但我知道，在我师傅面前，我即使撕裂喉咙喊破嗓子，那声音也细弱得没什么分贝，就好像，我始终被他掐着脖子。是的，始终被他掐着脖子，这是我与他相处的近八十个月里，最强烈和最准确的象征主义感受。就好像，他对我所实施的没规律少计划无方向的管束、训练、调教和塑造，只是为了不论在什么时间或什么场合，都让进退失据与左右为难，让手足无措与瞻前顾后，成为我条件反射般的唯一反应。他是巴甫洛夫，我是给巴甫洛夫当实验对象的狗。

师傅……

我师傅似乎真忘乎所以了，忘了他若真误了我事会受重罚。他带着我，在毛泽东身后那个女军人的脑袋里久久驻足，观察这个既激动又冷静的年轻女子，此时此刻在想什么——在许多事情上，我师傅的行为做派都让我反感，但有时候，他那种无所顾忌的勇气、我行我素的胆识、那种挑衅式的顽劣与报复似的冒犯，又让我喜欢羡慕外加敬佩。所以，马上要一定程度或者说一定意义地离开他也是摆脱他了，我还真有点说不太好，我欣慰多呢还是遗憾更多？

我……

嗨嗨嗨别磨叽了，我知道你宿母该生下你宿主了！我师傅终于不耐烦地来答对我了，写在脸上的失败，竟胜利般地满足而炫耀。这之前他没空理我，是一直忙于暗中发力，赌气似的，针对他和我此时这个临时宿主的十二对脑神经，盲目地施放功能波呢，以求让年轻女军人的表情能欢愉点。他是好心，觉得她在领袖身边还那么淡定，即使是因为已习以为常，也有点不妥。但他自己也很清楚，他做的是无用功。他要通过功能波去影响诱导敦促宿主，一方面，得铁杵磨针般持之以恒，而非即兴的有感而发，另一方面，那意识受到调度的宿主，也应该是固定宿主而非临时宿主。我师傅明知不可为却依然情不自禁地为了一下，这就是他脾性的另一面了。嘁，你宿母也真是的，他继续叨叨咕咕，早不生晚不生，偏这时候……说时迟那时快，我只觉眼前一黑随即一亮，高小波那枚原来凹陷现在凸起的深紫色肚脐，就翕张着把我和我师傅含了进去。

师傅，你要有空，也方便的话，就别光等辅导的日子，平常也顺便……

唔？

三个月的时间太长了点，我会想你……

我哭唎唎地这样说时，最初的确只为礼貌。作为师徒，我们朝夕厮守近八十个月，不论他怎么欺负过我，毕竟，他更滋养哺育了我，即使他只是公事公办，我也应该心存感念。况且以后，我们还有无数的交道，单单考虑生存技巧，我也得尽量把感恩戴德表演给他。但话一出口，我又知道，我的表达不是客套，我流露的全是真情。

嗨嗨，别这么眼窝子浅好不好，真的假的呀？我师傅自然是毫不领情。这时候，我们不光钻进了高小波身体，也钻进了她身体里那个激烈冲撞着的胎儿即盛英的身体。你呀，多烦我多恨我多讨厌我——我师傅打量着盛英身体的细嫩与柔软，声音好像也细嫩柔软了——哼，你多烦我多恨我多讨厌我我全知道……

没有不是师傅我——

记住，伪装多情不好，但真的多情会更糟糕。

说话间，我师傅一扬手放弃了我，我则身子一轻也失去了他，我听到他说的最后一句话是：你的编号是……与此同时，高小波阴门洞开，盛英訇然落地，而随着滞留母腹不肯面世的盛英的终于降生，我这个圣婴的"生"也实现了。

4

我是圣婴。我们是圣婴。

请别误会，我和我们不是圣子，不是两千多年前，出生在拿撒勒一只著名马槽里的，那个处女玛利亚的儿子耶稣。我们也是人，但不是通常意义上的人，可能，说我们是即将完成进化的超人或属于未来的新人更准确些，当然，这又得与尼采哲学或列宁理论的界定与解释区别开来。界定和解释，永远都是机械主义的筛子漏洞百出。人是上帝或女娲或其他至高无上的全能神祇创造出来的神圣产物呢，还是经过修修补补的长期进化，通过手脚分工或使用工具或贮藏食物，由猴子一点点演变来的？所有曾经和仍然生活在地球上的人，其共同祖先，都是十五或二十万年前生活在东非洲的一位老祖母吗？而眼下这一拨忙叨叨的、盲目的、莽撞的地球人所创造的林林总总，应该算到已经毁灭了四次和诞生了五次的太阳纪文明的名下呢，还是要记功或记过给某种高智慧的太空生命？假设，在切近或者遥远的未来，真有一个人类的社会能各尽其能又各取所需，能肩膀头齐为兄弟，能自由平等博爱，能均贫富，能大同，能——那它除了属于梦境属于小说属于电影电视和网络游戏，也能属于现实生活吗……

还说圣婴。说我和我们。

先引一节诗歌，是长诗《失乐园》中的几行，它的作者叫弥尔顿，是四百年前的英国诗人。

> 鬼灵只要喜欢，能够
> 变男变女，或兼为男女；他们
> 本质柔软单纯，不受关节或
> 四肢限制，也不像笨重的肌肉
> 那样靠脆硬的骨头支撑，而是
> 不管变成什么形状
> 或涨或缩，或明或暗
> 都轻灵如意
> 完成其或爱或憎的工作……

这几行诗味索然的诗句够形象吗？如果差强人意，那按照诗中对鬼灵的描绘感受一下，体会一番，大体上，对圣婴的直观印象也就有了。

弥尔顿是大诗人，长篇史诗《失乐园》是他双目失明后完成的杰作，我们始终将信将疑，他用笔为鬼灵画像的时候，是否有圣婴当他模特。否则，如果他完全凭空想象，难道真是目盲激发他洞开了天眼，让他真切地看到，至少真切地感觉到，这世上确实存在名为圣婴的特殊物种，并且存在的方式和形式都如何如何，又怎样怎样？这不可能，在人类身上，根本就没有所谓的天眼，遑论洞开？退一步讲，假如科学是人类的一只"天眼"，那至少在弥尔顿时代，它还不足以支持诗人的幻想。所以，将信将疑之后，我们还是敢于结论，《失乐园》中的鬼灵不论怎样神奇，也只是关于圣婴的臆想草图，而非准确画像——事实是，以人类之笔记录人类之眼的所见与人类之心的所想，也不可能准确地画出圣婴之像。

鬼灵之异再奇再幻，也只能在反映日常经验的理论框架内接受塑造，而我们圣婴在量子尺度下的神秘运行，在空无状态下所呈现的虚有，至少迄今的人类科学，还无法有效地观察和监测，自然，也就做不出有效的解释。这就好比，那些数量巨大却在宇宙中实现了完美隐身的暗物质，只能如水中月镜中花，以其不可思议的似是而非性，让人类对它徒叹奈何……虽然对人类来说，我们与暗物质有相近的特点，都是他们认知能力限度之外的陌生存在，但我一丝一毫也没想过，要把我们与日渐时髦的暗物质绑上同一辆战车，我们既不是暗物质，也不想时髦——其实，即使弥尔顿的鬼灵真的存在，与我们比，也有着明显的层级差异，其最根本的区别就是，作为一种精神性的、意识化的、具有波粒二相特点的特殊物质，圣婴行为时，既不涉及"关节"，也不涉及"肌肉"，更不涉及"骨头"，根本就无须操心"形体"问题。至于我们那又的确存在着的物质形体，作为电磁波穿梭在时空中和周游于人类的神经系统时，则根本无法为现阶段的人类所看到摸到检测到。就好比，一片纸屑，在眼前的黑暗中或百米开外的光亮中飘过，是不会有人看得到的；而从那纸屑中抽取一根纤维，不论以什么方式与人接触，也都不会让人生成感觉。也就是说，人类现有的全部器官，遭遇到我们都会失效，只仿佛一扇紧锁的房门，还丢了钥匙。

依此说来，如果把弥尔顿的鬼灵归属到人科动物里还说得通的话，承认圣婴是人则有点困难。但事实是，如果否认圣婴是人，面对的困难可能更大。好在，这世上所有的智慧生命——比如圣婴、人、包括鬼灵——估计都有相似的共识，也就是说，智慧程度越高，越允许任何界定和解释都不完备。如此，不论语言和文字是否能巨细靡遗地描述好圣婴，也都不影响圣婴作为一种生命现象，在曲折漫长得好像都找不到源头的生命历史中占一席之地。

在曲折的、漫长的、好像都找不到源头的生命历史中，人是一种得到过更为深入和广泛界定与解释，并且占据了一席更大地盘的鲜活生命，可是，要准确地分说人类，就真做得到吗？

某种意义上，我们圣婴的生命形态再高级，也只能把自己归类为人，至少在一个相当长的时期内应该这样。"进化树"是人类画的，在那高高的树冠之上，傲立着的没有我们只有人类，我们不知道，要到什么时候，他们才能谦卑地把我们刻画上去。我们不挑剔人类的无知狂妄——的确因为无知，狂妄才会加剧——还很乐于就这么在人的遮蔽下秘密存在。所以，我们愿意坦然承认，脱胎于人又依附于人的我们，是人的异体或者叫变体，若不求准确只求通俗地做个说明，把我们理解为流行小说里的隐身人也大致不错。但我们的高级，又随时随处都得以显现，比如，从诞生之日起，我们就有明晰的自知，知道我们的来路与去处，知道我们的责任与使命，知道达尔文那种进化无目的和进化无方向的粗浅认知，只能蒙骗可怜的人类，而我们，作为这世界上物种进化的唯一的与全部的目的和方向，将为日月星辰了解自己提供帮助，将在物质与精神的演变中架设桥梁，具体地说，我们要把人类的神经系统化育为最方便的工具和最有效的介质，以实现我们与宇宙最终的神我合一。

> 居于众生的灵魂之中，
> 我即是那无限的深奥，
> 万物从此涌出，
> 超越任何形相。
> 我即大梵，
> 我即万物，

是一切的源头，
　　是万象的根基。

　　在古代印度，创作这一类梵歌的圣人或神秘主义者或超验论诗人，一定有过纯粹度相当高的意识体验。可惜，作为能力有限的人类，他们没法将这种体验整合为经验，以真正地与宇宙平起平坐，而只能将"我即我所是"的感受寄托给宗教。我们圣婴的进化路径，则包括了像压榨机一样，无限度地深入人类的精神天地意识领域，萃取出"我即我所是"的全部精华，在作为工具和介质的人类的配合下，造就出一个完全为圣婴所掌控的完美世界。

　　与我们比，人类固然属于低等生命，但就地球上的生命品质来说，不论我们圣婴问世之前还是之后，说人类是这世上的最高端生物，又也是事实。所以，我们从来都客观地承认，若人类按照普适的标准去追求幸福，去创造美好，理由一点不逊于我们，甚至，本着先来后到的原则，他们比我们更理由充分。可人的低劣与卑下，这时候就暴露了出来。他们不是不憧憬幸福和美好，不是不向往新世界与新生活，可以说，他们阴差阳错的文明历史，始终是一部痛苦的选择史和艰辛的寻觅史。但遗憾的是，他们从来没能修成正果，而总是止步于新世界的门外和新生活的边缘，让无知和无耻，让邪恶和暴虐，成为他们文明史的侧重点与主旋律。也许这不能怪人类自己，是他们的进化，差了一截，是造物的安排有了漏洞，使得他们就像精选的粮食，由于只是单纯地浸在水里，便无论怎样发酵，也酿不成酒。是聚合为人的那些基本材料太物质化吗？也许，过于物质化的肉身容易超重，任何作为负荷的微小诱惑，都会对他构成牵绊，使他拖拖拉拉、蹒蹒跚跚、进一步得以退两步作为代价，而最终，充满希望的踏实前行，只能演变成在钢丝绳上的危险表演。这很可怜，它的结果是，导致了人这种思维高度发达的动物总是陷身于某一误区而无力自拔。比如吧，他们现在最大的热情，除了一如既往地互相争斗彼此倾轧，再就是开发和利用太空，他们相信，将来地球彻底变成垃圾场和坟茔地后，哪个国家、阶级、种族、肤色、党派、教团、集体、组织、年龄段、收入线、官职档、爱好群……的人，只要抢先挪上另一颗或另几颗宜居的星球，也就算抢到新世界和新生活了。

哦，我对人类没有成见，没想把他们描述得过于不堪，我完全知道人类多么杰出。只是现在，我要做的，不是替从来都自我感觉良好的人类张目，而是陈述我的理由，我们的理由。是的，与人类比我们年轻，不是一般的年轻，而是年轻得都不好意思回溯历史。这么说吧，我们的先祖即第一代圣婴，与圣子耶稣比，也不过只早出世三四千年，至多也就四五千年——对不起，这具体日期的没法确凿，严格说来怪不得我们，是人类的健忘，是人类的糊涂，是人类对自己成长历史的麻木不仁，才拐带得我们的生命源头也受到了遮蔽。另外，不严格地说也可以不怪人类，是当初的客观条件，决定了人类的生活互相隔绝，这一堆那一块地老死不相往来，于是，变化演进时，在不同的地域环境中，便必不可免地，有了时间上与程度上的种种差异。我在这里，没想问责，只想强调，如果对时间不要求精细，关于我们圣婴出处的记忆，倒远不像记忆人类的出处那么含糊，它的基本脉络，一是一二是二，清晰得如同树的年轮。

自地球从最后一次冰川期的肆虐中挣脱出来，人类获得了长足发展，从现在前推至多七八千年，在两河流域，在尼罗河畔，在恒河之滨，在黄河两岸……都有一些智慧的头脑，表情达意的欲望特别强烈，除了通过能发出声音和听到声音的嘴巴与耳朵满足需要，还分别把结绳记事、雕符刻痕以及卵石绘彩等记忆方法改造成文字，通过这种新颖有效的通联工具，让思维眼睛和手协调起来，以更好地实现人与人的交流理解。这是伟大的文化壮举，但实现这壮举的过程却十分平凡，是在这平凡过程中的某一天里，一个历史性插曲，作为诸多历史性插曲中至为重要的一个乐章，奏响在了黄河岸边，具体地说，是奏响在了黄河中游河岸南侧一小片丘陵之中的一间茅草屋里。

当时，一场让所有人都无力应对的特大饥馑，已经持续了一段时间，这特大的饥馑，如同黄河的滔滔浊浪，吞噬着中原大地上的一个个部落和一群群人。这天，在一个尚未被饥馑吞噬净尽的部落里，在这个部落庄严神圣的议事草棚中，有几颗智慧的头脑又聚到一起，继续思谋部落的后事——扩大开来，也是人类的后事。末日的临近，让他们恐惧，但坐以待毙又让他们不甘，他们便让一声声单纯的哀叹，于不知不觉间，转化成一波波热烈的讨论。是在深入的讨论中，他们渐渐忘记了死亡，以一种"朝闻道，夕死可矣"的心态，沉浸到自我认知的强烈意识里。于是，辨析和磋商结出了果实，并非有什么刻意的目的，只是在用既繁琐又简陋的符号记录他们这一部族的终了时刻时，一个能最准确生动地代言他们这个行将灭绝的神奇物种的新颖意符，被他们漫不经心却也水到渠成地创造了出来：

人。

人？

是的，人！恰恰是在人濒死的时候，"人"却意外地横空出世了。

人！

他们激动地伸出手指，将它写在地上，写在腿上，写在墙上，写在自己的另一只手上，写在另一个人的后背上和胸脯上……人！

创造了"人"的智者们非常高兴，竟忘记了身边的灭顶之灾，或者说，再重新面对灭顶之灾，他们已经坦然释然。文字即记忆。记忆存在于头脑之中，很容易随同肉身毁损；而文字，它自外于身体，能帮记忆留存久远，与可以抹掉一切的冷酷的时间，也有了资格一决高下——说句后话，早期人类中，创造了文字的智者们多么高兴和多么骄傲都理所应当，在此之前，在数万年前数十万年前乃至数百万年前，智人及其祖先肯定早就会说话了，可他们在地球上所留下的痕迹，很容易与其他动物混淆起来；但出现了文字，才几千年，他们就让文明之光照彻了地球，在西方有了哲学数学自由贸易，在东方有了礼乐八卦科举制度，在东西方之间，宗教从干涸的沙漠中萌芽绽蕾……有了"人"，真好呀！

按照规矩惯例，这么大个事，不仅得赶紧告知上苍，更得由衷地感恩上苍。可这天不是祭祀日，近些天里，也没有法定的祭祀日，但告知和感恩，又唯有通过祭祀的形式。虔诚的他们，怕活不到下一个祭祀日了，死在下一个祭祀日之前倒是小事，可不能完成告知和感恩，就太遗憾了。他们商议决定，举行一场临时祭祀。

祭祀需要献祭，献祭需要供奉，供奉需要牺牲。临时的祭祀也不能马虎，甚至，因为临时难免有草率之嫌，便更应该讲究隆重和丰盛。以往的献祭，所备牺牲多为猪牛羊，以及被捕的外族俘虏和本部落登记在册的祭祀志愿者。可持续的饥馑太严酷了，整个部落，早为它耗尽了合适的牺牲：三牲没有了，俘虏没有了，连不论是否已注册登记为祭祀志愿者的残疾或者衰老的人都没有了。是的，祭祀志愿者就是那些残疾或者衰老的人。每逢灾荒，部落里的青壮年没饭吃了，无力劳动狩猎和外出抢掠了，祭祀时，若没有三牲与俘虏，那些残疾或者衰老的人，就会被部落首领也就是智者团体挑拣出来，做敬天的牺牲，当然，也同时成为帮助全部落果腹活命的宝贵粮食——因为食物匮乏，在献祭活动结束后，任何牺牲都将与大量野菜一起被制成圣羹，由人代替天神咀嚼于口腔再存储于肠胃。如果残疾或者衰老的人比较识相，能主动申请当志愿者，成为备用牺牲，那么，自申请之日直至光荣赴死，不论部落里的食物多么短缺，他们都能享受到好的待遇。可在"人"诞生的这个临时祭祀日，部落里剩下的，全是一些不合适作为献祭的"有用"生命：身体健硕的青壮年，有生育能力的女人，生龙活虎又花枝招展的少男少女，以及嗷嗷待哺和蹒跚学步的婴幼儿童。真让人难心呀。有着智慧头脑的"人"的创造者们也无计可施了：用天上飞的红斑雀行吗？用水里游的黑鳞鱼行吗？甚至，用老鼠或者蟑螂行吗？有人这样小声嘀咕。但这样的动议，未及提出即遭否决：太不严肃！嘀咕者急忙惊恐地念念有词，请上苍原谅，为他们竟生出这等敷衍的想法深深自责。

好了别自责了，你们这么想也是不得已嘛，毕竟没有恶意，天神不会怪罪你们。开口安慰众智者的，是他们中一个最大的智者，也是最孔武有力的头号部落首领。其他智者松了口气。你们看这样好不好，既然没有合适的选择，那为了集体的利益和部落的未来，就以我作为献祭的牺牲吧？冷场之后，最大的智者又开口了。他说话时面不改色声不打颤，炯炯的目光，死死盯住面前一只雕有图案的柞木龛匣。其他智者不敢正眼看他，也不敢看那只端坐在敦厚圆形陶盘中的方形龛匣，但为了让目光保持一种心坦然的正常轨迹，他们又只能直视前方，便比较巧妙地，把视线稍微压低一点移偏一点，让注目的焦点，落在最高首领身体两侧的猪下腭骨和陶罐上。那些尺码大体一致的猪下腭骨和个头大小不一的陶罐，被按照一定规矩，分别垒砌成太阳的形状和摆放为星宿的形状，它们既能象征本部落的兴旺富有，也能标志本部落最大智者最高首领的英明强大。他们长久地盯着它们，能表现出他们的尊重与敬畏，就好像，最大智者最高首领的尊重敬畏，应该表现在对柞木龛匣的长久注目上。此时的他们，这些最大智者最高首领的副手与助手们，可能在最大智者最高首领没开口前，就已经想到，关键时刻，由部落最高统帅充当祭品，这也是久已有之且被认为行之有效的古老传统。这传统相信，灾祸临头时，一个肯为子民献身的部落首领，转世之后将成为神。只是，这传统不被实际应用也很久了，因为所有的智者都很清楚，都更相信，不能确定的复生等于妄想。

不行，老大！忽然，一个长发垂肩的年轻人站了起来，不无威胁意味地灵活挥舞着手中的武器，那武器前端是尖削的兽骨，后端连着一柄长把。你是我们的导师和舵手，对"人"的发现也贡献最大，只要灾荒没彻底灭掉我们的族群，我们就还要靠你统率我们指引我们，你怎么能去充当牺牲呢？

这个长发年轻人，以其简明直截的表态，为另几个沉思的智者做出了导向。另几个智者忙纷纷起立，只是手中没挥舞武器。他们手中也没有武器。来神圣的部落议事室开会，除了最大智者和负责安保的那个智者，其他智者，是不被准许带武器的。此时情绪激动的长发年轻人，正是负责安保的那个智者。

不能是你呀，他们喊，没有你的万古必然长如黑夜……

你不能呀，他们叫，没有你我们整个部落都将失去存在的理由……

耳听副手与助手们的诚挚劝阻，最大的智者深受感动，闭一会眼睛，抑住了泪水。他摆手示意众人坐下，然后，把目光定格在一个缺条胳膊的黥面人脸上。在这个年龄多半超过壮年的智者团队，黥面人似乎尤其年长，又明显残疾——对了，有一条前边没提的规则，应该做个补充交代，即，部落里把残疾或者衰老的人选为牺牲时，智者团队暨首领班子里的人，有资格享受豁免特权，与后来刑不上大夫的意思相差不多，也就是说，不论你多老多残疾，只要你仍为七人智者团队暨首领班子成员，你就有可能寿终正寝。所以，此时，如果最大的智者首领不将缺条胳膊的黢面人削官为民，他就不必担心自己会成为牺牲。可现在老大盯上他了。其他人都不再说话，只安静地等待，等老大宣布完剥夺黢面人可以以老残之身生存下去的特殊权利后，好起身表示支持拥护。老大宣布任何决定，都可以征求他们意见，也可以拍着脑门自作主张，但不论他们心里是否同意那决定，表面上，都必须表示支持拥护，提意见，也只能在那决定的基础上，对其进行完善补充，否则，就可能被老大视为离心离德而成为清洗对象——当然了，刚才，他们追随年轻的长发智者反对老大自我牺牲另当别论。然而，这回，老大没给他们同心同德的机会，他的双手，没崇敬地举起他身前龛匣里那只狰狞的骷髅，而只是几乎有些谦卑地问黢面人：作为智者中的明公高参，作为全部族资历最老的方士巫师，你想想看，我的决定，难道有什么不合适吗？

老大身前龛匣里的狰狞骷髅，是上一位逝去的老大的珍贵遗存，它既是保佑部落平安的吉祥物，又是最高首领权力与威严的崇高象征。在部落里，每位新老大继位和做决定时，都得郑重把上任老大的骷髅高高举起，即使他对已经亡故的上任老大满怀嫉恨，甚至，上任老大就死于他的谋杀。如果上任老大留下的骷髅不完整不美观，比如，被野兽被敌人被抢班夺权者咬碎了或打破了，那么，某一个确凿属于他儿子的头颅，将被隆重地切割下来，风干后，作为替代品，供奉于高贵的柞木龛匣。

刚才，一直盯着梅花状陶罐的黢面人已走出恐惧恢复了镇定，作为智者中的优秀一员，他知道老大还不舍得将他抛弃。你的决定，是不合适——黢面人谨慎地咕噜了一句。

那你说——老大好像就等着这句话呢，以便把球给他踢去，该怎么办？

其他智者都看黢面人，这回他们等待的，是黢面人自己做出牺牲的决定，成为一个主动的志愿者。

我们在座的共七个人，黢面人的口吻恭敬而柔和，但声音里，却有一种豁出去的严厉与决绝，我算了一下，每个人的最小孩子，都在五岁以下，我建议，我们每人把自己最小的孩子贡献出来，让七个五岁以下的婴幼儿童，成为我们这次祭祀活动的特殊供奉……

你怎么能——有人喊了起来。眼下，在这个父系制度的初创阶段，虽然伙婚制和偶婚制已流行起来，但大部分男人，还只是自己孩子的舅舅或准爸爸，只有首领集体中的七个智者，才有资格各自拥有数名其他男人无权染指的固定妇女，他们能够明确地知道，哪些孩子属于自己。

这并不是我的发明，黥面人说，向上苍敬献婴幼儿的做法古已有之。孩子们洁净无瑕，纤尘不染，本性真而质地纯，尚不会心生恶念，更不可能有过梦遗手淫以及月事，所以，天神欢喜接纳他们，是超过接纳猪牛羊和俘虏以及衰朽的老残之身的。为什么近年来，上苍总是降灾于我们，甚至，一边恩典着我们创造了"人"，一边又想用灾荒把我们灭掉，我以为，这是天神在表示不满。它未必真想消灭我们，而只为提醒我们，不可对它的无所不能无所不在有任何怀疑，不可对它失去一点一滴一分一毫的虔信与忠诚。

可是，有人说，婴幼儿童，他们是我们的未来和希望呀，是我们的依赖和寄托呀，现在的他们的确弱小，可很快，他们就会长成生龙活虎的少男和花枝招展的少女，而少男少女，又很快就能舞刀弄棒地杀伐和丰乳肥臀地生养，如果牺牲婴幼儿童，难道，不是对部落明天的主动放弃吗？

好！老大不等黥面人再做解释，就发言了。我认为这是一个很好的建议。谁都听得出更看得出，老大并没语含讥讽，没正话反说或反话正说。在眼下这个非常时期，只长了嘴的孩子们，的确只是部族里吃白食的累赘。老大举目望向茅草屋窗外远处的旷野，那里正有一些高高矮矮的孩子在跑跳打闹，他们的叫喊声无忧无虑，好像饥饿与他们无关。五岁以下的孩子，我们有很多，等到他们能投身劳动战斗生育，至少还得十来年呢，损失七个算不了什么，更谈不上对部落未来发展战略的干扰破坏。老大把目光拉回到伙伴们身上，顿了一下。你们不同意老巫师的英明之见，是自私吧？哈，舍不得孩子套不住狼，这个道理多简单呀。我们七人献出骨血，除了是顺利完成一次祭祀活动，让天神满意，还有一点也至关重要，那就是，所有部族成员看到我们这些首领的无私奉献，必然受到感召，会更加地信赖我们拥戴我们，会更紧密地团结在我们周围。啊，这次祭祀，将成为一次有着多重意义的增强凝聚力的伟大事件。老兄呀，老大的目光，又具体地落在黰面人脸上，以我们的孩子作为献祭，这是和发现了"人"同样了不起的一个壮举，你得再想想，该怎样把关于这个壮举的宣传做足做大，做得深入人心。

黰面人仍然谦和恭谨，老大的赏识，没让他露出多余的喜色。老大英明，升华和放大了我的想法。我以为，这场宣传不妨也从命名开始——哦，也是"人"的发现，给了我启发。

命名？

是的，我们这些为了部族利益而牺牲的孩子，不是死了，而是获得了永生，他们的灵魂，将在天上保佑我们——既保佑我们这些他们的父亲，也保佑他们曾生活其间的部族，还要保佑，天下的苍生。所以，他们应该拥有最光荣的封号。

好，好！对，对！你觉得应该怎么称呼他们？

圣婴。

圣婴？

圣婴！

于是，七个五岁以下的婴幼儿童，和新创造的"人"一道，得到了天神欣然的接纳，整个部落的好日子，自祭祀这天起就又回来了。全部族的所有成员，都因分食到了七个孩子干净的肉身而重获力量，尤其那七个孩子的生身父亲，整个部族的首领集体成员，更因饱餐了美食，尤其是饱餐了含有自己骨血的美食，而变得更加智慧和强健，连裆间那条敏感的阴茎，勃起的频率都提高了。很快，他们的女人又都纷纷怀孕，包括那个年事已高又有残疾的黰面巫师的女人。一年之内，七个智者的四十七个固定女人先后临盆，为他们生下四十九个儿女，其中有两个女人，生的是双胞胎。

而我们圣婴的第一代先祖，计四十九位，也便附着在那四十九个新生婴孩的肉体上和灵魂中，悄然降生来到了人间。

5

那块暧昧的肉，那块古怪的肉，那块明显不同寻常但又说不太好哪不寻常的肉，还没成为包子馅时，盛大庆就想到了，它可能是人肉。但高小波，至死也不知道她吃过人肉。她的想象机制，不支持她旁骛某些极端的可能。

肉馅野菜包子并不好吃，留三天后还有了馊味，可对于救命，它居功至伟，不仅把高小波从死亡线上拉了回来，还让她有力气陪盛大庆性交并因此怀孕。后来，多少有了一些吃食，高小波的身体也恢复了，她曾想过，要问问盛大庆，那包子里细嫩的白肉丁是什么肉，从哪弄的，何以有股似乎不存在但又的确萦回不去的特殊味道，连㨄咸的浓盐都盖不住它。她想感谢那帮她保命的特殊的肉。她没问。虽然表面上她性格粗放，但骨子里，她不缺细腻，她的问题如果问了，盛大庆又回以谎言，她是能够看出来的；而不问，就可以避免在盛大庆吞吞吐吐时，她心烦意乱多生猜忌。不问她也想得出来，那些天里，盛大庆没能力把猪牛羊或狗兔鸡的肉带回家中，他能淘换到的，一定不是习见的东西。若问了，他也如实答了，说那是蝙蝠肉、耗子肉、猫头鹰肉或黄鼠狼肉，她还不得恶心死呀，别说感激了，因为反感那些东西，她都可能进而讨厌一切食物，以至于，因厌食而开始绝食，反倒在有了吃食的岁月里把自己饿死。但有一点，不用打听她也清楚，那就是，为了那顿救命生日宴，盛大庆是做了大牺牲的，舍了家里最值钱的金戒指，才换来酒肉还有面粉。而细嫩苦涩的野菜根茎，则是他在刚刚沐浴了几场春雨的山坡地上，沙里淘金般挖出来的。

对不起小波，我妈让我传给她儿媳妇的金戒指，让我换吃的了。他们结婚那天，盛大庆负疚地提到了戒指，然后郑重地，把一张事先写好字的纸条卷到高小波左手的无名指上：有生之年，我一定替我妈送小波一枚足金戒指。土改时，政府率农民来盛家抄家，盛大庆爸妈冒着风险，把两枚金戒指藏了起来，后来偷偷地，分别给了他和他姐盛巧云。

在一九六〇年四月五号清明节前的二十天里，那枚属于盛大庆的戒指，高小波至少摩挲过十次。

没事儿大庆，有你就好，你爸妈的心意我都领了。高小波看着相框里的公公婆婆，觉得自己的丈夫很像他们，既像公公又像婆婆。再说了，有戒指我也不敢戴呀，戴了他们更喊我地主婆了。但高小波还是把卷过她手指的纸条精心收好，说盛大庆的这个心思，就是一份最好的彩礼。高小波与盛大庆登记结婚，高家没收到一分钱彩礼，都气疯了，没一个人过来贺喜。后来，三十年间，盛大庆陆续给高小波买过五枚戒指，那份纸条彩礼，一直与那些戒指收藏在一起。

盛大庆与高小波真正结为夫妻，是高小波怀孕的八个月后，这比他们原来的结婚计划提早了五年半。最初，他们刚好上时，盛大庆出示给高小波的结婚时间是，一九六六年五月十六号。

要那么晚，还要具体到你周岁三十的生日那天，为什么呀？

为了——为了土豆烧牛肉的共产主义呀，为了楼上楼下电灯电话的共产主义呀！盛大庆这么说话时严肃诚恳，但他自己都听出来了，又有股油嘴滑舌的戏谑气息，把那种别别扭扭的诚恳严肃给消解了。他不敢看高小波的眼睛，只看远处，看一堵影影绰绰的泥坯围墙。那泥坯围墙砌于一年多前，方方正正地圈出来的院子，曾是公社的第三食堂。它的功用，只短命地维系了半年左右，现在，它不光被扒出许多豁口，有的地方还干脆塌了，写在上面的标语虽然还醒目，但如果以前没背熟过，就很难凑成完整的句子，更难理解什么意思。盛大庆曾经背熟过它们，即使不接受那些残留字词的点拨提醒，也能完整地读出它们：人民公社是通向共产主义的桥梁，公社食堂是人民公社的心脏。我意思是，他把眼睛从并不存在的"心脏"上收回来说，我估计，到六六年中旬前后，共产主义就能实现，而共产主义一实现，除了能吃饱饭，还能取消阶级，阶级一取消呢，我这地主和你这贫农就一样了，你爸妈就没理由反对我娶你了。

之所以把盛大庆的表述定义为严肃诚恳，是因为，他做出的这番解释是有背景的。一年多前，在县里，他参加过一个"跑步进入共产主义"的誓师大会，听省里领导做过个报告。那领导在报告里提到，说山东有个县委书记已经宣布，到一九六〇年，就能建成共产主义，还编了个顺口溜加以描绘："人人进入新乐园/吃喝穿用不要钱/鸡鸭鱼肉味道鲜/顿顿可吃四个盘/天天可以吃水果/各样衣服穿不完/人人都说天堂好/天堂不如新乐园。"那之后不久，一九五八年十一月六日，正在批阅文件的毛泽东，看到了与那山东县委书记有关的一份上报材料，于是，长于写诗填词的伟大领袖，不知是否因为惺惺相惜，竟挥毫对那顺口溜做了批示，还批得异常自信豪迈："此件很有意思，是一首诗，似乎也是可行的。时间似太匆促，只三年。也不要紧嘛，三年不成，顺延也可以。"对毛泽东，盛大庆的崇拜近于迷信，尤其争取入团那几年，对照着抗战史学习了《论持久战》，他认为，毛泽东一定能掐会算，否则，抗战的走向，怎么能全在他预料中呢。虽然好几年过去了，他怎么"持久"努力也入不上团，还虽然，他看出来了，毛主席并不认同那山东县委书记三年建成共产主义的预期；但仍很明显，在毛主席那里，再慢，也不会允许共产主义拖拖拉拉，比如拖过两个三年。一九六〇年到一九六六年，正是两个三年。

不行，我不等那么久！高小波望着远处同样并不存在的第一个"人民"说，再说了，万一到时候还实现不了共产主义呢？你甭管我爸妈，你现在就娶我，你什么时候娶我什么时候就共产主义。

说这话时，好像为了模仿什么，高小波生硬地挥一下手，顺便抹了把脸上的泪水。她手上的黑灰涂花了面颊，让她看去，很像被画在公社板报上的地主妖婆盛大庆他妈。此前，在身旁一座坍塌一半的小高炉残垣里，他们刚刚做了场爱，爱一做完，高小波的眼泪就淌了下来。盛大庆以为自己哪没做好，就一边文不对题地检讨自责，一边不得要领地抓耳挠腮，于是，他已先于高小波涂花了脸，先像了板报上他自己的地主爸爸。他没犯错误，高小波也没不高兴，高小波说，她就是觉得哭哭舒服。还真是，只哭一小会她就又笑了，笑着问盛大庆，他打算何时娶她为妻，她说，她想生个漂亮女儿。

此前他们也谈论过孩子，都声称自己喜欢女儿，盛大庆还诗意地形容，他喜欢的是像樱桃一样娇艳的女儿。说孩子前，也说过怀孕，是认准了月经期间不能怀孕，他们才壮着胆子，以这坍塌一半的小高炉为洞房的。这天是他们第一次做爱，选择高小波经期结束前的日子是无奈之举，同样无奈的，是他们把遍布黑灰的残疾的小高炉选作了掩体。几个月前，这座半塌的小高炉还红红火火，与许多现在已经全塌或依然完好的小高炉一样，为制造超英国赶美国的飞机大炮，熔炼了不少铁锅铁盆铁丝铁钉。那些铁锅铁盆铁丝铁钉凝结出最早一批铁疙瘩时，全公社的人都歇了工去敲锣打鼓，还挑出两块长相不恶心的，绑上红绸子送到了县上，说县里会统一把各公社的铁疙瘩送往北京，堆在中南海给毛主席看。可最近，上边又说，小高炉质量不行，炼出的铁疙瘩没有价值，不仅打造不成飞机大炮，连再还原为铁锅铁盆铁丝铁钉都不可能，这样，小高炉才冷清下来。本来，小高炉身后有青松岭，青松岭上长不少树，粗的高的参参差差，孤零零的密匝匝的错错落落，要选出百把个隐蔽处当临时洞房有点困难，但挑个三五十处做舒适的爱巢，不用费劲就做得到。可从几个月前往前数的小一年里，青松岭似乎被一把巨大的鲁班锯筐了一遍，眨眼工夫，漫岭的大小树木就全趴窝了，然后，就为小高炉的红红火火当了劈柴。

耐心点小波，这不都"大跃进"了吗。戏匣子里说了，毛主席掐算过，只要多炼点钢，超英赶美就不在话下，一超了英赶了美，共产主义就能提前实现。

戏匣子里还说，毛主席犯愁粮食打多了没地方放呢，可你看粮食多了吗？除了最开始吃食堂那几天能八分饱，这阵子是不家家又揭不开锅了。你们男人呀，不做饭根本不知道⋯⋯

狭隘，毛主席说的是全国，是说河北徐水那样的地方，咱丰县这不正喊口号呢吗：举三面红旗，向徐水看齐。盛大庆急于转移话题，不等高小波反驳他，就再度对高小波刚刚整理好的胸脯和裆间摸摸索索。嘻嘻，我知道你是喜欢和我这样才急着结婚，放心，不结婚咱也⋯⋯

才不是呢！放屁放屁！高小波的两片嘴唇快速翻飞，像嗑瓜子时，连续不断地吞下肉而吐出皮。我意思是，共产主义我就二十七了，可那么大个姑娘总窝娘家，还不笑话死人！再说了，程伟家正等着好日子下彩礼呢⋯⋯

盛大庆的话题没转移好，倒让自己变被动了。他往青松岭下边的村舍张望，嘀咕句"操"。村舍那边，是红旗公社的第一大队，环绕了镇子的东边和南边，那里有程伟家，也有高小波家。操，我实话实说吧。虽然用"操"壮了胆子，盛大庆说话时，还是显得窝窝囊囊。其实呢，我也巴不得，咱今个就结婚明个就当爸妈。可是，别说你家不同意，就是同意，我也不敢得罪我六大爷呀。他说有政策，"黑五类"子弟，三十岁以前结婚算"反攻倒算"，生孩子的罪加一等，算培植反动力量。这是铁政策呀，我哪敢"反攻倒算"和培植反动力量……

这铁政策——光你们队吧？

像面对一组解法怪异的数学算式，高小波先愣一下，然后思索，最后困惑地提出了质疑。但她孱弱的质疑，也窝窝囊囊，显然不为表示抗议，甚至都不为寻求解释。她是在委婉地表示屈服，屈服于这怪异算式提供的答案。即使她是数学高手，也没勇气挑战六大爷的解题方法。六大爷不是公社干部，只是盛大庆他们松树崴子村即三大队的书记队长，但松树崴子和红旗镇没合社时，高小波就像许多人一样，对名人六大爷不陌生了。六大爷是抗美援朝时的支前模范，在鸭绿江边，有过和彭德怀握手的经历，一九五一年一月三号的《东北日报》上，发表过那张握手照片。那照片有六大爷的半个巴掌大，也像六大爷老茧重叠的巴掌那么模糊粗糙，除了镜头正中央的彭德怀眉目清爽，周围的支前农民和志愿军战士都只有人形。六大爷说，那个与彭德怀握手的人形就属于他。抗美援朝结束后，在个县报记者帮助下，六大爷曾给彭德怀写信问安，日理万机的彭大元帅不仅回信说记得他，还请他有空去中南海做客。为此，那记者不光在县报上给六大爷写了人物通讯，还把六大爷代表广大翻身农民写给国防部部长的信也发表出来。据说因为需要保密，彭德怀的回信没一并发表。六大爷的名声越来越大，县领导都对他客客气气。六大爷叫盛元财，与盛大庆他爸盛元宝是叔伯兄弟，他们的爷爷是亲哥们，一起从山东逃荒来东北时，曾一度共用一个女人。但三五十年过去以后，盛元宝在爷爷和爹打下的基础上，一点一点攒成了地主，而盛元财，爷爷和爹多穷他还多穷。直到土改了，抗美援朝了，尤其当了书记队长了，他才体会到当地主的富裕与荣耀——当地主的辛劳他没体会。

高小波的圆眼睛里又水汪汪了，但这回眼泪没淌下来。她既没宣称六大爷盛元财不讲理，得去跟他说道说道，也没对盛大庆做激烈表白，说非你不嫁一辈子等你。作为一个质朴的、更倾向于听天由命的、天生对困难的强度有判断能力的穷人的女儿，高小波不善于亮相壮志雄心，她的双脚，最远也只能踏上不超越于她决心界限的那个安全地带。此时她只是闷闷起身，说我该走了，然后，就朝远处的村舍慢慢挪去。远处的村舍破败却齐整，像已被蜜蜂遗弃的蜂巢。

盛大庆觉得，他已失去了心爱的恋人，但没勇气喊回她来，只能看着她越来越小，最后只略大于完全消失。他觉得，他无权把高小波拖到二十七岁。盛大庆便也起身回家，艰难地走向青松岭另一侧的松树崴子。青松岭是座低矮的山梁，但此时，它在他面前高到了天上。当然，这天，并非两人分手的开始。这天之后他们依然约会，但相处时，中间总像夹了异物。他们在一起时笑声少了，连做爱时的呻吟喊叫，都好像不再代表快乐。他们的聊天，越来越像高小波参加的团组织活动，主要讨论时势政治，除了分析报纸上广播里的新闻报道，就是设想，作为新中国的青年人，该怎样做，才能让人人都有饱饭吃的共产主义早日到来。

人人都有饱饭吃的共产主义始终没来，倒是一年多后，贫农女儿高小波差点饿死在地主儿子盛大庆家。

在那之前，在贫农女儿差点饿死在地主儿子怀里之前，他们半年没见面了，盛大庆好几次翻过青松岭，去红旗镇蹲坑守候或四处踅摸。他看到过高小波的哥哥高小枫和弟弟高小松，也看到过高小波的姐姐高小涛和妹妹高小澜，甚至程伟他都看到了，就是没发现高小波踪影。他不明白，如果高小波与他分手，只能是因为嫁了程伟，可为什么，高家和程家，都不像藏匿了高小波呢？他一次次鼓起勇气，冒着腿被打折的危险，想找高小枫问个明白。身形壮硕的高小枫与他同学，比他高一头大一圈，因为有点傻，有点缺心眼，别的同学不带他玩，他便只能与同样没玩伴的地主子弟盛大庆玩。盛大庆与高小波一见钟情，就是去高小枫家玩时的收获。但盛大庆高小波刚恋上爱，高家父母就觉察到了，他们不给盛大庆好脸色看，又骂高小枫引狼入室和自坏好事。引狼入室是什么意思，高小枫不明白，但自坏好事他是懂的。至少口头上，家里已把高小波许给了富户程家，很快，高家就能得到一大笔彩礼，而有了这彩礼，高家也就有了跟向阳公社闵家提亲的资本，让闵家的女儿当高小枫媳妇。高小波看不上未婚夫程伟，誓死不同意嫁到程家。本来，闵家女儿更看不上高家，尤其看不上高家的傻儿子高小枫，可闵姑娘识大局顾整体，能替她那需要彩礼再送往别家的待婚的兄弟着想，就对高家和高小枫没有了挑剔。这是一个皆大欢喜的婚姻链条，高小波是链条的起始环节。可是，如果高小波不接受程伟，就不仅是这链条的某一环节需要修补了，而是这链条本身都无法成立。高小枫知道这链条穿不成串意味了什么。他宣布与盛大庆断交，不许他再登他家的门。

我妈说你和俺大妹好，有这事？

没有，向毛主席保证没有。

你要跟她好俺打折你腿，信不？

信，信，信信信……

这之后，盛大庆与高小波的约会就艰难了。

但艰难毕竟还能约会，还能偶尔躲在塌了半边的小高炉里，简单或复杂地亲近一番。可半年以前，在两人设定的几个约会地点和约会时间，高小波都意外地没有出现。这突然的变故，让盛大庆十分痛苦，而比痛苦更让他难忍受的，是委屈和茫然：他成了一个被遗弃在战场上的无主伤兵，友军拒绝为他救治，敌军也没补他两枪。对高小波离开他，他有思想准备，可失踪，这太恐怖了。当然恐怖也有壮胆的作用，盛大庆下定决心，要壮着胆子问高小枫去。可冒险除了需要胆量，也需要机缘。这时候，虽然他自行激活了胆量，但展示那胆量的机缘却失去了。剥夺他冒险机缘的，是更恐怖的死亡。

也不能说死亡不是他不把冒险付诸行动的一个借口。

其实，全大队的人，据说全红旗公社的人甚至全丰县的人，大部分都被一杆死亡之枪瞄入了准星，只不过盛大庆家作为靶盘，目标更醒目。他家是地主，是全公社"黑五类"里的头号黑户，又有个在城里读过卫校的女儿在大医院的高干病房当护士，能从沈阳往家里捎些病人家属送的精致点心或时令水果，这更让全体村民同仇敌忾。差不多从上一年的年底开始，许多人家就没吃的了。于是，只要他家烟囱冒烟，就有民兵来抢粮食，抢不着就打骂他爸，有时也打骂他和他妈。饥饿之枪于

33

此时击发。先是在高小波失踪的三个月后，盛大庆的爸爸被一枪毙命，然后，另一发型号相同的子弹低速飞行两个多月，又射杀了他妈。连续丧爹亡娘的盛大庆心里有数，"黑五类"死完了，接下来暴露给死亡枪口的，就得是他这"黑五类"子弟了。对此他倒没什么怨言，只是，要让他主动去陪伴爸妈，他又不舍。恰在这时，高小枫高小松兄弟不请自来，于无意中，让他窥见了希望的影子；再然后，高小波也出现了，把影子幻化成了现实。

那是妈妈死后的第二十小时，盛大庆在青松岭下掘土挖坑，不时地，他得靠在一株孤零零的秃榆树上呼呼喘息。这是一个阳光和煦的冬季的尾巴，大自然简明得合情合理，脚下冰冻的土地，虽然两个月前曾挖掘过，可此时，泥土的板结度一如往昔，仿佛它们与小高炉里炼出来的铁渣巴巴是同一样东西。爸爸新坟上的木头牌位还没丢失，只是被风刮侧歪了，上边姐夫写下的墨迹，也被雪水浸模糊了。六大爷盛元财带两个民兵，一天过来三四次督促盛大庆，不许他再留着尸首等姐姐姐夫，要求他赶紧埋葬他妈。他只能独自带上锹镐，来为爸妈的尸身并穴合坟。就是这时，高小枫高小松出现了。他们也饿得晃晃荡荡，要不是挂着也准备用于打人的枣木棍子，即使眼前的青松岭再低矮，他们也可能翻不过来。是通过他们骂咧咧的提问，和后来对六大爷盛元财及民兵的解释，盛大庆才知道，失踪半年的高小波还活着，只是昨天之前，一直被软禁在亲戚家里。事情好像是这样的：高小波的抗婚惹怒了程家，高家为了替程家出气，也因为自家已揭不开锅，就把女儿送到了邻近的开县，送到了开县的友谊公社，除了减轻家中负担，也是阻止高小波和某个她誓死不肯吐露姓名的男人的偷情约会。开县的友谊公社，朝鲜族社员多，金日成派人送过金达莱。为了照顾国际影响，国家给友谊公社定的征粮指标低，虽然大炼钢铁时，友谊公社的人也没怎么种地，可从集体到个人，还是比别处存粮充裕。是昨天下午，并没什么特别的征兆，软禁中的高小波利用亲戚的看管松懈，竟逃跑了。家人认为，她唯一的去处，只能是回到丰县，回到红旗公社，回到——应该叫去——她誓死不肯吐露姓名的那个男人的家，而那个男人，百分之九十九是盛大庆。

俺家人都认为，高小松指着盛大庆对六大爷盛元财和两个民兵说，他就是她姘头。

你怎么，拿这么下流的话说你姐呢！盛大庆咕哝道，我和高小波，只是纯洁的革命友谊……

你妈逼你还纯洁……高氏兄弟骂盛大庆时，明显有什么难言之隐，于是那骂也就明显地模棱两可。好在他们的双手没模棱，在齐腰高的部位，已经把也当拐杖用的枣木棍子攥得嘎嘎响了。

嗨嗨嗨嗨——六大爷盛元财挥一下手，大声喝退愤怒的二高。他的手掌老茧重叠，像一层铁壳，能真正把枣木棍子攥出嘎嘎的响声。小逼崽子，你们一队牛逼咋的，来三队找事儿？六大爷盛元财的适时出面，主观上不为保护盛大庆，而为维护他在自己地盘上的独家权威。所以，这之后，见高家兄弟被镇住了，他也就没再继续强横。他说，这一两天，他多次带人出入盛家，完全能证明，盛家绝没多个姑娘。你想嘛，他指着坟坑说，地主婆死了，他们家嫁到城里的女狗崽子是应该回来送葬的，要说多，只能多出个盛巧云来，可我们连等她都没答应，死了人，二十四小时之内必须入土，你们镇里没这要求？六大爷盛元财的理由站得住脚，有人饿死立即掩埋，不光对地主家，对贫下中农家也不例外，这是县上的命令。最近到处有人饿死，县上就决定，为移风易俗反封建，白事新办革命化，谁也不许搞停灵招魂那些个啰嗦。当然这只是表面理由，内里理由是，死人的密度这样高，如果还像以往那么拖拖拉拉地等齐了亲戚才发送，弄不好，就可能引出瘟疫流行。毕竟春天了，天气马上就要热了。

对六大爷盛元财的话，高家兄弟仍持怀疑态度。你们，首先是有点傻有点缺心眼的高小枫发现了问题，你们一个大队的，向着他说话。

两个民兵嚼着从高家兄弟身上搜出的地瓜干，不耐烦地接过了话茬：

向着他？操，你以为我们陪他来埋他妈就是向着他？笑话！

你们他妈这是地瓜干吗？比铁还硬！

我们是来监督他埋他妈的，是怕他只挖个脚面深的坑，让地主阶级的毒细菌飞出来害人。

你这兜揣的什么？还有吃的没？

我知道你是干部，不傻也不缺心眼的高小松直接把对六大爷盛元财的不信任抛了出来，可你和盛大庆都姓盛，是亲戚！

　　真是孩子话！六大爷盛元财咧开了大嘴，笑，可那笑中又满是威胁，刀子般地尖锐锋利。也就是说，他的笑虽然只是经久耐用的家常工具，但在平日的使用中，早磨出了飞快的锋刃，杀伤力肯定也格外强。我和他是有亲戚关系，但他是地主呀，他首先是敌人；可跟你们——你们不贫农吗？咱们才是真亲人哪。

　　这之后，为了不耽误继续埋人，六大爷盛元财从民兵手里要过高家兄弟的地瓜干还给他们，打发他们重回来路。

　　白天有了高小波消息，盛大庆都忘记了丧母的悲伤，而让他在悲伤的日子里还能喜悦起来的，是当天晚上，高小波果真就出现在了他的身旁。

　　高小波敲响盛大庆家朽烂的门板时，盛大庆正在姐姐姐夫的注视下，专心对付手上的混合面饽饽和南方才有的熏制腊肉。这是姐姐姐夫带给他的。当时，砭骨的夜寒满屋流窜，可他们并没烧热炉灶，也没说话。姐姐曾去灶间点火，一为驱寒，一为热热饽饽和腊肉：饽饽冰凉，腊肉梆硬。灶间还有一些柴火。但惊恐的弟弟制止了她。姐姐姐夫也进屋不久，顶多早高小波四十分钟。两个月来，他们已经两度回家奔丧。他们在沈阳工作，两次收到报丧的电报，都是立即请假往故乡赶的，但两次，都没见到死者咽气。他们没耽搁，都是知道消息后，第一时间就上了路，沈阳距红旗镇也不过百把公里。可是，都因为交通工具问题，上一次，爸爸下葬的次日他们才回来，这次好点，他们赶在了妈妈下葬的当天晚上。上一次，姐弟间对爸爸之死还缅怀一番，还劝慰了伤心的妈妈。这一次，对妈妈之死他们无以交流，连死亡细节都懒得提。不是他们不爱妈妈，不像留恋爸爸那样留恋妈妈，是频繁的尤其是雷同的死亡麻木了他们，让他们觉得，再说什么都假惺惺的。便只能用吃、用食物，代替无意义的交流感伤。光弟弟吃，姐姐姐夫看弟弟吃。姐姐姐夫并非不饿，他们也很久吃不饱了，能支援弟弟的，只一星半点，以保证他别立刻饿死也就行了，还应该保证的，是让死亡那频繁的节律和雷同的方式能有所变化。寒冷使屋里更加安静，咀嚼的声音被放得很大，让人听去格外刺耳，尤其是牙齿撕碎腊肉的声音，好像针尖拨弄神经。就是这时，外边传来敲门的声音——朽烂的门板被拨弄响了。对，是拨弄，那细弱的声音，算不上敲。屋里的三个人全呆住了，各自定格成各自的样子，一致之处是都像腊肉。拨弄门的声音大了一点，然后大了许多。那大了许多的声音仍不是敲，而是一个什么体积偏大的重物，整体地冲撞了朽烂的门板。

民兵？姐姐把桌上半鼓的小旅行袋抱在怀里。

不像。弟弟把盘子里的饽饽和腊肉往被套里塞。

操，没王法了！姐夫起身朝门口走，我工人阶级我不怕他们。

他们看到，高小波昏倒在门槛外侧的青石板上。

6

高小波再次倒在门外，倒在华府花园八号楼四单元智能防盗门外侧的柏油路上，是四十八年以后的事。这一次，昏的幸运抛弃了她，倒的姿势定型了她。昏了的她，倚门软软地滑躺下去，身上连擦伤都没留下；死了的她，脑浆四溅七窍流血，匍匐的身体图画般扁平，好像她只是并不鼓凸于地面的一弯暗影。

她是从十六楼上摔下来的。

那天下午，她再怎么努力，也摆脱不开死神的招呼——是摆脱不开，死神假她之手，对冯建昆的招呼。她有点疑惑。虽然她这六十九岁的老太太健康结实，而小她近二十岁的壮年男子冯建昆有点羸弱，可真拼起命来，她怎么着也不是他对手呀，死神要收冯建昆，干吗非托付她这老太太呢？但她还是做好了准备。她把一只上书"中秋快乐"的红色铁皮盒子从床头柜里取出来，端正地摆好，逐一翻看里边的东西。看完，她想给盛英留张纸条，但又觉得没什么说的，就没写，只把那盒子原样锁回床头柜里。盛英有床头柜钥匙，也熟悉这只铁皮盒子，还很清楚，里边的五枚金戒指、四张面额分别为两万的定期存单，以及工资卡医保卡身份证户口本还有两本影集和属于盛大庆的几份证件材料，是妈妈的全部家当。高小波有点不舍地告别她的家当，离开了卧室。她没直接出走廊门，而是推开她卧室对面房间的门。那间屋子门窗紧闭，腥腐的汗味十分刺鼻，在电视中制造噪音的，是个与高小波年龄相仿的、披红挂绿持一把剑的老太太，她正兴高采烈地接受采访。好呀好呀全民健身，老太太说，东亚病夫的狗屎盆子，终于……电视对面，是张单人沙发，有一堆肥肉和一颗脑袋以及一副赤膊，撑得那只方沙发呈现出圆形。

任品呀，大热的天，别总关窗户关门地不通风呀。高小波走向窗口，一边拍一下沙发上那张正打瞌睡的滚圆的大脸，一边把紧关的窗子给打开了。一会任格放学回来，又要说你是捂臭味的糟老头了。

差不多二十岁的任品很不耐烦，摇晃着脑袋想说什么，可嘴刚张开，就像个失去自理能力的糟老头那样，黏黏糊糊地流起了涎水。高小波上前，用搭在沙发扶手上的手巾给他擦嘴。不耐烦的任品推开高小波，直呵呵地盯着电视，然后又闭上眼睛半睡半醒。高小波的目光离开任品，又移向电视，电视里，已换成一个领导模样的人接受采访，他说汶川地震与奥运会，将成为今年中国的……高小波没让领导的预测牵拉住自己，她不看电视也不看任品，只专注于脚下，看门板看楼梯，看泥土小径和柏油街道，看头顶发烫的太阳，看那被太阳晒得暖洋洋的没有尽头的大街带着隐秘的意味向远处延伸，看非上下班时段里仍有座位的231路公交车和壁垒森严的冯建昆家住的华府花园，看一个有门禁卡的老头穿过壁垒而她则一边大大方方地尾随其后，一边假装看手腕上的电子手表：四点三十三分五十一秒。

华府花园是高档住宅区，花草繁盛，甬路透迤，楼房错落，随处可见的执勤保安像随处可见的电子眼一样，不加掩饰地打量着所有出入他们/它们视野的动弹的活物：机动车、自行车、轮椅、滑轮、人、狗、猫……高小波来这里踩过点，在保安和电子眼的注视下，她知道如何表现才像业主，所以，直到进入冯建昆家住的八号楼四单元的智能防盗铁门，她才允许自己心律紊乱。她手抚心脏倚墙休息，畏葸地望向电梯门口，似乎进退两难。显然，进不进电梯，是个挺折磨她的棘手问题。这时，有个刚从电梯里出来要往外走的小伙子，在她对面那堵墙底下停住了脚步，担心地看她，欲走不忍。

大娘，那小伙子说，你身体不好？他同时把手机掏出来，犹豫着是不是应该递她。要是你想用我电话联系家人，或者让我帮你回家去医院啥的，都没问题。可是，我得，先找两个证人证明你身体不好与我无关。你能理解不？

高小波笑着点了点头，又摇了摇头。能理解不麻烦你，她说，你忙去吧，我就是走急了，喘口气就好。谢谢你呀小伙子！

小伙子仍然不很放心，但还是慢慢走出了防盗铁门。是这时候，小伙子身后那一面墙，才整体地吸引了高小波目光，墙上的冯建昆，让她大大地打个激灵。她看到的，当然不是大活人冯建昆，而是他名字。对面墙上，有个长方形的大镜框端庄地挂着，一幅字迹挺大的书法作品镶在里边，在书法作品的左下角，在两方红色印章的印痕之间，"丁亥秋日冯建昆"几个体积虽小但也显眼的字，眉目清晰像破蛹的蚕。高小波好奇地把目光挪到右侧然后往左边移，看竖写着的整幅书法。这种字体名叫隶书，她恰好知道。当初盛大庆肺癌以后，听人建议，曾把练毛笔字当治病的药，虽然练字这味药没救下命，却让他们两口子，分清了啥是楷书啥是隶书，何谓欧体何谓柳体。而现在，书法之药冯建昆也吃，这让高小波觉得，她与他的沟通，似乎不必以死神为媒了。高小波就松了口气，稍稍有点审视和挑剔地，把对面墙上的整幅书法瞭了一遍。有几个字她不太敢读，但大体意思，她能明白：

    岁在丁亥，时逢季秋，本单元凡五十余户德馨之众，齐心思美，合力献资，优化集体空间，修葺公共场所。工竣，门庭焕然，楼宇生辉，居室内外赏心悦目，电梯上下畅怀怡情。赞之曰，环境佳则老少和，邻里睦则男女友。快哉！

嘴里念叨着"快哉"的高小波无所适从，之所以踌躇之后，选择了乘电梯上楼而不是从单元门口原路退出，仅仅因为，当她目光由电梯一端移向防盗门一端时，隔着门玻璃她能看到，外面不远处的花坛旁，那个刚刚别她而去的小伙子，正说说笑笑地，陪着个姑娘往这边走。高小波急忙钻进正好停在一楼的电梯，一口气高升到十六楼上。

在十六楼如何安置自己，这高小波早有事前的计划：她不慌不忙地隐身在电梯口旁边的安全门里，坐在一只膝盖高的咸菜坛子上，看上去，像个被老师晾在窗外的、没资格与其他同学一道听课的挨罚的学生，正假装自得其乐实则忧心如焚地，等待着响起下课的铃声。在她身后，敞开的走廊窗口能送进点微风，在她手边，那只平常买菜用的小编织筐里，盖在一条白手巾下边的"成风牌"菜刀寒光凛凛，又比微风再凉爽些。北京要开奥运会了，全国各地都如临大敌，为了防备有人捣乱，在国际上给国家抹黑，各地出台的防范措施就花样繁多，比如，必须以实名制，购买剔骨刀切菜刀水果刀老式折叠刮胡子刀……想到那么严密的防范，都没能阻止自己拥有这件名牌凶器，高小波骄傲地笑出了声音。不过很快，她的笑就被羞愧和歉疚给中和了，她为此后她可能的冲动行为或许会产生的不良后果而感到不安：她对这把菜刀的使用，会株连家乐福那个复印了她身份证的女营业员吗？而北京的奥运会，会因她的不冷静而半途而废，或减少中国代表团的金牌数吗？她努力回想一楼过厅墙上漂亮的隶书：岁在丁亥，时逢季秋……

如果这时，冯建昆没及时走出电梯，或出电梯后，他腿旁那个愤怒地嚷嚷着什么的外孙女——高小波已经打听过了，冯建昆有个离婚不久的二十多岁的女儿，而那二十多岁的女儿又有个两岁多的女儿——没把手里的皮球扔到地上，并且那皮球，没恰巧蹦跳着滚到安全门外，哈腰捡球的冯建昆也没恰巧看到，紧贴窗口的咸菜坛子上，有个高小波正拘谨地坐着，那很可能，高小波会在心里谴责完自己的胆小怯懦，就悄无声息地，让这场雪耻的等待不了了之。可是，冯建昆的妻子越过安全门掏出钥匙开自家门时，冯建昆手边那个两岁多的外孙女，忽然愤怒和激烈地，把手里的皮球抛了出来，而那枚苹果大小布满颗粒的绿皮球，又刚巧弹跳到了安全门外，得由冯建昆拉着外孙女去哈腰捡拾。

你——冯建昆差点跳了起来——是他腰身猛地直了。

冯书记……也站起来的高小波，目光里的主要成分是羞涩与自责。

你吓死我了老疯婆子！冯建昆的恐惧倒没有了，可直起来的身子仍然发抖。你还有完没完你这叫骚扰！你简直——你走，出去，下去，滚蛋，滚！你他妈也太过分了，以为我家是信访办呀……

冯建昆劈头盖脸的喝斥，把高小波的羞涩与自责给骂没了。她身体也像冯建昆的身体那样开始发抖，她拎菜筐的左手和伸在菜筐里的右手，比身体抖得更加厉害。你，你把孩子送回屋里，咱们谈谈……

想什么呢你？我有闲心和你说话？

你不能正常对话我没法走。

没法走？好哇，你不想走就在这耗着，真他妈的倚老卖老……冯建昆的身体不再发抖，转身欲回安全门里。但他的行走路线被挡住了，挡他的，是开完家门后听到动静往这边凑的他的妻子。

死老太太你烦不烦人，怎么还找家里来了！冯建昆的妻子比冯建昆还瘦。

这时，高小波的身体也停止了颤抖，她不再说话，只让一种叹息似的笑容在脸上绽开，然后凝固。她没对冯氏夫妇言语上的无礼提出抗议，反倒借助那无礼言语的反作用力，最终下定了自己的决心：她决计肩负起自己强加于自己的那项任务，尽管，她清楚，那项任务分量太重，仿佛一大面滑坡的山体，全压在了她一人的身上。她扔下菜筐，亮出了菜刀。

一般来讲，一个并不习惯舞刀弄枪的人，公示武器是为了震慑，而未必非追求使用价值。高小波就是这样，当她把菜刀举起来时，立刻为这武器的冷峻震慑住了，完全忘了她举它的目的。同时被这武器震慑住的，还有冯建昆以及那个不再敢愤怒的小外孙女，他们依偎着想后退的意图，能证明这点。此时，如果冯建昆那个瘦小的妻子不是大喊大叫杀人啦救命呀，而是也能因感受到震慑从而敬畏，再因敬畏而选择退却，拉着丈夫和外孙女转身闪进她家已经打开的屋门，很可能，一场血光之灾就能避免，而光靠自己，他们就能挽救生命。可那瘦小的妻子不仅喊叫，还把她同样瘦小的丈夫朝高小波推，示意他抢夺她的武器，而忽略了这时候，丈夫正侧身搂抱着孩子。在瘦小妻子制造的噪音中，终于，高小波手里的菜刀再没理由新品展示般地静止蛰伏了，它获得了生命般动作起来，并像它的名字一样，迅疾成就了呼呼的风声。你？真砍呀——幸好，侧站在高小波面前的冯建昆反应快，够灵活，否则，他的左臂或者后背，无论如何是要挨刀的。他身体的一侧挡着妻子，逃命之路已无从延伸。可他的反应快与够灵活，保证了他在无路可逃的情势下，在必伤无疑的险境中，能借助正确有效的自保动作化险为夷。当时的冯建昆是这样做的：一意识到他是菜刀锁定的唯一目标，而他这目标又太易攻击，他就迅速原地闪身，再撑开双臂，通过为菜刀提供新的目标，干扰菜刀的方向，模糊菜刀的视野，也等于是，把选择的难题交给菜刀。菜刀做不到一箭双雕，改变轨迹也来不及了，便只能直指新的目标。新目标是冯建昆手上的小外孙女。人体不是最坚固的铠甲盾牌，尤其对付热兵器时；但对付冷兵器，比之于任何材质的铠甲盾牌，人体的效果又都更好，能一定程度地延缓进攻兵器的二次出击。高小波的二次出击，就被那两岁女孩延缓了几秒，或许十几秒也未可知。她把菜刀从女孩背部拔出来后，女孩还发出了滞后的哭声，这对她的二次出击，造成了一种更大的延缓。看着大量鲜血从女孩背部突然涌出，高小波的手臂僵在了空中，像一个人在表达歉意时，做出的一个尴尬手势。显然，对于手持铠甲盾牌的攻击目标来说，菜刀自上而下的抢砍易于防护。高小波为自己随机应变能力的低下感到恼火。好在十几秒只是一瞬，一瞬之后，她手臂就又能动了。似乎为弥补刚才的失误，这回她调整了进攻路线，变竖向的抢砍为横向的平削。重新舞动起来的菜刀倏然转向，生硬地做到了横平竖直，试图尽量巧妙地绕过那距她最近的、悬在空中的、周身已笼罩在红色中的、挣扎着的小小的意外目标。竟没绕过去。她原来锁定的唯一目标，女孩的姥爷，可能体质真不够好，只举外孙女这么一会，皮包骨头的双臂就没了力气，面对高小波的二度攻击，他的防护已勉为其难，他平直地推出手中的铠甲盾牌，更相当于缴械投降。然而正打却歪着了，高小波的努力再度失败。眼见女孩纤细的脖颈与呼啸的菜刀在同一平行线上仓促相遇，她像刚才的女孩一样愤怒起来，甩手扔掉了通红的菜刀。红菜刀对绿皮球的模仿无法全面，只蹦跳两下，并没滚动。这时，女孩的哭声也微弱了，可以想见，同样作为铠甲盾牌，脖颈的效用不及后背。女孩姥姥的嚎叫声则高调响起，好像是对外孙女哭喊声的续写或接力，同时，她还开始挑战障碍。她缩起脑袋，耸起肩膀，连拱带撞地从抱着红色外孙女的丈夫的腋下钻到安全门外。于是，狭窄的安全门外，两个女人打成一团，一个瘦小一个壮硕，一个乘势猛攻一个自行溃败。为让妻子的冲锋陷阵更顺利些，这时的冯建昆，已抽身站到安全门里。安全门里适宜观战。脱离了险境的冯建昆发现，在安全门外混乱的战场上，自己瘦小的妻子竟占了上风，能把壮硕的老太太逼得节节败退：退上膝盖高的咸菜坛子了，退上齐胸高的走廊窗台了……冯建昆看到了胜利的曙光，或许他还能意识到，作为这场战事的诱因，他理当也出阵做点什么。他就效法妻子也尖声嚎叫，还边叫边小心地放下红色的外孙女，并顺手从地上的绿皮球旁捡起耀眼的菜刀，重新回到安全门外，拉开架势，与已经为他充任了尖兵的妻子并肩作战。可他眼里，已不再有敌人，战斗在他未及参与的情况下就结束了，同时结束的，还有妻子凄厉的嚎叫。他心有不甘，独自嚎叫，把不如妻子尖厉的嚎叫声尽量远远地送向窗外。窗外还有其他声音，是一声巨大的重物坠地声，在十六层楼下的柏油路上，激起了回音袅袅娜娜。

7

在亚马逊雨林一些河流的两岸，有一种昆虫名叫地蝗，它们在地球上被进化出来，已经是几百万年以前的事了。它们无翅、多足、头小嘴尖，不论生死还是交配生育，总成群结队地聚合在一起。它们都是小小的个体，如果作为单独的存在，对它们感兴趣的，可能只有青蛙或林鼬那种体量和质量也脆弱的生命：窥视良久，突然出击，舌头一卷，让其成为自己的若干分之一顿美味大餐。地蝗这种永远乱中有序地挤成一团的褐色昆虫，是集体主义精神的坚定实践者，连它们彼此的面目，包括个头的大小肤色的深浅和形状样貌，都如同被同一型号的机械模具炮制出来，好像它们是刚刚批量下线的工业产品。但它们又确实是各自独立的生化产物。一般来讲，难得一见的地蝗一旦出现，那一定是在某片林木稀疏的潮湿地带。在暖洋洋和水淋淋的午后阳光的照射之下，大量已经静卧数小时的雌性地蝗，会几乎同时活跃起来：一批批蠕动着如同石撞水波，一拨拨抖颤着恰似风抚绸缎，其场面壮观而又虚幻。那是它们在自掘坟墓，也是为子嗣打造摇篮。

是的，摇篮。其实，这片已经并仍然又即将布满地蝗尸骸与受精卵子的湿润泥土，全都是孕育又一代地蝗的巨大摇篮，虽然与其他地方比，这里并不享受什么特别对待：同样得接纳雨浇雹击，同样得承受炎日冷月，同样得听任一阵阵风的扫荡和一层层腐殖质的覆盖与裹挟……但是，既然身为摇篮，托举生命就是职责，而这片土地的最大特点，便是一丝不苟地恪尽本分。所以，如果你精确地数过七年光阴，数过两千五百五十六天，在那百分之九十九点九九将是一个皓月当空风轻云淡的安谧夜晚，重新面对这片一如往昔的普通泥土时，你所看到的壮观而又虚幻的场面，将让你惊讶得停止呼吸：那些在泥土中沉睡或者挣扎了整整七年的浅白色虫卵，会突然地，作为未见成长便已成熟的成年蛹虫，蜕去卵壳，拱破泥土，钻出地表，仿佛在一声统一号令的指挥之下，有组织有计划有步骤地，一批接一批又一队连一队地，迅速爬向周边一棵棵繁茂的大树，并敏捷地吞噬翠绿的树叶，它们那沙啦沙啦的咀嚼之声，有着呼啸的气势，犹如海水涨潮或潮袭堤岸。一茬茬拱出地面的地蝗大军不计其数，作为它们占领目标的大树也有远有近，但它们好像此前已根据树的粗细大小，根据每株树枝头树叶的疏密程度，按一定比例，划定和落实过责任范围，居然能精确地做到，每棵树上既挤满地蝗，又绝不超员，即，它们中的每一只都能连续数小时地有树叶咀嚼，却又不必麻麻烦烦地，由此棵树向彼棵树转移阵地。而那些稍后从泥土里爬出的地蝗，更有一种特殊的本领，即使在迅速的爬行中，也能判断出一株大树上已有的同伴数量充分还是不足，如果不足，它们自然会就近就便地填补缺额，如果充分，它们则一点时间也不耽搁地，直奔一个稍远的目标。

所有地蝗的进食都结束于天亮之前一个固定的时间，尽管，与第一只爬上树干的地蝗相比，最后一只进食的地蝗，可能会少吃树叶十片八片。很快，随着呼啸般的咀嚼之声戛然止息，东方天际会乍现灰白，大腹便便的众地蝗们，又像听到了号令一样，会笨拙地重返地面，在湿润的点缀着丛丛青草的泥土地上，井然有序地铺展开来，虽然挨挨挤挤，但绝对互不相扰，旁若无虫地开始默然无声的捉对交尾。在它们散兵线般的庞大性交集体中，所有的成员都是参与者而非观光客，它们公母的数量惊人地对等。就好像，在泥土下，它们脱蛹成虫蜕壳之前，就已经分配好了雄雌的比例，而那些吞食它们的青蛙或林鼬也都是统计大师，吃下它们中一条公的，必然再捕食一条母的——当然，事情没有这么复杂。这些昆虫都雌雄同体，一身兼有两性的功能，交配时，哪一只先让自己缩在腹腔里的生殖器官脱颖而出，变成针芒刺进对方腹部，另一只缩在腹腔里的生殖器官便会迅速发生变异，进一步蜷缩成一只小小的容器，雄雌就此各得其所。

随着太阳的冉冉升起，地蝗们微微起伏略略跌宕的性交宣告结束，心满意足的雄性立即精尽而亡，有许多，身体还与它刚刚交配过的雌性连接在一起。雌地蝗并不因刚刚还与自己千恩万爱的性伙伴的瞬间亡故有丝毫悲伤，它们同样心满意足地，就地躺好酣然入梦，都懒得摆脱性伙伴那针状的、可能还插在自己体内的生殖器官。数小时后，烈日当头直照地面，雌地蝗们从睡梦中醒来。它们再次开始蠕动，好像刚刚想起，应该以自己众多纤细的足剪作为锹镐，为自己挖一座安眠的掩体。这很徒劳，但也并非全无成效。日影西斜时，每只雌地蝗身下的泥土，都会略微凹陷下去，雌地蝗会在那凹槽里，安置好自己滚圆的身体，舒舒服服地，等待天色黑尽，等待自己安静地死亡。当然，在死亡之前，它们是一定要分娩的，将它们的后代，播撒进它们身下泥土的凹槽。但由于分娩的时候它们很安静，分娩后又立刻安静地死去，并且还以自己肥胖的尸体充当孩子的胎盘或者褓褓，所以，它们的分娩虽然存在，虽然，它们以及它们的配偶，蛰伏七年后饱餐一顿，然后立即交配再随即死亡，仿佛就是为了分娩，可它们的分娩，却只完成在一个隐蔽的瞬间，这倒好像，它们存活一回，并非仅仅为了分娩。

再然后，就是七年后了，它们的后代将无师自通地模仿着它们，以同样的方式传承基因。

卷二　编年史

1

我没有名字。我们都没名字。作为超人或者新人，我们除了从人类那里借来"圣婴"一词指称我们这个寄生属群附庸群体，我和我们每个个体，自己的财富只有个编号，比如，我是DJ1414，我师傅先是BB1203，后来降级为CA0057，而我们的先祖，那四十九位第一代圣婴，他们的编号始终是AAAA01至AAAA49。

据说，据我师傅说，据我师傅的师傅说，据和我打过交道的喜欢钩沉历史八卦传奇的其他圣婴说，据他们东一嘴西一嘴的说法的综合之说，以前，很久很久以前，如果我们先祖的一念之差铸成事实，那我们每个圣婴，就也能像人一样，拥有属于自己的名字——啊，世代享用一个固定的名字，让一个本无生命的代号成为生命的一个部分，这，该算好事还是坏事呢？抑或只是无所谓的事？

平常我们圣婴相见，若熟识了，称呼对方，都以对方宿主的名字为代号或外号。比如，我师傅就一直叫我盛英：盛英我来了！盛英我在这呢！走盛英我领你去……他像一只隐形的鸟，经常从某个意想不到的地方倏忽而至，恶作剧似的看我惊讶。我不知道，其他圣婴被以宿主的名字称呼有何感受，没有感受？也觉得好玩？或者——反正有谁称我盛英，我挺高兴，会有一种我这个独特存在得到确认的愉悦与温暖。我也知道，通过惦记一个个别的名字去惦记一种独特的存在，这种情感比较危险，但没办法，我就是喜欢有温度的、有含义的、有趣味的、有个性的人类的名字。叫我盛英吧！我总想这么宣布，对与我打交道的所有圣婴。不过，有时候，一想到盛英只是我这一世暂借的外号，我又会失落："盛英"虽好，却只能陪我此世，而下一世、下下一世……我仍然得以暂借的方式，随宿主的变化而更换外号，如此，将有无数个乱七八糟的、风格迥异的、我尚不知晓是否好听和能否让我喜欢的新外号，不由分说地，介入到我每个未来的"此世"之中，可它们也能带给我愉悦与温暖吗？每念及此，我都沮丧，而尤其让我沮丧的是，我的宿主盛英，对我这个寄宿者"盛英"一无所知。

哦，对不起，我这种酸溜溜的情绪不合时宜，它能表明，作为一个刚迈入修炼门槛的晚生代圣婴，我的幼稚太像人类，甚至，比人类中许多城府深机心重的家伙还要幼稚。人类之所以成不了大事，就是因为太幼稚了，这是我师傅常说的话。我师傅说，人类幼稚的标志之一，就是喜欢自找麻烦，比如，饱肚子的勾当还讲究口味，舒服身子的把戏还讲究爱情，只为简单地区别个谁谁谁谁谁谁谁，还非绞尽脑汁地讲究名号……咱的先祖，之所以没建立取名传统，是怕呀，我们这些当师傅的，给你们取名累坏脑子——我师傅言及取名的事，虽然仍像谈论任何事那样，持真假莫辨的油滑口吻，可腔调里，竟隐约地，流露出来几缕忧伤。这可少见！尽管，他那忧伤，只相当于雇主对钟点工所表达的关心。是的，我现在的编号，正是当初我"生"时，他为我查验并确定的，如若我也需要名字，肯定也得由他拟就，就像人类的婴儿出生以后，都由长辈赐号命名。可他的话，那种累坏脑子的玩笑话，与他腔调里的隐约忧伤组合起来，又能产生一种奇特的效果，让他的表述，变成了暗藏玄机的反话或隐语。对我师傅的话，我总不知该怎么领会，仿佛，他涉及问题的方式越阴阳怪气，就越值得我品咂琢磨，而他越是不给我出示答案的东西，就越能对我构成诱惑。

我们圣婴在每个"此世"，都要经历两次诞生，第一次叫"成"，发生在宿母的卵子受精之时，第二次叫"生"，发生在宿母分娩我们宿主的时候，这两次诞生之间的时段，即"成"的我们走向"生"时，是高级别的BC级圣婴的调整期时段，是低级别的DE级圣婴的预备期时段，但不论调整期预备期有多少区别，在有一点上，是一样的，即调整期与预备期里的圣婴都有等于无，连个指代的编号都不存在。比如吧，从一九六〇年四月到一九六六年八月，即高小波怀孕盛英的这段时间，也是"成"了的我，走向"生"的预备期时段，这六年里，我只能处于未名状态，得一直等到盛英出生，我也"生"了，才能获得DJ1414这个编号，也才能一并获得"盛英"这个好听的外号。而在我预备期里，若谁提我，则必须啰啰嗦嗦地、麻麻烦烦地，把我的宿母高小波拎出来，甚至把她身处的经度多少纬度多少都描述一通。若以后盛英死了，作为二世圣婴、三世圣婴、四世圣婴……我在我下一个宿主的胚胎阶段，即我的下一个"成""生"之间的预备期里，仍然不会拥有编号，既没正规的数码代号，更没有非正规的宿主名字外号，同样，谁叫我，只能通过描述我的新宿母，才能实现对我的代称。

最初的圣婴，我们的四十九位先祖，甫一面世就智力非凡——是的，智力非凡，非凡的功力有赖于在日后的进化中持续修炼，而非凡的智力，对他们来说与生俱来。他们最为非凡的智力，即表现为远见，能以直觉预见后来的百世千代。早在开始诱使和促使人类代孕下辈圣婴之前，他们就考虑到了诸多问题，不仅周密地为我们的存在赋予了意义设定了使命，更为我们阵容的壮大和行事的规范，制定了方略明确了纪律，也为他们自己和我们这一代代后辈，设计好了姓氏和取名的原则。当时，他们参照人类各部族群落对一些图腾的命名，也就是对一些野兽家畜飞禽游鱼以及昆虫的称呼，掂量来琢磨去，公平地确定了四十九个姓氏，准备择日举行仪式，通过抽签，具体地分配给每位先祖：陆（鹿）、项（象）、杨（羊）、胡（狐）、于（鱼）、晏（燕）、谢（獬）、古（鹘）、归（龟）、皮（貔）、符（蝠）、萧（枭）、佘（蛇）、贺（鹤）、郗（犀）、朱（猪）……拥有了姓氏即能得到名字，得到了名字便可获取身份，而身份，许多时候都与过去相关，与过去的经历、记忆、特殊性以及耻辱和尊严相关。在等待命名的那些天里，一向持重的先祖们，变得都有点不稳当了，为熟悉那些未来的姓氏，时时念念有词像犯了热病：盼望姓侯的练猴爬杆，喜欢姓姬的学鸡打鸣，还有与牛亲亲密密的，还有与马形影不离的……他们的表现，与人类占了便宜时的表现没什么区别。

可是，我们，圣婴，怎么能与人类没区别呢？在本质化的实在之外，仅仅添加一个并不含有具体意义的指代符号，就能唤起如此巨大的情绪反应，就能让圣婴与人丧失区别，这，没法不让我们的四十九位先祖预见到危险，并冷静下来扪心自问：难道，确立自我，真是一场精神的灾难？

2

一九六〇年四月五号深夜至八号凌晨，高小波肚子里怀上了盛英。

一九六〇年十二月三十号上午到晚上，高小波与盛大庆登记结婚，并且，姑且也算摆了喜宴。

一九六三年十月十三号下午四点多钟，高小波自嫁入盛家，首次来沈阳拜婆家人——居住沈阳的大姑姐盛巧云，是老盛家，硕果仅存的婆家人了。当然，依旧俗讲，高小波的婆家已经没人，盛巧云算老任家人。当时，雨后的沈阳已有寒意，可下火车后，背个大包一气走了四十分钟路的高小波，找到任家时，额上的汗珠又大又亮。这天是休息日，盛巧云任长安都在家，正逗他们三岁多的二儿子任礼玩呢。高小波乍进屋，拘束了约摸五十秒钟，然后，把盛巧云任长安按坐在床边，说我有话说，就恭恭敬敬地跪到地上，仰着脸说，姐和姐夫救我一命，就是我的再生父母，好几年了，我一直想说……不等她磕头，任长安已上来拉她，即将临盆的盛巧云叫，小波小波没这道理……高小波固执地不肯起来，说那什么姐，这样好不好，我已经是老盛家媳妇，总得给公公婆婆磕个头吧，可公公婆婆命苦，都不在了，我只能请你和姐夫，替爸妈接下我磕的头，你们能接下我磕的头，就等于爸妈接下我这个没机会孝敬他们的儿媳妇了……

不久之后，盛大庆也来沈阳看望妻子和姐姐姐夫，听说了这事，没外人时悄悄地说，都是平辈，要我可跪不下去。不过他心里喜滋滋的，觉得高小波的表现让他有面子。

这可不是虚头巴脑的面子问题，高小波正色道，我是真心想，这辈子，一定要实实在在地报答他们。

你——怎么报答？盛大庆似乎有了预感。

我想，可能已深思熟虑的高小波说，反正咱不能有孩子了——这时候，她失踪三年多的月经仍不见归来，而对子宫里已然存在的未来的盛英，她自然还一无所知——而他们，毕竟男孩还有任礼，现在又有了女孩任慧——这回高小波来沈阳，主要任务不是给婆家人磕头，而是大姑姐盛巧云生孩子，需要她来照顾月子——任义咱们就领养了吧，也是给姐减轻负担。

盛大庆确认了自己的预感，意识到，他这两天的观察没错，高小波似乎对任义更无微不至。他倒也感激姐姐姐夫，也愿意分担他们的艰辛，但长期面对一个残疾孩子，他不知道自己有无勇气。或许没有。

任义是盛巧云任长安的长子，患小儿麻痹症行走不便，如果把盛巧云认作娘家人，再把盛巧云的直系亲人也扩充进娘家人队伍，那高小波嫁给盛大庆后，第一个见到的娘家人其实是任义。当时，五岁的任义像个泥猴，在距家门口三十米远的墙根拐角处，正艰难地爬出雨后的泥坑。背个大包已经步行四十分钟的高小波凑过去，不用探问姓名，就猜到了这孩子是谁。她没多看这可怜的孩子，没看他的表情何等痛苦，而是大声呵斥泥坑旁边，那三个反复将任义推倒，逃逸时，又将既纯洁又邪恶的笑容留下来的顶多也就五六岁的男女孩子。

既然是感恩，咱就得实实在在。

可是，可是，实在也不能，不能把不属于咱的、咱也没能力扛的困难，冲动地就……

喊——

盛大庆埋完妈妈的那个春寒之夜，如果没有盛巧云任长安夫妇，尤其是没有盛巧云，盛大庆根本不知道该如何帮高小波苏醒过来，或者，高小波自己醒了，如果没有盛巧云带来的饹饹腊肉之外的能煮粥的三斤小米，特别是，没有两盒葡萄糖口服液以及一夜一天的专业护理，她可能照样必死无疑。那天晚上，高小波从昏厥中活转过来，第一眼看到的，正是给她喂小米粥的盛巧云。她脑袋枕在她的腿上。她没理盛巧云，也没理随即看到的任长安，她完全忽略了这两个陌生人何以与她如此亲近。她雾蒙蒙的目光越过盛巧云和任长安，虚弱地打在盛大庆身上。当时，盛大庆正侧对着她，在水盆里涮热毛巾呢——为了救高小波命，他已经不管不顾地点燃了炕灶。听到姐姐轻声叫醒啦，他急忙扑向她，连喊小波小波你没事儿吧，直到这时，她才身子激灵一下，仿佛从梦境中回过神来。

大庆——大庆！她紧抱住盛大庆一条胳膊，以耳语般的声音兴奋地叫喊。彭德怀垮台了，盛元财，也好不了了……

这个行将咽气的农村姑娘，脸色蜡黄，两颊上，如同各贴了张刚出锅的玉米面饼子，而冰凉的手脚，更如涧水下滑软的地衣苔藓，显然，在阴阳两界都伸了一脚的她还死活未定，可一张嘴，她吐出来的，却是国家领导人以及基层统治者的鼎鼎大名。盛巧云任长安面面相觑，闹不清这准弟媳妇什么来头，一紧张一惊慌，小米粥险些没泼炕上。就好像，在他们眼里，原来的高小波只是普通石头，粗糙黝黑没什么特点，溜一眼触一下，不过出于礼貌的客套；可忽然之间，有专家称，她名叫陨石是天外来客，这样，对她，他们便不能不刮目相看了。他们刮目相看准弟媳妇的方式，是用目光向盛大庆发出疑问：她疯了吗？什么意思？

盛大庆没理睬姐姐姐夫疑问的目光，对高小波的起死回生，也没顾上表达喜悦，他的脸，骤然间苍白成新鲜的石膏，就仿佛，他已早于高小波先咽了气，被铸成了纪念的膏模。他飞速拔出被高小波抱在胸前的那条胳膊，翻手去捂高小波嘴，其动作之快、力道之大，像掼出一掌或捅出一拳。不论国家领导人彭德怀还是红旗公社第三大队的统治者盛元财，其响亮的名讳，都不是高小波这等草民能随便叫的，如果整个红旗公社还有不识数的人，那么，在第三大队松树崴子，可人人都知道，称彭德怀要叫"彭老总"，喊盛元财得叫"老支书"，起码也要叫"六哥""六叔""六大爷"。当然了，在许多人那里，后者比前者名气更大，而他们得以知道前者，也正因为在后者嘴里，"彭老总"三个字的出现频率，仅次于"毛主席"，远高于"周总理"或者"刘主席"，而这些人物，可都是百姓眼里的天兵天将。现在，高小波不仅对天兵天将以及高扛天兵天将旗帜的虾兵蟹将失去了敬畏，还说他们"垮台了""好不了了"，她明显是饿昏了脑袋说胡话呢。

住嘴！别乱说！你不想活啦！

唔哼！哎呀嗯！你捂死我了！

很快，姐姐姐夫就证明了，高小波没乱说，至少对彭德怀垮台的定性是准确的。姐夫是铁路系统的一个基层党小组长，刚刚听过上边传达，彭德怀的确成立了一个反党集团，被毛泽东给揪出来了。

去年秋天，中央开了个庐山会议，彭德怀集团的人都上山了，想像他当年平江起义那样搞一场暴动。姐夫说话时，不屑地抖抖披在肩上的黑呢子大衣，好像舞刀弄枪的起义暴动，只是张家长李家短的邻里争端。可毛主席谁呀，既料事如神又运筹帷幄，一下子，就给他们来了个瓮中捉鳖。听说呀，那彭大胆，居然敢骂毛主席娘……

别说没用的！姐姐制止了姐夫的卖弄。你俩是不有毛病呀，她转而数落盛大庆，而矛头，暗中指向的是准兄弟媳妇。刚才高小波昏厥的时候，盛大庆已把他和高小波的情况简单说了。自己活着都费劲，还操心……

那你至少不能乱说六大爷呀，他白天还带人来监督过我呢。盛大庆仍然把手捂在高小波嘴上，只是力道轻了。他没空对姐姐做出解释，也是觉得姐姐不该那么健忘，离开家乡不过五六年光景，怎么就把六大爷盛元财与彭德怀那层亲密的关系给忘了呢。他警觉地看完窗口又看门口，继续对高小波说。今天白天埋我妈时，你哥你弟还来了呢，是六大爷把他们打发走的。

他们——来抓我？高小波差点又昏过去。

高小波的推理相当准确，也足够及时，她藏匿在盛大庆家还没到十天，六大爷盛元财就被捕了——他果然"好不了了"。最开始，人们风传他是彭德怀安插在红旗公社的右倾机会主义分子，一旦彭德怀在庐山搞起第二次平江起义，他就要搞松树崴子起义，和他一块进班房的会计妇女主任和民兵队队长几个人，就是他起义的中坚力量。但后来，红旗镇开批斗大会，县上来人特意解释，说盛元财这个斗大字不识一口袋的地头蛇土霸王，根本没资格右倾还机会主义，他的罪行，也不是因为和彭德怀握手又书信往来——他给彭德怀写过信不假，可彭德怀根本没搭理他，说彭德怀回了信那是吹牛。一年多来，他和红旗公社第三大队领导班子的其他成员一道，偷设小金库，私吞救济粮，还公报私仇地害死过人，这才是他倒霉的主要原因。

批斗盛元财那天，松树崴子的青壮年都被喊去参加会了，除了盛大庆。他倒想去，他想知道，生生饿死的他爸他妈，是不是也算被盛元财害死的人，起码，应该算盛元财间接害死的人吧。他把这意思跟队里的新负责人说了。新负责人没有当官的心理准备，更没实践经验，遇到问题还手忙脚乱，事无巨细都要请示公社。对盛大庆的问题，他请示之后给的回复是：屁，地主地主婆死有余辜，盛元财再王八蛋，害死你爸妈也不算罪。你要去也行，可以替你爸妈上台陪斗，交代你家和盛元财是怎么谋划苦肉计的……盛大庆便留在了家里。他把浑身浮肿弯腰都困难的高小波扶下火炕，与他一齐跪在毛泽东像前，同起同落地磕三个响头，说感谢毛主席打倒彭德怀，为我们扫除了结婚的障碍——至少扫除了大部分障碍；高家的反对，只是障碍中的一小部分。

当年年底，已经停经大半年的高小波，肚子略微鼓凸起来。他们以为那只是胀肚，与吃多了胡豆叶或小球藻或橡子面，尤其是吃多了咽得下去拉不出来的观音土有关，而根本想不到，那是一次漫长怀孕进行时段中身体出现的最初变化。当时，许多该来月经的女孩子不来月经，而已经来过月经的年轻女人，有许多又停止了月经，连粪坑里，鲜红的颜色都少见了，并且不光女人胀肚，好多男人也像身怀六甲。盛大庆和高小波没担心过未婚先孕，他们更相信高小波已经绝经，他们已然接受了一辈子不能有孩子的残酷现实。是这时候，有消息从镇上传来，说高小枫与几个村里人犯挖坟罪，被政府抓去判了死刑——啪，没有几天就给毙了。过去也有犯挖坟罪的，多挖旧坟，挖古代的坟，算盗窃，或盗窃文物，一般不至于因之送命；可高小枫他们专挖新坟，还不是盗窃陪葬品——新坟里也没有陪葬，他们只盗窃新鲜的死人，弄出来，扔大锅里烀肉炼油，再偷运到城郊接合部的黑集市上，当熟猪肉和猪大油批发零售。据说，高小枫团伙倒霉倒在了太仁义上，不像他们的有些同行，只管黑心逐利，不问顾客死活。高小枫他们知道，吃人肉容易引起腹泻，尤其是那人肉来自开始腐烂的尸首时，吃不好都会导致死亡。他们便对每个买主都诚实相告，吃他们出售的肉，切忌暴食，一定要严格遵循四项基本原则：吃瘦弃肥、肉菜混吃、少食多餐、腌咸常吃。他们公开承认肉质不好，所以定价也低。当然了，虽然他们善良和诚实到近乎愚蠢，倒也没说他们卖的是人肉。但善良和诚实即使不算愚蠢，败给不善良不诚实也天经地义，结果，与其他不管不顾的人肉商贩比，高小枫他们最先落网，自然，也最先吃了政府杀鸡给猴看的夺命子弹。当时上边规定，与吃人肉有关的案件一律定为"特种案件"，处理"特种案件"，比处理其他不特种的更强调从重从快。

太不讲理了！了解到高小枫的死讯以及犯罪事实后，高小波沉默五分钟，掉了十滴泪，然后，便神色自若地打扮自己。废物利用也犯死罪？她自言自语。她说的话，是为哥哥喊冤叫屈，但她的行为，却像庆贺翻身解放。

盛大庆假装看窗外不敢搭腔。窗外，稀疏的雪花淡淡地飘着。自从为高小波办过生日宴，大半年了，只要"吃"和"人"这两个字眼凑得近边，甚至用别的字眼，但渗透出了相关的意思，他就会牙根发酸，肠胃痉挛，呕吐的感觉一阵阵出现。

你也拾掇拾掇。

我？我拾掇什么？

去镇上呀？

去，镇上？盛大庆想到了高小波的另一个兄弟，那个仍然活着的、与高小枫同样魁梧和鲁莽的高小松。但他不想表现出他怕挨打。如果你爸妈，扣下你不放你再回来呢……

高小波竟笑了。这是我家，谁敢不放我回来？咱俩上镇上不是去爸妈家，是登记结婚；看爸妈，等结完婚再说吧。

新婚之夜与新婚以前那八九个月的每一个夜晚没什么区别，只是高小波的身体更好了一些，只是，这一夜吃晚饭时，盛大庆把村里的新负责人，还有几个平日不怎么欺负他的年轻人喊到家里，一起吃了糖块炉果盐水煮白菜，又一起喝了几盅白酒，新娘子还不知从哪找来张红纸，剪成个龇牙咧嘴的双喜字贴在门上。客人离开后，盛大庆问高小波，打算什么时候回家看看，给高小枫上坟。高小波脸上敛去喜色，骂盛大庆扫兴。我一辈子也不想再看到他们，她说，高小枫死了是遭报应。盛大庆不再吭声，一双大手在高小波赤裸的身体上使劲摩挲，以搓澡或者点穴的指法，平复高小波激烈的情绪。

他们抢走了我的女儿，高小波忽然坐起来，盯住盛大庆说，在我二姨姥家，小盛樱刚出生一个礼拜，就被高小枫领来的麻脸女人给抱走了……

盛大庆停止了手上的动作，怔呵呵地看高小波。他不明白妻子什么意思。

你倒放个屁呀！高小枫和麻脸女人抢走的也是你女儿，是咱俩的女儿！

咱俩？有女儿？盛大庆喊。

当然啦，你个傻瓜，你不是喜欢有个樱桃一样的宝贝女儿吗，你有啦！你有个比樱桃还稀罕人的小盛樱呀！高小波扑在盛大庆怀里放声大哭，边哭边捶打丈夫的胸脯，然后，再让哭泣转化为抽噎，使她在抽噎中的娓娓讲述，很像一辆响着悦耳风铃的儿童车，匀速行进在淅沥的雨中。女儿呀，盛樱呀，你在哪呀？再过半个月你就一周岁啦，腊月初一是你生日呀……

3

一九七六年九月九号，晚九点，各家的灯光比往常亮，仿佛春节提前来了。没提前，上级领导没贸然决定，要求百姓改季过节。另外，没有鞭炮声，没有喧闹声，没有喝酒时的猜拳行令声和包饺子剁馅时刀击案板的咣咣当当声，也能证明，这个微亮的晚上与年节无关。如此，说各家的灯光亮于往常也不准确，那些窗口透出的亮光，与平日其实没有区别：一般人家为了省电，为了恢复昼行夜伏的动物习性以适应生存，天花板上，吊死鬼般悠荡着的，永远是度数为十五至二十五瓦的白炽灯泡，只有春节才换四十或者六十瓦的；至于现在，住宅区内略显明亮，仿佛相对摆脱了早已深入人心的幽冥阴森，原因不在灯泡度数上，而是展览光明的窗口比往常多。在密度的援助下，亮度获得了虚假放大。亮堂的晚上适宜夜行。就有人行了。盛英、刘海阔、钻子还有王小棠，在孟大下巴带领下，怀揣匕首、螺丝刀、手电筒以及既可以当鞭子抽人又可以当锁链捆人的粗麻绳，像几条探起身子的眼镜蛇，在铁路小楼曲折的胡同里，静悄悄地往复游走。他们中没人戴眼镜都戴军帽，或仿军帽，包括梳马尾辫的王小棠。

这天下午，广播里说毛泽东死了。最初，孟大下巴不信，瞪着甲亢病人一样凸出的眼珠子问身边人：难道，毛主席他老人家也会……但紧接着，一个来自区里的电话就让他信了。孟大下巴是街道干部，即使不信自然规律，也信区里。区里的意思是，只要是人，都逃不脱死亡，"万岁"之类的比喻性祝福，只是一条为人与神画界限时虚拟的线，那线虽然美轮美奂，但织出来的，同样只是件皇帝的新衣。孟大下巴眼前的新衣成了空无，他像舞台上的乐队指挥，双手平举，骤然起势，引领身边的人放声号哭。哭毕，他公开地安排别人布置灵堂，自己则秘密召来盛英等四人，说在这非常时期，为防止阶级敌人破坏，按上边要求，街道要组织夜巡小队。继承主席遗志，不忘阶级斗争！他说，这责任现在落到了你们肩上，你们光不光荣？光荣！盛英等四人低吼了四声。不是每人各吼四声。是一人只吼一声，但不整齐，不划一，不干脆，不大大方方敞敞亮亮堂堂正正，一条声就变成四条声了。夜巡小队的四个成员，十岁的盛英是铁路二校的红小兵大队长，十七岁的刘海阔是二十五中学的红卫兵大队长，二十二岁的钻子在回城泡病号前，作为下乡知青，当过昌岭县振兴公社第一大队第一小队的青年点点长，用孟大下巴的话说，都是江青同志信得过的人；只有三十岁的哺乳期女人王小棠在日杂商店卖炊具，身上除了凸凹的曲线，没政治釉彩，但五十岁的鳏夫孟大下巴信得过她，说夜巡小队之所以也需要王小棠和盛英，是为了应付可能出现的复杂情况。阶级敌人里，也有女人和孩子，他这么解释时，脖筋牵拉着大下巴来回扭动。王小棠不叫王小棠，是长得好看，眼睛能放电，有电影《英雄虎胆》里演反角的王晓棠那种妖冶劲，再加上她丈夫姓唐，人们就叫她王小棠了，没看过《英雄虎胆》和不知道她丈夫姓唐的也这么叫。夜巡小队成立数分钟后，得个方便，钻子挤眉弄眼地对刘海阔和盛英说，孟大下巴赖了巴叽地非拉王小棠入伙，是为了与她搞破鞋，而人家，更想在家奶孩子的。在幅员不小的铁路小楼住宅区，叫个人，只要比王小棠那七个月大的女婴再大一点，都明白搞破鞋什么意思，不具体明白也大体明白。铁路小楼一带的大人，尤其男大人，最开心的事就是谈论搞破鞋和吃有肉的菜。大人总是孩子的老师。

在钻子挤眉弄眼之前，盛英只大体明白搞破鞋什么意思，但这之后，几小时后，晚九点后，他对搞破鞋的意思就具体明白了。

九点钟，他们蹑足行走到铁路小楼东侧最外边的那条胡同时，忽然听到，胡同另一边二十五中学西墙外的小树林里，传来一两声掩饰的咳嗽。声音极小，像两片树叶的轻柔摩擦。可夜巡队的五个人里，至少三个都听到了，包括盛英。随即各人亮出武器，包抄过去。一对尚未穿好裤子、坐在地上风衣上的、被夜巡队吓得僵硬成树桩的中年男女，眨眼间就被麻绳捆了起来。巡逻已超过两个小时，除了孟大下巴，其他四人都没精打采；可这时忽然抓到了敌人，并且，敌人搞的还是搞破鞋这种能勾动人隐秘欲望的反革命活动，让包括盛英在内的所有人，都吃了补助夜宵一样兴奋起来。孟大下巴说过，十一点后，夜宵补助吃区里给各夜巡小队调拨的火腿肉香肠。平常，没谁家能吃得起香肠，吃得起的，也只买没什么肉味的面粉香肠。火腿肉香肠，只有友谊宾馆那种地方才有，供中央下来视察的领导以及西哈努克亲王那种高规格的外宾享用。这时，那对已被绳之以法的男女正在解释，说他们不是搞破鞋的阶级敌人，而是夫妻，是分别在抚顺和沈阳工作的白医战士与人民教师。可是，他们身边那只坏了拉链的人造革皮包里，只有腰身环印了"为人民服务"的一只搪瓷水杯、一只手电筒、一条黏糊糊的花手巾、半本抬头写着抚顺市卫生局革命委员会的三百格稿纸、两盒半"丰收牌"香烟和半盒"燎原牌"火柴，以及三本大小和薄厚不同的书，并没有能证明他们是夫妻的结婚证或户口本。

其实，不用结婚证户口本，也不用带回街道办公室审讯，钻子和王小棠分别捆人时，一直吓得浑身发抖并缩在后边的刘海阔，已经镇定下来并做了证明，至少证明了那个女的，不是阶级敌人也没撒谎。刘海阔低声对孟大下巴说，那那那女的，是我们学校史地组张老师，也可能姓章或臧，虽然没教过我……

没容刘海阔把话说完，孟大下巴就推开了他，让他抱着那只缴获来的黑人造革皮包回避一下。然后，他转身大声对俘虏说，毛主席他老人家都去世了，你们还乐和，什么意思！两口子也不行，不搞破鞋也不行，也算幸灾乐祸的反革命。他招呼其他三名下属，押解着一对哭咧咧的男女凯旋班师。

审讯正式开始，孟大下巴拍着桌子让两人详细交代犯罪事实。男的比女的更为恐惧，一迭声地说对不起，说不应该，说自己想夫妻的事，是资产阶级思想的余毒没有肃清。他说，因为单位抓革命促生产事情太多，他中午离开抚顺来沈阳时，领导只给半天假，也就是说，加上一个晚上的非工作时间，他明早得坐五点的首班长途赶回抚顺。可刚到沈阳，就知道毛主席他老人家去世了，而妻子，即那张老师或章老师或臧老师，得通宵留在学校为毛主席守灵。但他们，都好几个月没夫妻了，上回还是……男人说到这里，女人忽然瞟一眼盛英。同志，她说，是对孟大下巴说，咱说这个，能让那孩子哦革命小将，回避一下吗？

孟大下巴接受了那张老师或章老师或臧老师的意见。盛英不情愿地起身离席，去街道办公室的另一间屋子找刘海阔。

刚才在灯光下，一边听那男人回答问题，一边琢磨张/章/臧老师，盛英裤裆里，小小的阴茎硬了起来。他又是好受又是难受。在记忆中，只有睡觉时阴茎会硬，清醒时硬阴茎，这是头一回。他侧着身子往门口挪，困惑让他像七个月前的临产孕妇王小棠那样，动作迟缓，行为谨慎。那个张/章/臧老师，年纪大，长相差，身材不好还一脸苦相，由她唤醒好受而又难受的异样感觉，盛英莫名地感到羞耻。这时，他身子已经侧了过来，而他以侧姿走向门口的过程，也是把视线从张/章/臧老师身上移向王小棠的过程。此时，屋里无人说话，但王小棠仍在埋头记录，由于生完孩子已恢复体形，即使没动，她略微倾斜的坐姿也像仙鹤欲飞，让人忍不住，想上前梳理她柔顺的羽毛。盛英下意识地抬起右手，张开五指，幅度很小地向下滑动，似乎要梳理掉刚才的羞耻。他明白了，自从下午听钻子说孟大下巴想和王小棠搞破鞋，而他心里，立刻对孟大下巴充满仇恨，他所体验到的好受与难受的双重刺激，就已经与其他没了关系，只能来自于妖冶的、眼睛会放电的、仿若一只会飞的仙鹤的王小棠了；至于那个刚刚好受或难受过的张/章/臧老师，即使年纪轻，长得美，身材凸凹还满脸甜蜜，也只配作为王小棠的替身供他琢磨。此前，伦理意识蒙蔽了他，让他误以为，王小棠只是个邻居阿姨。

另间屋子，是已经布置好的狭小灵堂，刘海阔正在已故领袖的大照片下，给两个守灵妇女讲抓人经过，叙述中充满了"那什么""那啥"的含糊指代。盛英还在想自己心事，就坐到远一点的花圈旁，有一搭无一搭地摆弄那只刚才缴获的人造革黑皮包，主要是摆弄包里的书。那三本书，都不特殊，一本偏薄的是《毛泽东五篇哲学著作》，一本偏厚的是《赤脚医生手册》，还有一本不薄不厚、文字竖排纸页发黄的，是《西游记（中）》。

盛英把《西游记（中）》捧到手里。他知道，《西游记》是中国古代的小说名著，还零星地看过几本根据它改编的连环画册，虽然哪本都缺头少尾，但他还是记住了不少孙悟空的神奇故事。他也会背与这本书有关的那首名诗："金猴奋起千钧棒，玉宇澄清万里埃。"他又看到了孙悟空的名字。他被书中的文字吸引住了，翻书的动作缓慢下来。他最初顺手翻开的是第五百四十九页，这页上的"婴儿戏化禅心乱猿马刀归木母空"恰好是新的一回，即第四十回的起始部分。他以这回为起点往下看，头离纸页越来越近。差不多过了四十分钟，当他又看完第四十一回的"心猿遭火败木母被魔擒"，再看了第四十二回"大圣殷勤拜南海观音慈善缚红孩"的三分之一时，眼角余光里，出现了钻子的两条长腿。钻子来这屋拿战利品。他说人民内部矛盾，得把东西还给人家。盛英愣怔地看钻子一会，才把《西游记（中）》放回包里，有点恋恋不舍。他自责自己看书太慢。他终究没看到，那法力无边的观音菩萨，到底将怎样帮孙悟空降服妖怪。他略略感到宽心的是，那个本领高强的少年妖怪的基本简历，总算让他记牢靠了：住号山枯松涧火云洞，父牛魔王，母罗刹女，而他自己，名红孩儿，号圣婴大王。

4

一九八九年春夏之交，上海过早地迎来了酷热，还没进五月，街上女人的穿着就薄而短了。好像就始于这个早熟的夏季，那个气象学的新名词也流行开了：厄尔尼诺。大部分人不清楚厄尔尼诺什么意思，但大部分人又都说，气候异常，罪魁就是厄尔尼诺。好些天前即淫雨菲菲，似乎梅雨提前了行期，有一天，磨磨叽叽的雨里，还有雪花夹了进来，让一整个甚至好几个冬天都没见到落雪的上海人，于烦躁之间添了点惊喜。尽管，那被上海人称之为雪子的小雪花只有小米粒大，又稀疏得，如同雨后天幕上隐约的星斗。那天，"厄尔尼诺"这一生僻的名词，也第一次从盛英嘴里说了出来，说时，他如同缺少训练的低级骗子，明显地唇齿抵触舌头拌蒜，比第一次对石兰表白爱慕还心虚气短。明确地对自己不甚了然的事物发表意见，至少最初这样做时，盛英的嘴巴灵活性差。他不明白厄尔尼诺何以会导致气候异常，也不明白，自己爱石兰什么，或者是否真爱石兰。明白属于理性范畴，而理性，解析感情时才有作用，用它解析理性本身，很像以自己的刀削自己的把。"何以""是否"都是理性的孩子。

　　都是厄瓜多尔闹的。在五角场南侧一家东北餐馆吃完白肉血肠，他们在餐馆外边不远处等公交车，他们计划去黄浦江边看雨后可能出现的彩虹。这时，他们身旁的另一对学生恋人，那个文质彬彬的小伙子，开始一本正经地替她喋喋抱怨的健壮女友解释气候现象：都是厄瓜多尔闹的。他使用的词汇里，还包括温室效应、臭氧层、熵，都是刚刚萌芽于知识阶层的时髦说法，盛英听过见过但不敢使用。那小伙子批发它们时口气果决，像自销自产的狗皮膏药。

　　厄瓜多尔？石兰望着身旁的盛英，用眼睛和口型提问。

　　厄尔尼诺。盛英用口型答，眼睛则往上看，看天上浊浪似的乌云与棉絮般的白云互相吞噬。厄瓜多尔是个南美小国，过了一会，他低头贴着石兰耳朵说，首都基多。

　　石兰抱紧盛英胳膊，有点同情地看那个抱着文质彬彬小伙子胳膊的健壮姑娘。车子来了，她骄傲地喊。

　　这之后，淫雨早逝，炎夏接踵，再提厄尔尼诺，盛英的口齿就清爽了，就好像和石兰接触多了，在她面前，光屁股都不觉得有什么不妥。石兰不反对他在她面前一丝不挂，但在他面前，她绝对不肯不挂一丝——不论什么时候，她的裤衩都没脱过——除此之外，她对他基本百依百顺。

这天是四月二十六号，周二，下午没课，盛英在宿舍写毕业论文，只下身穿条三角裤衩。窗户和门都大大地敞着，在寝室与走廊间，有半截由床单撕改而成的蓝白条纹门帘充当隔断。门帘纹丝不动，证明没风流通。房间中央，有只膝盖高的红塑料桶半盛着凉水，一条湿毛巾搭在桶沿，它的功用，是间或帮盛英物理降温。这时石兰在门帘外拍墙，你穿衣服没？她更应该拍打的门，完完整整地开在了室内。盛英说，毛病，看我光屁股你闹眼睛呀。石兰说，哎呀别乱说，嘟嘟来了。盛英忙叫等等等等，赶紧穿上牛仔裤T恤衫，掀门帘放进两个女人。在他把门帘掀开之前，听石兰说，他们东北人扛冻怕热，这天别人还长袖呢，可他穿短袖都嫌多余。他听嘟嘟咻咻地笑，大概想说什么，但话没出口时，他们之间已取消了门帘。

站在盛英面前的嘟嘟大大方方，好像很习惯半分钟前盛英嘴里亮出的"屁股"。哇，你宿舍条件这么好呀，两人一屋？

哪呀，盛英让座，这是朋友宿舍。他们是研究生，随导师出去访学三周，我这是为写毕业论文临时借用。

三周？嘟嘟对石兰挤眼睛，太奢侈了。

石兰脸色微红，不敢接嘟嘟的茬，把手中的报纸递给盛英。

盛英假装没留意嘟嘟的暗示，又想平复报纸为他唤起的兴奋。他都做不到。他试图表现的沉着使他反倒笨拙，翻报纸时，便像掀动一盘巨大的石磨或纤薄的蝉翼。嘟嘟上前，把报纸翻到第十五版指点一下。第十五版是倒数第二版，从后边翻更易显现。盛英一眼就看到了自己名字，小得可怜，然后，去看名字上边醒目的标题。标题的字号大于名字，可他视线的焦点，总一闪一闪地被名字勾去，仿佛那两个小字，倒比十个大字更为耐看。"权威主义的另一种译法"，这是他名字上边排成两行的大字标题。他想把视线的焦点再往下移，看名字和标题下面的文章。他没好意思。此时读文章不是时候，况且，那文章也字数太少，可能只有两三百字。一篇肯定被删改得面目全非的文章还值得看吗？还算文章吗？他的原稿近三千字，题目也叫《权威主义与专制主义》。他尴尬地看嘟嘟，说谢谢了麻烦了。嘟嘟说别客气。又说，钦伯伯说，你原文有些说法比较敏感，现在这样，只从翻译角度谈问题更稳妥些。嘟嘟最后说，钦伯伯说你很有想法，欢迎你有空去报社玩。盛英把头又垂向报纸，说谢谢钦伯伯。说到"钦"时，他口齿不清，心中有种怪怪的感觉。该如何区别"钦"与"亲"呢？

为消除那种怪怪的感觉，盛英的头虽然垂向了报纸，但没再让倒数第二版的"权威主义的另一种译法"直面自己。他把报纸折回头版，用"世界经济导报"这六个手写体报头调整情绪。他不懂书法。

这张《世界经济导报》是两天前的，第439期。这份周报，盛英知道它名气不小，可他基本没读过它，只是前段时间偶尔看到两期，而那两期上，恰好都有多篇文章讨论新权威主义，都有人提到一个叫亨廷顿的美国人。对盛英来说，亨廷顿和"导报"一样，是个熟悉的生人或陌生的熟人，他后来使用过的那两本亨廷顿原版书，曾在个研究生朋友的枕边沉睡许久，喝酒时，他用它们垫过菜盆。有一天，差不多是基于虚荣，盛英借来了那两本书，同样基于虚荣，他粗略地把它们翻了一下——是因为借了它们才翻它们，而非相反。那书他看去还是费劲，也没大吸引力，但联系中文，他对"权威主义"的译法倒生出些思考，觉得它可以成为他毕业论文里一个不错的译例。他毕业论文是谈翻译的，其中有个例子，以前上课老师用过。"文革"时，上边提出要"限制资产阶级法权"，许多人被唬得云里雾里。可老师说，"法权"就是"权利"，译为"法权"可使人人喏喏，若译成"权利"只能个个咋舌：同为人的资产阶级和无产阶级，难道权利不一样吗？盛英记得，那天老师把这一译例解释完毕，课堂上响起了一片掌声。能赢来掌声的例子，别人肯定也还记得，也有可能写进论文，而参照亨廷顿就"权威主义"与"专制主义"的一词两译发表意见，那可是原创。在论文里，盛英的"权威"与"专制"，便替代了老师的"法权"和"权利"，他又顺手把自己的例子单独扩写成《权威主义与专制主义》，再让石兰问问嘟嘟，由她把文章转给《世界经济导报》是否可行。嘟嘟与石兰，自幼儿园时代就是好友。此前盛英没见过嘟嘟，但她的一切，包括因为父辈关系，她与《世界经济导报》总编辑钦本立很熟，并自小视钦伯伯为精神导师，盛英都早就一清二楚。而从石兰的性格分析，嘟嘟对盛英，估计也早了解透了，甚至，石兰接受盛英求爱，都得到过嘟嘟拍板。与石兰恋爱后，盛英发现，石兰的有个性与没主见竟能交相辉映，其反差之大，犹如蛇的嘴巴之于脑袋。石兰是新闻系的，低盛英一级。

盛英手里的这张报纸，好像与往日的这份报纸有点不同，可不同在哪，薄厚吗？大小吗？版式风格吗？他又说不太好。这张报纸，头版有两幅不小的照片，一张是前几天刚去世的、前两年辞去中共中央总书记职务的胡耀邦的单人照，另一张，是多人参加座谈会的集体照。前者清晰，后者不特别清晰也不模糊。在照片上边，有通栏标题：耀邦活在我们心中。

先别看了，把它收好吧，最好藏起来。盛英抬头，见刚才还笑嘻嘻的嘟嘟，已换上一副严肃的表情，就像一扇大门隆隆关闭，把花团锦簇挡在了门外，而门里只留下一片阴森。石兰和盛英一样，都在大门这边瞠目结舌。也许，这张报纸会成绝版，嘟嘟继续说，而一旦有人知道你有它，没准会来收缴和销毁。

为什么？

怎么了？

这个座谈会的发言，上边认为有问题，这张报纸已停止发行，发出去的也得收回，钦伯伯，也被要求停职检查，明天，整顿工作组会进驻报社。

这——怀念国家领导人，有什么问题？

前两年胡耀邦的确倒过台，可是，这不又给他开追悼会了吗，也说他伟大无产阶级革命家了，难道不等于给他平反？

有些东西，没空细说，没法细说，另外我也不懂也说不好。是这样子，我来找你，送报纸是小事，大事是，明天我们学校会去外滩和市政府游行，主题是悼念耀邦，声援"导报"，还有其他学校的同学和一些媒体人参加，北京和全国各地的新闻记者和知名人士，还会通电支持我们。你们学校呢——你在系学生会和学校学生会都有职务，是不是，也组织一下。也不是你自己组织，我们也有别人和你们学校的同学联系。

这没问题，明天几点到哪集合……

你们化学系的罗凯歌，住五舍302，午休时你去找他就行。

嘟嘟虽然风风火火，却也行事谨慎，与电影里的地下工作者没什么两样，一把正事处理完毕，毫不耽搁就告辞了，都不用石兰送。石兰也没太坚持送她，估计嘟嘟还没走到走廊尽头的楼梯口呢，她就果断地，为盛英做了新的决定。

你别掺和这事，别听嘟嘟的。

唔？本来已开始收拾桌上东西的盛英，停下来看石兰。

嘟嘟太爱凑热闹了，我妈说她是穆桂英打擂台，阵阵少不下。

你别庸俗化人家，这怎么是凑热闹。对"导报"这样的好报纸，就是不能依着长官意志说批就批吗——即使是份不好的报纸，也不能……

"导报"跟你有什么关系，它不办了，也就少你几块钱稿费……

你怎么说话呢！这不是一家"导报"的事，这关系到的，是公民的权利和言论的自由。

公民权利？言论自由？哼，它们跟你就关系更远了……

你——亏你还是学新闻的，怎么能放出这么没有责任感的屁！

正因为我是学新闻的，比你和嘟嘟都懂新闻纪律，懂什么叫政治，什么叫国情，才没放屁，而是有的放矢。你快毕业了，我希望你凡事都只听学校安排，听组织调遣，别让上边挑出毛病。可游行这事，你知道上边啥态度吗？即使你游对了，我相信上边也不会奖励——有奖励咱也不冒险占这个便宜；可游错了呢？惩罚倒会百分百找来——咱小民百姓，没有资格出这个风头。

小市民！

对呀，咱不是小市民吗？我知道，你还想说上海小市民。那我就作为一个上海小市民，用前车之鉴给你提个醒。还记得上回见我哥不，他恰好说到，他们学校前年闹事的那几个人，这两年毕业全被找了后账，家里没关系的，都被发到了偏远地区，有的干脆没给毕业。对不？你真没心哪，不光要游行还要组织！你还想不想留上海了？你留不了上海我怎么办？难道我跟你去东北吗……石兰的强硬，以柔软做底，也就是说，她声色俱厉的同时，滴落的泪水也扑扑簌簌。强硬代表她意志的坚定，柔软显现她情感的脆弱，而意志的坚定和情感的脆弱，能共同把她意见的正确，确定为不证自明的一样东西。她嘟嘟——哼，反正你毕业去哪都与她无关，她就挑拨你去干那些毫无用处还会惹身臊的事……

"留上海"是个巨大的理由，像一枚钉子，携带着刺骨的寒气呼啸而来，一下把盛英给钉住了。当然，钉住盛英的，还有石兰的条分缕析。盛英怔怔地打量石兰，从上到下从下到上那么个看法，好像他此前不认识她。石兰是由热爱文学选择新闻的，平常说话侧重抒情，兼及哲理，可此时，她临时操纵这种生活化的务实风格，居然也能得心应手。呆愣之中，盛英又任凭那个老问题跳到他的意识表层：我喜欢石兰的究竟是什么，或者，我是否真的喜欢她呢？

你看我干什么，说话呀！你能不能就听我一回？

盛英收回目光低头看自己，然后忽然抱住石兰。那就——干一下？现在就让我干一下吧。石兰的发梢翩翩飞动，是他嘴里热气吹的，石兰的屁股向后撅起，以躲避他下体坚硬的抵触。他的手，已伸进石兰的裙子里边。我们干了，我就不管外边的事了……

不行……像每次面对这种情况一样，石兰进行适度的挣扎，以仿佛经过测算的力量比例，调控她的抗拒与顺从。你怎么想得出这么荒谬的交换条件？我早说过，我们的好日子，得放在你留上海那天。亲爱的你听我话——石兰的身体，是一堆精密零件，看似不过随意摆放，但只须她熟练的组装之手稍一配置，一个有机的整体就能啮咬完成，尔后，便任谁都找不到攻击的漏洞。

没找到宜于攻击的漏洞，倒似乎正合盛英之意。他一边像刚浮出水面的河马那样，不无夸张地咧嘴喘息，以掩饰他对石兰身体需要的迫切度不够，一边以表面不动声色但暗中自鸣得意的、夹带出畸形快感的冷静目光，利用想象中的一面镜子，观察自己眼角眉梢嘴唇周围，所显现的猥琐卑鄙、所暴露的无赖无耻。他庆幸他没说动石兰，否则，如果石兰一反以往，同意了与他上床做爱，那么，他倒可能乱了章法。但石兰采取的，仍是老策略，搂他，亲他，抚摸他，以期再像以往那样，通过手和嘴为他降温灭火。

可这回石兰错了。盛英燃烧的不仅是欲火，甚至根本就不是欲火。盛英摆脱石兰的搂、亲、抚摸，慢慢蹲到红水桶旁，一下下地投涮毛巾，然后脱光了膀子擦拭胸脯。石兰想接过毛巾帮他擦后背，他没用，似笑非笑地说句谢谢。之后他重新穿好衣服，郑重地站在石兰面前，有些躲闪地看她眼睛，并吃力地说话。对不起石兰，我游行，还要参与组织游行，不是为了胡耀邦，不是为了嘟嘟的钦伯伯，不是为了发表我文章的《世界经济导报》，甚至——我还说不太好，但肯定差不太多，也不是为了什么理想主义浪漫主义的公民权利言论自由。你知道我是啥样的人，我喜我行我素以自我为中心，我根本不在乎嘟嘟或别的同学怎么看我怎么想我，会不会说我胆小鬼没良知，说我缺少道德感正义感与社会责任感，我完全可以不去游行。但是，我现在就是想游一下还组织一下，唯一的理由，只是为了满足内心的需要，所以，请你理解我，别挡我的路。如果我这样选择伤害了你，请原谅，对不起！盛英说完，绕着一个小小的弧度向门外走，把哭泣的石兰，独自留在了只暂时属于他的别人的宿舍。

五个月后，晚于正常毕业时间两个多月，盛英带着二次分配派遣令回到了沈阳。他没留成上海，与他参与组织游行没有关系，与他五月份还去北京游了几天行也没关系，唯一关乎他分配的，是一个不知什么领导制定的分配方案：哪来哪去。也就是说，如果你是上海人，你是最烂的学生也能留在上海；可你若是外地人，哪怕你门门考试都一百分，还是干部党员三好学生，那你也得滚回老家。同学中，有个安徽的申请去西藏，有个山东的申请去新疆，也不行。而往年，援藏援疆是受鼓励的。盛英告别上海那天，已经很久不理睬他的石兰仍没露面，盛英把一封事先写好的挺长的信，扔进了邮筒。但这信不是给石兰的，是给石兰的好朋友嘟嘟写的。他并非要移情别恋，要顺手再抓住一个上海姑娘以反击前一个上海姑娘。他写信给嘟嘟，是因为在石兰引见他们认识的二十天后，他们竟在北京、在天安门广场邂逅了，他们聊得非常投机，表示以后要经常联系。并且，听盛英讲了他与石兰的现状，嘟嘟乐观地说，放心，石兰从小就听我的，等过些天学运结束了，民主到来了，我要给你和石兰的破镜重圆当一回红娘。这是在北京分手时，嘟嘟对盛英做过的承诺。现在盛英得离开上海了，不可能把兑现诺言的机会给嘟嘟了，他得对人家的美意有个交代——尽管，他并不需要她当红娘。

盛英到家的第二天，沈阳大雨，白天被浇得如同黑夜。盛英就没出门，在家整理行李，而打开箱子的第一件事，就是看给嘟嘟的信的草稿，然后，又看与那草稿放一块的，那份第439期的《世界经济导报》。他推远拉近地端详那报纸，像在美术馆里，模仿行家欣赏字画。盛大庆和高小波围在他身边，准备接应他收拾出的东西。盛英没什么要塞给他们，他们就束手站立默默等待，如同两株钻天杨，守着一丛萎靡的灌木。这份报纸，应该印三十万份，盛英叨咕，像说给爸妈又像自言自语，但都销毁了，我这张，可能是漏网的几百份之一。盛大庆和高小波都不明白儿子的话什么意思，又不敢问，就哈哈嘿嘿地说好呀好呀，不知是说一份报纸印三十万份好，还是都销毁了好，还是大部分销毁以后，能剩几百张，而其中的一张，偏巧剩在自己儿子手里好。盛英没再理睬爸妈，开始翻报纸。他翻动报纸的指法十分娴熟，只随意一抖，第十五版就露了出来，这明显是演练的结果。但翻开报纸后，他目光并没落在《权威主义的另一种译法》上，他偏一点头，往右下角看，看那里的一个花框，和被它圈住的一篇文章。那文章叫《厄尔尼诺》，由花框归拢在一个名为"百科知识"的小栏目下，所占地盘，比《权威主义的另一种译法》小三分之一。标题字号也小，还没作者署名。显然，至少与"厄尔尼诺"比，"权威主义"更重要些。

在南美洲厄瓜多尔、秘鲁等西班牙语系国家，渔民们发现，每隔几年，从十月到第二年三月，总会出现一股沿海岸南移的暖流，使大范围的海水温度比常年高出三至六摄氏度。本来，南美洲的太平洋东岸盛行秘鲁寒流，随寒流移动的鱼群使秘鲁渔场成为世界四大渔场之一，但这股暖流一出现，性喜冷水的鱼类便会大量死亡，给当地渔民的生活带来极大影响。并且，太平洋广大水域表层海水温度的明显升高，还会改变传统的赤道洋流和东南信风，一定程度地减弱赤道逆流，导致全球性的气候反常。气象科学上，把这种东太平洋几千千米范围内的海面温度异常偏高现象称为厄尔尼诺现象；如果海温异常偏低，则称为拉尼娜现象，或反厄尔尼诺现象。厄尔尼诺一词源自西班牙文："EI NINO"，意思是圣婴。

5

经过漫长的口舌较量，二〇〇三年三月二十号，美国总统布什终于对伊拉克总统萨达姆失去了耐心，要摧毁其三十多年的独裁统治——美国人懂心理学，知道人人都有权力欲望，为了那欲望能正常宣泄，主张在权力游戏中轮流坐庄，你唱罢了得让我登场。从相貌看，布什萨达姆反差很大：前者富于喜感，像个可笑的卡通人物，后者鹰目狮面，刚猛坚毅如青铜雕塑。照理说，他们有分歧，更应该后者不耐烦前者。不是这样。经过周密的战术设计，美国飞机携带的各类精确制导炸弹两千多枚，眨眼间把巴格达等十余座城市搅得乌烟瘴气，打击了多处军事设施："斩首行动"刷刷地斩首，"震慑行动"晄晄地震慑。同日，十几小时后，既不喜感卡通也不刚毅雕塑的中共张集市委副书记、市长李军，也实施完成了他肯定经过周密设计的逃亡战术：果断放弃了他首次使用的、价值七百多元人民币的银灰色PU合成革大号箱包，以及里边的一应旅行用品，还有他没装在旅行箱包里的妻子儿子情妇祖国党籍户口，和他高级公务员的显赫职务包括相应的诸多利益好处，另外，再加上一段革命现实主义与革命浪漫主义完美结合过的悲情告白，从圣婴教堂并不复杂的结构布局和并不稠密的游客人群中，一点一点蒸发掉了。

在盛英眼里，李军的确是一点一点蒸发掉的，像艘漏水的船，被海浪慢慢吞噬了下去。当时，他们这群中国游客从挤满商铺餐馆的琼斯大道走过来时都兴致挺高，可一进入教堂区域，也不怎么一传染，就一个个都气哼哼了，好像有谁得罪了他们。是圣婴教堂得罪了他们。教堂外的导游指示牌上没有中文。导游指示牌上有英文日文，还有两种中国人不常见的什么文字。都四种文字了还不包括中文，这刺伤了中国人的民族感情。至少口头上，中国人是世界上的爱国标兵。这几天，他们走过许多景点，有的景点有中文说明，他们看到了并不欢欣鼓舞，就像个大

68

人物，对小人物的顶礼膜拜习以为常；可哪个景点没有中文，他们则一定忿忿不平：妈的，看不清形势呀，二十一世纪可是中国的世纪。他们不知道，虽然沙文主义与爱国主义确实存在着百步与五十步的亲缘关系，但毕竟，区别还是有一点的。他们多是财大气粗的企业家，因为此番是陪同市长旅游或者叫考察，爱国主义精神便过度高涨。他们相信，市长肯定喜欢爱国者，爱国也就是爱市长了。当时，企业家们都进了教堂，盛英没进，他留在六角凉亭式的祈福台旁，看指示牌上英文的游览说明。与他同落在别人后边的李军超过他时，没错过机会，很自然地，把小聪明浅浅地卖弄了一下。

　　和你同名的地方，是该详细地了解一下。

　　盛英笑笑没说什么。对李军，他不像别人那么畏惧或恭敬。十多年前，他在东北外国语大学读研的时候，是团委会的学生委员，而李军是专职团委书记。当然他们接触不多，因为很快，李军就来到沈阳，在团省委谋了个处长位子，然后又调入一个厅局级单位当党组副书记。倒是盛英毕业回沈阳后，因为做新闻，他们才又有了接触，但后来，李军重回张集，当市长以及市委副书记，两人的接触又没有了。这回盛英应张集企业家联谊会之邀随市长出行，并不知道，这是否是市长的美意。他想问问，没张开嘴。

　　盛英很快就大致看完了圣婴教堂指示牌上的英文说明。内容能比中文的旅游指南丰富一些，但基本还是那些东西。当年，环球旅行的冒险家麦哲伦远航途中歇脚宿雾，适逢当地土著族长嘉虎美奔携妻子齐爱菊娜以及近四百名土著接受洗礼成为天主教徒，为表示祝贺，麦哲伦把一尊木制的圣婴像作为礼物赠送给了齐爱菊娜。那小小的圣婴肤色黝黑，高四十公分——是把文字看到这里时，在盛英眼角余光的远端，刚才已走进教堂门的李军又出来了，他正抬腕看表，没有表情的脸上似乎表情异常。盛英也下意识地看了下手表，三点二十六分半，距三点半还有三分半钟。盛英抬头时，感觉到李军企图看他这边，为了免得再打招呼，他急忙继续看指示牌，假装根本没错过眼珠。一五六五年，宿雾着了一场大火，整个城区化为焦土，但令人惊讶的是，麦哲伦赠送齐爱菊娜的圣婴像却在灰烬中完好无损，成了灾后唯一的幸存。宿雾百姓奔走相告，认定这是圣迹传奇——盛英略微侧一下头，想循着李军可能移向外边的轨迹，看看他这么快就走出教堂要干什么。身旁站了几个肉气缭绕的白种游客，盛英从他们身体的缝隙间回头回脑，不易暴露给不远处的李军。李军的脸还真对着他——是对着祈福台这个方向，但视线的焦点，又并未定格于祈福台左右。李军是半退着身子朝外走的，手里上上下下地摆弄着相机，就好像，他是在选择合适的距离，好让取景框把圣婴教堂及周边的一切都收罗其中：前端烛火点点的祈福台，后面长盒子式的中心建筑和长盒子上部的灰白塔楼以及翅膀一样使劲伸向两边的大屋顶，还有主体建筑两侧的双层回廊，以及回廊上，那不算太多可也穿梭不止的各色游人……大火过后，宿雾人的虔敬之心骤然强烈，尤其喜欢膜拜劫后余生的圣婴像，认为它表征了神的赐福。于是，在发现圣婴像的地方，他们着手兴建了这座圣婴教堂，将"幼年耶稣基督像"作为宿雾的保护神，永远地供上了教堂的圣坛。

终于看完了说明文的最后一行，盛英转身钻出白种人的屏障，抻着懒腰看李军渐渐消失的那边。这时看李军，他不必偷偷摸摸，在宽敞的广场上，他有权利将目光投向任何地方。这时的李军，已远远退出了圣婴教堂区域最远端的外围，只作为一个仿佛仍然没选好拍照角度的末流摄影师的形象，影影绰绰地，在盛英视野里最后一闪，就气体一样蒸发掉了。盛英下意识地又看眼表：三点半钟。

盛英有好奇心，但不是一个爱管闲事的人，对无聊的事物并不关心，而之所以在刚刚过去的几分钟里，他无聊了，实在出于刚才一瞥之间所看到的，李军那张没有表情的脸上，所呈现的表情太过异常。它让他有种莫名的困惑。但他仍以为，这困惑是圣婴教堂带给他的，与李军无关。教堂周边的环境，再菜市场化，再居民区化，再非宗教化，也总有一种特殊的气息笼罩其上，让人感觉，即使每缕思维都物质化了的人，在这里，也能发端出精神的生活。盛英理解不了何以如此，不过他相信，这种无法解释性，是与一种难以质疑的确定性相伴相生的。盛英把目光从李军消失的那个方向收回来，仰上去，再次打量这个与他同名的教堂——哦，是译成中文后，音同。

亚洲最古老的圣婴教堂在宿雾市，宿雾市在宿雾岛中部，宿雾岛隶属于米沙鄢群岛，米沙鄢群岛是菲律宾领土，菲律宾与中国一样，在世界上既同属亚洲，又都在亚洲东部，中国的首都北京在东八时区偏东，菲律宾的首都马尼拉在东九时区偏西，两者间的距离跨度，只相当于半个时区。

盛英进教堂后，匆匆转一圈就出来了，和那些企业家同伴们保持了同步。他当然有相机，还发表过不少新闻照片，但他从不像许多人那样，见到什么都拍个没完。少拍照就节省时间。在去往停车场的路上，有人发现没了李军。李军喜欢独往独来，所以有人发现他失踪了，也只说再等等李市长吧。有个女企业家说，李市长说他要拍点教堂周边的风景，然后直接回车上。有个人说，你应该陪——但话没说完就岔过去了，是他自己意识到这话题不妥主动岔的。就像谁都知道李军喜欢独往独来一样，又人人知道，多少年里，不论担任什么职务，李军也总与绯闻相伴，若建议女人陪伴李军，就好像鼓励或暗示她应该投李市长之所好，与李市长共书艳史。那人岔开话头选择的方式是，忽然指着街边书报亭里的报纸喊道：哎盛记者盛记者，你看看你看看，是不美国对伊拉克真动手了。这是一个关心国际局势的企业家，他通过报纸上的几张图片，就看出了布什萨达姆斗气的动向。盛英买下那张英文版的《大马尼拉报》，证实了那个关心国际局势的企业家判断准确，并瞄着报纸，给同伴们大概描述了伊拉克境内的首日战况。

十五座的旅行中巴是他们租的，应该四点一刻离开圣婴教堂，把他们送往不远处的宿雾码头，然后，他们将乘船赶往班塔延岛，去观赏那里此时正在进行着的、热闹程度可用狂野形容的、每年都要持续一两个月的圣周节。再然后，在班塔延岛住两夜后，后天，他们将飞回马尼拉，再从马尼拉经停香港飞回北京，结束这次为期一周的菲律宾之行。而再再然后，就是他们由北京回老家张集市了——只有盛英和个省报女记者，要回的老家是省会沈阳。

除李军外，其他人陆续都上车了，时间刚指到四点四分。在此后等李军的十一分钟里，车上人大体分两个圈子，大圈子的人大声议论伊拉克战事，小圈子的人小声讲自己异国旅行的遭遇见闻。大圈子的主讲者是个中年男子，恶狠狠地咒骂美国，说美国霸权主义，贪得无厌，为了能源为了石油干涉别国内政，欺负阿拉伯人，而现在世界上，俄罗斯都不行，只有中国能与美国抗衡，所以，中国应该组织抗美援阿志愿军，雄起起气昂昂地跨过幼发拉底河和底格里斯河，去打败美帝野心狼。小圈子的主讲者是个中年妇女，绵软和亲昵地赞美加拿大，说加拿大地大物博却人口不多，清静得好像世外桃源。人家吧，她说，那些矿产资源、淡水资源、森林资源、野生动物资源都可丰富了，像地下原油的储量，世界第二仅次于沙特，可为了子孙后代，有许多地方至今没勘探，更别说开发了……是这时候，属于大圈子的一个年长者，忽然有点唐突地，往小圈子里插了句话：

哎江丽呀，你去加拿大，走尼亚加拉河了吗？

这个年长者平常话语不多，喜欢谦和地微笑，宽大的身体总收拢着，很像一把大部分时间无所作为的闲置的雨伞。可现在，他这把雨伞，仿佛损坏了收拢机关，忽然于风和日丽中嘭地撑开，这没法不恶作剧般地，把两个圈子聊天的节奏全搅乱了。盛英和好几个人一样，表现出了小小的惊讶，另外也有个别人，表现出的是大大的不快。表现出大不快的个别人，是那个正在痛骂美国时，很突兀地被迫止住话头的中年男子。

走了呀，叫江丽的中年妇女说，大瀑布，彩虹桥……

那你知道不，尼亚加拉河归加美两国共有，主航道中心线就是两国的边界。年长者的大嗓门旁若无人，像一枚炸弹，一下子把他往日的谦和形象给轰坍了。可他不顾忌他的形象，就好像，他提问根本不为听人回答，他自问自答。加美两国呀，几千里的边防线根本不设防，两国人可以自由往来，像走亲戚似的，从来没有偷渡现象……

你看你齐总，这——中年男子的不快忍无可忍了，开始剥夺年长者即齐总的说话权利，咱这正说伊拉克呢，你又扯到加拿大去了。

对呀！年长的齐总好像在模仿布什萨达姆故意斗气，以实际行动，捍卫自己说话的权利。我就想呀，这美国，既然发动战争是为了资源，为了掠夺，它怎么就那么傻呢，非劳师远征地去西亚抢石油，它应该近水楼台地吞并加拿大吗。加拿大的军事力量，肯定不如美国一根小手指头，我估计呀，什么航空母舰制导炸弹，美国只动用装甲部队，用不了几天，就能让加拿大人举国改籍。他们两国，语言宗教文化上还都没什么障碍，统治起来呀，会比统治一盘散沙的伊拉克容易多了……

是呀是呀，美国人真傻，怎么舍近求远呢？一个大圈子这边的人说。

哎盛记者你英文好，赶紧给小布什写信让他调整战略回师北上打加拿大，这等于金点子公司的黄金建议，老美肯定奖励你的。一个小圈子那边的人说。

喊，你们喊——

这时，没等骂美国的中年男子发布出抗议，众人的注意力，就同时被吸引到了中巴车外。车外，有个敞怀穿件半袖花衬衫的当地男孩，举着个没封口的信封叩响了车门，他嘴里的英语中夹着汉字："信"，"中国"，"草种"……众人看盛英。盛英已经摇下车窗，与那孩子对话，又接过信封。

这孩子是华裔，在那边市场，和姐妹一起卖手工艺品。盛英望着车窗外说。这时，卖手工艺品的男孩已经离开中巴车，跑向了市场，他又黑又细的双腿弹跳有力。他说，盛英回头对车里人说，刚才有个华裔姐姐给了他这封信，还给了他一百比索当跑腿费，让他把信交给我们——是交给曹总……盛英伸手，把信朝刚才骂美国的中年男子递去。他是李军指定的，这个旅游考察团的招呼人。

曹总疑惑地接过信封展开信纸，这，盛记者——众人都看得到，信封不是中国信封，应该是外国的或者就是菲律宾的；而信纸，是张可能全世界都一样的白打印纸，是半张A4纸，上边几乎没几行字。开我玩笑吧……可曹总的半截话没能说完，脸色就变了。喊——操他妈的！他大喊，叛国投敌！那种愤怒，比美国打伊拉克带给他的愤怒强烈百倍。怎么回事？有人问，是好几个人问。曹总说不出话，抖着手把那白纸递给别人。先没人接，曹总的递纸目标并不明确。然后好几只手去抢那纸，似乎那纸又人人有份了。亲爱的同志们！有个手疾眼快的念起信来，念之前，他先说，李市长署名，也是他字。对不起了，我不能和你们一起工作和游玩了，从现在起，我决定选择在异域生活。但请相信我，我永远热爱党和祖国以及人民，热爱我的妻儿、亲人、朋友和同志。我做出现在这种极端之举，实属迫不得已，完全是让姜宇臣这个党的败类人民的罪人、这个张集最大的腐败分子和黑社会头目给逼出来的。留在海外，我会满怀信心地等待这个独裁暴君受到党纪国法制裁的消息，待党和人民惩治了这个张集恶霸，我会回到你们身边和你们举杯同庆，为建设有中国特色的社会主义新张集而努力奋斗。

曹总喊：这个叛徒，他污蔑姜书记他恶人先告状！姜宇臣是张集市委书记。

齐总叫：盛记者，快盛记者，咱赶紧去找那个孩子……齐总比别人显得更思路清晰。

江丽说：班塔延岛去不上了。她是下意识中对自己说的，声音很小。

6

圣诞节到来的前好几天，城市热情就通过两条渠道奔突流窜，一条以商场酒店为终端，一条由快递公司作源泉，让寒冷的空气，都暖烘烘的。这些盛英能感受得到，如果他愿意凑个热闹，这一两天，至少有三伙朋友张罗的活动，都邀了他，他不必节日也冷冷清清。他没觉得独处冷清，或者，他更喜欢冷清的独处，他就既诚恳又巧妙地，与舶来的洋节摆脱了干系。有不了解他的人认为，学外语的他却拒绝洋节，肯定是作为新闻这种敏感部门的小头目，在响应北京几个"海龟"的呼吁号召——就这几天，北京几个"海龟"教授公开建言，中宣部公安部应该联手行动，禁止中国人过圣诞节，至少应该禁止年轻人过，因为这个西方洋节，已成动摇中国人文化自信的马前卒了。事情当然不是这样，对头上的乌纱他再小心，也不至于去迎合几个明显把马屁拍错了地方的投机书生。长期以来，他不光对洋节没有兴趣，对土节，比如春节，对半洋半土不土不洋的节，比如五一十一，也不生成亲切感觉。他只喜欢假，如果也接受节，是因为节与假常常并蒂连理，在梦想中，他最愿意度的是那种长假：一年两次，一次六个月。

这样，二〇一二年十二月二十四日，盛英的作息就与平常一样。在单位的一天就不用说了，下班以后，回家路上，他照样是先在菜市场附近的小路上停一下车，让采买耗去十分钟时间，然后，再驶进住宅小区的地下停车场，带着好几个食品袋乘电梯上楼。这期间，他必不可免地与几个邻居擦过肩膀，但他照样回避他们，尽管，这天的他们都刚走出礼仪培训班一样温文尔雅，可往日，更多的时候，他们却太像刚消费过假冒伪劣产品，去与商家厂家讲理又挨了骂了，那种愁眉苦脸或怒气冲冲，让人不忍更不敢看。所以，如果偶遇脸熟的人，盛英就低头看食品袋，好像他在查验什么。这天，他食品袋里分别装的是一条已经炖好的大锅鲤鱼、一块色泽偏黄的卤水豆腐，以及三棵翠绿壮硕的油麦菜和一枚乌黑发亮的紫茄子，乍一看去，后两者的一绿一紫像塑料的。他把它们都放锅里，又炖一遍，一是加热，再一个，主要的，是让炖鱼的鲜美味道，也传染给豆腐茄子和油麦菜。主食并没彻底凉透，他就没为它们加温，它们，是一元钱买的四张薄饼，玉米面的。他饭量不大，三张薄饼就够一顿，可人家最少只卖四张，不为七角五分钱再设一档。他冒着热汗吃喝完毕，早早上床钻进了被窝，至于在被窝里，他读的书是《神与人的生存辩证法》，得不断交道的某些词汇意涵特殊："痛苦""启示""善与恶""弥赛亚""此岸彼岸""三位一体"……那不过是偶然的巧合，与本应附着在那些词汇之上但早已疏远了那些词汇的基督教节日没什么关系。

　　《神与人的生存辩证法》是别尔嘉耶夫的作品，以前，盛英读过他的自传《认识自我》，对这个俄国人的基督教神秘主义哲学印象挺深。但这天晚上，决定拿别尔嘉耶夫打发时间，不光与平安夜无关，与他素来的阅读计划也没关系——除了写稿需要，他的阅读也没计划，即使计划，也顶多是对某个作者某个主题有了兴趣，想利用某段时间集中了解。比如前一阵子，他花两个月时间，读了莫言的五本小说，而理由仅仅是，两个月又两周以前，诺贝尔文学奖给了莫言。盛英知道，诺贝尔奖有点顽皮，嬉戏玩耍时，几次惹恼过中国政府。在它此前的奖励对象里，真正与中国有关的共计三人：达赖喇嘛、高行健、刘晓波，可这三个人获奖，都惹出过中国政府的抗议之声。但莫言这回，中国政府没提抗议，不仅没抗议，还欢天喜地地把诺贝尔奖的权威公正夸奖了一番。盛英没法不感到好奇，因为就他以前对莫言的阅读，觉得政府不抗议他得奖已经算得上宽宏大量，怎么还会替他欢喜？盛英就有心去比较一下，莫言与达赖喇嘛高行健和刘晓波间，异同究竟各占多少。显然，盛英的阅读，主要为消遣，但不拒绝让消遣和社会上的时尚潮流有所呼应。平常的晚上，他很少看电视，有了"爱派"和智能手机后，上网也少了，遇急事，不论进信箱还是看QQ，"爱派"和手机都会互证多余。他开过博客也申请过微博，但为之只分神过很短的时间；再早些时日，有一阵子，他还好奇过网上聊天，与好几个网友一夜情过，但后来，与个网上交流电话交流身体交流都挺好的女职员上床之后，那个两岁孩子的妈妈一把性生成的感觉与钱换来的礼物画了等号，险些没让他就此阳痿，他只能为网上寻欢也画了句号。

　　盛英不喜欢嫖和强奸，以及变相的嫖和变相的强奸。他反对违心。他喜欢既单纯又平等的你情我愿的身心享受，喜欢快乐的本能化而非目的化，若快乐必得以钱物换取，或必得建立在身体之外的收益之上，他觉得，那就是对两性欢愉的一种亵渎，是对欢愉对象的贬损轻蔑，还不如手淫。当然，这只是他个人的好恶原则，作为一个主张价值多元身心自由的人，他又理解社会需求的广阔度与丰富性，他又极力主张，社会上应该妓院公开，相应地，取缔那些以洗头洗脚练歌按摩为幌子的地下妓院。他曾郑重地撰写提案，交给每年都有机会吃人大政协两会饭的熟人朋友，希望红灯区在中国出现，这一方面能满足人们正常的身心需要，另一方面同样重要，就是避免生成某些下作的犯罪——在中国，利用地下妓院金钱敲诈或道德构陷都太普遍，这会从多个角度，伤害和扭曲人性的纯良。可是，尽管他那些有资格开两会的熟人朋友中，不少人都热衷招妓，但他们太缺少公益心，只满足于自己嫖娼时也有特权优待，却不肯为同好申论呼吁。围绕这件敏感之事，他们所做的唯一工作，是声势极小地，发布了一份意旨不明的红头文件，通过改变称谓来模糊身份，微乎其微又虚情假意地，对妓女实施了一次错位的保护：将"妓女"易名为"失足妇女"。这也算是用心良苦吧。不过，如果一个偷盗的女人，一个诈骗的女人，一个贪污的女人，一个渎职的女人，一个欺凌弱小的女人……也算失足妇女，那"失足妇女"的含糊指代，对妓女来说就是污辱：卖身即使真算犯罪，与偷盗、诈骗、贪污、渎职、欺凌弱小比，也是正派的犯罪、干净的犯罪、无害的犯罪。

　　盛英的进言努力只能以不了了之收场，但此类事情对社会风气造成的影响，很难不了了之。比如，那个网名就叫幸福妈妈的妈妈职员，对盛英的满意度显然挺高，而且，即使和个满意度不高的男人上床，从她的生活态度看，她也只关心身心的是否快乐，而不介意钱物的有无收益。然而，我们社会对洗头洗脚练歌按摩与私下卖淫的混为一谈，对"失足妇女"与妓女的混为一谈，让头脑简单的妈妈职员之类的人，让那些寻欢作乐不为牟利，更没把网络聊天室当提款机收银台的人，一不小心，便无意识地，把妓女的残存基因给诱发了出来，把商业行为的性交与非商业行为的做爱弄混淆了。那天，妈妈职员与盛英分手时，基本上属于撒娇式地问盛英，打算送她什么礼物。好像男欢女爱后，男人对女人有所馈赠，是天经地义的一项流程。当然她立刻也看出来了，窘迫的盛英没准备，她就又启发他，既然他喜欢她，就也应该喜欢她孩子，而对孩子的喜欢——盛英急忙翻兜、掏钱，将三百元钱交给了她，请她代他为她孩子买四桶奶粉。此前他曾听她叨咕，她孩子喝的奶粉，是进口自新西兰的宝贝牌奶粉，每桶需要七十多元。没过几天，妈妈职员又有了时间，大大方方地要来见面，并说她已经爱上他了。盛英顿一下，有点犹豫，但还是尖刻地对这个他也留恋的少妇说：是爱奶粉吧？很快，妈妈职员就意识到两人的分歧出在哪了，她懊悔地说，她真不是为了钱财才和他好的，其实，那天一分手她就觉得不妥。她希望能有补救的机会。盛英便也收回了恶毒，说他相信她的解释。但即使我不怪你，他说，那奶粉也还是压扁了你，我没法——盛英话没说完，给人的感觉，他似乎要说，我没法低下高贵的头颅，去俯就你的庸俗。但不是这样。他慷慨的表达中辍在半途，是因为他忽然发现，他脚下那个貌似可以一览别人小的所谓高度，正迅速地坍缩，而此前，他竟没意识到，他站在假想的高度上挑剔质疑别人的时候，其实是在凌空踏虚。他觉得被奶粉压得更扁的可能是他。这种联想，过于尖锐，扎得他比失去一个挺对口味的女友更为疼痛。他觉得自己再没资格谈玄说理，便只能无奈和遗憾地，拒绝了妈妈职员的继续登门，而他自己，从此也不再出入聊天室。所以，一向的晚上，盛英只要没特殊事，所有的时间都属于书，只在早上，睡醒以后，才有一搭没一搭地听听电视，偶尔也看看，听看电视里对前一天新闻的要点汇编。他做新闻周刊，做得还挺有名堂，但他只把自己干的事情与二人转相提并论。作为东北人，有外地朋友来，他常陪他们去"刘老根大舞台"乐和一晚，可对他来说，二人转的乐子并不可乐。

这天盛英上床以后，发现他前几天一直看的一本书已经读完。那书叫《文字的故事》，是个叫唐诺的台湾人写的，讲甲骨文，其实又是讲自然宇宙，讲社会人生，写得很好。但再好的书，也不能刚刚看完就重读吧。屋里暖气不好，达不到政府承诺的温度，可盛英还是光着身子跳出被窝，选别尔嘉耶夫陪他回到床上。这也是他特点，每回想换书看又没主意时，就去书架前随便乱翻，哪本书的开头能吸引他，能吻合他当时的心境，哪本书便会或长或短地陪他一阵——那一阵可能十分钟，也可能十天甚至十周。这天晚上就是，赤裸的他，蹲在书架前哆嗦成一团，先翻一本叫《历史人》的小说："转眼，又是一年的秋天。人们都回来了。夏季里的萧条已经结束。在暑假里，报纸内容缩减，连时间本身都似乎暂时地畏缩不前了。"然后，又翻一本叫《金枝（下）》的人类学著作："在前面几章里，我们看到古代西亚文明国家和埃及都把一年中季节的更迭、特别是植物的生长与衰谢，描绘成神的生命中的事件，并且以哀悼与欢乐的戏剧性仪式，交替地纪念神的悲痛的死亡和欢乐的复活。"是这之后，《神与人的生存辩证法》才被翻开："马克斯·施蒂纳说过：我把无当作事业的基础。"只这一句，就让他停住了手上的动作：无也能成为事业的基础？仿佛一个看似漫不经心的旅行者来到一个岔路口时，既由于本能也因为经验，只消瞬间，就感觉到了，哪条路上的风景更对他心思。他把前两本书插回原处，拎着别尔嘉耶夫钻回被窝。他皮肤冻得绷了起来，如同一张浸水的帆布，而竖立的汗毛和鸡皮疙瘩，只是后来焊上去的。

阅读进行了一小时后，九点左右，他收到一条柴萌的短信，祝他圣诞快乐。这一天，这路短信，他还真就收到过几条，他都没回。虽然，那几条短信都篇幅漫长，又有情有意，可他觉得它们系群发，不做回应不算失礼。但柴萌这条他打算回，尽管这条最短，又不涉情意。就泛泛的人际礼仪来说，并不是柴萌多么特殊，而是因为，这条短信除了程式化的节日祝福，也婉转地提出了回复的请求：睡了吗？忙什么呢？他回信说怎么可能睡这么早呀，又说看书呢，又说你在哪玩呢。最后一句，他打出又删除重复两次，拖延了一点回信时间。不加那句，一次完整的交流已可以结束，但加上那句，就也有了意向请求回复。冷寂长夜，他无法不对某种情感性消遣没有期待。但这种期待微乎其微。陈犹新是基督徒，此时的柴萌，是应该陪他过圣诞的，不会方便与他消遣情感。陈犹新是柴萌的丈夫。八年前，也许七年或九年以前，盛英与柴萌成了情侣，但在这不算太短的七八九年里，并非因为特殊谨慎，也不因为没有机会，还不因为某一方兴趣回落，他们的约会，他们主要由柴萌掌控的约会，频率低得不可思议，有时半年都见不上一回，来往最密时，也一两个月才相聚一次。当然了，每次相见，他们语言的身体的交流都很自然，就好像，他们并非两三个月里互无音讯，而是每天都在一起生活。一年七八九夜情，不知不觉地，盛英像叫个日本风格的名字那样，这么叨咕一句，同时咧嘴一笑，想把手机扔到一边。他认为，柴萌不会再来短信。可出乎他意料，柴萌把电话打了进来。

你真方便？我知道你对过节没有兴趣，也许有空陪我说话。可又怕你身边有人，怕打扰你。

我猜到了，可还是觉得你在抽风。今晚陈犹新得过节呀，你没陪他？

我们——离婚了，上周办的手续……

怎么了柴萌你真疯了！他对你多好呀——

不是我，是他……他不要我了……

这——哦哦，那……不难过吧，妈的，他瞎了狗眼不识金镶玉，觉得还有女人比咱柴萌强？不哭不哭，柴萌最大的优点就是坚强，咬钢嚼铁……

不是他有了别的女人，是他认为我有别的男人……

认为？荒唐！按床上了？

没有。

那就不算。多他妈的小心眼呀，这么好的女人，还怀疑——那他抓着什么把柄了吗？哦，我没想哨探你的隐私，是怕……咱俩的事儿露了。

跟你无关——都闹小半年了，我没告诉你。是，中纪委的人来沈阳调查薄熙来，找过我，他知道了。

这……你——和老薄好过？

你也关心这个？

不，不不，我是怕，怕你搅进上层的权斗。他们连外国人都敢杀，他们清除障碍时，兄弟姐妹也不在话下。

倒不至于对每个人都大开杀戒，只要你没有武则天或江青的理想。大部分女人，都玩物而已，玩过了，也就垃圾了……你是不也怕再接触我？

什么话柴萌，埋汰我呢！你这么不了解我真让人寒心……

我知道。不说这个了。你身边真没女人？

你看你，真没有。

那你来陪我好不？我太难受了。

好，半小时到。

可是，可是我要心情不好，咱不做行吗？

哎呀，这种屁事讨论什么，我什么时候勉强过别人。

你真好盛英。你稍晚一点，一小时后到吧。

盛英来到柴萌家时，柴萌正弹钢琴。她发髻高绾，薄施粉黛，笑靥盈盈，黑色曳地长裙上的饰片在烛光中闪烁。是的，烛光，她家今晚自行停电，除了一应家用电器的连接电源。她仿佛正参加盛大晚会，还是女主人。盛英有半分钟手足无措，不知该怎么摆布自己，蠢头蠢脑地四处张望。这么暗，没别人吧？柴萌笑了。怕我设套儿害你？她坐回琴凳，腰板挺得像笔直的蜡烛。你放松点，喏，那有红酒。她开始试音。十七年了，每年这天，家里整夜都有客人，可热闹了，陈犹新当一宿厨师琴童和服务员也不觉累。盛英听柴萌的声音已开始不对，就不回话，只打哈哈。他看得出来，在柴萌既自然又乖戾的举动背后，藏匿着某种怪异的念头，并且那念头过于脆薄，一个不得体的字词都击得碎它。柴萌家暖气烧得像澡堂，盛英就借这个由子，故意大咧咧地扒光自己，又咕嘟一声，把高脚杯斟满。圣诞晚会行将开始，但很像在"刘老根大舞台"举办晚会：一边是盛装的华贵女士在优雅地献演，一边是裸体的粗俗先生仰在沙发里糟蹋红酒。盛英相信，这场两人晚会越不伦不类，柴萌就越容易走出乖戾回归自然。

弹顾圣婴。

什么？你叫我什么？我死啦？已故的盛英？

还真已故了。我是说，我要弹一首叫《马槽歌》的圣歌，是个叫顾圣婴的已故女钢琴家改写过词谱的一首圣歌，也可能是她唯一的创作。

行呀行呀弹什么都行，反正我流行歌曲都听不明白，你喜欢就行。盛英把自己往舒服躺时，沙发尽头茶几上一本翻开的书，不经意间硌了他眼睛。繁体字，竖排本，"第九回"下边，欠规范地列一副对联：贵妇人毒杀英伦客莽警头智闯美领馆。他下意识地伸手掀书，看它的封面，只见嵌在薄熙来夫妇以及王立军文强李庄等人照片中央的大字书名是——

你知道为什么我很难真正和你亲密无间吗？你一粗俗起来，就不像你了。

嗨，我要高雅才不像我呢，就成你了。盛英躺好，不再翻书，不光不翻，还动作不小地把它推得很开，就好像，他忽然意识到，它是一个散发着令人羞愧的腐败气味的烂疮坏痈，虽然，它藏匿的腋下或腹股沟都位置隐蔽。

别贫了。以前，每到圣诞夜我都要弹几十首圣歌，今晚对牛弹琴，我就弹这一首。一会给你讲，它和你和陈犹新都有点关系。

和我？怎么会呢？好好——《马槽歌》……

远远马槽里，无枕也无床

小小主耶稣，睡觉很安详

众星都望着，神奇的地方

神奇的圣婴，睡在干草上

众畜呜呜叫，惊扰甜梦乡

远远马槽里，却无哭声响

可爱小圣婴，敬求进我身
靠近我床边，守我到天亮

敬求主耶稣，爱我接受我
也佑众孩童，一齐都安康
我们爱圣婴，做主的小羊
彼此相依偎，跟主到天堂
彼此相依偎，跟主到天堂……

这，这——在听的过程中，盛英已让上半截身子挺拔起来，像下属听领导训话时，只用半拉屁股坐椅子边。他拿起酒杯又放下酒杯，看完柴萌再看钢琴。烛光暗影里，他的姿势端庄恭敬，显得身体都不赤裸了，而是裹了层肉色的贴体织物。柴萌，这太好听了，我没想到你们这圣歌……这宗教吧——你再来一遍。

柴萌起身抿了口酒，坐好，闭目，运气，那种庄重和认真，很像一个勤勉的运动员在伙伴们下了训练课后，独自留在器械室加运动量。她又来一遍，然后又来一遍……同一首《马槽歌》，她连弹带唱重复了七遍，后几遍，盛英都能笨笨磕磕地伴调伴唱了。七遍完毕，柴萌起身，半杯红酒一饮而尽，比之盛英更不规范。盛英没敢调侃她把高雅晚会变成了路边烧烤，连想请她讲讲他与那个已故的顾圣婴有什么关系都没敢吭声。他只一遍遍轻声温习《马槽歌》，同时看忽然开始僵硬的柴萌卸装洗澡，收礼服换睡裙，上床，哭。柴萌是大哭，有点哭天抢地那么个意思，这哭法，也更适用于路边烧烤摊而非高雅音乐会。盛英没劝她，只是也去卫生间冲身子，也上床，然后安静地，试探着，去贴近和搂抱柴萌，以确保她的咸眼泪黏鼻涕以及牙齿咬指甲掐，都能落实到他身体上。他知道，这一晚上他的职责，就是让柴萌的眼泪鼻涕以及牙齿指甲都能有的放矢。盛英尽职尽责了，柴萌的情绪没持续恶劣。

离婚一周来，柴萌一直希望，圣诞能够拯救他们，也就是说，上帝应该来拯救他们。当然能挽救婚姻更好，如果不行，能挽救他们的关系她也满足。毕竟，他们是一对公认的夫妻楷模。楷模不应该成为路人，尤其不该成为仇人。平安夜的帷幕悄然四合后，晴朗的天空居然有星光。看来雾霾还没彻底征服城市，这样的兆头给人信心。有了信心的柴萌拿起电话，分别按出陈犹新和陈小新的号码。别打扰我，婊子！我不理你，婊子！父子俩斥责她的用词略有不同，但调门高度一模一样，好像他们在上演排练过的圣歌齐唱。他们不是一齐喊的，中间间隔五分半钟；他们也不是喊在同一空间：正和朋友聚会的父亲是在酒店包房外的走廊上喊的，而边看电视边吃冻梨边写作业的儿子，是在长春的奶奶家喊的。平安之夜，柴萌只有绝望，心里边，既不平和也不安宁。她望着几十首圣歌歌片和歌片旁的红酒，不知道是应该把自己灌醉，还是应该像重新创作了《马槽歌》的顾圣婴那样，干脆一死了之，"跟主到天堂"。可她不是基督徒，主能要她吗？她配进天堂吗？是这时候，顾圣婴的名字和《马槽歌》的歌词，让她想到了什么。如果她想避免粗俗地醉倒和孤独地死去，也许，有一个人能帮助她，因为唯有在他面前，她怎么袒露自己光鲜华服遮掩着的疤癞都不觉丢人，还因为，在这样一个节日之夜，唯有打扰他，才可能打扰成功并不至于惹出什么麻烦。

这就是你和顾圣婴的关系。

哈，我想到了，一种牵强附会的关系。

但你俩毕竟都叫ShengYing，陈犹新与顾圣婴的关系，更牵强附会，是陈犹新他爸与她有一点关系。

唔？讲讲。盛英的好奇，只是姿态，如果讲点什么真有助于柴萌走出忧伤甩掉绝望，他会很乐于聆听全沈阳各市场豆腐茄子油麦菜的价格都是多少。

他们是邻居，他单恋她——哦，是陈犹新他爸，单恋顾圣婴……

唔，这就有点意思了——盛英的姿态，已显得多余，因为柴萌的开讲，又似乎与他的建议没有关系，如果他说你闭眼睡吧，可能，她照样会直勾勾地沉浸于回忆——是回忆别人的回忆。

顾圣婴活着时，在上海交响乐团弹钢琴，二十岁就有了世界性声誉。人们都说她是才女，可陈犹新他爸说，她岂止是才女，她是圣女，她是女神。他们做邻居时，陈犹新他爸最喜欢做的事，就是在院子里看书，躲在一株高龄银杏树遮出的阴影里，连续数小时听顾圣婴弹琴。他们同龄，都是基督徒，但由于顾圣婴读女子中学，他们基本没有交往，只是偶尔见面时点头问好。可有一回，是国家还允许老百姓有信仰，而顾圣婴也还没名满乐坛时，陈犹新他爸唱圣歌被顾圣婴听到了，顾圣婴赞美了他的嗓子——这让陈犹新他爸颇为骄傲。接下来，过几天，顾圣婴又主动把这首《马槽歌》歌片送给了他，说根据他的声音条件，她特意改词改谱再创作了它，相信它更适合他的演唱。而这，更让陈犹新他爸受宠若惊。这之后，在陈犹新他爸那里，《马槽歌》就比《圣经》还重要了。但后来，"文革"了，像顾圣婴这么优秀的人，自然是要受迫害的，还差半年不到三十岁时，她就自杀了，和妈妈弟弟同时死了……

同时？妈妈带着一双儿女，自杀……

应该是顾圣婴带着妈妈和弟弟自杀。那时她爸关在监狱，否则，没准他们家的四口人会一块自杀。

唔，不是谁带着谁，没主没次，是每个人都带着亲情，自杀的。如果她爸和他们一起，他们就圆满了，就每个人都带走了全部的亲情。

你说的对，"彼此相依偎，跟主到天堂"。陈犹新十岁那年，八〇年，顾圣婴被平反的第二年，陈犹新他爸给陈犹新和他哥他姐每人留份《马槽歌》歌片，又讲了歌片来历，然后，和他妈办妥离婚手续，只身回上海当盲流去了，从此以后音讯杳无。陈犹新一直怀念他爸，敌视他妈，当初我俩谈恋爱，他妈不喜欢我，说我狐狸精，可陈犹新还是认准了我，其中一条重要理由，就是我有不错的钢琴基础，能给他弹圣歌，弹《马槽歌》。

他爸，陈犹新他爸，为什么会……

是不毛主席临死前，又收拾一回邓小平？反击什么？对对，翻案风。当时，批判邓小平，又把陈犹新他爸拐带上了，而陈犹新他妈，也就又带着三个孩子，第不知道多少次地与他爸划清了界限。他爸那人，是个特别可怜的悲剧人物，好像上层的所有斗争，都能七扭八拐地与他有关，可他，就是个研究汽车发动机的工程师。用陈犹新他妈的话说，每回中国搞什么运动，这个相信上帝的科学家，肯定是全中国最后一个看明白的。所以，他就经常倒霉，而一倒霉，他老婆孩子就斗争他，他妻子和大儿子，都当众扇过他的耳光。一九八〇年他决定抛妻弃子时，陈犹新他哥已考取大学，这个哥哥和妹妹弟弟，都知道父亲其实很好。他就代表妹妹弟弟对父亲说，你和我妈感情不好，可以离婚，可我们如果伤害过你，那是因为我们是孩子，还小，你不应该责怪我们。陈犹新他爸说，我真的一点没怪你们，连你妈我也不怎么怪。只是，你们和我不是一样的人，我们没法一起生活。陈犹新他爸泪流满面，但望着《马槽歌》歌片的一双眼睛，又明显在笑。他说，顾圣婴她爸叫顾高地，当过国民党军官，虽然因为投诚共产党有过功劳，可建国后，仍然没逃脱被秋后算账。五五年政府逮捕他时，已成名人的顾圣婴还是个孩子，是个说话需要正确的名人孩子，又是个允许人性有漏洞的孩子名人。那天，警察去她家逮捕她爸，她一直哭喊着追到院外。拦住她的警察指出了她的名人身份，又表示也理解她孩子气的不辨是非，但最后强调：你要做个爱国青年，就得恨你的反动爸爸。你们能想到，顾圣婴会怎么答吗？陈犹新他爸止住话头，静默之后轻声提问，就像他在小心翼翼地，触摸顾圣婴弹奏的一串弱音。三个儿女齐齐摇头。顾圣婴的政治压力，其实比成人还大，陈犹新他爸说，可她反复声明的就一句话：我爱祖国，但更爱爸爸……

7

二〇××年×月×日，应该是早晨，或许是中午，也可能是晚上，还可能是半夜之前或者之后，不知已昏睡多久的盛英又回来了，是他的意识，又回归了他的躯壳。他不知道他是死了，正在另一个世界苏醒过来，还是没死，只是点头哈腰地打探过死神，说有我吗，死神抬头看他一眼，又看花名册，然后不耐烦地摆摆手说，没你，就打发他又回到了他那张宽大的双人床上。他摸摸身子又摸摸床，还睁眼四周看了一圈，这才确定，果然，死神没把去往另一世界的通行证发放给他，而是挺大方地，给了他一些再活转过来的气力和精神。已经两天或三天了，死神一直在他附近徘徊，于挑三拣四时，一次次忽然将他盯牢，又一次次从他身上移开目光。这太折磨人了，如果有个照顾他的人连续陪他，他没死，倒可能，把那照顾者给闹腾死，那人将成为被硬塞进死神花名册的最倒霉者。幸好，只有他自己应对死神，没别人陪他出生入死，再死而复生。

盛英的人缘这么差吗，临死都找不到个端水拿药伺候局的？哪能呢？这世界上，人缘差的叠千累万，别说赶上濒死的时候，即使遇个小病小灾，环护左右的也大有人在。至于盛英，他的人缘一点不差，只要打声招呼，说我要死了，需要一些临终关怀，仅在沈阳的城区范围，从浑南亿丰到沈北道义，从铁西西站到大东东塔，刷的一下，冲出来十个八个既有热情又有时间还有能力的人陪他走完人生旅程，应该没有半点问题。退一万步说，假设亲情友情真经不住考验，良心爱心也真的是只供观摩的仿制赝品，那作为一个有房有车有正高级职称有正处级官职还有店铺投资的平民中产阶级，如果花钱，雇护工雇护士雇医生甚至把一家小型诊所雇到家里，至少相当一段时间，开支发饷还掏不空他。是他自己，不想让别人陪他受罪——看他受罪是受罪，忙里忙外地为他操心劳神更是受罪。他的原则，三十岁时就确立了：自己好时，尽量给别人送去快乐；自己不好了，绝不给别人增加麻烦。尽管，他没觉得死亡不好——也没觉得死亡就好——可别人，差不多众口一词地，都认定死亡罪大恶极。

那万一你病了，或老了，你妈也不在了没人照顾你了，我再回来陪你好吗？青莲结婚前，他们最后一次约会时，她这样征求他的意见。

青莲喜欢这么想事，再这么说话，尽管，盛英把这么想事和这么说话归类为愚蠢，还常常为此拿她打趣，可青莲仍然总忍不住，要这么想事这么说话。你为什么爱我？在那之前的好几年前，他们就好成老夫妻了，青莲对盛英视什么为愚蠢也很了解，可间或地，一旦把盛英喜爱她的承诺引诱出来，仍会冒着受奚落的风险，对这至为关键的问题穷追不舍。盛英究竟怎么看她，在她是一道永恒的谜题，她觉得有时想明白了，可多数时候，却糊涂着。盛英对青莲的小伎俩哭笑不得。他也想给她解释明白，却做不到，因为在他看来，谁尝试对情感做出解释，谁的情感，与皮骨血肉就不圆融了。比如，具体到爱，那本是直觉甚至错觉的综合感受，无理性可言，如果想逐条罗列理由，数一万条也做得到，但可怕的是，许多时候，即使数出一万条了，也不一定就能说明什么。它们不完备，不准确，不真实，不比谎言更不像谎言。好在，后来青莲就结婚了，生孩子了，与盛英见面的机会少了，"愚蠢"的次数也自然少了。可"愚蠢"次数的降低减少，本身就能诱发青莲的"愚蠢"。咦，为什么，好多次，青莲在与盛英初识般地欢愉之后，都好奇地问，咱俩没有审美疲劳？于是，引出来的，便是盛英新的讥诮：因为呀，你每回都不是同一个人。唔？为什么？青莲的警惕中充满期待。如果是同一个人，盛英忍住笑说，就不可能连续重复同一类型蠢话……可是，那天，面对青莲"为什么爱"这种高居榜首的蠢话之最，盛英一反往常，竟没取笑和抢白她，而是几乎没思索地，又明显出于深思熟虑地，直接做出了正面回答：

你傻吗！

青莲从盛英怀里挣出身子，看盛英表情，看他是否在敷衍她。没有，盛英像她一样认真。青莲更困惑了，比她参不透盛英究竟怎么看她还要困惑。她专注地琢磨盛英的答案，像一个村妇蹲在猪圈门外，琢磨她回娘家的三五天里，家中的猪，是不是让丈夫给喂瘦了。最后，因为百思不得其解，她只能放弃琢磨低下头去，有点无辜地、委屈地、带有报复性质却又不知报复什么地，咬住了盛英右臂的肱二头肌。并非盛英身体的那个部位有什么特殊，只是她的牙齿抵达那里，路途最近耗时最短。盛英求饶，青莲抬头，用她刚刚腾出来的嘴大声宣布：

我不傻！

那回，青莲结婚前他们最后一次约会那回，他们本来在讨论的，是激情这种危险的东西，究竟有无治愈的可能，最后他们一致同意，若要治愈激情，就得投身更大的危险。是见两人在抽象的概念上也达成了一致，青莲很满足，便迎着可能的戏谑调侃，以诉衷肠的方式又愚蠢一回。其实，话一出口她就想收回，想以先下手为强的方式，以不待盛英开口便掐他咬他的方式，阻止他的冷嘲热讽。可她没想到，听了她申请，盛英竟少有地没一脸坏笑，而是慢慢把头埋进她怀里，让泪水在她乳房肚皮阴毛上流淌。盛英居然如此脆弱，这青莲没见过，她就有点慌神，拍哄着他，像妈妈保护孩子别受到惊吓。你怎么了盛英你别哭呀，你要不让我结婚我就不结……盛英抬头，亲吻青莲，同时抹去自己的泪水。我高兴，他说，傻姑娘呀，想想我快死的时候有你在身旁，有我的傻姑娘陪伴着我，我高兴得真想明个就死……

青莲破涕为笑了，以回吻的方式堵盛英嘴。傻老头，别乱说！这样一来，她自己的话就也说含糊了。如果田平原敢阻挠我，妈的，青莲几乎幸灾乐祸地、满怀希望和憧憬地说，和他离婚我也要回来。

田平原是青莲的丈夫。他们一个月前已登过记，一周以后举行婚礼。而在此前，在青莲和田平原登记以前，在青莲接受盛英建议，开始与有可能与他结婚的男人恋爱以前，她一直希望盛英娶她，好几次都直奔主题。你总说我最适合你，是老天爷特意为你制造了我，青莲问，可是，你为什么不能娶我？以前青莲这么发问，盛英只回答我不想结婚，只有一次，青莲与他欢爱完毕，在他怀里瘫软了一会，忽然羞涩地通知他说，我觉得我爱上田平原了，可以跟他领结婚证了。结果，一下子，盛英好像特别恐慌，好像一个不会游泳的蹚水人忽然发现，刚才还仅仅没膝的水，已经涨到脖颈处了。于是，很少有地，或者说头一回，没用青莲把婚姻的话题引向他俩，他竟主动说，我……他紧搂着青莲说，我要是想好了总活下去，就和你——他话没说完，青莲就用她的惯用语制止了他，说傻老头，别乱说！但不知道是不让他乱说活不活的话题，还是他和她如何怎样的话题。

青——莲——盛英吃力地动一下嘴唇，试图喊出青莲的名字。也不知道喊出了没有，他没听到声音，似乎又听到了，在房间里，在他脑海里，"青莲"两字久久地回旋。他想把身子欠起来些，甚至想下床，去厕所、吃东西、吃药、用电壶烧水和打电话……可他没有动弹的力气，他的一条胳膊，弯曲着勉强伸出了被子，像树上一截折断的残枝，还没枯槁，还没掉落，但枯槁和掉落，已成预料中必然的结果。他侧过脑袋，观察和想象，被子外边的那条胳膊，若折断在空中会掉落到哪里。还好，如果它掉落，只能是床上，是他双人床未被他占据的空置的一侧。那一侧，他胳膊垂直对着的下方，是一只大个头的墨绿色抱枕，那暄软抱枕朝向他的一面，倚着本翻开一半的厚重画册，它倾斜出来的那种角度，能确保他的随意翻看方便舒适。显然，上一个清醒时段，盛英昏睡前，一直是些印制精良的美术作品，在帮助他与死神周旋。现在，仍具体地朝向他的那幅油画，正再次通过色彩的浓艳，通过一群赤裸裸的、胖乎乎的、娇憨稚气的西洋婴孩，有点欢天喜地和热热闹闹地，为他呈现出异样的生机。那些似乎正飘向画页之外的鲜嫩的婴孩，很像一些浑圆的气球，无目的地在空中游来荡去，虽然，他们身上都有刀口与血痕，还死了一样闭着双眼，但看上去，他们却无比地自由自在，一点没有痛苦的感觉。倒是作为画面配角的三个嬷嬷，三个分别穿着红衣绿衣黑衣的嬷嬷，在救治和保护婴孩时，脸上挂着痛惜的表情。这幅画的下方，有条细窄的空白地带，在那空白处，又有几行小字印得淡淡浅浅，它们分别是：《屠杀婴儿》这个标题，克拉纳赫这个作者名字，1515这个创作年份，德累斯顿这个收藏地点……不仔细看，很容易会忽略它们。此时盛英就忽略了它们，是有意忽略的。他把长时间歪拧着的脖子纠正回来，闭上眼睛，提神运气，同时回收那条残枝般仍然僵直的胳膊。他累了。可是，他胳膊没能顺利收回，而是于归途之中受到了拦截，也就是说，那条胳膊，被谁轻轻又有力地控制住了。盛英没睁眼。他鼻子发酸。青莲，他未睁的眼睛里有泪水渗出，你不该来，他好像在喃喃自语，你的承诺，我从来都信，哈……因为你傻呀，不会说大话不会骗人；可是，你心我领了，人却不该来，我不愿意田平原对你生疑……

　　盛英当然不会知道，轻轻抓住他胳膊的，不是青莲而是圣婴——是一个，也可以被叫作盛英的圣婴。盛英发出的喃喃之声，让我心里不是滋味，他不知道，这世界上，居然还有个我，对他的守候比青莲更忠实。唉，这情形的存在，应该他遗憾还是我遗憾呢？当然了，盛英是否遗憾我管不着，而我，则根本不可以有遗憾的感情。只要我没理由把个别的盛英从整体的人类中提取出来，我替盛英遗憾就不妥当，因为，替盛英遗憾就是替人类遗憾，而替人类遗憾，便是背离圣婴立场，便是对危险的情感和可怕的心理活动的放任纵容。可是，紧接着，在我的情感和心理活动危险了之后可怕了之后，我竟情不自禁地、难以自控地，又做出了更危险和可怕的事：

　　对不起，我——不是青莲。打断盛英的声音，来自他手臂，来自抓住他手臂的那股力量，来自为那股力量所统摄和贯通的某个地方。青莲也，也不可能知道你病成这样。我说。

的确不是青莲的声音，倒像他自己的。盛英略微愣了一下，睁开眼睛，抻长脖子缓缓寻觅，如同一只笨拙的老龟，嗅到了食物的特殊气味。哦——那青莲她……他有气无力地说，对，她不可能在这间屋里，她只能在我心里。可——你是谁呀？他的眼前什么都没有，除了死神给他留下的一些虚有的痕迹。

我是——圣婴……

——哦，当然，在盛英弥留的整个过程，我只是眼睛濡湿，嘴唇翕动，并没说出一个字来，上面的对话，出于我想象。我希望盛英死得明白，可我又知道，我根本就说不明白，并且，即使我能说得明白，他也不可能听得明白。对圣婴语言，人类不具备听的能力。

卷三　发生学

1

盛英第一次出门远行，就险些走上不归之路。

当时他出生十天，二百四十小时，作为"黑五类"分子受到指控——不论对第几代"黑五类"，人们都懒得以"子弟"替代"分子"。群众运动是粗糙的游戏，最大限度地缩减内涵。当时，在沈阳至哈尔滨途经丰县的K255次旅客列车8车厢里，都快下车了，盛英偶然睁眼，看到有两张灰突突的大脸正向他俯来。那是李思元胡福兴的脸，一张臃肿一张硬朗，但挂在上边的疲惫一模一样，眼里曲折的血丝与腮边参差的胡茬，也相同地红着或者黑着。这两张仿佛从垃圾筒里拎出来的灰脸加上搭配其上的红与黑，让尚不知何为恐惧的盛英感到恐惧，他小嘴一咧，小拳一攥，陷在高小波怀里哭嚎起来，对高小波塞给他的乳头都不理不睬。对高小波乳头的紫红及周遭的雪白，李思元胡福兴没不理不睬，只是理睬得躲躲闪闪。他们不好意思有明显的表现。盛英好意思表现明显。似乎他已先期看到，与李胡同路返乡，是他严格说来还未真正开始的小小生命将提早结束的一个信号，他得赶在灾祸之前，以哭嚎声树一面自保的盾牌，向降灾施祸者警告或乞求。他过高估计了警告或者乞求的作用。后来，李思元胡福兴进了班房，分别因"对上级指示重视不够"而非组织屠杀了红旗公社的四十三名"黑五类"分子及其子弟，服刑四年和三年半，出狱后，他们去其他公社履新之前，知恩图报的高小波由妹妹高小澜陪同，带着盛英去专程看望，感谢他们刀下留人。他俩都诚实，没顺势贪功借机买好。他们解释，本来盛英已被他们列入了新的屠杀名单，可及时到来的中央精神："要文斗，不要武斗"，把盛英的小命给保住了。你们姐俩真不用客气，他们说，要感谢就感谢毛主席吧，感谢党的英明政策。当时盛英不足七岁，首次知道他出生十天，就一只脚踩在了不归路上；同时还知道了，在屠刀面前，哭嚎只是一面纸糊的盾牌。是那之后，在熟睡的翠翠身旁，他的杀机首次萌动。

但感谢李胡，仍能找到充分的理由，至少，他们没在盛英返回祖籍的第一时间，就让他位列"卫红除黑"的首份名单，从而让他苟延几日，等来了英明的中央精神。是他们的通人性讲政策救了盛英。当时在火车上，高小澜讨好地问候他们，又告诉他们，她去沈阳，是接姐姐回家坐月子的，李思元胡福兴也就联想到了，高小波的儿子，是盛元宝的后人，至少有一半"黑五类"血统。但他们逗弄襁褓中的盛英时，依然友好，并没把他作为一个小小的反面角色，立刻补进他们刚刚定稿的夺命大戏，很可能，这又与盛英身上还有一半贫农的血统有些关系。他们轻捏盛英小小的阴茎，说带把的好，口气不暧昧，表情不下流，动作不猥亵，既不像借机调戏高氏姐妹，更不像暗示盛英已来日无多。盛英的生死悬于一线，是下一天晚上，而下一天晚上，李胡对盛英进入除黑名单的再度拖延，关联的则是盛英的户籍。也就是说，盛英之所以未在卫红除黑行动中创造被除之黑的最小年龄纪录，得益于他的一半贫农血统和沈阳户籍，能在李胡的脑子里，建立起人性与政策的十字坐标。那个被除之黑的低龄纪录保持者姓高名举，也是男婴，也是地主，与盛英近距离地对视过目光。他比盛英早面世二十一天，与高小波家，丝丝缕缕地沾一点亲。

刚好存活一个月的高举，比其他"黑五类"死得痛快：他没挨批斗，没受虐待，没领命去伤害别人或污辱自己，只是该行刑时，才有人从他大姐怀里抢下了他。抢他的是两个人，是两个也还算孩子，但又像母亲一样耐性很好的女红卫兵。她们先抱他，哄他逗他帮他平静，然后分别抓住他脚踝，嘴里叨念着victory，慢慢地将他倒提成"V"形。这时，一个也是孩子的男红卫兵错步上前，幅度很大地抡圆了臂膀，将一把擎在手里的铡刀，稳准狠地砍向高举的裆间。行刑者和观众都略感遗憾。按三个红卫兵的事先设计，应该均匀地劈开高举，在杀戮的有效性之外体现美观。在课本里他们学过，对称是美的指标之一。可高举太小，不会配合，不仅咯咯笑，还连抻胳膊再晃脑袋，导致了他身体分离以后，两部分的比例略有出入。已经做得挺不错了。可观众和行刑者都认为，若有机会再来一次，也掌控好标靶的两条手臂，那么，三个聪颖的孩子杀手，是能够将一个婴儿完美等分的，即使，那婴儿咯咯地笑还手舞足蹈。于是有人就提到了盛英，说我二姑刚生了孩子，男的，随我二姑夫论也是地主。

提到盛英的，是高举的大姐，按辈分，算高小波的远房侄女。她十四岁，中学生，一天前抱着高举领着两个妹妹来高家看盛英时，还没被丰县二中的风雷激造反兵团清洗出组织，与杀她弟弟的三个红卫兵还是同志战友。她也聪颖，充当"卫红除黑"的反面观众不足三小时，就从爷爷奶奶爸爸妈妈和弟弟的被杀以及她与两个妹妹的不受惩处中悟出了道理，除黑的原则，是只杀成人"黑五类"和男孩"黑五类"，女孩"黑五类"多半能幸免。她没空为这项政策的人性化叫好或为它变相的重男轻女表示不满，她和她的两个妹妹，已经哭成一摊泥了。可是，一意识到人们对新的婴儿"黑五类"有了需求，企盼着出现高举的继任，她立刻把自己的悲伤压抑下来，挣扎着起身推荐盛英。她说，作为毛泽东时代的进步青年，她愿意以大义灭亲的革命精神，洗刷她的出身污点。她的表白赢来了掌声，尤其那些认识盛大庆或高小波，又对他们成了城里人心生嫉妒的同龄男女，更是热情附议高举大姐，希望能由盛英打破高举的低龄纪录。群众的呼声是民意的表达，李思元胡福兴作为民众的公仆，按说只应积极响应。但他们又私下认为，"卫红除黑"的主旨是防止资本主义复辟，不是创作手工艺品，不能助长分心于艺术效果的布尔乔亚倾向。艺术标准只能第二，政治标准才永远第一。他们就对群众解释，头两天的斗争，主要是对罪大恶极者的个别拔尖，然后要根据形势发展，再看用不用对那些眼下危害还不大的过街老鼠全面清扫。作为沈阳的"黑五类"，他们说，咱只能先把他安排在全面清扫的候补席里。

早在盛英还是高小波子宫中孕育了两年多的一坨肉时，他就已经幸运地、天然地、神不知鬼不觉地成沈阳人了。当时任慧长到快一岁时，高小波照顾盛巧云母女的任务轻了一些，这样，铁路招工讯息的偶然得来，便让她生出闲心，对改变身份发生了兴趣。那时，三大差别的说法并不存在，至少不存在于普通百姓的利害辞典中，农村人不觉得在城里生活有什么好，恰恰相反，虽然健忘是人性的特点，但由于饥饿尚未成为过去的经历，人们倒认为，在乡下活命才更容易。而高小波竟毫无道理地想改变身份，想离开土地、离开庄稼、离开鸡鸭猪狗、离开婆婆丁苦苦菜、离开杨树芽榆树皮槐树叶，盛大庆盛巧云任长安，一致认为她脑袋发热。沈阳是什么？交通枢纽重工业基地。任长安是个号称有全局意识历史感的人，说出话来更有分量。真和苏修打起来了，这里就也是他们原子弹的一个目标。当过民兵的高小波知道，原子弹比手榴弹厉害很多，可她愿意当城里人的狭隘理由，又连手榴弹的水平都达不到。但她太喜欢沈阳的柏油马路和马路两旁高耸的街灯了，更喜欢沈阳女人身上的布拉吉头上的波浪卷脚下的高跟鞋。她没出示这种狭隘的理由，只固执地请姐姐姐夫介绍他们。介绍是件简单小事。盛巧云任长安都是铁路职工，按程序，他们只需从自己单位开出介绍信，证明盛大庆高小波确系直系亲属，没有前科劣迹，又爱党爱国爱毛主席，两人便可以去招工部门登记排号和接受简单的询问考核，然后，便是分配工作建立档案办理户口工资定级领粮证煤证肉券棉布票食盐票火柴票白糖票鸡蛋票熟食票……以及位于岐山路南侧铁路小楼住宅区一间九点七平方米的小小卧房和一间约五平方米的杂物储藏室。

那位于二楼有扇北窗的卧房与储藏室，是一处总面积达六十一平方米住宅的一个部分，它们与另外的两房一厨一厕作为统一的整体，二十五年前，由日本人设计中国人施工，沿着一条通往长春哈尔滨的铁道线站立了起来。它的首任房主是个满洲铁路调度课长及其家眷，现任房主，是个夫姓为邱的五十五岁妇女和她年龄均为二十八岁的儿子儿媳及四岁的孙女。已故邱姓男主人，死前是铁路的调度股长。倒没有过相关规定，只有管调度的人才能拥有这处住宅，盛大庆高小波的工作就都与调度无关。中国股长接替日本课长只是巧合。在地理位置相对不错的岐山路南侧铁路小楼住宅区，四口人住六十一平方，奢侈得就像资产阶级，虽然那儿媳即将分娩第五口人了，但统计住房时，对没降生的人口是不考虑的。有许多已降生好几年的孩子，也不在人均占有居住面积的

94

考虑范围内。孩子和人是两个概念。铁路房管部门便依照政策，从六十一平米中辟出十六平米收归公有，重新分配给新从农村招来的职工，另有近九平米的厨房厕所两家共用。邱家对此相当不满，但不敢不服从组织。在铁路小楼地区，在全市所有的铁路住宅区，执行的都是这样的政策。能让新来的阶级兄弟住马路吗？邱家与所有的原房主一样，不敢对政策翻白眼，只能朝邻居发怨气。三四年里，像一家人那样共用厨房厕所的两个家庭，便生出无数的口角纷争。好在高小波也是厉害角色，盛家便只是故意地、稍多一点点地落一些下风——毕竟他们是入侵者嘛，占领了人家的宝贵地盘；可话说回来，没有盛家入侵，邱家的领土也得割让。

两个家庭吵吵闹闹，均为一些鸡毛蒜皮，各自都能讲出些理来。可最近一个回合的较量，高小波的厉害派不上用场，行将临盆的她，天天以笑脸讨好邱家。但这并非与她大肚子有关。

最近，街道也成立了造反组织，没多少事，就是把几个成分高的老头老太太拢到一起，三天两头折腾一番。可这些已经被烙饼般折腾过多遍的老头老太太，早就像嚼过的甘蔗失了滋味，不光折腾他们的造反派打不起精神，连看折腾的逍遥派也觉得无聊。如此，铁路小楼的革命形势，就不算大好，连中好都不算，勉强算小好。这倒也有客观原因。铁路小楼住宅区，麇集的都是底层工人，不光没"走资派"，连"地富反坏右"都少，多的只是些小偷小摸打架斗殴的半大孩子。可这回的革命，并不整肃小偷小摸和打架斗殴，倒好像，小偷小摸和打架斗殴还象征革命，因为连半大孩子的爹妈们，也开始了对小偷小摸和打架斗殴的效法模仿。是这种背景下，邱家不知受谁唆使，去找造反派状告盛家，说盛大庆是逃亡地主。这可有点文不对题。东北土改早，盛家的地主成分，一九四六年就划定了，而那时盛大庆才十二三岁，也没逃亡。邱家继续受人指点，重拟罪名二度发难，说盛大庆这个地主子弟私藏变天账，并通过电台与蒋介石联系。这样文题就对上了。新敌人的出现，让造反派的革命又有了声色，连看客都觉得，折腾一个大小伙子更过瘾些。于是，盛大庆除了白天上班，每晚的七点到说不准几点，都要作为铁路小楼的新阶级敌人，接受审查和批判斗争，在高小波临产的关键时刻，他这个丈夫有等于无。这段时间的盛巧云，因为当过技术标兵，算白专护士，也在接受批判改造。如此，只能请新婚的高小澜赶来支援。可夏天热，房间小，楼下又总喊声如雷，没人在这种环境下能休息好。他们便接受了邱家启发：逃亡。不是盛大庆逃，他得留下，得反复声明，他已背叛了地主阶级没变天账，而那台杂音刺耳的"红灯牌"收音机，若真能联络上蒋介石，倒会成为以噪音杀敌的独门暗器。是高小波带上盛英，由高小澜陪着，赶汽车坐火车地往老家逃。直到出门的前一分钟，盛大庆高小澜还在犹豫，不知这肯定要超过六小时的产后长旅算不算冒险。喊，冒什么险？高小波对他们的优柔寡断很是不屑，我妈说，我爸给日本人当劳工修铁路那会儿，她生我也就十天八天，还不是天天跑十来里地给我爸送饭。我妈有问题吗？我有问题吗？高小波的嘴里又有了爸妈，还能接受妹妹帮助，是因为，自从她与盛大庆成了城里人，她家已经又认她了，也认了她为自己选择的丈夫。她家人没要求盛大庆补送彩礼。

火车驶出沈阳站不久，忽然地，高小澜拍了下瞌睡的姐姐，示意她看斜前方31和32座的两个男人。还认识不？高小澜跃跃欲试，意思是过去招呼他们。高小波哦一声。她看他们有点面熟，但妹妹不介绍，她还真想不起来他们是李思元和胡福兴，是红旗公社的社主任和治保主任。她表示反对地拉妹妹一下。妹妹欲与领导接近，这她不反对。妹妹生性活泼，是团员骨干，领导干部都喜欢她。她拉妹妹，是反对她愣头愣脑地没有眼色，她想提醒她，问安也得把握时机。此时的李胡，明显很忙，一直把头埋在个小本子上嘀嘀咕咕，写写记记，涂涂抹抹。高小澜接受了姐姐建议，只时时用眼睛瞟着前边，直到火车进丰县境了，再有十几分钟就到县城了，她才凑向显然已经结束了旅途工作的李胡。作为领导，李胡二位都没架子，礼貌地过来关心高小波母子，还在关心过程中，再度想到些工作的事，就把已经揣起来的小本子重掏出来，前后翻看着问高小澜：李自永家究竟几口人，寇冠清的儿子是不是后老伴带来的，那个高光富是从牡丹江还是齐齐哈尔被遣返的……这些交流，需要在盛英的噪音干扰中艰难进行。火车到站了，胡福兴合上小本子，李思元则提醒高氏姐妹，对他们的提问要保守秘密。

但当天夜里，在高家，李胡的秘密就保不住了。解密者是红旗公社民兵连副连长高小松。高小松是傍晚去开会的，连开五个小时，回来时，像喝多了酒，在屋里院子里来回折腾，弄得鸡狗都忿忿不平。他没喝，他是找到一把杀猪刀后，不顾别人都睡下了，捅开火，把给高小波预备的鸡蛋炒了几个，又洗几根葱舀一碟酱，嗞嗞拉拉地开始喝的。东北农村，即使家境富裕，也没人把吃夜宵当成习惯——年三十除外。高家不富裕。高小松的反常惊醒了全家，爸爸嘟囔，妈妈埋怨，妻子责备，只有姐姐和外甥没说什么——如果妹妹没回婆家，是肯定要与他吵一架的。高小松对所有人的干预都不屑一顾。你们不懂，先下手为强；我得保密，后下手遭殃。起先，他翻来覆去就这两句，是等别人懒得再问时，他才觍着脸说，我要告诉你们开的啥会，你们得发誓不外传他人。

2

下手的机会来得太快，盛英倒有点不知所措。他沿着从窗户斜向射到床上的阳光线路，再度以目光解剖翠翠。金黄色的翠翠有些晃眼，如同一尊精致但也易碎的瓷器娃娃。她眉眼模糊，轮廓重叠，有些虚幻的表情好像刚哭过，或正准备哭。这是为什么？难道在睡梦中，她预感到了小哥哥盛英要对她下手，要用零乱地堆在地上的几根三角铁中最厚重的一根，朝她的太阳穴，突然而准确地击打下去，然后，再用其他角铁以及床腿，随意地固定住那根染血的角铁，让那行过凶的一端自然地上翘，支出一个锐利的角度，再然后，把她推下床去，把她流血的太阳穴和那角铁一端摆布得如同有过偶然但却剧烈的接触，以一个漏洞百出的伪造现场，既置她于死地，又确保自己的假扮无辜可以成功？

盛英夜里的二度睡眠，是久久地观察翠翠之后，黑暗不声不响地送给他的。他带着一个无知孩童初萌的杀人欲望及其任何一个谋杀者都会有所设计的与之智力程度和勇气指数相吻合的行动方案，快速沉潜进香甜的梦乡。他没做梦。他醒来时，空空的脑袋里一无所有，只有憋尿的感觉和饥饿的感觉控制着他。他几乎没看一眼身旁的翠翠，就把双腿插进一条小小的裤衩，喊着妈我饿了，跑向厕所然后跑向厨房再然后跑向他自己的房间——上一个夜晚，这房间住的是爸爸妈妈。排净腹中膨胀的夜尿，吃几口饭桌上余温尚在的混合面窝头和比纯粹的咸盐淡点不多的腌鸭蛋，盛英的脑袋清醒起来，他知道，爸爸妈妈都上班了，而小姨小姨父，也已经去姑姑的医院看病去了。他重回他刚才离开的房间，站在新近爸爸在木匠朋友帮助下打的、还散发着油漆清香的、一侧镶了扇穿衣镜的两开门大立柜旁，避开稍稍烫人的直射阳光，看地上的角铁，看床上的翠翠，也看穿衣镜里自己脸上被想象打磨得过分呆板的惊恐表情，和并非因寒冷而微微颤抖的瘦削身体。他尴尬地咧嘴，似哭似笑。他看到，那条紧绷绷的、束缚感过强的、灰衬底上缀一些绿树叶的三角裤衩，虽穿在他裆间，却是翠翠的。他为自己竟如此瘦削感到羞愧。这之后，再细看自己那麻秆似的双腿，那既无宽度也无厚度的小小的屁股，他丧失了自信——不仅丧失了剥夺翠翠性命的自信，也丧失了在他七岁这样一个已能意识到成长过程和性别角色的年纪，所拥有的全部自信。

他费劲地脱掉翠翠的裤衩，把自己的裤衩套上大腿。他裤衩的材料是陈旧的蓝市布，齐头，宽松，有些暗格。他的裤衩与翠翠的裤衩只有一个相似的地方，都是用残次品的布头手工缝的。

翠翠醒了，恍惚的眼睛似睁非睁，微翘的双唇吧吧有声。盛英让她起床，并告诉她她爸妈都出门了。翠翠伸手，摸索盛英，喃喃道，哥哥抱抱。盛英往前凑凑，先有点不耐烦，很快就无师自通地，成了个习惯于娇宠孩子的耐心的大人，而且俯身的同时，还在翠翠又结实又光滑的屁股蛋上，亲昵自然地掐摸几把。不含任何性的意味。翠翠享受地哼哼着，女人味十足，像多年以后的青莲，陷在盛英的怀抱里憨憨地撒娇。其实，多年以后的青莲，最初把盛英的怀抱当成摇篮孵化娇憨时，也是孩子，是个比此时的翠翠大十四岁的，十七岁的青涩孩子；是两年多后，上大学后，也许与盛英怀抱这只孵化箱的温度适宜有关系吧，二十岁的青莲的女人味，才泉水漫溢般十足起来。二十岁的女人味别具特色，既不是青杏子味，也不是熟桃子味，而是，一种由浅渐深由淡渐浓的红苹果味。盛英喜欢这只苹果：家常、爽口、营养充分、容易储存。

不能说盛英对女人产生爱情，始于他七岁时搂抱三岁的翠翠，但说他爱情的蓓蕾绽放于他二十七岁时搂抱十七岁的青莲却不会错。在这两次搂抱之间，隔绝着二十年的漫长时光，而二十年里，他至少还搂抱过三个女人，包括小他一岁的石兰，也包括不仅与他谈过恋爱、还发生了性关系的、分别小他一岁和两岁的另两个姑娘。但他对她们有爱情吗？爱情的定义是什么呢？

从高中后期大学前期开始，在词语的丛林里，盛英常常自动迷失。那种迷失让人痛苦，没实际意义，怎么看都像自寻烦恼；但那迷失，同时又让盛英着迷。一般来讲，词语的丛林莽莽苍苍，路径却也四通八达，想要迷失并不容易。大部分路径笔直确定：比如"日蚀"或者"蚀本"，只要迈步就能看到方向；小部分路径曲折幽微，甚至岔口交错：比如"迷信"或者"信仰"，在貌似明晰的外表下质地模糊。但是，只要你别太过较真，太实证主义和教条主义，光按脚下约定俗成的指示箭头随大溜走，大差不差地，到达目的地也不困难。可盛英，却天生敏感于词语约定俗成的含义定义，尤其对那小部分貌似明晰但质地模糊的词语，总怀有警惕的不信任感，结果，因迷失于词语的丛林而惊悚恐惧，而紧张绝望，便成了他的自虐式享受。"爱情"就是最让他歧途徘徊的字眼之一。早在与石兰恋爱之前，他心头鸣奏的主旋就是爱情，所有的书本都是老师，让他在回答爱情试题之前，对那答案的正确已胸有成竹。可是，按程式他与石兰开始了初恋，终于有机会往爱情的试卷上写答案时，他却觉得，每撇每捺都是错误，似乎他此前背熟的答案，与这道题全不挨边。他很不安。对石兰，他时时关怀刻刻惦念，愿意她好愿意她开心，可是，难道这种感情不叫爱情？难道他的关怀惦念，只是理性给他分配的责任？此后经历的另两场恋爱，不说轰轰烈烈吧，也热热闹闹，可不论持续多久，还是都以他内心同样的困惑开始和告终。难道，爱情的目的，就是让自己成为对方的唯一，甚至取代对方的灵魂，而只给对方剩一副躯壳？这样的结论让他失望。他从解剖自己开始审视爱情，觉得许多两性铁律，彻头彻尾就是阴谋，比如吧，那个表面上，几乎为所有人所旦旦崇尚的性的忠实，就一方面蘖生伪善和谎言，一方面又豢养十足的奴性。盛英对此深恶痛绝，又无计可施，便只能被动地，把自己定性为一个自私的、冷漠的、身体只受制于动物性而不会生成精神感觉的——

恰在这时，他遇到了青莲。

那时，青莲刚刚读完高一，就身体表象来说，在青杏中都得堆打折架上，不像有些同龄女孩，已然喷薄成熟透的桃子。但青莲的特点又很鲜明。后来盛英曾总结过，他喜欢的女人，是否漂亮排二三位后，排第一位的应是特点鲜明——至于什么特点和怎样算特点，那得另说。青莲清纯、天真、好奇心重，惊讶时，那种傻呵呵的样子尤其可爱，而并非故意地，她又对任何稍具新异性的事物都惊讶不已。或许，这与许多女孩子没大不同，算不得特点；算特点的是，如此一个本该比玻璃还要透明的她，在眉宇之间，在行止之际，竟能把狐媚气和妖冶态投射出来，尤其眼风一闪看人的时候，那似笑非笑的一段扫描，那若即若离的一瞬凝视，传输的简直就是电流。那是一股让盛英似曾相识又记忆遥远的弱电流，力道不大，但切中要害，恰好能用一次轻重适宜的电击把他沉睡的潜意识唤醒过来。那天，百无聊赖的盛英注意到那个撒尿和泥玩的小男孩时，并没留意到他身后黑洞洞的店铺小门和小门上端那块红底白字的细窄牌匾：家家乐日杂店。那个特别帅气的男孩，剃了秃瓢还光着膀子，身上只穿条开裆裤衩，他蹲在一个低矮的黄沙堆上，晃着脑袋从几个角度看自己撒尿，并用拿在手中的一根筷子，反复拨弄白色的尿线，好像他撒出的尿是一条能伸展出弧度的柔韧柳枝，他往上或往下一拨弄它，它就会上扬或者下垂。尿线不是柳枝，还很快，就丧失了长度，淅沥成了点点滴滴，点滴又迅速被收拢回去。男孩明显有些失落，就用筷子，去敲打自己蚌肉一般粉红的阴阜——乖乖，盛英急忙转移目光，避开那女孩坦荡的裆间；是的，这个此时，大概感到了阴阜的疼痛而不再对它表示不满，立刻又找到了新的乐趣，改用筷子去搅拌刚刚被尿水浸湿的沙子的赤膊秃头孩子，竟不是帅哥而是靓妹。盛英想放弃对她的观察，可他的目光不听命令，倒不是留恋女孩的阴阜——他没那么下作，并且这会，他也让自己恢复到了刚才侧对女孩的那个角度；他目光抗命的理由在于，那小小靓妹的表情太丰富了，她脸上的喜怒哀乐交替呈现，但不论喜着怒着还是哀着乐着，她始终如一的兢兢业业勤勤恳恳，使她显得特别可爱，很像一条专注的小狗在对付骨头，当然，是对付一根无肉的骨头。盛英没法抽身离去，反倒有点痴迷地，一步一步凑近沙堆，蹲下，与小女孩保持着一个不至于影响到她但又能把她胖乎乎的左胳膊上接种疫苗的小小疤痕都看清楚的适当距离，用目光咀嚼和吞咽她。是这时候，青莲从盛英侧面的家家乐日杂店走了出来，在经过短暂的愣怔之后，她声音很低地叫声唐粲，说唐粲别玩了，尿完回屋。她声音里带着羞涩，带着歉意，好像为打扰了唐粲的专注和盛英对唐粲专注的观察而感到不安。盛英扭头看青莲。他是顺着她脚上的粉红色坡跟凉鞋和绷在牛仔短裤下的两条光腿往上看的。他看到了她窄小的胯部和单薄的上身和细长的脖子，以及脸和眼睛，以及脸上初露端倪的魅惑表情，和眼睛里火星隐约的一股电流。

哦，她真好玩。盛英尴尬地笑笑，往起站。你孩子呀？

青莲的脸腾地红了，紧皱眉头晃一下身子，像撒娇，又像抗议。但她的回话却很肯定：嗯——对，我孩子。

其实话一出口，盛英就发现自己太离谱了——蹲着外加扭头的角度，影响了他对她年龄的判断。他不是有意开她玩笑。随着身体的站直和扭正，他马上看出来，与她正面相对的青莲也还是孩子。他想说不好意思或对不起，可青莲嗔怪的表情和认真的回答，一时又让他张口结舌。

你——多大？

不告诉你！

青莲抱起唐粲，吃吃笑着，跑回黑洞洞的小店的门里。不是厌烦或者惧怕的逃避，倒像引诱。难道，室外的阳光太明亮了，这让她面对他感到害羞，而去室内重叠货架交错出的阴影里与他眉目传情，她才更能放松下来？如此欲望化地解读一个女孩子的慌乱非常可耻，可她的表现，让盛英没法不这么想，而随她进屋并坐到货架堵头那张长宽皆半米左右的小方桌旁，也便是盛英此时的唯一选择。好在，一坐下，通过顺便溜一眼小方桌上的英语课本和练习册，盛英就为自己的进屋补充到了理由：作为一个严谨但也温和的教师，针对练习册上的几处错误，他以启发式教学法予以纠正。即兴的辅导课很快正规起来，且效果不错，到课间休息时，即使回答老师的非学术问题，学生也敢在坦率真诚之外，松弛出几分顽皮狡黠了。盛英预先闻到了身旁这枚青杏成熟后的芬芳。他这个有过三次恋爱经历，曾和两个姑娘分别上过三回和三十回床的成年男人，还从未见过，那种隐隐的妖冶与淡淡的狡黠和浅浅的羞涩以及憨憨的女儿态，能如此浑然天成地同时呈现在一张单纯的脸上。盛英的心跳方式发生了变化，是这种变化，让他对她的打探从没话找话变成了目的性追问。于是，他便知道了她的年龄以及唐粲是她姐姐的孩子；知道了这个小店是她家的经济保障，她节假日里过来照看，是替代出去上货的爸妈；知道了她的最大理想，是两年后能考取沈阳财经学院，学会计，以保证只要这世界上有商业她就能有工作而不至于下岗；知道了现在她就读的，距家不足一里地远的那所高中，正是他当年度过三年时光的二十五中学；知道了她家是铁路小楼老户，她妈当年人见人爱，外号王小棠……

肯定与王小棠这个名字的出现有关，一下子，盛英被拉进一个陈年旧梦，他身上的血，在半秒钟内，分别朝脸和阴茎聚集而去。青莲惊愕，继而惊恐，欲伸手触摸盛英的面颊。你——怎么了？那将是一种由下意识和不自觉所支配的、急迫和忧虑的、母性的触摸。没有拘谨，更不做作。青莲大概从未见过，一个人的血液，一个大男人的血液，可以如此无缘无故地忽然集结于身体的某处。这个某处不包括阴茎。青莲见到盛英阴茎因充血而紫红乌黑的那副模样，是一周以后，他们第五次见面第四次约会时。而此时的青莲，以一壁货架子充当椅背，坐在一条木凳上，与盛英间，隔着那张摆着英语课本和练习册的漆皮剥落的小小方桌，还有踏踏实实地伏在她腿上睡得香甜的女孩唐粲。方桌和唐粲，都是她触摸盛英的障碍。障碍能帮她立刻发现，盛英瞬间的神志短路，并没大事，她的手就缩了回来。可盛英神志在短路之后，清醒过来的意识让他发现，青莲对他脸颊可能的触摸，带给他的快感将无以形容。他就往前伸伸脖子，以方便给唐粲当枕头的青莲触摸他时，不移动身体也能指哪打哪。青莲的手已缩了回去，他的脸颊空落落的。空落落的滋味不太好受，他就也在下意识和不自觉的支配下，鲁莽地、生硬地、争抢式和孩子气地，去拉青莲手，把她手按到自己脸上——准确地说，是他脸主动贴到了她的手上。

他笨拙的强迫之举，把她逗笑了，而她的笑，消解了他被摸的快慰激动。

怎么不摸了小青莲？他气得脸色转白。

别吓醒唐粲盛大哥。她笑得两腮飘粉。

你——知道我姓盛？青莲的一声"盛大哥"，吓得盛英调门都变了，他变了调门的声音空洞洞的，像发自陷阱。

他们的进一步接触，是这天以后。这天，青莲的爸妈很快会回来，青莲的姐姐，也随时可能来看唐粲，而盛英，对与一个高中女生闪电般的偶然结识，也缺少起码的心理准备。有些陷阱披艳遇伪装，这他懂。

当然知道。青莲想努力笑得老谋深算，但她的笑里，其主要成分，仍然是率真清纯和稚趣盎然。我天天能看到你的照片。

盛英从陷阱爬回了地面。他意识到，他之所以自坠陷阱，是忽略了她是他的陌生学妹。二十五中学不是重点名校，从来都没什么优长值得记忆，但有位愿意珍惜学校点滴荣誉的校长曾在任多年。从那校长接手学校的一九八○年起，学校教学楼走廊两侧，就逐年递增地悬挂历届高考中，本校文理科状元的照片。与市里省里的状元相比，本校的状元微不足道，但老校长说，他们是我们自己的牛顿蒙田、莎士比亚爱因斯坦。盛英是他高考那年学校的文科状元。

那你——刚才我在门口看唐粲玩，就认出我了？

嘻嘻，我还知道，你后来还读研究生了——你可能是，咱们铁路小楼唯一的硕士……

盛英不知该再说什么。他转而重新打量唐粲，心中的想法，也从青莲身上游离开来，与刚才蹲在店外看一个小孩真真正正的撒尿和泥玩时的想法又勾连上了。这个能模糊性别的小孩太有趣了，太好玩了，太让人舍不得放弃了。她结实的身体，有力的呼吸，健康的肤色，尤其是既帅又靓的模样，仿佛都在提醒盛英：若把她杀掉，再吃进肚里，哪怕只吃下她裆间那一带坦荡的粉红蚌肉，也一定是一次特殊的体验与美妙的享受。

好像就从这天开始，继七岁那年生出杀婴的欲念，二十七岁的盛英的心中，食婴的渴望又萌发了。

3

　　任慧把女儿变成一餐美味烤肉珍藏于肠胃，是杀死张德强后，主动坦白的。坦白时，她脸上流露出神秘的得意，好像巧妇做成了无米之炊。她郑重地说，你们可以判我死刑，但夺不走她。又神往地说，撒点盐末味精胡椒粉辣椒面，我宝贝女儿可好吃了。她不提供任何物证，也不指认犯罪现场，话还说得颠三倒四。量她刑时，她的口供没被采信，至少，没公开把她定性为食婴者，只算她把女儿送人了弄丢了或者卖了。

　　张家不关心一个女孩子的去向问题。但即使忽略任慧的食婴恶行，她也罪该当诛，光杀丈夫和多杀个女儿没什么区别。任长安盛巧云倒咨询了律师，也申请了对女儿的精神鉴定。但没用。女儿杀的张德强，是张尚凡之子，又赶上中央领导通令严打，各地还担心凑不够大要案的指标数呢，哪能容她以病脱身？连她的罪因，都差点不是夫妻矛盾，而被归类为政治谋杀——七一这天杀共产党员，足以证明，她是个赤膊上阵的搞资产阶级自由化的急先锋。替女儿喊冤的任长安也受到拘捕，将作为政治谋杀的黑后台另案处理。任长安喜欢谈论国事，都不用特意陷害栽赃，推他为资产阶级自由化沈阳地区的代理人就有理有据。幸运的是，任氏父女的罪名刚一敲定，有个中央大领导来沈阳指导严打，随机抽看了任慧卷宗。那大学电机系出身管过多年农业的大领导，此时开始分管司法，考虑问题比较全面，他说，现在主要讲经济建设，不讲阶级斗争，遇事还是少往政治上扯，免得境外反动势力做什么文章。任慧案这才重新算作刑事案件，而任长安，也在正确认识了任慧罪行反动本质的一周后获得释放，只挨几顿打，没被开除公职和党籍。任慧杀张德强是七月一号，二十一天后被执行枪决。枪决之前，作为唯一的女死刑犯，她与二三十个男死刑犯一道，站在解放牌卡车上游街示众。这是她头一次也是最后一次系统地观光故乡的街景。两小时里，仿佛她不是主角之一而是唯一的主角，街边看客给她的关注，远远多于给其他二三十个男同伴的。她比他们死得风光。

从任慧发案到服法受死到此事的余波渐渐淡去，正值盛英高考前后最为忙碌的一个半月：背考题，进考场，估分数，填志愿，约同学，拜老师，等通知，备行囊。对任慧事件他便关注有限。在此之前，甚至早在他的初中阶段，家中的大事小情，盛大庆和高小波就都不瞒他，许多时候，还虚心听取他的意见。儿子的高明为他们所认可。具体的某事可能儿子不懂，但抽象地分析判断一件事，盛英的道理常有启示意义。可这回，盛大庆高小波虽然日日长在姐姐家里，对任慧的信息了如指掌，但汇报给盛英的却很有限：张德强喜欢病态地欺负任慧，任慧实在忍无可忍，结果女儿丢失后，于精神恍惚中，在张德强又一次醉酒打她时，她把安眠药偷下在酒里，可惜药量大了。而任慧坦白的食婴之事，以及张德强死于乱刀之下的事，则是任慧被枪决五个月后，盛英寒假回沈阳时，要去看望仍未从失女之痛中走出来的姑姑姑父前，妈妈为提醒他说话时应该注意什么，才首次给他做的披露。当时盛大庆试图阻挠，说任慧疯了，胡说八道呢。高小波瞪盛大庆，说你这人真没劲，只要盛英愿意知道，咱家的事，咱老盛家老高家的事，一样都不该藏着掖着，不论真假。

　　盛英说他愿意知道，对盛高两家所有的事，不论真假他都愿意知道。这样表态时，盛英并不确定，自己是否心口一致，是否真愿意知道盛高两家的陈芝麻烂谷子。但有一点他能猜到，他这样表态妈妈高兴。高小波这个曾经的农村姑娘后来的铁路机车车辆厂翻砂女工再后来的厂服务中心食堂采购组副组长兼厂工会妇女部委员，文化知识就小学水平，顶多靠自学等同了初中水平，可她天生想事情多，看问题远，关注的东西有别于旁人。比如吧，她的许多工友，和公公婆婆一个锅里吃饭多年，却并不知道公公婆婆叫什么名字，或知道叫什么，但不知道是哪几个字；而她，都没见过公公婆婆，可还在松树崴子时，就通过邻居，把自己婆婆的婆婆都了解透了，比盛巧云盛大庆更清楚盛家血脉的蜿蜒轨迹。所以，她希望儿子关注到的，便不仅仅是自己的家，而是盛高这两个家族。至于为什么要关注家族，关注什么和怎么关注，关注了能有什么用处，她没说过，可能都没想过。但她就是觉得，一个人光关注有用的柴米油盐没大意思，只有也关注甚至更关注没用的过眼烟云才活得敞亮。她从未文绉绉地使用过"家族"一词，或许不会，或许提它不好意思，但盛英知道，在妈妈的视野里心胸中，家族也只是风景一角。高小波死后，柴萌来陪盛英，盛英给她讲了一天高小波，只间或将盛大庆穿插其中。柴萌最后做总结说，你总说你像你爸，长相性格还有聪明；可我现在觉得，你骨子里，那种精神气质上的东西，承袭你妈的可能更多。盛英抽噎着抱紧柴萌，说柴萌你这叫透过现象看本质呀，又说，我妈也这么觉得，会经常偷偷地感到骄傲。柴萌问，骄傲为什么还要偷偷。盛英破涕为笑，怕我爸吃醋呀。这是高小波死后的头一周里，盛英第一次笑出声音。

任慧嫁给张德强时，刚过二十，是皇姑区模范幼儿园最文静秀气和容易脸红的年轻教师。当与她一样文静秀气和容易脸红的年轻军人张德强在北陵小区南门外狭窄的胡同口截住她，问她是否还认识他时，她至少两分钟说不出话，连身体都像一块融化的冰，一点一点小了下去。她的脑袋深深垂下，几乎抵上了胸前的乳房。她乳房不大。声称杀死过好几十越南人的张德强吓坏了，说同志同志你怎么了，我不是劫匪也不干坏事，我就是，就是走到这碰见你了打声招呼……两分钟后，停止了融化的任慧开始正常呼吸，头也略微抬起来一点。但眼睛没张德强，只看他手，看他手里的几粒糖块。那是一只纤长白皙的手，根本不像在子弹打没后，在刺刀拼弯后，在枪托砸碎后，卡着喉咙掐死过越南军人的手——如果它们想掐死人，只能掐任慧这样的人，和比任慧更柔弱的人。柔弱的任慧伸出了手，从那只号称掐死过人的手上，把一枚包装纸最鲜艳的，写有"广西特产"的糖拈出来，玩弄一会，剥开糖纸，抿进嘴里。

一周前，以模范幼儿园为首的区内几大幼儿园，组织大班小朋友听戴着三等功军功章的英模军人张德强做报告，讲他在对越自卫反击战中，如何英勇地保家卫国。主持报告会的领导说，忘恩负义的越南人给我们的启示是，仇恨敌人一定要从娃娃抓起，因为在越南野心狼侵略我们时，许多妇女和孩子是急先锋。后来张德强告诉任慧，他所在的部队，一直在广西的凭祥留守待命，与越南人根本没照过面，他立功受奖当英模，是爸妈往沈阳这边的部队机关调他时，求老战友给突击办的。

他说，他所讲的杀敌情节，都来自于看过的电影。骗子！匍匐在张德强的细皮嫩肉上，任慧说，从见你那天起，我就感觉，还杀人呢，没准打人你都不会。这是他们好上以后，结婚之前，任慧撒娇时说过的话。她只说对一半。张德强的确欺骗了她，没主动告诉她他结过婚，还有过女儿。任慧没说对的另一半是，张德强会打人，还会往死里打，没把打变成杀，只与被打者命大有关。那天的报告结束以后，任慧受领导之命给共和国最可爱的人献花，尴尬的张德强完全出于无心，说完谢谢，为缓解紧张，又问一句你哪单位的。

位于北陵小区的模范幼儿园，与张德强爸妈家住的部队高级干部休养所，直线距离只一公里。

张德强第一次打任慧，他们的蜜月还没过完。有一天，有个男人的电话打到家里，说是孩子家长，有事要向任老师通报。张德强接完电话叫任慧时，脸色不好。在此之前，任慧对张德强有时表现出的小心眼已有所察觉，但接电话时，没忍住，还是被对方讲的一件孩子趣事给逗笑了。是淡淡的掩嘴而笑。任慧一笑脸就会红，脸红会显得风情万种。张德强对任慧表情做了繁琐解读，进而审问她与通话者什么关系，又索要那家长的电话号码。两人的争执由此发端。也是直至这时，任慧还没能认同，与丈夫之外的男人笑，甚至说话，甚至对视一眼，都是有悖妇德的淫狠行径。仍有权利意识的任慧指出了张德强心眼太小，说你和女的说话也会脸红，那就说明你也暧昧，也关系不正当？军人张德强懂战术。懂不懂两军作战的战术不知道，至少通晓夫妻之间拌嘴的战术。他没像任慧那么被动地只沿着对方的话语逻辑争来辩去，而是干脆利落地，以自定的标准划线设界：男的可以女的不行。任慧以为张德强开玩笑，就也玩笑着，把课本教育与媒体宣传的标准答案抛掷出来：时代不同了，男女都一样，妇女能顶半边天……张德强以他突如其来的拳头，继续证明他除了懂拌嘴战术，还懂打人战术。任慧的漂亮话什么都不顶，她只能在哭嚎过后，乖乖地把那说话幽默的家长的电话给了丈夫，任丈夫把军婚、道德、整死、流氓、引诱这一发发子弹，通过电话向对方射去。两天后，任慧给来接孩子的对方的妻子赔不是。对方的妻子面无表情，没承诺是否原谅任慧夫妇，只冷冷地说，她工作忙，接送孩子的活只能由丈夫做，而丈夫接送孩子，不可能与老师不打交道。所以，她说，我们正给孩子办转园手续呢。

这是比较聪明的家长，也是有门路有办法的家长，其果断之举，能免遭号称在越南时杀人如麻的年轻军官的恫吓责骂。但有些话多的男家长，还有喜欢与任慧保持来往的旧日男同学，则要经常接到任慧的道歉电话。任慧忍着张德强拳脚残留在她身上的疼痛，反复申说，他那人平常挺温和的，就是小心眼，请他们别跟他一般见识。

张德强平常的确温和，也挺会照顾任慧，总是以羞涩中充满激烈或激烈中满含羞涩的方式，表白他有多么爱她，就像他最初去北陵小区南门外的狭窄胡同一次次找她。我恨那些认识你的男人！张德强的爱情，多半要去假想敌身上折射一下，才能照亮任慧的心。甚至一个男人并不认识你，只是在街上多看你一眼，我就恨不得剜下他的眼睛。这种时候，任慧就感动，对身上的青紫视而不见，她觉得张德强对她的爱情，能抵消任何残酷的责罚。早期张德强责罚她是因为她与男人交往，说话或笑，或对视目光。后来，任慧躲避任何男人，连买东西，都不接受男售货员服务，而认识她的男人，也回避她，如果必须与她接触，其谨慎度，也如同领导慰问艾滋病感染者。但这不影响隔段时间，一般两至三周至多四周，张德强仍会找到她不贞的证据，得或重或轻地打她一顿。比如，张德强不可能随时盯她的梢，就通过检查她手包，闻她身上气味，猜测她眼神的含意，来推断她有无背叛行为。心里背叛也不行。有时找不到疑点，以贞操安检员自称的张德强就焦虑，就痛苦，就会在非做爱时间，把手伸到任慧的裤衩里摸她阴部。不为嬉戏调情，只为了解她阴道湿润度是否正常——正常的标准，依张德强当时的情绪而定，如果阴道的湿润度超标，那说明任慧又花心了，一顿教训是躲不过的。

因为有个残疾儿子，盛巧云任长安夫妇总精疲力竭，对二儿子和女儿就关注不多。但再不关注，女儿身心出现的问题，也像他们头上的白发，不知不觉间多了起来，数量一多自然醒目：为什么外在的皮肉青紫甚至骨折，加上内在的忧郁恐惧和神经质，会如同一只逐臭的苍蝇，总围着女儿口中幸福快乐的婚姻嗡嗡飞呢？但爸妈的猜测，每每会被女儿巧妙地化解。任慧懂事，她知道她不该让爸妈为她操心。况且，能嫁入张家，也算进了宦门，那不时给家里带回去的，市场上根本见不到甚至普通百姓都闻所未闻的特供商品，足以为爸妈在人前人后挣到面子，连残疾的任义，都因妹妹的婚姻而有了尊严，她怎能为挨几下打就抱怨呢？又况且，张德强是为爱才打她呀。

后来任慧就怀孕了。张德强高兴，话都多了，天天对着任慧肚子儿子长儿子短地叫，好像他们部门一个政委死了，家属雇的叫魂人的断续声音——可叫魂的只叫一个礼拜，张德强却叫了半年。当然，张德强也叫儿子妈妈的魂，也把任慧挂在嘴边。据他说，他提前为儿子取名张智，就为纪念对任慧的爱情。智和慧是同一个意思，他告诉任慧，张智就是扩大智慧。张德强爸妈反对张智，他们希望孙子叫金贯，金是家谱中对孙子这辈男丁排序的字，贯是他们花大价钱，请测字先生挑选的名。但最后，爸妈对儿子的意见有所妥协，同意以"金智"命名孙子，又与张德强的据理力争没什么关系。首先，早几年，张德强少不更事，顶撞爸妈是家常便饭，可这几年，他懂事了，知道他获得的一切都源于爸妈，顶撞他们，就是顶撞财富以及前途。其次，在爸妈面前，他也不敢以任慧为理由，因为爸妈不在乎任慧——也不是不在乎具体的任慧，而是儿媳妇这个身份，放谁身上都没分量：一个男子汉，怎么能把老婆当回事呢。这是张德强的妈妈常说的话，就好像，她和她的女儿们，都不是男人的老婆。是张德强的三个姐姐之一，在未考虑"智""慧"含义的情况下，于偶然中，帮弟弟赢来了爸妈的部分妥协："荆冠"啥意思你们懂吗？那个姐姐，是这个行伍之家唯一握有大学文凭的人。"文革"中，有首叫《理想之歌》的长诗举国风靡："红日／白雪／蓝天／乘东风／飞来报春的群燕／从太阳升起的北京／启程／飞翔到／宝塔山头／落脚在／延河两岸……"号称由北京大学中文系七二级创作班工农兵学员集体创作，而那个姐姐，虽然没为《理想之歌》贡献过一个标点符号，但仍是"群燕"中，身穿军装的"兵"的代表。基于爸妈对"金"的坚持，北大中文系出身的姐姐也规劝弟弟，叫个金智也挺好的，小名就叫"金子"，多吉利。张德强向任慧通报这最终的结果，任慧最大限度地表达了反抗：反正在我心里，我的儿子就叫张智，扩大智慧。

4

北大中文系出身的卢图，河北平山人，学生时代即加入中共。一九四五年七月，日本投降前夕，已有十年党龄的他受命离开延河岸边宝塔山下，过北平经青岛走海路由庄河进东北，奔走于大连沈阳长春哈尔滨一线，与刚踏上东北土地的苏联红军秘密接触，以图抢在国民党前，从日本人手里接收东北，并为随时可能开始的国共内战做前期准备。在延安时，卢图已发现，同为北大出身的妻子，可能也上别人的床。那个别人位高权重，卢图不敢声张，更无法闯过警戒线深入位高权重者的窑洞捉奸捉双。忽然领命来陌生的东北，成为中央"向北发展向南防御"新战略的具体落实者，他断定，一定是位高权重者看他碍眼，在假公济私地打发他呢。他没有权利不接受打发。他来东北一站稳脚跟，在与苏联红军秘密往来的同时，也与个东北姑娘暗中来往。东北姑娘是辽宁丰县洪堤镇人，文化程度不高，但却知道，该如何把对革命的心理忠诚转化为对延安同志的生理热情。东北话里，"堤"常常被误读成"提"，"洪提"与"红旗"读音相近，一九五八年成立人民公社时，"洪堤镇"更名"红旗镇"，此后便也有了红旗公社。一九四九年初，卢图娶东北姑娘为第二任妻子，定居哈尔滨，一九五四年初调北京工作，可几个月后，却成了接受调查的"高饶反党联盟"骨干成员。调查很快不了了之，但随着高岗自杀，随着饶漱石与其上海时期的下属潘汉年、扬帆一道被指控为"反革命集团"而投入监狱，卢图也又被旧话重提，并领刑十年。不足四年就获释了，也被允许回原单位。可这时，偏赶上北京市的主要领导浪漫主义，用诗一样的语言说，要把首都建设成纯洁的"玻璃板"与"水晶石"，计划在几年内，将所有不纯洁的"问题人"撵出北京。刚出狱的人自然不纯洁，是"问题人"，卢图只能再被打发，二进东北，与家眷一同落户丰县。

这回没走曲折的海路，出关的火车，咣咣当当地一路顺畅。最初接到驱逐令时，卢图还斗胆提过请求，希望就近落户平山老家。具体负责打造"玻璃板""水晶石"的前同志嘲笑了他：你以为遣送是旅游吗，去哪由自己挑挑拣拣？还不能挑拣的是工作与工资，他这个一直做组织工作的十四级干部，变成了拿十七级工资的县文化馆馆员。也不错了，挣近百元，在丰县由三五人构成的高薪阶层中，他占有靠前的一席之地。但唯有一事，他想挑拣，他希望组织给他一个确定的说法，让他与"高饶反党联盟"脱离干系。组织上对他的斤斤计较很不满意，说不追究你了还放你出狱，这啥意思你不懂吗？他懂，作为组织干部，以前他经常代表组织向受委屈的人暗示某种类似的意思。他这个唯物论者，首次认同了一报还一报的唯心思想，另外，他与高饶都算认识，也能让他认同自己的并非无辜。他与高岗认识得早，在延安时，对他说过"首长好""吃了吗"之类的客气话；高岗晚他一年多来东北后，开会时或跳舞时，两人还远远地点头笑过，虽然，高岗的点头与笑，开会时主要给麦克风，跳舞时主要给女舞伴。在延安时，他没见过饶漱石，但听说过这位首长的趣事，说他偶尔与妻子口角，为了不惹别人笑话，只用英语唇来舌去。是卢图调北京后，间接地成了饶漱石下属，才偶尔在走廊或会场与其邂逅。他曾试图与他搭话，说"首长好"或"吃了吗"，甚至套近乎地用英语说。没说，汉语英语都没说。主要责任在饶漱石，这位领导不苟言笑，根本不给下属亲近的机会。但无论如何，他认识他们是不争的事实，那么，作为一个有办法在中共与苏联红军间秘密联络的人，组织上怀疑他在高岗与饶漱石间也秘密联络过，不可以吗？可以。他不再挑拣组织的意思，只平和地、麻木地、知足地、沉默地，蜷缩在偏僻而又朴拙的丰县喝烧酒养肚腩，像一头待宰的猪，尚未长得膘肥体壮。

宰他的机会终于来了，不久前，一个热衷于收集辽沈战役资料的开县文化馆馆员，偶然见到一份当年的《奉天旬报》，对上面一篇采访卢图的文字发生了兴趣。那开县文化馆馆员向丰县方面举报了卢图，认为早在新中国成立前，卢图就是个披着共产党员外衣的资产阶级代理人，想在中国搞资本主义。那开县同行与卢图认识，在抚顺，一块批判过《海瑞罢官》，在鞍山，一起学习过《林彪同志委托江青同志召开的部队文艺工作座谈会纪要》。两人没有个人恩怨，私下交流时，只说过"早上好""吃了吗"之类的话。

记者：请问卢图先生，你说的"自由民主的中国"，将是一个怎样的国家？

　　卢图：哦，它的各级政府直至中央政府，都要通过普遍、平等、无记名的选举产生出来，并向选举它的人民真正地负责。它将实现孙中山先生的三民主义，林肯的民有、民治、民享原则，以及对于言论出版自由、信仰自由、免于匮乏的自由和免于恐惧的自由的保障。

　　卢图给当年《奉天旬报》读者勾勒的未来，亦是给未来丰县领导出的难题，据此他们无从辨别是非：没人敢说卢图勾勒的是革命图景，但这图景反动吗？同样没人说得清楚。丰县领导赶紧请示上级，上级也急忙请示上级，可得到的答复是，上级的上级正在请示上级。上级性子慢，可以逐级请示，开县的文化馆馆员却性子急，急于看到他的举报产生效力，再来信时，他就谈到了丰县领导的立场问题，使用了"包庇"一词。政治形势已变幻莫测，丰县领导正人人自危，即使对亲爹，也没人敢"包庇"。他们不方便轻举妄动，是要考虑卢图的资历，以及上级对他一向的礼遇。他们决定技巧化地对待这一举报。他们不自己贸然出手，而是责成卢图妻子出生地的基层领导，以其富农的出身问题为突破口，对卢图展开迂回进攻。这样，红旗公社的基层领导，具体说，就是李思元和胡福兴，立刻成了"天将降大任于斯人也"的那个斯人，自我感觉中，眼下这场革命虽然意义广泛，但成就他们，则是那广泛意义中最有价值的一个部分。再看兄弟公社那些与他们同级的、只会操心家长里短鸡毛蒜皮的基层管理者，目光中竟有了些俯视的意味。他们精心设计战术，先逐渐靠拢卢图妻子的富农出身，再适时地，把印制粗糙已经残破的《奉天旬报》作为致命的暗器发射出去。《奉天旬报》是蹩脚的暗器，不光不能致命，连近身都无法做到。卢图以堂而皇之的明器挡开了它。严格地说，那答记者问不是我的发明，卢图说，那是毛主席回答路透社记者甘贝尔的话，差不多是原话，应该是一九四五年夏天，在延安的《新华日报》上，具体哪天我记不清了。面对毛泽东以及《新华日报》这样的明器，李胡只能败下阵来，讲技巧的县里领导也不无尴尬。他们相信，虽然四大本"毛选"里没有甘贝尔，沈阳的图书馆或文史资料馆也没有延安时期的《新华日报》，但卢图的明器肯定货真价实，否则，他胆子再大，也不敢编造领袖语录当挡箭牌。在这种情况下，李胡去北京资料齐全的党史研究部门验货估价，自己都觉得浪费盘缠。天只拿大任虚晃一枪，就把他们俯视兄弟公社那些庸俗同僚的资格又收了回去，这简直是戏弄他们。走在北京炎热的街头，李胡气得骂骂咧咧，从卢图肥大的肚子，骂到他的北京口音。他们记起了卢图的籍贯。一个在万恶的旧社会能读得起北京大学的人，怎么可能出身贫农？

平山之行意义非凡。天意的神秘性让李思元胡福兴心生敬畏，再也不敢轻易骂街，连卢图都不骂了。平山把一项未知的大任显现给他们，提醒他们该怎样去自己争取对庸俗同僚俯视的资格。天意是委托谢敬一谢富治启示的他们。

谢敬一谢富治都是男人，都军人出身，都穿警服，都姓谢，舍此没有别的关系。他们一个是胡福兴当兵时的战友，一个时任公安部部长，为中央"文革"领导小组所欣赏重用。他们共同启示李胡没必然性。

李思元胡福兴来到平山，住的是谢敬一给联系的公安局招待所，到卢图老家外调和去居庸关长城游览，也都坐了谢敬一的破吉普车。返程前一天，本来定好去十三陵转转，可谢敬一临时接到通知，要听谢富治在北京市公安会议上的讲话传达。不能陪战友出去玩了，谢敬一再三表示歉意，可李胡不介意，甚至他俩都由衷地认为，能了解到上头精神，比游山玩水更有意义。因为这个传达会是扩大会，各公社的主要领导和管治安的都赶来了，李胡就有了混会的可能。况且，他俩也正是所在公社的主要领导和管治安的，只不过，他们的辖地不在首善之都的平山，而在偏远东北的丰县。

启示在这样一个偶然的会议上浮出水面。谢富治那个务实而又明确的讲话传达到三分之二时，李胡就都听懂了天意的召唤：

对待阶级敌人，看来我们手还是软。胡福兴的唇语也有些软。

专政必须彻底，这回我们要硬起来。李思元的唇语硬了许多。

当天傍晚，谢敬一陪他俩正喝酒时，有人带来领导指示，要谢敬一连夜去大兴公社指导工作——公检法没被打倒的人，有一多半都要连夜下乡。谢敬一再度表示歉意，而李胡，则再度抓住了天赐良机。要是不麻烦，我俩陪你去大兴吧，李胡说，也学学首都的基层单位，怎么实现中央意图。只要第二天下午三点钟以前赶到北京火车站，他们就误不了返程的车。

破吉普载着李思元胡福兴以及谢敬一和助手到大兴时，九点都多了，可大兴公社和他们路过的北房公社昌庄公社一样，到处人声嚷嚷灯火通明，有着宽敞院落或空地广场的公社所在地，更是如同逢集或过年。大兴公社的群众，集中在一片空场地上，除了男女老少参参差差的公社社员，还有好多穿军装戴袖标的年轻学生，由于学生阵容齐整，把乌合的社员都影响得讲了规矩守了秩序。学生和社员共同围成一个三面严实一面开口的U形圈子，巨大的圈子里，有几十名老少妇"黑五类"分子，被捆绑着分散跪在地上，他们身边，是一些躺在血泊中的尸首和游走在血泊中的活人。尸首是"黑五类"中的青壮年男子，怕他们行凶反抗，没怎么批判就先处死了，还多半用的是偷袭战术；而活人，则是正在组织批判斗争的公社领导，以及手持匕首砍刀铁棒木棍绳索锹镐的，包括几个女的在内的二十多名行刑队员。女的都是红卫兵，男的里，民兵比红卫兵多出一倍。会场外围的墙头树梢，到处飘红旗挂标语，人们不时呼喊的口号，有许多就是标语的内容："斩草除根，不留后患""食肉寝皮，剖心挖肝""革命造反有理，红色恐怖万岁""彻底消灭'黑五类'，祖国江山万年牢"……在不太整齐的口号声中，有诸多更不整齐的其他声音夹杂其中：垂死挣扎者绝望的哭嚎声求饶声，掌控全局者严厉的斥责声叫骂声，站脚助威者兴奋的喝彩声喊好声，以及具体行刑者让武器与人体接触时，通过力量和动作制造出来的难以准确形容的杂沓之声……在人圈留出的豁口处，还时不时地，有一两辆手推车进进出出，进来时车空轻飘飘的，出去时车重沉甸甸的。它们是往外运尸首呢。

这时候，有人看到了谢敬一一行，喊上级到了。偌大的会场，受了传染般安静下来。是相对安静，隐隐约约的哭泣声和呻吟声没彻底根绝。公社领导迎上来握手，让烟，笑，兴奋得走路像脚不沾地。谢敬一脸上抖动的肌肉不是笑肌，还拒绝了烟，只勉强伸手供基层同志捏摸摆弄。你们简直——他尽量不带情绪地嘀咕一句，把批斗会开成屠宰会啦。他边嘀咕，边往外围灯火暗的地方挪，眼睛也看向黑黢黢的远方。公社领导没领会他意思，硬生生拉他，往身旁大圈子的U形入口走，好像谢敬一是个虚荣心太重的远房亲戚，需要反复礼让甚至强迫，才能落座主人的酒席。听说上边来人站脚助威指导工作，公社领导说，革命群众都高兴死了。公社领导比谢敬一劲大，谢敬一不好过分抗争，他们一行人，就拉拉扯扯地进了U形口子。公社领导稳稳站定，环视周围，周围彻底安静下来，连哭泣声呻吟声，都被囚禁在喉咙以下。公社领导表示满意，冲学生那边朗声喊道，请——革命小将，给毛主席司令部派来的上级领导誓个师吧！随即他带头，牵引出一阵掌声里出外进。学生们明显训练有素，随着阵容略微调整，一对高挑的、挺拔的、威武的学生男女走出人堆，以炯炯的目光看定谢敬一和公社领导，包括李胡。

（女）战鼓响，烈火熊；

（男）杀声起，斗志勇。

（女）党给一身造反骨，降妖除魔灭敌凶；

（男）主席亲手授战旗，小将高唱《东方红》。

（男女齐）马克思主义的道理千条万绪，归根结底就是一
　　　　　句话：造——反——有理！

（全体齐）造反有理！造反有理！造反有理！

（女）壮志饥餐胡虏肉，

（男）笑谈渴饮匈奴血。

（女）对阶级敌人，我们要废其居，焚其书！

（男）对阶级敌人，我们要剖其心，剜其目！

（男女齐）废其居，焚其书，方足以灭其迹！剖其心，剜
　　　　　其目，不足以尽其辜！

（全体齐）废其居！杀！杀！杀！焚其书！杀！杀！杀！
　　　　　剖其心！杀！杀！杀！剜其目！杀！杀！杀！

　　　　　嘿——

谢敬一趁学生的誓师告一段落，边鼓掌边快速往圈外走，好像有什么秘密指示，要赶紧传达给公社领导。本来，听着学生的誓师，看着身边的血腥，李思元胡福兴已经像公社领导那样，兴奋得走路都发飘了，恨不得冲向圈子核心，去预演他们拟议中红旗公社的"卫红除黑"大戏。可不行，这是北京平山县大兴公社，是别人的地盘，除非谢敬一授权他们——谢敬一无意授权他们，甚至，这个曾经的军人，现在的警察，倒好像害怕暴力和死亡，害怕沸腾的革命气氛。这一点，李胡早就察觉到了。但满嘴酒味的大兴公社领导反应迟钝，没察觉到，还以为谢敬一只是嫌吵，或真有私房话想避开人说。去河边吧，天堂河肃静。公社领导一边抹头上的汗水和血点子，一边引着谢敬一一行，往传来水声的河边走去。我们听完谢部长讲话的传达一赶回来，就开了骨干誓师会，还与县里和北京的红卫兵取得了联系。公社领导的工作汇报，更像经验介绍。然后，我们就紧急把各大队"黑五类"都集中到公社，七点，红卫兵一到，就正式开始批斗公审了。公社领导说话时，不怎么看谢敬一，倒直看陌生的李思元胡福兴。李胡与他有眼神表情和语言交流，谢敬一没有，他只用脚，交流地上的砂粒土石草窠子。为了加快速度，我们提炼出个一条龙的方法，公社领导指着一辆恰好经过他们身边的手推车说，就是，随提随审，随审随判，随判随杀，随杀随埋。至于判什么罪上什么刑，听群众的，嗨嗨，群众是真正的英雄呀，红卫兵小将也有学问，办法可多了……

　　你们——谢敬一终于开口了，我看还有很小的孩子。

　　有啊，怎么了？直到这时，公社领导才意识到，对他的汇报，谢敬一似乎有什么不满。老子英雄儿好汉哪，老子反动儿浑蛋呀，要是心慈手软留下那些狗崽子，等他们长大了，我们贫下中农的千百万人头就又得落地啦。是这样，我们也考虑过光掐尖子，可阶级斗争形势这么严峻，只有横下心来一扫光，才对得起打江山的先烈们呀。公社领导的话里，软中开始带出了硬。

　　这时，他们距天堂河河堤已经不远，能看到不远处有几个人影，正哈腰起身地忙忙碌碌。天上的月亮基本是圆的，也升得够高，能把身边照得通明。伴着流水哗哗的声响，更清晰的，是铁锹挖沙的刷刷声音。有人恭敬地朝公社领导打招呼，他道着辛苦凑了过去。李思元胡福兴跟上他，趋近坑前近距离考察，没顾及蹲在地上抽烟的谢敬一。李胡看到，附近有些大坑小坑，其中距他们最近的那个旁边有人活动的坑里，竟是个能晃动身子的活人在接受掩埋。他们问公社领导怎么回事，公社领导问埋人的社员怎么回事，社员之一喜滋滋地说，是我们几个革命群众商量的，觉得对这老耿婆子，就应该判活埋的刑。社员哈腰继续扬土，土坑里，一个幼儿怯怯的声音传了出来：奶奶，眯眼。李胡不免感到惊讶：这老耿婆子，怎么是孩子。好在，很快，一个老太太的声音又出现了，能证明老耿婆子是老太婆：好宝儿，忍忍，一会埋完就不眯了。李胡鬼鬼祟祟地对望一眼，又同时回头，坦坦荡荡地看谢敬一。谢敬一仍然在蹲着抽烟。

咱们"卫红除黑"，李思元说，十八岁以下的女孩子，可以酌情留下。

胡福兴说对，女的是小泥鳅翻不起大浪，又说敬一，你是不身上不舒服呀？

李胡一夜未眠，与大兴的领导和群众同样兴奋，谢敬一张罗着回去给上级做汇报时，他们都没同车返回。他们是第二天中午，由大兴直接去赶火车的，坐进闷热的候车室后，才勉强合了一会眼睛。从北京到沈阳十三小时，他们只睡三四个点，其他时间，他们反复细致地，研究谢富治的讲话精神和大兴公社的除黑经验，并主动对照标本自检自查：像谢敬一表现出来的那种斗争的软弱性和革命的不彻底性，我们身上有没有呢？在K255次旅客列车8车厢里，高小波高小澜姐妹看到他们时，他们已经胸有成竹。虽然，表面上，他们仍然显得紧张，有点神志恍惚不那么自信，但这完全可以理解。首次担纲导演一场在全县乃至全省都将属于首演的活报大戏，他们的肾上腺素，没法不像一辆疾驶的汽车，颠簸在遍布坑洼的高速路上。

5

道路与时间一样，随处都是开始，又随处都是结束。作为一对因卢梭而爱上散步的新道路的寻觅者，嘟嘟与柳之君的缘分，开始在路上也结束在路上——开始在未知的路上，结束在已知的路上。

石兰这样说话时声音很轻，似乎为呼应西餐厅里钢琴曲的似有若无。她的谈吐，仍然延续青春期风格，不务实时抒情和哲理。她现在比过去务实多了。她稍稍发胖的身体略微前倾，两手摩挲着牛奶热饮肥圆的纸杯，好像在取暖，又像在体验或感受什么，但肯定不是为了强调，她左右手上的两枚钻戒，设计多别致做工多考究。她嘴唇一角，不经心地抵着插入纸杯的白色吸管，黑圆的眼睛，专注地盯着餐厅门口，就好像她正谈论的嘟嘟，随时可能推门进来。盛英面前摆的是啤酒，但他注意力，一直与酒无关，他贪婪地、烦躁地、意味深长地，以注意力侵犯石兰的嘴唇和白色吸管。

兰兰，你太刺激我了，我们回房间，你再帮我一次……

不行！石兰收回目光，坐直身子，干脆利落地予以拒绝。她那种果断的口吻以及表情，很像一个严厉的妈妈在警告孩子要认清形势，不可心存延长游戏时间的侥幸心理，因为她清楚，不果断，贪玩的孩子就会得寸进尺。我说了一次只能一次，并且是这辈子的最后一次。

刚才，进西餐厅前，在盛英下榻的酒店房间，他们已逗留了三个半小时，几乎相当于一个下午。盛英毕业十四年来，这是他们首次见面。最初一小时，石兰介绍她的家庭，说了丈夫多么爱她，又说早慧的儿子多么懂事。她说，几年前她儿子刚刚五岁，就已经是保护她的小骑士了，有一天，她和丈夫口角几句，那矮矮小小的男子汉，忽然举起一把水果刀向爸爸宣布：爸爸，你要是敢跟别的阿姨上床，我就替妈妈把你宰了……盛英也讲了他几天之前的菲律宾之行，讲了宿雾的圣婴教堂和李军的滞留未归，他特别强调，宿雾这地名，在中国，多数旅游资料都译为宿务。"务"比"雾"简单，笔画少，用笔写时比较省事。可盛英愿意接受麻烦，喜欢"宿雾"的意境之美：休息的雾，悠久的雾……这样，一个小时就过去了，相当于，过去了一小时的热身运动。这之后，他们开始比赛。他进攻，说他们有缘好了一场，却连爱都没做一次，太遗憾了，有了今天这机会应该补上；她防守，说彼此相爱不一定非得上床，她也不想对不起丈夫，包括儿子……两个小时倏忽而过，他轻重适度的拥抱亲吻，成了她半推半就时凿刻的底线。倒也有机会动强使蛮，可那不是他的风格，在男女交好这件事上，他没谈过恋爱时就很清楚，对方如果不肯配合，做了什么也没意思。况且，她对他的拥抱亲吻，接受的程度已越来越高，他期待着，她慢慢也会接受别的。可直到最后，经过了两小时的太极推手，他终于知道，他这条涸辙之鱼，已真的游不回她这湾河水。但面对他的欲火焚身，她也并非心如铁石，主动说，只要你不再要别的，我可以像以前那样帮你舒服。当然了，她强调，不论以后我们是否还能再见，我这回帮你都是最后一回。于是，他们在房间里的最后半小时，就是光裸了下体的盛英仰躺在床上龇牙咧嘴，穿戴时尚又齐整规范的石兰则跪他身旁，任劳任怨地手嘴并用。半小时后，石兰去卫生间漱口，漱口出来正色说道，如果找个公共场所聊天，我今晚一宿都可以陪你，可你若还想在屋里待着，我就马上告辞。你什么意见？盛英已经心灰意冷，性欲也多少得到了缓解，不介意石兰马上告辞；可替石兰做是否马上告辞的决定，这他介意。他心地善良，不希望石兰发现，他对她只有性的兴趣，他愿意她能感受到在性别之外她也有魅力。他就搂紧她，说舍不得她。她没看出他言不由衷。他们离开房间找了家西餐厅，但坐下后，他心不在焉，连嘟嘟的名字是谁先提的，他都眨眼间就没了印象。

哦，嘟嘟……他回想着嘟嘟的模样，也没了印象。

本来，一切都好，浪漫的恋爱，甜蜜的婚姻，幸福的母亲，可是，她的前科毁掉了一切……

前科？什么前科？

当时她进去我没告诉你吗？劳教一年半……

当时？当时你就不理我啦——她为什么……

装糊涂呀你？还能为什么，学潮呗，瞎胡闹的代价……

是这之后，嘟嘟与柳之君的故事，沿着他们散步的脚印走向了盛英。

当时的嘟嘟，一年半的劳教刚被解除，没有学上，没有事做，没有朋友，只能用读书和散步打发时光。本来，最初帮她熬时间的只有书本，她楼都不愿下屋都不肯出，怎么能对散步有兴趣呢？可法国人卢梭，却让她喜欢上了散步，准确地说，是卢梭的天鹅之作《一个孤独的散步者的遐想》，把她领到了孤独的散步路上。她对卢梭崇拜已久，但以前，她接受的主要是他那句富有鼓动性的煽情名言："人是生而自由的，但又无所不在枷锁之中"，这也是她挑战枷锁的动力源泉。刚读大三，她就和老师商量，想以讨论卢梭的《社会契约论》为毕业论文设置题目，但老师说，在中国，讨论契约问题不合时宜。她没说什么可心里不服，私下里，还是偷偷地，积攒起了卢梭的以及契约的材料资讯。幸好她很快去服劳教了。大学生活的提前结束，免除了她的论文写作程序，否则，很可能，她与论文指导老师会冲突不断。不必再与老师和社会发生冲突，这让嘟嘟变安详了，比七十岁的卢梭还要安详，好像对愤怒和仇恨都没了感觉，所以，这时重读卢梭，她记住的是这样的话："在存在之链中，待在造物主为你安排的地方吧……"也正因为这样，很长时间里，对她的劳教原因，柳之君的确没往政治上猜，而只相信，是生活作风——最初，对于自己的劳教原因，嘟嘟没出示过任何理由：她不解释。也是警方要求，若对人解释，编造什么罪名都行，杀人放火抢劫偷盗，就是不许言及政治。但议论她的人，都不认为她会杀人放火抢劫偷盗，认为她这样一个长相不错的知性女子，所犯之罪只能关涉男女。

后来柳之君给嘟嘟分析，为什么他不可能是先调查了她的阅读爱好，又备了课，才来寻求与她结识。你想想，即使那本书我是有意掉的，我又怎能知道它一定会被你捡到并送还我呢，至于过些天见你时谈到卢梭，那话头，也是你先引起的呀。嘟嘟觉得也是这么回事，还觉得，如果她需要谈恋爱了，柳之君还真是合适的对象。

柳之君住上海博物馆与静安公园之间，如果散步时决定西行，十之八九去静安公园，而嘟嘟，在那些天朗气清无风无雨的日子，差不多有一半时间，也在静安公园读书散步。于是，静安公园就成了他们恋爱的摇篮，尽管他们结识于喧闹的延安中路。那天，由于天上骤然落雨，本来还算秩序井然的延安中路就有点乱套，从公交车上刚下来的柳之君毛手毛脚，跑向联排公寓西侧的避雨处时，衣兜里的书掉下来都没察觉。嘟嘟手里撑着雨伞，比别人从容，她拾起那本薄薄窄窄的《新爱洛绮丝》，不远六七十米地给柳之君送去时，那场急雨已经停了。雨后的阳光还有空气，都像某种时令水果，模样鲜嫩气息清幽，让人很想咬上几口。身边的杂乱人等，就喜滋滋地咧着大嘴，朝怡人的阳光和空气扑去，这样，柳之君和嘟嘟的多聊几句就有了可能——所谓多聊，也就是在"非常感谢"和"不用客气"之外，又多说了三五句话。

这是你的书吧，刚才你跑时，它掉那边马路上了。

啊？啊谢谢谢——怎么，是你？

怎么了？我们认识？

至少，我认识你——也不敢说认识吧，有好几回在静安公园散步我见过你。你，肯定对我没印象吧？

不好意思。再见。

他们的下一次见面是十天以后。那天周日，能难得地邂逅于公园南门里侧人来人往的照相部附近，让惊讶的嘟嘟都忘记了警觉——当然后来，柳之君承认，他这几天连续等在这里，是专门为了"邂逅"她的。他喊住嘟嘟的理由是再次致谢，而几句话后，也的确是嘟嘟，把话题引到了卢梭那里。毕竟，掉头就走不太礼貌，不说卢梭说什么呢？即使没有劳教经历，嘟嘟也不喜欢查人户口，或者让人审问。恰好，能节制对于他人的好奇，也是柳之君的特点之一。当时嘟嘟只为避免冷场，才说你喜欢卢梭呀，没想到的是，柳之君竟警惕起来，甚至不满地回问：何以见得？这时，他竟忘了谁是他们的媒人，他想的只是，赶时髦是件丢人的事。这一两年，在小资圈子，阅读卢梭是小小的时尚。但他刚一张嘴反问，就意识到，嘟嘟没有讽刺的意思，便忙说，也谈不上喜不喜欢——不了解呀，就读过《一个孤独的散步者的遐想》，是觉得挺好。嘟嘟顺嘴提及卢梭，与顺嘴问你吃了吗没有区别，可柳之君的顺嘴回答，却有的放矢的子弹一样，一下射中了近来让嘟嘟着迷的这本小书。他们的距离被拉近了。他最有名的《忏悔录》，你没读？嘟嘟忍不住追问一句。哦，听说过，没读过。仿佛，柳之君的憨厚里夹着歉意。那——你那本《新爱洛绮丝》，是节选吧？对，或者严格地讲，它只是一本法汉对照的语录体摘要，我的二外，选了法语……

这之后，在静安公园，或者偶尔在周边街道上，他们就开始了并不频繁的准约会性见面——"准"的意思是，连续十来个月，他们的见面从不刻意，都是他或她主要是他依据她出现的规律与自诉计划，安排自己的作息时间。当然了，柳之君希望嘟嘟能同意改变他们约会那"准"的性质，可每次提议，不论嘟嘟正多么高兴，都要以"别乱讲"一口回绝。她不许他把他们的见面理解为约会，更不许他把他们的关系暗示为恋爱，他一逼近实质，在他面前已越来越透明的她，便会像一袭需要配合转场的舞台幕布，要么徐落，要么急落。就这样，在她自知是自欺欺人，也明知他知道她在自欺欺人可还是配合着她自欺欺人的十个月后，那天的幕布，终于徐也不是急也不是地没落下来。

那天，瓷白色的冬日挂在头上，既冷飕飕又暖洋洋，他们一边议论着苏东波——就是近一两年，苏联东欧诸国的局势波动，一边从东草坪走向露天舞台，在阒静的回廊里坐了下来。坐下之前，他们已有点幸灾乐祸地，为齐奥塞斯库而发过感慨，说这罗马尼亚人，是真恨他呀，通过那么一个草率的临时法庭把他们夫妇处决以后，就立刻宣布废除死刑，倒好像，他们国家，死刑是专为党和国家最高领导人设置的。按说这话题已告一段落，接下来，他们既可以安安静静地歇憩一会，也可以换个闲适的话题轻松轻松。可嘟嘟注意到，这天的柳之君，好像丢掉了安静和轻松的能力。在对话时，他会毫无来由地同意或反对，在静场时，他又能表里不一地快慰与愤怒，他以一个不擅交际又不善表达的心不在焉者的形象，强调着自己的不太正常。其实，这种不正常，散步时嘟嘟已有所察觉，但没追究，是她认为，她知道他原因何在。近来嘟嘟找了份工作，去一家私企担任文员，注定刻板的早八晚五，必将给他们的"准约会"带来难度。她的内心有些矛盾，不知应该渴望还是排斥柳之君为此而抓心挠肝。想不出结果，她就也有点不够正常，但她不愿意把自己的不正常表现出来，便想通过重新开口加以掩饰。有个细节，是齐奥塞斯库死前——几乎急不可待和慌不择言地，嘟嘟把已经结束的话茬又拣了起来。本来，若非柳之君引领话头，对这类事，对苏东波之类的事，她已习惯了只偷偷关注，倘若一定需要谈及，她也更愿意把苏东波的改天换地，轻描淡写成苏州河畔的家长里短。显然，她此时的发言，与其说是为了深化嘴上的话题，不如说，更为打破她与他之间突然形成的微妙关系。当时吧，嘟嘟说，游行示威的群众一与驱赶他们的警察军人对峙起来，齐奥塞斯库就下令开枪，可出乎所有人意料，在一线指挥镇压的国防部长米列亚，开枪打死的却是自己。结果，米列亚这种无奈中的悲壮之举，不仅鼓舞了民运群众的斗志，更瓦解了统治集团的意志，警察和军人即刻倒戈反水，与示威游行的老百姓站到了一起。可以肯定，在屠杀民众与违纪抗命的两难困境中，米列亚的自杀只是良知的选择，与信仰无关，但谁又能说，良知不也是最大的信仰呢……就这样，柳之君的不正常，把嘟嘟的不正常先引爆了。

这时，一直假装正常的柳之君终于装不下去了，在一个并不适宜叫停的地方叫停了嘟嘟，说那什么——被突然打断的嘟嘟像呛了口水，吧嗒着嘴说，不叫米列亚吗？柳之君则像憋了口气，没有标点地，开始自说自话。但他没说苏东波，没说罗马尼亚，没说米列亚的自杀或齐奥塞斯库的被杀，而是说——他先请嘟嘟原谅，说他调查她了，然后说，我不计较你的过去，我仍然爱你并希望你也爱我……这样的直截了当，一如罗马尼亚的警察军人猝不及防的倒戈反水，让齐奥塞斯库大乱阵脚。但也幸好猝不及防，才狙击成功，使得嘟嘟的"别乱讲"失去了弹压的最佳时机。在这个人欲横流的时代里，你有一种少见的纯粹与干净，你理想、浪漫、真实、无邪，上当失足也很正常；可我能理解并且喜欢你的一切包括弱点，我愿意永远保护你，让你再不受那些丑陋男人的欺骗伤害……

对柳之君的诚恳，嘟嘟没法发火，或者说，因为对他有可能从其他地方了解她底细她已有所准备，她平常有可能发出的火，这时却处于阻燃状态。她一时不知说什么好，只能任面部表情由犹疑踌躇向冷漠厌恶演变，以此来惩罚自己和警示对方。可她要惩罚什么警示什么呢？

你认为，嘟嘟吃力地说，以前我是女流氓吗？

柳之君说，我不相信你曾经是女流氓，但即使你是过，现在，你也是我最敬慕爱恋的人……

嘟嘟还是没发火，而是冷冷一笑慢慢转身，一步步挪向公园门口。

太过分了！盛英竟有点咬牙切齿，柳之君这叫仁至义尽，这叫披肝沥胆，她嘟嘟永远也不会再遇到这么理解她包容她的人……

她当然知道这个，石兰说，她犹豫两天后，主动去找柳之君了，也就是在她犹豫的这两天里，她又找了我，恢复了我们从四岁开始建立的友谊。我支持她恋爱，支持她与任何人以任何方式恋爱……

你还挺——柳之君很高兴吧？后来呢？

柳之君高兴得要死，他们后来就结婚生子了。

这好呀，喜剧嘛，童话似的。

所有的喜剧和童话，一结婚生子就得结束，可生活，它是时间或者道路，只要不死就不结束，也可以说，结束的是喜的部分，悲的部分则刚刚开始。他们的婚姻，甜蜜了七八个月，而七八个月后，柳之君的爸妈不知从哪了解到，这个儿媳不光学历上工作上配不上儿子，品行上更是大有问题，居然是个劳教过的女流氓。他们给柳之君施加压力，要他离婚。柳之君解释，说嘟嘟不是女流氓，此前连男朋友都没交过，她被劳教和开除学籍是政治问题。老两口仍不松口，他们说我们一家根红苗正，你爸你妈你哥你嫂子你姐你姐夫加上你全是共产党员，怎么能允许一个阶级异己分子混进来呢，况且，我们也不应该与一个全家没有一个共产党员的家族结亲家呀。也是，嘟嘟所有的直系亲人，都没资格交纳党费。可柳之君对嘟嘟不离不弃，尤其是嘟嘟怀孕以后，柳家父母对儿媳的不满，便只能压抑下去，积攒起来，直压抑和积攒到他们的孙子柳明三岁。

那天是六月初。每年六月初都有一天，嘟嘟得拿出十分钟到半个小时，去管片派出所汇报思想。其实，并不用她多说什么，也没人听，甚至随着老警察的退休或调走，新警察都不知道她是谁或为了什么来汇报思想。但这档子事已约定俗成，就没哪个警察愿意多管闲事，主动告诉她不必再形式主义地，来汇报她那没人感兴趣的所谓思想；不过在心里，肯定人人都巴望着，嘟嘟能首先忘记她与派出所的每年一约。嘟嘟更是早就巴望着取消这种约会，曾发脾气说，年年去说几句废话空话，这太荒谬了，以后我他妈不陪他们玩了。可柳之君却在警察与妻子间插了一脚，小心呵护着这个让妻子受辱给警察添烦的双输游戏。嘟嘟嘟嘟你听我话，他安抚妻子时，比妻子向警察汇报思想还低三下四，别的事咱都可以任性犯浑，唯独这政治，它霸道呀……所以，这天，让当事双方都厌倦透顶的荒谬约会也就再度复演了。

像每年一样，一进派出所，一种并不存在的起源自劳教所通铺下墙角边的馊腐气息，便开始刺激嘟嘟的味蕾，让她得口干舌燥地，反复咽下同样并未被分泌出来的源源的唾液。这几天，柳明发烧，每天都要去医院挂一个头孢，就没去幼儿园。这天也是，嘟嘟先带他去完医院，直接拐来派出所了。派出所有两道门，要让柳明坐的儿童车通过两道门槛，嘟嘟得让柳明下车，先抱他进屋，再将车拎进走廊，然后重让他回到车里。当时，派出所值班室的窗子内，值班员还把不满表现了出来，说派出所成托儿所啦。嘟嘟致歉，又赶紧去管片警察办公室，三言两语地说，自从当了妈妈，我对政治已无兴趣，我儿子病了今天我是带他来的，他才三岁，自己在走廊呢，我今天不多说了早点告辞，您看行吗？管片警察是个随和的人，虽然把嘟嘟的话听得云里雾里，可还是点头说行吧行吧，但是呢，你可别瞎说对政治没有兴趣那样的话，他说，党中央可是号召讲政治的……嘟嘟答应着退回了走廊。

走廊一侧的窗口那里，仍停着儿童车，车上地下扔几样玩具，但柳明这个身体刚刚康复的孩子却不见了。这时候，距嘟嘟离开儿子，顶多也就四五分钟。开始嘟嘟没太在意，逐渐扩大寻找范围时还很不好意思，可派出所所有的犄角旮旯都找遍后，她只能绝望地确认孩子丢了。但值班员的保证信誓旦旦，说女同志进来以后，他一直不错眼珠地盯着门口，肯定没人走出去过，自然，也就没人抱孩子出去。多有刑侦经验的警察们分析，刚刚病愈的柳明，一定是太想活动腿脚了，妈妈一离开，他就自己再度下车，沿刚才的来路跑出了门外。只因为他目标太小，又过于轻盈，窗子里的值班员虽然警惕性高，视线却没法向窗下弯曲，于是孩子一踏上派出所门前那条弯曲的弄堂，就被恰好路过的人贩子给抱走了。

这之后，嘟嘟一度疯疯癫癫，天天去派出所门前那条弯曲的弄堂寻寻觅觅。她手拿好几张柳明姿势各异的照片，请路人看，流泪不止的眼睛里充满期待。最初警察还同情她，后来，就威胁着要送她去劳教了；最初路人也同情她，但后来再听她哭诉，就总得嬉笑着加个条件，得让她回答，她有多少流氓经历；最初柳之君与她一样难过，也可怜她心疼她，不光没接受爸妈哥姐的又一轮离婚建议，还不断安抚说我们再生一个，可时间一久，他也烦了提出离婚……

那嘟嘟她，就精神病了？

比精神病，更惨。

哦？

离婚之后，除了吃饭睡觉和上班，她只做一件事，不是读书而是散步，是一种近于疯狂的散步。家人劝她，说并不是你天天在外边走就能找到孩子，她说一切都是命，我这辈子，是只有柳暗没花明的命，我认了，我不指望柳明能回来；我现在的散步只是散步，它能让我心情舒畅。的确，对于散步习惯的延续，让嘟嘟变得正常起来，如果不是一年以后，警察来抓她……

她又进去了？为什么——又是……

不是政治，是她偷孩子。我打着采访的旗号去看过她两回，她只对我微笑什么也不说。我从警察那知道，这一年里，她所有的散步，都是为了物色猎物和伺机作案，她至少成功偷窃了四个最大两岁半最小半岁的孩子，她是第五次偷孩子时被盯上的。

她偷他们，怎么处理？

她不说，她只求一死，什么都不说。但偷孩子这种事，一般都目的单一，就是贩卖——可嘟嘟家经济条件好，她不缺钱……

我相信，缺钱她也不会贩卖他们……

我也这么看，所以，也许，嘟嘟这个骨子里的疯女人，会杀死——

有这可能，并且，还可能，她是以吃他们的方式杀的他们。

6

白荷天生丽质，打扮时髦，一进家家乐，昏暗的店铺里就添了束光源。但她怒气冲冲，脸绷得如同新摊的煎饼，还将扑向她的唐粲一把甩开，这又使得家家乐里的新光源有了危险的性质，就好像，发射它的灯泡受到了挤压，随时会炸得四分五裂。热情的唐粲委屈地噘嘴，被青莲拉进怀里。你怎么了气儿又不顺？青莲质问白荷时瞟盛英一眼。盛英假装看水龙头、驱蚊香、钳子扳子及螺钉螺母。流氓！白荷叫。盛英和青莲都吓一跳，对望一眼，几乎同时问你说谁呀，还想解释：我/他不是流氓。没问也没解释。两人都没问也没解释。导演算个屁——白荷把一个厚厚的、包着牛皮纸封面的、装订成十六开杂志模样的大本子，啪地摔在小方桌上。一股蛮横的气流骤然袭来，青莲那本薄而破的英语练习册，簌簌落地像孱弱的树叶。流氓导演！导演流氓！白荷如同舞台上扮演节妇烈女的B角演员。

白荷是青莲的姐姐，唐粲的妈妈。从她漂亮的长相和时髦的穿着看，又听她提导演，盛英先以为她是演员，可一听她张嘴说话，听她以显然未受过任何训练的发声方法和形体语言操纵她浓重的沈阳口音时，盛英的判断又动摇了。在他面前，她旋即成为一幅油画但被刮下了油彩，原本意味深长的画布上，只剩下再无美感的狼藉的渣滓。不过，他没闲心多猜度她。滞留在这家小小的日杂店里，他已经几番显得可笑，若继续待下去，听一个装腔作势的女人清算流氓，或导演，可笑更会发展为荒唐。他随手拿起一只白炽灯泡，与青莲完成钱货两讫的交付程序，即刻逃逸般出门离店，都忽略了他应该逃向何方。

在此后他们恋爱的时日，盛英总喜欢分析那天，为什么，他会平白无故地回了下头？他没能得出合理的解释。

当时，盛英的心里有点别扭，其别扭指数，达到了想把手上捏着的白炽灯泡摔向墙角，但又能意识到，以摔灯泡来发泄怨气是小题大做那么个程度。白荷骂流氓与他无关，这几秒钟后，就清楚了。可是，他的表现不流氓吗？作为一个长人家十岁的老男人，黏糊糊地跟进人家店里，假惺惺地辅导人家英语，赖叽叽地强迫人家摸脸，更栽赃般地，把人家一个单纯的小姑娘想象成妖冶而又狡黠的、仿佛时刻准备投身艳遇的……殊不知，人家早了解你的底细，看你就像看那个自以为穿了新衣的愚蠢的皇帝。盛英的别扭，主要针对自己，顶多有七分之一指向青莲。冷静下来的他能想明白，青莲那钓饵般的羞涩，那勾人的狐媚之气，完全是属于天生的东西，谁把天然理解为故意，只证明谁在过渡阐释。一个抢劫者，不该把路人的钱袋推诿为罪因。针对青莲，盛英别扭的只有一点：她没早告诉他她知道他是谁，这像耍他。后来，盛英也多次问过青莲，当时你到底怎么想的，是否从男女、调情、喜欢、爱甚至性的角度想象过我？青莲每次都肯定地回答，那些东西，我真没想，我真的只为学校墙上照片里的真人出现在身边感到惊喜。她认真地解释，如果说对你也有兴趣，那兴趣，也只是对你头脑聪明的好奇和佩服，想人家怎么学的呢，能考成状元，还能考上研究生。哈，那时候小，现在可知道了，即使你是沈阳市辽宁省的高考状元，还考上牛津剑桥研究生了，也未必就值得我崇拜。可当时，我觉得你是神，知道我太高看你了却还那么想。真的，不骗你，直到那天都让你抱了亲了，也上床了也做爱了，我也没想男女、调情、喜欢、爱或性什么的，我只想，他那么优秀我那么平庸，他今天得到我，明天就不会再理我的；我会难过，可不会后悔，明知道他只是玩玩并不把我当一回事，我也愿意让他开心。嘻嘻，我现在也是这么想的……

那天，盛英打消摔灯泡的念头之后，回头完全是下意识行为。他回头的幅度不大，准确地说，也不是回头，只是侧脸。但他的脸一侧转出去四十五度，他眼角的余光，就把后边也兼顾了。后边，青莲，那个头发拢成马尾巴的、上穿白T恤下着牛仔短裤的、明显在期待他召唤的、站在偏离开家家乐日杂店门口几米远的阴影里的高挑女孩，便不仅拉住他的目光，也把他脚步拉了回去——随着他脚步的掉头回移，远处阴影里那双粉红色的坡跟凉鞋，便也试探着，但也迫切地，跑进了两人间阳光照耀的空旷之中。迎着对方快走和小跑时，他们出于各自的本能，而非谁的暗示，都有意避开了日杂店视野的覆盖区域，只循着主路之外一条枝蔓的岔路，相会于一堵破败院落斑驳的墙后。

怎么了？看你跑的。

没——怎么……你出门时，那么看我一眼，我以为，你叫我……

我？不好意思——我是，是有点犹豫。我是想说，我不毕业了吗，可不想去他们分配的政府机关，正联系进哪家新闻单位，这几天等消息呢就挺闲的，要是你需要，我想，我可以帮你巩固英语。

真的？谢谢呀——可是……

你不用让我找学雷锋的理由，我自己也没什么理由。可能是，我想温习一下高中的感觉吧，也可能因为你是我的小校友——哦，我小时候就认识你妈，一块巡逻过，算是一块共过事呢，我帮你，也是舅舅帮外甥女……

坏呀你，充大辈！

他们的一对一英语辅导班，隔了一天正式开课。课堂是盛英家。隔一天的理由不太过硬，都说要准备准备，可对准备什么又都茫然，却都假装并不茫然。隔一天的下一天，中午的大雨没破坏约定，下午一点半到四点半，他们教授认真学习努力，连课间休息都免除了；再下一天，上午九点到中午一点，虽然照旧认真和努力，还是适当休息了一下，特别是十二点时，青莲要走，但盛英留她吃了挂面，吃完他们一起出门，青莲回家，盛英应约去同学家，接受同学女友给他介绍女友；然后赶上盛大庆串休，又然后赶上高小波串休，他们只能在电话里，频繁改变上课时间；再复课时，从上午九点到下午四点半，他们重新认真和努力，午休时段，青莲在家淘米煮饭，盛英拿着青莲开的采购单去市场买菜，回来由青莲熟练地加工，饭后又只用眨眼工夫，青莲就收拾停当锅碗瓢盆，重将饭桌复原为书桌，并捧起课本听电话响，感觉着，电话为盛英拟下一天的时间表时，盛英的喜滋滋和不情愿；下一天又休课，盛英去与新结识的女友看电影逛公园，当然，他没这么告诉青莲，青莲也没问，青莲见他，喜悦全能写在脸上，不见他，脸上也不书写遗憾；再下一天，刚过八点就见面了，一进屋，青莲先像女主人那样，把一坨颤巍巍的肉皮冻放进冰箱，还顺手对冰箱里的零乱进行了整顿，我做的，她想炫耀，又立刻因炫耀而羞愧不安，也不是为炫耀羞愧不安，是为她选错了炫耀对象羞愧不安，盛英不看重肉皮冻，只愿意她以学业进步为炫耀对象，果然，盛英没忍住，尽量委婉地批评了她，说吃喝拉撒那些事情，至少对现在的你来说……这是他们第五次见面，第四次约会，在中午吃肉皮冻前，吃盛英早上从市场买回的豆沙包和青莲即将做的瓜片鸡蛋汤前，还第一次有了拥抱接吻，以及接下来的，第一次的上床做爱。

　　如果一定需要个由头，那么，为他们目光双手嘴唇生殖器终于的交融牵线搭桥的，可以推举白荷，也可以推举白荷口中的那个导演。

　　这几次来盛英家上课，青莲对她的英语练习册做了更新，取代当初家家乐小方桌上那个薄而破的小本子的，是一个厚厚的、包着牛皮纸封面的、装订成十六开杂志模样的大本子。盛英认识这个本子，它是那天白荷拿回来的，它每页纸都只在一面上印刷铅字，另一面，是一片连一片奢侈的空白。青莲用工整纤小的蓝红两色钢笔字，勤奋地蚕食那些空白，似乎她越多占领空白的阵地，就越能帮那厚本子挽救名誉。结合这本新练习册，在课间休息与开饭时间，盛英已了解了白荷与导演的关系——他不是导演，是编剧，盛英这么告诉青莲。青莲说，我早知道，可她觉得，跟电视剧有关的人，除了演员就是导演，无知。青莲的"她"，是指白荷，而她这样评价白荷，又不是轻蔑的指责，只是漠然的陈述，其间还不无戏谑和欣赏。

　　当然，青莲说白荷无知，不仅仅指她在许多常识性问题上都没脑子，比如，这个在沈阳至郑州的火车上当了好几年乘务员的高中毕业生，竟一直以为，中原是河南的一个城市。它和郑州谁大？她不耐烦地问从未离开过沈阳的妹妹。"中原"是她不耐烦的对象。她的无知更表现为，为了满足虚荣心，她敢于在任何事情上，都让想象混同于事实。二十岁时，她就生下了唐粲，那个唐粲的爸爸，那个号称混血儿的英俊帅哥，那个以港台歌星腔说半口河南话半口河北话的安阳农民，那个好像随时都可以带她去台湾见公婆的家族贩婴集团主犯，人都被抓起来了，公安也来找她调查取证了，她去奔波唐粲的户口时，仍能脸不变色心不跳地说：我年龄小怎么了？我未婚先育怎么了？孩子爸爸是台湾商人，在中国享受特殊政策，我们的爱情，可以依照台湾规矩。她似乎从来没后怕过，如果唐粲的爸爸晚些被抓，她很快就会失去唐粲。唐粲爸爸的整个家族，至少二十人，长期把偷婴贩婴作为产业。年轻女人不断怀孕，既以此为偷卖孩子打掩护，又可以堂皇地出售骨肉；年轻男人则利用南来北往的机会结识女人，到处留情到处播种，一旦女人们生下孩子，他们便会伺机抱走和出卖，其舐犊之情主要表现为，会尽量为这没有成本的商品选择比较富裕的买主。唐粲的爸爸，在同伙的年轻男人中，工作业绩最为突出。虽然唐粲上不了户口，但不影响白荷恋爱，她每次对新恋爱对象解释唐粲，仍说她爸是个商人，但喜新厌旧，抛弃她们母女回台湾了。我最盼望解放台湾了，消灭那个花心男人。她这样表白时，目光单纯口气天真，好像她并不擅长与两三个男人同时热恋。后来，盛英建议青莲也试着去与别人恋爱，青莲做不到，说我没法同时向两个男人分配感情。盛英说她笨，说她与白荷像两个妈生的。青莲哭了，说你拿我跟我姐比，就是亵渎我。再后来，青莲能做到在盛英之外也爱田平原了，她羞愧地说，我终于堕落成我姐了。

那个被白荷称作导演的电视台编剧，见到介绍人手里的白荷照片时，刚刚结束第二次婚姻。他宣称只喜欢漂亮女人，但对电视台的漂亮女人，对当演员的漂亮女人，他的心，已变成一部因数度审查反复修改而伤痕累累的电视剧本——她们太他妈不自重了，要么和个大烟鬼般的瘦猴台长私通，要么和个长一张马脸的导演野合，却在主播节目时大谈道德治国，或在电视剧里，扮演守身如玉的痴情村姑。这导演编剧的前两任妻子，分别是台内的电视主播和台外的职业演员。他相中了照片上明艳又雅致的、被介绍人告知情感上受过伤害的、见面聊天时，对花心偷情不专一这类字眼表现出强烈反感的火车乘务员白荷。两人交流一小时后，他十分郑重地，拿出那个厚厚的、包着牛皮纸封面的、装订成十六开杂志模样的大本子，协助白荷放进包里。这《海殇》的定稿，是我送你的最珍贵礼物，以纪念我们美好的开始——与其他男人不同，他不是以一副耳坠或一条丝巾或一瓶香水或一餐美食纪念开始。这部重新审视中日甲午战争的颠覆性力作，是非政论版的《河殇》，明年甲午百年时，它将携带着一股现代性的力量和气息——他意欲搂抱白荷的手，携带着一股抓耳挠腮的原始力量，他试图亲吻白荷的嘴，携带着一股消化食物的特殊气息。

小宝贝，咱不光说没用的上床吧……

臭流氓，你以为老娘就值本破书？

白荷有办法在一秒钟内化柔为刚或者相反。

不与外人打交道时的白荷既不柔也不刚，甚至都不明艳或雅致，而是萎靡、麻木、茫然、衰朽。青莲是她可怜相的唯一观众，也是她真假难辨的喋喋倾诉的唯一听众。这会，青莲听盛英谈完他大体浏览了二十一集电视连续剧《海殇》剧本的感觉，就顺嘴地，讲出了白荷与那导演编剧的相亲过程。青莲嘴里的话有些含糊，手上的动作却有条不紊，她麻利地切皮冻、切黄瓜、择香菜、往蒸锅里摆豆沙包和掐去水泡木耳含有沙粒的褶皱根部。可说完白荷的故事，她却没听到盛英评论。她有点不适应。虽然只接触几天，她又有点大大咧咧，可也品出来了，盛英特别喜欢逻辑化和规律性地，超越具体进入抽象，不论她讲什么，都能诱发他引申式的评论剖析。她习惯了他的点评。青莲还能品出来的，是盛英的好为人师不为卖弄，也非性格使然，而是他急，急于让她领悟他的观念，急于让她掌握他的方法。对自己的方法和观念，他很自信甚至自负。此时，青莲不认为盛英没就白荷的故事发表评论是无话可说，更不认为他会不太礼貌地，在她说话时，离开她身后的厨房门口。青莲转身。她看到，盛英还站在厨房门口，也还攥着被她当成英语练习册的剧本《海殇》，而目光，也同样还缠绕在她的身上——哦，那目光刚才仿若绵软的丝线，这会则如同粗粝的钢缆。并且，盛英的面孔也有了变化，那种血液骤然聚集于皮下所逼出的紫红，让她忍不住想伸手触摸。她不是第一次看到他脸色变化的突兀，虽然还惊愕，但没惊恐。

你——怎么了？青莲用嘴问，没用手触摸盛英的脸。但没伸手，又未必是意识限制了她的行为，担心盛英再强行拉她按摩他脸；她没伸手，更是不想带给他隐患，因为她的左右两手，正分别拎一柄菜刀捧两枚鸡蛋。菜刀锋利容易伤人，鸡蛋脆弱容易自伤。

青莲，盛英说，如果我也抱你、吻你，你也会说我臭流氓吗？

7

……最主要的，不是物质标准，不是好吃好穿好玩具好游戏，都不是就读好学校取得好成绩和以后找到好的工作；生活状况好不好的最主要标志，应该是还有没有恐惧感了……

柴萌的话刚说到这里，就被人打断了。我不同意这位女同志的说法——说话的，也是个女性，是个特别时尚的女性，年纪应该比柴萌小，漂亮程度应该不逊于柴萌，可她披金挂银描眉画眼的那种打扮风格，使她更像个富足的老妪，对韶华已逝心有不甘，便借助化妆品装饰物贴补青春。在我们这个和谐的，有中国特色的社会主义国家里，有我们全心全意为人民服务的福利机构，又有我们这些仁慈善良的，既有经济实力又继承了中华民族传统美德的爱心人士，我们资助的这些孩子，只能是世界上最幸福、最快乐、最无忧无虑、最心满意足的人，怎么能说他们恐惧呢？

哦，你误会我意思了小姐，我是想从心理层面……

哎哎你怎么说话呢？

我？

叫你小姐你愿意呀？

这——

叫我赵总吧。

靠近墙角的三号桌上，两个最年轻应该也最漂亮的女士的对话，让这饭店一角大圆台上的十五位食客都有点尴尬。饭店大堂里，每台十五人的大圆桌共有三张，还有五张每台十人的圆桌，一望而知，这七八十位就餐者互不相识，但所吃之饭，又为同一码事。在这之前，在赵总打断柴萌之前，三号桌的话题与其他桌的话题没有两样，议论的，都是他们上午听过的一个报告，以及报告过程中，报告人播放的几段视频。当时，赵总提到了视频中一个美国片段，她就那一片段发表的意见是：我太感动了，都热泪盈眶了，如果我能摊上个那个小女孩那么懂事的孩子，也就没枉费一片爱心呀。而她提的片段，是在小学课堂上，老师正给孩子们讲收养问题。老师刚开讲，有个被美国白人收养的中国女孩就举起了手，自豪地说：我就是被收养的。老师问：你知道收养什么意思吗？女孩想一下，回答道：生养是在妈妈的子宫里长大的，收养是在妈妈的心里长大的，所以我应该更多地用心去爱妈妈。这一片断经赵总重述，让饭桌上的好几个人，再度接近了热泪盈眶。可柴萌没关注赵总复述的这一片段，更没热泪盈眶，她与身旁的丈夫陈犹新以及另两个男人，在讨论视频中另一个美国片段。那个片段，讲一个白人妇女收养了若干个不同肤色的残疾孩子，其中，有两个没有双腿的女孩，每天都自己摇轮椅出门，在家门口的马路边上，等校车司机放下升降梯载她们上去。在学校，她们也自己处理上厕所等大部分事务，基本上不依赖别人，甚至课余时间，还和其他同学一道做旗操表演……与柴萌陈犹新交流的一个男人说，让残疾人充分参与社会生活、不依赖他人而独立生存，这是一种更进步的观念……与柴萌陈犹新交流的另一个男人说，让孤儿和残疾儿也有自信尊严和幸福感，同样需要基础设施方面……柴萌说，目前在中国，谈观念谈设施都还远点，我觉得，对孤儿也好对残疾儿也好，最主要的，不是……结果，那边不知何时开始偷听他们的赵总，迅速收藏起热泪盈眶，动机不明地打断了她。

　　这位……赵小妹——忽然，在一片喧闹中独自寂静的三号桌上，盛英的声音响了起来，我，叫你小妹行吧？我比你大，还也姓赵，叫赵盛英。盛英坐在赵总对面，柴萌斜对面，在此之前，他除了三心二意地对付一只肥大的螃蟹，还以同样三心二意的认真和谦逊，应对着同桌们的热泪盈眶和观念设施。这样，他一开口说话，用后来柴萌的评价就是，便每个字词每个音节，都有一股嘲讽的味道，让任何人，包括倾向他的人，对他的真诚都不敢信任。我想建议哈，自称赵盛英的盛英对赵总说，你应该把你叫赵什么，告诉这位小姐——他这个"小姐"指的是柴萌，说的同时，他也看柴萌一眼——不好意思，因为呢，我也算个总，否则这位小姐光提赵总，我会以为也说我呢……

　　就是这天，在这个多家新闻单位会同多家福利部门以及妇联共青团教育局等单位联合举办的助孤帮学慈善活动中，盛英认识了柴萌——同时也认识陈犹新了。是午饭以后回到礼堂，在挂有几十幅八寸彩色照片的关爱对象介绍栏前，柴萌陈犹新拦住盛英，分别叫他赵先生和赵总，后边跟着的都是谢谢。盛英摇头，说不谢，又笑嘻嘻地小声说，我不姓赵，也不是总，我是《复兴周刊》的记者盛英，盛开的盛英雄的英。然后，盛英就也认识了建筑学院的青年教师柴萌和北方机床厂的工程师陈犹新。柴萌和陈犹新自我介绍前，先有点发蒙，是被盛英的自我介绍弄糊涂了。尤其陈犹新，在他看来，在这么一个因爱心泛滥而仿佛真诚也过剩的庄重场合，盛英自称"赵总"，是双倍地不能容忍的撒谎欺骗，虽然，他出发点是戏弄向柴萌发难的赵总。但柴萌灵活，不仅迅速接受了盛英，还没保留地，对他的"撒谎欺骗"产生了好感，后来，她上他床能一步到位，按她解释，也是他的"撒谎欺骗"教育了她。一件小事，却让我明白了一些大的道理。听柴萌这么说盛英得意，可更警惕，说柴萌你也忽悠人吗——柴萌摆手，满足的表情里带些憧憬，就好像，她与急于出成果赚大钱的学生们聊天时，常常不合时宜地赞美她特别喜欢的米兰大教堂，强调说，这座世界上最大的哥特式教堂，工期为缓慢又严谨的五百多年。一条是吧，凡事都不妨抱个游戏心态。柴萌归纳，盛英认可，说"嗯"。再一条呢，就是那种被稀释掉真情实感的空话套话即使正确，也不足取，因为它更会扭曲和腐蚀人的责任感。柴萌继续归纳，盛英继续认可，再说"嗯"。还有一条，精益求精与敷衍了事，尽职尽责与玩世不恭，其实并不那么水火难容……柴萌归纳完盛英想继续以"嗯"再认可时，柴萌忽然意识到什么，跳了起来。嘿，看你那副得意的样子，好像你救柴萌于水火啦！

生活中的许多真理，或朴素点，叫原理或常识，虽然一马平川般直白简明，可归纳出来并不容易，而更难的是，把它们恰当地应用于实际。就在柴萌自以为已走出思维方式与行为模式给她制造的水灾火患时，有一天，那无情的水火，仍然险些将她吞没。当时，新任省长薄熙来来学院视察，走了一半时，在新落成的图书馆会议室歇脚喝水。与许多大权在握的领导一样，薄熙来也认为权力和专门知识是画等号的，便对什么都敢发表意见。这天，他直言的是，图书馆大楼门口的两根柱子太难看了。作为凝固的音乐，建筑也是美的艺术，他说，可你们这些美的专家，竟弄出这么两根难看的玩意丢人现眼，赶紧给我把它们锯了……陪同薄熙来视察的学院领导连连点头，说是是，下午就让工人——也许大小领导这样言来语去，与图书馆的柱子并无关系，这只是一对陌生的主仆，通过表演各自的角色，试探着与对方做深层次对话：我就胡来了，你不服咋地？大领导问；服，服服，你干什么我都服你！小领导答。可这样的黑话暗语，柴萌闻所未闻，于是，她心中的柱子，那根由无数大小领导垒砌多年的粗大柱子，瞬息之间便垮塌了。领导——哦领导不行呀……图书馆把柴萌借来，是因为她年轻漂亮气质好，由她坐到钢琴前弹奏大小领导交流时的背景音乐，似乎比其他会弹钢琴的老师与学生坐到琴凳上都更顺眼，这与她懂不懂建筑没有关系。所以，此时的她只该操心克莱德曼的钢琴轻曲，而不该一见两个外行领导如此儿戏地拍板决策，就又急又怕还有点愤慨地，戛然而止了袅袅乐音，让自己哆哆嗦嗦的话语，响起在图书馆大会客室角落里的钢琴上方。领导，能听我说几句吗？就好像，她是大小领导之外的又一个领导，还好像，不赶紧表态发言会损失什么。领导，我是——我懂建筑力学，也了解咱这新图书馆的设计，了解那两根柱子与上边大屋顶的重力关系，如果取消它们……

　　柴萌的横生枝节，闹愣了所有人，而所有人中的小领导，在愣之余，还惊讶愤怒和恐惧起来。小领导不了解薄熙来个性如何特点怎样，但他知道，大部分大领导都心胸狭窄，教导下属时脾气暴躁，所以，此时他不能不有所担心，薄熙来会认为，柴萌是受他怂恿在有意冒犯——小领导急忙拨乱反正，一边厉声斥责柴萌，一边在心里，把开除柴萌公职的决定草拟了出来。可是，也为柴萌愣了一下的大领导，开口说话时，却是制止了小领导对柴萌的制止，并且倾听柴萌时，不仅没发火骂人，还笑着点了好几回头。几天后的一个周末，小领导接到有关部门电话，说大领导约柴萌过去谈谈，柴萌谈完回学校后，给小领导详细汇报了大领导与她谈话的具体内容，还把大领导赠送的梵蒂冈圣彼得大教堂的缩微模型，供奉般摆进荣誉室里。接下来，曾经在心里决定开除柴萌公职的小领导，开始大会小会地盛赞柴萌，夸她学问好还有担当，又红又专是四有新人。一周之后，柴萌成了校团委的兼职副书记，一月之后，柴萌成了中共预备党员，一季度之后，柴萌破格当上了正处级的校团委书记……你这就终于——这一系列眼花缭乱的事件过去之后，盛英不知遗憾还是欣喜地对柴萌说，少女无知了？"少女无知"不是贬损人的意思，而是四个政治化之后的名词缩写，也是四条仕途捷径：少数民族、妇女、无党派人士、知识分子——只是玩笑着读"Shao"时，应该把三声发成四声。

而那天，助孤帮学那天，柴萌尚未"少女无知"。

作为一对谈不上生活拮据但也并不富裕的工薪族夫妇，柴萌呼应着陈犹新参加富人活动，不能说没有冲动的成分。后来柴萌向盛英透露，其实，下午与盛英道别以后，随猪肚桥福利院的领导一路前往猪肚桥时，还没见到活生生的杜振华呢，他们就已经生出了悔意。但他们面子矮，不好意思出尔反尔，不好意思像有的人那样，都见到认养对象了还放弃选择。他们更希望认养女孩，可七岁的杜振华身高一米三六，体重三十三公斤，几乎是个大小伙子，至少，要不了几年就小伙子了。他们不希望认养男孩的公开理由，是两年前，他们已有了自己的儿子，这回若能既助孤帮学又为儿子选择个姐姐，可谓两全其美；而私下的理由，和绝大部分愿意认养孤儿的爱心人士都没区别，他们觉得女孩麻烦少，更好玩。可上午听动员报告时，报告人的预防针却径直提到，时下的中国，仍处在慈善的初级阶段，爱心人士献爱心时，不把关爱对象当独立的人，而当成宠物，当成满足自己需求的工具，这从人们填的申请认养表上就可见一斑：年龄小的、没残疾的、聪明伶俐的、好看顺眼的、女孩子……这是大部分爱心人士的认养意向。

大部分爱心人士对报告人的委婉批评有什么想法不得而知，柴萌陈犹新，则发自内心地羞愧了一回，所以，最终落实认养对象时，他们就没往前抢，没像逛折扣店那样挑挑拣拣。可羞愧之后的礼让，倒显得他们不爱心了，好像，他们只是没有感情参与的看客。而其他爱心人士，几乎从自由选那一刻起，就像抢赈灾物质的难民一样，推推搡搡急扯白脸，一下子，就把关爱对象介绍栏里，那些从照片上看聪明伶俐的、好看顺眼的女孩子给瓜分了——这次认养的孤儿，都没残疾，但也都年龄偏大是学龄儿童。柴萌陈犹新怪自己虚伪，便不再犹豫，冲上前去，趁男孩里还有看起来聪明伶俐好看顺眼的，瞅准序列号抓手里一个。他们抓到的，就是猪肚桥福利院里，朱、杜、乔三姓中一个叫杜振华的七岁男孩。

后来，已经"少女无知"的柴萌经过独立分析，认为这次认养活动，是决策者给某些人送的红包，因为那认养条件之宽松，完全就是分发福利，而认养者从活动中所得的好处，又远远多于找来的麻烦——当然了，对柴萌陈犹新来说，没有好处全是麻烦。柴萌的分析，大部分没错，这次认养活动，意义的确不那么纯粹。一般的认养，是指福利院的孩子从很小起，就被爱心人士完全接走或定期接走，像对待自己孩子那样长期抚养。这样，对认养者来说责任过大，负担过重，反悔的时候，对孩子的心理也会伤害强烈。而所谓助孤帮学，则不刻意走亲情路线，各福利院那些七八岁的学龄孩子，由福利院联系好就读学校，认养他们的爱心人士，只须交付孩子的学习费用，并每月四次，每次不少于二十四小时地陪他们一下就可以了。而有了参与这种认养活动的公证证明，爱心人士一方，得到的实际好处将非常多：经商的能享受到可观的税收减免政策；家中有孩子参加高考或应考公务员的可以适当加分；现职公务员接受提拔，其慈善经历更是重头砝码……柴萌越分析，越觉得这爱心像献给了圈套，于是，有一次没忍住，就把分析给盛英的结果也给陈犹新拷贝了一份。陈犹新与盛英不同，不能用欣赏的眼光看"少女无知"，他认为，柴萌的怀疑是渎圣行为，他便模仿着报纸社论教育妻子：咱不计较那个，奉献爱心可不是升官发财做买卖的需要，而是内心情感的需要，是我们对社会应尽的公民责任……

你说这活动是分发福利，双重地准确。在床上，对柴萌的分析，盛英进一步表示着认可。把你分配给我，把我派送给你……

我也觉得，你的出现，算我得到的一小份福利。显然，对柴萌来说，要彻底"少女无知"还比较困难。当她解释她何以只能部分地接受盛英时，根本顾及不到，盛英的表情仿佛涂抹过芥末。我对你的需要，主要不在情感上，也不在肉体上，而在心理上——你可以满足我那种堕落的渴望。

他们一步到位的上床非常简单，也戏剧性。相识小半年后的有天下午，盛英从外地出差回来，在车站附近好容易打了个拼客出租，一上车，见后排座上竟是柴萌。他问了她杜振华情况，她问了他杂志社情况，然后，就把曾经互相留过但肯定都删除了的电话重留一遍，再然后，她早于他十分钟下车。十分钟后，他与司机一手交钱一手交发票时，她的电话打给了他，他这边还想客气几句，她那边已经急如星火：你下车了吗？看没看到后座上有个手包。有！他拉开后门，抓起手包，请她不必再着急了，说马上就还乘这辆车返回她刚刚下车的地方。这时候是她开始了客气，说太麻烦了，还是我……她话没说完，司机就逼着她把客气转化成了行动。我得交班了，司机对又坐回车里的盛英说，不能拉了。这样，电话两端的两个人商量，在这打车极为困难的晚高峰时段，两人在两地同时打车，谁先打上了通知对方一声，但不用继续打车的一方，则要为两人的晚餐买单。这天陈犹新出差了，陈小新在奶奶家，柴萌回家也是自己吃饭；而盛英这边——柴萌说你爱人孩子也没在家？盛英含糊着对呀对呀……那时盛英还没买车呢。

最后是柴萌打上了车，晚饭盛英买单。

自从那晚同住一宿，他们间或的约会，似乎从来都没激情，就像一对长期两地分居的老夫老妻，隔段时间见上一面，更为商量未来的柴米油盐，亲近身体只是捎带的事，直到那个圣诞之夜——当然，不见面时，他们也偶尔电话交流，因为已经"少女无知"的柴萌，虽然置身的官场只比麻雀稍大，可仍然需要盛英顾问她初学乍练的权术与谋略。但那个圣诞之夜过去以后，他们见面的频率却陡然增多，原来最快也一两个月才见一面，现在则三四天就共宿一夜，还每次都初欢般激情四溢，就好像，这两年的他们与前六七年的他们是两对男女，身体状况和生理反应都相差悬殊。他们的约会，多在盛英家。按说盛英有车，出门方便，约会放柴萌家更合适些。可我总觉得，说不定啥时候，陈犹新还能回来找我。这是柴萌极少在家接待盛英的理由。但麻烦的是，她不光不轻易在家接待盛英，还不肯整夜地住盛英家。这样的结果便经常是，盛英的米白色丰田RAV4得辛劳地奔波在冤枉路上：从自己家去柴萌家，再回自己家，然后，亲近之后，常常都下半夜了，还得把柴萌再送回家，他也要重新地再回趟家。也就是说，一个晚上，他得在自己家与柴萌家之间跑俩来回。太折腾你了，对不起。柴萌尽量下班时直接来盛英家，以便一个晚上，RAV4只出动一次。她也明白自己荒唐，她说，她知道陈犹新轻易不会回来找她，即使找，也不可能事先不打招呼，乃至半夜过来。可是，她就是觉得，她有了其他男人的事，应该瞒过陈犹新眼睛，并且还要尽量别让陈犹新感觉到，她有时候夜不归宿。

但这天晚上，按计划，不是盛英柴萌约会的日子，柴萌却在挺晚的时候打来电话，并在确定这晚上盛英没别的事后，让他住进她家。

你把明天上班用的东西都带来吧，明天你直接从我这上班。

这——还是我接你过来吧，不麻烦……

你听我的！我没必要再犯傻了，我自己的身子自己的家，跟他陈犹新没半毛钱关系——以后我给你一套钥匙，我这个家你来去随便。

怎么了柴萌？

陈犹新傍晚来了个电话，然后就过来了，把我骂个狗血喷头……

他骂你？为什么？他猜你——

为杜新华。他说我这个妓女娼妇，把杜新华教唆成黑社会的小流氓了……

盛英赶到柴萌家时，见柴萌正翻看一大堆书，那些分别名为《洗脑术》《白宫馆渣滓洞酷刑录》《希特勒屠犹大揭秘》《斯大林大清洗》《宁死不屈——越南共产党人英雄谱》《惩罚地富反坏右》《阶级斗争　一抓就灵》《黑手党的故事》《全国劳教系统经验汇编》……的新书旧籍，明显都被认真看过，许多地方都标了记号，或折了页。

什么意思？怎么回事？

陈犹新从杜新华学校拿回来的。

他拿回来的？他不没闲心管吗，不都推给你了吗？陈犹新与柴萌离婚的时候，只要了陈小新这个与他有血缘关系的儿子，而把当初他积极认领的养子杜新华甩给了柴萌，这两年多没再过问，也没再给过经济资助。

学校认为，女人只能管孩子的小事，孩子出大事了得男人管。现在，他们认为杜新华出大事了。

怎么了？

他和几个同学自称"松林七贤"，组成了一个叫"松林帮"的校园黑社会，草拟了一大堆相关文件，喏——柴萌把好几份手写的各种文件的草稿或定稿朝盛英推来，有"本会宣言"，有"入会申请书"，有"会费标准"，有"奖惩措施"，有"十大酷刑"，有"誓词"……这两天，有个老师打了"七贤"之一，这"松林帮"为了报复也为了练胆儿，还为了以另一种方式歃血为盟，决定把那老师三岁的女儿从幼儿园偷出来，由七人共同出手弄死……

他杀人了？

倒还没有。"七贤"中有人当了叛徒，出卖了他们的复仇计划，现在，除了松林帮帮主杜新华，其他五"贤"都告饶了。哼，要是执行这"奖惩措施"，这"十大酷刑"能折磨死他们……

百鸟朝凤——此刑罚只适用于夏天的夜里。将受刑人手脚捆绑后固定在有草木的室外，以一两百度的灯泡置于脸旁，吸引各种蚊虫叮咬。

方凿圆枘——捆绑成双手抱住小腿的肉粽状，用方木棍从屈膝状态的双腿内侧穿过，可令受刑者不停地在地上滚动，疼痛难忍。

凌波微步——在大水池里放满水，从电源处接两块电极板扔进水里，将受刑者逼入水中，其必将长时间地在又疼又麻中乱蹦乱跳，直至筋疲力竭。

鞠躬尽瘁——用绳索把受刑者的胳膊腿连在一起后罚站，使其身体长时间弯成九十度，可造成头部充血，意识模糊，休克。

饮鸩止渴——往受刑者口腔鼻腔抹芥末油（或辣椒水、肥皂水等）。

蜻蜓点水——将受刑者双手反扣吊于高处，让其双脚长时间半离地面地浸在凉水盆里，身体由下而上地越来越凉，可导致精神恍惚乃至大小便失禁。

雨露滋润——连续用冷水浇淋受刑者脑袋，不让其睡觉休息，开冷空调吹，以使困倦疲乏的受刑者长时间地过度清醒，直至身体极度虚弱和意识紊乱。

茹毛饮血——逼受刑者自行拔掉阴毛并挤出指血，然后兑水或尿服下。

含饴弄孙——一边喂食沾有人屎的馒头面包等，一边对受刑者的生殖器进行间隔性电击，此前，受刑者的生殖器上应该缠好铜丝并接通电极。

双管齐下——这一刑罚手段适用于两个或两个以上受刑者，亦有PK性质。要求两人先互相鸡奸，然后以"69"式互相口交，并吞下对方射出的精液。先射精者为负，此后还必须接受其他惩罚。

卷四　时空观

1

前几年，盛英走了趟青藏高原，其间，听好几个人从不同的角度讲，藏人杀牛时，会给牛作揖请牛原谅，会说，这辈子你是牛我是人我来杀你，等下辈子，你做人我做牛你再杀我。这种轶闻的传播者说，藏民的牛通人性，还举了些牛流眼泪或伤悼同伴的例子。盛英不同意这样的说法，他认为，这都是良善之人的自我安慰。我不信哑巴畜牲能通人性，私下里，他对与他搭伴的年轻摄影记者许可说，但我相信，如果，一个杀戮者能慈悲地对待杀戮对象——所以，此时，借用盛英点评藏民杀牛的思路，我觉得，如果我只想自我安慰平衡良心，倒可以对盛英说点什么——假设他能听到我话——但想让他明白什么，大概还是不说为好。因为我说得越多，他会越糊涂、越困惑、越茫然无措、越备受折磨。渴望倾诉没有毛病，但要懂得，倾诉也需要前提条件，那倾听者除了要有积极的倾听愿望，还应该有良好的悟性与理解能力。我这样引申，没想贬低盛英，只为强调，他的语境还太逼仄，远不能接榫我的语境。

我们圣婴与宿主间，不该生成任何感情。蛔虫对肠道有感情吗？虱子对头皮有感情吗？这样比喻，不敬不恕，还有点恶心，但意思不差，就这么回事。圣婴是旅客，他投宿旅馆也有选择，但那选择是单向的，甚至是随机的，与宿主这个旅馆没有关系。当然了，固定宿主的长寿有益于圣婴进化，若从这个角度说，圣婴倒愿意与宿主长相厮守；但这种愿意，从来不关旅客对旅馆有否感情，而仅仅在于，旅客不喜欢出张家

143

进李家地更换睡榻。可在我这里，却对张家李家有了挑剔，使得我与盛英建立的关系，即使算不上夫妻兄弟一家人模式，也大大超过了旅客旅馆模式，成了相处甚洽的房客房东模式，还是情同手足的老房客老房东，这可有悖圣婴法度。人类有人类的规矩，圣婴有圣婴的标准，二者不应该通约混淆。道理我都懂，就是具体规范感情时，那些教条派不上用场。比如眼下，盛英这座老房子坍塌在即，恐怕做不成我房东了，我这房客，唯一该做的，是赶紧琢磨着怎么重择良木另栖新枝。可是，一种从此将无家可归的恓惶之感忧伤之情，竟像两只擒拿的手，把我捉进了依恋的囚笼。

我们圣婴的生命千秋万代，而人类的生命只几十年，至多百年，我们视每个具体宿主，只应如同过眼烟云，若依恋他们，往小了说是无病呻吟，往大了讲，说是干扰与破坏进化都不为过。圣婴对宿主产生感情，也可以理解，毕竟与人朝夕相处，多少会沾染些人性的弱点。一般情形是，一个经历过多个宿主的圣婴比较之后，会对某个更对他心思的有所依恋。但再依恋，当这宿主步入老境或遇到意外时，那圣婴也只该略有不舍，如同放弃一件穿旧的衣裳，而更多的，是兴致勃勃地，去以新宿主这件新衣裳打扮自己。可盛英，他只是我的首任宿主，我还无从比较好坏——况且，又该以什么作为标准，去分别宿主的好与坏呢？有的人特别好瞒易哄，好唬易骗，好诱导易蛊惑，他们意识简陋只如涓如滴；而有的人思维自由，精神独立，我行我素自我中心，他们意识丰饶能胜过汪洋。那么，该算前者为好宿主后者为坏宿主呢，还是相反？其实，在我们眼里他们没区别，他们都是我们的工具，是我们进化过程中，必不可缺的补给与养分。对于食物，我们能说水果比蔬菜好，或馒头比米饭坏吗？那些或意识简陋或意识丰饶的圣婴宿主，我们使用他们时，都可能左右逢源，也都可能左支右绌，并且同一宿主在同一时间的同一场合，也完全可能表现得既左右逢源又左支右绌。

圣婴与宿主，是激发与被激发的关系，圣婴的最大愿望，是把宿主激发为自己意志的忠实执行者，如此，倒也可以说，一个宿主对圣婴意志实现得多，就是好宿主，反之则是不好的宿主。可事情又不这么简单。举个例子。同样由于圣婴的持续激发，千年以前，美洲的一些阿兹特克人通过血腥的祭祀仪式屠杀儿童，千年以后，中国的一些奶制品生产者通过往奶粉原料里添加三聚氰胺毒害婴儿，但这两拨圣婴宿主，取得的成绩却天悬地隔：前者高产丰收，最辉煌时，一次就能杀死数千儿童；后者低产歉收，花了那么多工夫，为收买官员和嫁祸奶农做了那么多手脚，却除了给许多婴儿弄一身病，真祸害死的屈指可数。可具体情况却是，桀骜不驯的前者，总本能地反抗圣婴意志，而根本没有自我的后者，对包括圣婴意志在内的任何意志，除了俯首帖耳不会别的。那么，比较之下，更多实现了圣婴意志的，该算古代美洲的阿兹特克人呢，还是当下中国的奶制品生产者？还有盛英，这个我最了解的圣婴宿主，他成长的过程，完全就是违拗我意志的一个过程，即使他偶尔接受了我的激发，也很快就要以虎头蛇尾和半途而废还我以颜色。可是，他好吗？若不好，为什么我对他充满感情？

显然，依恋盛英喜欢盛英，这是我自身出的毛病。我很不安，还恐惧茫然。我生出一种少有的渴望，期待我师傅来安抚我。

犹豫再三，我以刻意的冷静，公事公办地把信息波给我师傅发了过去，说盛英可能不久于人世，他得尽快赶来，给我物色新的宿母与新的宿主。

2

上世纪末，多家日本媒体联手行动，组织不同学科的顶级科学家将近百位，对数十项当代科学的重大问题进行筛选，其范围之广，程序之繁，耗时之长，都前所未有，最后，沙里淘金般挑出来七项，罗列为当代最引人瞩目的科学之谜：①宇宙的形成；②太阳系的第十颗行星；③生命的起源；④生物形态的构成；⑤恐龙的灭绝；⑥人类的起源；⑦厄尔尼诺现象。这七谜中的第二谜，现在看等于摆乌龙了，因为冥王星，早年锁定为太阳系的第九颗行星，已被取消行星资格；作为只有八颗行星的太阳系，当下的任务，不是忙于发现和命名第十颗行星，而是重新确定九大行星。至于七谜中的最后一谜，与前六谜比又显得单薄，有凑数之嫌——七这数字，自从有了上帝的业绩，就满世界里一直时髦，不像八，光时髦中国，并且在中国，也只时髦于暴发户阶层。其实，第七谜的存在不是凑数，甚至，它还暗中藏有玄机：它的一个谜面，覆盖着两个谜底，且是属性不同的两个谜底，某种意义上，它是在强调，当代科学的世界七谜其实是八谜。但遗憾的是，那第七谜所暗藏的玄机，基本不为外人了解——这个外人，也包括绝大部分有资格裁定七谜的顶极科学家。

对人类来说遗憾的事，在我们圣婴倒可能是幸事。还在当时，在七大谜题的英雄座次被排定前，在第七谜刚被纳入先期收集整理的数十项当代科学重大问题的决审圈时，我们——主要是我们英明睿智的四十九位先祖，就看穿了它的真实所指，就洞悉了它的险恶用心。我们认为，那些筛选谜题的科学家中，是那些力主将厄尔尼诺现象列入谜题的个别科学家中，肯定有人已意识到，当他们叨念厄尔尼诺，拿那股每隔几年就肆虐一番的太平洋溢流说事的时候，他们的本意，已不仅仅指气候现象或海洋现象，同时指的，也是生命现象进化现象，也是我们圣婴，甚至主要指的，就是我们这些与那股莫测溢流名字相同的神秘生灵。那些顶级科学家中的个别人，很可能，原来只信奉无神论或唯物论，可朦胧之中恍惚之时，却被某种无法形容的直觉给唤醒了：在这颗由人主宰的蓝色星球上，也许还活跃着另一种智慧生命。他们隐约意识到，这些名为圣婴的智慧生命，虽然脱胎于人类依附于人类，但又高级于人类，他们所打通的多维时空，在人类的感官中尚属盲区，并且，作为超人或新人，他们注定会取代人类成为地球霸主，会像人类役使花鸟鱼虫飞禽走兽那样，去役使人类……

这样的认识，方向正确，如果它在那些顶级科学家头脑中继续深化，我们担心，会给我们带来麻烦。作为真理的化身正义的代表，我们倒不怕麻烦，也有战胜任何麻烦的信心与能力，毕竟全部的宇宙意志，一直都在眷顾我们。可尽管如此，作为生命签到簿上的后来者晚生代，要在一个已为人类所成功统治的世界上改朝换代，最好还是不惹麻烦，应该流水般渗透，而不是地震般颠覆。我们对人类，从来没想消灭他们，即使我们的进化已完全成功，只要还不想像他们一样掉入种种欲望的陷阱，就还得保留他们的宿主地位，让他们代替我们，去与这个世界物质的部分纠葛交道，并继续充当我们所需生命素的唯一来源。如此，当我们整肃他们操控他们时，不论是促使他们增加诉求、放大私心、强化野蛮，还是减少诉求、收敛私心、克服野蛮，都仅仅是为了保持他们与我们关系的融洽。当然了，虚荣而又狭隘的人类，永远没法理解我们，一旦了解到我们的存在，尤其了解到我们现在还羽翼未丰能量有限的实际状况，势必进行垂死挣扎，要与我们一决高下。还是那句话，我们不怕麻烦也能战胜麻烦，但尽量地避开麻烦，仍然是我们的理性选择，在一个相当漫长的时段里，甚至，在我们完成了进化统治了地球后，我们也只想低调行事隐忍作为，避免被人类确定为对手。

所幸的是，事情没继续糟糕下去，"厄尔尼诺"虽然进了"七谜"，却仍然只能作为气候与海洋现象发生影响，未受到过度阐释和广泛引申。那些对我们有所察觉的个别顶级科学家，尽管个个才智过人，可对于自己的判断，却找不到任何支持的证据，哪怕牵强的证据都找不到。他们很无奈。他们那种难以道与他人的直觉和意识，太过朦胧太过恍惚，让他们审视自己时，同样也疑虑大于自信。假设吧，盛英就是筛选谜题的科学家之一，鉴于他有着因广泛阅读而从书本上积累的间接经验，又受过莫测直觉与诡异意识的神秘暗示，那么，他坚信这世上存在圣婴，难道有什么不可以吗？可以。相当可以。可是，光他自己这么判断没有问题，但他若把这朦胧的直觉恍惚的意识当成思想试验也道与别人，用以论证自己的判断，那恐怕就不可以了。否则，他发言论证时怎么说呢？就以"我觉得""我以为""我猜""我想"作呈堂证供吗？这显然有悖科学伦理。这种窘迫，很像一个失窃的贪官，因为被偷的钱来路不明，即使掌握破案的线索，也只能甘于吃哑巴亏。另外，论及自身时，当代人虽然已基本公允，能客观发言，但人类自我期许过高的特点，仍经常会露出狐狸尾巴。比如，科学家把恐龙的灭绝列入世界七谜，就能证明，在人的潜意识里，是以给地球当了一亿多年统治者的恐龙比自己的。人类统治地球还不足万年。在这种背景下，论证圣婴存在是扫全人类的兴，在哪个层面都讨不来好。一般来讲，因坚持科学观点学术主张，再像伽利略那样被教会烧死已不大可能，但像马寅初那样，耄耋之年还饱受污辱，成为国家的敌人，就很难说不可能了。也许就基于以上原因，再加上日本科学家行事严谨，那些对我们圣婴已有警觉的个别人，便没公开指控我们，而只利用不同语言间音译意译的差异旁敲侧击：以西班牙语的"厄尔尼诺"掩护着"圣婴"潜伏进"七谜"。他们期望，通过夸大自然界厄尔尼诺的危险可怕，迂回地引发人类关注圣婴。他们相信，重复具有唤醒的力量，暗示能起到启示作用。

好在人类愚蠢。

人类的自我定性是聪明睿智，是狡黠，是诡计多端老谋深算，他们把自己称作"智人"。其实，这更能证明他们愚蠢，愚蠢最醒目的标志就是狂妄自大。人类据有的诡计和谋算，多半都系井蛙勾当，他们中的绝大多数，永远也不曾像那些孤立无援的个别科学家那样，哪怕仅仅一次地，让视野抵达井外的世界。愚蠢之人还有自私的特点，从不关心公共的福祉，假如听到警报声了，抬头一看，那警报所宣告的灾难离自己还远，或虽然切近，但并非仅仅针对自己，那么，即使拔根寒毛就能解灾纾难，也是断断不肯为的。天塌了先砸大个子嘛。愚蠢的统治者好大喜功，只愿听好不愿听坏，于是，愚蠢的被统治者就报喜不报忧，以歌舞升平的靡靡之音掩盖刺耳惊心的警报声声。这么一来，那个别科学家对我们的忧虑，对圣婴的忧虑，在一种无形但却强大的公众力量的裹挟之下，便只能完全彻底地，随那股汹涌的太平洋溢流逐波而去，让我们心上的一块石头，稳稳地回落到安全的地面。

个别科学家终于未能给我们带来麻烦的具体标志，是二〇一三年九月十八日这天，伊吹信介的意外死亡。

这天上午，九点十八分，张集城里警笛啸叫，大马路上，所有的车辆都喇叭齐鸣，在柳条湖畔九一八纪念碑前，张集市的十八位领导，不计男女，未论肥瘦，唯以官职大小纵向排列，前胸贴后背地，齐齐搂定海碗口粗细的一根圆木，暗和着前边官阶最高者口中的号子节奏，同时发力一齐前拱，撞向一座喇叭口状的巨大铜钟——不是以人头，只是以木头，撞钟。旋即，一只看不出挂在何处的高音喇叭里，有个嗓音异常浑厚、吐字异常清楚的男声，模仿着话剧演员李默然那种诗朗诵说话法，发布着不知与战争有关还是无关的动员号令：……钓鱼岛是警示碑，记录了昔日中华民族的屈辱沧桑，钓鱼岛又是转折点，将见证崛起的中国寸土不让的集体意志。我们用马列主义毛泽东思想武装起来的中国人民，有邓小平理论照耀前程，有三个代表和科学发展观和中国梦指引方向，我们召之即来，来之能战，战之能胜，为实现中华民族的伟大复兴……如此，撞钟声喇叭声警笛声诗朗诵风格的动员令声，以及三分钟后，成千上万张集市民或愤怒或欢乐的口号之声：血洗东京，核炸日本；砸烂日系车，抵制东洋货；宁可华夏到处坟，也要杀光日本人；崛起的中国真牛逼，创造了超日赶美的GDP……让张集城内喧嚣一片，一片沸腾。被裹挟在喧嚣沸腾中的伊吹信介惊恐万状，和同样因喧嚣沸腾的骤然袭来而惊恐万状的一位郊区菜农以及他驾驶的农用三轮车，还有一条也因惊恐万状而在喧嚣沸腾里进三步退两步地横穿马路的杂毛流浪狗，在柳条湖立交桥东南侧的匝道外，在通往张集大学和富士山花园住宅区方向的人行道斑马线上，眼睁睁地撞到了一起。这是一曲人车狗的悲剧三重奏，为满城的喧嚣沸腾，添加了一串刺耳的音符。只是，这短促而沉闷的音符虽然刺耳，但掺杂进洪亮而绵长的撞钟声喇叭声警笛声口号声和诗朗诵风格的动员令声之后，也就聊胜于无了，即使在车祸发生地附近，目睹了这次撞击的街边行人与车上司机，也只能通过眼睛和想象，为耳朵送去这新音符所标示的旋律：

噼里啪啦——砰！

3

噼里啪啦——砰！

没什么预兆，也没什么过渡，那声响动，那声隐藏于高小波体内、回荡在她子宫中的微弱响动，十分突兀地就出现了，为这世界上有个盛英也有个我，奏响了生命诞生三部曲中的第二乐章——假设，一个生命复杂的诞生过程可以简化为三个乐章，把性交演奏的行板视为第一乐章，将分娩演奏的慢板视为第三乐章，那么，精卵结合，便是由紧锣密鼓的快板演绎的第二乐章——于是，原本并不存在的我，忽悠一下，就意识到，我的生命之矢已射了出来，而开弓就很难有回头箭啦。

从常规意义上说，盛英，包括其他人，包括地球上所有的哺乳动物，都是诞生生命那三个乐章的逻辑产物：由两性交配而精卵结合，由精卵结合而分娩面世——当然了，近几十年，人类发明了体外授精术，通过试管孕育婴儿，削弱了生命诞生三部曲中第一乐章的感染力量，甚至放言，在未来的人类繁衍中，将彻底取消性交程序。但这只是对自然力量的一种扭曲，并非动物生命的演化方向，这种扭曲究竟能强劲到什么程度和走向哪里，我们还得继续观察。但即使冒着泄密的危险，我也想实话实说一句，体外授精试管婴儿，包括现在尚未应用到人类身上的克隆技术，其出现，都与我们圣婴有关，它们是我们征服人类大手笔中的一撇一捺，是我们敦促着我们的宿主，为离间人际关系、稀释人类情感、间接屠杀婴孩，所发明的工具之点点滴滴。想想吧，如果生育只依赖几项技术指标的理性操作，而不再出于如痴如醉的精神爱恋和欲仙欲死的肉体享受，那么，生育者对生育对象，责任心还能那么强吗？珍视度还能那么高吗？如此，在这一前提下，刺激着他们去杀子食婴，相对来说，能不更加容易些吗？这个我不便展开多说，还是回到盛英身上。

在我和盛英的共生关系中，如果需要分别先后，似乎他先我后天经地义，他是宿主我寄生吗，没他我都无所附丽。但是，这样判断却是错的，至少，这种看似合理的先后关系，用在圣婴与人身上，是简单化和想当然的。也就是说，在另一个非常规的意义上，我们圣婴的降生又与人不同。人之诞生，始于母亲分娩，比如盛英这个具体的人，就诞生于一九六六年八月十八号。可是，作为一个除了喘气没任何自主能力的诞生者，与他作为一个胎儿，一九六六年八月十七号之前漂浮在高小波的子宫里羊水中，之间的差距有多大呢？在深远广袤的地球时空中，众多原子的偶然结晶，成就了一个独立的生化物，而他或她，这数百万亿细胞的纠合体，真的就比那些原子结晶还藏匿母体时更特殊吗？固然，由于人性虚伪，泛人道化与泛人权化更有市场，那些藏匿母腹的胚胎，总会被生拉硬拽进人的阵营，相应地，那些已然离开母腹，但仍系母体赘物的、混沌幼态过于漫长的蒙昧生命，自然就更算人之一员了。可我们圣婴，却以简捷为诞生原则，一枚为圣婴宿主而成熟的卵子，若每个环节都啮咬得好，就能轻易让受孕孕育和分娩这三个环节一遭完成：那有资格孕育我们的精子卵子始一交融，我们便"成"了，尽管还没"生"，但也有了认知与意识。像我们中的高级别圣婴，哪怕在调整期，也可以做任何事情，连过去的徒弟都能照带。显然，我们依赖宿主，却又能先于宿主投身这世界。这是我们进化的结果。我们的繁衍，其发展方向是高效率与大面积。当然这也有个问题，就是有些圣婴成了以后，宿主的胚胎却夭折了，或者干脆宿母死了。这时，我们圣婴也随之亡故未免可惜，为此，我们也进化出了一整套防患于未然的保障模式。身处调整期的高级别圣婴自然有办法自救，这不必多说，要多说的，是身处预备期的低级别圣婴。在预备期里，低级别圣婴未来宿主的胚胎若出现意外，其师傅，会在尽量短的距离内时间里，从众多携带圣婴质肌红蛋白信息的孕妇中，寻找潜在的圣婴宿母，并从中选择潜质相对好潜能相对大的，去把预备期圣婴植入她胚胎，使之成为"应急宿母"。对圣婴来说，所有人都是潜在的宿主，而所有孕妇，自然都是潜在的宿母，区别只在于，每个人每个孕妇间，体内圣婴质肌红蛋白信息含有量的多少有较大差异，因此，其潜质的好坏和潜能的大小也就大不一样。宿主是宿母生的，我们对其无能为力，但特殊情况下，我们却能造就宿母，即，让某些原本"成"于彼人之子宫的圣婴，改换门庭地"生"于此人之产道。造就应急宿母的过程，是为师傅者不畏麻烦和不辞辛劳地凭借一己之力，数十小时甚至上百小时地超负荷大量消耗功能波，以之促成应急宿母腹中的胚胎发生质变的一个过程，而这一过程的存在能表明，我们圣婴的成与生没大区别。所以我们认为，一个生命体的真正诞生，必须以其对自己的生存产生认知与意识作为标志。当然为了尊重人类的局限，我们又不会武断地结论，对自己的生存未产生认知与意识前，一个已然出生的人算不上人。

盛英对世界的了解认识，与我比，至少晚了六或七年——其实七年都远远不止。他不光在被孕育的六年多时间里有等于无，只是高小波肚子里的一坨血肉，即使演奏完分娩的第三乐章，会哭了，会爬了，会叫爸妈会喜怒哀乐了，也总得过了三四岁，过了四五岁，甚至过了五六岁了，才能比一坨血肉再多点什么，进而由那多出来的一点什么，去自觉地对这世界生成认知与意识。依照圣婴标准，一个人认知与意识的觉醒，其标志是出现记忆，可盛英的记忆，直到他打算谋杀翠翠的那个夜晚，将近七岁才开始建立，这要比我晚多少呢？我对这个世界的认知与意识，或者说我的记忆，早在盛大庆那枚精子与高小波那枚卵子成功对接时就出现了，如同前边我解释过的，在诞生生命的三部曲中，当第二乐章的快板或庄严隆重或稀里糊涂地开始上演时，我的生命即被激活：噼里啪啦——砰！

　　我醒了。我这样说不够准确，此前我没睡，我没醒也没睡，此前我是不存在的。正确的说法应该是，盛大庆的精子与高小波的卵子一对接成功，我便成了，而成之初的我，如同一个人刚刚睡醒。如同刚刚睡醒的我，表情困惑而又惊诧，既怯生生又愣呵呵，既缩手缩脚又虎头虎脑。我快速打量周边，首先看到的，自然是我师傅，和我师傅对其点头哈腰的督察圣婴——显然，后者刚主持完与我相关的卡位排序工作。这时候，对他们都是谁我还不太清楚，我还对什么都一无所知，但我又天然地能领悟到，对我师傅这个接生者，我除了服从别无选择，尽管他主要用满脸敌意接生我——已做完本职工作的督察圣婴，很快就屁股一拍没了踪影，而不用再对位高权重者点头哈腰的我的师傅，看我时，便开始了蹙眉瞪眼，好像要以此换回刚才点头哈腰所付出的自尊。圣婴间，师傅对徒弟的所谓接生，又叫认领，其形式是，每个D级E级的低级别圣婴成了以后，都会即刻得到师傅的照看——那师傅，要由某位恰好与受孕宿母距离最近的督察圣婴，通过快速的卡位排序计算遴选出来——徒弟预备期的序幕，也便就此揭开。在徒弟的预备期时段，师徒基本是不分开的，师傅除了要持续地用自己汲取到的生命素滋养徒弟，更要以监护的方式对徒弟言传身教，帮他了解圣婴世界和人类世界，直至他宿主被分娩出世，他完成了生。而只有完成了生，低级别圣婴能从自己固定宿主身上汲取生命素了，他才能也获得发送信息的能力和与师傅分开的资格，可以在自己摸索着悟世的同时，去等待师傅的定期辅导。师徒间的定期辅导，即聚于一处的汇报与请教、解惑与答疑、游逛与玩乐，每年不能少于四次，每次不少于七十二小时……当然了，在预备期期间，不论师徒多么融洽，为保证徒弟与尚为胎儿的宿主间，从生命初始就烙印下类似血缘关系式的生化密码，至少每七周，师傅都得送徒弟回一趟宿母体内，在宿主胚胎中待一昼夜，俗称"回炉"。

我以为你多与众不同呢，哼，和别的生瓜蛋子也一个德行，看不出完美。

见我醒来，我师傅似乎松了口气，但他嘀嘀咕咕时没正眼看我。这与督察圣婴已离去也有关吧。此时他异常地活跃起来，如同空气穿梭于空气，在高小波的植物神经系统间快速游弋，并反复刺激高小波的副交感神经，以方便他观察一些已基本消化干净的肉末草茎。似乎，他钻进高小波肚子不为认领我这个徒弟，而为研究高小波的消化器官或排泄物？真恶心。是很久之后我才明白，他何以模仿逐臭的苍蝇。也是他主动做的解释。他说，在研究高小波肠胃里的食物残渣前，他已对盛大庆有过考察，而对两人的消化物都了解后，他断定，我是一个"完美圣婴"。一个胎儿，一旦成了圣婴宿主，被孕育的时间便不再拘泥，一般情况下，当然还是四十周左右，但如果宿母与她的授精者共同杀过或吃过自己的骨血，那么，他们创造"完美圣婴"的几率就特别高。"完美圣婴"代表珍贵和稀有，不仅一降生直接D级，向C级跃迁时，还不必遵循大部分D晋C的软硬件条款；而其他也一降生就直接D级者，多为宿主父母中只有一方有过杀亲食亲经历，他们的晋级，得和其他情况下的D级伙伴一样，满足全部的D晋C要求。当然，相应地，"完美圣婴"的宿母也磨难更多，显性磨难是妊娠期长，最长可达六七年之久，而隐性磨难则是，她要么殁于青壮年时段，要么得惨遭凶暴的横死。

我说——完美呀……我师傅见我怔怔地看他，知道我听到了他嘀嘀咕咕。但他并没收敛敌意，只是，能正常地而不是腹诽般地和我说话了。你小子是头一世出生，好多规矩还都不懂，唔？我以为说你不懂你不服呢。记住哈，因为生之前你不能有编号——为什么个屁，就这规矩！唔——以后不论什么时候，若见到陌生的、不熟悉的、没打过交道的其他圣婴，头一回说话时，一定别忘了先赞美先祖……什么？你说什么？

唔……你谁呀？

嘿你小子——可真他妈的猪脑子呀！我，你师傅，BB1203！

后来，我师傅总是对我不好——也不是不好，但也不是好，而是，他总忽阴忽阳忽咸忽淡又冷又热又亲又疏地对待我，我不知道，是否因为，我与他说的第一句话不是致谢，不是低三下四的诺诺俯首，而是生硬的质疑。当然，再后来，我生了以后，他对我不好的理由就充分了，他由BB1203落魄成CA0057，自然得为心情的不好找宣泄渠道。但当时，他嘴上骂咧咧，脸上的表情，却又由敌意变成了欣赏，就像一个阻止儿子斗殴的父亲，目睹了儿子的以一当十。他从高小波的胃与十二指肠接壤处即幽门那里的神经细胞间跳脱出来，饶有兴味地重新看我，并问我想去哪走马观花。他期待的目光真率友善，好像他真的在乎，我这个还对什么都一无所知的新徒的诉求。我的身体热了一下，似乎我原本藏匿在情感暗室里的什么隐秘信息被导引了出来，使得我心灵的热潮涌流向体表，体表的温热再捂暖了心灵。

我——我哪都不熟呀，我诚恳地回应，我不知道……

哎哟哟完美呀居然你还知道你不熟不知道呀……嘿，这家伙，原来在这里等着我呢，这也太……太小心眼和孩子气啦！但我师傅的小心眼与孩子气只到为止，能见好就收，只要在最后一回合的交手中他占上风，便肯于适时地勒马收枪跳出圈外——这能让他小心眼的可厌，被孩子气的可爱抵消不少。现在就是，他已明显迫不及待地，拉开了他的辅导序幕，虽然，他脸上的可厌还可爱地挂着。那，先去长春吧，我师傅说，我也有点累了，得先补充生命素了——

一个圣婴，精力不济体力不支时，只有从与他血脉相通的固定宿主那里，才能得到养料的供给——生命素不是固体，也不是液体，还不是气体，而是一种看不见摸不着的特殊氛围，是每个圣婴宿主自降生起，所营造的独有的状态，它只对它的固定寄宿者产生效力。调整期的高级别圣婴，有能力从宿母体内借用生命素，预备期的低级别圣婴，则要把师傅当成奶妈。说到这里，我得解释一下，为何从我成之初，我师傅对我就怀有成见。当时，他预见到，高小波的妊娠期将格外漫长——别人的妊娠期也就五六个七周，而高小波的七周周期，会荒谬地多达四五十个，这样，一方面，他送我往返高小波体内的次数多得都仿佛数不胜数，另一方面，我要过分长久地从他的给养中瓜分养分，这对他健康虽无影响，却得逼使他频繁地回到固定宿主体内去汲取生命素。这是两种雷同的麻烦，都机械繁琐又毫无趣味。

我师傅带上我身形一转，似乎还没离开高小波腹腔，就来到了长春，就钻进了他固定宿主傅子夫已经发黑的后槽牙里，依傍上了一株坏死的牙周神经。

傅子夫清瘦高挑，颇为儒雅，正在接受大学教育，可我与他的首次见面，竟是目睹他被几个矮他半头的中学生连打带踢，并且，他挨打的原因，还极不体面地是个既不儒也不雅的拦路抢劫。当然很快，我和我师傅就明了了他那罪行的原委，可明了以后，我师傅既没同情他，也没看他的笑话，而是有点恐惧地发起呆来：难道，这几个小子，是替伊吹信介报复他吗？痴呆之际，他竟有病乱投医地问起了我。几年之后，我师傅从B级被贬为C级，由那倒霉的时刻联想到这天，我恍然明白，他想到了什么又说的是什么。肯定的，多年里，至少吧，从他成为我师傅的十五年前起，看似无所用心的他，就一直没停止过担心：阴魂不散的伊吹信介，会不会再来找他的麻烦。

先不说伊吹信介，还说傅子夫。

傅子夫就读的师范学院，与师院附中一墙之隔，这天他来附中看书，不小心又走上了通往附中食堂的甬路，纯属偶然。他是为了躲避师院的食堂，才来附中的。他的餐券已用光了。可躲避食堂的偶然却成就了他拦路抢劫的偶然。事情是这样的：中学生A饿得下不了床，同寝室的BCD去食堂吃完饭，又多买一份橡子面掺玉米面的窝头咸菜，欲捎回宿舍给他果腹。B吃饭快，一扫荡干净自己的定量，就捧着A的份额先出了门，CD则于两三分钟后次第跟来。在细窄甬路上，与B交臂而过的傅子夫望着B手里的窝头咸菜，自控力瞬间降到零点，竟目中无人地伸手去拿，好像他眼里的窝头咸菜，并不托捧在B的手上。可他的突袭刚一得手，B的反抗和CD的围追堵截就把他退路给卡死了，让他只能模仿鸵鸟，倒地上后，用弯成半圆的身体护住嘴手，同时呸呸地把唾沫吐上手中的吃食，就好像，一头狮子或一条狗或一只鼬鼠，以尿液圈拢势力范围……擅长柔道的他，如果还手，以寡敌众也有可能，甚至完全可能。他没夺人所爱后又伤人皮肉。

傅子夫挨完一顿胖揍，我师傅的情绪也正常了，至少，是一个落败者仍然站在竞技场上，给领奖的胜利者当陪衬那么种正常。他含糊地问我，对他的宿主印象如何。我咧咧嘴，仍然不知如何答复，虽然这回，我明白他问题什么意思。他也没想听我答复，只是故意很舒适地，接受傅子夫生命素的浸淫氤氲。能把吃东西的事弄得这么恶心，他说，你觉得你这开局有意思吗？

我不知道，对我的"开局"，应该赞美还是厌恶。但我师傅连续使用问号与我说话，我总不呼应也不太好——那，你出生时，开局有意思吗？我模仿他也使用问号并非狡猾，只表明我既很被动又很茫然。

可是，我师傅把我的被动茫然理解拧了，又小心眼和孩子气地——主要是小心眼地，将一道既斜又邪的目光，不加掩饰地向我射来：嘿你小子，一句一句都挺艮呀！我明白他是太敏感了。我没问他怎么艮了，只笑一下。这笑在我是讥诮的哂笑，但表现出来，却像对我的"艮"表示歉意。如我所愿，我的笑，被我师傅按歉意领了，或者说，他也又意识到，如果我"艮"了，那也不是针对他的，而是我天性的自然流露，所以，他很愿意踏上我砌出的歉意台阶。他不再挑我，甚至为了找补一下，以证明他没把我的话往斜和邪想，还正式回答了我的问题，并顺带着，以一种隐晦的口吻，向我传递出他对我的深层感受。可他的深层感受是什么呢？我似可意会，却难言传。

当初呢，他说，第一世的我刚成的时候，也啥都不懂，但与你比，我可愣头青。我师傅不看我，带点炫耀，可他核心的意思不是自我陶醉，而是也略含歉意地告诉我，对我的"艮"他并不介意。那会儿吧，我师傅你师爷，是个血热的老天真汉，特别容易激动感动——咳，不稳重也不成熟呀。他喜欢关注那些大事件大人物，就是，对人类社会里的权力更替和改朝换代，以及主导者的命运浮沉，他兴趣浓厚……你睡了？当时呢，他为满足自己的好奇，也不顾还什么都没见识过的我懵懵懂懂，就带我去了遥远的南欧，考察新生的佛罗伦萨共和国——那个政体，只长我几岁。当时一到目的地，我师傅就领我钻进一个头戴假发套走路颤巍巍的瘦老头体内，而我呢，除了累，当然什么还都没想，可好像吧，又天然地也会想点什么，至少觉得，在那瘦老头身体里没什么意思。大概只待几个小时，我就壮着胆子提出要求，说我不想看老头子撒尿，只想看年轻人性交！气得我师傅呀，嚷嚷着要断掉对我的供给，立刻把我送回我宿母那里。现在想想，那时候我真不懂事呀，还屁能耐没有呢就挑肥拣瘦。我说你送呗，我看那两口子可比看你顺眼。这当然是我心里说的。所谓那两口子，是我宿母和她丈夫，一对唱曲儿的男女，他们戏演得好又长得漂亮，尤其那男的，叫花正红，擅长男扮女装的青衣角色，在当时北中国的梨园界内，唯他一人，敢把前朝四大家关汉卿郑光祖白朴马致远的戏，一家一出地排出来轮流演……我师傅只能叹气，说摊上我这浑球徒弟实在倒霉——但我师傅，还是心肠好呀，如果说他没送我回北京是怕受罚，那他尊重我意见，重新挑了个在佛罗伦萨共和国的上层也很活跃的小伙子给我们当临时宿主，则说明他——哈，要叫我，你敢挑事儿，我会换着法地折腾死你。我们那个新临时宿主，年纪轻，身体棒，能连续一周，每天的性事都……好，咱先不说这个。那小伙子吧，叫马基雅维里，当时寂寂无闻，只是共和国十人委员会里的小秘书，可后来，十年后，他写的《君主论》可就让他名动天下啦……又睡着了？你看你呆头呆脑的，真是辱没了"完美圣婴"。起来起来我带你玩去吧——妈的，带你去见识见识这个，这个暂时还得由人统治的世界。

回傅子夫体内不过两三小时，可我师傅已休息好了，于是，随着他的话音落地，我作为一阵无形无状的波流或气息，转瞬之间，就完成了生命史上的第二次腾挪——两三小时前的首次腾挪，对我这个一世圣婴来说，一闪即逝太突然了，没能留下任何印象，而现在，那种因为能被我明确意识到而仿佛大大抻长了的轻松、自由、神奇、美妙，带给我的快慰我无法形容。当然，如此梦幻般地跨越时空，并非我的能力所及，至少升至C级以前，我不会有这等本领。这是我师傅，也不怎么一扇乎，我随着他就飘了起来，就毫无阻碍地，进入了一个女人体内。这是一个乱梦纷纭的女人的内部，在我师傅指点下，我看到了她纹理清晰的卵巢之中，有颗膨胀的卵子正盲目地飘浮，似乎正在寻找，此前不慎丢失了的输卵管这条唯一的出路。

你就先看看，人类为了结束而设置的开始吧，我师傅冷漠却又感伤地说，从性交开始的，人的开始……

4

伊吹信介是个寡言的人，瘦削、矮小、眼睛晶亮。在他死前，具体地说，在他因车祸而结束生命的前一天下午，竟被傅子夫蛮横地定性为好色之徒，这让不苟言笑的他，多少有了些喜剧色彩。当时，面对轮椅里一脸正色的老友，伊吹信介满面尴尬，如同演员，在舞台上一脚踩空蹾了屁股。你别破坏日中友好，你别糟蹋外国友人……他的嘴里嘀嘀咕咕，很有特点的晶亮的眼睛里，竟有羞涩丝丝泛起，他似乎想借助中国人更习惯的意识形态词语加强玩笑效果，以求得身边几个刚结识的年轻人帮他解围，又似乎，他只是以一种犹疑的姿态，去感受几个年轻人对他"好色"的态度。可张集大学日语系三女一男四个硕士研究生都袖手旁观，看他们言辞犀利的导师在学术的边缘地带，向个口齿笨拙的日本老人发动进攻。在此之前，他们结合日本小说家渡边淳一的一本随笔专著，正在讨论翻译问题，而那些随笔所讨论的事实婚，是两性间，一种较为开放和自由的新型关系，如此，"好色"的频率便出现挺高。可不知何故，好像连铺垫都没有，乘兴而来的伊吹信介正陪着这体面的"好色"在学术的领地悠然漫步，忽然就中了冷枪暗箭，被一直兴奋于有朋自远方来的病残的老友，强行逼进了道德的窘境。你呀，是好色之徒还是荒淫之辈，是多情种子还是猥亵流氓，是拈花小贼还是猎艳大盗……傅子夫对伊吹信介"破坏日中友好""糟蹋外国友人"的指控不以为意，以他不动不摇的尖酸刻薄，继续将道德与学术搅拌在一起。固然，好色或荒淫，多情或猥亵，拈花或猎艳，许多时候没法分别，许多时候，它们也属于同一个人，但就其主要倾向来说……就这么着，两性问题彻底越界，取而代之了翻译问题，傅子夫以他偏激的"色论"，强行占据了这个下午的头版头条。

周边听众，包括窘迫的伊吹信介，和不明就里的三女一男四个学生，虽然都假装诺诺称是，但也都委婉地、适度地、一半明显一半隐晦

158

地，对导师的借题发挥表示了不满。他们都急于改变话题。但此时的我师傅，在傅子夫大脑前额叶皮层区域的活动异常剧烈，在数丛感觉神经运动神经联络神经间，奔突往返上蹿下跳，让傅子夫根本停不下来。伊吹信介颜面扫地，是我师傅追求的效果，也是他以功能波强行刺激宿主的原始动机，可现在，超出这初衷更让他满意的，是傅子夫，他这老病的宿主，居然还能如此敏感于他的支配影响——是的，傅子夫忽然翻脸挞伐伊吹信介，是对我师傅意志的体现。

一般来讲，圣婴对宿主施放功能波，并不打强心剂一样一针注入，而是每日每时细水长流，就好像，一个运动员要取得好成绩，得日久天长地科学训练，靠比赛前服用兴奋类药物是不可取的。强力施放功能波，会破坏性地损耗圣婴多年甚至多世积攒的功能，而其他方面的弊端在于，当宿主事后反省自己反常的情绪波动时，容易生成警惕心理防范意识，就如同，滥用抗生素会生成抗药性。以我和盛英为例。由于我的功能波像食物中所含的维生素那样，能挟带着我的意志，长期浸润他的思想，于是，当某些景况出现的时候，比如当他遇到甚至只是想到翠翠唐粲以及其他婴幼儿时，便会要么偶然要么经常地，唤起杀戮或者吞食的欲念，而只有在这种前提下，他主动激活了自己的欲念，我若火上浇油，由弱到强地施放功能波，以助推的方式去刺激他，才可能不露破绽地有一些作用。可宿主意识若没到那里，就像傅子夫，正与远道而来的伊吹信介把手言欢呢，对他根本没有恶感，我师傅却逆势而为，强力施放功能波，其结果，必然是近期无效而远期无益——近期无效是指，傅子夫如此孩子气地寻衅滋事，除了让伊吹信介脸红几遍，不会多伤他一根毫毛；远期无益是说，此后不论什么时候，只要傅子夫一想起他这天的不可理喻，必然会反复自责，久而久之，很可能，他身上好不容易被滋养出来诱发出来的那种与同类为敌的激烈与冲动，都会受到因羞愧而复萌的人道情感的重新抑制。

两小时前，在这间宽敞的客厅里，伊吹信介甫一露面，甚至人未出现刚传来声音，我师傅心中，一股类似于复仇冲动的情绪浪涌就汇流而成了。他被它冲刷得晕头转向，但还是努力去厘清它的复杂成分，以期找到惊喜、怨怼、羞愧、愤慨、激动、忐忑等诸种很可能南辕北辙的心理反应，都因何而生和是否真实。大体上，从傅子夫和伊吹信介都年过四十后，也就是说，中国人又有了与外国人适当交往的可能以后，这三十多年，他们至少见过十五次面，可赶巧的是，每次他们见面，我师傅都与傅子夫分居两地，自然的，也就没缘见到伊吹信介。他是成心躲避他吗？我师傅，在成心地，躲避伊吹信介吗？我师傅不会这么承认，但我以为，至少避免见到他往昔耻辱的源头，避免被强行带进历史深处去体味复诊旧疾般的不舒服感，在我师傅更求之不得。可现在，猝不及防地，这个久违的对手又出现了，再绕他而行无异于逃逸。逃逸也不算毛病，还除了我师傅自己，也不会为其他圣婴所关注到。可我师傅，过不了自己的虚荣这道关卡。那么只能正常面对，而既然面对，大概，最合适的办法，便是把所有南辕北辙的心理反应都汇总起来，不问因何而生，也不问是否真实，只凝结为复仇雪耻的功能波，源源地给傅子夫输送过去，以促使他对伊吹信介痛下杀手。

当然，这只是我师傅的一厢情愿，任何一个圣婴，包括几乎全能的先祖，想即时地把宿主鼓噪为杀人犯也是徒劳。可现在，既然把伊吹信介定位为宿敌了，而复仇雪耻又是唯一的选择，我师傅也就不再去想，他恨他什么和为什么恨，只能顺应着下意识的情绪惯性让自己发疯，以此显示自己的仇深恨大。可他要展示给谁看呢？尽管，他一边刺激着傅子夫一边暗暗祈求的是：曾经被我辜负过的AAAA03号先祖呀，请你再来帮我一回！

没谁帮他。

自从右腿的股骨头坏死而行动不便，喜欢与人斗嘴的傅子夫，其牙其齿更见伶俐——当然，即使行动方便，与别人斗嘴，他也不会让曾经也伶俐的拳脚参与进来。但这天，我师傅对他的刺激太剧烈了，若行动方便，谁能保证，他不会假装端茶或削苹果，而往伊吹信介身上倒开水和戳刀子呢？此时，一根骨节鲜明且没有烫痕刀口的纤长手指，正牵引着一个苍白女生迷蒙的目光，先敲打书本上的日文，再抬起来，触向自己略微外翻的乌紫的嘴唇。那是一张丑陋的嘴，像一口使用过度的陈旧的阴户。傅子夫的心火越烧越旺。作为已经退休的张集大学日语教授，十几年来，他坚持每两周给研究生上半天翻译课，与其说是学校需要他的才华，不如说是他需要个堂皇理由，以与年轻人，尤其是女年轻人定期接触。当教师的几十年里，虽然渴望，却从来不敢，让女年轻人因他而目光迷蒙。可伊吹信介才几十分钟，就迷蒙了女年轻人多情的目光，这太可恶……它们的主要倾向呢，除了放纵和淫荡，除了对一般道德禁忌的嘲弄与反叛——傅子夫慷慨陈词时，眼睛紧盯着面前贪婪的手指与污秽的嘴唇，让话语产生拳脚的力量——更表现为，在乐此不疲地投身非功利的情感游戏时，常常会惹来无尽的麻烦，把简单的事情搞复杂，让轻松的事情变沉重……

两小时前，午休过后，傅子夫的四个学生刚进导师家门，还没围着轮椅坐稳屁股，门口对讲器的铃声就唱了起来，接着，伊吹信介平直的声音从楼下防盗铁门处透迤传来：子夫君，你想不到的，按你门铃的是伊吹信介呀！他为他的记忆感到骄傲，不仅还记得五年前的具体地址，连五年前的对讲机号码都没忘掉。五年前，日本奥运代表团的营养顾问伊吹信介在中国待了两周，但一直滞留北京，只是归国前夕，匆匆假道张集来看一眼老友。这一回，伊吹信介在上海开完世界营养学年会，作为退休专家和卸任主席已别无公干，转道张集多待几天，完全可以从容一些。所以，这个下午，他坚决阻止傅子夫和学生取消课时，还表示，为弥补他贸然登门所造成的影响，他这个中国通愿意以助教身份，参与这天的翻译教学，而他与傅子夫的聊天，还有许多时间。未来的三天，伊吹信介婉拒了傅子夫留他住在家里的建议后说，每天九点半钟，我都会准时来敲门的。他住的凤凰饭店，与张集的日本领事馆只一墙之隔，来傅子夫家的富士山花园，步行也只要十分钟左右。

知道了要连续四天面对伊吹信介，我师傅曾想，应该拖后一点刺激傅子夫，以保证伊吹信介与他的聊天能轻松自然，能海阔天空，能多透露一些各种信息，以让我师傅对他的观察了解更深入透彻。六十多年过去了，对这个曾经入选我们数量有限的危险分子黑名单的家伙，当然也是给我师傅带来羞辱的家伙，我师傅依然怀有浓厚的兴趣。

那时候，我师傅聪明灵光，是新科B级圣婴，正志得意满，而傅子夫和伊吹信介，都值一张白纸的孩提年龄，一个易于蛊惑，另一个处于生命的最脆弱期，欲引诱前者加害后者，比促使他救助他更容易些。当时的伊吹信介，作为圣婴界潜在的危险分子，在我们先祖的黑名单里排位靠前，而我师傅忽得急令，可以隔空遥借AAAA03号先祖的功能波后援，去清除这个日本孩子，是因为他的固定宿主傅子夫与伊吹信介，恰好有机会建立敌对的关系。可我师傅未能完成任务，伊吹信介成了漏网之鱼。本来，按圣婴规矩，渎职的我师傅应该即刻受罚，可算他命好，当时逃过一劫，是二十年后，在我预备期结束的那个时候，他才受到由B级降为C级的追罚。而再过三十年，厄尔尼诺现象在伊吹信介的鼓吹下被列入世界七谜以后，我师傅又再度成为先祖们的眼中钉了，他们已经放风要再追罚他，比如降入D级——哈，如果那样，我俩平级了，他不是我师傅了，我俩再见面他就没有资格欺负我了——可惜也可喜，先祖的追罚迟迟未来，不知他们忘了还是放弃了这一打算。可也正因为不知先祖们意下如何，我师傅与伊吹信介的缧绁纠葛才不能算完，楼上两只靴子中将被延后脱掉的那一只，既可能砰然砸向地板，也可能被轻轻地置于地面。

我预备期结束那个时候，正值一九六〇年代中后期，那时在非洲腹地，有个潜质绝佳的圣婴宿主横空出世，叫让·贝德尔·博卡萨。博卡萨是独裁暴君，既冷血又嗜血，作为百无禁忌的人性颠覆者和口味怪异的美食家，当他通过仓促到近于玩笑的军事政变坐上中非共和国的总统宝座后，第五件或者第七件事，就是请来伊吹信介，当他的私人营养顾问——而第四件或者第六件事，是娶了一个台湾姑娘当第N位妻子。那一时期，毫无理由地，他对东亚人充满兴趣，连最嫉妒的对象，都是中国人毛泽东，他羡慕他几乎能赢得所有臣民的敬畏与效忠。博卡萨是食人者，他坚信吃强健的男人可以延年益寿、吃纯洁的婴孩可以接近神明，某种意义上，他夺权篡位，就是为了在这食人风习迹近湮灭的虚伪世界上，更方便地满足他以及同好的食人欲望。所以，根据博卡萨的特点，我们的圣婴先祖亲自介入，制订了精密的博卡萨计划，使其成为我们所筹划的世纪工程中，最为重要的项目之一，即，把博卡萨这个圣婴宿主，引导为二十世纪人类属群中最主要的圣婴意志体现者。可伊吹信介的出现横生了枝节，他给博卡萨所提供的服务，竟是阻止他食人，至少，阻止他公开自己食人的嗜好。

让公众人物，尤其是领袖型公众人物成为食婴者，是我们圣婴时时设置的各类计划中，最耗费心神的计划项目，因为领袖型公众人物那种示范意义，被夸大到怎样的程度都不过分。上行下效嘛，亘古如此，懒惰和无知的人类只有迷信权威和追逐潮流，才能印证自己的存在。随着人类世界的日趋伪善，我们圣婴最期望的，就是让那些因专权集权而厚颜无耻，因无法无天而荒诞不经，因我行我素而暴戾恣睢的领袖型公众人物星火燎原，在亚非拉，在欧美日，在整个地球上到处涌现。可当时，如果任伊吹信介毁掉我们的博卡萨计划，即使不计对前期工作造成的浪费，最起码，对我们坚定不移的努力方向也是无情的否定。二十世纪是人类发展史上的关键时期，也是我们圣婴进化史上的重要阶段，在这百年的前五十年，我们成功地促成了一系列重大计划的顺利实施，如希特勒屠杀犹太人，如斯大林内部大清洗，如杜鲁门投放原子弹……这些经典的世纪工程，比之历史上许多辉煌的圣婴业绩，比如白起坑降卒、张献忠灭四川、蒙古人向欧洲传播鼠疫以及欧洲人或十字军东征或劫掠非洲或荼毒美洲，等等吧，都不逊色。可从二十世纪中叶开始，一切都变得艰难起来，人与人那种公开的、大规模的、理由牵强的暴力冲突越来越少，相应地，能导致屠人食婴的事件也越来越孤立化个案化，我们策划的许多世纪项目，像南非的种族隔离计划，像中国的文化革命计划，像中东的教派冲突计划以及拉丁美洲的军人政变计划……在引发人类自相残杀时，都缩手缩脚，使得圣婴繁殖的步子，如同蜗牛或乌龟的爬行。但即使这样，这些计划也都由筚路蓝缕的艰辛凝结，夭折了哪个都很可惜。所以，伊吹信介的横生枝节，让我们先祖非常恼火。他们倒及时阻止了伊吹信介对博卡萨计划的破坏，刺激着博卡萨朝令夕改，很快把来自东部亚洲的妻子及营养顾问都赶走了，可对我师傅，他们也一下子又记起来，当初他放伊吹信介一马的过失，还没受到应有的责罚。

顺便说一句，在人类那边，一个作为我们潜在敌手的危险分子一旦漏网，告别了童年，再行铲除就困难了，所以，被列入我们黑名单的清除对象都是儿童，而清除原则，是宁可错杀一千，也不放过一个。再顺便说一句，我们在人类中的敌手并不很多，虽然人类的数量虫卵般巨大，但大多数，也虫卵一般毫无意义。向来遵循动物式法则和因袭生物性策略的人类，是一些只以数量和形式为存在规模，而不以质量和内容为存在品格的行尸走肉，他们的价值，仅仅在于作为生命素补给我们，作为巢穴供我们寄居。只有少数伊吹信介这样的人，这种敏感的、精神化的、自我意志强大和洞察力锐利的人，才值得我们视为敌手。

还得多说一句，我觉得，盛英也是圣婴的一个潜在威胁。可为什么，我们远见卓识的诸位先祖，在盛英幼小时，未能预见到他的危害呢？

如果给一辈子算个总账，伊吹信介引起我师傅之外的圣婴公愤的地方，与他阻挠博卡萨计划其实关系不大，而在于，作为上世纪晚期日本的顶级科学家，因为警觉到了圣婴的存在，在鼓吹将厄尔尼诺现象纳入世界七谜时，他最为坚定最为积极。他不是气象学家，不是天文学家，不是海洋学家，不是水产学家，不是生物学家，不是地球物理学家……作为一个在经典科学学科中地位可疑的所谓营养学家，他跻身日本顶级科学家之列，都有一点不伦不类。但就是这个身份暧昧的所谓专家，这个根本没可能感受到圣婴元素的非圣婴宿主，却觉察到了我们这一神秘属群，预见到了我们对人类的危害，这没法不让我们感到惊骇。他除了在公开场合，巧妙地以圣婴的西班牙语音译厄尔尼诺暗示我们存在，私下里，还公然猜测，在太平洋东海岸翻云覆雨的那股神秘力量，可能并非气候现象，而是一种比人高级的新生物操控气候所生成的结果。这种揭橥未免犀利，就好像，他生活在我们之中。当然，他的可怕，不在于他揭橥得多么准确，比如，他认为是我们制造了厄尔尼诺，这就既冤枉了我们，也抬举了我们。我们倒想操控气候，操控世间的万事万物，但直到目前，我们最大的痛苦，还是操控的能力太过有限。他的可怕，主要是想象力的可怕，他这种个体的想象力能够放大开来证明，人类的直觉何等诡异，人类的潜能何等巨大。

幸好，一场车祸适时发生，让可怕的伊吹信介，不论作为好色之徒还是作为当代日本顶级科学家中一个身份暧昧的营养学家，都不能再兴风作浪。我师傅最初喜出望外，一时恍若坠入梦中，在得到这消息的第一时间，他就离开傅子夫，跑到柳条湖立交桥下的车祸发生地，把那个刚赶来的120急救中心女医生当了临时宿主。没错，伊吹信介的确死了，死者正是伊吹信介，尽管，他那晶亮的、似乎泛着冰蓝色光芒的、总像探究什么又期待什么的眼睛仍然睁着。但随着伊吹信介生命体征的彻底消失，冷静下来的我师傅又不会笑了，似乎，某种精神性的压迫窒息了他：在他于前一天下午毫无意义地歇斯底里了一番之后，这场"偶然"发生的车祸，难道，不是先祖为了戏弄他嘲讽他而设的"局"吗？

这时，傅子夫由老伴和保姆推着轮椅向急救车赶来，我师傅迫切到近于慌乱地离开女医生，扑回到傅子夫体内。他闭嘴合目，屏息静气，通过专心鼓捣手边恰好碰到的那些包覆神经元轴突的髓鞘，来分心移情，以稀释有可能不合时宜地凝聚起来的怨气与怒气。对傅子夫含有自责成分的号啕声他充耳不闻。

刚才，应该是九点半刚过，轮椅里的傅子夫，已兴奋地转了好一阵磨磨，他盼望伊吹信介登门的那种心情，就像盼望他瘫痪的右腿能出现奇迹。他既没注意到窗户外边，对伊吹信介所属国家的仇恨正甚嚣尘上，也好像忘了，昨天他对伊吹信介多不礼貌，他偏执的冲动多荒诞不经。就是这时，茶几上的电话响了，傅子夫没等老伴或保姆出手，便飞快地抓起了话筒。这家伙，临时有事不过来了？他在冲电话喂喂之前，先对老伴和保姆抱怨了一句。

傅老师，傅老师，他——伊吹先生他……电话里传出一个女声，虽然哭叽叽地话都说不完整，但我师傅却听得出来，她是昨天下午来傅子夫家上翻译课的女学生之一，就是那个被伊吹信介用手指迷蒙了目光的苍白女生。来——傅老师，我是小宋！显然，对方的电话是被个男生抢了过去，那脆快的声音有点像道喜，道喜之后的叙述又充满诗意。我师傅同样也听得出，这小宋，是昨天下午来傅子夫家上翻译课的唯一的男生，与那个苍白女生有恋人关系。我们——还有不少同学，马上要去参加团委组织的反日游行，小宋诗意的道喜声，也有点像李默然朗诵"撞沉吉野"的电影台词，可刚才，出校门一走到立交桥下，就看见穿着花哨的伊吹信介先生，还有一条皮毛肮脏的流浪狗，同时被辆农用三轮车给撞飞了。本来，人和狗是分别被车体的两个部位给撞飞的，可他/它俩在空中，竟像混了线的风筝那样交织起来，以一种飘飘摇摇的状态，给人带来幻梦的感觉，然后，他/它俩又互相依傍着摔回路面，人血和狗血就混为一谈了……

5

必须承认，那种飘摇的状态幻梦的感觉，美妙得难以用语言形容，后来，我对范是钢-沈忱-伊琳娜·康斯坦丁诺夫娜说，如果人类中，有人活着，只为享受想象的快乐，那在圣婴界，享受飘摇的状态幻梦的感觉，便也是说得通的活命理由。范是钢-沈忱-伊琳娜·康斯坦丁诺夫娜当时不置可否，只叽咕道，你可真诗意呀——我认为他不是讽刺。

可能，我身上，的确有点诗人气质。当时，我师傅一带我离开长春，离开傅子夫身体，那种飘的状态与幻梦的感觉刚一出现，我就想对携带我的师傅道一声谢谢，并诗意地告诉他，生命的偶然性与神秘性居然如此幸运地降临到我的身上，我非常高兴。可我知道，虽然我出于真情实感，若这样表述，仍有做作的煽情之嫌，我的话便没能出口，只嘟哝出半句。幸好，很快，我就有机会把满腹的真情实感，倾倒给看上去更友善的、更真诚的、明显对我一见之下更有好感的金三足前辈了——继我师傅和为我卡位排序挑师傅的督察圣婴后，金三足前辈与他刚认领的徒弟范是钢-沈忱-伊琳娜·康斯坦丁诺夫娜，是我最早结识的另两个圣婴，而金三足前辈慈祥地望着我和他的新徒，并耐心地听我们尤其是我那么幼稚地发感慨时，满眼都是喜爱与欣赏；我师傅眼里，则全是讥诮。当时我有点过分兴奋，也与能与范是钢-沈忱-伊琳娜·康斯坦丁诺夫娜一见如故有关。范是钢-沈忱-伊琳娜·康斯坦丁诺夫娜虽然身处E级，这一世的成又晚我三十小时，可他曾经转世多次，是不折不扣的老江湖了，所以，在他面前，我不光没一点等级意识，反倒对他满心崇拜，请教问题时谦逊又恭敬。而性喜孤寂且防范心重的范是钢-沈忱-伊琳娜·康斯坦丁诺夫娜也愿意发展深化我俩的友谊，我想，则与我这个初生之犊提问题时，不庸俗不委琐，对约定俗成敢质疑有关。记得当时，我最关心的，是他是否对每次的成都同样开心。他思维缜密，表述严谨，虽然已对我大有好感，但警惕的神经仍然绷着，是想了好一会才说：应该算开心吧，每次成了都有幸运和荣耀之感；可是——可是他话没能说完。后来，我多次想向他请教"可是"之后又当怎样，却总觉得时机不太合适，直到他死了，不合适的时机也没有了。

成之初，我含糊其词的半句嘟哝，声音不大调门不高，可我师傅仍听到了。他先疑惑地瞪我，没吭声，似乎想放弃对我的追问。但明显地，他对我也满腹好奇，就没忍住，故意挺随意地问：你不清不楚地嘟哝什么？我咽口唾沫，想重组不做作不煽情的赞美言辞。不行，赞美与不诚实像孪生姐妹。马基雅维里——真棒呀！我词锋一错，话头一转，以貌似诚实的不诚实替代了貌似不诚实的诚实。我师傅得意地摇头摆尾，好像马基雅维里与他有亲戚关系，他宣讲他的热情又高涨起来，作为参照，还一会提到中国李宗吾的《厚黑学》，一会又评说苏联赫鲁晓夫的"秘密报告"。当时的我，尚未真正介入人类生活，听什么都云里雾里，但好多年后，有那么几天，盛英为《君主论》写书评时，我一下子就理解了，我师傅何以坚持认为，不论马基雅维里是否自觉，他都以四两拨千斤的力道，把这部助纣为虐的谄媚之书，写成了讽喻之书、挖苦之书、揭露之书、清算之书，以至于，盛英构思书评时，我竟以我微不足道的功能波去刺激过他。还别说，在书评中，盛英还真就把李宗吾的《厚黑学》和赫鲁晓夫的"秘密报告"当了作料，并且，他还含蓄地以薄熙来在重庆的黑打式打黑为例，指出教皇国的敛财之道，即那种"和绅跌倒嘉庆吃饱"模式，至今仍为许多极权统治者所变相搬演：通过指控有钱人犯有重罪，借此夺取其财产。当时的薄熙来没垮台迹象，当时的盛英也不知道，柴萌可能与其有染……再后来，随意聊天时，我把这些情况汇报给我师傅，他竟茫然地问我：谁是马基雅维里？气得我呀——我永远也搞不清楚，他都在什么时候和对什么问题并为了什么装疯卖傻。

说远了，回到起始，回到我那个飘飘摇摇的幻梦状态，回到我师傅补充完生命素后，带我回到沈阳，进入一个陌生女人身体里临时逗留的那个时刻。

我和我师傅的临时宿主，是个高个子女人，她蜷腿躺在火炕上，像一根被折出几道弯的细长竹竿，而她的没有水分的皮肤包裹着骨架，也很像一件饰物繁复的宽大衣裳，接受竹竿的勉强支撑。她的干、瘦、枯、瘪，都表明她并不比高小波健康多少，倒很可能，以前她也像高小波那么身体浮肿，只是不知何故，浮肿又消了，她的人便也塌了下去。坍塌比浮肿更难看和可怕。她与高小波的区别除了浮肿与消瘦，还有说不清道不明的某种味道。照理说，与高小波比，她至少年长十岁还不够漂亮，但不知为什么，她又里里外外都透着鲜嫩，是种残存着的曾经的鲜嫩，而那显然得之于良好保养的曾经的鲜嫩，又仿佛比年轻和漂亮魅力更大。一望而知，在消瘦和浮肿之前，由于常在单独的浴盆里泡热水澡，由于常用高级的雪花膏涂抹肌肤，她那种充满魅力的鲜嫩感，早已透彻了每个毛孔……只是现在不行了。现在，她居住的地方倒还是城里，但已不是带浴室的多居室公寓楼，她也没资格去特供商店买高级雪花膏了。现在，她住的是半地窖式老旧平房，狭小潮暗，不怎么隔音，而她躺在上边酿梦的地方，只是一铺占去房间三分之二的坚硬火炕。此时，她头发散乱地睡在火炕中央，把两个分别为六七岁和三四岁的女孩与男孩，分隔在了身体左侧，即炕头那边。沉睡着的女孩与男孩，都佝偻着身子以背冲她，但明显地，他们不是对她不满，才亮给她脊梁，而是由她这边射出的灯光，虽然微弱，却仍像无形之手，能把他们的脸推向背光那边。用台灯光柱推孩子脸的，也不是她，而是她右边，那个趴在炕桌上写字的男人，以及那男人半秃的额前，趴着的那盏矮胖台灯。

这时，男人写完了手头的东西，打着哈欠把衣裤扒光，以与他年龄不相称的急迫和敏捷，快速钻进女人被窝。刘悦刘悦，写完了。他声音的暗哑如同他半秃的额头，能暴露出他已年纪不轻，至少，与他怀里的女人比他偏老一些：如果她三十五岁，那他就有五十岁了。他轻声说，要不我给你念念？这回，肯定能算大义灭亲……他手指下滑，沿刘悦上身那件长长的、有几个破洞的男式跨栏背心的边角，去摸索她下身的裤衩。裤衩是花布的，松紧带已失去弹性，轻轻一拽，就脱离开腰际移向了屁股，最后卡在无肉的胯上。如果刘悦配合，欠欠屁股，她髋胯阻挠不了裤衩的下滑。可她没动，或者也动了，却是更紧地蜷缩起身体。这是恐惧的标志。这时在梦里，她正参加批斗大会，还是主席台上发言的角色，而她手里拿的，正是身旁这个挨斗男人给她写的大批判稿。正念稿的她显得惶惑，几个生僻的字，让她张口结舌：范铁汉之类的魑魅魍魉——这该怎么念呀？"范铁汉之类的"她当然会念，可"魑魅魍魉"，以前听人读过，还与人讨论过它们的意思，可现在，她却忘了该怎么读。她暗怪自己没提前备稿。她抬头，看身旁挂着"范铁汉"大牌子挨批判的男人，犹豫着问他是否合适。按说问他最合适了，因为"范铁汉之类的魑魅魍魉"就出自他手。刘悦以前批范铁汉的稿子，在领导那里未获通过，此时的修改稿得以通过，正是因为有范铁汉操刀。

是的，他就是范铁汉，刘悦大义灭亲的对象以及首任丈夫——她是他的第三任妻子。作为夫妻，首任与三任有微妙的差异，但不论那差异如何微妙，夫妻间又常常心有灵犀。此时就是，刘悦一卡壳，批判稿的原作者范铁汉就猜到了妻子惶惑的原因，"衣乌迁啊呀哇"，他半侧着脸小声做出提醒。可刘悦摇头，说那怎么行。她误以为，丈夫怕她斗争火力不猛过不了关，建议她动手打他嘴巴："你打我大嘴巴！"其实，范铁汉说的是："是魑魅魍魉吧？"范铁汉见妻子摇头，忙又说一遍："就是魑魅魍魉！"刘悦只能伸出了右手，她认为，这回丈夫说的是，"必须打我耳光！"她知道听丈夫的不会有错。丈夫是经历过延安整风的老革命了，除了善于自我丑化自我羞辱，也善于判断，把夫妻界限划清到什么程度，亲人才能不受株连。可刘悦的右手没抬起来，范铁汉的搂抱，限制了她身体的有效活动。还做呀？她醒了，眼睛畏光地睁一下又闭上。做！丈夫的声音特别坚定，有今个没明个了，要是挨完斗直接上刑场，我他娘这辈子就操不着逼了……刘悦的右手，在梦里差点打到范铁汉脸上的那只树杈般的右手，使劲掐住了范铁汉树干似的胳膊：铁汉……别乱说——不知是不让丈夫说粗话，还是不让他说不吉利的话。范铁汉没求证妻子不让他说的是什么话，只是忙忙叨叨地，去吻刘悦的额头面颊以及耳朵……

刘悦自己脱掉裤衩，不太情愿地仰面躺好，像一根折弯的竹竿又抻直了。显然，她对性生活没有兴趣，又不能不顺从丈夫。不是她怕他。自从八九年前他们结婚，就像多数老夫少妻的家庭一样，总是丈夫怕她几分。而这会，她无心作乐却仍然承欢，能证明的只是，虽然她不许丈夫说不吉利的话，但不吉利的场景，也是她想象中的主要归宿。刘悦在范铁汉嘶嘶哈哈地进入她时皱了皱眉，准备不足让她疼了一下。但在范铁汉吻她嘴前，她冷静地做出的最后提醒，却与自己的疼不疼没有关系，只关乎丈夫的嘶嘶哈哈。小声点，她建议丈夫。范铁汉像军人那样答了个是，拖在炕里的两个脚跟，还本能地想靠拢一下。没靠成，刘悦劈向两侧的脚，为他两脚的靠拢设置了障碍。他只军人一半。

范铁汉的确是半个军人，他是警察。在中国，警察与军人区别很小，似乎只是服装不同，而作为警察高官，与高官军人比，范铁汉的待遇甚至更好——比如吧，许多高官军人，与妻子是要分居两地的，而范铁汉，直到五个月前，只要他愿意，就可以每天都陪刘悦在单独的浴盆里泡热水澡，并为她用高级的雪花膏涂抹全身，尽管那时已有许多家庭，甚至警察家庭，吃顿饱饭都显得奢侈。也就是说，范铁汉由安逸向困窘沦落，始于五个月前。

五个月前，一个偶然的机会，与日常生活隔膜多年的范铁汉忽然发现，在有些人那里，在大部分人那里，最大的愿望竟是吃顿饱饭。他很惊讶。他想知道，是什么地方出了问题。上级没号召调查研究，更没要求反映情况，尤其没要求反映真实情况。可范铁汉，用刘悦的话说，在个普遍饥饿的年代里却吃撑着了，居然给湖北老家一个亲戚写信，希望了解一下，那部分被《人民日报》和《人民公安报》以及上级文件忽略了的农村都怎么了。那老家的亲戚，是大别山脚下的穷教书匠，与范铁汉比更没头脑，虽然一直吃不饱饭，却也像撑着了一样，认认真真地就范铁汉天真的询问写了份报告，不光反映饿肚子问题，还多此一举地，把饿肚子原因也分析了。没头脑的范铁汉愁眉苦脸，好像自己饿了肚子，并且把延安整风的经验教训也饿忘了。他为亲戚的长信写了份说明，走公安密件线路，寄给北京一个身居高位的旧日战友，征求意见道：可否向组织递交这样的信函。他要的小聪明没保护他，身居高位的旧日战友也拒绝认为，他密件寄往京城的私人信函不算反动，很快，组织上的制裁一石二鸟，让他和他的湖北亲戚同时中弹。大别山的乡村教师提早得到了他传递的请求，便效仿《红岩》里的江姐成岗许云峰，被抓后，不论挨多少打，也没说他的信是应邀写的。范铁汉的罪过只算是非不分，算帮阶级异己分子抹黑社会主义，受到的处理就不是剥夺警籍进监狱，而只是职务上的连降数级，由省厅高官，一落千丈至城郊派出所的代理所长，相应地，他与刘悦的住宅，也由多居室的公寓楼变成了半地窖的小平房。

如果光这样就生出赴死之虞，那是夸张甚至矫情，派出所的代理所长，同样也是上等人物。范铁汉堕入下等行列，是事情进一步恶化的结果。有一天又是吃饱了撑的——事实是，当时他还没吃饭呢，竟数叨起了反动戏词儿，这样，他才被宣布了停职检查，至于警籍能否保住，没明确说，但要求他暂时只着便装。这一切，发生于最近一周，而这一周的诸事情中，还包括，刘悦必须写出大义灭亲的批判稿，与仇视社会主义制度恶毒攻击总路线"大跃进"人民公社这三面红旗的反革命分子范铁汉划清界限。

七天前的那个黄昏，市治安联防办的三个队员，警察军人民兵各一名，穿便衣骑自行车例行巡查，在城郊苗圃一带，利用水源地隐蔽的墙根撒野尿时，抓获了一个可疑农民。那农民，也在利用水源地隐蔽的墙根，只是，他不为偷偷地排泄什么。他以三块砖头支半口破锅，正烟熏火燎地煮什么东西。三个联防队员以为他要破坏水源地，便秘密观察，却发现，农民是在煮肉吃呢，而那肉，竟来自不远处浅坑里被挖出来的死孩子身上。三个联防队员觉得恶心。也知道，吃死孩子肉挺缺德的，但又没认为算什么大事，他们将那农民就近带到范铁汉所在的城郊派出所，只为打发无聊的时光，至于用派出所电话与领导沟通，与其说是汇报情况，不如说是通过讲述异闻，来证明他们虽然不在组织的监督下，也工作得尽职尽责。三个联防队员和在所里值班的范铁汉都没想到，联防办一个主要领导，对下属不无夸张的猎奇汇报竟十分重视，当即赶来城郊派出所现场办公。最初，他认定那"犯人"是搞破坏，要用死孩子污染水源；但实在没什么能够证明，除了自己空虚的肠胃，那"犯人"还污染过别的什么。联防办领导沮丧了一下，随即又振作起来，并创造性地，把这种从无先例的案件，定名为抹黑社会主义优越制度的煮尸食童案。于是，"抹食案"的新命名通过城郊派出所的破电话迅速扩散，不久之后，就惊动了省里一个主要领导，并引逗得那省领导也不甘落后地，来城郊派出所现场办公。提审"犯人"三分钟不到，省领导就没了兴致，显然，这牵强的"抹食案"与政治无关，没挖掘价值。而再过三分钟，外出调查的人也回来了，说那农民雇农成分，无前科劣迹，近半年来，他十岁出头的两个女儿被先后卖掉当童养媳去了，不久前，妻子也跟别人跑了，他现在，的确是既没亲人更没吃的。省里主要领导的不满溢于言表，他隔着联防办主要领导和三个联防队员，直接对范铁汉发布指示：这老乡吃死孩子的确不对，但毕竟没吃活孩子嘛，别追究了，发两个馒头打发他走人。省领导没想到，这城郊派出所的代理所长老范，就是大名鼎鼎的范铁汉。待老范出去执行任务，省领导也想回市内时，才偶然得知这老范是谁。省领导没把不好意思表现出来，只是临时改了主意。先不走了，他说，和大伙一块吃个夜宵。这建议，刚才联防办主要领导提出来时，他只用意不明地哼了哼鼻子。范铁汉打发完农民回到所里，循着饭菜香味往食堂走。他以为，这么晚了大师傅开火，只为夜归的同事，而无论如何也没想到，食堂里正友好地等着与他喝几杯的，更有欲走却留的省里主要领导和联防办主要领导这种政治嗅觉敏锐的人。饭菜的香味太好闻了，范铁汉这个不入流的京剧票友，被诱惑得难免有点放肆。他办公室都没回就拐往食堂，并且，人还在门外呢，就让《打銮殿》里的一段道白京腔京韵地飘进了门里：

　　人吃人哪，狗吃狗，老鼠饿得呀啃砖头……

　　这样的戏词儿不用数完，恶攻的罪名已然成立。
　　这时，在刘悦身上，范铁汉已经完成射精，心满意足地昏昏欲睡。从睡梦中醒来的刘悦则精神了，搂抱着双膝又躺一会，起身下炕去外屋灶间。是往便盆里撒尿时她想到了什么，回屋赶紧摇撼丈夫：老范老范，算日子没，今天我是安全期吗？

6

　　如果不能给女人带来安全，你就没资格拥有女人。翠翠这样说话时，此前面对协勤警察的强硬已消失殆尽，泪眼婆娑成小女人了。

我不是……我是……霍焰并不寻求对某种误读做清晰的解释，只是小心翼翼地，将一条毛巾递给翠翠，像递送雷管或者硫酸。

这时，盛英终于挤出个空当，开口说话了。而此前，他已尴尬地听一对情侣争执了半天——主要是听大四女生翠翠训斥她那高大英俊的、也二十四岁的、但已当了半年公务员的男朋友霍焰。翠翠呀，盛英说，你就别得理不饶人了，如今这世道，人人自身难保，要求男人保护女人，总得男人先安全吧……说话时，盛英的目光充满解析意味，一直理由充分地盯着翠翠的脖颈和太阳穴，他想不好，这两个地方的细嫩和脆薄，是否仍然不堪一击。

哼，你们这些男人，男男相护——

这之后，翠翠的情绪就平静了，盛英适时地起身告辞，骑上他的永久牌黑色二六自行车，于凌晨两点多钟，离开沈阳站对面中华路胡同里悦客来旅馆的阁楼间，为翠翠与霍焰筹备已久的首次做爱，腾出了宝贵的时间与空间——他们还有六个小时，八点半他们就得退房，去赶九点的长途大巴。

翠翠与霍焰已恋爱一年，感情很好，一直还没上床做爱，现在特意从张集来沈阳结合肉体，目的是让他们的恋爱新阶段，能有个特殊的开局仪式。不过，选择悦客来的阁楼间具体承载他们共赴巫山的处子秀舞台，倒只为便宜，与翻身即可跃出室外登临屋顶瞭望星空的浪漫无关。悦客来档次的家庭旅馆本来就便宜，阁楼间，比正常房价又低一截，才十五元。他们的计划是，于烛光晚餐后的九点合卺，因为正是二十四年前的此日此时，翠翠从高小澜的肚子里钻了出来，降生在红旗镇卫生院一张又脏又硬的窄病床上。可烛光晚餐结束以后，翠翠去卫生间冲澡的时候，霍焰在小小的阁楼间抓耳挠腮之际，楼下传来了喧嚣之声，有两个查房的协勤警察，醉醺醺地扑上楼来。行将开始的翠翠霍焰的首次做爱，像气球一样悬浮了起来。首先，在喧嚣中，惊恐的霍焰狼狈又机灵地，钻过天窗爬上了房顶，而头发湿漉漉脸蛋红扑扑的翠翠被老板娘从水龙头下边叫回屋后，更是无以证明，即将与她同宿而此刻已经逃逸的男人不是嫖客。其次，协勤警察强行翻看翠翠的包时，找到了三样时髦的东西：变色口红、凸球式安全套、畅销书《文化苦旅》，而这三样东西的同时出现，让酒气呛人的协勤警察更有了迅速定案的信心底气：这小资三件套，是学生妓女的重要标志。最后，两个协勤警察判定翠翠这个学生妓女刚刚出道，还收入不高，便仁慈和退而求其次地，像急于出手货物的小商贩那样节节降价，把五千元的罚款额降到了五百。

翠翠固执，冒着挨打和被拘的风险，坚决不低头认罪和接受罚款。幸好，躲上楼顶的霍焰除了胆小也还细心，他随身的电话本里，既有翠翠姨妈家的电话，也有翠翠那个记者表哥的单位电话，虽然，他连高小波盛英的照片都没见过。当时，仍住龙江广场的盛英正陪妈妈看电视呢，受热播剧《情满珠江》感染，他刚顺嘴问高小波：我要是也去南方发展，你同意不？霍焰的电话就打了进来，这给高小波的回避答复找到了理由。如果盛大庆仍然活着，高小波做同意选项不会犹豫。盛英放下霍焰电话，歉疚地一笑说我开玩笑呢，但一边急三火四地穿外衣，一边又说，我朋友出国了，在皇寺广场空下间房子，我想……他又抛出了个新的问题。这是来自不同方向的三只足球，同时射向一个球门。守门员高小波扑向了与她距离最近的第三只球：这么晚了，你还出门？

盛英的自行车一路疾驶，很快就由龙江广场到沈阳站了，他操起悦客来楼下的公用电话，一遍遍给跑公检法的同事、领导、同事领导介绍的公安局的人拨打电话，再等待同事、领导、同事领导介绍的公安局的人回电。如是，翻来覆去三小时后，终于说服了那两个一心要执行扫黄任务的协勤警察：大学生翠翠不是妓女。可是，两个协勤警察临走时的叨叨咕咕，代表的，也是盛英心中的困惑：既然霍焰不是嫖客，他逃什么？当然了，为了别继协勤警察之后，再作为障碍阻挠翠翠霍焰的首次做爱，盛英嘴上，是以其他说法为这个不祥之夜做的了结：好了我走了你们休息吧，但记住，下次来沈阳，一定住家里别瞎客气……

不过，这个夜晚没法了结，在这一夜余下的几小时里，盛英和我，都休息得不好。在辗转反侧中，盛英自责的，是多年里他已反复自责过的一件事情：这翠翠小时候，脖颈和太阳穴都细嫩脆薄时，我怎么就没下去手呢？而我，在盛英的辗转反侧中所想到的，倒是我首次意识到的一件事情：多年来，作为一件媒介性工具，在我对盛英施加影响这件事上，翠翠一直介入很深。当初，我第一次把盛英的杀心蛊惑起来，就利用了她，尔后作为表兄妹，小时候的他俩能年年见面，成人后，在张集，读本科前三年的翠翠与读研究生的盛英更是来往密切，以至于在他俩的学校，都有人误以为他们是恋人。如此连续二十年地，与自己初萌杀心的对象交道不断，自然会很好地保证盛英杀婴之念的持续活跃——与青莲的秘密交道，则能让他总记起唐棨，以保证他也持续活跃着食婴之念。

从这夜开始，我对翠翠兴趣骤生——是好感骤生，竟不着边际地希望，能增多一些对她的了解。了解了她干什么呢？我也说不好，但有一回见师傅高兴，我还是顺嘴溜达了一句：

我想，如果我能多见几回翠翠并多了解她……

唔？

也许，能有助于我对盛英施加影响……

哈，以为我傻？你没必要装模作样地找什么理由，喜欢翠翠就说翠翠，对女人有兴趣就说女人，我不会找督察圣婴告你的密……

我——

唉，我无话可说。我这倒霉的师傅呀，他真是解构大师，使用着同一把应手的改锥，居然能把亲近与疏远，把打官腔与诉衷情，都拆卸成一地鸡毛。说这话时，我俩正在阿富汗呢，正在破败的加德兹城南郊一座相对奢华的别墅住宅里，看一个B级圣婴忙忙活活地，把他徒弟，一个预备期的E级圣婴植入一个孕妇子宫内浑圆的胚泡。显然，那徒弟的原宿母刚刚死去，而此时这个孕妇，是正在接受造就的应急宿母——造就应急宿母，不必督察圣婴插手。这时候，那B级圣婴造就应急宿母的大功已即将告成，利用喘息休憩的时间，他一点架子也没有地，给我和我师傅讲他徒弟。他说，他徒弟原来的宿母是个医生，被取消工作权利后成了家庭主妇，前一天出门买菜时没戴面纱，被邻居揭发了，便受到塔利班的严厉审判，十多小时前，在众邻居的目睹和主动与被动的参与之下，让一通乱石给砸死了。现在好了，B级前辈宽慰地说，我帮他选的这个应急宿母，是塔利班一个头目的第四任妻子，她想必可以寿终正寝。B级前辈的话说得古怪，一个顶多二十岁的人，得再活多少年才算寿终正寝呢？

这时候，我们寄寓在这个塔利班头目第四任妻子体内的四个圣婴，正随她走向另一个房间，来到她那正在电话里，用同样纯熟的普什图语、波斯语和英语给不同的人下达不同屠杀命令的丈夫的身旁。这是一个三四十岁的白面书生，身材高挑，面容俊朗，磁性的声音仿若来自广阔的荒漠，而那双大眼睛，则深邃朦胧又忧伤多情，每一次忽闪，都能把一串丘比特神箭发射出来。结果，一向让我捉摸不透的我的师傅，就被那丘比特神箭给射中了。本来，此前，他一直垂涎的，是虽然怀有身孕，但依然腰肢婀娜面容俏丽的女主人的，可转瞬间，他移情了。难道好色的他，"性趣"又开始投向了男人？作为并无性别区分的圣婴，也没有性的感觉性的意识，退一万步说，若真有例外——比如我师傅吧，平白无故地性腺发达，宁可犯规违纪也要萌生"性趣"，那么，他的性取向，也应该依随固定宿主才更合理。我师傅的固定宿主是傅子夫，傅子夫这辈子，从来也没惦记过男人——莫非，对我师傅这种特例，要从他的现任固定宿主追溯到首任固定宿主？我师傅的首任固定宿主花想容，倒是一直喜欢男人。

我没兴趣更没能力去追溯我师傅的历任宿主，我只敢肯定，忽然痴迷男色的他，一定把此前我俩关于翠翠的议论忘到爪哇国了。哼！

自那以后，我没再对他提过翠翠。可一年半后的一天下午，他来找我做辅导时，不仅带来个预备期新徒介绍给我，还要求我和他一道，陪那新徒回宿母体内做"回炉"去。我甚为不快。按计划，这一两天，他应该带我去以色列的。这一两天的以色列法庭，要审判一个叫依格尔·艾米尔的二十五岁青年，而这个对阿拉伯人持强硬态度的犹太人，四个月前的一个晚上，在特拉维夫市中心帝王广场后侧的停车场，在一辆凯迪拉克高级防弹轿车旁，曾经冷静地连开三枪，杀死了以色列总理、上一年度诺贝尔和平奖获得者依扎克·拉宾。那天是安息日，拉宾刚与十多万人一起，参加过一个以反对暴力呼吁和平为主题的群众集会。金三足前辈早已决定，这几天，他要一直待在以色列，他很关心，依格尔·艾米尔的背后有多少阴谋。而我师傅对金三足前辈也有过承诺，届时，他会从沈阳和哈尔滨分别带上我和已进入沈忱时段的范是钢-沈忱-伊琳娜·康斯坦丁诺夫娜过去见他。可我师傅，为个来路不明的预备期新徒——我就提前称他小霍吧——却要拖延我见到金三足前辈和范是钢-沈忧-伊琳娜·康斯坦丁诺夫娜好友的宝贵时间，这真让我——且慢！不用我师傅露出狡黠的坏笑，我心中的不快，眨眼之间就消逝了，甚至立刻地，我还把金三足前辈和范是钢-沈忧-伊琳娜·康斯坦丁诺夫娜都忘到了脑后。原来，我师傅带着我和小霍，是来到了张集，来到了刚刚怀孕的翠翠体内，而小霍的未来宿主，竟是此时翠翠腹中孕育的胎儿。我的鼻子一下酸了。为了掩饰鼻子发酸，我搂住一直低眉顺眼的小霍，在翠翠体内翻起了斤斗。而这之前，一草草地与他赞美完先祖，我就没再搭理过他。

　　唔哼？难道我如此重色轻友，或者叫重异己而轻同类吗？不，不不，兹事体大，容我解释。

　　单纯因为见到翠翠，我就把金三足前辈，把范是钢-沈忧-伊琳娜·康斯坦丁诺夫娜都忘到脑后，这么推理太简单了，也不可信。其实，不论我多渴望见到翠翠，比之于与金三足前辈和范是钢-沈忧-伊琳娜·康斯坦丁诺夫娜见面，其渴望程度也排序靠后。而之所以一钻进翠翠体内，一意识到翠翠是个应急宿母我便激动莫名，原因在于，我从中看到的，是我师傅的一片苦心——前边我说过，造就应急宿母是个大工程，特别耗时耗力，那种麻烦和辛苦，让大部分师傅级圣婴都避之唯恐不及，一旦有了刚性需要，也得格外精细地选择潜质好潜能大者为造就对象，而不会草率地、意气用事地、冒着失败风险地，到潜质差潜能小的造就对象身上去瞎耽误工夫。比如吧，阿富汗加德兹那个塔利班头目的第四任妻子，连我的拙眼都看得出来，是个潜质极好潜能极大的应急宿母，她体内携带的圣婴质肌红蛋白信息特别丰盈；而同样就我幼稚的观察来说，翠翠体内携带的圣婴质肌红蛋白信息则少得可怜，作为潜在的圣婴宿母，无疑地，她属于潜质最差潜能最小的那一种，造就她，与造就不可能几乎等同。但现在，不可能却变成了可能，我师傅为之付出了怎样的努力可想而知。我很感动。我的惊讶又大于感动。我很想以最严肃的口吻问我师傅：你究竟像人类喜欢自己的儿女那样喜欢我呢，还是像人类敌视别人的儿女那样敌视我——尤其是，当后者优秀于前者的时候？我什么都没问，都没去与我师傅对视目光。

这时候，被我搂着翻完斤斗的小霍一脸茫然，可能心里边，还对我莫名的亲热与感伤挺反感呢，只是，低我一级的他不敢有丝毫不悦的表现。他当然无法想象，从此以后，他此世的使命之一，甚至全部使命，就是为我观察了解和亲近翠翠充当媒介。我师傅看出了我多么激动，肯定是怕我控制不住情绪吧，为了避免我抒情煽情，他以去傅子夫那里补充生命素为由，慌乱地溜了。

我师傅走了，我也冷静和镇静下来，尽量自然而然地问小霍，他前任的宿母或者宿主，出了什么意外，才导致他来到翠翠这里。可小霍刚开始讲，讲他的宿主，是他宿母在三个女儿下边怀的第四个孩子，七个月大，已看得出性别是男孩了，可有一天，他宿母，那个一心想生儿子的农村妇女在东躲西藏中一时疏忽，去山上给过世一年的母亲上坟，结果，被埋伏在山口的计生干部捆到卫生院做了引产……刚讲到这，与翠翠房间只一门之隔的客厅那边，有一阵怪异的朗诵声忽然传来，强行介入了小霍的讲述，把我的注意力也抢夺了过去。

……请听我解释哈，我呢，不愿意和他们这种，除了课本什么书都没读过的孩子交流。当然交流也无妨，可我不能撒谎，我必须实话实说。在我看来，学习主要不为工作，不为成就事业或有所作为，学习是因为知识有趣，文化好玩，真理迷人，而求知向学探索真理，是人重要的本能欲望。至于以后，知识学问帮自己成就了所谓事业收获了所谓好处，那是另一码事……对，我反对学以致用。我喜欢"劳动"，我质疑"工作"。劳动出于生命的必须，工作来自生活的无奈。劳动是游戏性的，更与享受身心中神秘的创造力有关，它能让人保持天然、纯正、和谐；可工作太功利了，它扼杀想象，禁锢自由，容易引发贪婪的、阴暗的、狭隘的、歪门邪道的东西。我觉得呢，如果一个生计有保障的年轻人不喜欢学习，不热衷工作，他尽可以凭乐趣选择他愿意做的事情去打发时间，只要，他懂得如何做人，如何尊重他置身的社会和这社会上，与他交道的人……

是的，朗诵，尽管嗓音有点怪异，但这又的确属于如同出自舞台的一长串特殊的朗诵。我正要问小霍怎么回事，翠翠这屋的门，被一个枯瘦妇女给推开了，她看向翠翠的求助的眼神，很明显，是翠翠已然习见的眼神。翠翠心领神会，点头毕，出自己屋来到客厅，双手拢在依然平坦的肚腹上，轻声打断了站在地中央沉浸在台词朗诵中的男人：爸！爸呀，霍元乙睡觉呢，你别吵他呗。翠翠以"霍元乙"这个名字，指称她肚子里不久前刚被检查出来的胎儿。

未来的小霍看我一眼，缩在霍元乙体内讷讷地解释，说朗诵者是翠翠的公公霍焰的爸爸，叫霍云海，有间歇性精神病，年轻时，不仅在工人毛泽东思想文艺队当过演员，还进过监狱被判过死刑，他那副原来特殊浑厚的好嗓子之所以听上去怪里怪气，是当囚徒时，被同监的狱友给烫坏了。

怎么回事怎么回事？监狱？死刑？我的好奇心，一下被引到了霍云海身上，都忽略了对小霍短暂到近于尚不存在的前世今生的继续关注，并且，更忽略了小霍后边对翠翠的婆婆霍焰的妈妈即那个枯瘦妇女谷芳香的介绍。长期受新闻人盛英影响，对哪类人与事好玩性大和怪异度高，我有特别敏锐的直觉。

专心于台词朗诵的霍云海，以舞台表演的夸张姿势做亮相式转身。哦翠翠，他似乎刚发现身旁的儿媳，我不是有意打扰霍元乙，他说话的声音口吻，仍然是怪怪的舞台腔调，是这样的，霍元乙的老师——他眼睛斜一下自己的妻子，请我就这篇孩子作文，去与同学们交流一下，可我……说着话，他把一张只寥寥写了不多几行字的白纸递给翠翠。翠翠急忙低头去看，见纸上的字是公公的笔体：

妈妈让我去扔【laji】，我想：万一下面有个卖小孩子的怎么办？或者更【can】，被个杀人狂【wa】掉眼睛，丢河里【yan】死。好多小孩都是因为自己出门，对【mo】生人【que】少【jingti】而【yu】害的，我可不想像他们一样。我看到【louti】旁有许多【laji】，便顺手一扔急忙【tao】回家中。这样不好，不卫生不文明，但是，我能【jixu】活下去了。

这——

唔？大白天的，霍元乙为什么睡觉？他身体不好？霍云海忽然醒过腔来，躲躲闪闪但又充满忧虑地，瞄翠翠肚子一眼，然后伸手抢回刚才他主动递给翠翠的"作文"，飞快地回了自己房间。霍元乙的爸爸是霍焰吧？请转告他，有空找我一下。在关他房门的最后时刻，他回头对翠翠补了一句。

像和正常人打交道那样，翠翠对着已经闭拢的门板认真地应道：是。行。

晚上霍焰下班，没等翠翠或妈妈给他讲述白天，就习惯地像每天一样，敲响并进入了爸爸的房间。大半天里，除了喝水吃饭上厕所，霍云海只在自己的房间默默看书，他房间里，除了一张窄小的单人床到处是书。他妻子谷芳香住他对面的小储藏间。

爸，我下班了。

哦，霍焰，霍元乙病了对吧？

没有，没病，他还……

你不用骗我。我心明眼亮，明察秋毫。喏，我从这书里，找到一组偏方……霍云海说着，拿起一本书，书里夹着不少纸条。

爸——

这组偏方，不光救人肉体，也能医治灵魂，它们是当年俄国十二月党人，在西伯利亚流亡时发掘整理的。

哦，那太重要了，你辛苦了。

我叨咕一下，哪条适合霍元乙，我们再去帮他配伍。

好——的。

……伊捷尔缅人和雅库特人，用吞食蜘蛛和白虫治疗不育，奥塞梯人用黑甲虫油治疗恐水症，苏尔郭特人用蟑螂泥、幼鸡胆治疗脓肿和疝气，雅库特人还用浸红虫治疗风湿，布利亚特人用狗鱼胆治疗眼疾，俄罗斯人则用吞食活泥鳅和小龙虾的办法治疗癫痫，贝加尔人，用接触一下啄木鸟的嘴来治疗牙痛，并用啄木鸟的血治疗淋巴腺结核，堪察加人，用鼻腔吸入风干的啄木鸟粉的方法医治发高烧，还通过大口吞咽考克查鸟蛋来治疗肺结核，卫拉特人，他们用鹧鸪血、马汗治疗疝气和瘰子，还用雷米兹鸟窝上的冰柱水滴治疗眼病，另外，布利亚特人用鸽子汤治疗咳嗽，哈萨克人用泰利古斯鸟腿的粉末医治疯狗咬伤，阿尔泰山地区的人喜欢用脖子上挂干蝙蝠来治疗发烧，卡拉尔人，他们总是在冬季快结束的时候收集冻熊便，通过它来治疗便秘……

爸，这些——你真照书上念的？这些绕口令似的偏方，真的有用？

霍云海的跌宕念诵，还真把霍焰的兴趣勾了起来，他凑上前去，哈腰看爸爸手上的书。霍云海像个斗气的孩子，对打断他朗读的儿子十分不满，偏要把书压得很低，还尽量卷上封面。

哈，那我也看到了——霍焰因低头过深脸涨得通红，《野性的思维》！

霍云海把《野性的思维》慢慢合上，目光越过霍焰，好像投向很远的地方。有用吗？他先轻轻地，重复儿子的疑问。可是，这世上之物，他这一回，用非朗诵腔，以沉吟的方式对自己说话，之所以被视为有用或者有益，是因为，它们已首先被认识了，而非因为有用或有益，人们才去认识它们……

这——爸我不懂你的意思？

这时，门外客厅里，传来两位妻子招呼两位丈夫吃饭的声音。

第一次进入翠翠生活，引我入胜的，至少主要不是翠翠，更不是霍焰，而是霍云海犯病时的种种表现——他不犯病时，基本没话，除了看书也不干别的。很快，盛英也被霍云海吸引住了——对这一点，我得强调一句，我与盛英取向趣味的投合默契，还真就不光是嘴上说的，除了在杀婴食婴问题上我们意见相左，其他方面，我们观世应物断人理事时，总体倾向相差无几。至于盛英对霍云海发生兴趣的时间晚我很多，那是因为，在他与霍云海极其有限的接触时段里，恰巧霍云海都没犯病，直到翠翠生下女儿霍圆圆了——很遗憾，翠翠生的，不是有资格叫霍元乙的儿子——去张集看翠翠的高小波，把霍云海的情况带回沈阳，这才有了盛英一年之内的七走张集，并通过采访霍云海，写出了后来在香港出版的人物纪实专著：《云卷云舒——以小人物史云峰霍云海的"文革"际遇为例》。

史云峰霍云海，的确都是小人物，不论是否置身于"文革"，但与现张集市退休工人霍云海比，于一九七六年底被政府镇压的前长春市第一光学仪器厂工人史云峰,却又算得上大人物了——算著名人物吧。因为,早在他刚刚死去三年零三个月时,政府就不再讨厌他了,甚至还喜欢上了他,不仅追认他为中共党员和革命烈士,还把他树立为吉林省共产党员、共青团员、广大干部群众的学习榜样,并把他的花岗岩雕像,摆进长春的革命公墓息园。而霍云海,因为判决的死刑未被执行,就一直运程平淡,不论政府讨厌他时还是停止了对他的讨厌,他都蝼蚁一般寂寂无闻。

这两个名字里都含"云"字的东北男人,身上有许多共同之处:他们都是因"文革"而失去升学机会的高中学生,都以读书思考为最大快乐,都秘密地发布过自己关于"文革"的反思文字;而他们的秘密活动,都得到过当时党的副主席王洪文的特别关注,都被政府定性为罪大恶极,都在毛泽东死前被判处死刑,又都在江青王洪文被逮捕后,作为"四人帮"的小爬虫接受过多次游街羞辱;在每次接受游街羞辱时,街道旁或广场上,那些必须被迫观看他们的家人里边,都有他们年幼的儿子……当然,除了姓氏,除了所居住城市,他们间的不一样处同样不少。比如,他们用自己的脑子想"文革"时,得出的结论是有出入的,史云峰认为,江青之所以为非作歹,是因为毛泽东错误地支持了她,而霍云海则相信,江青的多行不义,是瞒着毛泽东的一人所为。这导致的,是史云峰写出他的思考文字后,投寄对象有二十几人和数家单位,而霍云海的信,则只寄了毛泽东——不过,毛泽东是中国这个大单位的最大领导,给他写信,就等于写给中国这个大单位了。另外,思维方式和行文方式都带有儿童特点的前党副主席王洪文,虽然批示史云峰霍云海时都强调"反动",但内容上却各有侧重:针对前者,是以信为靶的"反动匿名信内容极其反动",针对后者,则是目标为人的"写反动信的人就是反动派"。再在一个关键点上不一样的,是江青被捕后,反江青的史云峰却没资格庆祝江青垮台,想喊声"打倒江青"都不行,那些也庆祝江青垮台的人,不仅往他脸上打了麻药,还用医用缝合线缝住了他嘴唇;而同样反江青的霍云海,虽然也没资格庆祝江青垮台,却毕竟找机会喊了声"打倒江青",是他口号喊完,也喊过"打倒江青"的狱警才回过神来,指挥一个强奸犯两个盗窃犯,用刚出锅的白菜汤烫坏了他那条极品嗓子。自然了，这一对因反对江青，准确地说，因批评江青，而被政府判处死刑的"云兄弟"，最最不一样的地方，表现在江青垮台的一段时间后：江青垮台两个月后，走出牢房的他被枪毙了；江青垮台五个月后，走出牢房的他精神病了。

感谢党，感谢政府，感谢人民，感谢战无不胜的毛泽东思想，感谢邓小平改革开放……在接受盛英采访时，霍云海常常会激动起来，喃喃地或者激烈地表达感激之情。感谢张集拖拉机厂又收留了我，感谢谷芳香没抛弃我，感谢霍焰没和我断绝父子关系，感谢刘翠翠能嫁到我们家当媳妇，感谢霍圆圆……

我理解了，那天，你为什么扔下翠翠自己逃掉。

有一天，是《云卷云舒》出版以后，盛英与霍焰聊天时，顺嘴提到了沈阳站前的悦客来旅馆。霍焰没领情，不接这话茬。已经当了近两年副科长的他，除了与翠翠做爱时偶尔说粗话，再就没有别的毛病，他的每日必修课，是通过对照中央电视台的《新闻联播》规范自己的言行举止。这时候，他正怕烫般地，触一下《云卷云舒》便赶紧收手，尽量控制着哭腔，表达对盛英的无奈与不满：

哥呀，你要非写这种东西，也不该，用我爸的真名真照片哪……

7

范铁汉的精子与刘悦的卵子，违背了两人避孕的期望，没交臂而过，没自生自灭，而是于第二天下午三点零七分，在刘悦子宫里实现了结合。当时，把细高的身子弯成弓状的刘悦，正坐在省公安厅卫士俱乐部的舞台一角，隐身于幕布遮出的阴影深处，与坐在她对面顶多一米远的一个年轻警察面面相觑。不，不是面面，是单方面，单觑。她没觑他光他觑她了。倒不是他迷恋她，才坐她身旁，还目光直白地紧盯着她。他靠近她和注视她是执行任务，对她他负有监督责任。刘悦没义务对监督者回以友善，但也不敢反感，就只能使劲弓腰低头，把脑瓜顶的头皮屑交监督者观瞻，而她的眼睛，则看椅子腿、地板漆、纠缠着延展在舞台上的多色电线。是把那些东西看腻以后，她才忽然想起什么，把视线移到手上，再让她的手，右手，蘸了唾沫的食指和拇指，点钞一样，快速地翻看捏在她左手的大批判稿。这份一会她将站到舞台上高声朗读的大批判稿，是昨夜范铁汉帮她写的，今早她自己抄了一遍，上午领导已审查通过，共计十五页稿纸四千多字。反复地翻看没有结果，从第一页到第十五页，哪页都没有"魑魅魍魉"。她急得想哭。她说不好为什么非找它们，或找不到它们有什么影响。在梦境之外她读得准它们，不必提前预习。可她还是绝望，并下意识地，抬了下头，把她的绝望，朝面前一直单方面觑她的人传递过去。是这时候，三点零七分，某种生理反应，在"魑魅魍魉"把她逼入绝境时，在面前的目光对她脸上那抹绝望的表情生出警觉时，突如其来地，就出现了：她阴道里，有分泌物温热地汹涌了一下，而这温热及其汹涌，导致了她身体一阵快意的酥麻。

她吓得险些没栽下椅子，忙夹住双腿迅速低头。她感到委屈。此时她毫无性的兴趣，可这不争气的阴道，怎么可以这么没时没晌地骚扰她呀。她认为，是与一个颇有魅力的年轻男子的过久独处，让她的淫荡现了原形。她暗骂自己太不要脸。她没想到，也不可能想到，她的生理反应，与她是否淫荡没有关系，与之有关的，是作为圣婴质肌红蛋白信息的携带者，她的受精卵一确定了将孕育圣婴宿主，便会给与她距离最近的督察圣婴送去提示，请他来她体内，为未来的圣婴主持选择师傅的卡位排序事宜，而传送这段提示的生化信息波，必然会刺激到她的生殖器官。此时她能想到的，只是昨夜丈夫需要她时，她阴道干涩身体僵硬。她认为她对不住丈夫，居然在淫荡之外还很势利，丈夫刚倒霉，她就为个受组织信任的年轻警察而荡漾了春心。她扭脸看舞台中央萎靡的丈夫，目光里满是羞愧和歉疚，似乎，丈夫不再威风凛凛，责任全该由她承担。

此时的范铁汉低首颔胸，作为舞台上仅有的两个站立者之一——另一个，是对着麦克风声讨他的人——他像田野里一株收割之后剩余的麦穗，没有风吹，也孤单而衰败地颤抖瑟缩。他面前的群众席上，坐成一片的是昔日下属，他身后的领导席上，坐成一排的是昔日同僚。那些同僚与他，有的不和，只客客气气，有的亲密，常推杯换盏；而那些下属，至少他认识的那一部分，则始终对他服服帖帖，似乎，见面时，怎么冲他笑都有过设计。可现在，他们都变了，都变成了他的主人，训斥他时，像训斥奴才走狗三孙子。这时候，三点零七分了，撅着屁股听人谩骂的范铁汉，裆下忽然紧了一下，完全没来由地，软缩的阴茎就站了起来——幸好，只站一小会就复原了，并没让他当众出丑。其实，那阴茎成不倒翁了他也出不了丑，他肥厚的裤子和半弯腰的站姿，都能掩饰裆间的变化。像妻子一样，这个"三点零七分事件"让他疑惑：此时，他根本没闲心诱发"性趣"，可生理上，何以会有如此反应呢？他同样无法知道，作为圣婴质肌红蛋白信息的携带者，他阴茎的骤然勃起，只是他排出的某枚精子，终于获得卵子接纳，并终于确定要孕育圣婴宿主时，得通过一段生化信息波通知督察圣婴，而这段信息波，又必然会调戏般地、隔空刺激一下他这个圣婴宿母合作者的生殖器官。与妻子不一样的是，作为男人，在五十岁这样一个年龄，能无需性刺激即勃起阴茎，这让范铁汉在挨斗的同时也挺骄傲。此后的他，觉得受辱的时刻都好过了。他勃起的阴茎提醒了他，可以通过丰富的想象，来抵御卫士俱乐部里单调的喧嚣。于是，他就由面到点地、由普遍到个别地，对好几个平日低头不见抬头见的女熟人——不包括刘悦——展开了想象，并通过诸多细节支持那想象。他没觉得，为此需要羞愧歉疚。

嘿，怎么搞的，她是——宿母？忽然，我师傅以少有的非伪装的惶恐低叫了一声。这时候，刘悦子宫里的受精卵，正进行最初的细胞分裂，那种神奇的分离与勾连，看得我目瞪口呆。咱——你想哪转转咱远着点走……我师傅一着急，那张原本说东北话的嘴里竟串出了京味。

我？我去哪都行——本来我舍不得这么快就结束此时的观察，但师傅打算带我去往别处，还要远走，仍能激起我的好奇。况且，即使对远处没有好奇，我也不会违逆师傅。

最初我虽然看出了师傅的惶恐，但没想到他惶恐的程度那么严重，见他迟迟疑疑地欲走还留，我还暗怪他没主意呢。是一会之后，我才知道，他是受制于外力走不了了，而他惶恐得那么严重，则并非因为他走眼失察，未看出刘悦成了宿母，而是因为，刘悦此番怀孕的情况，未能被他尽早掌握，这是一个不祥的信号——对寄宿于刘悦受精卵中的这个低级圣婴，我师傅是否愿意或能否收他为徒是一回事，但作为有资格招收新徒的师傅候选者，他未能接收到督察圣婴发布的相关信息并未能被纳入卡位排序的候选者队列，则意味着，对他的某种惩处正在或者行将开始。我师傅的徒弟数并未满额，他的主要活动场域，也正好在刘悦所属的中国东北地区这个相对明晰的区划范围，甚至由于巧合，他还刚好以刘悦当临时宿主，所以，他几乎应该比仓促赶来卡位排序的督察圣婴更有理由了解刘悦。可直到刘悦的卵泡开始分裂，他才看出，那卵泡具备孕育圣婴宿主的全部条件。他不能不惊讶，这说明，此前在我们身处的这个相对封闭的物理空间，大至卫士俱乐部，小至刘悦体内，那处理刘悦怀孕事务的督察圣婴，甚至先祖，是通过隐身术回避我师傅也包括我的，而我师傅一意识到刘悦的宿母身份，意识到他受到的回避有些蹊跷，想赶紧离开刘悦离开卫士俱乐部这个风险之地时，那隐身的督察圣婴或者先祖，又对他还包括我，施行了催眠控制的非常手段。一般来讲，如果有两名以上圣婴共处同一个封闭空间，其中若有圣婴先祖或督察圣婴，而他们恰好不希望同一空间的伙伴发现自己，他们自有隐身之技，使你近在咫尺也看不到他们；而如果先祖或督察圣婴还想进一步控制和惩罚同处的伙伴，那么，他又会给其他圣婴上催眠手段，就如同，在基本关闭你感官的情况下对你实施软禁。在先祖之间或督察圣婴之间，彼此实施隐身或催眠不能成立。

因为受了催眠软禁，我和我师傅只能茫然游走在刘悦体内，一方面已离不开她，一方面，感知她的困难却越来越大。我们只能等待我们的制裁者，在二十四小时内，分别把我俩送回傅子夫与盛英体内——哦，解释催眠，还是先不捎上我吧，低级别圣婴的正常状态，也基本属于不催亦眠，催眠反倒没多可怕；是对于习惯了自由自在的高级别圣婴，最长期限七年的催眠，才是仅次于降级的致命刑罚。催眠之痛苦，既在于它会剥夺一个圣婴对外部世界的感知能力与行动能力，更在于，它会让一个圣婴对自身的许多情况都无从了解和无能为力。比如，单就催眠这件事而言，那倒霉的受罚者，将既不知道被催眠原因，又不知道谁在催眠他，还不知道应该怎样检讨和冲谁求饶，更不知道那催眠禁闭，会持续到七年中的哪时哪刻……一个圣婴被催眠期间，也可以辅导徒弟和接受师傅辅导，但那样的辅导无趣无聊，只是辅导日里，会有督察圣婴帮忙运输，在师徒的固定宿主间跑来跑去，凭着心情，送他到他那里或者接他到他那里，让他们大眼瞪小眼地，打发掉七十二小时的辅导时光。

既然解释了"催眠"，我就一并把"故乡"也解释了吧。

我们圣婴，致力于天下大同，是世界主义者，但因为必须得有个固定宿主用于进化，就也得像人一样，要有个身份归属地区和主要活动场域，而这一地区和场域，便是圣婴的"故乡"，是圣婴四处游逛时，能称之为"回去"或"回来"的根脉所系。当然了，圣婴能反复转世，会有多名固定宿主和多个"故乡"，所以，许多时候，又几乎没哪个圣婴会把"故乡"当一回事。比如我师傅，随傅子夫，他"此生"的"故乡"是中国东北，可以往，他固定宿主里，既有过中国的华北人与台湾人，又有过西伯利亚的鞑靼人与爱斯基摩人，还有过蒙古人、泰国人、马来西亚人……但不论圣婴都怎样看待"故乡"，那些"此生"的"故乡"对他们来说，尤其是对高级别的圣婴来说，又都也有实际意义：简单地说，就是他们收徒弟时，只能着眼于自己当世的"故乡"，这样，方可确保新出世圣婴所覆盖的区域，能点面结合铺陈合理，而不至于此厚彼薄少多不均，不至于让某一地区或某一种族或某一国度，因缺少圣婴的活动而成为没有活力没有色彩的空白地带。

以我为例。

中国东北人盛大庆与高小波都是食婴者，还都食的是自己骨血，但即使他们没具体食婴，只是分别地、最低限度地、对某些或某个五岁以下孩子的死亡负有主观责任，不论直接还是间接，那他们体内，双方都携带或只由一方携带的圣婴质肌红蛋白信息，也会在他们性交后，在对他们的精卵结合生成生化反应的那个瞬间，给所有身处中国东北区域的督察圣婴送去提示告知：在经度多少纬度多少之处，有中国东北籍的圣婴已经坐胎。而那些得到提示的督察圣婴，也会于瞬息之间做出分工，其中那个与高小波距离最近又没有其他事务牵绊的，将立即前往高小波体内，去主导师徒认领事务。这个督察圣婴要对所有有资格带徒弟的中国东北籍高级圣婴做出筛选提示以及筛选，即，通过整合筛选对象所带徒弟数量的多少和招收最后一名徒弟时间的早晚等情况，对他们进行意念化的卡位排序，而某个在卡位排序中被确定下来的中选者，应该在七小时内，受命来高小波体内接收我这徒弟，而其他落选者，将如同没受过半点干扰那样，继续着卡位排序前的事各忙各的。等到下一次，哪怕只是一秒钟后，零点一秒钟后，若再有携带圣婴质肌红蛋白信息者性交了，并实现了精卵结合，那么，所有有资格有条件当师傅带徒弟的高级别圣婴，将再度接受一个负责主导遴选程序的督察圣婴所进行的意念化的卡位排序。这样的步骤，在人类看来可能繁琐，可能教条，可能麻烦得像愚公移山，可对圣婴来说却算不了什么。这除了因为圣婴做任何筛选都比电脑运算还快捷准确，更因为，只有这样，才能确保圣婴间责任义务与效率公平的合理完善。

另外，在给师傅当徒弟的新圣婴里，又有"新生"与"重生"之别，前者指我这种没有前世的一世圣婴，后者得至少有一次前世。比较而言，新生圣婴更为稀缺。在师徒关系中，除了徒弟晋升为高级圣婴而不再需要师傅或师傅被降级为低级圣婴而没有资格再带徒弟，否则，师徒关系的结束，要取决于徒弟的而不是师傅的"重生"。比如，假设傅子夫死了，借助另一个宿母与另一个宿主"重生"的我师傅，虽然编号都将改变，可他作为我师傅的角色却不会变，即使他身处调整期，未来的固定宿主还是胎儿；可假如盛英死了，我随其他宿母与宿主获得了"重生"，那认领我的，则将是一个新的师傅，即使我师傅特别渴望继续带我，也得与我分手。按规矩，一对圣婴间，除了徒弟在辅导期内出现意外，需要师傅找寻应急宿母，否则，也不可以连续两世互为师徒。由于在数量上，高级别圣婴远远少于低级别圣婴，一般来讲，一个B级圣婴，须长期定向辅导三个D级徒弟和三十个E级徒弟，而C级圣婴须长期定向辅导的，是五个D级徒弟和五十个E级徒弟。

这时候，省公安厅卫士俱乐部的三点零七分已倏忽而过，刘悦也已站到舞台中央开始大义灭亲，我和我师傅，则一致傻呆呆地、蠢兮兮地，被囚禁于催眠的煎熬之中。可突然间，我注意到，我师傅身体哆嗦一下，脸上麻木的表情，也糅进了痛苦或者喜悦的成分——而同样的情形，在我身上也出现了。我不解地看我师傅。先祖或督察圣婴放过了我们！他低声说，同时转动眼睛寻找什么，还同时好像自言自语一样，针对先祖，把一些过分讨好的谄媚之词，特别肉麻地叨念出来。我没空顾及我师傅有多么肉麻，只顾呼吸急促地东瞧西看：难道，我真的有缘，能见到先祖……在我师傅的叨念声中，再沿着他目光往前看去，我看到，在刘悦右眼内侧支配上斜肌的滑车神经的遮掩之下，仿佛从此前我们未曾留意的某个纵深地带，有一老一小两个圣婴，飘飘然地显形出来。

这，这——你，你——我师傅的嘴里，好像舌头被捆住了。

哈哈，花想容呀，你终于撞上我枪口啦——一个因欢快而达至稚嫩的声音，出自对面那一老一小中的老者之口，而非小者。

我白激动了，我未能有缘碰到先祖。

但是，在这场把我师傅吓得半死、让我也体验到了恐怖绝望的老顽童式的小游戏中，不光我师傅重逢了他的首任师傅——他们失联，已两百年了——更让我收获到了师爷爷金三足前辈后来对我始终如一的宠爱关怀和好朋友范是钢-沈忱-伊琳娜·康斯坦丁诺夫娜与我越来越深挚的心心相印。

我很庆幸，成之初的我还未生呢，就遭遇了这样一场玩笑中的虚惊和惊悚中的友爱，既知道了那个擅长男扮女装演青衣的大都艺人花正红的女儿，即我师傅的首任固定宿主，叫着个花想容这样好听的名字，更知道了，在只讲集体主义排斥个体主义的圣婴界，其实也存在感情的暗涌，尽管，那感情如同挣扎在石缝间的病花弱草。

在圣婴界，唯有我们至高无上的四十九位先祖，想见谁和什么时候见只需举手之劳，其他圣婴，包括督察圣婴，若没有师徒关系或其他工作关系，单纯为交际而互相联络则犯规违纪。眼下我师傅与他师傅的这种邂逅，是小概率事件，是命运偶然垂青的结果，不可复制难以重演。这次小概率事件是这样的：刘悦受精成为圣婴宿母后，恰好赶上新科督察圣婴金三足前辈来她体内主持卡位排序，而金三足前辈与上一世的范是钢-沈忱-伊琳娜·康斯坦丁诺夫娜打过交道，对他有种特殊的怜爱，便巧使手段，将他收为徒弟。而如此暗渡陈仓偷梁换柱，老督察圣婴做起来都会手忙脚乱，让金三足前辈这个新督察圣婴做，顾头顾不了腔是肯定的。偏巧此时刘悦体内，又有个以她为临时宿主的C级圣婴正带着徒弟优哉游哉，而这C级圣婴，偏偏是自己早年的爱徒。如此重叠的几番巧合，真是既千载少有又不可思议，要同时面对，金三足前辈实在力不从心。他稍微地冷静一下，针对难以分身的现实问题，便先以隐身的状态处理事务，后来，见爱徒想离开刘悦这临时宿主，他又不得已地，行使了督察圣婴可以乱惩滥罚的特别权力，对我师傅包括我进行了催眠。现在，显形露面的他，是刚刚忙完手头的工作。

哎师傅，我师傅比他师傅先回到现实，这小子，是我刚认的徒弟，是个完美圣婴——来，问你师爷爷好。

好好你小子命好呀，能碰上个实打实的完美圣婴。金三足前辈目光亲切，像看不够我，好久之后，才想起来招呼他身后那个羞怯冷漠的刚成的圣婴，即未来的范是钢－沈忧－伊琳娜·康斯坦丁诺夫娜。来，见见你师兄，金三足前辈指的是我师傅——哈，这个也是你师兄呢，这一回，他指的是我。

在圣婴界，除了层级关系和师徒关系，再不存在师爷师兄以及其他拐弯抹角的啰嗦关系，我师傅和金三足前辈依照人际的关系引见我和未来的范是钢－沈忧－伊琳娜·康斯坦丁诺夫娜，是调侃玩笑也表明亲近。所以，我和未来的范是钢－沈忧－伊琳娜·康斯坦丁诺夫娜的关系很好摆布，虽然他有多次转世经历，而我的资历才三十多小时，但就冲以后进入编号程序时，我将D级而他仍为E级，他我间，我尊他卑的格局就定型了。这么说吧，作为他的上一级圣婴，我若毫无缘由地欺负他羞辱他折磨他，忍气吞声是他唯一的选择。当然，这样的情况，在他我之间未发生过，我俩只简单地交流几句，对视几眼，互相间的敬慕就确定了下来。接下来，在他马上开始的EY1211时段即范是钢时段，在他后来和再后来的EE6750时段，以及我师傅与金三足前辈帮他做过手脚后所进入的DS3563时段，即沈忧时段与伊琳娜·康斯坦丁诺夫娜时段，我俩的友谊，在我师傅与金三足前辈有意无意的助推之下，建立得越来越牢不可破。

这时，新科督察圣婴金三足前辈已从邂逅爱徒的惊喜中回过神来，他对我师傅说，咱知道以后怎么联系也就行了，别再惹眼招风地聊个没完。你还去哪？我现在得去趟美国，有个苏联的科技博览会在那边开，赫鲁晓夫要去。

喊，又不是政治博览会权力博览会，科技博览会你也有兴趣？我师傅不想分手，可话不那么说，只是话里带刺地揶揄他师傅不变的癖好，其话里的潜台词还包括，你都贵为督察圣婴了，还胆小怕事？

你呀，真幼稚还是装不懂呢？如今这世上，还有什么不是政治和权力？你就吃醋去吧，对我来说，哪哪都有好玩的事情……金三足前辈脾气好，神态表情，与刚才恶作剧时那个老顽童还一模一样。当然，他的话里，也含了某种批评的暗示：慎重和胆小可是两码事情，或者，即使胆小也没什么错。去年这时候，他正色道，美国先在苏联搞了个科技博览会，尼克松去的，赫鲁晓夫参观时，他俩有个著名的"厨房打赌"，让全世界都津津乐道，都盼着今年在美国，他俩能撞出新的火花。

厨房这种地方，只配撞击庸俗的火花——那，他俩打的什么赌呀？

要验证他俩分别统治的国家哪个更好，就看二十年后，他们孙子那辈，更愿意生活在哪个国家。

卷五　因果律

1

桑迎红给盛巧云跪下之前，称她姨，跪下以后把头一磕，就改称妈了。她的嘴，不总笨。

妈，我愿意嫁给任义，以后我再也不自杀了！

三天前，桑迎红跳北陵大河自杀时谁看见了，谁和谁喊出事啦救人哪，又是谁和谁和谁扑腾进河里，噼里啪啦地，把这个好几天没怎么吃东西却依然挺沉的姑娘拉到岸上，盛巧云一概不知。她只知道，对这世上的天灾人祸，她只配持麻木态度。否则又能怎么样呢？对自己家的灾祸她都无能为力。但她心软，即使面对别人的灾祸，若有能力伸把手时，哪怕那能力只配缓解灾祸于万一，她又也会不惜气力。当时，她下夜班，顺道去北陵早市，买完菜，重把自行车骑上北陵大街再拐上路经北陵大河的泥土道时，正赶上寻短见的桑迎红，被人从河里救了出来。对这事她没太在意，她在意的，一直都是另一件事。已经有段时间了，女儿身上，总会出现青斑紫痕。作为一个经验丰富的医务工作者，她知道如何疗治青斑紫痕，可生成青斑紫痕的原因她想不明白，或者说，由于女儿不配合她想，她便只能特意地，停止在想不明白的状态之下。是这时候，是她以想不明白为目标地想女儿身上的青斑紫痕时，有叫喊声惊醒了她：有医生吗？谁是大夫？

盛巧云不是医生大夫，是护士，但作为一个当过护士长的老护士，算她有三分之一医生大夫资质也说得通。于是，在北陵大河岸边的青草地上，在没有医生大夫应声而出的情况下，盛巧云锁好车子，钻进人堆，看桑迎红，然后胸压、控水、嘴对嘴人工呼吸，又在别人配合下，把小姑娘送到自己工作的医院，挂水服药，替她付费，再带回家，给她煮蛋熬粥换湿衣服。盛巧云做的，远远多于医生大夫。并且，在她，也并非有过具体计划，要把这一应事情件件做妥。在这差不多一天的时间里，有好几次，她也想结束自己的职责，可许多事情到来的方式，就像后脚赶前脚或前脚带后脚那样，不容你断档。如此一来，桑迎红便成了她偶然撞见的、恰好走投无路的、不管愿不愿意高不高兴，反正邂逅了便没理由不搭理不帮助的远房亲戚或旧日邻居。这位从天而降的远亲旧邻十八岁，粗壮结实，有把子蛮力，但嘴巴笨性子颠脾气犟。在盛巧云照顾她的近一天里，她只叫过四五声姨，说过两三声谢谢，而对哪的人、为何寻短见、应该怎么联系她家人的问询，她概不回应。给盛巧云的感觉是，如果离开监护，她只能再度流落街头，而最终的去处，必然还是北陵大河。

后来有人私下议论，说盛巧云真有心计，把乘人之危变成学雷锋了。盛巧云不计较。在那风言风语传播的之前或者之后，早有拙嘴笨舌的桑迎红替她做过回应：我愿意，桑迎红说，我就愿意我妈乘我的危，咋地吧？盛巧云计较的，是后来，桑迎红与她吵架时，也把这差不多她唯一会说的成语挂在了嘴边：你乘人之危！这当然是后话。前话是，在任家住了一宿后，第二宿也临近的时候，盛巧云又与桑迎红拉家常，就把桑迎红的号哭引了出来。我不能回家呀姨，她打哑语般哆嗦着双手，我要回家就得杀人，可我只敢杀自己，哪敢杀别人呀……

接下来，盛巧云就知道了，流浪沈阳的桑迎红，是四平那边一个念过初中的农家姑娘。大半年前，去乡里玩时，在个念高中的老同学家，被同学的爸爸给强奸了。同学的爸爸是乡长。应该说，乡长不是成心强奸，是那天好几件事赶在一起，促成了强奸这么件事。那天，和老同学们玩乐结束，桑迎红正欲回村，乡长女儿留下了她。乡长女儿说，那天她爸在市里学习，不会回来，她妈有事也得晚归，而她自己在家没有意思，希望桑迎红陪她一宿。可两人早早上炕以后，正聊天呢，又有同学把乡长女儿招呼走了，说有专门的事。专门的事桑迎红不好听，就一个人听戏匣子，是戏匣子里讲资产阶级又自由化了时，她伸胳膊抻腿地睡了过去。恰在这时，乡长回来了。像前几晚一样，这晚的乡长的确不该回家，可乡里有事，临时把他喊了回来，回来了把事情办完喝一场酒，也是题中应有之义。结果，醉醺醺的乡长回到家中，一见杂物间火炕上的桑迎红，就错以为那是小保姆呢，又几个屋走一圈见没别人，便扑扑腾腾地爬到炕上，再爬到桑迎红身上，还不论桑迎红怎么反抗，翻来覆去就一句话：好丫头听叔话，明个给你买条裙子……而等他醒过腔来，想到小保姆早被老婆炒了鱿鱼，他已看到，刚进门的老婆正叫骂着，要去找县长书记评理撑腰。本来，乡长老婆认识桑迎红，又知道丈夫什么德行，骂丈夫时，已开始对桑迎红表示歉意。可忽然酒醒的乡长闻听妻子提县长书记，竟委屈地哭了。他说这是谁家的小婊子呀，为什么趁我醉酒来勾引我，这是毁我仕途呀……乡长老婆在丈夫关于仕途的解析中，忽然之间悟到了什么，就猛地收住咒骂和歉疚，操起高跟鞋，揪住桑迎红猛砸下去，说你这小婊子受谁指派，敢来诬陷革命干部？桑迎红连夜回家，爸妈气不过，第二天便带她到乡上县上去告乡长，过几天见没人管，又去市里，到好几个大衙门口上访喊冤。这回有人管了，是把他们塞进一辆面包车送回县里，责成县里处理问题。县里就批评了桑家是不安定因素，警告他们，再给县里抹黑将严惩不贷，而下一次，省里的面包车再把他们送回来时，县里就真严惩了他们，把桑迎红她爸给拘留了。桑家只好服软，托了中人，带了四彩礼，大动干戈地给乡长赔罪，这样乡长才去县上疏通，让拘留所放了桑迎红她爸。囚徒获释的第一件事，就是按中人要求，去给乡长献了锦旗："大人不记小人过乡长一心为人民"，同时，还当着围观群众面，把桑迎红打得鼻口蹿血——有一点他做得敷衍，骂女儿婊子时没张开嘴。桑迎红是在鼻子嘴里的血止住以后离家出走的，在给爸妈留的纸条上，她说她要出门长本事去，什么时候有能耐了，要杀掉乡长。

你说姨，就算我敢杀人，可我现在有本事吗？有能耐吗？

没有。没本事没能耐的桑迎红，在任家就又滞留了一天，是在这又一天里，盛巧云也不怎么灵机一动，提到了任义。当然，她提醒了桑迎红不必勉强，要多想想，想三天两天都没关系，自己没主意，也可以写信跟爸妈商量。敢离家出走和自杀的桑迎红的确有主见，只惊讶三分钟困惑七分钟就想好了，但在盛巧云的提示下，她把想的时间又延长了几倍。一小时后，她跪在盛巧云脚下，生硬地喊妈，并闭上眼睛想象此时没在身边的任义的样子：方正的面庞，强健的胸臂，灵巧的双手，因敏感而喜欢快速转动的眼珠，因警惕而喜欢严肃抿紧的嘴角……她没去想，他尖削地翘起来的两瓣屁股，尤其没去想，他的不是支撑身体而是需要身体拖曳的两条细短并且弯曲的腿。

不拄拐任义也能行走，至少走平地没大问题，比较吃力的，是上坡下坡和上楼下楼。但任义拄拐。拄拐能强化他的残疾，能让他的病显得更重，那他也拄。借助拐杖这对附加的赘物，行动时，他双腿这对固有的赘物，能少负担点身体的重量，从而缩小一点他身体摇摆的幅度，这至少能让他显得个高，也能让翘出去的屁股收敛一些。任义拄拐是为了美观。注意美观的任义早就开始想女人了，从十七岁，一直想到眼下的二十七岁，可十年里，他自己认识的和别人介绍的几个残疾的或智障的或来自农村的姑娘，都没缘与他再多走一步。也有人家没相中他的，但主要是，他太挑剔，他与爸妈吵架时说，我残疾也是人，是人就不可以让心脏扭曲地跳动——他已由偷偷地读顺口溜发展到了写顺口溜，连年参加《当代诗歌》杂志社的函授学习。就是这时，桑迎红出现了，而且还能接受他，他的心脏，跳出了一种协调的节律。

那时的任义，有辆"房车"——一辆罩了层蓝铁皮棚子的旧手推车。每天早上，只要天气不特别恶劣，任长安或盛巧云，或任礼，便会把"房车"推到距家不远的十字路口，与其他一些摊子，一些补鞋的算命的卖雪糕的修自行车的摊子并行排开，然后，一瘸一拐的任义就钻进"房车"，开始一天的配钥匙工作。等有了桑迎红，虽然不足二十的她还是孩子，但她胳膊粗力量大，驾驭"房车"以及帮任义做其他事，样样都能拿得起来。任义太满意了，便尽着一个双腿残疾者的全部所能，宠爱娇惯小他七八岁的健壮妻子。结婚以后，由于怀孕成功得异常顺利，两人又有了资格和勇气，抱怨居然生的是女孩，然后继续怀孕，并像妹妹的婆家人一样，把生男孩确定为性生活的全部理由。他们的小家，是残疾人和农村人组成的贫病之家，似乎有天然的道义优势，于是，他们便以此提炼资格和发酵勇气，对于由意识暴力达至行为暴力的计划生育国策置若罔闻。谁都拿他们没有办法，包括任长安盛巧云。儿子能找个健全媳妇，还生殖力那么旺盛，做老人的的确高兴。可他们并非没有脑子，自从看出胳膊粗力量大的儿媳除了嘴巴笨性子颠脾气犟，还心不灵手不巧，还人太懒嘴太馋——好在任义不挑剔她——他们认为，儿子和儿媳，其实没资格为人父母。任长安提科长需要资格，盛巧云提护士长需要资格，那生孩子，尤其养孩子，可比当科长护士长复杂多了，怎能没有一道资格的门槛？所以，小两口生一个用以拴住桑迎红的"人质"孩子，在他们已算负荷超重，若再生，未来简直无法想象。显然，这生育之事，又与政府对百姓私生活的干预没有了关系。

任长安盛巧云心疼儿子，也对自己无止境的帮助与投入感到气馁，便希望桑迎红除了担当任义那辆"房车"的驾驶员，也能驾驶着自己干点什么。他们就又打造一辆"敞篷车"。可推着"敞篷车"忽而卖水果蔬菜忽而卖针头线脑的，倒是他们自己，他们的儿媳不仅推销不会看秤不行，连有始有终地看堆守摊也做不到。她只擅长生孩子。她迅速生了第二个孩子，也的确是儿子，但有点傻，便再生，还是儿子，可即便不傻，也看不出精来。是这时候，是老大任杰老二任品老三任格这三个第三代人，分别长到六岁四岁和一岁时，任长安盛巧云这老两口与任义桑迎红这小两口的矛盾终于再难调和。不用说，必然落败的是老两口。他们赔付了一笔补贴，又出钱给小两口买一处平房，同时，也完全彻底地，把只喜欢打瞌睡的任品和一哭起来就不停歇的任格的抚养责任承担下来，以此换取桑迎红接受他们的两个条件：第一，结扎输卵管；第二，抚养任杰——任杰虽小，却已经是个勤快能干的小童工了，这第二个条件不算条件。

这样的日子过得不好，可哪样日子好，除了在任义的顺口溜里，以及报纸和电视上，谁也没见过什么模样。这样的日子不好，但又是他们目力所及处，大部分人共同拥有的日子。那已然普遍的广泛的不好，在失去好的比较后，与好也就没区别了，况且，都不好，其程度轻的，便算好了。于是，像磨道驴般服着终身苦役的任长安盛巧云，决计眼睛一闭心一横，不论以探亲还是旅游的名义，都暂时从沈阳这间牢狱出逃几天，哪怕只是虚假虚幻地，让不好暂时退出视野，让好暂时充满眼帘——所谓，眼不见心不烦吧。可惜，"暂时"不是他们的命，要么永负重轭，要么彻底解脱，都长久得让他们无从选择。二〇〇一年八月二十八号凌晨两点左右的黄海不优柔寡断，作为铁面判官，它帮他俩掷出了骰子。

他们这是躲清静去了，享清福去了。高小波望着另一个房间半关的门，平静地就任长安盛巧云的去向问题做了判断。她的判断，是对刚刚从自己住处赶来看她的盛英做的。同样是任礼的电话，让他们母子几乎在同一时间，得到了任长安盛巧云的——幸或者不幸的死亡消息。

他们——怎么办？盛英的眼睛，也瞄向另个房间。他不操心任长安盛巧云的幸或不幸，只操心妈妈，是因为要操心妈妈，才得也为另扇门里的"他们"再操份心。"他们"是任品任格。十三天前，任长安盛巧云离开沈阳时，自然而然地把他们托付给高小波了——说自然而然，是说他们只能把他们托付给她。他们的爸妈不管他们，他们的叔婶更不管他们。

我管呗，还能咋办。这回高小波的眼睛没看向另一个房间，而是看向了没挡窗帘的窗外。窗外黑得像不存在。

那不行！盛英低声吼，从法律条文的角度说，他们既有血缘的父母也有血缘的叔叔，你跟他们没半点关系。

盛英，别讲那些没用的道理。

怎么没用了？又什么叫有用？

有用的道理是，高小波举头绝望地望天，望天花板上已被灰尘浸成了黑黄色的圆形白罩吸顶灯，只要我没瘫没死没离开沈阳，我就没法不管他俩……

2

任慧的菜刀，第一下没砍到致命部位，砍的是张德强伸出的右手。张德强在经过短暂的意识丧失后，身体像一株软体植物。但身体虚弱，不影响智力，他还是猜到了酒有问题。他左手扒地支撑身体，右手伸出抓挠任慧，说操你妈的……但他的手，无力地伸出都很勉强，抓人挠人是办不到的。同时，任慧的表情，正由惯常的恐惧或者麻木，演变为决绝乃至狰狞，这也让他看去陌生。

任慧肯定没有想到，张德强还会苏醒过来，且苏醒的速度，还远快于她对药效的了解与期待。她就高估了张德强抓挠的威力。也是以往，张德强的抓挠让她印象太深，这会，她意识里，就缺席了他的抓挠只是虚晃一枪那种概念。她的后退系条件反射，特别突然，这导致她大腿磕上了茶几。茶几上的果盘和果盘里的西瓜，因茶几的晃动而发生碰撞，在她裙子里偏于扁平的屁股下端，嘹亮地炸开一记脆响。她愣住了。果盘碰西瓜或西瓜撞果盘，发出的声音能嘹亮吗？显然，脆生生地嘹亮着的，是刚才切西瓜时，从厨房拿来的那把菜刀，是它，磕碰了果盘或撞击了茶几。任慧接受声响的启示，把手伸向屁股下端，将原本搭着果盘边沿，现在已和西瓜一同掉落在茶几上的菜刀举了起来，再重新上前，闭起眼睛，循着张德强嘴里的叨叨咕咕胡乱砍去。是砍完三五下后，她才接受听力的提醒，断定张德强叨咕的话不是咒骂，不是威胁，连埋怨都不是，倒像是一种少有的温情求告。她急忙睁眼，用视力辅助听力。她看到，张德强的右手血肉模糊，有两三截手指没了去向。她的眼泪流了出来。她很想壮着胆子，把心里对张德强的责备倾吐出来。没倾吐。

你这讨饶的屁，为什么不能早一点放！

如同任慧高估了张德强右手抓挠的威力，张德强也低估了任慧在他酒里下药的决绝，本以为他的咒骂与威胁能镇住任慧，没想到，任慧却进而举起了菜刀。无力闪避的张德强急忙调整战术，化硬为软，把他极少使用的温情牌打了出去。晚了。

任慧任慧，你想想张智想想咱儿子！

偶尔的，张德强与任慧玩温情牌时，佐证他爱情的常常有两点：一，惩罚她时，他多生气都不打她脸；二，为未来的儿子取名时，他不惜反抗爸妈，也坚持保有儿子与她的精神性关联。难道这还证明不了我多爱你？他为任慧不理解他深挚的爱情感到委屈。有这两点就算爱情，最初任慧很难认同，是时间久了，经过张德强反复强调，这种观点的真理性质，才从怀疑的束身衣里脱颖而出。对这两项爱情指标，任慧认同的程度又有深浅之分，后一点，在给儿子取名时，张德强勇于为她而挑战爸妈这一点，更为她所看重一些。

关于生孩子，若依从公共舆论导向，生儿子比生女儿更有价值——公共舆论分为两种，一种由官方强力灌输，一种由民间自我复制，有时它们重叠汇合，比如把孩子视为爱情结晶，有时它们又各执一词并各有所本，比如官方说，时代不同了男女都一样，民间则认为，实在不行了男女才一样。一般情形是，两种舆论相颉颃时，官方往往言不由衷，这样，大部分人只要确认惹不恼官方，便倾向于真实感受更多的民间。少妇以后的任慧与人聊天说孩子时，知道官方没闲心计较她倾向哪里，便选了民间作为支点，也总声言喜欢男孩。作为幼儿教师，对男孩女孩她同样了解，也同样不喜欢。如果有权自行其是，她倒更想不生孩子。这不行，她不能成为官方舆论和民间舆论共同的敌人，更不能成为张家的罪人。就像相信了张德强爱她的两点论据能成立一样，在公共舆论里浸泡久了，她也相信，对男孩她确实更喜欢些。可是，再怎么喜欢男孩，也不该就讨厌女孩吧，尤其当那女孩也系己出时。在任长安给任慧解释张家顽固的生育理念以前，她无论如何也想不明白，在张家人眼里，男重女轻也就罢了，何以还非二元对立，非男尊女卑男贵女贱？其实听了爸爸解释，她还是什么都没明白，但她对爸妈说，好，宁可超生挨罚丢工作，也使劲给他家生个男孩。

任长安与张德强的爸妈只见过两面，交流不多，但张德强爸爸打仗的故事，在一本叫《红旗飘飘》的书上曾有记载，而那篇篇幅不短的文章，早在任慧出生以前，就先让任长安了解到了未来亲家的一个侧面。能与上书的人做儿女亲家，任长安有种自信度不够牢靠的自豪感觉，他会经常性地，一边重温《红旗飘飘》，一边到书本之外去收罗亲家的各类事迹。任慧住进军休所后，平均每天与公公相处的时间约两小时，可她对公公张尚凡这个地产名人的了解，除了外貌和生活习惯，都来自爸爸。

张尚凡出生于山东薛城，与孔子孟子，没严格意义的同乡关系，而且自八岁定居江西会昌的绵水右岸，便一辈子再未回过他已全无记忆的微山湖畔。他戎马半生，没多少文化，但始终以孔孟老乡自居和自傲，张嘴闭嘴，喜欢一知半解地引用孔孟箴言。"批林批孔批周公"那会，他白天分别直接和间接地骂完孔丘孟轲周恩来，晚上便会偷偷谢罪，对间接骂过的周恩来，他的谢罪尤其深刻。不是他觉得打发遥远的孔孟可以浮皮潦草，而周恩来，可能随时重获信任，他批他必须见风使舵。不，他在心里自有主见，即使周恩来也像刘少奇林彪那样，彻底被毛泽东给抛弃了，他也不会抛弃他的。他一向认为，共产党能夺取天下，主要就是毛周的功绩：谋事在毛，成事在周。而周在他眼里，又是儒家传统在当代中国的主要实践者与传播者，维护周恩来，就是维护他所信奉的孔孟之道在中国大陆的残烟余火。后半生里，他以凡事"只可顺守不可逆取"为行为准则，而这一准则的确立，就是受了周恩来启发。他听说，台湾副总统陈诚是周恩来老友，在蒋介石身边不顺心时，很惦记他的周恩来，就托人把这句话捎上了宝岛。张尚凡不特别相信，大陆往台湾除了隔日一次地投放炸弹，也投放领导人间体贴的口信。但正受委屈的他愿意相信，即使周恩来没给陈诚捎过这话，这话也是周恩来安身的原则立命的法宝，也是周恩来给予他的谆谆教诲。同为为臣者，尤其他这个芝麻小臣，除了仰人鼻息唾面自干，是没资格争权益的。当时，上边正整肃罗瑞卿，说他提倡的大比武大练兵，冲击了学习毛泽东思想。而当时，他恰好身在练兵比武第一线上，便受牵连，成小罗瑞卿了。他不服，给林彪写信提出申诉，强调军人练兵比武，和铁匠抡锤子木匠使锯子一样天经地义。恰在这时，有老友给他带来周陈通气的小道消息，他反复体味"顺守"之意，把写给林彪的信偷偷烧了。作为小臣，因为他没敢企图"逆取"，也就很快得到了解脱，没像不久之后的罗瑞卿那样，自杀未遂却摔断了腿。

张尚凡与他越来越崇拜的周恩来，近距离地见过一面，但当时他并不知道，至少打量他七分钟，并议论过他的那几个人里，就有周恩来——当时连周恩来这名字他都没听说过。是后来，一两年后，他成了新编红六军的一员少年战士，又在首长身边当勤务员听多见广了，这才意识到，周恩来不仅曾与他近在咫尺，还等于改变了他的命运，说救了他一命绝不过分。

薛城张家行六的公子张尚凡开蒙那年，他爸的第三房老婆他的妈妈，与个多次来薛城做药材生意的贺姓福建长汀人偷偷好了。两年后，他爸发现了他妈的私情，他妈带上他，随那贺姓男子往南私奔。在那之前，张尚凡是体面的六少爷，背子曰诗云时，好像比几个长他挺多的异母哥哥还伶俐些。可历时一年地躲避追杀，经江苏浙江福建最后落脚江西会昌时，他与沿途的乞儿已没了区别。混同于乞儿还不算大事，大事是，路经长汀时他们才知道，那贺姓男子在老家，已有老婆和两个女儿，并且曾红红火火的药材铺子，也在兵荒马乱中快倒闭了。但贺姓男子，还有情有义，对张尚凡母子一直不错。他对张尚凡妈妈解释说，他女人因病已不能生育，可他特别喜欢男孩，所以希望，她能代替他的女人，多多益善地生养男丁，当然，即便张尚凡的妈妈生不出儿子，他对张尚凡，也会始终视若己出。对贺姓男子诚恳的表白和表白之后踏实的表现，张尚凡的妈妈能够接受，新生活虽然艰辛但也快乐；可小小年纪的张尚凡觉得窝囊，他仇视眼下新的生活。这与他不能继续养尊处优和子曰诗云有点关系，但更有关系的，是他与当地孩子玩不到一块：他与人家语言不通，是人家欺侮取笑的对象。他就恨妈妈恨养父。可恨妈妈有悖孝道，他就放过妈妈，双倍地去恨贺姓男子。贺姓男子不计较他。贺姓男子见过世面，是活络人，又明白药材通晓医术，正赶上会昌闹苏维埃，他就成了积极分子。子因父贵。养父受器重，张尚凡也能在人前抬起头了，很快，不足十岁的他成了儿童团员，整天拎杆红缨子扎枪，穿梭在批富农斗土豪的人群之中。他比当地孩子长得壮实，对当地的土语方言，逐渐也能听和说了。

是一个长汀人去井冈山交流肃反经验时途经会昌，结束了张尚凡和养父的蜜月时段，更把张尚凡对养父的恨推到了顶点。否则，这对同样热衷于铁血交织的惊险生活的非血缘父子，已成了一对同心同德的革命同志。

在所有再婚家庭，都要么女方的子女保持原姓，要么改为养父的姓，养父随养子女改姓氏的，贺姓男子可能是唯一。这个三口之家一来会昌，贺姓男子就姓张了。他倒不为讨好张尚凡，只为顺手，他不想让人知道他曾经富过。可他这姓张的贺姓男子，一见到那个要去井冈山交流肃反经验的长汀老乡就乱了阵脚，当初拐人妻儿的勇气和躲避追杀的机灵全没有了，他急忙去找组织坦白，说他改变姓氏和隐瞒出身，与革命或反革命均无关系。他和那家里开茶叶庄的长汀老乡并不熟悉，都没说过话，但他认为，他对人家略知一二，人家对他就也能耳闻。人的特点是，喜欢从自己的角度揣摩他人，包括揣摩他人判断自己的角度。事后他才知道，那长汀老乡身负重任，在闽西共产党组织里地位很高，此番与他匆匆一握，根本没留意他姓张姓贺，是否老乡，并且吃完饭后，人家睡上一觉立马又上路，都没让他在记忆里存留过半秒。

对自己的不淡定，贺姓男子后悔不迭，但晚了，一顶AB团成员的帽子，立刻戴到了他的头上。AB团是个在传说中既神乎其神又罪大恶极的反动组织，就在前些天，他还给个开豆腐房的家伙戴过这顶帽子。那豆腐房主人嘴损，得罪过他，但那家伙又傻乎乎的，直到被处死，也不知道是因为得罪他才送的性命。他精明，他小心翼翼地挨到了大面积整肃AB团运动的尾声阶段，却百精一傻地，作为隐藏更深的AB团成员，被苏维埃政权挖了出来。可他谁也没得罪呀！他骂自己，比那豆腐房主人傻一万倍。头两天，他不知该交代什么，即使香火把前胸后背烧出的疤点都连成片了，他也只承认，隐瞒出身是为了防备妻子的兄弟赶来找他。是后来，香火下移烧炙目标，先红后黑的烫伤疤点，一个个落脚在他的阴囊包皮龟头上了，他才识时务地，对组织的暗示做出呼应。在他看来，生殖器比前胸后背更具保护价值，它能帮他生出儿子。也不能了。他被闽西反动组织"食烟大同盟""膳食委员会"和"找爱团"派来赣东南，为的是联络这边的AB团分子，共谋颠覆红色苏维埃政权的反共大计，然后，继续受组织启发，他又把与他具体联系的两个同伙供了出来，那两个被指认者，又供出了他们的同伙。几天之后，十一个新暴露的AB团分子，被押到红军大学操场外侧的山沟深处，在火把的照耀下接受审判。直到生命结束，贺姓男子也没出卖张尚凡母子，他只说，他们是山东一对无依无靠的孤儿寡母，而没说在薛城时，他们分别是张姓大地主家受宠的小老婆和宝贝的老儿子。

处决贺姓男子那天，是一九三一年十二月十七号，刚过完十二岁生日的张尚凡为了证明自己革命立场多么坚定，一经组织暗示，就明白了他该如何表现。他和行刑队的人站在一起，身体被冷风吹得发抖，脸却被火光映得通红。随着领导在身后宣读完判词，他那杆刚刚打磨过的红缨子扎枪，一下就捅进了贺姓男子的左胸腔里，又搅拌三圈才拔出来。贺姓男子没死利索，被堵着的嘴发出猪拱地般哼哼的声音，张尚凡再度上前又扎了两枪。这是参加革命近两年来，少年布尔什维克张尚凡头一次杀人，以前他的红缨子扎枪光打过人。

杀死了贺姓男子的张尚凡，没马上得到组织信任，他和妈妈还有其他被处决的AB团分子家属一道，被关在红军大学的几间教室里，继续接受组织审查。他已经被开除出儿童团了。有一天，他正接受审讯，审讯室的破竹门忽然开了，好几个人走进屋来，有的熟悉有的陌生。他眼睛已经被打肿了，看人的时候模模糊糊，认熟人时凭大概轮廓，认生人时，眼里仿佛什么都没有。他也就没去分辨眼前的人，不论生熟。这时，他听到一个职位很高的熟人在说话，其讨好的表达少有地谦卑，他感觉得到，那谦卑是送给一个陌生人的：您看伍豪同志；是这样伍豪同志；就请伍豪同志……那几个包括"伍豪同志"在内的熟人生人离去以后，离去几小时吧，张尚凡和他妈妈，还有其他被处决的AB团分子家属，就被从关押他们的红军大学放了出来。

这——这和周总理有什么关系？任长安把张尚凡的故事讲得起伏跌宕，任慧则听得晕晕乎乎。

嘻——任长安神秘地微微一笑，伍豪是总理当年的化名，而当时总理由闽西走赣东南去井冈山，使命之一，就是结束革命队伍里那种过激的人员清洗。

可是，清不清洗的，这和我公公对男孩女孩的态度有关吗？

任长安挠脑袋，一时也忘了他给任慧解释张尚凡之前，想怎么与生孩子的事上挂下连。我意思是，他换个话题说，在取名字这件事上，德强敢于挑战他爸的封建意识，已属难能可贵，这说明了他对你好。

是的，张德强尽量对任慧好，对怀孕的任慧尤其好，但这并不意味着，好就可以取消责罚。打是亲骂是爱仍是他的行为依据。只是，为了不影响胎儿健康，责罚的周期可以延长，可以以骂为主少诉诸武力，一定要打，也可以改打为掐，改打为用锥子扎或刀片割。任慧血小板充足，不是斑痕皮肤，集中于屁股大腿上的锥眼刀口，愈合速度都比较快。对此，小夫妻俩都很满意。不满意的是生产的时候，呱呱坠地的竟是女婴。张家人全傻眼了，包括那个参与过《理想之歌》署名的姐姐。

　　自任慧怀孕，张家人里，没谁怀疑她生不出男孩，为新生儿做的准备，也都是围绕男孩做的，比如取名。任慧曾经无法理解，生育这事，哪能只围着主观预期的指挥棒转？但她很快就明白了，在张家这场生育战中，她唯有获胜这一种选择。她还听明白的一件事是，张德强曾有过婚史。明白后一点毫无意义，她连玩笑着骂丈夫一句的胆量都生不出来。张德强的上一次婚史两年出头，那妻子生的也是女儿。当时张家没有经验，是争论两个月后，才把那女婴送了人的。张家随即给小两口算命：几路大仙一致表示，不论张德强生多少孩子，除了头胎，后边皆男；但他妻子，大仙们认为，该名女子命中无儿。宁信其是不信其非吧。虽然小两口感情很好，可张德强只能离婚和再娶，这样，张家的特供待遇，才轮到任慧分一杯羹。当然了，结婚前，张家已给任慧数次算命，每回结果都很乐观，说任慧的命里，天生只能拥有儿子。而任慧怀孕后，更是两次去了两家医院，由一男一女两个流派不同但同样著名的产科医生，以及他们把持的最先进的超生设备，仔细辨别过胎儿性别，他们一致指出，任慧腹中怀的是男婴。可医学也有巫术的纰漏，也骗了张家，这让张家义愤填膺。直到半个月后，义愤稍歇，张家才得空让"女张智"失去踪影，同时，还又把张德强任慧的生辰血型星座数据，以及手相面相的高清照片，分送给新一拨算命大师。所有的反馈都令人振奋，下一胎肯定能生男孩，小两口尽可以不舍昼夜地继续云雨了。后来，任慧案发，任长安盛巧云才骤然觉悟，任慧精神上凸显问题，就始于她寻求第二次怀孕。

　　怀孕能掩盖许多东西。不久后，任慧的再度怀孕，让她多少淡忘了不知去向的"女张智"，让她显得，精神上好像没有问题。各种巫术的与科学的预测再度证明，她肚子里，这回怀的真是男孩。但巫术与科学也再度失效，似乎要把对张家的戏弄进行到底。生产那天，任慧再疼也不敢哭，也是没空哭，眼巴巴地看着医生在水淋淋又血淋淋的婴儿屁股上拍了一掌，然后，在婴儿有力的哭叫声中，字正腔圆地大声宣布：女的。张家人个个垂头丧气，对这又一个女婴，除了分别扒开她双腿验明正身，再就不拿正眼看她。任慧提前感到了恐怖，她申请带孩子回娘家坐月子。那怎么行，即使张德强想签字批准，公公婆婆也不画圈。她的月子，仍然得在有军人站岗的军休所大院坐。一周之后，张德强从任慧怀里夺走孩子，乘爸爸的专车向院外驶去。任慧哭了一天，好几次都昏厥过去。可出乎所有人意料，下午三点，怒气冲冲的张德强抱着孩子又回来了，把孩子塞给任慧时什么都没说，是跑到爸妈那边，嗫嚅着解释了挺长时间。又隔几天，在任慧的预感中，张德强似乎又约好了爸爸的专车，她便成竹在胸地起个大早，抱着女儿溜了出去。她也是下午三点又回来的。与几天前的张德强不同，她是独自回家，且喜气洋洋。不论张德强问她什么，她都只说，女儿又回到了她的身上。

这回好了，她一会哭一会笑地说，咱的张智，她又回到了我的身上。张德强打她时，她不闪不躲，好像失去了痛感神经，弄得张德强都没兴致下手。

然后，又过几天，就七一了。张德强下午参加军地合办的红歌红诗联欢会，晚上会餐喝酒，夜里回家后有些兴奋，扒光任慧要再播云雨。任慧拒绝，说疼，说现在也不是排卵期呀，说我还淌血呢。张德强就骂她扫兴，然后打她，打累了让她去倒酒拿菜。任慧从冰箱里拿出啤酒，往杯里倒时，把事先磨好的安眠药末也掺了进去。张德强很快瘫了，可也很快又清醒了。是药力对他的效用低微，导致他多受了皮肉之苦，继他右手手指被砍飞两三截后，他的肚子胸脯脖子脸，也都充当了菜刀的案板。本来不必砍那么多刀，可任慧忽然很想说话，而说话需要击节伴奏，她就用手中的菜刀打起了拍子。她话说得没什么逻辑，但稍加条理，意思倒也清晰明了。她说，你们的张智和我的张智，其实不是同一个张智，你们的儿子张智在哪我不知道，我只知道，我的女儿张智这回没危险了，你们老张家再也害不成她了，因为呀，她让我在浑河边上架火烤了，一星一点都吃肚子里了……后来，公安还真去浑河两岸走了几遭，看看有无埋骨的新坑。没结果。仅市区范围，浑河的长度就十多公里，许多地方还灌木密布，或堆满垃圾。接受审讯时，任慧坚决不提供具体的烧烤和埋骨地点，不论几个女公安怎么折磨她，作为一个早已被塑型完毕的职业受虐者，她只是心满意足且不无诗意地回答：

我把女儿埋在了心里。

3

　　伊吹富子挨第一刀时，本能地一躲，并摆手叫：我告诉你吧……伊吹重藏愣了一下，没搭茬，只是收臂出手再刺一刀，让这第二刀，准确洞穿了妻子心脏。伊吹富子不满地笑笑，然后闭眼，不情愿地死了。她不怕死。她和丈夫的想法一样，既然天皇下昭宣布了终战，国家已经屈辱地战败，他们这些流落异国的大和臣民，再活下去就苟且了，而苟且偷生等于背叛，为了保持纯洁的忠诚，自裁也许是最好的选择。所以，她和丈夫从收音机里一听到来自祖国的准确信息，只略作商量，就一致同意，要以死报效天皇和国家。退伍军人伊吹重藏虽然少一条左臂，但执刀的右臂却结实灵活，由他充任先杀妻子再杀自己的行刑官，用双臂当然不能算多，只用单臂也算不得少。他就舞动起孤零零的一条右臂，朝跪着的妻子扑了过去。可妻子居然欺他一条胳膊重心不稳，闪身让他一刀刺空，让他这个曾经的职业杀手阴沟里翻船，并且，还恋恋不舍地拖延时间道：我告诉你吧……他很想严厉地责问妻子：你的民族气节哪里去了？但他光顾咬牙切齿，和刺第二刀了，未能得空询问妻子。当然了，即使问，伊吹富子也已没空解释，没空告诉他，她的民族气节一点没丢，她最后那不满的一笑，为的不是责备他杀她，而是怪他不该瞧不起她认为她怕死。其实，因为想到丈夫也将离开人世，她是想让他死个明白，让他知道，他们的儿子伊吹信介，与他没有血缘关系，他是她与人私通的果实。

　　几年前，伊吹富子还叫中田富子时，邻村伊吹家托人捎来了新的彩礼，说他们给儿子伊吹重藏和未婚妻中田富子举行婚礼的吉日良辰已经到了，请中田家也有所准备。中田富子很不情愿，又哭又闹地想毁婚约，对伊吹重藏这个过去只见过一面、眼下又缺条胳膊的未婚夫，她激发不出点滴感情。是的，一年半以前还四肢健全的伊吹重藏，去满洲战场为大东亚共荣效力一番，再回到札幌家乡就一条胳膊了。可中田家穷，老鼠都瘦，家里曾经收的彩礼，早被嗜酒的爸爸拿去换醉了，根本还不上伊吹家不说，对如今伊吹家以送新彩礼的方式给予的资助，更是难以拒之门外。并且，还有一个重要问题不能不考虑：伊吹重藏是爱国军人，是民族英雄，如果一个女人不把嫁这样的男人引为骄傲，难道她是卖国贼吗？中田富子即使拗得过爸妈，也拗不过爱国主义和民族精神，她只能与暗中往来的同村情人洒泪分手，憋屈地成了伊吹家人。自从成了伊吹富子，她基本没机会再会旧爱，但是，就在一两年才有过的两三回鸳梦重温中，她却怀上了情人的孩子，让很可能没生育能力的伊吹重藏有了伊吹信介这宝贝儿子。

大概在伊吹信介会喊爸爸不久，伊吹重藏通知妻子——的确是通知，不是商量，他准备响应国家号召重返满洲，参加开拓团，屯垦新疆土。这一回的主要任务不是打仗，而是建设，他要带上妻子儿子。

还在中国的清末民初，日本就尝试着，往中国的东北输入移民。不太成功。后来，"九一八"事变了，关东军把中国东北的黑土地涂抹成横平竖直的白报纸了，日本新制订的七条国策里，才有了向中国东北移民这么一条。在日本国内，一支支"屯垦队""开拓团""义勇营"组织起来，男女老少相携着渡海，希望在二十年后的满洲居民里，有日本血统的占十分之一。也有许多人，对国家意志缺少信任，更愿意让个人意志与国家意志保持距离，伊吹重藏的不少亲朋好友，就是这种落后分子。本来，在战场上，伊吹重藏已经为大东亚共荣战斗过了，且一直战斗到身体伤残，如果不加入移民队列，国家意志不会怪他，再说了，以一条胳膊垦荒拓地，也不方便。可伊吹重藏觉得，他丢失的那条胳膊，不是可以一劳永逸地挂在身上的爱国标签，在所有事情上，都继续与国家意志保持一致，这才是他更应该做的。他就动员亲朋好友，要积极响应国家号召，离乡背井奔赴满洲。他的动员广受冷遇，包括后来，他决定自己带头二闯满洲时，亲朋好友中的追随者也寥寥无几。愿意冒险的人多家境贫寒，比如中田家的人，除了已经嫁给他的大女儿中田富子暨伊吹富子，二女儿中田美子和三女儿中田慧子，这两个尚无婆家的年轻姑娘，也追随着他，来到了中国东北牡丹江畔的横道堡子。

在横道堡子，官方没指派伊吹重藏担任领导，但开拓团里上上下下，人人都视他为精神支柱。首先他是身残志坚的模范人物，其次二进满洲的他有在中国的生活经验，而最主要的是，他乐于助人，能赢得团员的广泛爱戴。这天，当他最后看一眼血泊中的妻子，面朝天皇画像跪好的时候，吱呦一声，木板房门被推开了，中田美子中田慧子这姐妹俩，一人拉着伊吹信介的一只手，枯萎的秋叶般飘进屋来。伊吹重藏又急又恼，还尴尬羞愧，就好像，被人看到了他左肩部位虬结的肉团。此时他身上，穿着新浆洗过的褪色军装。浑蛋，怎么不敲门？伊吹重藏骂的是两姐妹，眼睛却直直地盯着儿子。他和妻子商量自杀，都没提伊吹信介，好像他们是马虎的父母，早忘了自己五岁的儿子。他们都不认为，对前一天恰好住到两个姨妈那边的聪慧儿子，他们是要有意放过。但现在，儿子回来了，这肯定是天意，让他们三口一齐上路。在心里，他把这情况通报了妻子，然后示意儿子过来，与他跪在一起。两姐妹之一违拗了他，不光拉紧外甥，还指着地上姐姐的尸体大声质问：你也听到了战败的消息？可你这样是逃避责任——他看出来了，两姐妹仓促地跑来找他，最初只为传递新闻，可她们之一，不知受了什么启发，应该是受了他启发吧，竟批评起了他只顾自己的自私行为，埋怨他不该抛下众多没有主意的妇女儿童。闻听妻妹之一的指责，伊吹重藏重新尴尬和羞愧起来，仿佛比让人看到了他左肩部位虬结的肉团更尴尬羞愧。他起身，先亲儿子脑门，然后收刀，出门，骑上拴在院门口的杂毛瘦马一溜烟跑了。

伊吹重藏于两小时后回来，回来后，他径直来到小学校，并把团里为数有限的成年男团员都召集过来。那些成年男团员都年龄偏大且体质虚弱，个别年轻的也有残疾。再过去两小时，周边几个村里的开拓团成员也赶来了，引导他们指挥他们的，也是他们几个团里为数有限的成年男团员。一百七八十名男女老少聚齐以后，很自然的，所有已经了解会议内容的男人，都均匀地分布在学校操场的各个角落，而作为在几个开拓团都口碑甚好的伊吹重藏，受多数男人之托，爬上缺了一角的泥坯领操台，对大家发表简短讲话。讲话约五分钟，其中三分之二点五分钟讲什么叫效忠，以及效忠的意义价值，另三分之零点五分钟讲效忠的方法。也有反对的。不是反对效忠。没人敢反对效忠，反对的是效忠的方法。但反对之声没有市场。意见发布得晚的大部分反对者，都识趣地自行收回了意见，而发表意见及时的小部分反对者，不论在哪个角落刚一出声，都会引来一声枪响，并在那枪声的帮助下，率先踏上效忠之路。此后就一切都好办了，那些效忠准备已做充分的男人，有条理地把尖刀、绳索、氰化物以及水井的位置，提供给对它们各有所需的女人和孩子，包括此前未受信任的个别成年男人。选择服毒药和捅刀子的更多一些。这两种效忠方法的好处在于，一是可以就地实施，一是方便彼此合作。捅刀子的一般两人一组，两个对面而坐或者而立的成年人，彼此抓住对方腰带，喊个号子使劲互捅，除了个别左撇子稍微麻烦，大部分，都能以右手直刺对方的心脏。也有不担心自己捅自己下不了手的，他们的自裁，便比较守旧更因袭传统，拉着花架子剖自己肚皮。服毒者所需工具是饭碗或水杯，执行者往往是妈妈或奶奶。与平素一个个晴朗的黄昏没有两样，这些妈妈或奶奶暂时摆脱体力操劳，将也玩累了的孩子们聚拢膝前，像给他们讲故事或陪伴他们做游戏那样，镇定而慈爱地，把搅拌均匀的剧毒药水塞给他们，注视着他们一饮而尽。投井上吊的需要起身，需要更多的辅助设施，前者要找个井口朝底下栽，后者得寻根房梁往上边挂，它们的特点是，能帮助选择它们的效忠者拖延点时间再上归途。也有不配合的，舍不得主动了结自己，便另有两条路供他们选择：要么在枪口与刺刀的威逼下退进院子一侧的教室，等待过一会葬身火海，与反锁了门的教室一道化为灰烬；要么，就跑，就突围，就设法逃命，再任由追上来的男人用子弹打用战刀劈用石头砸用马蹄踏……

随着夜幕慢慢降临，所有的声音都止息了，哭喊声吵嚷声祈求声叫骂声，枪声刀声燃烧声，还有鸡飞狗跳声、马嘶猪拱声，包括蛐蛐声蝈蝈声鸟雀嬉戏声夜蛙对唱声，都被夜晚给吞噬了，就好像，夜晚是这世界的消声装置。第二天，消声一夜的横道堡子，又按部就班地回到了这世界丰富的声响之中，那些零零星星的幸存者，那些躲在周边庄稼地里、柴火堆中、大树上梢和河沟子下沿的人，那些以空木箱和冷灶坑为掩体的人，那些受到附近中国村民保护和藏匿的人，好像听到某种特异的召唤，三三两两地，试试探探地，畏畏缩缩地，战战兢兢地，又回到了开拓团的小学校附近——没人敢彻底靠近那个血腥的院子。没有人再指责他人，也没有人再杀戮他人，更没有人延续上一天的效忠模式，好像一夜之间，所有幸存者，观念都发生了巨大变化。他们当然还是大日本国的忠诚臣民与无畏战士，但是，他们的效忠方式，至少更可取的效忠方式，已应该是历尽艰辛重回日本，回到祖国的土地上去跪拜天皇。

这些幸存者，包括三个成年男人、十七个成年妇女、十三个五岁至十五岁不等的孩子。妇女里包括中田慧子，孩子里包括伊吹信介——在全部三十三个幸存者中，他年龄最小。

十一天后，这支一路西行屡走弯路基本靠乞讨和捡拾度日并遭遇过好几场人为的与自然的灾祸的妇孺团队，在长春东北方向五十公里外的九台停下了脚步。倒不是扎下根来不再走了，而是不必再用双脚走了，被国民政府派来九台的临时县长傅成祥正好要回长春办事，便一挂大车捎上了他们。是的，一挂大车，并且是一辆一匹马的小大车，可拉上来自横道堡子开拓团的日本难民并不拥挤。十一天里，这支由三十三人组成的幸存者队伍，能幸运地搭上这挂小大车的，只剩了一个成年男子和包括中田慧子在内的三个成年妇女，以及一男一女两个分别为十三岁和十五岁的孩子，其他人，除了此时与他们失散的伊吹信介，都死在了亡命途中。

本来，伊吹信介也应该死在亡命途中，或者说，他已经死了，已经成了抵达逃难终点之前的最后几个不幸者之一。前一天夜里，他和小姨以及其他伙伴过饮马河，摆渡的船，是三扇捆在一起的破烂门板。一般来讲，过风平浪静的饮马河没大危险，它的最深处，也刚没过成年人脑袋。可谁都无法预知，掠过上游的一场急雨，把一股延时汹涌的暗流积蓄在了风平浪静的水面下方，而这股即使掀翻了门板船也感觉不出汹涌的暗流，眨眼间，便把三十三个幸存者中的最后十一人分成了两拨。它允许中田慧子等六人抱住了门板，而包括伊吹信介在内的两个妇女三个孩子共计五人，则轻飘飘如同纸糊的风筝，被拖曳着牵拉着，盲目地飞向了不知所终处。这是黑夜与河水与破烂门板的合作谋杀，它们取消了最后几个命定不该幸存的人的幸存资格。但与其他四个没抓住门板的同伴比，伊吹信介的幸存资格没被长期取消。估计门板船那边，小姨痛惜外甥的哭声还没止住，甚至，她自己的安全还没保障呢，这边的伊吹信介在呛了几口水后，已被一股友好的水流裹到岸边，推到岸上，被重新授予了幸存资格。

上游落大雨，下游拣大鱼，这是长贵传授给傅子夫的诸多生活经验之一，至少，这经验针对饮马河是个真理。长贵是傅家的老长工，脸上的皱纹比头发多，而生活经验，比脸上的皱纹又多一些，比如，前一个晚上天黑后和这一个早上天亮前，他两度往西北方向饮马河上游的天上看看闻闻，就敢断言，夜里那边下没下雨，饮马河里鱼多不多，然后，就敢决定要不要把傅子夫从酣睡中叫醒。小少爷傅子夫是长春客人，已先到九台，在爸爸傅成祥的临时寓所住了两天，是刚来饮马屯看爷爷奶奶的，而去长春接他和陪他滞留九台的，正是长贵。作为两岁开始就在日本人开的国际幼稚园接受教育，此后又就读于日本人办的国际小学的城里客人，傅子夫既无骄气也不娇气，这几年，作为已经六岁七岁和八岁的大小伙子，他每回回饮马屯，都追在大朋友长贵屁股后边，一忽当渔民一忽当猎手，一忽当车老板一忽当小羊倌，与那些始终生活在饮马屯的乡下孩子比，倒是个更标准的乡下孩子。这会就是，傅子夫这个更标准的乡下孩子，随长贵来到河边一个拐弯处，放倒手推车，把大木桶里的褡裢网往水里一撒，就四脚八叉地在河边沙堆上躺了下去。太阳已拂开天上的薄雾，晒得泥土暖烘烘的，一老一小两个打鱼人，也就暖烘烘地睡进了梦乡。结果，不久之后，傅子夫的梦里梦外就被鬼鬼祟祟的伊吹信介给打通了。

长贵那个沙堆什么时候没有人的，傅子夫一点也不知道，虽然，他与他只隔两三米远。他猛一睁眼，先知道的，是趴在倾倒的手推车旁的伊吹信介，正狼吞虎咽地，吃挂在辕把上饭盒里的咸鱼大饼子干豆腐葱；是这之后，傅子夫才意识到，长贵没在附近，他必须自己应付突发事件。如果伊吹信介是大孩子，一望而知比傅子夫大，傅子夫会怎么对付他说不太好。可伊吹信介太不起眼，小不说，更主要的，是他潮湿的衣褂肮脏破烂，虚弱的身体皮包骨头，不论谁与他处于敌对状态，都能本能地判断清楚，以他为沙袋操练拳脚，取胜将是唯一的可能。是的，傅子夫都想到他实施暴力结果如何了，也没去想，欺凌弱小多么可耻——三四年前，上第一堂柔道课，他学的就是匡扶正义。就傅子夫所受教育和平素教养来说，对伊吹信介偷取食物这件事情，他的反应理应是怜悯。可这时，他却以来路蹊跷的粗野与凶残，做出了反常反应。他冲上前去，骂着粗话，默念着柔道课上日本老师传授的口诀，灵活地应用着他偏爱的足技，以连续的"内谷"，不断用腿把伊吹信介挑起来再摔下去，其动作要领相当规范。

最初傅子夫没注意到，这个即使挨打也紧抱饭盒，即使满地翻滚也不忘往嘴里塞东西的小叫花子小流浪汉，自我保护及翻滚的动作，与他在柔道课上学的寝技大体一样；而一直被动挨打，却又一直灵巧腾挪的伊吹信介，也是将被打回饮马河了，才突然停止吞咽，把他意识到的东西，通过母语表达了出来：你是日本人？伊吹信介细小的眼睛，骤然射出一缕精光，那晶莹剔透的一线幽蓝，似乎能催眠它投射的对象。但日语能力一点不差的傅子夫，即使被催眠了，也听得懂伊吹信介嘶哑含混的惊喜叫声：你会柔道？你穿棉布衣服？

傅子夫立刻僵住了手脚——我师傅的大错就此铸成。

自从领命除掉伊吹信介，在外游逛的我师傅一来饮马屯，一回傅子夫体内，就明显感到，他对自己功能波的调动和施放，从未有过地得心应手，心有余而力也足了。体会着不竭能量汹涌于周身的那种感觉，BB1203时段的我师傅极度畅快，一如站在瀑布下接受洗涤。此时他最想做的，是带着从未如此充沛的满身能量去化身为人，去放纵游玩尽兴逸乐。他当然不能。他很清楚，他这一时刻的强大与舒坦，仰仗的并非自己的功力，而是某位先祖——不久之后他将知道，是AAAA03号先祖——对他进行了隔空援助，此刻他最应该做和必须做好的，唯有工作。我师傅就积极地工作起来，作为中介物二传手，把源源而来的AAAA03号先祖的功能波，再源源输送到他固定宿主身上，通过强行施加刺激，促使傅子夫的拳打脚踢越来越致命，以便将已临绝境的伊吹信介尽快击垮在绝境之中。

到此为止，我师傅的所为无可挑剔。

可非常遗憾，应该就在绝境的边缘，在致命一击袭来之前，伊吹信介以他充满魅惑的幽蓝目光，让傅子夫，准确地说是让我师傅，不仅如同受了催眠，还仿若坠入冰窟之中，手脚即刻全僵住了。这当然是比喻，圣婴即使在北极南极，也不可能被冻住手脚，而伊吹信介的目光，别说只是有点诡异奇幻，即使它以安眠药甚或氰化钾为发射光子，也不足以导致圣婴瞌睡犯困。我师傅几乎没用过渡，就结束了对傅子夫的强行激发，而不计后果地把AAAA03号先祖援助的能量截流下来，这只能证明，是我师傅这个个体忽然着魔中邪了，而非伊吹信介有什么对付圣婴的妙法良方。至于像我师傅这种，既敢着魔又敢中邪，还敢在胜券在握的前提下主动让人类占上风的圣婴，大概在有史以来的圣婴界里，也难以找出第二个了。据说，后来，先祖们决计惩罚他时，本想把他直降D级，但考虑到他的意气用事居然那么天真无邪，发落他时，惩罚的尺度就放宽了。我师傅截流先祖能量，竟没私自加以利用，而只为体会它在他体内流转激荡的那种感觉，这多少有点像，人类里，一个重刑囚徒冒着风险成功越狱，却只为看一场心仪明星新拍的电影，观影毕，他就立刻翻墙钻洞地回了监舍。我师傅把对傅子夫的刺激停止下来，傅子夫也就减缓了对伊吹信介的攻击，而此后，随着傅子夫身心状态的过早复原，没再追穷寇打落水狗，伊吹信介有可能被河水淹死被太阳晒死或者饿死病死的其他厄运，也就统统变成了幸运……

我师傅他……对伊吹信介，是心软还是有好感了？有一回，我师傅没在跟前，我与金三足前辈聊天时说起这事，在困惑之余，竟语含妒意。

啊，那倒都不是，你那样想你师傅，是用人的视角看待他了。金三足前辈说这话时，好像话里有话，好像暗指什么。他呀，就是好奇心太重，是小聪明没耍好耍了自己——是不你，也啥啥都好奇？

金三足前辈的解释我不都同意，但有些分析我愿意认同。我觉得，不论我师傅是个千变精怪还是万化邪神，骨子里，至少在某一时段，肯定是圣婴界一个最纯粹的游戏者与最单纯的冒险家——所谓纯粹单纯，在我看来，就是一切以玩乐为最高宗旨，并敢于追随着玩乐，向挑衅和挑战的高度发展自己。对比我师傅，畅想我未来，我经常会很没信心，在我那望不到尽头的漫长一生里，我能或者敢以我师傅那种境界以及胆量畅快玩乐吗？如果不能不敢，那我的生命，还会好玩和可乐吗？

就伊吹信介事件，金三足前辈这个"政治家"或"社会学家"，忽略了我师傅的游戏者特色，而只按冒险家模式分析了他。他说，我们的先祖，的确一贯英明伟大，但也的确——经常昏聩，比如吧，没有章法或有法不依或执法不严那样的事，细数起来，会与他们滥定法规和歪曲法度和任性执法一样普遍。但这些情况，一个圣婴，没做到B级很难体察，而做到B级了，又往往会见怪不怪麻木不仁。可我师傅是个特例——或许，也与他刚跃迁B级有关系吧——当然，他的特例，并不表现为他就敢不满或抗议先祖的昏聩，他也不敢；而表现为，他会巧妙地把那昏聩作为戏谑的对象和嬉闹的道具，不惜带有破坏性质地以身试法。是在这种背景之下，除掉伊吹信介的使命落到他头上的。更多的时候，一个圣婴，永远都没缘接触一个黑名单上的特殊人物，我师傅却得到了机会。他原本想，应该与所有得到这种机会的圣婴没有两样，就是一边尽情享受A级先祖隔空援助的巨大能量，一边顺利地完成任务。可具体下手时，对伊吹信介的种种表现，他又没法不陡增好奇：这个五岁孩子还那么小，就有如此出色的耐受力观察力和分析能力，若现在不让他死于非命，或许，就有机会观察和稽考他的将来——伊吹信介在又吃东西又避拳脚的同时，居然能注意到，傅子夫会柔道并穿棉布衣裳：柔道是日本最受欢迎的体育运动，有民间市场；而一般中国人穿的衣裳，都非棉布而是更生布的……于是，我师傅很希望利用先祖的昏聩不察，把黑名单上的伊吹信介留存下来，作为一个很可能才智非凡的探究样本，看看以后的他，能否真成为圣婴事业的致命敌人。而检验这个，金三足前辈痛心疾首地说，岂不是对先祖预见能力的间接检验。

滚蛋，小鬼子！斗志尽泄的傅子夫，之所以把他表面化的凶神恶煞保持了下来，全赖理性的生硬支撑。小逼崽子，再不快滚我整死你！同时，傅子夫还把伊吹信介期待的日语，硬生生地咽了回去。

长贵连跑带颠地赶回来了，再三向小少爷赔不是骂自己，说自己真是老糊涂了。刚才，他躺到沙堆上晒太阳时，一下记起来，今早老太爷是要嘱咐他事的，可他光惦记陪小少爷捞鱼就给忘了。他急忙跑回屯里。可老太爷一听小少爷自己在河边呢，气得直跺脚，责备他不该把孩子一个人丢在河边，于是，并没领下新差，长贵就呼呼哧哧地又回来了。傅子夫没怪长贵如此长时间地扔下他不管，他仍沉浸在对他来说，一种少有的经验之中。他把刚才的事给长贵讲了，尽管不无炫耀，但更有所掩饰。之后，他闷声不响地配合着长贵，收了把网又下了把网，是观察大木桶里活蹦乱跳的草鲢鲤子三道鳞时，忽然之间他恐惧起来。不行呀，他喃喃道，咱要不管他，他肯定没法活过今晚……事实是，他们在一片草窠子里找到昏死的伊吹信介时，在所有方面都经验丰富的长贵说：操，算这小日本命好造化大，要不现在就送他看郎中呀，他都活不过今天晌午。

长贵傅子夫把伊吹信介交给郎中时，九台的临时县长傅成祥正把几个徒步行走了数百公里的日本人交给长春的日本移民收容中心。而二十天后，傅子夫把健康的伊吹信介交给爸爸傅成祥时，两个都会汉语日语和柔道的孩子，已经把他们结下的友谊交给了时间。

4

可能，在单位时间里，在所有圣婴中，范是钢-沈忱-伊琳娜·康斯坦丁诺夫娜更换固定宿主最为频繁。这从玩乐的角度讲算经历丰富，可从进化的意义上说则有点不幸。一个圣婴与一个固定宿主，相伴时间越久，所汲取的生命素就越能呈几何级数地充盈完备，也就是说，一个宿主越长寿，其生命素就越有益于寄宿者。反之，总汲取年轻宿主的生命素，则如同只吸收清汤寡水，虽然也能勉强充饥，却必然导致营养不良。营养不良能咋样？这很难说，就像一个人幼年失怙，自小孤儿，你不能说他一定就活得不好，但他身心状况若真的不好，又人人能找到理解的角度。这范是钢-沈忱-伊琳娜·康斯坦丁诺夫娜，就是营养不良的一个标本，后来，我师傅和金三足前辈冒着风险，弄虚作假地把他塞进D级，唯一的理由可能就是，让他换换环境换换心境，焕发出一些新的活力，至少，应该先治愈他心态上的营养不良。

我与范是钢-沈忱-伊琳娜·康斯坦丁诺夫娜结交为友约五十年，五十年里，我与盛英这一个宿主还没处够呢，他却就有了三任宿主，继三十多年的范是钢时段后，沈忱时段只十五六年，而最后的伊琳娜·康斯坦丁诺夫娜时段，算上预备期，他也没存在到二十个月。二〇一一年八月十九号，莫斯科小公民伊琳娜·康斯坦丁诺夫娜出生九个月十三天时，爸妈带她去红场玩。许多人都不记得了，这一天，是一九九一年，当时的苏联副总统亚纳叶夫伙同国防部长亚佐夫、克格勃主席克留奇科夫等人，发动未遂的"八一九"政变的二十周年。当时，政变团伙软禁了主张改革的总统戈尔巴乔夫，又调动坦克师、摩托化师、空降师等部队，把俄罗斯政府办公大楼给包围了。可他们没想到，平常一盘散沙的百姓，在拥护改革反对政变这件事上，却突然有了自己的意志。一时间，群众上街示威，军人掉转枪口，让亚纳叶夫等人攫取最高权力的美梦，只做三天就流产了。结果，便有人开心有人窝心。对开心者不必置评，对窝心者，最好的建议，是尽快删除那段记忆。可有的人，偏偏对窝心之事刻骨铭心。

眼下，在红场西侧络绎的人流里，一个腰板笔直，但只能以电动轮椅代步的干瘦老头，就喜欢以窝心的方式，对政变的失败刻骨铭心。这个胸前挂十多枚勋章奖章纪念章，名叫米哈伊尔·费多罗维奇的干瘦老头，是个自称永远忠于红色苏维埃的退伍军人，四十年前，作为驻防远东的下级军官，在与中国军人发生珍宝岛冲突时，右小腿因冻伤而全部截肢。现在，在"八一九"二十周年的纪念日里，他窝心的情绪坏到了顶点，于是，上午十点半钟，他模仿着前不久制造地铁爆炸案的车臣妇女，在红场的人流里，在距列宁墓不足五十米的地方，引爆了绑在电动轮椅货物筐里的自制炸弹。那炸弹制作得太粗糙了，与车臣妇女的武器没法相比，虽然他是前军人，而车臣妇女，仅仅是民兵的遗孀寡妻。车臣妇女一次炸死十二个人，可佩戴了半衣襟胸章的米哈伊尔·费多罗维奇，炸死的却只有一老一小。老的当然是他自己，小的，便是婴儿车里的伊琳娜·康斯坦丁诺夫娜。当时，一老一小的电动轮椅与婴儿车并排摆放，曾在红场的乱糟糟与闹哄哄里，添加过一道温馨的风景。是这之后，在伊琳娜·康斯坦丁诺夫娜意外死亡后，范是钢-沈忧-伊琳娜·康斯坦丁诺夫娜曾露出一丝惊喜之色，如同一头把脑袋探出冰洞呼吸的海豹，恰好看到，在这只冰洞前因守候太久而失去耐心的北极熊，正把它的捕猎地点，设定为一个新的冰洞洞口。肯定早有过深思熟虑的范是钢－沈忱－伊琳娜·康斯坦丁诺夫娜，没给他师傅发送请求物色新宿母的信息波，只像什么事都没发生那样，静卧在伊琳娜·康斯坦丁诺夫娜小小的尸身里，在作为新一层级的D级圣婴向前进化的起始点上，理性地结束了自己的生命。

　　说明一下，在沈忱时段的后十年里，因为范是钢－沈忱－伊琳娜·康斯坦丁诺夫娜随同沈忱移居了美国，作为他师傅的我师傅，得跨区域地去辅导他，这让我师傅再度在其他圣婴眼里成了怪物。跨区域倒不是难事，若只为游玩，跨区域去哪都很正常；可跨区域带徒弟做辅导，则有点怪怪的，很像人类中的某些领导，只有三月五号，才动员下属服务他人，也只有三月十五号，才对假冒伪劣商品下打击令。一般情况下，若徒弟的宿主做大的迁移，师傅都要把徒弟转让给徒弟宿主新迁移区域的高级别圣婴，以示对新迁移区域圣婴的尊重信赖，就好比，一个原A国人，若在B国长期生活，最好能入B国国籍。可我师傅凡事喜欢抬杠的个性，在这件事上又有所体现，宁可与惯例抵触，也不把范是钢－沈忱－伊琳娜·康斯坦丁诺夫娜转让出去。对这件事，最初我只有单纯的佩服，佩服他讲义气够意思，但当我偶然知道，远不符合D级条件的范是钢－沈忱－伊琳娜·康斯坦丁诺夫娜转世伊琳娜·康斯坦丁诺夫娜时，已摇身一变跃迁了D级，我才意识到，我师傅的特立独行，已不仅仅是玩个性了。他这么干，极端狂妄又无比危险，尤其幼稚得像以卵击石。但也正是这枚击向石头的脆弱之卵，最终孕育完成了我对他的完整的敬意。当然了，这件事，我师傅没对我透过口风，他只是不再为我和范是钢－沈忱－伊琳娜·康斯坦丁诺夫娜的见面提供机会，甚至说话时，都会避免再提到他。是有一回，心慈面软的金三足前辈耐不过我磨，才把范是钢－沈忱－伊琳娜·康斯坦丁诺夫娜已与我平级的信息泄露了出来。泄露之后他很后悔，再三警告我不可与我师傅提这话头。其实，能确定范是钢－沈忱－伊琳娜·康斯坦丁诺夫娜已跃迁D级就足够了，不用再问，我也能猜到，一定是我师傅巧妙地利用了亚洲美洲欧洲间广阔的地域跨度，再从范是钢－沈忱－伊琳娜·康斯坦丁诺夫娜的频繁迁徙史上所遗留的缝隙中找出可钻的空子——当然，我坚信，其间还必须加上督察圣婴金三足前辈的声援策应，不可能才最终成了可能。

自从范是钢－沈忱－伊琳娜·康斯坦丁诺夫娜结束了沈忱时段，我俩再未有机会见面，直到他最终不辞而别。他死以后，我好几番鼓起勇气，想请我师傅或金三足前辈，把那个肯定惊悚而又精彩的作假故事讲给我听。我没贸然张嘴。我担心，那故事也由内疚和自责结构而成，我让他们回忆它讲述它，就等于逼他们反复地把范是钢－沈忱－伊琳娜·康斯坦丁诺夫娜的自杀之责扛到肩上；他们以弄虚作假的方式帮他晋级，导致了他自尊的彻底崩盘，而他们演绎的那个故事，其实是压垮骆驼的最后一根稻草。

　　再说明一下，一九九〇年代以后的俄罗斯，是此前那个名为苏联的国家的主体，而总共存活了七十多年的苏联，在它的第三任最高领导人赫鲁晓夫死去还差一点点二十年时，就也死了。

　　范是钢－沈忱－伊琳娜·康斯坦丁诺夫娜的第一世宿主，是个名叫加迪尔的阿尔及利亚人，加迪尔的爸爸年少时，为了好玩，与几个小伙伴合谋杀害了邻居的孩子。后来，加迪尔十一岁那年，他妈妈与人私通事情败露，被他爸爸和一群邻居，在沙漠里挖坑给活埋了。加迪尔恨爸爸，爸爸就也不喜欢他，虐待他，他便离家去城市流浪。先去瓦尔格拉，再去阿尔及尔，做过包括乞讨在内的许多低贱事情，三十一岁时，死于流氓群殴。之后，范是钢－沈忱－伊琳娜·康斯坦丁诺夫娜的新宿主也是个穷苦的阿拉伯人，辗转去了欧洲谋生，到欧洲后，他的下几任宿主，分别是西班牙人意大利人比利时人法国人，而他的最后一位欧洲宿主，一个死在越南的法国军人，又使他有了越南宿主，然后，又有了美国宿主和日本宿主，又有了朝鲜宿主和台湾宿主，又有了福建宿主，直至那个叫黄凤仙的福建宿主在家乡几乎饿死，为活命，远嫁到了在想象中和传说中富庶得土地流油的寒冷的东北。寒冷的东北一切都好，虽然并非土地流油，但至少没饿死，而且寒冷也没那么可怕。与家乡的其他乡亲背道而驰，不闯南洋闯东北的黄凤仙一切感到都挺好后，正想动员更多家乡的姐妹以嫁人的方式来东北自救时，却被生育时的难产，毁掉了她二十二岁的花样年华。再之后，范是钢－沈忱－伊琳娜·康斯坦丁诺夫娜就漂泊到了刘悦的受精卵中……在他经历中，最有特点的是他每任宿主都很短命，基本只活二三十岁，不足二十岁的有好几个，而超过四

218

十岁的只有两人,超过五十岁的一个都没有。一个经历如此丰富但又命途如此多舛的多世圣婴,自然在我眼里富有魅力,甚至,见多识广的我师傅和金三足前辈,也时常为他身世中那种强烈的宿命意味唏嘘感叹。与范是钢-沈忧-伊琳娜·康斯坦丁诺夫娜相识之初,了解到他的命运特点后,我总是控制不住地一边心疼他,一边又对他充满好奇,比如吧,他拥有过那么多代号,拥有过那么多也可以冠在他头上的宿主的名字作为外号,而它们,又肯定因国别民族的互不相同,风格迥异差别巨大,那么,面对这种未免尴尬的情形,我很想知道,他感到骄傲自豪还是觉得麻烦累赘呢,还是无所谓?

在范是钢-沈忧-伊琳娜·康斯坦丁诺夫娜的范是钢时段,也就是一九六〇年四月九号到一九九三年十二月十四号这一时段,我俩的交往集中在早期,集中在我们成以后生之前,集中在预备期里——包括我预备期的格外漫长,都能给我们的交往提供方便。但后来,我生以后,我俩碰面的机会就少了,我们友谊的长足发展,是陈玉珍成了他的宿母,而他又漂泊到了即将分娩沈忧的那枚卵泡之后的事。那时,集他的前任师傅与督察圣婴于一身的金三足前辈,在主持为他选择新师傅的卡位排序工作时,再次舞弊做了手脚,把他归到我师傅名下,让沈忧时段的他,成了我的同门兄弟。

当时,金三足前辈二十一年期的督察圣婴职责已经结束,正担任四十九年期的督察圣婴,与无期督察只剩一步之遥。这样的前景,让他像所有踩在这道门槛上的圣婴一样,思维和行为,都失衡得拧巴,很像个七岁的班干部讲七十岁的官僚话,或者,像个色衰的妇人少女般发嗲:一方面,他事事谨慎如同工兵探测地雷,另一方面,他又不放弃任何一个小小的机会,去体验公权私用与任意妄为的那种快感。他常常批评我师傅嘴上没有把门的锁,可他又基本没忌讳地,喜欢听我师傅胡说八道。他总讽刺我师傅好色,但对我师傅渲染的男欢女爱,又明显地兴趣盎然,甚至有机会时,也忍不住会大肆渲染,比如,他就大肆渲染过范是钢的色情故事。

一九九三年,范是钢-沈忧-伊琳娜·康斯坦丁诺夫娜当时的固定宿主,那个名震黑白两道的年轻警察范是钢,胡闹得有点过分猖狂。头些年，应该给儿子找工作时，虽然已退休，但在公安系统依然人贵言重的范铁男，没为儿子开那个后门。钢子这种孩子，他对满脸不高兴的刘悦说，一旦有了警察的权力，是什么坏事都敢干的。刘悦对丈夫这么看儿子很不高兴，但范是钢对爸爸这么看自己则能够认同。可随着范是钢所在工厂的日益衰败，范铁男人贵言重的程度越来越低，刘悦施加给丈夫的压力也越来越大，什么坏事都敢干的范是钢，就还是穿上了警察制服。当上警察的范是钢其实表现挺好，好的标志是破案率高。他一向信奉雷锋原则：对待敌人，像寒冬一样残酷无情。结果，许多不知道是不是敌人的人，在他的残酷无情下成了敌人，而能找到敌人的警察，自然是好警察。很快，他就先进了，立功了，入党了，而按这势头发展下去，他的前途，会光明得让他爸跌一地眼镜。可惜有一天，嫖娼时，在三个一丝不挂的姑娘脚下他丢了小命，就不光警察的使命，连生存的使命都过早完成了。

准确地说，当时的范是钢不是嫖娼，平常他也并不嫖娼。谁都知道，中国的妓院都开得隐蔽，系地下暗窑，如此，保护伞的暗中遮掩就至关重要，而警察这种现管保护伞，又比市长局长处长科长那种现官保护伞更实用些。保护伞到妓院这个保护对象那里寻欢作乐，不必花钱，而不花钱，当然也就算不上嫖。也就是说，那天在沁园春洗头房，与范是钢同时性交的三个女人虽然是妓女，可范是钢却不是嫖客，那几个扫黄警察说他嫖娼，也就等于小瞧了他——操，埋汰我呀！他意思是：我范是钢玩女人还用花钱？

不许动！手放头上！我们是警察！那几个从外市调来参与各城市间交叉扫黄的警察，个个荷枪实弹如临大敌。

三个女人吓得筛糠，刷的一下，齐齐蹲在范是钢脚下，而这时的范是钢已经跳到地上，骂咧咧地去抓衣裳。他衣裳不是警服而是便装，放在大床一侧的破沙发上。操，你们哪个分局的？这谁的地盘不知道哇？他一点也没在乎那三个面生的警察，只是觉得他们太不懂规矩，让他在三个妓女以及外边的沁园春老板面前丢了面子。警察扫黄是职责所在，不是不可以扫，可扫之前，总得打个招呼通个气吧，否则，你让那些充任保护伞的弟兄们情何以堪。范是钢在伸手抓衣服前，没忘记拍拍脚下女人的脑袋，那潇洒手势代表的意思是：钢哥在呢，都不用怕。然后他继续教训面前的警察：到底他妈怎么回事儿放个屁呀，我是——

不要乱动！你嫖娼被抓了现行还……

是这时候，范是钢一边说"操埋汰我呀"，一边把衣服抓了起来。他把手朝衣兜伸去，肯定是要把警察证拿出来展示，可他衣裳一抖，衣兜里掉出来的却是手枪。大概是怕手枪砸到脚下的姑娘，他急忙身体前倾，哈腰去接。没接住，那枪还是掉了下去，砸到脚下一坨光裸的肩上。不是范是钢敏感度低灵活性差，而是在他几乎接住手枪的那一瞬间，对面警察中，至少有两人同时开枪，还弹无虚发，让范是钢再多晃荡一下就摔倒了——是趴了下去，趴在了原本蹲在他脚下的三个女人的脚下。

在扫黄子弹击毙范是钢的二十小时后，距沁园春洗头房不足百米的一家小旅馆里，从哈尔滨来沈阳做蜜月旅行的新婚夫妇沈强陈玉珍，也做完了他们一天三次中的最后一次爱——与范是钢不一样，他们是一天里，分时段地与同一个对手做爱三次，而范是钢是一天里，同时与三个对手做一次爱。金三足前辈接到范是钢-沈忱-伊琳娜·康斯坦丁诺夫娜的信息通报时，有点气急败坏，徒弟汇报范是钢的突发事变，明显过久地拖延了时间。他猜得出他脑子里在想什么。于是，下一步，为范是钢-沈忱-伊琳娜·康斯坦丁诺夫娜这个既经历丰富又命途多舛的徒弟选师傅时，他便除了就近就便地将他植入陈玉珍的受精卵中，还再度暗度陈仓和偷梁换柱，跳过一些更有资格认领新徒的师傅级圣婴，安排他更信任的我师傅接了他班。

随着范是钢-沈忱-伊琳娜·康斯坦丁诺夫娜与我成了同门兄弟，我俩的交情日益加深，已经无话不谈的我俩，每谈都如学术研讨，而尤其喜欢研讨的，更是圣婴界的各种禁忌话题，比如死亡，关于人类的终有一死与圣婴的基本不死这样的话题，成了联结我俩的牢固纽带。我俩都认为——特别是他这个与无数同类打过交道的多世圣婴认为，我俩那种全方位的投契合拍对路子，太罕见了。

开句玩笑，不怎么开玩笑的范是钢-沈忱-伊琳娜·康斯坦丁诺夫娜有点憧憬地说，咱俩若是人，再分成男女，注定会有一场完美的恋爱。

可是，我说，不论在人间还是圣婴界，完美从来都不存在。我话一出口，就知道在这种时候我这么较真有点扫兴，况且，这也不是我的本意。不过恋爱，我又补充，在同性间发生也很正常。可我的本意是这个吗？对于没有性别的圣婴来说，我的补充不该算影射吧？可我还是不好意思地低下了头，不知道也不想去感觉，一直专注望向我的范是钢－沈忱－伊琳娜·康斯坦丁诺夫娜在看向哪里。

范是钢－沈忱－伊琳娜·康斯坦丁诺夫娜自我分析他命途多舛时，认为这一切的根源，是他基因中波动因子富含得太多：他从北非前往南欧，再从南欧来到东亚，在沈忱时段，又远渡重洋去了北美，再之后，又迢迢万里迁回东欧。他赴美之前，我师傅带我去哈尔滨看他，我俩没掩饰依依不舍。其实，在圣婴界不像在人类，两地间距离的远近是个问题。圣婴去哪都没麻烦，从沈阳去纽约，并不比从沈阳去哈尔滨，或者就在沈阳城内游逛更鞍马劳顿，只是低级别圣婴，去哪都得借师傅之力，师傅帮不帮忙是关键所在。所以，我和范是钢－沈忱－伊琳娜·康斯坦丁诺夫娜为之忧虑的，并不是太平洋两岸的如何遥远，而是文化环境的巨大变化，注定给我们带来的焦虑。某种意义上，圣婴和人也差不多，在同一世里异地扎根改变"故乡"，会产生认同焦虑，区别只是，有些人和有些圣婴，很快就能克服那焦虑，而另有些人和另有些圣婴，会年深日久地受其困扰。我每次经历完这种迁徙，范是钢－沈忱－伊琳娜·康斯坦丁诺夫娜曾说，都很难走出那种莫名的失落，直至转世换个宿主——哈，幸好我宿主都很短命。范是钢－沈忱－伊琳娜·康斯坦丁诺夫娜一边自嘲，一边偷眼看我们师傅。含蓄的他，是以这样的方式感谢师傅没转让他。这时师傅正在忙别的，但从范是钢－沈忱－伊琳娜·康斯坦丁诺夫娜以及我的眼神里表情上，定然能读出强烈的感激。他就皱下眉头，硬生生地往我们这边插一杠子，把我们的对话给打断了。我能猜到，他这是以他的方式，对过于直接和正式的情感外溢表示反感。以前，在解释何以圣婴应该无情感时他曾说过，感情是互相伤害的前奏，而人际感情的主旋始终是伤害，所以圣婴要接受人的教训，通过拒绝情感来规避伤害。我师傅他——给你们说过吗？他自信心不足地，以我和范是钢－沈忱－伊琳娜·康斯坦丁诺夫娜都很热爱的金三足前辈当插话由头。说什么？我和范是钢－沈忱－伊琳娜·康斯坦丁诺夫娜一齐问他，都有点尴尬，是为我们的感情外露感到尴尬。早年吧，我师傅说，他有个叫施琅的固定宿主，是明朝的著名将领，后来投降了清朝，再后来又背叛了清朝，然后再度投降了清朝……我和范是钢－沈忱－伊琳娜·康斯坦丁诺夫娜耐心地倾听我们的师傅，把个不知所云的故事讲得驴唇与马嘴全对不上。

差几天七周岁的沈忱随爸爸沈强去往美国，投奔的，是已经落脚纽约的妈妈陈玉珍，而一家人能团聚于寸土寸金的曼哈顿下城布鲁克林桥一带，并让沈忱顺利成为西巴克利街杜威公立小学的一年级学生，主要得感谢的，应该是沈忱的姥爷姥姥，他们在美国已辛劳多年。沈忱去杜威小学上学的头一天，是二○○一年九月十一号，上午十点左右，年轻的女老师杰西卡给同学们介绍完沈忱，向班上的二十几个小朋友提了个问题：谁能用几句话，她说，对中国进行简单的描述？她是想通过这个方式，向刚刚成为这个班级一员的沈忱表示欢迎。沈忱的同学多为新移民，有色人种占四分之三，亚洲人占了刚好一半：三个阿拉伯人，三个既包括沈忱也包括一个台湾人在内的中国人，两个印度人，日本人越南人韩国人哈萨克斯坦人各一个。这些七八岁的孩子纷纷发言，但没一个在"中国"之外，能再对中国说点什么，包括沈忱之外，那两个分别于两岁和三岁来到纽约的出生于北京和台北的孩子。沈忱很兴奋，很感激美国人杰西卡。在所有孩子中，沈忱的英文表达能力最差，但他大体能听懂别人在说什么。从会说话起，他就懂得，对他来说，学英语比学中文重要，因为他早晚要成为美国公民，包括总咒骂美国的爷爷奶奶，也为孙子能有个美国未来而趾高气扬。也正因为这样，沈忱会计算美国的东西部时差，却叫不准中国的东北有几个省。但他毕竟又刚来自中国，当杰西卡最后请他发言时，他的表现便很出色。他说了亚洲，说了北京，说了哈尔滨以及松花江和太阳岛，当他正要说冰雕时，忽然传来一声——应该是一阵，很难判断来自远处还是近处的巨大声响，就如同，晶莹但却坚硬的冰雕轰然坍塌所生成的回音，把他说话的声音都稀释没了。

沈忱不满地看看窗外，不知道这美国什么意思，为什么会如此大声地打雷放炮，都影响了他的讲演。是的，就在一声或一阵巨大声响生成之前，前若干分钟吧，已经有两声不算巨大但也明显的响动，先期干扰过他注意力。此时，在他不满地看窗外时，伴随着巨大声响所诱发出来的其他声响，只见窗外碧蓝与乳白勾画的天边，在高楼大厦的缝隙之间，几乎突然地，就掩杀了滚滚浓烟，并且很快，那浓稠的烟尘又像窗帘一样，把教室窗口给遮住了，随即，由警笛声引领的五花八门的嘈杂之声，包括喊叫声呼唤声哭嚎声祈祷声询问声感叹声，以及其他出处不明但一概歇斯底里的各种响声，就愈来愈大愈来愈乱愈来愈没有章法地传了过来……不知过了多长时间，挂了好几通电话的杰西卡，做着手势流着眼泪，请惊恐的孩子们安静下来。那边世贸大厦的双子座，她说，于一小时前的八点四十六分和九点零二分，分别受到两架偏离航线的飞机不怀好意的拦腰冲撞，现在处于中空状态的双子座在苦苦撑持了一小时后，终因楼体开裂而坍塌下来……

这天晚上，以及下两天，沈忧耳边全是争吵辩论，除了爸妈姨妈以及他们的朋友和姥姥姥爷，连爷爷奶奶，都在越洋电话中参与到了分不出个个数的争论中来。本来，这几天，沈强陈玉珍夫妇一直沉浸于重逢之中黏黏糊糊，不光没空见朋友，连儿子都忽略了，不无委屈的沈忧只能在陌生的姥爷姥姥那里接受关心，只能向没有丈夫孩子只有同居男友的姨妈陈玉英请教出现在生活里的种种问题。可九月十一号，对世贸大厦，包括后来知道的，对华盛顿五角大楼的恐怖袭击，破坏了沈强陈玉珍的甜蜜时光，把他们推入到苦涩的争论中去：为安全计，是否应该把沈忧再送回中国。当然，他们以及其他的人，也有另一个争论议题，即，阿拉伯人对美国搞恐怖袭击是否应该。认为美国该受惩罚，为恐怖袭击拍手叫好的，是多数人，他们当中包括沈强。当大姨子陈玉英指责他狭隘邪恶没人性时，他不以为然，只把自己能和真理站在一起引为荣耀。沈强身边的"真理"，是他新近结识的朋友，这些他通过陈氏姐妹结识的朋友，已然是全部的至少是部分的美国人了，可他们多半为九一一喊好，这足以证明他沈强没错。另外，自己的父母恨美国正常，他们的意志，从来都以政治正确为表达半径，可岳父岳母，从十数年前直到眼下，追随美国就像狗追随主人，却为什么，只要中美唱对台戏，他们就也无条件地哄后者呢？对这一事件持不关心态度、无所谓态度、听天由命态度的，是陈玉珍以及数量不多的几个朋友。他们认为，这件事的是是非非，既然与中国人无关，咱就没必要去为穆斯林与基督徒操那个闲心；至于被劫的飞机不长眼睛，也有可能掉咱头上，那就不是咱管得了的了。而不为维护美国利益，也不为指责阿拉伯人，只是坚决反对任何人对任何人搞恐怖袭击的，是陈玉英以及围绕陈家这个中国大陆朋友圈中的极少数人。至于沈忧，对恐怖袭击，他没什么意见需要表达，他只对对恐怖袭击表达意见的人发表了意见：在你们美国，都没法学习！有一天，正是热热闹闹的晚饭时间，沈忧忽然喊了起来。天天听你们争争吵吵，比恐怖袭击还要烦人！

　　学校重新开课的日子，面朝已成废墟的世贸大厦，杰西卡先带孩子们垂下头去，为几天前死在那里的人默哀祈祷，杰西卡特别强调，我们为之祈福的，也包括已经也死去的，制造了这次灾难的坏人。她没具体提阿拉伯人。有个短粗的墨西哥孩子气愤地提到，阿拉伯人是恐怖分子，杰西卡微笑着制止了他。恐怖分子就是恐怖分子，杰西卡说，属于什么族裔并不重要。而当时，班上的三个阿拉伯孩子都未上学，杰西卡说，放学以后，她会去那三个阿拉伯孩子的家中看看。但放学以前，去那三个阿拉伯孩子的家中以前，杰西卡给大家提的问题，与恐怖袭击没有关系，她问：什么是世上的七大奇迹？

　　这问题，肯定不比简单地描述几句中国更加容易，但二十多个孩子只争吵一小会，就归纳出了问题的答案：埃及金字塔；印度泰姬陵；美国大峡谷；巴拿马运河；美国帝国大厦；罗马圣彼得大教堂；中国万里长城……沈忧知道，应该有万里长城，甚至还猜到，也应该有金字塔。但他害怕说错就有些犹豫，又不擅长像野孩子那样吵吵嚷嚷，而是习惯举手发言，结果，两个答案就都归了别人，并且可气的是，说长城的那个，不光不是他这个哈尔滨中国人，连北京中国人和台北中国人都不是，而是个来自欧洲的波黑女孩。那女孩回答完问题得意地解释，前几天，老师要求描述中国时，她对中国一无所知，但一回家，就在爷爷的帮助下查了地图，还听爷爷讲了北京、毛泽东、共产主义，以及雄伟的万里长城。这对酷爱学习的沈忧是个刺激，自己的祖国，却被个外国孩子了解得更多。他便把"毛泽东"和"共产主义"这两个名词默记下来，打算一回家，就让这几天与他相处很好的姨妈陈玉英解释给他。他发现，虽然姨妈陈玉英很早就是美国人了，可对中国的事，好像比后成美国人的妹妹陈玉珍，以及仍算中国人的妹夫沈强，更为关心也更了解。

这时沈忱听到，杰西卡正就刚才的问题做她的发言……难道，它们，她用双手分别指点着自己的眼睛嘴巴直至胸口说，看见美好、说出幸福、倾听欢乐、触摸神奇、闻嗅香甜、开怀大笑和感受爱，不也是世上的七大奇迹吗？

5

苗壮认为，中国的国学，是文化领域的一大奇迹，他总自谦或者叫自傲地宣称，他这个未上小学即听过《论语》解析的"儒官"，永远是国学的小小学徒。这能说明，苗DJ说，苗壮很清楚，中国文化是怎么回事。怎么回事？我问，主要是为了礼貌，表明我在听他，次要的，也是我真希望有个明公可以请教，通过"饿死事小失节事大"之类的恶之花，能萃取出何种国学的香精？中国吗，可苗DJ的叙述像齿轮啮咬，让我没机会插话请教，是个道德大国，讲中庸，讲克己忍让含蓄检点洁身自好，所以，在中国当官——当中下级别小官，你可以平庸无能，可以欺上瞒下，可以以权谋私化公为私损公肥私，但你就是不能特立独行和制造绯闻——特立独行上司反感，有了绯闻同僚嫉妒。而多年里，在官场上，苗壮便是清醒地和刻意地，按低调官吏的标准训练自己……

苗DJ对苗壮的评价，截然不同于苗壮在自传里的自我评价。

苗DJ编号DJ1413，苗壮是他的固定宿主。在此之前，在结识他之前，我还像平常那样，像别的圣婴那样，像别的圣婴借盛英之名称呼我那样，以宿主之名称寄宿者。但苗DJ出现之前我与陈婉聊天，也就是与EH9653聊天时，忽然意识到，谈论陈婉时再以陈婉称EH9653容易乱套，而张嘴闭嘴EH9653也繁琐拗口。我就灵机一动，即兴想到，不妨使用陈EH这种简便的指代方法。可惜，与陈EH的分手太仓促了，他对我的启发，在他身上竟未及实践。幸好苗DJ随后从天而降——他也的确是本来意义上的从天而降，我的新名称使用法，才有了一个应用的平台。

评价一个人，光从正面不好判断，苗DJ说，比如，说苗壮是个忙忙碌碌的人或无所事事的人，恐怕都对又都不对。但使用排除法，说他不是什么，就容易准确了。像他，尽管给自己的定性言之凿凿，还以《淫魔自叙》这种下三滥的题目写夸耀自己性生活的自传，可熟悉他的人，却肯定同意我的意见：不论苗壮是什么，唯独不会是混世魔王和下流淫棍……

苗DJ是个见面熟，以八卦宿主的方式和我套近乎，仿佛这样，初识的我们就能成为知己。我只好被动地与他知己。逢场作戏呗。我貌似真关心地替他假着急，说你再给你师傅发个信儿吧，我师傅他糊涂，你全指望他别误了事儿……其实，我心里，一直惦记的唯有我师傅：一向以傻乐和为面具的他，为什么突然之间，竟露出了一副别样的面孔？

嗨，放心，他们都不敢误事儿，耽误了我转世，吃不了兜着走的只有他们。这家伙，真老江湖呀，不仅看问题敢一针见血，说到前辈，也敢口气如此流氓。转世多次的老江湖我见得多了，可他这么浑不论的，倒头一份，比如，我俩一照面，问过你好后，我正琢磨以哪句不很肉麻的话赞美先祖时，他竟张嘴就"操"了一句：操，我宿主都换二十来个了，也不咋回事，大部分都不能善终。显然，在以平庸乏味和没有棱角为普遍特点的圣婴群体中，我又遇到个异端另类。多年里，我总能遇到些特殊之辈，是我师傅的有意选择吗？不大可能，因为多数情况下没法选择。那就是我命当如此了。我喜欢我的命——不喜欢又能怎么办呢？当然了，并非特殊的我都接受。这苗DJ与范是钢-沈忱-伊琳娜·康斯坦丁诺夫娜比，除了话多话少上区别较大，在生存经验和生存体会上，都有不少相似之处，可对后者，我很愿意掏心挖肺，对前者，即便他对我掏心挖肺了，我领不领情还另说呢。

——哦，就这么往下讲，太枝蔓了，有点乱套。那我从头来吧，从头捋捋这不同时区里的三两个日子：同为二○一一年八月的，从莫斯科的十九号到沈阳的二十二号。

本来，按日子算，二十一号是我辅导日，我师傅理当过来找我。他来了，可旋即又走了，因为有莫斯科那边的督察圣婴，来信息波请他过去一趟。然后，刚才，二十二号临近中午，他又回到了我的身边。

一听说我师傅要去莫斯科，我就想到，他可能是作为前任师傅，为范是钢-沈忱-伊琳娜·康斯坦丁诺夫娜出这趟门的——现任师傅约前任师傅讨论徒弟，这种情况是允许的——我很想申请，正好赶上辅导日了，也带上我呗，甚至我都想顺势走向那个秘密主题了：师傅，以你的聪明，还看不出来吗，其实你应该无条件地相信我的。如果他故意打马虎眼说，相信什么？我可以先诡谲地一笑，然后郑重地说，有着范是钢-沈忱-伊琳娜·康斯坦丁诺夫娜那种高贵灵魂的圣婴，让他继续沉陷在E级的泥淖里与那些低俗的灵魂为伍，受伤害的将不只是他，而会是我们圣婴属群——唉，不行不行，太装腔作势。不过，不装腔作势我也不该向师傅提这种过分的要求，万一他为难呢？我还是留在沈阳想象莫斯科吧：我与我的好朋友，都二十个月没见面了，这个闷闷不乐的忧郁王子，性喜挑剔的敏感先生，如今作为新科的D级圣婴，心情是否舒畅了呢？

这样，这天，在对范是钢-沈忱-伊琳娜·康斯坦丁诺夫娜的思念中，我随盛英去了太阳鸟大酒店十八层楼最里端的高级套房1808室，按约定，采访入住这里的一个台湾商人。此时，在套房外间的长沙发里，盛英已经坐一会了，对面单人沙发里的吴法无，正把他的侃侃而谈向高潮推去……也就是说，在台湾由独裁而民主的历史进程中，其民间政治力量，有两条基本的成长线索，即，办刊议政和参选组党。七十出头的吴法无，口齿伶俐思路清晰，为了让盛英更好地领会他的总结，顿一下后，把"办刊议政"和"参选组党"重复了一遍。然后又说，前一条，侧重理念，走精英路线，以自由主义知识分子作为主体；后一条，侧重实践，走草根路线，以有志实际从政者担纲领军。对于广大志同道合者来说，这二者的共同发力，在精神方面与组织方面起到了双重的凝聚作用，而这期间的雷震先生，先办《自由中国》以发挥言责，后组反对党派以实力制衡，真可谓是一身二任，居功至伟。他身体力行中国士大夫的"立功""立言"使命，虽身系囹圄十载却信念依旧，以自己坚持真理忠于良知的道义形象，完成了向"立德"境界的崇高升华……

吴法无的情绪明显高亢，额上沁出一层薄汗。屋里不热，空调只传送恰当的温度。但陈婉眼睛一直专一，能在第一时间，就捕捉到视野尽头空旷前额上的少许晶莹。她掏出手绢，带有表演性质地，几乎扑到新婚丈夫肩上替他拂拭。陈婉没站起来，只是长伸出胳膊，将坐在藤椅里的身体倾斜出去，这样，裹在她淡粉色旗袍里的凸凹曲线，便毕露得更加肆无忌惮。盛英急忙低头，看自己的采访本和茶几上的录音笔，我则仍然盯牢附着于陈婉左乳房侧后方肺尖上的陈婉——哦，这后一个陈婉，不是吴法无的妻子陈婉，而是以陈婉为固定宿主的EH9653陈婉，也就是，后来我很想称其为陈EH的那个陈婉——嗨，现在就提前这么叫吧：陈EH。我对陈EH说，那我明白了，她的动作这么夸张，有下意识成分，是为了缓解她肩周的疼痛。陈EH表示同意，又为他说服了我而松一口气。在这之前，他刚告诉我，虽然陈婉像从来一样美丽快乐，可她也许活不久了，长在她肺尖周边的癌肿已到晚期，只是她自己还不知道，那癌肿向周边发展时，临近部位的神经组织会受到压迫修改，从而让她感受到，手臂内侧放射至肘部和小指的种种不适以及引发的肩部疼痛，可她一直以为，折磨她的是肩周炎。

　　这时，盛英正接过陈婉同样以一个夸张的展臂姿势递给他的一张白纸，浏览上面竖写的手迹，并一点点读出声来……在这个小岛上，他们确曾收买了一些无思想、无原则、唯利是图之徒。同在大陆掌握政权时一样，在台湾，他们也正把有人格、有气节、有抱负的人很有效地消灭殆尽。他们控制了一群以说谎造谣为专业者，他们控制着一群助纣为虐以自肥的人，他们控制着靠喊万岁而飞黄腾达的"聪明人"，他们制造了成千成万当面坚决拥护大唱颂歌的政治演员……这，盛英抬头，这也，盛英慢慢斟酌着字词，这也太，盛英探寻地看定面色沉郁的吴法无，这种文章，也太犀利了，蒋介石居然没要他脑袋……

　　是呀，吴法无说，蒋先生对雷先生吧……

　　由于吴法无再次示意，陈婉便也再次起身，再次地，夸张着，把一张手写了一些竖体字的白纸交给盛英。这是陈婉盛英间的第二次近距离接触，闻着陈婉身上浓郁的香气，盛英终于有点走神，再听吴法无慷慨激昂时，不免半心半意，而全心全意去做的事，则是偷偷地以目光抚摸陈婉。如同许多漂亮女人都敏感于男人的目光一样，陈婉没费劲，就从盛英目光里筛出了暧昧，这样，重新坐回丈夫身边，她的面色已更加妩媚。这陈婉女人情态的流转变化，让我很开眼界，甚至一下想明白了，我师傅，为什么会那么好色。我忙问陈EH，陈婉有怎样的心理活动。陈EH笑了一下，但并不开心，她嘀咕的是，他说，原来这盛英，还是块木头不是石头。我问什么意思。陈EH说，木头能点着，石头捂不热。我笑了，但也笑得比较勉强。为了把陈EH传染给我的酸楚赶紧驱除，我改变话题问他，知不知道雷震怎么回事。陈EH带点歉意说，对这大名鼎鼎的雷震，他和陈婉，都是这两天听吴法无和盛英聊天才知道的。显然，我没猜错，也就是盛英没有猜错，新娘子陈婉光知道丈夫是成功的商人，却不知道，四十年前还没她时，刚刚走出大学校门的她的丈夫，就险些陪同精神导师进了监狱铁门。我有点遗憾，但想不太好，是为吴法无与陈婉的共同语言可能不多而感到遗憾呢，还是为陈婉的罹患癌症以及吴法无的刚得到爱妻就将失去爱妻而感到遗憾。

当年的吴法无，十几岁就是雷震《自由中国》杂志的读者，待二十多岁能自立后，他就投奔到精神导师身边去鞍前马后了。办杂志他只能打杂，但为挑战国民党的一党专制，雷震组建反对党时，他则通联左右出力甚多。后来雷震被捕，他也受到传讯，此后便远赴南美的阿根廷经商，直到二〇〇二年，已经死去二十三年的雷震获平反后，他才回台定居。并且又几年后，他这个古稀鳏夫，还娶了小自己三十多岁的陈婉为妻，并带她回大陆的东北祖籍来度蜜月。是不期然间，他结识了与陈婉同龄的记者盛英，而盛英不仅熟知雷震与《自由中国》的各色人物各种传闻，还对他这当年的毛孩子也略存记忆。这让吴法无在惊讶之余，不能不猜测，盛英是大陆的国安密探，可他又想，他国安密探探我什么呢？就是探去了当年雷震与《自由中国》的那桩公案，又怎么样呢？于是，他对盛英便知无不言，还在正式采访的前一天，凭借他优秀商人的上佳记忆，为盛英提前笔书了好几份材料。

这时候，正在给我讲台湾总统陈水扁一件趣闻的陈EH，很突然地，从我眼前就消失了，从他原来待着的，陈婉左肺尖处受到癌肿压迫的一束神经间消失了。由于时间太短，还没容我表现出惊讶，我又看到，他竟不可思议地出现在了我的身边，和我相逢在盛英小脑桥脑角处，毗邻耳蜗核与前庭核的听神经上。又可思议了。我随即看到，帮陈EH腾挪迁移的，是动作飞快的我的师傅。你俩认识一回拉拉手吧，我师傅不等我和陈EH表示谢意，就赌气似的先不耐烦起来，好像他引见我俩是被迫的。我马上得把你带走，他指的是我，所以得马上送你回去，这回他是指陈EH。可这样说完，他好像即刻地，就忘了他说过什么和想做什么，不仅没像以往那么对我俩的邂逅嘻嘻哈哈，还一反常态地，对性感的陈婉都没注意，只是沉着脸，躲到盛英颈椎部位一组施旺细胞间的兰氏结那里默默愣神。

平常的我师傅不怎么沉默，所以此时，要辨析他沉默的内容，我可资参照的经验太少：是生闷气吗？是茫然不知所措吗？还是沉浸在一种唯他自己才体会得到的幻想之中？这种内容丰富的沉默很难被明确地描述出来，似乎充满了发展与变化的多重可能。师傅——不知过了多长时间，我还是壮起胆子，把刚才那个只指向一重可能性的话头拣了起来，嗫嚅着问：师傅，你不是说要马上……我可不愿意让他矫情的沉默，把一个理当热热闹闹的辅导日给断送掉。

急什么急，我那么说，不是为了打发——他话没说完，一眼看到了我身后的陈EH，虽然仍绷着，可还是有了点不好意思。本来他有圆滑的一面，可现在，陈EH明睁眼露地站在面前，他居然视而不见，以为他说过要"打发"他也就真"打发"他了。他心绪烦乱到了什么程度可想而知。我师傅招手，让我和陈EH往前凑凑，靠近他些。操！都是些……不成器的玩意——可他看过我们，又忽然摆手，边骂街边示意我们滚一边去。我觉得，他是骂我，但那"都"字，又让陈EH受了牵连。哼，跟人似的自以为是……这回没"都"。你以为就你伶俐聪明？直接把"你"亮了出来，已经确切地在说我了。他们要是幼稚呀，你就是愚蠢！这"他们"是谁呢？你们呀——又把陈EH包括了进来？还是也包括了让他恨铁不成钢的其他圣婴？

我师傅的发疯没持续多久，或者说，因为有了这发疯的释放，很快，他脸上那些杀伤力过大的表情：不屑、睥睨、轻蔑、藐视，就像一幢豆腐渣大楼外墙面的保温层那样，刚淋几场秋雨还没挨冻呢，就大面积地剥落了下来。你说说，他张嘴时，已怒气尽消如同自言自语，幼稚和愚蠢比，哪个更有助于度日活命？并且，话一说完，他还抑制不住地哭了起来——也不是正式哭，就是泪水汹涌，逼得他得通过仰头和闭眼堵塞泪腺。但这情形出现在他的身上，表现力还是太强悍了，震撼得我思维都短路了。又是很快，他大概不想太震撼我，就冲陈EH做个鬼脸，是缓和气氛的意思，然后带他身形一闪，帮他回了陈婉体内。当然，也可能，是我师傅不希望我们师徒间的感情细节外泄出去，为了"打发"陈EH，才被动地结束了对我的震撼。啊，不论怎样，他终究以一种少有的方式震撼了我，即使，这之后，从陈婉体内又回到我身边后，他故意轻描淡写地透露了范是钢-沈忧-伊琳娜·康斯坦丁诺夫娜自杀的消息后，当我开始抽抽搭搭时，他又挂上了那种一向让我所讨厌的、但此时却有着理所当然正当性的、不屑睥睨轻蔑藐视的古怪表情……

是这时候，刷的一下，在1808室宽阔阳台的窗户外边，有片狭长的阴影，一闪之后又消逝了，从屋里看，就好像那厚重的窗帘，被人快速地合拢又展开过一次。难道范是钢-沈忧-伊琳娜·康斯坦丁诺夫娜知道了我和师傅在怀念他，他便让他的魂灵，稍纵即逝地来看我们一眼？这不可能。并且我和我师傅都得得真确，这是上边有人跳楼。人类没有我们敏感，仍兴致勃勃地谈论雷震与《自由中国》的盛英与吴法无，以及对论题的好奇已渐渐回落，只礼节性陪伴的陈婉，则要稍等一会，等楼下传来一声重物坠地的巨大响声，等到有人呼叫之时，才能知道发生了什么。他们将离开沙发奔上阳台，去俯瞰落在下面酒店院子里菱形花圃中坠楼的死者，然后，居高临下地目睹了楼下惨状的盛英会脸色一变，以采访已经结束为由，有点突兀甚至气急败坏地，与意犹未尽的吴法无和恹恹的陈婉迅速告别，忍着喉头的腥酸和胸腹的恶心，乘降落的电梯下行两层，即刻走出轿厢，沿楼层指示牌找到公共卫生间，感觉一下周边没人，便伏在一只光可鉴人的坐便器上，号啕痛哭和大声呕吐，那种尽兴而又痛苦的哭与吐，将协调交织并杂而不乱，好像出于长期的训练。之后，漱完嘴洗完脸，盛英会趴在卫生间窗口往楼下看。这边的窗外，是酒店外部的街路与绿化带，不能看到坠楼现场，但能看到，一个十六楼这样的高度，与地面有着大体多远的距离。不过，他看时，估量时，判断时，不会忽略一个不大的问题，那就是，作为五星级酒店的太阳鸟的十六层与作为公寓住宅楼的华府花园的十六层，高度上会有较大差异。哭完吐完，目测完楼上楼下的大体距离，新闻人盛英将放弃乘坐电梯，而是花去不少时间，走到楼下，挤进酒店院子里的看客中，顺手牵羊苗壮的自杀新闻——是从一片社会新闻的青草地上，牵出政治新闻这只奶水充足的羊。至于我师傅，则早在苗壮坠地之前，正呼呼生风地制造着重力加速度时，就带我钻进了楼下一个维护现场秩序的酒店保安的身体里边。

　　是这之后，我认识了苗DJ。

　　从二十一楼2108室宽大阳台上跳楼自杀的苗壮是圣婴宿主，这在他从1808室的阳台窗外倏然掠过的那一刹那，我和我师傅就感应到了，我师傅还感应到的其他情况是，作为DJ1413号圣婴的苗DJ，已把他固定宿主死亡的信息波发给了他师傅BK1138，可BK1138却没有任何信息反馈。作为高级别圣婴，对所有低级别圣婴，即使不是自己徒弟，也天然负有扶助的义务，尤其在低级别圣婴宿主已死的非常时刻。而现在，这过去时的苗DJ就处在了非常时刻，只要他师傅七分钟内没信息反馈，与他距离最近的那个高级别圣婴，就会收到波频强烈的信息刺激，就得义不容辞地赶去救急。现在，在苗DJ这里，我师傅就是那个救急的角色。我师傅冲我咧了下嘴，他一定是有些后悔，没早一点带我去别处游逛——他从来都缺少助其他圣婴为乐的境界。我师傅对苗DJ的帮助，将包括以下几个方面：首先，在七小时内，把他带离前宿主尸身，暂时栖身于随便哪个临时宿主体内；然后，在十四小时内，协助某个与苗DJ距离最近的督察圣婴为苗DJ就近物色新的宿母；最后，等这位督察圣婴主持完卡位排序工作，苗DJ的新师傅来上任了，我师傅才可以获得解脱。当然了，这几方面的工作，也可能三两分钟便一并完成，但没完成的话，若苗DJ的前任师傅BK1138回来了，不论何时，我师傅同样可以即刻收回援手。至于BK1138，若苗DJ通报苗壮死亡的信息发给他二十一小时后，他仍处于失联状态，那么，先祖就可以随时地和任意地，自行或者委托督察圣婴对他施以惩罚。

　　就这么着，苗壮落地不足十五分钟，在与盛英咫尺之隔的地方，在黄布带拉起的警戒线里侧，在酒店保安的身体里边，我与苗DJ就聊了起来，并且，此后两度更换宿主，我俩一直没分开过，二十小时的长聊也没片刻止息——这家伙，真话痨呀。但他的讲述与他的行为，也真开我眼界。比如为他选择新宿母时，本来，沈阳东南七十公里处一户农家新婚小媳妇恰好资质条件都很完备，可督察圣婴与我师傅刚想把他送入那小媳妇行将受孕的卵泡之中，一直专注于与我聊天，而对自己将落草哪里全然心不在焉的苗DJ，却能非常明确地提出意见。前辈呀，他说，我宿母的家庭，社会地位应该高些。嘿——这小子也太奇葩了！对CB级圣婴来说，成之前，挑三拣四地选宿母并不困难，可他们很少有那么干的，总是就近就便地解决问题；而处处需要帮助的DE级圣婴，对未来宿主有要求的，除了这苗DJ我闻所未闻。我很惊讶，我师傅和督察圣婴也张口结舌，可苗DJ却没事一样，仍接着刚才的话茬给我讲述苗壮。真是爱哭的孩子有奶喝吗？肯定也头一次遇到低级别圣婴选宿母这种事的督察圣婴和我师傅对对目光，竟都没做出不满的表示。他俩重新调动能量，向更远处发送搜索功能波，把三百公里外、正开着一辆红色甲壳虫驰过胜利广场的、不久前刚调入大连电视台当编辑的、其婆家人脉关系异常发达的、刚刚以卵巢内滑出的一枚卵子唤醒了子宫中沉睡的精子的摩登女郎，作为前苗DJ的新宿母确定了下来。

这娘们好！苗DJ挺下流地对我挤了挤眼睛。

前苗DJ的前任师傅，BK1138，是在苗壮死后十九小时十五分钟，即苗DJ发出宿主死亡信息波十九小时十分钟后，才姗姗出现的，而这时候，连苗DJ的新师傅都被遴选了出来。一时之间，这过去时的苗DJ真风光呀：前任师傅，现任师傅，临时师傅，位高权重的督察圣婴，以及我这个被他白话得越来越如痴如醉的听客，都围着他转，让他的新宿母，那位大连电视台摩登女编辑杂乱无章的皮囊里边，都有了蓬荜生辉那样的意思。

6

　　我发出盛英生命垂危的信息波近五十小时后，我师傅才姗姗出现，此前，连个"知道了"都不回一声。他什么意思，模仿当初苗DJ的前任师傅？对那对师徒，我俩可都没有好感。我估计，就像看穿了我请他前来的借口那样，我师傅也看穿了我困惑的所在痛苦的根源。他吊完我胃口再来现身亮相，或许只为告诉我一声，我心里盘算什么他都清楚。生命垂危信息波与死亡信息波不一样，后者能得到许多师傅级圣婴操心，前者则除了自己师傅没圣婴过问，包括督察圣婴。

　　但他做的样子，倒好像迟到不为吊我胃口和磨我耐性，而是真的玩尽兴了，才没掂出见我的轻重，以至于耽误了一些时间。所以，他虽然来到我身边了，却假装并没进入情况，既不提盛英死活，也不调动能量向周边发送搜索性质的功能波，以寻觅候选的圣婴宿母。他只是，通过脸上混杂着的兴奋与疲惫让我知道，这几天，他带几个预备期的徒弟去了非洲，在埃塞俄比亚的谢贝利河中游玩乐的时候，有多么开心多么快活。他说，接到我信息时，他正寄宿在一个库尼奥人体内，看他和伙伴们捕杀旱鳄。旱鳄是当地特有的鳄鱼，陆上活动能力极强。捕杀鳄鱼很好看吧，跑那么远。我小声嘟囔，似乎在表示羡慕，但我的本意是表示不满。我想到了我至今未能见到的俾格米人。他承诺带我去见他们，有多少年了？呵呵，那旱鳄吧，我师傅假装没听出我的不满，更假装他早把俾格米人忘到了脑后，刚吃了我临时宿主三岁的儿子，我想观察一下，我临时宿主那么快就把它又变成食物，他吃它时，他的孩子，在旱鳄胃里能消化完吗？如果没消化完，他对他孩子，是否也算直接食用……

　　我师傅东拉西扯时，没以任何方法去判断鉴定盛英的死活，连个专注观察的样子都没做，似乎他要以此讽刺，我对盛英死期的预感多不靠谱，或者，他干脆要表明，他对盛英有所不屑。他对人类都很不屑，人类只是他的玩物，这我不反对，可是，他不尊重盛英我不舒服。我真想把他从盛英体内驱逐出去。可惜我没这样的能力。其实，我不欢迎他来盛英体内，不仅仅因为他蔑视盛英，若有其他圣婴以盛英为临时宿主，即使尊重和喜欢盛英，我也会小心眼地心生醋意。我希望盛英只属于我，他每颗生动的神经细胞，都只留下我的足迹，尽管我知道，就像所有人都属于任何圣婴一样，盛英之于我的程度，只相当于食材之于厨师，或饭菜之于食客。可没办法，对盛英，我就是有占有欲，这两天我就多次想到，如果他真死了，我愿意他的最后时刻只有我陪伴，连青莲柴萌都别出现。

师傅，我……我想说说我的苦闷。我咬了咬牙，抽个空子，打断我师傅的喋喋不休，打算把我的心事倾倒给他——继续憋着，我怕我崩溃！

哦？唔，哈，你呀你呀真是没病找病，你有什么可苦闷的——哦？哦哦，我知道了我知道了……

你猜出来了？师傅你看出来我是想……

哈，当然，看不透你还给你当什么师傅？你们这些完美圣婴呀，最大的毛病就是太看重完美……

完美？师傅你意思是——

我知道你渴望拥有独立的名字，想叫盛英，希望一百年后一千年后，你还叫盛英。可与圣婴同音的盛英，只在说汉语的人里算个有意思的名字，如果以后你宿主不是汉人……

我……我先被我师傅说迷糊了，但立刻意识到，他只纠缠名字，而对让我备受折磨的问题避而不谈，是要在我张嘴之前就堵住我嘴，要通过误读误解，稀释我话语里危险的成分。他怕隔墙有耳受株连吗？可我现在已经知道，他不仅没那么胆小怕事，甚至都有点胆大包天，而且现在，屋里只有盛英一人，盛英体内只寄寓着我俩，这一清二楚——师傅，我理解你……我不甘失去这个机会，想按我的思路扭转话题。

DJ1414呀——可是，我师傅忽然正言厉色，用不耐烦把自己包裹了起来。难道盛英体内，除了他，还真有隐了身的督察圣婴，甚至先祖？我再不敢吭声，只听他聒噪。你总这么，心心念念一个没用的名字，一个无聊的名字，一个麻烦而又低劣的人类的名字，看起来事小，可它却表明，你有杂念，有自我意志。明白吗？一个圣婴有杂念尚可理

236

解，可有自我意志……

师傅——我不是……我只是……

别乱插话，听我说……我师傅继续严肃认真。但我完全看得出来，从来都只有扭曲的庄重异化的正经的他，此时的声音以及目光，与往常糊弄暗中巡察的督察圣婴时全然不同。难道，不糊弄督察圣婴时他也会严肃认真地庄重正经吗？我有点发蒙，只能闭嘴。

在许多事上，人类都是圣婴的老师，这一点，即使圣婴彻底降服了人类，也就是彻底拯救了人类，我们也承认而不会抵赖……我师傅以一种带有自我保护性质的敌意与一种他从来都秘而不宣的善意混合而成的特殊语气，钩沉他已经对我叨咕过一万遍的陈芝麻烂谷子。与人类比，圣婴实事求是；可与圣婴比，人类自视太高。人类相信自己高级，优于其他动物，其主要理由，有五至七条，或十条十三条，但不论怎样取舍那些理由，拥有命名能力，都是他们首选的一条：有了名字才有存在。他们区分同类的文明与非文明，开化与未开化，多以是否有语言和文字作为标准，而用于信息交流情感沟通的语言文字，首要的意义就是命名。不过，对于这一套，我们圣婴不以为然。我们也存在，还是比人类高级的存在，可我们就没有独立的语言，更不使用文字，这影响我们进化了吗？影响我们履行职责和完成使命了吗？

太荒谬了，我师傅这就，又宣讲上圣婴ABC了？而最荒谬的是，虽然我努力抗拒他的宣讲，可我的注意力、我的思维，还是渐渐沿着他使用的词语和发出的音调，离开我的车辙，步入了他的轨道……我知道这就是洗脑的威力。是的我知道，我什么都知道，我知道我们每个圣婴，从问世起，就天然地知道该干什么和怎么干，所以，没语言没文字也误不了事，永远沉默也没什么不好……哦，为了以子之矛攻子之盾，我似乎只能，把他强灌给我的东西再输送回去，当然，我只能在心里逆袭。是的，圣婴间也需要交流，但对我们，交流是件简单的事。比如吧，我遇到其他圣婴想要聊天，我们尽可以无师自通地使用我们宿主掌握的语言——哪怕那语言是哑语暗号，是电信密码。并且，我们宿主应用那语言到什么程度，我们就也能达到什么水准。像盛英说的带点东北味的汉语普通话，那也是我的语言和口音，假设以后盛英死了，我的宿主，换成了福州人或成都人、巴西人或秘鲁人，那闽南话或四川话、葡萄牙语或西班牙语，便会是我的聊天工具。这个例子允许放大。假设，拿破仑或希特勒仍然活着，而我想要与依附于他们的圣婴交流，可盛英不通法语德语，只会汉语英语，那怎么办呢？也很简单，我可以临时附体拿破仑或希特勒，也可以附体于与他们处于同一空间其他说法语或德语的人，与我的圣婴伙伴用他们习惯的语言交流；而他们，也同样可以照此办理。当然了，这一步，独自附体临时宿主这一步，现在的我还无法做到，至少没高级圣婴帮忙还做不到……

你嘀咕什么呢不好好听我说话。

我？嘀咕了吗？我在听你说呀——说伟大的四十九位……

哼！是的，我们英明伟大的四十九位先祖，曾为自己也将拥有姓氏和名字特别高兴，可高兴过后，冷静下来，他们又放弃了自我命名，决定只以编号指代自己及其后代，而且随着反复转世和层级变迁，那些编号也得变化，不惜让称谓乱成一团。这为什么呢？我师傅自问。而这时的我，已不再通过腹诽与他抗衡，而是接受了他的吸引，听他自成体系的歪理邪说。是经过一番考量，先祖们近乎先知先觉地认识到，在导致人类堕落为邪恶物种的五个七个或十个十三个因素里，命名能力的存在，几乎就是万恶之源，而这种人类的教训，是警醒圣婴的最好经验。名字延长了人类的记忆，记忆膨胀了人类的欲望，欲望促进了人类的智慧，智慧创造了人类的文明。但正是文明生成的时候，不可避免地，人类也把骄狂、贪婪、残忍、伪诈，注入了自己卑微的灵魂——也等于是把骄狂、贪婪、残忍、伪诈，变成了文明的组成部分，画地为牢地为自己分别出种族、国家、阶级、名姓，从而为文明与文明间进行非文明的生死搏斗埋下了伏笔。但我们圣婴崇尚单纯，推重简明，只以"圣婴"作为我们属群的普遍名号，而绝不像不知餍足的人类那样，在"人"这个基础上，还允许每个个体再拥有一个甚至几个独立的名字。所以，当初，我们明智而又谦逊的四十九位先祖一发现命名的弊端，就毅然放弃了陆项杨胡于晏谢古归皮符萧佘贺郗朱以及侯姬牛马等美妙姓氏，只按各自宿主的出生顺序，分别以AAAA01至AAAA49编号自己，让我们的文明从根本上就没有坏死的可能。现在，我们四十九先祖的交椅座次，历数千年却始终井然，他们一直能友爱相处和谐共事，没有耍阴谋的，没有玩诡计的，没有搞独裁的，没有闹分裂的，没有拉山头的，没有立宗派的，不分左也不分右，不用革命也不用反革命……

我师傅把我说迷糊的同时，也深深地镇住了我，他的慷慨激昂，很像假模假式的表演，但更像真情实感的流露，而最神奇的是，不论他以假充真还是化真为假，都已经能打动和感染我了，能让我对愈益失望的圣婴生活和圣婴使命，又重生好奇再萌兴趣……对于先祖来说，排序的意义微乎其微，我师傅继续说，而对我们这些后代子民，那排序的意义，连在统计学上都不存在。所以，作为随机的身份标志而没固定指向的咱的编号，其意义仅在于，一方面强化平等意识，一方面张扬集体精神，最后达至拉平共性取消个性的目的，以根除每个圣婴可能尚未涤净的、承袭自人类的杂念私心……

我师傅涨潮般的一波波宏论，终于彻底征服了我，或者说，他的话语体系终于套牢了我。他这些话，以前全数对我说过，但同样的内容，他这时的说与以前的说似乎又不一样，可哪不一样呢？我只知道他说的结果是，让我忘记了我为何找他，也忘记了我本该抵制他的灌输。我像个急于表现自己以赢得老师称赞的学生那样，逮个空子插进去说：师傅呀，我知道，在人类历史上，也有个别高瞻远瞩的智者曾经出现，他们认为，一个个具体的人名虽然渺小，却能腐蚀人性和毒化社会，所以，像苏联的集体农庄或中国的人民公社……

你——别打岔！可惜，我马屁拍到了马蹄子上。你一打岔……我都，忘了应该说什么了……我再一次被我师傅给镇住了，就好像，当初范是钢-沈忱-伊琳娜·康斯坦丁诺夫娜刚自杀后，他带给我的那种震撼。他的前一个"打岔"，的确声色俱厉有震慑作用，可紧接着，静场片刻，他的再一个"打岔"，竟吞吞吐吐可怜巴巴，好像出自一个受气包、倒霉蛋、窝囊废……之口。他此前的气势如虹，竟倏然间一百八十度地转化为残云败雾了。唔？

你在说——我只好也吞吞吐吐可怜巴巴地，让刚刚抵达沸点的热情重回冰点，你说唯一与我们编号有关系的，是我们的层级制度……

不用你提醒——我师傅扯着嗓子又喊起来，但这回，他的呵斥有气无力，他原本还多少能拢住一点的声音彻底散了，然后，就眼神也散了表情也散了，后边的话，便都赖叽叽地、哭咧咧地、惨兮兮地，一盘散沙般地无以收拾。我不用你提醒，忘了也不怨我，是你打岔我才忘的……这时的我师傅，以一副我从未见过的受气包、倒霉蛋、窝囊废的样子，挥霍着居然在他身上也能发掘到的脆弱、无助、茫然、绝望等只应属于人类的可悲情状。可人类之情状，本该只残存在我或者范是钢－沈忱－伊琳娜·康斯坦丁诺夫娜这种圣婴中的少数派身上呀。我想不出个所以然来，只能感觉到，此刻，在圣婴史实与圣婴理念百密一疏地未能覆盖到的角落里边缘处，我师傅这个江湖大佬玩世高手如此破天荒地，与我同样甚至比我更加地脆弱无助和茫然绝望，这种反常的表现，已然神奇地解救了我，让我的焦虑与恍惚，如阳光下的晨露般转瞬不见了。我还有必要向他倾诉苦闷吗？我向他展览困惑与痛苦还有意义吗？我试探着朝师傅靠拢，是想帮扶和安抚他，以防他真的垮塌下去。

师傅……

7

鼻涕虫之所以名气很大，被研究者认为特点鲜明，不在于反差，不在于它模样美却名字丑，而在于，它的性行为十分奇特。首先是它的性器奇特，比如，那种产地仅限于加利福尼亚中部沿海地区红杉林里的香蕉鼻涕虫，有着世界上相对于体型来说最长的阴茎，有时候，它阴茎的长度，与它十八厘米长的身体都不相上下，所以，"dolicho-phallus"这个鼻涕虫的学名，意思就是长长的阴茎。鼻涕虫像蜗牛一样雌雄同体，至少在首次交配前，每一只都扮演双重角色。经常的情形是，即使它们决计两相结合，也定夺不了该孰公孰母，便只能以一次长达数小时的漫长"前戏"作为合卺序幕，直到"前戏"分泌的黏液充分浸润了它们的爱榻，它们才能明确自己的性别角色，也才能各司其职地，分别以雌雄之身合欢交媾。就好像，它们性别的进化过于缓慢，最后的完成，得有爱榻上分泌物的强烈刺激。当然事情没完，也可以说，让研究者感兴趣的内容才刚刚登场。很多时候，如果缠绵的性爱结束之时，雄鼻涕虫未能在及时行乐后，见好就收地迅速脱身，而是稍久地耽溺温柔乡了，那么，雌鼻涕虫的阴道便会骤然闭合，把雄鼻涕虫的阴茎紧紧夹住，就像牙齿牢牢地啮咬食物。遇到这种情况，雄鼻涕虫若想保住小命，最好的选择唯有接受阉割，即，忍着肉痛更忍着心痛，把那条雄赳赳气昂昂的长阴茎留给爱侣。雌鼻涕虫如此斩草除根的好处有两点：第一，阻止那只被去势的鼻涕虫继续出任雄性角色，既可以避免它再去为其他雌性提供精子而移情别恋，又可以逼使它把更多精力转移到受精卵上；第二，那只作为雌性的已经怀孕的鼻涕虫，不必辛苦地出去觅食，便能享受到它性伴的阴茎美餐。

哈，这可——太有意思了……青莲不知该怎样评价盛英的科普，也不知盛英的科普有何用意，只能伸出两根食指，大体比画着十八厘米的长度。

直到十九世纪三十年代，人类的科学家才确认了琵琶鱼这个新的品种，它生活在三百米至四千米的深海里，只有雌性没有雄性。可经过一段观察研究，人们发现，许多雌鱼身上都附着个肉团，而那奇怪的肉团，竟不是简单的赘生物，而是一尾活的雄鱼。原来，雄性琵琶鱼是一些好吃懒做的家伙，或者，是一些专为交配而存在的性工作者。与雌琵琶鱼比，雄琵琶鱼体型小得不成比例，即使长得较大的一个种类，雄鱼体长也只有七点三厘米，而同种类雌鱼的体长，都能达到七十七厘米。最初，雄琵琶鱼也在海面生活，是随着逐渐长大变成了成鱼，才深入海底扑向黑暗的。这时的它，在本能的引导下，全部的努力就是去寻找和依附一条雌琵琶鱼。广袤的海底知音难觅，但雄鱼有它特有的比例超大的大眼睛以及嗅觉发达的大鼻孔和生长着钢锯般牙齿的大嘴巴，它利用这样的优势去猎获一条形体大它十数倍的雌鱼，肯定挺困难，却也能克服。克服着重重困难的雄鱼一追逐到目标，便会爬上其身体，用吸盘般的颚部，牢牢将对方与自己固定在一起，这样，渐渐地，它便与它融为了一体，以至于，连对方的循环系统，都要逐渐延伸到它的体内。在这之后，失去独立生活能力的雄鱼，只能被雌鱼携带着四处漂泊，并完全靠雌鱼的供给维持生命，最后，雄鱼那些曾经过分夸张的身体器官，眼睛、鼻子、腮与颚、唇与齿……那些它身上除睾丸以外的所有器官，都会退化直至消失，而依然活着的它，能做的事情只剩下一件：为雌鱼卵授精。

哈，这可——太有意思了……柴萌不知该怎样评价盛英的科普，也不知盛英的科普有何用意，只能伸出两根食指，大体比画着七厘米与七十厘米的长度。

卷六　使徒传

1

　　与以往一样，这次，AAAA14和AAAA27两位先祖分别化身为人的时间仍是五天。同样，这次，他俩把交叉重合的人间日子，也仍然只设定在他的第五分之五天和他的第五分之一天，而不是让他俩的两个五天，可钉可铆地重合起来——他们的约会，连可钉可铆地用足三天的时候都没有过，偶尔超过四十八小时，他们便会自责贪婪。是的，沉溺即贪婪，而有时一瞬都算沉溺。在无数年里，他们有过无数次约会，但分摊一下平均一下，每年又顶多只有一次，每次又顶多三十小时。这样的约会，每次结束，他们的内心都更空虚，不满足感也更强烈。如果愿意，他们有资格也有条件，每年都享用七八个化身为人的五天时光，而每次的厮守，也可以用尽一百二十小时的分分秒秒。但他们不能那么干，即使不影响行使权力，也不能那么干。相较于感情用事，他们更尊重理性，即使被谨慎和节制变成悭吝的守财奴，他们也要那么坚持，在多数时候，只以一天为缠绵的极限。这是浪费和糟蹋机会。可是，作为一对长相渴望的情侣爱伴，若每年拥有七八个缠绵的五天就满足吗——什么什么什么？情侣爱伴？AAAA14和AAAA27……嘘，保密！这种事，可比天字第一号的机密还要机密。

　　圣婴没性别，也没情感也没性欲，可AAAA14和AAAA27不知中了人类怎样的毒害，又不知从何时开始，竟彼此有了倾慕之意。圣婴间，建立友谊都是错误，生成爱情无异于罪孽。于是，他们便与人类中那些无缘正常恋爱的苦命男女没有了两样，因难得一聚，而格外地欲念

243

炽烈——作为最高级别的圣婴，他们倒能随时见面，可作为情侣，想缠绵一场就太难了。位高权重的他们，的确怎么胡作非为都算不上毛病，但恋爱之事，却是非同小可的特殊禁忌。也不能说他们一定就多惧怕那些外在于他们的什么力量，最强劲的禁忌之力，其实来自自己；但他们又确乎担心，这件事会成为其他先祖宣泄不满表达妒忌的把柄口实，甚至，在某种微妙感情的作用下他们更担心，受他们启发，别的先祖也开始迷恋这件事情。所以，一般情况下，他们每年只肯挤出可怜的一天，去重叠自己化身为人的激动时刻。在这天，他们会分别借用人类中一对充满活力又欲望强烈的热恋男女的年轻躯体，去拼命亲近和尽情交接。或许，他们所感受到的身体快乐很不伦不类，还似是而非，甚至根本就不存在，可他们通过想象体验到的精神愉悦，还是让他们对人类中，那种在承认"生命诚可贵"的前提下对"爱情价更高"的肯定的坚信不移。

这一回，他们随机确定的约会日期，是一九六〇年四月五号，而其他时间，作为人，在四号前推的四天里和六号后推的四天里，他俩则始终各行其是，还故意让活动的轨迹南辕北辙：四号前推的四天里，AAAA14主要在大洋洲活动，在澳大利亚，考察这个远离欧洲的地方，反犹的新纳粹主义何以会死灰复燃，而这几天的AAAA27还未化身为人；待六号后推四天，AAAA27主要活动在美洲时，在介入耶鲁大学斯坦利·米尔格兰牵头的"权力服从"试验的前期准备工作时，AAAA14已回复为圣婴，到死一般的酣睡中去恢复体能了。只有四月五号，他们经过简单的沟通，同时来到了亚洲，来到了中国，来到了东北，来到了丰县开县昌岭县交界处一个鸡鸣三县的河套子边上，来到了窗户上还贴着半个红喜字的许麻子家，化身为许麻子新婚不久的儿子和儿媳，把每分每秒，都用足用满用到位地欢爱了一天。

他们这一天欢爱的副产品，便是成就了我这个"完美圣婴"。

高小波在盛大庆配合下珠胎暗结，被爸妈发现时已小半年了——其实，高小波自己，也很晚才意识到她怀了孩子。爸妈气得要死——最生气的，还不是一个大姑娘睡了男人臭不要脸，而是，他们将很难对程伟家编造出拖延嫁女时间的合适理由，他们只能把高小波送到开县友谊公社，让她在被称作二姨姥的亲戚家，准备接受当地赤脚医生的引产手术。高小波坚决不从，摆出拼命的架势，这让赤脚医生不敢下手，而二姨姥则暗示高小波爸妈，若生下孩子后偷偷送人，甚或卖掉，高小波的死缠烂打就没作用了。于是，呱呱坠地的女婴盛樱，很快就与许麻子手里汗津津脏兮兮的钞票互通有无了。

四十二岁的许麻子是个寡妇，虽然脸上有少许麻子，却仍然算个俏丽美妇，她穷时可以吃不上饭，却一定要打扮得花枝招展。她的公开身份，是不热爱劳动的人民公社社员和很擅长数嘴的媒婆，私下里，则与许多拐卖妇女儿童的人贩子勾勾搭搭。经过一番讨价还价，她花三十元把猫崽般的小盛樱买了下来，按旧日习惯，计划养些时日，等孩子胖点，再以六十元甚至九十元的价格转手卖出。可她再精明也没有想到，忽然之间，贩人市场就萧条起来，肯买媳妇的人都少了，买孩子的干脆没了，尤其没人买女孩子。她那个气呀，恨不得用窝在手里的小盛樱当猪食狗粮。她没那么怄气，她知道破罐子破摔对回收成本无济于事。还有就是，赶巧她儿子刚刚结婚，而结婚前，小两口在一个炕上都睡半年了，可儿媳的肚子却一直平坦。她就让小两口把盛樱当闺女带，还将盛樱更名引弟，意思是，希望她能引出他们的孩子，还最好是男孩。就这样，日子转眼过进了春天，还算富裕的许麻子家，上顿与下顿间也断捻了，而儿媳妇月经的忽然消失，更让一家人一致认为，再让盛樱这张小嘴开合下去，即使它开合的幅度只略大于闭合，也没了意义。许家三口人，对放弃盛樱都没意见，是在放弃方法上存有分歧。两个年轻人建议，去别村拣个富裕人家，把盛樱扔那门口再附张纸条，告知孩子的生辰八字。毕竟，他们当女儿养她两三个月，有感情了。可既有生活经验又有经济头脑的一家之主许麻子不同意，在生意原则支配下，更在市场行情影响下，她认为，不光随手扔掉盛樱是亵渎商品，连继续寻求卖掉她这个完整的小人儿都是对价值规律的缺少尊重，唯有将她分割肢解后零碎地出卖，才能确保在收回成本后有所盈余。

只要选好买主，一斤肉就能卖十块八块。许麻子盯着熟睡的盛樱，琢磨着该怎么把她完整的人变成零碎的肉。

许麻子的判断相当准确，很快，她就用一斤半盛樱的肉以及二斤半面粉和半斤白酒还有半麻袋干萝卜皮，从盛大庆那里换来一枚24K的金戒指。而盛樱身上剩余的肉，则从另几个买主那里，为许麻子换来了一件来自内蒙的半旧皮大衣，一双来自部队的全新大头鞋，另有两盒雪花膏，三条花手巾……

分别化身为许麻子儿子儿媳的AAAA14和AAAA27，像任何一对性欲旺盛的男女一样，始终猫在新房里卿卿我我亲亲热热——外边一大天都细雨霏霏，这也给他们恋被窝制造了理由。不过，化身为人的圣婴强于人的地方在于，他们分身有术能一心二用，所以，他们不光代替许麻子的儿子儿媳一改往日地，对许麻子拆卸盛樱的动议表示了赞同，还通过意识辐射，迅速捕捉到数里地外，那正为吃食奔走的盛大庆以及另外三四个男人女人，恰好是许麻子这单生意的潜在对象。他们就又忙里偷闲地，去附体他们，并对他们发出蛊惑。当时，蛊惑盛大庆等人接受盛樱和帮助许麻子推销盛樱，两位先祖想到的只是自己玩乐，并没考虑圣婴使命，也非出于责任自觉，而他俩之所以表现得积极，就是觉得，许麻子的"猪肉"太不像猪肉，而太不像猪肉，去蒙混过关就比较费劲，可那肉若卖不出去，许麻子就会抱怨不休，而她的抱怨，势必会干扰儿子儿媳也就是他俩的卿卿我我与亲亲热热。是在这个前提之下，他俩才出手相助许麻子的。后来，某一度，卿卿我我亲亲热热告一段落时，休憩中的他俩很随意地，遥视到了雨雾中的盛大庆，看到捧着人肉面粉和白酒干萝卜皮的他，在泥泞中，走进了某间屋里躺着个垂死女人的破败房舍。两位先祖疲惫的脸上，同时挂出了惊讶的神色，对视一眼后，下意识地进行了一次与卿卿我我亲亲热热毫无干系的简单对话：

怎么，他们要吃的这个孩子，是他女人生的？

看来，他们以后再生孩子，得给完美圣婴当宿主啦！

2

吴婵娟有条完美的嗓子。

吴婵娟自幼父母双亡，与舅舅舅妈和表姐小荣相依为命——并且很快，她的监护人就只剩荣表姐了，她六岁即进龙凤翔戏班子坐科，便是荣表姐一人做的决定。当时，长她十岁的荣表姐也还算孩子，却城府深主意正，是个早熟的孩子。你这嗓子呀，荣表姐常说，天生就是为唱曲儿长的。荣表姐也学过戏，但嗓子不行，没登过台，之所以后来一直没离梨园行，是因为她早早就拜了个裁缝为师，专门学习裁剪戏服。她这个戏服专家唱不行，听却拿手，自十六岁发现了表妹的嗓子天赋，陆续地，至少吧，她还也算很早地肯定过花正红的与李开先的嗓子天赋。她识人的能力的确非凡，她称赞过的这三条嗓子的拥有者，尤其后两者，不光当世大红大紫，若干年后，若干百年后，其专业贡献，仍为后代同行与研究者念念不忘。

他那嗓子，天生就是为唱曲儿长的。当时，在吴婵娟面前，荣表姐这样赞赏花正红时，他们还都小，是花正红和吴婵娟，还分别只有十二三岁，荣表姐也并不知道，这两个平常可能连说话机会都没有的男班女班学徒，却已经通过眼神和微笑，互相表达了适度的好感。但荣表姐的评价，让吴婵娟感到的不是喜悦而是恐惧，她以为，是表姐看穿了她心思在敲打她。从六岁起，至迟从七八岁起，她就已经相当清楚，她的一切，尤其以后的登台演出领饷赚钱择偶选婿这类事情，都得由荣表姐做主定夺，而她自己，敢有想法就是僭妄。

他这嗓子，天生就是为唱曲儿长的。荣表姐还不知道请她做戏服的李姓孩子名开先字名正时，就对领他来她裁缝铺的那个用人大姐这么评价，此前，用人大姐怂恿着这开先公子名正少爷，已经把白朴《梧桐雨》和马致远《青衫泪》，分别给荣裁缝唱了几句，喜得荣表姐都不想收手工钱了。但很快，在接下来的聊天中，为了证明龙生龙凤生凤老鼠的孩子会打洞这一真理，那喜欢以主家为炫耀资本的用人大姐，不光说出了科班出身的开先公子名正少爷的妈妈是谁，也说出了他爷爷与爸爸这两代票友叫什么名字……这之后，荣表姐看这开先公子名正少爷的目光就成了刀子，一下下切割着这八岁男童纤嫩的脖颈，一直到用人大姐把他带走。

这时候，这开先公子名正少爷爸妈的名字开始在荣表姐耳边萦回的时候，吴婵娟花正红，已经年届十六七了，他们的秘密恋爱，瞒得了他们各自的师傅，瞒得了龙凤翔严厉的老板，却逃不出荣表姐的火眼金睛。当然，冷静的荣表姐还未捅破窗户纸呢，她在等待合适的机会，以便一出手，就能给这对情侣以致命的一击。她想对他们一击致命，倒不为毁掉他们，可那击他们又为何呢？她自己也不清楚，她只知道，她得珍惜这击的机会。此时的花正红，马上就要出徒可以结婚了，而别的，未来的他，是否能声名大振和财源滚滚，她自己也说不好她有无预感。

接下李家那份活的第二天，荣表姐以给主顾送衣裳为由，没支使丈夫，而是亲自跑了龙凤翔一趟。去龙凤翔自然得见吴婵娟，与吴婵娟聊天时，她也就打听到了哪天是表妹歇工的日子，然后顺嘴说，正是吴婵娟歇工那天的一前一后，她的丈夫和两个儿子，也就是吴婵娟的表姐夫，和两个年龄只小吴婵娟十岁八岁的表侄子，将回一趟蓟县老家。到时候，你来了我再去铺子，荣表姐体谅地与表妹约定，你好踏踏实实地睡一整天。龙凤翔的学徒，学艺讲究魔鬼训练，虽然也馋，有时还吃不饱，但他们对睡眠的渴望却胜过吃食。这之后，吴婵娟歇工的日子就来到了。先是荣表姐回家取东西时，"偶然"撞见了花正红在表妹床上，然后，就是荣表姐愤怒的指责与伤心的哭泣，她指责花正红正在毁掉的，除了表妹的贞操还有前程，她哭泣吴婵娟太浑，对不起死去的爹娘和舅舅舅妈，最后，为了确保两个明日之星能痛改前非，能专心学艺，荣表姐决定，不惜家丑外扬，也要让他们的师傅老板知道此事，以便加强监管，当然，最最后，心慈面软又宽宏大量的荣表姐还是答应了他们，忘掉这桩丑闻，但前提是，花正红得在一份保证书上签字画押，等二十个月后，吴婵娟一年满十八，花正红就得娶她为妻，并且花家的彩礼钱得达到……

姐呀，正红家穷，就是二十年，你定的钱数他也攒不到呀……吴婵娟磕头，哭，替花正红求情。

他家要富，我还不提钱了呢，荣表姐蹲下，与表妹抱头抹泪，谁让你不争气呢，早早就坏了身子不说，还坏在这么一个穷光蛋手里。

也一直抽咽的花正红这时止住了哭，他的害怕，已转化成了感动和感谢，他不许吴婵娟再讨价还价，而是拉她与他重新跪好，谢荣表姐的祖护之恩。龙凤翔办得好，首要之功归管理严格，而严管男女之事又是重中之重。比如吧，一个年轻人只要与龙凤翔签过契约，就不论出徒与否，在男二十女十八前，都不许惦记结婚的事，而与戏班子内部的人，别说结婚，连相好都不行，一旦违规，会课以各种肉体上钱财上的严惩重罚，直至开除。

转眼二十个月就过去了，准确地说，是正好过去两年以后，稍稍露出点大红大紫端倪的花正红，未免寒酸地迎娶了吴婵娟，而事先花家送给荣表姐的彩礼，与其他人家比也并不丰厚。吴婵娟没惊喜，只惊讶，她不相信荣表姐种种善意的表白，她要求花正红做出合理的解释。花正红先想抵赖，又想蒙混，但在吴婵娟的再三逼问下，犹豫之后他只能承认，他替荣表姐出了次头。

吴婵娟吓坏了：你打人了？你是有功夫的人，打死人怎么办！

花正红微阖双目提神运气：我手好，有准头。再说事情早过去了。

好演员花正红遇到了荣表姐这个好导演，便能从虚构中创造真实，让吴婵娟这个观众找不出破绽。花正红的解释是，在与荣表姐立下那个高利贷般的彩礼字据的几天以后，荣表姐就偷偷找到了他，问他愿不愿意，利用武艺，替荣表姐冒险做一件事，从而抵消此前他们的字据。当然愿意呀，从冒险中找刺激，恰恰是贼大胆花正红喜欢的事。结果，在一个月黑风高夜，他就替荣表姐把那对夫妻打了一顿，估计他们得躺个十天半月。

哪对夫妻？你认识？

不认识，是荣表姐指给我看才认识的。花正红复述着两年前荣表姐就帮他编好的故事，好像那故事中的真真假假虚虚实实，已被时间给中和了。可能吧，那男的，是个姓李的资深票友，和荣表姐好过，可后来，他娶的，却是个和荣表姐曾经亲如姊妹的……

后来，吴婵娟就怀孕了她和花正红的第一个孩子，而那个名叫花想容的女孩子，长到使剪子手不抖时，随荣姨妈学了裁缝。最初，她爸妈也想教她学戏，可她嗓子不行，单从嗓子说，她仿佛与吴婵娟花正红都没关系。再后来，几十年的光景倏忽而过，好嗓子的开先公子名正少爷像好嗓子的花正红一样，也成了梨园行的翘楚显要，但他靠的，不是唱戏，而是编戏改戏。作为最后一代精于北曲的文人，他不仅刊刻元代的北方杂剧，还以北人身份，写南方传奇，在广为称颂的"嘉靖八才子"

中占重要一席。在他全心倾情于戏曲之前，在他尚未得罪朝廷被罢官前，有一天，他以票友身份，经人介绍，来一代名伶花正红府上拜访。他走以后，一向对花正红恭恭敬敬的荣表姐急扯白脸地从另间屋子冲了出来，趁屋里没人，极不恭敬地对表妹夫发出了质问：

这位李先生，这位李老爷——他是三十年前的，李开先李名正！

没错，这位李开先李名正，正是当年的……

可可可……当年李府，是发了丧的，也确实在护城河淹死了公子少爷呀。

是的。但你不知道，李府的公子少爷一共有两位，一个是好嗓子的哥哥李开先李名正，另一个小三岁的弟弟，叫李合先李言顺，天生是哑巴，在护城河里，光扑腾就是喊不出声……

浑蛋！

唔？

我是说，一个哑巴叫什么言顺。

3

名正则言顺，或者，名不正则言不顺。都一个意思，都是名言警句，也都废话。人类世界之所以越来越要么腐朽衰败，要么机械教条，要么伪善虚假，要么矫揉造作，就在于他们不仅发明出许多动听的废话，还用那废话当座右铭，去洗人脑蒙人眼骗人心。如果可以把人分出上中下前中后好中坏来，我们圣婴认为，上的前的好的，都是能看穿那些废话本质的人，而一旦看穿了废话的本质，方可知道，名正也言不顺或名不正却言顺的情形普遍得很。

这世界上，近百年来，有许多国家分分合合，又有许多国家，因种种原因重立或修改过国体政制，于是，也就捎带着，创造了许多国家的名字。这些花样翻新的国家的名字，有的简捷，只充任代号，或者，比代号只多说明一点点问题：比如波兰加拿大布基纳法索土库曼斯坦，比如日本国大韩民国哥伦比亚共和国巴布亚新几内亚独立国，比如安道尔公国莱索托王国澳大利亚联邦坦桑尼亚联合共和国，比如伊朗伊斯兰共和国科摩罗伊斯兰联邦共和国巴西联邦共和国美利坚合众国……而另外一些，则不计繁复，横加修饰，未免有些叠床架屋：比如孟加拉人民共和国，比如圣多美和普林西比民主共和国，比如老挝人民民主共和国，比如越南社会主义共和国或阿尔及利亚民主人民共和国，比如斯里兰卡民主社会主义共和国或大阿拉伯利比亚人民社会主义民众国……再有一些国家，有改名的经历，其特点多半是，原来的代号修饰语会由多到少直至消失：比如，民主柬埔寨复名为柬埔寨王国，再比如，蒙古人民共和国更名为蒙古国，还比如，苏维埃社会主义共和国联盟的主体区域重以俄罗斯为名，而曾经的德意志民主共和国，则干脆自觉自愿地放弃自己，归顺了原来被称为西德的德意志联邦共和国……把世上的一两百个各色国名叨念一遍，不用详加统计，只需走马观花，就能发现一个规律，绝大多数国家，都喜欢以"共和"修饰国名。

难道，"共和"之名格外动听，为大部分人所珍爱宝贝？

朝鲜就是共和国，全名朝鲜民主主义人民共和国，是个以金氏家族为世袭领导者的社会主义国家，到目前为止，已立国六十多年位传三代。金日成是朝鲜民主主义人民共和国的开国领袖，他死之后金正日继位，金正日死后，位子又传给金正恩了。金正恩是金日成的孙子金正日的儿子。这金氏祖孙，有两个特点惹人注目：一是都体形偏胖，富态，再一个，是取名时，或许因为对字的使用效率特殊看重，在姓之外，祖孙三代只使用四个字，就组成了音韵琅琅的三个名字。

朝鲜第三代领导人金正恩二〇一一年底登基继位。作为一个权力无限的人，凡事都有个认同过程好，凡事都经历个认同过程，就像汽车在快速道路上拐弯的时候，要被动接受减速带限制，这容易保证行使权力时，更可能出于深思熟虑，而非拍脑门的心血来潮。

就此或可做出推断，少主金正恩杀掉老臣张成泽，并非是意气用事的草率之举，而是经纪党国的深远之策。

金正恩继位之初，张成泽这个六十五岁的前朝老臣正春风得意，至少给外界留下的印象，已然一人之下万人之上，是顾命辅佐少主的一号人选。不能说外界的推断没有道理，因为张成泽不光资历深经验多能力强，更与金正恩关系特殊，他妻子金敬姬，是金日成的女儿金正日的妹妹金正恩的姑妈。功德未显的侄子倚重功成名就的姑父，于情于理都说得通。可是，眨眼之间，二〇一三年的年底刚刚临近，少主与老臣的蜜月期还没持续两个整年，志得意满的老臣就因反党反革命，被不露声色的少主结果了性命。一时之间，全世界对朝鲜局势有关注兴趣的集体或个人都惊呆了，各种猜测不胫而走。就说张成泽触怒金正恩的原因吧，不算那个冠冕堂皇的"反党反革命"，主要的，大体被罗列出的就有三宗，而他的死法，不算正常地被一发来自身后的子弹毙命于刑场，广为盛传的，也不少于三种。三宗罪为：第一，与主人的治国理念出现分歧；第二，想扶持主人的同父异母哥哥抢班夺权；第三，与主人的妻子有染并拍过床上录像，尽管，那是主人结婚之前的事。三种死法为：第一，被饥饿的狼狗撕成碎片；第二，被扫射的机枪打成蜂窝；第三，被精准的导弹炸成肉屑。当然了，流传广泛的说法还有许多，都比以上的八卦更为八卦。现在是互联网加监视探头的时代，其突出特点是，世界越透明，那些点缀世界的模糊细节与不确定情节便越神乎其神，而这与有无新闻自由或是否尊重事实真相已关系不大。

即使与新闻自由或事实真相关系很大，我们圣婴也没兴趣顾及，我们高级于人类的标志之一，就是我们懂得在许多时候，只有绕过那些已经凸显为障碍的模糊细节与不确定情节，才能走入事件的本质与根源。现在，我们沿着张成泽事件所寻觅到的本质与根源，就不是眼下的金正恩，或将来的朝鲜民主主义人民共和国，而是当年，百济神庙所发出的诅咒，是否真能历十数世纪而余威犹在。

自四世纪起，朝鲜半岛纷争渐息，开始进入三国时代，由高句丽、新罗和百济三分天下。为什么半岛上的百把小国，唯它们仨能独领风骚？据说，是因为这三个部族，分别领受了神的旨意，各以五十对三至五岁的男女孩童奠基神庙，并定期向神贡献孩童牺牲，才在神的保佑下，逐渐崛起于朝鲜半岛。神意认为，朝鲜半岛的样貌风物，很适宜于鼎足分治，若这分布北南的三大势力能始终以小冲突小争斗彼此制约，而以大的平衡确保相安无事，那半岛人民当福祉无边。事实上，两三百年里，神意也确乎得到了体现，直至七世纪初，在百济国，新主金三足承袭了皇位。少年新主金三足是父王三十三个子女中的第三十三子，也是唯一的儿子，他出生时，虽然母亲刚十九岁，但父王已经六十九了。本来，金三足只对斗鸡走狗更感兴趣，并未想过，历代祖先只维持现状却不拓疆辟土，是否算是平庸无能，至于他也反对向神贡献牺牲的迷信旧俗，那只因为，他厌倦周而复始地主持盛大的祭祀仪式。可顾命大臣张江原，却野心勃勃不甘平庸，连续数年，他灌输给新主的思想，皆是百济一统朝鲜或朝鲜尽归百济，同时，还私下里操练兵马以备大战。数年以后，金三足十八了，几乎是在张江原的要挟之下，他接受了挑起半岛争端的黩武建议。张江原的计划是：先一把火烧掉百济神庙，然后利用以前抓到的新罗俘虏作假现场，声称新罗人搞破坏，就此既鼓舞了士气又师出有名，待征服了与百济同属南方的新罗以后，再合两国之力，伺机北伐高句丽，让独大的百济半岛为王。于是，在个风干物燥的深秋时节，张江原差人，放火把旧称熊州今为公州的锦江畔论山下的百济神庙给烧毁了，拉开了与新罗交战的序幕。按当时三国的实力，百济略逊于高句丽，但打败新罗没有问题。可金三足张江原无论如何也没想到，一向亲百济而远新罗的高句丽，竟出人意料地，忽然成了新罗的盟友，更让他们想不到的是——因为后来的事情发生的时候，他们已先后死去多年——在百济被新高两国联手灭掉后，新高两国又争斗数载，最后统一半岛的胜出者，竟是弱小的新罗而非强大的高句丽。

不说后话，只论前缘。这场战事的前缘，在人间自然没人知道孰因孰果，但我们圣婴却清楚，其实，是神的意愿打败了百济。百济毁弃神庙，中断向神贡献牺牲的祭祀传统，其罪之大十恶不赦，神便通过新罗和高句丽的两座神庙，发出一道直白的诅咒：三足不立，江原当诛。如果金三足立足不稳，辅佐他的张江原应当领罪受死。是这样吗？从字面看，好像解释得通，并且这也的确是事实，新罗在高句丽的帮助下，一对百济展开大举反击，懊悔不迭的金三足为了讨好新高两国，就对张江原处了极刑，在短时期内，也的确缓解了新高两国施加的军事压力，如果不是他的手下抢班夺权软禁了他，没准，三国的格局还能得到恢复。但"三足不立江原当诛"里的"三足"和"江原"，难道真的那么直白，仅指金三足和张江原这两个具体的人吗？这两句组成咒语的话，可不可以也指，朝鲜半岛若不能三分天下，那么，就把来自江原道的人给杀掉吧——"江原"，也指地名行不行呢？

张成泽就是江原道川内郡人氏，我师傅得意地卖弄他的发现，而现在，起码六七十年来，朝鲜半岛一直两分而非三足。

我不关心张成泽，我有点迟疑地说，他是江原道人也说明不了什么。我脑子里，始终铺展着一幅半岛地图，从白头山到济洲岛。

唔，你什么意思？

我意思是，不光北边朝鲜有江原道，三八线南边，韩国，也有江原道，你那诅咒里的"江原"如果不指人名而指地名，那你能说明它指的哪吗？

嘿你小子——我师傅也急忙在脑子里放映地图，那你，关心什么？

我关心，那个百济新主金三足，作为你师傅我师爷的首任宿主，为什么要毁掉百济神庙，取消献祭孩童的旧俗？难道，金三足前辈初为圣婴时曾大逆不道，曾拒绝和反抗过圣婴意志对他的影响，曾企图颠覆圣婴目标……

住嘴你！敢这么瞎猜前辈。我师傅装出生气的样子，但下意识里，还是让一丝由恐惧与欣赏混杂而成的古怪表情流露了出来。我现在和你讨论的，他有点欲言又止似的说，是百济神庙的诅咒是否存在，是它能否直至今日还发挥作用……

师傅，如果我们讨论的问题不能帮我更深入地了解金三足前辈，不能帮我更多侧面地了解我们圣婴，那我得说，他们人类，包括他们的神，不论发出怎样的诅咒或那诅咒是否灵验，我都没有关注的兴趣。

靠！你他娘的小兔崽子——你就没想到，又是谁支配了人类的神？

4

克洛诺斯是个承前启后的过渡性神祇，当他作为最后一辈旧神黯然退出历史舞台时，也像父亲乌拉诺斯诅咒他一样，向新神的代表，他小儿子宙斯发出了诅咒：不肖之子呀，以后你的孩子将——可他的诅咒，未说完全。那么，受到他诅咒的儿子宙斯，是否也会像受到父亲诅咒的他一样，能亲身验证那诅咒呢？没有答案。因为验证得先弄个明白，为诅咒宙斯，他发出的究竟是怎样的预言。

作为十二泰坦神之一员，克洛诺斯是乌拉诺斯和盖亚所生的六子六女中最小的一个。泰坦含有叛逆的意思，至少对克洛诺斯来说，这是一个准确的描述。起初，地神盖亚是天神乌拉诺斯的母亲，但只喜欢玩弄权力和玩弄女性的独裁者乌拉诺斯，却把此前的单性繁殖演变成了双性繁殖，进而以母亲为交媾对象，也就是说，为了淫欲，他不惜将母亲娶为妻子，并且，他不光百般蹂躏盖亚这个母亲妻子与妻子母亲，对两人生出的众多子女还一点都不好。忍无可忍的盖亚，决心推翻乌拉诺斯的残暴统治，她就用采自大地深处的黑灰色燧石作为原料，打造出布满锋利锯齿的巨大镰刀，再谨慎地，去与她的泰坦儿女们交换意见。孩子呀，你们的父亲罪孽深重，你们知道为什么吗？作为母亲和妻子，无论怎样，盖亚也难以对乌拉诺斯亲自下手，她只能循循地对孩子们加以引导。因为呀，他最先起意做出了种种纵欲妄为的可耻事情，而我们呢，真应该好好地惩罚他那些邪恶的行径。盖亚的泰坦孩子们都很强大，可一想到要与位高权重的父亲为敌，还是惶恐不安瑟缩不前，唯有最小的克洛诺斯站出来说，母亲呀，惩罚父亲这件事，就由我来做吧，因为他那么淫邪无耻，我对他早就没有了敬爱。

盖亚对勇敢的小儿子克洛诺斯非常满意，就如此这般地安排一番，让他拿好那把巨大的燧石镰刀隐蔽起来，而她则设下丰盛的酒宴，把前来与她寻欢的乌拉诺斯灌得晕晕乎乎，然后，待乌拉诺斯朝她的身体匍匐下来时，她再以某种特殊的呻吟声，向小儿子发出信号。早已做好准备的克洛诺斯突然出击，他用左手抓住父亲的生殖器，用右手巨大的燧石镰刀一砍一片一削，就将那淫邪的象征物给割了下来。紧接着，他乘胜进击，又切下父亲四肢，让父亲彻底失去了战斗的能力。在措手不及中败下阵来的乌拉诺斯落荒而逃，但是在逃跑中，他也发出了愤怒的诅咒：你这逆子呀，你注定要为你所做的事付出代价，你的统治，终将像我一样，最后被自己的孩子推翻。但当时，克洛诺斯并没把父亲的诅咒当一回事，他只顾享受夺权成功的喜悦和满足了，并开心地欣赏着，从父亲身体里流出的血以及被他随意抛掷的父亲的四肢和生殖器，在发生着怎样奇幻的变化：那流淌的血和分离的四肢，迅速化作了复仇三女神和众多可怕的巨灵，而那枚被扔到海里的生殖器，竟溅起一片巨大的泡沫，然后从泡沫里，又有也被后世称为维纳斯的阿芙洛狄忒诞生了出来，而最好笑的是，在这阿芙洛狄忒众多的名字中，那个异常优美动听的菲洛美狄丝，其意思居然是"爱阴茎的"。

成功演绎了"镰刀夺位"的克洛诺斯，很快就像父亲一样，也成了个大权独揽的统治者，他蛮横地把姐姐瑞亚娶作妻子，并眼看着瑞亚的肚子一天天隆起。直到这时，他才猛然记起父亲的诅咒，他才发现，每当看到瑞亚滚圆的肚子，甚至每每与瑞亚交合的时候，那种被自己孩子取而代之的忧虑与恐惧，都会强烈地折磨着他。他不寒而栗。此后多年，他和瑞亚一共生了六个孩子，这些孩子，在未来的新神世界里，个顶个地出类拔萃，尤其赫拉和宙斯这对姐弟夫妻，统辖着无数重要的领域，而奥林匹斯诸神的领袖宙斯，完全就是一个不可一世的神界与人间的最高主宰。可在当时，在众神之首宙斯出生以前，他的哥哥姐姐，却都生活在死亡之中，至少可以说，他们的生无异于死。因为克洛诺斯自从记起父亲的诅咒，就十分防范自己的孩子，每回瑞亚分娩了儿女，他都将那初生的婴儿吞入腹中，让他们苟延在他黑暗的肠胃，如同食物等待消化。对此，身为孩子们母亲的瑞亚悲愤无比，可她敢怒不敢言，只是在最小的孩子宙斯降生时，她才壮着胆子，以襁褓包裹着石头冒充婴儿，哄骗克洛诺斯吞了下去。宙斯终于逃过一劫，被暗中送到迪克特山中，由友好的库雷特人和库里班人悉心抚养。年复一年，宙斯听着短剑敲击铜盾的美妙声音酣然入睡，又喝着女神喂的山羊奶茁壮成长，而蒙在鼓里的克洛诺斯，对这个小儿子的存在一无所知。成年后，宙斯潜回父亲身旁，随时准备向父亲发难。有一天，造反的时机终于成熟，宙斯把一种催眠药放进克洛诺斯的酒里，使他酒后昏睡不醒，然后，又给他灌下催吐药，让他把陆续吞下的五个儿女，即赫斯提亚、德墨忒尔、赫拉、哈迪斯、波塞冬这宙斯的五个兄姐，一个个地呕吐出来。得到解放的兄姐们帮弟弟推翻了父王的统治，并推举弟弟登上王位，而从昏睡中醒来后，已丢掉权柄的、被关在塔尔塔罗斯地下牢狱里的克洛诺斯，只能徒劳地捶胸顿足，并向他的小儿子发出恶毒的诅咒：不肖之子呀，以后你的孩子将——

可是，克洛诺斯的诅咒未发布完全，就被淹没在了一阵惊天动地的巨大声响中，原来，那些初为宙斯效力的风雨雷电为了欢迎新统治者，用他们一向擅长的震耳欲聋之声，把天地间所有的空隙都塞满了，让本来就因为发自地牢而十分微小的克洛诺斯的诅咒之声，更加微小地有等于无了。结果，万能的宙斯，神与人的统领，因为性欲强烈和爱意泛滥而在神界和人间都当之无愧的伟大情种，却始终无法知道，他的孩子，未来将带给他怎样的灾厄，而那将带给他灾厄的不祥的孩子，究竟会是神的子嗣呢，还是人的后代？就这样，为安全起见，自从坐上王位以后，没有一天，至高无上的宙斯大神不是在忐忑之中惴惴度过，他既要防范神界的儿女，又得警惕人间的骨肉。

5

很久之后，人类才发现，那些因古老和久远而广受称颂的埃及文明或印度文明或其他什么文明，与两河流域的美索不达米亚文明比，只是后孕的儿女与晚生的骨肉，而现在人类已知的世界上最早的英雄史诗，诞生于古巴比伦的《吉尔伽美什》，也早在被文字符号记录的千年以前，就在美索不达米亚南部的苏美尔地区广为流传，作为"英雄中的英雄"的史诗主人公吉尔伽美什，以及他的朋友恩启都，最早都来自苏美尔人的口头创作：

> 吉尔伽美什不给父亲们保留儿子，
> 日日夜夜，他的残暴从不敛息。
> ……
> 吉尔伽美什不给母亲们保留女儿，
> 哪管是武士的女儿，贵族的爱妻！

在《吉尔伽美什》中，不论塞姆语的口头版还是楔形文字的泥板版，对"三分之二是神/三分之一是人"的吉尔伽美什都先抑后扬，先控诉他暴戾恣睢，再颂扬他救助众生，这样的效果，使他最后除暴安良的大英雄形象能充满张力，有立体感。但是，在人类中，那部分因愚昧无知而感受力孱弱或者因感受力孱弱而愚昧无知的人们，在接受吉尔伽美什时，或是接受他这类善恶共生美丑并存的角色时，心理上总是横一道障碍，他们希望甚至相信，英雄就一定要完美无瑕，连年幼时尿床都得气贯长虹，连年老后谵语都应挥斥方遒，他们并不了解也不愿了解，这世间的一切人以及所有的事，在里表之间，在前后之间，在大小之间，在多少之间，在黑白之间，在阴阳之间，在是非之间，在正邪之间，在好坏之间，在爱恨之间……总有广阔的弹性空间与灰色地带，而真实与真相、真知与真理，只能在这弹性空间灰色地带里诞生和存在。当然，有些自视并不愚昧，也感受力还算强健的人，是能跳出非此即彼的认知框架的，他们不仅肯于也还善于回到从前，以原始的尺度和初民的视角，去唯物史观和辩证法地，衡量吉尔伽美什以及万事万物。其实，在美索不达米亚文化中，人们除了对人神共处的现象能欣然接受，还都知道并且认同：神之所以创造人类，就是为了创造奴仆，人必须心甘情愿地供神蹂躏。这就好比，在后世一个将近千年的漫长时段里，许多基督徒都固执地相信：上帝造人，并将把人带上天庭，就是为了弥补天使的数量不足。而吉尔伽美什，作为乌克鲁城的统治者、执政、王，他恰好就是个既有权力又有权利的神，可以随心所欲地荼毒百姓。当然了，他这个神还不够彻底，可也正因为这样，他才更渴望摆脱身上那些人的痕迹，脱胎换骨为完全的神。于是，与其他神祇比，他对待人类就更加残暴，似乎越残暴，他就越近于神而远于人……

这样的解释，不能说不对，也不能说完全没有新意，但如果仅仅局限于此，对复杂的吉尔伽美什来说，大概又有了简单粗暴和小瞧的嫌疑。要把吉尔伽美什"不给父亲们保留儿子"和"不给母亲们保留女儿"的思想脉络理顺摸清，可能还需要再琢磨一下，吉尔伽美什从妖怪芬巴巴那里救出女神伊什妲尔后，为什么又拒绝她的求婚，从而导致了他和他的乌克鲁城的无辜子民，要承受天神降下的无妄之灾与飞来横祸。

要说吉尔伽美什对伊什妲尔的拒绝，得先说说那件事之后的另两件事，而那也可算作一件事的另两件事，又都与吉尔伽美什的亲密战友恩启都有关：第一件是，恩启都死后，悲痛的吉尔伽美什开始了孤独的长途漫游，而他漫游的唯一目的，便是探索"死和生命"；第二件是，结束漫游后，更加困惑的吉尔伽美什唤来恩启都的幽灵与之交谈，要向他请教"大地的法则"。显然，身历这两件事的吉尔伽美什，已经不再是神而只是个人，还是一个脆弱苦闷的、迷茫彷徨的、多愁善感的凡俗之人。这样，结合他后来普通俗人的软弱表现，再回头看他早期凶神恶煞的残暴表现，便不难想象，作为神时，他摆脱不掉自己人那部分生命的渺小卑微，而作为人时，他的神通广大无所不能的神那部分生命，又让他没法安于普通。于是，神格与人格的分裂，人道与神道的背离，让他既仇视人又抗拒神，不论对人的未来还是神的未来，他都报以根本性的绝望：对人，他"不给父亲们保留儿子"，"不给母亲们保留女儿"；对神，当伊什妲尔向他主动示好时，他毫不客气地拒绝了她，不惜惹她恼羞成怒。

难道，他拒绝与伊什妲尔成婚就是绝望于未来吗？他自己可没这么解释说明。哦，那么，在对吉尔伽美什的心理活动做猜测前，请联想一下伊什妲尔是什么神吧。

女神伊什妲尔司掌孕育和繁殖。

6

当时，原始社会末期的公社时代，已孕育出了父系氏族，但还没繁殖出阶级和国家，在如今中国处于陕西山西河南一线的黄河周边，散居着一些发展水平参差的大小部落。这些部落，因各种主客观原因不断迁徙，又因迁徙而发生交际，或者结盟或者对抗，或者以结盟的方式对抗，或者以对抗的方式结盟。在此过程中，有名唤炎和黄者，作为两个最勇敢智慧同时也最毒辣狡诈的优秀首领，分别率领自己的部落联盟，在群雄争峰的凶险情势下，鹤立鸡群般强大起来，让两声送给原始社会的丧钟，嘹亮地响彻在黄河两岸。于是，后世，坐享民族认同之凝聚力量的一代代人们，便越来越习惯成自然地，把炎黄二人都尊为帝，冠以中华民族始祖的名号并称齐颂，而且凡是中华儿女，也都成了炎黄子孙。

　　如果传说至此结束，如果故事不再发展，关心炎黄的人在心情上，至少炎黄子孙们在心情上，可能多少会好受些，甚至找得到欣慰的理由。据说，炎黄子孙比其他始祖的子孙更慈悲善良，更和睦友爱，更仁义理智信，更温良恭俭让，因而，对传说与故事，也就更喜欢团圆的结局：有苦也会苦尽甘来，有恶也能恶有恶报，坏人终归要浪子回头还金不换，而灾祸里，也总潜伏着喜乐，并且只要大难不死，就必然有后来之福……但炎黄的事迹，却不炎黄子孙化，很快，这一对草莽英雄强人斗士就反目了，连二虎共霸一山都不同意。势同水火的他们，毫不含糊地撕破脸皮，前一遭我杀你个尸骨成山，后一遭你杀我个血流成河。如此，你来我往地经过反复较量，终于黄帝杀掉了炎帝，方才结束了两帝之争。是这之后，炎黄子孙化，也才换上另一种表情鲜明起来：本着胜者王侯败者贼的价值观念，许多炎黄子孙也喜欢自称黄帝子孙，可自称炎帝子孙的，好像从古至今都无记载。另外，炎帝究竟有什么本事，大约也很少有人探究，而黄帝的能耐，却能轻易穿越时空，以集诸多人文精华之大成的态势表现出来：聪明能干的黄帝不仅是个能征善战的军事天才，还是个拥有无数发明创造的文化天才。他会推算天文，又制定出了中国最早的历法，他还会制造交通运输工具，车、船和指南车的原创都属于他，其他如鼎、鼓、音乐、铜镜以及陶器等等，也都出于他的研发。他也精通医术，不仅和神医岐伯一起研究出了一整套诊病治病的妙方良法，还因与岐伯做医学对话，让后人得以把中国最早的医书《黄帝内经》编撰出来。他那年头，受饮水限制，所有的人都是居者靠河流，牧者逐水草，若远离了河水会很不方便，这样他就发明了井，扩大了人们的生存空间。那时的人们穴居野处，构木为巢，又是他首先"伐木构材，筑作宫室，上栋下宇，以避风雨"地盖起了房子，使人们活得更加安全舒适。这黄帝除了自己能量无边，手下还集中了一批各擅胜场的才干之士，他们中，既有造出了象形文字的文字学家仓颉，又有分出了十二音阶的音乐家伶伦，还有精通数学的制定出各种度量衡的隶首，而黄帝之妻嫘祖，则总结出一整套喂蚕、缫丝、织帛的经验教于人民，使得学会了制衣缝冕做鞋的人们，一改上古时代穿树叶披兽皮的原始习惯，将自己从上到下地装束起来……

如此一个伟大的黄帝，照说理应天下归心，可不，仍有蚩尤这样的不识时务者，向黄帝的统治发出挑战——当然，后来，仍然依循胜者王侯败者贼的价值逻辑，挑战者蚩尤因为败给了黄帝，人们便对他极尽丑化之能事，把他刻画成妖魔与邪神。在这点上，始祖黄帝倒比后世的肖小们客观大气，杀掉蚩尤并分尸掩埋后，他不吝誉美地，将这个强悍而又忠诚的对手尊奉为"兵主"，即战神。

是的，蚩尤不光是英勇的战士，更是专一信念的恪守者。蚩尤原为九黎族部落酋长，效忠炎帝，炎帝兵败后他拒不服输，誓死要为炎帝复仇，便举兵与黄帝激战于涿鹿，以一决雌雄。蚩尤这个擅长使刀斧弩戈的孔武猛士，仿若有三头六臂，他率领着个个如铜头铁臂般刀枪不入的八十一兄弟，一度把黄帝的兵马杀得丢盔卸甲，至于后来，他和战友们兵败命绝，很可能，倒是以神秘主义的机遇命数来解释更合理些——并非为敷衍那失败的原因。当然了，讨论蚩尤之败的意义不大，丛林法则，无非智勇两项，至于正义与非正义或文明与反文明之类现代说辞，能解释的问题从来都既有限又牵强，是只管其一管不了其二，更遑论其三与其四的……还说后来。

后来，黄帝活捉了蚩尤，对他处以极刑，并且分割了他的尸体，黄帝认为，这么厉害的对手，留下全尸都可能是祸患。接下来，他对九黎部落的成员大开杀戒，他担心这一族系所有的人，包括女人，包括衰弱的老人和稚嫩的孩子，都有着与蚩尤同样的英勇与忠诚。作为统治者，他当然希望臣属都能英勇忠诚，可万一，他们的英勇忠诚并不献给他这新的主人，而是献给失败的炎帝，献给失败得更为悲壮的蚩尤以及他那不计生死一往无前的八十一个兄弟，那他的麻烦可就大了。为避免麻烦，黄帝的策略是杀光九黎人，尤其要杀光九黎的孩子，宁可，以后的世上再无英勇与忠诚。

后世的中华，所谓炎黄子孙，其实很少炎的子孙，即使有，也都是些被黄的子孙同化了的、对黄百依百顺的、不会给黄添麻烦的乖巧之人，而那些有可能给黄制造麻烦的蚩尤的子孙，那些英勇忠诚之士，尤其是忠诚之士，自涿鹿之战就完全绝迹了。

一统天下后，某一天下人匆匆来报，说九黎部落已彻底夷平，蚩尤子孙已尽数杀光，最后一对母子，原本藏在柴草垛里的二十四岁母亲与四岁儿子，脑袋刚刚被割下来，挂到了路边的香榧树上。黄帝闻之，沉吟良久，脸上未露得色与喜色，倒仿佛有隐隐的遗憾现于双眸。他传出命令，从此以后，他的军队的所有战旗，都要绣上蚩尤的画像，并且，追封蚩尤为战神"兵主"。

7

公元前五七一年，一个雨后初霁的五月天下午，圣婴BN3272的宿主赫西俄德依礁崖而立，泪水顺颊簌簌流淌。他的面前，阳光直射在爱琴海上，海风沿萨罗尼科斯湾游弋而来，轻轻拂过拉夫里翁角。晴好的天气一如往昔，可这天聚会于拉夫里翁角的诗人们却闷闷不乐，除了赫西俄德满面悲伤，还有阿尔基洛科斯不停地叹息，还有摩俄克里托尼痴痴地发呆，连那几个瘦削精干的奴隶，在忙前忙后时都蹑手蹑脚，在做这做那时都无声无息。气氛不对。气氛不对的原因并不复杂，是这天的聚会，少了萨福，而萨福未来出席聚会，又是因为几天以前，她这个才女诗人特意回到故乡累斯博斯岛，纵身跳海结束了生命。可为什么呢？难道她再也无力享受爱和欣赏美了？就在一个月前，诗友们上次聚会拉夫里翁角时，针对有些贵族圈子说她相貌丑陋的流言蜚语，她还不屑地说，为了享受肉体之爱，为了欣赏自然之美，即使她真的丑陋，她也要开心地活到再无力享受爱和欣赏美时。萨福没有传说的那么丑陋，当然，也没有另一种传说所宣称的那么美丽，她长相一般，身材一般，体态一般，但她生性活泼，为人真诚，尤其聪慧绝顶才华横溢，是喜爱她的人心中的女神，数百年后，大哲学家柏拉图论及她时，就尊称她为缪斯九女神之外的第十位缪斯……萨福呀，这几天，正是我把献给你的长诗《工作与时日》定稿之时，可你却连个招呼都不打，就撒手而去了……这时候，在一片沉默中，赫西俄德打破了寂静，当然，他的话，是说给滔滔爱琴海的。但一直压抑着情感的诸位诗友，还是从赫西俄德的倾诉中找到了宣泄口，他们都把目光转向赫西俄德，注视着他手中的诗稿。你——还坚持按黄金时代、白银时代、青铜时代和黑铁时代划分人类史吗？阿尔凯奥斯试探着问。你——关于黄金时代、白银时代、青铜时代和黑铁时代的判断没变化吧？卡拉克索斯急切地问。赫西俄德没直接回答两位诗友，只是声音愈来愈大地，朝向蔚蓝的海水，开始背诵和朗诵《工作与时日》。阿尔凯奥斯和卡拉克索斯都不再吭声，专注地陪伴着死去的萨福，倾听赫西俄德以献诗的方式表达爱情。人人都知道，萨福只喜欢与同性恋爱，可赫西俄德太爱她了，竟对她的性取向视而不见，坚信未赢得她的芳心，只因为自己还不优秀……这时，赫西俄德的背诵和朗诵已进入高潮，人类历史上的四个时代，正从他的声音里依次呈现：黄金时代的人无为而治，没有痛苦，不必工作，尽享欢愉，死后能变成善良的灵魂去帮助他人；白银时代的人有着长达数百年的无忧无虑的快乐童年，但壮年时期异常短暂，他们死亡的原因是自以为是，是傲慢；青铜时代的人仍不擅稼穑，却学会了战争，开始了掠夺和残害杀伐，不过他们仍具有英雄气概，急公好义而正直高尚；黑铁时代则到处充斥着纷争和暴力，孩子一生下来，即圆滑世故如同老人，人们生命短促，没有信仰，既不知廉耻和光荣为何物，也没有能力和办法摆脱邪恶，唯有在彼此的仇视中走向死亡……忽然，赫西俄德停止了背诵朗诵，猛把头转向身后的诗友：我想明白了，她为什么会失望而死！唔？众诗友忙从黄金白银青铜黑铁这些生动的时代退回到当下：为什么？十天前，赫西俄德认真地说，我去看望一群早年的军人朋友，为欢迎我，他们买了一个蛮族孩子，炒熟了他嫩嫩的心肝肺供我们下酒，可那些军人朋友中的一个，是萨福女友阿狄司的叔叔，一定是他酒后多嘴——众诗友的眼神不再惊讶，他们纷纷安慰赫西俄德说，萨福不至于因为他吃了蛮族的孩子，就对他失望进而失望于世界……

人是没有能力不迷失的，
他为生命添加的东西，
都会反过来，
与生命作对……

可是，赫西俄德已不再理睬宽慰他的诗友，而是重新把诗句给大海
送去。

公元前二一〇年即农历辛卯年十月中旬的一个深夜，作为事实上的
三神山岛岛主和山大王，圣婴CM0052的宿主徐市即徐芾即徐福，忽然
驾起楼船，张起帆篷，在这个初寒已至不宜出海的秋凉时节，结束了他
的隐居生活，丢下他多年来一直统领着的、最多时数千此时亦达数百的
童男童女，以及协助他统领这些童男女的一众工匠、技师、安保、杂役
等成年男女，只带少许亲信，仓促出海张皇远遁了，并且，他还不是折
身回返大陆，而是逃往外海，逃向了后世被人称作台湾或者琉球的地
方，朝鲜或者日本的地方，甚至，遥远的美洲那个地方……那么，这个
原本身负重托，被世人口口相传的徐半仙，究竟到了哪里去呢，是真成
了日本的开国者呢，还是都没出得去芝罘湾崂山湾灵山湾，就葬身海
底，成了一直被他描述得神乎其神的大鲛鱼果腹的美味佳肴？哦，这不
重要，重要的是，他徐福不是一直奔波海上寻访仙药吗，可为何又会隐
居孤岛？并且此时，为何又要偷偷逃逸？要把这些解释清楚，还得话说
从前。话说，十一年前，秦王嬴政征服了齐楚燕韩赵魏六国，完成了统
一天下的帝国霸业，终于敢自诩始皇帝了。可是，人这种动物，贪心不
足，权位愈高便欲望愈大，而一个人的最大欲望，莫过于长生不老万寿
无疆。成为始皇帝的嬴政觉得，与他相比，那些平民百姓，即使王公贵
族，其命都薄其身都贱，死不足惜；唯有他，作为天之骄子九五之尊，
不说福寿都该与天齐吧，至少，总得活个七八百岁，起码三五百岁——
与彭祖那样的古人比，这不过分。为此，一朝大权在握，他便广寻明公
遍访方士，为求取长寿仙药，耗费了巨大的人财物力，而九年前于琅琊
台偶然结识徐福，又接受其建议，委托其率领大队人马去踏海勘拜传说

中的蓬莱、方丈、瀛洲这三座神山，是他最疯狂的一项决定。也和他一样疯狂的徐福，领命后即逐波而去，去得还挺大张旗鼓，可几经辗转，他并未远行，而是悄悄地，将船队泊藏于离始皇帝登临过的芝罘岛并不很远的一座荒岛。卸下辎重后，他做的第一件事，便是郑重地把那荒岛上的三座山包分别命名为蓬莱、方丈、瀛洲，又将这座荒岛，正式命名为三神山岛，然后，他就兢兢业业地，投身到了对长生不老之药的研发之中。事实上，作为精通各种方术的异人，有缘结识始皇帝后，徐福称他知道仙境何在，对哪里采得到长生草哪里摘得来不老果都心中有数，只不过是迎合皇帝，而他迎合皇帝的唯一目的，是希望得到多重资助，以调制冶炼出他一向相信的、定有延命之效的人间仙丹。像所有炼丹人一样，徐福的原材料也是金子、水银、硫磺、砒霜等物质，其原理的逻辑依据是，金子等重金属不易变质腐烂，若人体吸收了它们的精华，自然便可延年益寿。但比之于一般的炼丹者，徐福对原材料又要求更多，他还需要，有新鲜的而不是腐旧的、健康的而不是老病的、干净的而不是污秽的、生长中的而不是衰竭中的人的脏器，诸如心肝肺脾等，来丰富他的仙丹成分。他的理论是，人的脏器作为特殊食物，被吃下去后，除了可以滋养身体，还能实现有益成分的有机转化，而如果让这种有机转化与各种金属原料同融于仙丹，定然会有奇功妙效。那么，哪种人的脏器新鲜健康干净并且处于生长中呢？自然不能是普泛之人，而应该是童男童女，还得是漂亮聪明的童男童女……然后，这项工作便一做九年，直到最近才大功告成，可徐福刚想把仙丹送往咸阳请皇帝享用，却延时数月地得到消息，流火七月间，皇帝已驾崩于南巡的归途。更让徐福惊骇的是，皇帝尸骨未寒，赵高李斯这两个奸佞，就开始了操纵朝廷，他们不仅矫诏把十八公子胡亥立为二世，还冒用秦始皇名义，赐死了长公子扶苏和功勋将领蒙恬。而最使徐福恐惧的是，有消息称，眼下，他们正在找寻他呢。他们已对他心生疑窦，觉得他打着皇帝的旗号，几番回陆地精挑细选童男女之事颇为蹊跷，他们还据此断定，他只在近海而未走远洋。徐福想不好，赵高李斯找他何意，但他知道，与这两个阴险之人打交道凶多吉少。既然托付他使命的皇帝死了，那么，宁可好不容易研发出来的长寿仙方从此湮灭，也不能把它交与奸人。于是，带上炼出的仙丹与炼丹的技术，忧愤的徐福只能远涉重洋，离开了家国。

公元六四年七月十八日的天气异常炎热，从表面看，是这天的炎热，导致了圣婴DE6369的宿主尼禄的异常烦躁。其实不然。皇宫里，每间房屋都因水道的勾连而温度适宜，更有浴室凉爽宜人，只要尼禄不去室外，不论待在哪个房间，都会胎儿安睡于母腹那么舒服。这时，一个几乎裸体的贴身侍女，悄然钻进此时尼禄安睡的母腹，对这个神不守舍的胎儿柔声报告：艾巴富罗狄忒斯先生到了，正等在外边。尼禄的情绪为之一振，眉宇间的愁色瞬间没了。他先面向巨大的铜镜，挑剔地把自己打量一番，待看到自己已镇定下来，君王风度也重回到脸上，他这才来到外面会客厅，与刚刚被他派人找来的忘年朋友艾巴富罗狄忒斯互致问候，甚至，还以少有的礼貌周到，有点多余地提醒侍女，该如何给艾巴富罗狄忒斯这种尊贵的长者让座和倒酒。皇帝，您太客气了……艾巴富罗狄忒斯知道尼禄喜怒无常，他的回应就异常谨慎。哦，我是想请教——终于，尼禄绷不住了，不论他外表多么从容，他心虚的马脚还是露了出来。亲爱的先生，按计划，今晚的半个罗马城就要葬身火海了。尼禄转动着手上的酒杯，专注地看酒，好像罗马就在血红的酒里。可这火，是否需要我亲自点燃呢？闻听尼禄提出的问题，艾巴富罗狄忒斯宽厚地笑了，同时，为了怕尼禄把那笑理解成嘲笑，他又赶紧仰脸和抬手，以干杯的方式掩饰笑靥，并以此旁证，皇帝提出的问题，的确重要和棘手。艾巴富罗狄忒斯不是政客不是军人，只是商贾，但足智多谋的他，却一直为罗马历史上最残暴荒淫的皇帝尼禄所倚重，他协助尼禄对罗马和殖民地大肆掠夺，不仅让尼禄搜刮到无数的金银财宝、黄金神香、豹皮象牙，他自己也发迹得富可敌国，像他刚才正在其间休息的那处豪宅，仅房间就有四十多个，而在罗马城，这样的豪宅他有三处。近来，他和尼禄，正筹划着一件可以称之为毁掉旧罗马，重建新城区的极端之事，而这件事的疯狂程度，让他和尼禄这种混世魔王都有所不安。破旧立新，弃旧图新，按说算好事谈不上疯狂。可尼禄与艾巴富罗狄忒斯建新城的前提，既非居民的有序迁移，又不是房屋的合理拆除，更没有对受损失者的妥善赔偿，而是要掐算一个月黑风高的不祥夜晚，在城内的几个贫民区同时放火，不惜毁掉成千上万人的生命财产，以确保新罗马能在一张——至少半张白纸上，没有负担地矗立起来。当然了，做皇帝的如此屠杀臣民，为的又不仅仅是厌旧喜新，一石二鸟的另一个目的，是要把这场火灾嫁祸给基督徒，也就是说，要利用这机会，对新兴的基督教势力的扩张与发展给予打击。在他们掐算好的放火日之前，已有好多回了，都是爱冲动好热闹又心狠手辣的尼禄皇帝亲自出马，率人去偷盗市民那些幼小的孩子，然后割开颈项，以陶罐接住喷射的血，再把那血涂抹在基督徒的神偶上，摆放到基督徒的圣坛上，仿佛这一切，都出于基督徒虔诚的敬献。至于那些因割颈而死的孩子的尸首，则丢弃得特别欲盖弥彰，借此让所有的市民都不怀疑，残杀孩子的，就是基督徒。而基督徒间，也的确盛传着这样的说法：对上帝的敬拜一旦应验，幸福的一天就会来临，而那天到来的标志即是，将有巨大的火球从天而降，熊熊的烈焰会像照妖镜一样，对好人坏人加以区分。显然，若火烧罗马，连基督徒都不会怀疑是自己人干的。现在，一切准备就绪，连放火的日子都选好了，可一向杀人不眨眼的尼禄皇帝，连姑妈都敢强奸的尼禄，连母亲都敢杀害的尼禄，竟为个放火烧城的具体执行者应该是谁的芝麻小事，烦恼了起来。哈，操纵暴君的软肋与弱项，真有种与狼共舞的强刺激呀。艾巴富罗狄忒斯又不动声色地笑了一下，转而镇定而又恭谨地说：统帅，元首，领袖，皇帝，陛下，作为伟大罗马的伟大君主——

公元二七四年那个甲午年的春分刚过，早已备好锹镐的圣婴EN9041的宿主陆绩，在妻子分娩的半分钟后，即离开家门，疾跑如兔，来到村后嫩草稀疏的沙土地上，焚香净手，挥铲掘坑，一会的工夫，浑身上下就汗涔涔了。他的举动过于夸张，瞒不了人，可有赶来看热闹的邻居问他要干什么，他却故作为难地不肯直言，但表情上所做出的样子，又近于悲壮，仿佛在说"没关系""无所谓""我扛得起来""我挺得过去"……乡亲们愈发觉得奇怪，前来询问的人就越来越多，直到有一个更熟悉他家情况的人跑来叫道，老陆你在这干什么呀？你媳妇在家刚生了孩子，你咋不去照顾那大的小的？陆绩假装不知情地说：什么？她生啦？他先显得高兴一下，然后立刻叹了口气，是这之后，人们才知道，他是看老婆临盆在即，而家里的生活却那么拮据，他觉得，以现有的条件，奉养母亲已经很吃力，若再养个孩子再添一张嘴，就等于与母亲争食吃了。为了让母亲安度晚年，他决定放弃他同样也很渴望到来的孩子，于是，他便跑出来找这么一处面水靠山的好地方，挖个坑，打算把即将降生的孩子埋在这里。陆绩讲完他的想法，在场的人个个唏嘘，有人张罗着去筹粮筹款，欲资助他，又有人张罗着去衙门汇报，要为官家正寻觅的孝道典型提供候选，当然了，也有人气哼哼地骂陆绩不叫玩意，说你活埋亲骨肉也下得了手？陆绩自顾挖坑不再说话，只是心中暗急：怎么埋人坑里，始终没现身坛瓮匣罐？前些日子，他辗转听说，当朝皇帝司马炎，曾对个叫郭巨的平头百姓大肆奖励，而陇虑人郭巨，就是因为挖坑埋儿，才成就了孝子之名，还从物质和精神方面，收获到了双重好处。据说，郭巨在妻子怀孕以后，担心贫寒之家养儿会影响供奉母亲，他就村后挖坑，欲舍儿敬母。可坑挖成后，竟下有一釜，且釜中皆金，金上所附铁券有云：赐孝子郭巨。后来官府得报做出解释，是力推孝道的皇帝能掐会算，以神力神迹，在奖励郭巨。对于属下编织的神话，司马炎当然不做解释，还顺势把个"天下第一孝"的封号赐给了郭巨，以此引导百姓的由孝而忠，因忠而愚。这故事，让陆绩夫妇大受启发，他们也看到了自己的生财之路。按陆绩意思，如果生男便留下抚养，若再生女——他已有了两个女儿，便挖坑掩埋，争取也换来金子和皇帝的嘉奖。妻子也曾质疑：怎能保证咱有郭巨之运？陆绩信心十足地说：自从听到郭巨的事，我好几回梦中都与他合一，难道，这还不是最大的保证。当然，他仍然请了风水先生，替他勘探了哪里是他的生财宝地。现在，他已把活埋女儿的大坑挖半丈深了，埋个大人都绰绰有余，可别说一釜金子，连一粒金沙也没见到，加之许多人在旁边规劝，他也就半推半就地改了主意，向众邻居看客表示道，要在不影响孝敬母亲的前提下，尽量把孩子养大成人。可是，就在他半沮丧半喜悦地往家走时，忽然有人跑来报信，说老陆呀，你老婆包裹你刚出生的小女儿时，一不小心闷死了她。一下子，陆绩的脸上便只剩了沮丧，还有痛惜，更有愤怒，在气急败坏中，他终于分析出来，他为什么挖金未果：妇人之见真误事呀！一定是，妻子怕他活埋孩子惹人非议，就先假借拍哄爱抚，用被子塞住了孩子口鼻。可这傻逼老娘们有所不知呀，能换来一釜金子与皇帝嘉奖这种大好处的，一定得是坑杀活的婴儿。

公元四八一年，距圣婴BN0086的宿主塞伊达自称永远十八岁三十年了，而至少四十八岁的塞伊达，其肢体的轻盈和声音的纤柔，也的确还如同少女。她是三十年前，吃下自己的胎儿后不再增寿的，也正因为她永远十八不再增寿，在红海南端的曼德海峡周边，她才成了最受欢迎的阿斯塔蒂代言人。为表达对她的尊敬与信赖，人们还将她娘家的和婆家的姓氏都篡改了，诚惶诚恐地称她为塞伊达·阿斯塔蒂。在所有曼德人眼中，女神阿斯塔蒂主管爱情和生育，比其他神祇都受欢迎。塞伊达不是家中唯一的女孩，还有两个姐姐一个妹妹，她的妈妈如果过世，或患了重病，那她和她的三个姐妹，为得到妈妈空出来的阿斯塔蒂代言人位置，将展开一场激烈的竞争。阿斯塔蒂代言人这一职位如同其他权力职务，可以享受诸多特权，并且都由家族世袭，但与其他权力职务的最大区别，是它传女不传男。塞伊达十八岁时，即她的第一个十八岁年，也是她结婚的第一个年头，她的肚腹日渐隆起，连肥大的裙袍都掩饰不住。她的丈夫和婆家人，以及她的妈妈，一个睿智的阿斯塔蒂代言人和娘家人，都为她的怀孕感到高兴。她自己呢，似乎也显得挺高兴的。但是她怀孕八个月时，在每年为时三天的请神节行将结束这天的中午，在曼德海峡一片炽白的滩涂上，人们发现，早已离开请神庙的塞伊达竟昏厥在那里的血污之中。她的手边，有蜂蜜罐和胡椒袋，有几株即将燃尽的熏香和几碗结实饱满的谷物的种子，以及显然经过经心摆布、铺展在鹅卵石上接受毒热太阳炙烤的流产的胎儿——严格地说，那不是胎儿而是婴儿，只不过是死亡的婴儿。对于所有的曼德人来说，这样的场景都冲击力过大，不久之后，绝无仅有地，塞伊达在妈妈不仅健在而且健康的情况下，就毫无争议地成为了新一代阿斯塔蒂代言人，并且声称，阿斯塔蒂已将不再衰老的驻龄术赐予了她。从此，每年请神节到来之前，塞伊达都会差人对一个被她视为有罪的大月份孕妇实施引产，然后，她将那仍然活着的胎儿摆在海边的鹅卵石上让太阳烤熟，再之后，她会把婴儿放入磨盘，与蜂蜜、胡椒、熏香灰以及谷物的种子一起研磨，并在余下的请神节期间，将研磨好的粉末一小包一小包地替阿斯塔蒂赐予那些前来朝拜她的曼德女人，让她们吃干炒面一样，津津有味地把这种被她称为"阿斯塔蒂粉"的东西吃下去，以保佑爱情的甜美和生育的顺畅。

公元七五七年那个农历丁酉年悲壮的十月，圣婴CY1004的宿主张巡为保卫睢阳，率部与叛将尹子奇部经正月、三月、七月三番围城的四百余场鏖战，终因寡不敌众求援无果，在病饿之中困于孤城，被俘受刑，慷慨赴死。安史之乱中，汴洲刺史尹子奇是叛军首领安禄山之子安庆绪属下的一员骁将，安庆绪杀父夺位后，即派他率领十数万精兵进攻睢阳。睢阳是江淮要冲，地理位置非常重要，驰援睢阳太守许远的真源县令张巡深知，如能在此阻截叛军，对保全江淮江汉，对赢得战争的最后胜利，意义将会特别重大。于是，张巡许远两人在杀了六名主降的将领后，率最多时也不过七千余名且不断减员的病饿之师，在大半年里，与占绝对优势的叛军苦苦周旋。其间，困于孤城的时间越久，食物就越少，城中的数千兵卒与数万百姓，只能把每一样可以入口的东西都充作食物。战马当然算佳肴美味，可很快马匹就杀光了，随后便捕食猫鼠麻雀，又吞咽树皮纸张，待猫鼠麻雀树皮纸张也告罄后，只能以铠甲弓箭上韧硬的皮子勉强糊口。但最后，任何可吃的东西都没有了，比之兵器砖石更有充饥果腹作用的，只剩了人。于是，张巡带头，杀掉爱妾以及爱妾为他刚生的娇儿，大锅煮了犒赏将士；许远效法，也挥刀宰杀了自己的奴童，剁巴剁巴扔进锅里。自此，榜样的力量激励了士兵，再不用长官动手割爱亲人下人，他们自己，就依例重订了食谱饭辙：先拣肉嫩的孩童吃，再选皮细的妇女嚼，最后粗糙的老人也勉强下咽了。这样，待尹子奇大军攻陷睢阳，原本的数万人众，所余活口只四百多。后世对张巡的忠君报国与能征善战，自然多有赞誉，但严厉的訾议，也伴随着所有对他的评价。批判者主要指责他的，是不论情势如何危急，都不该开启活人相食这恶劣的头——言外之意是，两军对垒，死人无数，实在要以同类为食，横陈的尸身足以果腹，以活人行朵颐之乐则太过分。事实上，张巡也正是这样想的，只是后来事与愿违，他翻然醒悟来不及了，而后人的批评，多系对他只知其一不知其二的误解误判。安史之乱，的确给张巡的名垂千载提供了机会，但没这机会，他的杰出也有口皆碑。死于四十九岁的他，从小就聪敏好学，博览群书，写文章时不打草稿，倚马可待能一气呵成。成年后，他有才干，讲气节，作风正，虽为文官却精通兵法，冲锋陷阵常身先士卒。可以说，对他思想脉络稍加梳理，就推断得出，不到万不得已，他不会带头以人肉充饥，而即使真已万不得已，真得以人肉维持生命，他也会想到，只吃死人而勿杀活人——杀亲人杀子民，在他更是万万不可。那么，他以爱妾娇儿飨属下的历史记录，难道是一节不实之词？那倒也不，如果张巡活到现在，他自己也会承认他冲动愚昧，还会自责自己才学的名不副实。但他忏悔的，不会是屠杀爱妾娇儿，而是他居然会那么相信书上的玄言妄语，任由所谓权威把他引入歧途。也不能说那些撰书人的权威只是"所谓"，李时珍张杲陈藏器，作为医药专家都货真价实，而专家的方子能不信吗？当时睢阳的最大问题，其实并非饱饿问题，而是盛夏之时的疾病流行。苦战时久，杀戮太甚，死者枕藉，细菌滋生，此时张巡最害怕的，是羸疾流传瘟疫发作。而《本草纲目》里，《医说》里，《本草拾遗》里，都载有以人肉疗治羸疾的丹方，并且各书还都说明，疗效最佳的入药之肉，必是生人之肉与细嫩之肉，而张巡的爱妾幼子，许远的勤务仆僮，恰恰都是生人中的精细鲜嫩者。显然，是出于无奈，张巡许远才杀亲屠仆，非如此，便无法起众守城将士之重病沉疴。他们的错处，是没走脑子，是误信了权威专家的虚张声势。至于满城相食的士卒与百姓，则如同城外、如同事前事后、如同古今所有基本没脑子又底线不固定的士卒百姓一般无二，把一场舍亲疗病的取义壮举，把一节公而忘私的成仁精神，残酷而又惨烈地理解和实践成了活人相食的野蛮勾当，倒没有什么不正常的。顺便说一句，张巡的杀爱妾宰娇儿，与上一年，他主子玄宗皇帝李隆基赐死贵妃杨玉环并不一样。李皇上是玩腻了女人想更换新欢，正好借用祸水说丢卒保车平息众怒；而张臣僚，对爱妾娇儿的情浓意笃则始终如一，睢阳守军们，也没人认为那无害的弱女幼儿如何该死。

公元一〇七七年，一月末的一个傍晚，尽管户外风雪交加，圣婴EU6840的宿主彼得·达米安却浑身燥热，当他完成一天的工作，把写就的几张粗纹纸小心藏进衣兜之后，能感觉到，身上已经被那件并不厚实的教袍捂出了汗。固然，他是在室内，在教廷图书馆，远离了朔风吹冰雪打所以允许燥热，可图书馆这个室内与别处不同，由于没生火炉，它的优点仅仅是没风，寒冷只能稍逊于户外。彼得·达米安的汗水是忙出来的，是查找检索一本本厚重典籍这件力气活给累出来的。但无论如何，在书架与书桌间跑来跑去不是跑马拉松，而对于这一两天的彼得·达米安来说，即使他静止不动也会热血沸腾，所以，说他燥热的原动力在于精神，在于心情，才更到位准确。几天以前，他个性强悍的主人，罗马教皇格里高利七世，对专程来到意大利，来到帕尔玛，来到卡诺萨城堡的神圣罗马帝国的国王和皇帝亨利四世进行了一场教训与羞辱。啊，那是何等的激动人心呀！那一场景，足以诱发彼得·达米安的躁动，进而再刺激出他的燥热。二十三岁的亨利气宇不凡，精力充沛，长着典型的日耳曼人的蓝眼睛和亚麻色头发，可为了等候老格里高利召见，为了当面检讨和忏悔，这个向来傲慢的小伙子，竟在冰天雪地里连站三天。而正是这一精神上的胜利，让格里高利起意，继几年前的《教皇训令》之后，再颁布一部新的教规——喏，这就是我刚拟完的提纲草稿，是教皇非要选用《自大多数》这个名字。说这话时，消瘦的彼得·达米安已利用教廷图书馆地下室的秘密通道，潜出了卡诺萨城堡，出现在城堡西侧不远处一户温暖的村舍里，正坐在燃烧的火炉旁，捧一盆热腾腾的胡萝卜汤斯文地喝着。哼，所有的重要文件都出自于你的思想和文笔，亲昵地站在他身边的是个丰腴女子，正翻阅那几张《自大多数》的提纲草稿，可他总是坐享其成……哦，亲爱的露齐娅不要这样说，彼得·达米安起身放下汤盆，制止了露齐娅，同时，他向房间角落里大筐似的婴儿床靠拢过去。你是外人，你不懂我们内部的事情。彼得·达米安站到婴儿床旁，打量里边熟睡的男婴，嘴里喃喃着"西蒙尼"这个名字。这时，露齐娅已经离开房间去厨房了，彼得·达米安把脸、双手、整个上半身，都慢慢俯进婴儿床里，好像要与里边的男婴亲吻拥抱。教皇与我信念相同，擦着手的露齐娅回房间时，彼得·达米安恰好从婴儿床旁直起了身子，又提携我重用我，我很愿意为他效命。况且，他忽然回身看定露齐娅，刀刃般的侧脸寒光闪烁，我相信，我取代他的机会正在来临，为了自己，我也要……屋里很热，露齐娅却微微发起抖来。彼得·达米安急忙搂她入怀，为平定她情绪，还像讲笑话那样，讲格里高利七世与亨利四世，即教会权力的代表与世俗权力的代表，如何由暗斗过渡为明争。这几年，越来越口无遮拦的格里高利总出语惊人，除了声称"罗马教会从来没有犯过错误，而且永远不会犯错"，还宣布，"所有君主，都必须向教皇行吻脚礼"，至于对教皇本人，也就是现在的他，"任何人都不能进行审判，"但教皇却"有权废黜帝王"，还"任何人都不能取消""教皇的宣判"。格里高利的目空一切，令年轻气盛的亨利非常不满，几个月前，他以一封被指为"粗暴"和"顽固无礼"的信，对罗马教会做出了回敬，他斥责格里高利"并不是一个教皇，而是一个假的修道士"，并要求他"从彼得的王位上滚下来"。格里高利被激怒了，在与亨利唇枪舌剑了一大场后，最后使出杀手锏，决计把亨利逐出教会，这一来才算降服了亨利，为求得原谅，他只能长途跋涉地来自取其辱……作为皇帝，亨利四世他，也很在乎教会的驱逐？露齐娅的表情里有一丝遗憾。当然了，世俗权力是箭，教会权力是弓，若没有弓，箭根本不知道该飞向哪里和飞多远。彼得·达米安做解释时，声音的箭矢锐利冰冷。若按古典文献《宗徒遗训》要求，现在的逐出教会还不严厉呢。什么叫驱逐？理当由礼拜式驱逐和社会驱逐合作发力，在忏悔、性欲、诉讼、军事义务、温泉疗养以及群体游戏等所有方面，对那些罪人实施全面禁止……彼得·达米安边说话边脱光衣服，是把自己和露齐娅，都扒光了。他抚弄着露齐娅要把她放倒，可露齐娅在倒下之前，忽然闪身挣脱开他，赤裸着来到大筐似的婴儿床旁。本来，这只是例行公事的定时查岗，溜一眼儿子是否尿床或盖没盖被，露齐娅就会回到床上，回到儿子的秘密爸爸的怀抱之中。可是，眼前的情形，却一下把露齐娅钉在了婴儿床旁，费好大劲，她才发出声音，并且艰难和笨拙地，把脸、双手、整个上半身都扎进婴儿床里：西蒙尼？怎么了我的宝贝？嗨，这是为什么？你对孩子做了什么……尴尬的彼得·达米安并无愧意，只为露齐娅提早发现了他们儿子的死亡有些遗憾：看来，这一次的欢爱要流产了。他一边喃喃着对不起，一边把露齐娅紧紧搂在怀里，阻止她喊叫。于是，在几近窒息的露齐娅的声音低下去的同时，彼得·达米安坚定的声音高了起来：在《自大多数》里我说得很清楚，要以各种方式，保证神职人员的纯洁以服务好上帝，而除掉他们的私生子是一条重要律令，亲爱的，难道，我这个卑微的罪人不该率先垂范吗……

公元一四八一年五月八号，身穿劣等哔叽长袍，但努力挺拔出凛凛威风的圣婴DX8180的宿主恩里克·克劳泽，钻进一座名为玫瑰堡的幽深地牢，他站在台阶上亲自宣布，立即将苏姗娜·圣迭戈和她的两个女儿提出地牢并执行死刑。作为萨莫拉地区卡尼索镇宗教裁判所的执法官，恩里克·克劳泽本是犹太人，但他还很年轻的时候，王室和政府一开始宣传并推行宗教的统一性和正统性，他就做出了积极响应，改宗成了天主教徒，并且二十多年里，始终以一个纯粹天主教徒的眼光，对犹太人一概低看一眼——是低看好几眼。这时，在他的话喊出去几分钟后，三个显然彼此替对方做过简单修饰的女死刑犯，从这座因四壁垒砌着巨大石块而阴森、光滑、冰凉、潮湿的活人坟墓里走了出来，她们平静的脸上没有恐惧。看不出恐惧的三个女人，让恩里克·克劳泽感到恐惧，如果此时，那个年龄最小的姑娘不是停顿一下看他一眼，他几乎就发出哀求声了：求求你们，你们求求我吧，求我饶命……但此时，那个年龄最小的姑娘的肢体语言，似乎表明她要说点什么，恩里克·克劳泽的哀求便咽了回去，他只专注地，看那姑娘的表情和听她嘴里的——克劳泽先生，那姑娘微笑着说，我和我姐姐，都为妈妈年轻时没选择你而选择了我们的爸爸而感到骄傲……这样的"哀求"，无异于宣战。恩里克·克劳泽尴尬万分，他几乎想粗鲁地破口大骂了。幸好，他那个腰配大马士革钢刀的随从抢步上前挥起了鞭子，这倒让他得到机会，通过显示大度来消除尴尬，和消除尚未萌芽的粗鲁。他制止了随从，面庞泛笑，不仅把大度的笑送给了离他最近的小姑娘，同时也送给她的姐姐，一个明显有孕在身的姑娘，和她们的妈妈，一个风韵依稀的美艳妇人——她们两个，互相搀扶着，虽然因为空间有限没法离恩里克·克劳泽再远一些，但她们尽量让眼里无他，对他的笑自然也视而不见。很快，从玫瑰堡走出来的母女三人，被押解到了人头攒动的卡尼索广场，与她们站在一起的另外十几个人，都是同罪犯，都是被天主教徒称为"马拉诺"的"被迫者"也叫"转向者"。所谓"被迫者"或者"转向者"，是原信犹太教后信天主教的改宗者，在被迫改宗后，仍暗中信奉犹太教的，被指为"马拉诺"。"马拉诺"是贬义称谓，很污辱人，但恩里克·克劳泽站在一大堆木材旁边，最后一遍要求苏姗娜·圣迭戈母女忏悔时，又是快人快语的小女儿小妹妹代表妈妈和姐姐做出了回答：如果，我们因为内心的信仰坚定和纯洁就要被称为"马拉诺"，就要被烧死，那么，尊敬的执法官先生，就请你用火焰来考验一下，三个"马拉诺"的信仰成色怎样吧。受到这样的抗议加挑衅，恩里克·克劳泽斯文不下去了，他粗鲁地高声叫骂，命人立即点火，将苏姗娜·圣迭戈母女扔进火堆。火焰跳跃的柴堆之间，三母女本能地搏斗着火苗，她们的身姿如同舞蹈。可忽然之间，舞蹈者之一，奋力扑向了柴堆的边缘。她要临阵逃脱？恩里克·克劳泽得意地大叫——可他没把声音放出喉咙。他看到，苏姗娜·圣迭戈那个怀孕的大女儿虽然来到了柴堆边缘，却没再迈步走出火焰，她是手捧不知何时绽裂开的鲜红的肚腹，正咬断脐带，将手中的婴儿扔向柴堆之外。沿柴堆滚向地面的婴儿大声哭叫，看客中有人冲上前抱起了他／她，而其他看客，那些天主教徒和"被迫者"或"转向者"们，则把哀求的目光向恩里克·克劳泽投去。哀求的目光也是卑微的目光，让恩里克·克劳泽反感，他轻蔑地避开卑微，去挑剔地观察火堆，为那婴儿能出之于火堆却毫发无损而感到困惑。困惑又勾起了他的愤怒，他便愤怒地抢下那号啕的婴儿，都顾不上打量一下他／她裆间以验明性别，就准确地，把他／她朝他／她母亲刚刚停止舞蹈的地方抛掷过去。那里的火舌，重又贪婪地舔舐起来。

公元一六四七年年初，圣婴BA4150的宿主皮埃尔·夏努站在图尔卡纳湖北岸的圣乔治渡口，与送别他的当地土人挥泪道别——他没装相，确实挥泪了，作为一个六十二岁的硬汉男人，在图尔卡纳湖北岸的圣乔治渡口那天，他流的泪比以前几十年流得还多。我老了，他反复说，这回返乡，真得与非洲说永别了……皮埃尔·夏努是法国人，自少年起，便与个荷兰魔术师学习魔术并在荷兰演出，有一回，因为临时需要个孩子道具，他就下台，借来个小女孩与他搭档。没承想，一场演出下来，他这个二十一岁的加莱小伙，竟狂热地爱上了那个四岁的海牙幼女，以后的几天，他不仅幸运地找到了女孩的家，还成功地把那女孩诱骗出来，并在个没人知晓的地方与她独处了一天一夜。女孩太小，他没强奸只猥亵了她，并且在一天一夜后，还从疯狂中清醒过来，意识到自己闯了大祸。他赶紧逃往鹿特丹，到一艘商船上当了水手。是随商船行至印度洋时，在非洲东海岸的蒙巴萨多停了几天，这使他有机会结识了几个表演杂耍的特瓦特人，并与他们一见如故。于是，商船离港时，他偷偷留下，此后，一直随特瓦特杂耍艺人四处游走。在近四十年的世事更迭中，他走遍了小半个中东部非洲，北及青尼罗河白尼罗河，南到维多利亚湖，东至索马里半岛，西抵扎伊尔河，而从磕磕巴巴到自如流利，他已能用十多种语言与不同的土著沟通交流，甚至在有的部落，还有了固定女人，女人让他在远离家乡的地方也有回家的感觉。如此他也就不想家了，四十年里，他只三次回过欧洲，但最长的一次也没待满一年。可眼下这第四次的返欧之旅，让他预感到——果然，他的预感是准确的，一回欧洲，一落脚巴黎，一住进护墙广场后方那处安静的租赁公寓，他的身体就垮了下来，且病原难断百药莫医。有一次，应该是好几次，在半昏厥状态下，他让仆人给他找一个婴儿，最好胖乎一点，当然得是加那利人或塞拉人——仆人后来才陆续知道，加那利人或塞拉人，都和特瓦特人一样远在非洲，并且与特瓦特人比，他们更属于蛮族还未开化。我要吃那只肥胖的小手，皮埃尔·夏努明确地喊道，还有连接那只小手的肥胖的胳膊，以及屁股和腿……这样的呓语吓坏了仆人，仆人在主人又一次昏厥时，匆匆从邻居家找来个同行，希望那个学者一般会讲拉丁语的仆人同行能替他证明，他的主人可能疯了。事后，那学者般的会拉丁语的仆人同行没管住嘴，把皮埃尔·夏努的情况说给了自己的主人。没想到，他那位避世般躲在护墙广场后方租赁公寓里深居简出的主人，对皮埃尔·夏努的疯话竟充满兴趣，此后，一俟皮埃尔·夏努的身体有所好转，这位喜欢睡懒觉的邻居便不惜起早，连续地、耐心地、甚至带有讨好性质地，去与皮埃尔·夏努促膝攀谈。情知自己命在旦夕的非洲返乡客，这时也不再隐瞒什么，他绘声绘色地，给也曾久居荷兰的邻居讲他在非洲养成的嗜好：通过食用蛮族孩子，以达到解馋和补充营养的双重目的。我真应该留在非洲，皮埃尔·夏努在给好奇的邻居讲述他的离奇故事时，不时地停下来发布感慨，如果我死了，肯定是死于营养不足。皮埃尔·夏努说，越是在非洲待得长久，他就越相信，非洲人对一些事物的解释更有道理，比如，因为孩子最为纯洁，所以，在孩子的肌体中，便能分泌出一种叫"咻"的、在自然界中已无法再生的重要液体，如果在孩子生病或受伤害时将他/她吃掉，至迟在孩子死后的二十四小时内将他/她吃掉，食用者，便能得到特别有营养的"咻"的补充。因此，皮埃尔·夏努说，基于吃孩子的这种好处，他也就特别能接受在特瓦特人那里，在加那利人或塞拉人那里，为吃孩子所设立的理由，以及对这些理由的发挥引申：报仇、感恩、雪耻、示爱、盟誓、疗病、显示权力、震慑对手、诚信检验、谄媚讨好、强身健体、宗教迷信、印证勇敢、自我转化……通过解释这些花样翻新的吃孩子理由，皮埃尔·夏努亢奋地表达着自己内心的强烈渴望，在表达之后，他放松了，放松之后，他也就心满意足地停止了呼吸。又几年后，对他的谈话做出过详细记录的他的邻居也亡故了，但因为这位叫勒内·笛卡尔的邻居名满欧洲，是天才人物，做出过"我思故我在"这种天启般的演绎推理，所以，他死去的二十年后，仍有一个年轻人专程从德国来到法国，研究他留在一只箱子里的零乱手札。皮埃尔·夏努的非洲经历，偏巧藏身于那堆旧手札中，自然地，也就顺带着重见了天日。多说一句，那位来自德国、一并把皮埃尔·夏努也研究了的笛卡尔研究者，同样是个天才人物，名叫戈特弗里德·威廉·莱布尼茨，数年以后，他与和他同时代的英国天才人物艾萨克·牛顿一样，也独立地给世界贡献了微积分理论。

公元一七七六年二月二十六日下午，圣婴EP2037的宿主巴达洛手忙脚乱地抖着长鞭，把他刚刚打扮一新的有篷马车赶到河边，沿巴拉纳河与巴拉圭河的交汇处绕行，拐进格兰德可可种植园的园子深处，隐在一片树木稀疏的宽敞地方。歇息在了树荫之下，那匹名叫黑香蕉的五岁口公马惬意而自在，摇头摆尾打着响鼻，而有一声询问，又接续着黑香蕉的响鼻声从车篷里传来：不再往深处走一走了？显然，这个怯怯的女声，是意识到马车已把此地选为终点才发出来的。巴达洛没立刻回话。他先从前边车辕上站起身子，四处张望，好一会后，才冲动地跳到地上，绕向车后，拉开车篷门往车里钻：没事没事亲爱的雷蒙达呀，这里好像天的尽头——巴拉纳河与巴拉圭河交汇处的格兰德可可种植园的确很大，大得仿佛无边无际，园子深处，距村庄和道路和其他人，也确实有着很远的距离；可巴达洛说这里是天的尽头，就太夸张了，他这么说，表明他太想把一颗大号的宽心丸，给车里的雷蒙达吃下去了。雷蒙达和巴达洛都是印第安人，虽然不属于同一部落，但自小就认识并互有好感，长大后，在许多僻静处，他们曾多次约会拥抱接吻，若没意外，是应该结婚做夫妻的。可前几年，那些圣保罗匪徒的势力扩张过来，这些出生于圣保罗地区的葡萄牙人以及英国人法国人后代，占有印第安女人的热情，与他们探寻黄金和捕捉奴隶的热情一样高涨。雷蒙达就是那些被圣保罗匪徒占有的女人之一。一个印第安女人，一旦被哪个恶棍盯上，就不能恋爱，也没法嫁人，还无处逃跑，唯有遥遥无期地，等待那个不知在哪里还有多少女人的白种畜牲不定期地过来看望。当然了，一个被圣保罗匪徒选中的印第安女人，不光自己的生活能好起来，家里也会借光变得富足。而巴达洛，早几年就成了耶稣会雇佣的雇工，主要的交道对象也是白人。但巴达洛所接触的传教的白人，与雷蒙达所接触的圣保罗匪徒白人是不一样的，前者善良仁慈，始终立场严正地谴责后者对印第安人的欺侮迫害，还计划着在巴拉纳河与巴拉圭河的交汇处，建立一个以印第安人为主要居民的耶稣会教徒国，如果可能，就根本不准白人进入。如此来说，耶稣会与圣保罗匪徒就是敌人，而为耶稣会服务的巴达洛和被迫成为圣保罗匪徒女人的雷蒙达，之间就也有了敌对的性质。现在，一对敌对的旧日恋人，十分偶然地又相遇了，并且都心照不宣地渴望欢爱。与以往约会不同的是，这一次他们有交通工具，来河边种植园最偏僻的地方非常容易。还有一点不同的是，这次参与约会的除了巴达洛与雷蒙达，还有一个一岁的孩子，这个白皮肤的第三者，是雷蒙达与某个圣保罗匪徒结合的产物。这时，在车篷里，在椅垫上，在那熟睡着的白皮肤孩子背冲着的车厢一侧，压在雷蒙达身上的巴达洛正以优美的起伏有力的冲撞，重温他们往昔的记忆，而他那些滴落在雷蒙达胸乳上面颊上的晶亮汗珠，仿佛都在诉说着爱情。感受到强烈刺激的雷蒙达，使劲地揉乳房不停地吧嗒嘴，连续不断地低喊浅叫，这让巴达洛的快感节节攀升。可是，在揉乳房吧嗒嘴之余，在低喊浅叫之外，雷蒙达又会不时地中止兴奋，看一眼甚至摸一下身旁的孩子，有两回，她竟建议巴达洛动作轻点，这让巴达洛的快感中又掺杂了扫兴。这种扫兴也有好处，就是巴达洛不必刻意控制射精，便能延长性交的时间；可这种扫兴更有坏处，其最大的坏处，是把巴达洛心中的恶念给唤醒了，导致了他在射精的同时，不知有意还是无意地，外伸的右手随着身体的抖动，猛然卡在了白种孩子的细脖颈上。于是，接下来，那孩子因缺氧而憋紫的脸，和他因射精而涨红的脸，就都成了僵化和凝固的脸。

公元一八〇五年即农历乙丑年二月尾，圣婴ER1219的宿主杨朝宗随多位族人出了趟长差，去京城送石头，以备清明刻碑之用。而自他踏上旅途，听别人议论得最热闹的，就是大学士纪昀纪晓岚刚刚以八二高龄病故于京畿这件事情。杨朝宗是太行山里的普通石匠，识字少，识人更少，不光谁是大名鼎鼎的纪晓岚他一无所知，便是当朝皇上，是颙琰嘉庆还是弘历乾隆，他也始终糊糊涂涂。但就是这么个糊涂之人，因为跑趟京城，听了些关于纪晓岚拈花惹草的风流韵事和与太监们斗智谋的趣闻轶事，他觉得，他石头般冥顽的脑袋竟开窍了。开窍了不是他也想拈花惹草，而是他被纪晓岚斗太监故事中的配角给迷住了，他们把一个耐人寻味的现象呈现了出来：许多著名的太监宦官，都出身卑贱家境贫寒，可一进宫做上奴才，最起码，吃饱穿暖就没问题了，好点的，像秦朝赵高，汉朝王甫，唐朝高力士，明朝魏忠贤，还能出人头地功德圆满，改变家庭景况，重塑家人命运。固然，丧失了机能枉为男人，挺没尊严；可当牛做马苦累一生，即使裆间的玩意硬如铁石，也可能连老婆都讨不起，这样的男人就有尊严？在滞留京城的后几天里，记住了纪昀纪晓岚大名的杨朝宗，常常像个读书人那么若有所思，还利用工余时间，好几次专门找人打探太监的一切。几天后，交差回村的当天晚上，他只在老婆身上轻描淡写地敷衍一下，就重新起身，借着月光，去看熟睡在火炕另一侧一溜排开的四个儿子。他的儿子，年龄分别为十一岁、九岁、七岁、五岁，单名分别为吉、庆、福、禄，杨朝宗从头到脚打量完他们，转脸把已经蒙眬睡去的妻子再度推醒：你说，他们四个，哪两个更心思细密手脚勤快，有眼色还会哄人？妻子不耐烦地翻了个身，眼都没睁顺嘴就来：哎呀，杨庆杨禄吗。杨朝宗点头表示认可，说他俩伶俐呀。妻子说唔。杨朝宗又说，他俩生在咱家是投错胎啦。妻子又说唔。杨朝宗再说，他俩要是能走出太行山……重新睡熟的妻子没再"唔"，只鼾声隐约。第二天，一向话语金贵的杨朝宗，与二儿子四儿子说个没完，以至于心粗的妻子都起了疑心。杨朝宗把妻子叫到院里，想想不放心，又领到山根下的采石场，开门见山地，把自己的想法道了出来。他话没说完，妻子就发山水一样咆哮起来。先是激烈反对，然后哭天抹泪，再然后说那可毁了咱的儿啦，再再然后，说切那东西一定疼吧，咱光阉一个成不成呢？当然，若翻身的机会一并摆到俩孩子面前，对杨家来说，得解放的几率就大了一倍，这样的道理，不像丈夫那样深思熟虑，妻子也能想得明白。最后，憧憬着杨庆杨禄未来的幸福生活，仍然抽抽搭搭的妻子只能希望丈夫讲讲，做去势手术有多痛苦。我可警告你，咱儿要太那啥我可不答应……杨朝宗说不那啥不那啥，我听说过一种最那啥的方法，其实也不特别那啥……杨朝宗就以一个当朝宦官姜瑞海为例，讲了私家的官刑如何操作。他说，那姜瑞海七八岁时，他爹雇的医生和帮手，带一些草叶树皮花骨朵调配的麻药止血药消炎药来了他家，也不知那些药好不好用，反正把姜瑞海绑在床上备皮以后，他们就左一下右一下地涂抹起来。接下来，他们在火上烤一把薄刃剔刀，再硬生生地，以尽量小的创面，用刀切掉鸡巴卵蛋，随即，把根干猪肠子导管插进尿道，以避免肉芽长死了没法撒尿。这之后的事就是养了，可养的原则，却是偎脓长肉，也就是说，不能让伤口很快结疤，而是每隔三五天，就撕开结痂重敷新药，至于那药，也就是涂在棉布纸上的白蜡、香油、花椒粉……在这将养伤口的一百多天里，被去势者只能时刻仰面躺着，大小便都不能改变姿势，垫在身下的灰土，天天更换也湿漉漉的……妻子已经听不下去，连连摆手，让丈夫住嘴，但她嘴上，表达的却是另外的意思：也还真——不特别那啥……但一直平静乃至冷漠的杨朝宗，这时倒失声哭了起来。孩子妈呀孩子妈呀，他哭喊道，京城里，有个老太监跟我说啦，他不愿意讲这丑事不是害羞，是太疼啦，几十年后提起它来，心还能从嗓子眼里疼出来哪……那咱就不让儿子——妻子也重新又哭起来。大概二十天后，杨朝宗从外乡请来了大夫，杨庆杨禄小哥俩，同一天接受了去势手术。术后第二天，杨禄疼死了；术后第二年，杨庆如愿进了北京，从紫禁城捎信给爸妈说，确实顿顿都能吃饱。

公元一九三四年二月十日深夜，并非因为听到了什么，或受了什么触碰，圣婴EW1430的宿主索弗隆·费多诺维奇·赫特洛夫，忽然从熟睡中惊醒过来，雪夜的亮光中，几名不知以何种方式进屋的克格勃——这他很快就知道了——正以好几把手枪指着他脑袋。作为金星英雄勋章获得者，作为斯大林接见过的劳动模范，赫特洛夫对苏维埃社会主义联邦忠心耿耿，即使领袖眼里，所有乌克兰人都成了不安定因素需要怀疑，也是应该信任他的，所以，克格勃的无礼让他伤心。他想抗议，甚至也不乏抗议的勇气，但他身体太虚弱了，每天的腹泻，让他两年前一百一十公斤的体重，已锐减到七十公斤。于是，他对几个来人说出的话，便有气无力和小心翼翼：请问，这个时候找我……其实，如果克格勃的枪口没对着他，他甚至会想到，他们找他是看重他，而采用偷袭的方式是保密的需要。这么多年里，组织上有好几次秘密地表示过对他的看重，而上一次，是五年前，列宁逝世五周年纪念日刚刚过去的一个雪夜。当时找他的人不许他点灯，是打着手电筒，让他把一封不知什么人以他的口吻和名义写的信抄了一遍。那信的内容，是代表乌克兰广大集体合作社社员，狠批布哈林的经济主张，并指出，布哈林反对斯大林在粮食收购上的"贡税"政策，就是变相地污蔑农民。赫特洛夫不知道布哈林具体有什么官衔，但知道他是斯大林的亲密战友，抄信时就有些犹豫。找他的中央来人便再三强调，过去的战友变成今天的敌人，这没什么不正常的，作为一个坚定的布尔什维克，应该除了效忠斯大林，对任何人都敢于发起挑战。现在五年过去，看来他是挑战对了，虽然布哈林尚未被逮捕或者枪毙，但已越来越是党报上最主要的羞辱对象。所以，此时，虚弱的赫特洛夫几乎想发问，你们又要批判谁吗？我批就是了，干吗用枪对着我呢？但来人没给他问话的机会，他们递给他一张写有一首诗的绿格线信纸，问他这诗能不能让他想起点什么？赫特洛夫不是文盲，但也识字有限，不太有能力领会诗句，他把目光投向绿格线信纸时有一点抵触：

> 我们未感到生活有国家作为脊梁，
> 近在咫尺而我们的发言却了无声响。
> 当我们希望开口时，
> 克里姆林官的居住者站在路中央，
> 他粗粗的手指像蛆虫一样油亮，
> 他的话语的重量有四十磅，
> 他穿着闪闪发光的牛皮服装，
> 他的开怀大笑像嘴唇上有只蟑螂……

赫特洛夫勉强把这首诗看完，茫然地——还没等他发出疑问，给他诗看的克格勃就意识到自己搞错了，他收回前一首诗，把写在又一张绿格线信纸上的诗给赫特洛夫递去，是这首，他解释。赫特洛夫只好又低头看诗，这一首，写的是这两年乌克兰那种惨烈的饥荒。同志——哦公民——这首写大饥荒的诗，让诗歌的门外汉赫特洛夫紧张起来，他高大但却枯瘦的身体，与手上写有诗句的纸一齐抖动起来。我……我承认，我坦白，我确实，吃了她，可她真是自己饿死的不是我杀的呀……克格勃被赫特洛夫的表白闹愣了，但他们经验丰富，假装对关于食人的坦白交代并不意外。赫特洛夫说，别处他不了解不敢乱说，但这一两年，他家这一带，甚至附近这几个州，甚至整个乌克兰，饿死的人已经像秋风掠过后的满地金叶。就他们家吧，不算嫁出去的女儿和不知去哪里谋生的儿子，其余四口人里，她老伴和另一对儿女，就都活活给饿死了，而住得不远的他弟弟一家，五口人除了小女儿奥莉佳，也都再也没了活口。是在这种情况下，他和奥莉佳才相濡以沫地住到一起的。你们说说，这个刚满四岁的女孩子简直像是我的孙女，赫特洛夫说，我能忍心杀死她吗？是有一天，我出去找吃的，偏巧有个州领导来看望我，还带来三公斤压缩饼干……克格勃们听明白了，是那方方正正咸香适口的压缩饼干过于诱人，奥莉佳没忍住，便一点点地吃了起来。压缩饼干格外地干，小姑娘被噎得直翻白眼，她便每噎一下就喝一口水，到最后，她肚子被水和压缩饼干胀得撕裂般疼痛，她便非常缓慢地，死在了刚刚回家的伯父的怀抱。奥莉佳死了，赫特洛夫犹豫再三，只埋葬了她的骨头，而把她的肉剐下来腌咸以后，很节制地吃了一个半月。赫特洛夫说他这样做是有理由的：小奥莉佳吃了那么多饼干，却还是死了，这对食物来说，难道不是可怕的浪费？所以，我吃小奥莉佳等于……克格勃们终于不耐烦了，他们打断赫特洛夫，问他对刚刚看到的诗歌有无印象。当然，立刻，他们又意识到，对赫特洛夫这个诗歌的门外汉说话不必拐弯抹角，便直接问，一年前，是否有个叫奥西普·曼德尔斯塔姆的反动诗人路经此地时留宿过他家，并写下了……间或被组织"看重"的索弗隆·费多诺维奇·赫特洛夫当然不是笨蛋，他立刻意识到，克格勃找他，与一个四岁女孩的死活及其死后的去处没有关系，有关系的是——对，那个反动诗人奥西普·曼德尔斯塔姆，作为人民的败类社会的寄生虫，的确在我家住过一宿，我亲眼看到，他写了两首攻击伟大的斯大林并且给党和国家抹黑的诗——

公元一九六七年十月二十八号，圣婴BM0869的宿主魏仲善在他那间隐蔽于老旧小楼一角的办公室，气哼哼地提上了裤子，再系上皮带打开房门，迈过一米多宽两米多长的一截小走廊，控制着胸腔共鸣冲楼下吼：警卫员！楼下听他吆喝的人明显训练乏素，"嗯嗯"地反应一下，才滞后地答了个"到"——"哦在"，不是一条声音的拖泥带水，是两个人的两条声音因为犹豫，便没能敲在同一个点上。真他娘丢人，咋练都没用，魏仲善想，这种没素质的农民，当个衙役都不合格。魏仲善没回头看身后的女人，但没看，他也知道，她目光里一定充满轻蔑。他牙齿咬得咔咔作响。上来，魏仲善吩咐楼下不合格的衙役，把这反动地主婆

283

押行刑室去。而在这之前，半小时前，当楼下的小张小王领命把邓咏梅押来公社革委会的小二楼接受魏仲善单独审讯时，一度，魏仲善是满脸堆笑的。他先客气地请邓咏梅喝水，又把一首手抄的毛泽东词《卜算子·咏梅》交邓咏梅朗诵，并且连读了三遍，再然后，他把一件军用雨衣铺办公桌上，请邓咏梅脱掉裤子仰躺上去。你太美了我太爱你了自从前天见到你我就魂不守舍了革命意志就薄弱了我一遍遍抄写伟大领袖毛主席的《卜算子·咏梅》其实是为了……这样说话时，魏仲善已经脱下裤子。他黑硬的阴茎又粗又长，在邓咏梅面前摇摇晃晃，好像一个小魏仲善在耀武扬威。以前，搞别的女人，不论革命前与女干部女社员勾勾搭搭，还是革命后让女"地富反坏右"半推半就，他基本上没失过手。他长得帅，又能说会道，更心狠手黑敢打敢斗，还钢笔字写得特别漂亮，以前作为县里的武装部长现在作为全县战犹酣毛泽东思想造反兵团的总司令，他又从来都有权势，尤其是，他自信他那杆威风凛凛的人体大枪，注定能让女人不用中弹，一见之下就缴械投降。所以，他从不强奸只热衷诱奸。可这几天，邓咏梅挑战了他的自信。这几天他坐镇武宣镇，给武宣监狱里的在押犯过堂时，对西广村大地主韦宁安的儿媳妇邓咏梅一见倾心，他便立刻发动了攻势。可不承想，这个丈夫和公爹都被革命法庭处了极刑的二十八岁小寡妇，对他的引诱竟软硬不吃，以至于，他求她时，说出的软话都违背了政策：只要你跟我好，我一定想法放你出狱……魏仲善说话并不吹牛，全县这三个不规范的新挂牌监狱，都是他当总司令后，在现有房屋条件允许的镇子里建起来的，而且，抓谁放谁严惩谁宽大谁，他的意见起主要作用。他还对邓咏梅说，你男人也死了，你婆家人没死的也都抓起来了，你娘家又不在咱县，你还有必要守你的贞吗？但邓咏梅就是油盐不进，让魏仲善白费了三天唇舌。现在，魏仲善终于失去了耐心，他让小张把邓咏梅送到行刑室待命，让小王把另一个叫董喜妹的富农女儿带了上来。那董喜妹十九岁，还大姑娘呢，可魏仲善只费吹灰之力，就说服了她，让她躺到了办公桌的军用雨衣上。通过董喜妹舒坦完身子，来到行刑室的魏仲善从容了许多，他没再要求邓咏梅脱裤子，只是把她绑上一根柱子，再用手巾塞住她嘴。这之后，小张小王就把邓咏梅不到三岁的儿子领进来了，让那惊恐的孩子在一只简易火炉旁乖乖坐好。魏仲善打发小张小王去忙别的，他则面对邓咏梅，坐到火炉旁，用双膝把三岁的男童夹在裆间，以近于虚心请教的口吻问邓咏梅，知不知道人的心肝被烘烤后，都有很好的药用价值。而鸡巴，他拨弄着怀中男孩开裆裤下边小小的生殖器说，本着吃啥补啥的原理，对提高食用者的性能力……室内只点盏黯淡的油灯，人与物的影像打在墙上能被放得很大，只要那影像稍稍一动，就有种群魔乱舞的夸张效果。这时，邓咏梅就在动，在呜呜叫着甩头拧身子，因为她隐约能意识到会发生什么。魏仲善不理她，只把怀里孩子的衣服慢慢剥光。几个窗口都钉着被子，即使邓咏梅的嘴没被堵上，她的喊声也传不出去。过去呀，喜欢吃人的人把人叫两脚羊，意思是人肉好吃——此时魏仲善的话，好像是说给邓咏梅儿子的，那柔和亲切的声音，将邓咏梅儿子脸上的恐惧都驱散了。但是呢，好吃也分三六九等呀，像饶把火，就是老年人壮年人身上的肉，唔，又膄又腥又粗劣呀，只一般好吃，真好吃的，得是你这年纪的年轻女子——魏仲善抬头，盯了邓咏梅一会，叫不羡羊，然后他再收回目光，当然最好吃的是幼小的孩子，喏，就他这种，叫和骨嫩……这时邓咏梅的挣扎已越来越激烈，简易炉上的油锅也已冒出蓝烟。魏仲善重新抬头看邓咏梅，我不管你想说什么，即使你现在想让我操了，哼，也不会再动摇我的革命斗志——魏仲善双手握拳平端起来，忽然收拢，在怀中男孩的两个太阳穴上用力一击，那孩子都未吭上一声，就瘫软了。魏仲善未去验证他是死了还是昏迷，也不看邓咏梅，只是把男孩平放在脚下，把一把事先放在火炉旁的长长的尖刀操了起来……

公元一九九九年三月五日下午三点，刚走下一个喧闹了三个多小时的酒局来到街上的圣婴ED0210的宿主贾双林，小心地把一把原本别在后边裤腰上的切肉刀捏到手里竖到了眼前。切肉刀分量很重，前圆后方，顶端还有个尖锐的突起，如果抢起来砍人，一定比切菜刀顺手很多。这刀是贾双林从他刚喝过酒的小饭馆偷出来的，他偷它的理由，至少有三条。首先，刀好，如果切菜，它可比他当菜刀用的那把水果刀强太多了；其次，他觉得那小饭馆的菜价有点偏贵，一盘盐爆花生米竟要价五块，三个人喝二十瓶啤酒还不给打折；还有就是，那饭馆的老板说他也是下岗工人，可既然你也下岗了，凭什么就有实力开了个摆五张小桌营业面积达十二平方米的小饭馆呢……酒足饭饱出来，顺手偷一把切肉刀，让贾双林天天堵成疙瘩的心能畅快点——显然，这天的酒他又白请了，五十多块钱又白花了，两个都找到了工作的过去的工友，都没办法帮他找到理想的工作。是的，他贾双林是优秀车工，那种扛包呀，打更呀，看收发室呀，跑腿学舌给人打杂的活，他不屑干。当年，瘦小枯干的他在齿轮厂里当车工时，从还没出徒开始，就时时日日月月年年地超额完成工作任务，到一九八九年三十六岁时，就已经把二十年后即二〇〇九年的活都干完了，为此，他当过十七次厂劳模四次市劳模两次省劳模，得到过从钱到钢笔到电饭锅到电视机的各种物质奖励，某次被任命为市劳模时，还分到一处一室一厅一厨共三十三平方米的公寓住宅，有幸与许多厂长处长书记主任级别的人做了邻居。可惜的是，当劳模先进不再光荣，荣誉称号屁用没有，凡是工人都得下岗时，已经被他干到二〇〇九年的活没救得了他，他失去了以前拥有的一切。从一九九三年七月到眼下的一九九九年三月，他陆续失去了工厂的车床、安排他到处自我宣传的组织、曾与他共享过去北戴河度假荣誉的妻子孩子、原本归在他名下的那处房子，以及工友们都能做但他认为自己不应该做的那些似乎不是为国家添砖加瓦的工作……不能再为国家添砖加瓦，活着还有什么意思？望着身边不时走过的一个个成人，包括女成人，贾双林很想与他们较量一番，以分别出谁更有资格继续活着，好为国家添砖加瓦。可想到这里，像当年一样瘦小枯干的贾双林酒一下醒了，他知道，如果真向成年人发难，他几乎没有取胜的可能，多年里与后来和他离婚的妻子的交手经验告诉他，他和他手上的切肉刀加在一起，也未必对付得了那些膘肥体壮的红男绿女。他绝望得想哭。恰在这时，路旁开心宝贝幼儿园的孩子们骤然从室内涌了出来，聚集到街边人行道上唱《学习雷锋好榜样》。他们一边直着嗓子制造噪音，一边蹦蹦跶跶地影响通行，这让贾双林不胜其烦，并且让他更加感伤。他记了起来，他还是多年的学雷锋标兵呢，可身为标兵，同样没机会再为国家添砖加瓦。当然了，刺激到他的孩子们也提醒了他。如果活着没有意思，而死，又需要有人给他垫背，那眼前这些零件边角料般的小不点儿，恐怕最为顺手合适了。他满意地用右手食指在太阳穴上画了一下，像早年刚有电视看时，电视里那个日本小和尚聪明的一休，有了主意时的习惯动作。于是，已经趔趔趄趄地走过开心宝贝幼儿园的贾双林，又磕磕绊绊地返回身来，一边在嘴里呼啸着"我是法轮功我是法轮功"，一边挥舞起手上的切肉刀，朝既制造了噪音又影响了通行的幼儿园的孩子们排头砍去……

公元二〇一〇年六月二十一日，圣婴CD7611的宿主岳嘉兴哼着佩里科莫的《梦想与回忆》，驾驶着他的明黄色QQ，不紧不慢地行驶在有些狭窄的锦江路上。不时有行人、自行车、其他大小车辆对他的行驶构成干扰，他便不时地在"我的生活只能伴随"与"伤感的记忆"间，在"爱的双臂紧拥我"与"你的嘴唇吻晚安"间，骂一句傻逼/土鳖/会开不/找死呀……好在，他嘴里的乐曲声和骂人声，都被收拢在QQ里边，既不会有人出耳朵欣赏，也不会有人还嘴骂他。岳嘉兴是钢琴天才——倒不是莫扎特或肖邦那种天才，连刘诗昆或郎朗那种天才也够不上，他就是作为一个贫寒工人家庭的孩子，弹着市面上价格最低的琴，拜着同行间学费最贱的师，用去不到八年时间，在从未送过礼求过人拉过关系走过后门的前提下，顺利通过了十级考试不说，还在三年多的时间里，先后获得过全市钢琴比赛的初中组第七名和高中组第四名。人人知道，比赛获得前三名的，身后都有人，有赞助单位或领导当后台，而纯靠实力得第七第四这种名次的，技艺肯定非同一般。音乐学院的专家也这么认为，后来使用免试的破格名额招新生时，就不惜顶着巨大压力，硬把岳嘉兴给录取了。成了音乐学院钢琴专业学生，对任何人来说，都等于得到了教学生带徒弟的资格认证，因为大多数钢琴青年，都渴望赶紧从步自己后尘而来的钢琴少年那里赚回投资，而不是追随着更杰出者的脚步当钢琴家。岳嘉兴倒有当钢琴家的宏大理想，可赶紧赚钱，也是他要面对的实际问题：至少他家的生活，不应该继续清贫寒酸。于是，他一边出入音乐学院当学生，一边又出入几个请他教授钢琴的家庭当先生。爸妈倒没主张他像其他同学那么规划未来，他们愿意继续节衣缩食，以帮助儿子接近理想。可那天才的儿子，越是年龄大技艺高，就越有主见越自行其是，他不认为勤学苦练就是面壁独奏，他相信以教徒弟的方式提高自己，更是以战代训的聪明做法。所以，聪明的大二学生岳嘉兴虽然只是工人子弟，但与学校那些有资格驾车横冲直撞的官二代富二代比，已经基本不逊色了——当然他车的牌子拿不出手，但在这点上他不讲究。他开车不为虚荣，只是城东城西地跑学生家有这需要，而事实是，他对开车也没兴趣，与开车带来的大方便比，他似乎更仇恨如影随形的小麻烦：他家住大杂院没有车库，学校只为教工分配车位也不管学生，至于去学生家时，就更是得就近就便地逮哪停哪，这么一来，车体上平白无故地被人踹两脚划一道的事情就经常发生。当然最可气的，是行驶时，有些行人或车主自己不守交通规则，可一旦与遵纪守法的岳嘉兴发生口角，却总蛮不讲理地，欺负他这个在外人面前永远彬彬有礼的大孩子。是的，除了对爸妈，岳嘉兴永远彬彬有礼，有时在家训斥爸妈，他会咆哮着喊：就是你们把我训练成小绵羊的！我他妈要是不学绅士弹钢琴改学流氓打拳击，看看谁还敢再欺负我！每回他这样喊，爸妈都不反驳只说是，说我们给你选学习方向时，的确犯了路线错误。就这么着，六月二十一号的傍晚就来到了。这天夏至，也是周日，马路上行人车辆都不很多，不很多的车与人让岳嘉兴的紧张度有所松懈，加之佩里科莫《梦想与回忆》的缠绵悱恻容易分散人注意力，结果，在为民市场一个硬拐角处，岳嘉兴瞭望的目光慢了半拍，他便只能眼睁睁地看着也心不在焉的张彦骑着悄无声息的电动车沿反道逆行冲了过来。听着巨大的撞击声音，岳嘉兴脑袋里一片空白，是在车上静坐半分钟后，他才恢复了神志赶紧下车。你怎么逆行还那么快——岳嘉兴看到，侧倒在地上的张彦那张惊恐的脸上，有一点擦伤以及渗出的血。你没事吧？你家属的电话……但张彦的双手并没管脸，而是托着她明显突出的肚子。岳嘉兴说你孕妇呀？这时他已站到张彦身边，张彦也正仰脸看他。可他刚把腰朝张彦弯下，就感到，一条腿猛然受到了钳制，同时，他听到张彦以不知哪的口音拼命喊叫：你跑不了了你赔我……她本能地保护胎儿的手，更本能地锁定了责任对象。岳嘉兴则本能地发慌，急忙从张彦双手间往外拔腿，可他越拔，张彦就抱得越紧，嘴里喊叫的带有口音的普通话，也就越要变成不知所云的激烈的方言。并且，最初钳制岳嘉兴时，她没用肚子帮忙，甚至还尽量注意着，让她圆鼓鼓的肚子与岳嘉兴硬邦邦的大腿拉开点距离。可经过几回合的钳制与反钳制，张彦自觉落了下风，她便让肚子以及肚子带动的双腿也投入了战斗，也就是说，她的双手加上肚子和双腿，等于一只五向的夹子，把岳嘉兴靠近她的右腿给锁死了。岳嘉兴不仅没法逃跑——此前他也没逃跑意向——还被那只五向夹子生猛的擒拿给绊倒了，摔了个屁蹲。围上来的看客哈哈大笑，这让岳嘉兴十分难堪。他哀求、商量、谩骂、挣扎。张彦的缠绊让他站不起来，他也就不再试图站立，只那么半躺半坐着，一下下地，把没受钳制的左腿左脚收回来再踹出去，蹬出去再提回来，让张彦的脸手胳膊腿以及肚子，全都成了攻击目标，而且那攻击还没有时限，直到张彦的脸不再朝向他了，手和胳膊腿也不再捆缚他了，尤其是，那只鼓一般庞大的肚子似乎瘪了，所排出的汩汩血水，似乎把昏厥的张彦都泡了起来，岳嘉兴的左腿左脚还在蹬踹。其实，这时，他的右腿右脚早解放了，可他并没使用它们，仍任它们像被锁住了一样摊摆在那里。旁边有看客看出了问题：这小子，左撇子吗？

公元二〇一五年六月一日上午八九点钟，圣婴DF7712的宿主安北凤，正风风火火地大出风头。因为幼教科人手不够，她被从电化教学室临时借出，参与这次全市规模的幼儿文艺汇演活动。当然了，说她有机会出风头，指的不仅仅是她得以为一个大型活动忙前跑后，而是指一项既简单又重要的特殊工作，竟落到了她的肩上：演出开始前，由她作为临时引座员招呼嘉宾落座——固然，嘉宾席上贴有名签，只要认识自己名的，找到座位就没问题；可毕竟，嘉宾入场后，有个安北凤这种脸蛋漂亮的、仪态优雅的、乳房高耸的、声音迷人的、身材性感的、长于套近乎和喜欢出风头的风情少妇得体而又亲热地扑上前去，还是会让嘉宾挺惬意的。嘉宾多为男性，虽然，这是个学龄前儿童的演艺活动，参与其间的基本是女人。所谓嘉宾，就是领导，而领导，即使出现在以妇女儿童为主角的场合，男的也远远多于女的。在这天将开始于上午九点的文艺演出活动中，需要安北凤关注照料的，是一个管幼儿教育的副市长、五个管幼儿教育的副区长、约十七个管幼儿教育的局长副局长处长副处长、约二十个管幼儿教育的科长副科长主任副主任，以及若干虽然管不着幼儿教育也不是领导，但近一两年，为幼儿教育做过事情，比如，为有病的孩子捐的款多，或接住了一个从楼上掉下来的孩子，或主动出入各幼儿园，给光知道学英语日语俄罗斯语的孩子们普及了挑起鸦片战争的英国多坏制造了南京大屠杀的日本多坏和血洗了江东六十四屯的俄罗斯多坏的非幼儿教育人士……这些人约五十名左右，给他们预留的，是三排靠前居中的观众席。也可以说，安北凤只要把观众席居中的前三排，甚至前一排半，甚至最前排中间的半排，甚至，最前排最中间的那一个座位，关注到位照料舒服，就算胜利完成任务。给她派活的领导，即总指挥这场筹划了两三个月的演出的领导，对她和所有工作人员都有过交待，那就是，咱这活动，侍奉不好谁都行，孩子要哭就让他哭去，家长要闹就让他闹去，老师要挑刺找碴就让他挑去找去，但是，一定得让市长满意，市长满意了，咱这活就算没白干，就算干好了……可以说，在九点前，安北凤的工作完全达到了"没白干"和"干好了"的标准，因为不光管幼教的副市长，包括其他的长或者不长，在安北凤的感染下，都孩子般地喜滋滋和乐陶陶了。是孩子们的演出开始之后，也能在前三排叨陪末座的安北凤，才开始了无精打采。倒不仅仅是张罗累了，主要是，台上的演出太没意思，而台下，领导已不需要她继续服务。结果，在无精打采的四十分钟里，安北凤至少四度瞌睡。不是演出只进行四十分钟，而是四十分钟后，演出刚好到一半时，在舞台一侧，一阵噼噼啪啪的声响伴着闪闪烁烁的火星，把表演扭屁股舞的孩子们的节奏给搅乱了。安北凤又有了活跃的机会。由于从事电化教学，经常接触电，安北凤很容易就判断出来，噼啪声响和闪烁火星，与舞台上的电路有关。她有些技痒，想从舞台侧门溜到后台，去看看电表电闸电线电源……可这时，舞台一角高悬的幕布，突然之间就变成了火炬，而面对这支火苗蹦跳的纤细火炬，几乎所有人，舞台上的演员导演组织者，舞台下的领导嘉宾陪同者，还有台上台下诸多张罗和参与这台演出的其他人员以及领导嘉宾之外的其他观众：五百名精选的孩子代表，两百名精选的家长代表，一百名精选的幼儿教师代表……都呆住了。又只过了眨眼工夫，那纤细的火炬就变粗了，它拥抱般地，把周围写有各幼儿园园名的彩色纸壳标牌，全都收入了炽热的怀中。当然，也有人惊慌地喊叫和起身欲跑，但迎着火苗跳上舞台的安北凤，却以一己之力，在瞬息之间平息了骚动。请大家不要吵不要跑，听我指挥！安北凤稳抬双臂又果断下压，一副指挥若定的大将风度。请……她的喊声有种温柔的力量，她的姿态有种优美的威严。请各位领导马上撤离，她对着观众席的前排，做出前伸的手势。请孩子们原位坐好不要乱动，欢送领导——她送出的双手回收之后，又再度下压。尤其请后边的家长和老师镇定一些，不要惊慌，不要用你们的胆怯和恐惧影响孩子——很少有人知道安北凤是什么角色，但既然有人发布了命令，除了个别不习惯服从的家长和老师带着个别孩子，不礼貌地争抢在五十左右位嘉宾之前之间和之后逃出了火场，其他人，大部分善于服从命令听指挥的孩子及其大人，待领导退完场再往外逃时，已来不及了，只能接受坍塌剧场的热情挽留。事后清点死亡人数，全剧场，被踩死呛死压死烧死熏死吓死的，总计二百八十四人，其中孩子二百一十三人、家长五十三人，其他人里，包括了幼儿教师和外请的伴奏人员还有剧场工作人员。因为得陪同领导，得搀扶仓皇逃窜的身强体壮的四十六岁的副市长季向南，三十六岁的临时引座员安北凤也得以顺利脱险，未像给她派任务的那个领导即汇演总指挥那样，葬身火海以身殉职。

还是公元二〇一五年六月一日，还是上午八九点钟，在一辆绿色皮卡车里，圣婴DW1045的宿主扎法尔——哦，这里是巴基斯坦的白沙瓦市，使用伊斯兰堡的东五时区时间，由于时差关系，这里比使用东八时区北京时间的中国晚四个小时，也就是说，DW1045扎法尔的上午八九点钟，与DF7712安北凤的上午八九点钟，并非同一个八九点钟。所以，这时候，安北凤那边已经吃起了压惊的午饭，扎法尔这边，壮行的早饭才吃完不久，而刚吃过早饭的扎法尔，正戴着耳机听音乐呢。忽然，有一声怪鸟嘶鸣般的口哨声，让扎法尔的身子警觉地一抖，他急忙扔掉耳塞关闭手机，麻利地钻出皮卡车外，同时，还把观察左右和隐身树后的动作也一并完成。这里是格拉姆广场一个街路复杂树木参差房舍错落的拐弯处，被那声嘶鸣的怪鸟叫出来的，除了扎法尔，还有好几条机敏的身影。这些人彼此都算熟悉,但谁也不知道,别人在何时和以何种方式藏在了附近;他们只知道,在嘶鸣怪鸟的指挥下,走出藏身处的应该是他们,并且他们应该执行什么任务。他们几人,在迅捷的移动中汇到了一起,而片刻之后,守在格拉姆幼儿园门外的两个值勤警察发现他们时,他们与他们已近在咫尺。他们,扎法尔们,穿政府军才装备的正规迷彩装,所以,当他们沿格拉姆大街快速推进时,值勤警察会被街旁的芒果树、蒲葵和榕树这些植物迷彩装晃花眼睛。但也正是荷枪实弹如临大敌的扎法尔们,从植物迷彩装中的突然出现,引发了值勤警察的高度警惕。他们用白沙瓦话招呼他们,同时反身往幼儿园撤。可他们警惕晚了,即使扎法尔他们是外地人,听力不行,反应当地土话要滞后半拍,可他们腿脚却行,干什么都能超前半拍。并没等那两个披挂臃肿的值勤警察转身逃掉,扎法尔们,已两人一组同时出手,擒住了试图挣扎的对手,并且每组里有人手腕一抖,还扭断了俘虏的脖子。扎法尔们共有七人,四人除掉值勤警察的同时,其他三人已把格拉姆幼儿园的院门区域控制住了,而好像交叉换位一样,那四个甩掉已经死去的警察的合作者,虽然没有遇到障碍,但仍然依据事前的训练,在那三个控制大门者的掩护下,迅速冲进幼儿园漂亮的四层小楼。根据分工,最后占领四楼的是扎法尔,而扎法尔把一梭子AK-47子弹痛快淋漓地射向目标时,下面三层的三支AK-47,才呼应着也开始了激烈的扫射。不知这种扫射持续了多久,反正扎法尔觉得,在他的责任分担区四楼,不论孩子还是老师,再也没有喘气的了,他才注意到,幼儿园院子的大门那里,另三支不以孩子为目标的AK-47,正与赶来救援的真正的政府军和警察和孩子的家长以及看热闹的市民对射交火。扎法尔冲窗外怪叫一声,同时撕扯般地解开上衣,从胸口处,把一面印有他效忠的那个基地组织代号的花哨旗帜拽了出来,这之后,他再钻出四楼正中位置的一个窗口,把旗帜绑上一根向外支出的生锈的钢筋。他探出去的大半截身子像一面大号靶盘,很容易成为院外敌人攻击的目标,可他并不在乎,绑完旗帜不仅没缩回身子,还配合着自己楼下的战友向院外射击,再配合着自己信马由缰的任意扫射,唱起了一支悠扬的歌,就好像,他在以美妙的歌声伴奏恐怖的枪声:

情人啊，如果预料到你会离去

我早应该把面纱烧成灰烬……

　　公元二〇××年五月下旬，在互联网上，在某些网站，在某些论坛——是在许多不同国家的不同网站的不同论坛，同时出现了一个名为《我们爱爱爱》的十六分钟视频，网民很容易能找到它，把它点开也没障碍，并且看上二三十秒，就会发现，这小片子的拍摄和剪辑都有专业水准，所有细部，都处理得一丝不苟。这个视频的拍摄地点，是一处高天碧蓝阔海静谧的细滑沙滩，而镜头第一次摇过沙滩上六个头戴黑面罩的裸体男女时，他们人手一份地逐一展示的六份报纸，都是二〇××年五月十六日这同一天的，它们分别是泰国的泰文报纸《泰叻报》、印度尼西亚的英文报纸《雅加达邮报》、古巴的西班牙文报纸《青年起义者》、科威特的阿拉伯文报纸《舆论报》、安哥拉的葡萄牙文报纸《安哥拉日报》、喀麦隆的法文报纸《喀麦隆论坛报》，或许，他们展示它们的目的，除了证明他们的视频是最近拍的，可能还想告诉观众，他们视频的拍摄地点，也是上述六国的某处海滨，也许还想提醒观众，他们的国籍，也分别属于这六个国家。但至少，最后这条是个误导。当然，除了时间，他们也没想用几张报纸对太多的东西加以证明。比如他们的国籍，就与上述国家都没关系，他们分别是瑞典人卡琳·斯米尔诺夫、德国人弗朗克·雷根纳、南非人莫丽·斯迈尔斯、印度人松迪博、伊朗人默罕默德·宾·阿卜杜勒·瓦哈比、阿根廷人苏莎娜·达内利，并且，他们还分别是圣婴BK9074、CJ6631、DX7989、DT0125、EQ7609和EU4346的宿主。这次聚到一处的集体行动，让六个圣婴都很开心，尤其是两个D级和两个E级圣婴，随时随刻都亢奋激动，很有一种为视频配乐的早期格雷泰姆那种点火就着的活泼范疯狂劲。但作为圣婴宿主的卡琳·斯米尔诺夫、弗朗克·雷根纳、莫丽·斯迈尔斯、松迪博、默罕默德·宾·阿卜杜勒·瓦哈比和苏莎娜·达内利这六个年轻人，可一点也不知道他们同为圣婴宿主这样的身份，不知道为把他们在互联网上组织起来，圣婴们花了多少工夫，圣婴先祖AAAA45反复亲自出马，化作人，先后坐镇伦敦纽约东京，一手促成了“我们爱爱爱”这一活动。哦，他们什么都不知道非常正常，他们只知道他们凑到一起挺不容易也就行了。这时候，视频里，六个显然早有计划分工的裸体男女，正有条不紊地各司其职，其中的四个，不断出入画面，把炭火炉、炭、煮汤锅、酒精炉、铁丝箅子、刀叉、盘子、餐巾纸、大块小块的毛巾、橄榄油瓶、各种小调料瓶、剔骨刀、锤子、大蒜、大盆中盆小盆、红酒、酒杯、面包片、绿色的白色的菜叶、西红柿……在一大块平铺在沙滩上的红塑料板上摆好，而另两个，则分别从画面外边抱来两个小小的婴儿，对着镜头逗他们笑，再展开他们双腿，让观众知道他们是一男一女。婴儿的后背，各用透明胶贴一张纸，那是协议书，上边都有签名和手印，还有几行说明文字。说明文字分别是俄文和中文以及英文，签字画押的一对俄罗斯父母和一对中国父母，都表示因为穷，他们愿意把五个月大的儿子阿廖沙/七个月大的女儿王彩霞出卖给科学研究机构，允许科学家以任何方式处理他们。上边的日期，都是五月上旬。把婴儿背后的说明文字展示完毕，两个抱孩子者撕去协议书，将它们与刚才展示的六张报纸扔在一起，接着，又对着镜头，各自展示一个小纸包里的白色粉末，再把那白粉末倒进奶瓶，使劲晃动后，夸张地喂给婴儿。很快，两个刚刚还嬉笑不止的婴儿就睡了过去，而这时，炭火炉酒精炉也都燃烧了起来。在这过程中，六个只是面罩下露出眼睛和嘴的赤裸男女一直很放松，他们以英语互相问询、玩笑和做出提示，有时也对着镜头对观众说话，比如，黑人女子莫丽·斯迈尔斯在把一捏五颜六色异常漂亮的细微颗粒抿入嘴里时，就有点羞涩地说：这是浴盐，一种新型毒品，服用它，能引发我的吃人欲望。而肤色棕黑的松迪博则修正她说：亲爱的，是食婴欲望，成人肉与婴儿肉不可同日而语……这之后，几个人从头部开始，对阿廖沙王彩霞进行肢解拆卸。很快，因喝下搅拌了白色粉末奶水而酣睡过去的阿廖沙王彩霞，既没发出吭叽之声，也没现出痛苦的表情，就不复再是完整的人了——虽然作为人，他们同样简陋得不太像人。针对这两个不太像人的婴儿，六个特别像人的年轻男女密切配合协调处理，有的接血，有的剥皮，有的分肉，有的剔骨，有的切割或者剜挖外凸的与内凹的男女生殖器官以及眼球舌头，有的从他们的腔膛里掏出脏器，把心肝脾肺等分头摆放，与此同时，他们又对婴儿身体的各个部位分门别类地上算子烤放锅里煮以及生拌或爆炒，眨眼工夫，除了汤要多煲一会，其他美味就都完成了。洗手净身，席地而坐，六个仍然面戴黑罩的年轻人一边聊天，一边喝酒，一边食用阿廖沙王彩霞以及配菜，一边两人一组或三人一伙或四人交叉或五人换位地，群交共欢。

卷七　奥义书

1

　　再没经验我也看得出来，盛英轻易还死不了，一场师出无名的急病虽然摧枯拉朽，能通过脱水失纳，通过颠覆酸碱平衡和造成电解质大面积紊乱，而让他提早邂逅死神，却不至于，就此便留他在死神身边。对他我已不再惦记，我揣摩的只是，他这场急病的传染能力，何以会比他罹患的急病更为强大？我们圣婴百病不侵，可现在，我竟受了他的"传染"。我当然明白，我的病状，与酸碱或电解质没有关系，是孤单无助，是厌倦无聊，是恐惧无望，让我也变得虚弱起来。是的，我很虚弱，否则，我不会几十年里绝无仅有地，放弃对自己欲念的控制，厚起脸皮去求师傅，希望在此刻这个非辅导时间，他能陪一陪我，哪怕就一天，就一小时，就一分钟……我希望他帮我摆脱迷障，从极端化的情绪中挣扎出来，而不是不可收拾地极端下去。可我师傅的满腹心计，戳破了我的诱骗计划，他不相信盛英濒死，不配合我耍赖撒娇，对我的虚弱不予救治。我想怪他冷酷却怪不起来：难道，不正是他的忽略怠慢，才再度助推了我一向的独立坚强吗？随着盛英身体的一点点康复，随着我以自己的独立坚强对孤单无助，对厌倦无聊，对恐惧无望的逐渐克服，我以为，我都有了骄傲的理由。可我师傅，却最终没能冷酷到底，长久地拖延后还是来了，并且，他不光来了，还毫无来由和前所未有地，也虚弱了，甚至比我，比盛英，比我和盛英加在一块还要虚弱。这——他也病了？

　　多年来，对我师傅，我越来越接受，这除了有在人屋檐下不得不低头的被动理由，更多的还是主动的理由。他不伪不诈，能拙能憨，多智多趣，长于通过装疯卖傻而暴露自我和揭示普遍，以之巧妙地帮我发现并且思考许多在圣婴世界受到忽略遮蔽和掩饰的东西，而下意识中，不论对什么，他所流露出的那种为金三足前辈、为绝大多数其他圣婴所少有的羞愧的审视与谨慎的排斥的可爱态度，更让他别具一种独特的魅力。

从表面看，他别无所好光惦记玩，与任何一个大脑平滑思维直白的木偶式徒弟都能其乐融融，好像当他的玩伴没资质要求，会歌功颂德就行，会鹦鹉学舌就行——在圣婴间，由于刻意的联系受到限制，结伴玩乐便不可能，但为师者，如果喜欢，则有条件利用辅导机会，公私兼顾地以徒为伴。作为徒弟，我对自己的玩伴身份亦即玩具身份没有怨言，或者说，宿命若此，怨也无用。在圣婴界，除了彼此礼让互给面子的四十九位先祖，又有哪个不是玩具？连金三足前辈那样的督察圣婴，也经常被先祖们玩得不辨东西和忽忧忽喜。但渐渐地，我却发现，每临我的法定玩乐日，对我忽冷忽热时近时远的我师傅，看上去对我只是敷衍，可其间更多包含着的，倒似乎是有意为之的选择安排，是用心良苦的点拨指导。显然，在他那张以粗俗愚蠢为主色调的脸上，还另藏了一副私密的表情。我喜欢私密，私密更有玩味价值。我的敏感度一向较高，但我想说，即使我神经粗粝内心粗糙，也意识得到，在这个以平庸乏味的地方、人、圣婴为主体的世界上，那些被我师傅挑出来供我玩味的地方、人、圣婴，的确都有稀罕之处，总能显出不同凡响，把它们充实进我的生存经验，便是把啁啾的鸟奔突的兽，引入一片静谧的森林。至于我师傅对粗俗愚蠢的认同，包括他那些经常性的责骂、戏耍、挖苦、逗弄，在随随便便地加诸我身时，其实也都能隔空传物般，作为余味隽永的真知灼见，有意无意地渗入我心。在我意识到这些之后，我进一步看明白的是，在圣婴中，绝大多数师傅对待徒弟，只是空有热情甚至热情都不足，而在更要紧的能力方面则欠缺太大，于是，他们辅导徒弟的过程，便是误导的过程，使得徒弟的经验世界，只能周而复始地由平庸乏味的地方、人、圣婴所构建填充。我与许多转世多回的圣婴接触，包括CB级前辈，常能发现，他们在认知高度上，在本质洞察上，甚至都会远逊于我。以前我认为那是我聪明，可后来我逐渐地更愿意认为，若没有我师傅特殊的影响与刻意的引领，我的所谓聪明，大概倒更容易导致我在普遍化的平庸肤浅中如鱼得水，比之我的众多同伴，我只能更及时和更合格地，成为大脑平滑思维直白的牵线木偶……于是，我对我师傅，便越来越像儿子信服父亲那样，像学生尊崇先生那样，发自内心地充满敬慕。

　　我当然清楚，对待同类，像对待人一样，我不该爱憎或者喜怨，除了，要无条件和没止境地，忠于与爱戴我们的四十九位先祖。其实理论上，我完全服膺圣婴"无情感"原则的诚实与纯粹，认为无情感境界的冰冷麻木，刚好能唯物主义地反映出一切问题的核心与本质。比如，圣婴的存在就为工作，而工作多为个体行动，那么每个个体，只面对自己也就行了，没必要与他者建立情感。至于圣婴偶尔也集体行动，那行动，却从来不指向每个个体的联动配合，或者说，那肯定也存在着的联动配合，都只与那个统领一切的发号施令者有关，而每个个体间，即使发生关系，其模式也与关公战秦琼相差无几。一如有的人类开大会时，为营造气氛，喜欢通过人海战术搞广场拼图或看台组字，而那些接受旗语调度的拼图者与组字手，很可能都亲密无间，像溶化之前的双棒雪糕，但他们间，算有关系吗？在这点上，在每个个体是否应该缔结情感这一点上，实事求是的圣婴不像人类，因软弱而希望抱团取暖，因伪善而甘愿自欺欺人，便大肆鼓吹，沟通和理解能够实现。至于我，作为圣婴中的晚辈后进，要真正破掉人类影响的迷障，真正在无情感的境界里成仙得道，就必须多从师傅那里求知讨教，甚至，对师傅更可能给予我的冷嘲热讽苦辣咸酸都充满期待，一如虐恋者需要蜡油与皮鞭。

　　可是，以前，每逢我有了软弱的时候，有了求知讨教的需要，我较强的自尊心和自控力，总要求我必须以理性战胜情感，靠自己的力量坚强起来。这样，即使我师傅最慈祥时，我也没找他倾诉过苦闷，若恰好我的苦闷时段与辅导时段重叠起来，我也能尽量掩饰自己，让他什么都看不出来。但这回，我怎么了，怎么就控制不住自己了呢？难道真与盛英的濒死有关系吗？可我知道，盛英一时还死不了，而他不死，我再去意已决，再归心已定，也无法最终完成自杀——

　　自杀？

是的，我承认吧，我此时的问题，我此时的困惑与痛苦，正在于自杀的念头缠住了我，在于我站在了重罪那危险的边缘。

自杀，在圣婴界，是最大逆不道的一桩罪行，似乎比抗拒、违背、不服从、不忠于我们永远伟大正确的四十九位先祖还要恶劣。当然这只是私下里，所有圣婴的一种共识，在公开律令中，自杀的戒条并不存在，在公开律令中，圣婴的罪行只有一条，即冒犯先祖。当然冒犯先祖指的是什么，又不好说，这得依四十九位先祖的感受而灵活确定。经常的情形是，甲的某一言论或行为被视为忤逆，乙同样的言论或行为却能受到表彰，也就是说，圣婴界的所有罪过，也都可能不算罪过。可是，唯有自杀，这不被提及的罪行才罪大恶极。而这心照不宣的律令除了蹊跷，还极端化，有点类似于人类的极端。一个人来到这世界上，根本不许自己做主，那离开这世界，可否自己说了算呢？还是不行。人类的自杀也受谴责，连安乐死都诟病不断。但圣婴与人又有区别。人不自杀也得死亡，而圣婴，不自杀和不被先祖赐死，就能与宇宙一道永恒。永恒，这本身就是巨大的诱惑，我相信，以人那种贪婪的本性，如果真能长生不死，自杀者肯定会绝迹的。而换一个角度看，某些圣婴，面对巨大的生之诱惑却选择死，这似乎能证明，他们的理由特殊充分——他们愿意以身殉一种否定的力量，让乏味的生命能不乏味一次。当然了，因为个体差异，自杀的理由可能千条万条，猜不胜猜，能猜得到的也许只是，先祖何以痛恨自杀。一般认为，圣婴诞生和进化都不容易，是许多前辈以不同方式努力的结果，每个圣婴，便理应作为圣婴属群的光荣一员而由衷地感恩，并把好好活着努力工作，作为感恩的最佳方式；可自杀，它不仅不是感恩，还如同恩将仇报，会通过质疑和否定，亵渎整个圣婴属群。另外，我们要完成掌控人类统治地球的伟大使命，也需要圣婴的大量繁衍，若某些圣婴自寻短见，看起来只是个体私事，却很容易扰乱军心。这样，对自杀这一危险的概念，圣婴界的传统做法便是忘却术与妖魔化：一方面通过回避和忽略，令其淡出圣婴意识；另一方面通过影射和暗示，让其自然而然地成为不齿的禁忌与不赦的罪孽。如此，似乎，自杀现象就绝迹了。

其实，自杀现象未能绝迹，自杀的圣婴也数量不少——当然这个，我并不敢断然结论，况且，万分之三点三算多呢，还是十万分之三点三算多？在圣婴界，没有公开的信息交流平台，唯有先祖有资格掌控和传布一切资讯，如果也有圣婴关注自己责任之外的大事小情，只能靠彼此偶遇时，口口相传小道消息。也就是说，圣婴界的任何说法，其真实性和准确度都没有保障，但同样让我不敢断然结论的，是任何说法的真实性和准确度，倒很可能，就隐藏在那些小道消息的背面或下边。这一点，是有一天我忽然彻悟的。我自以为自己聪明，就因为我经常会大彻大悟——对不起，我口气大了，我偶尔会小彻小悟。

对，小彻小悟。大彻大悟救命，小彻小悟则可能夺命。唉，说起来，很可能，正是我关于自杀问题的小彻小悟，作为一根轻飘飘的稻草，最终压垮了范是钢–沈忱–伊琳娜·康斯坦丁诺夫娜这匹骆驼，而非我师傅与金三足前辈所认为的那样，是他们以弄虚作假的方式帮他跃迁D级，才导致了他的自尊崩盘——

那天，是我的辅导日，我师傅带我去杭州玩，玩灵隐寺，是从灵隐寺出来以后，在保俶路一家档次不低的网吧里，我们看到一个女高中生蹲在厕所，正笨手笨脚地为自己接生，然后，把新生儿塞进了抽水马桶。是这时候，我师傅接到范是钢–沈忱–伊琳娜·康斯坦丁诺夫娜发来的信息，说沈忱自杀了。这样，我便陪我师傅赶到了纽约，赶到了曼哈顿中城一条叫圣路易斯的小街，赶到了门脸窄小的紫罗兰超市。眼前那片翠绿的草坪，显然刚刚经过修剪，不论殷红的鲜血，还是七岁的乔治和四岁的卡尔这小哥俩的尸首，还是杀死他们后又饮弹自尽的沈忱的遗体，都没有了半点痕迹。这之后我发现，我师傅为范是钢–沈忱–伊琳娜·康斯坦丁诺夫娜选新宿母时格外挑剔，他不光有意放过了多个目标，似乎还请来了金三足前辈，只是，这是我的直觉，即使金三足前辈来帮忙了，也未在我眼里现身显形。就这样，许久之后，一直折腾到费城，我师傅才相中了那个以后将怀孕和生下伊琳娜·康斯坦丁诺夫娜的俄罗斯女留学生。这位伊琳娜·康斯坦丁诺夫娜的未来的妈妈，此时正坐在沃乔维亚球馆的观众席里，看费城76人队主场与芝加哥公牛队的NBA比赛，而此前，球赛开始前，为了找刺激，她与她的新婚丈夫，刚在球馆厕所里匆匆忙忙地性交了一次。金发碧眼的俄罗斯美女专心致志地看生龙活虎的NBA球星，我们没看，我们一边看一个督察圣婴替范是钢－沈忧－伊琳娜·康斯坦丁诺夫娜主持选择下任师傅的卡位排序工作，一边听范是钢－沈忧－伊琳娜·康斯坦丁诺夫娜讲，近期的沈忧有多烦躁，多讨厌美国想回中国，当然那是不可能的。于是，这天，因为邻居的刘阿姨和王叔叔，一对来自北京的移民夫妇指责他偷看他们洗澡，这个身高一米八五的高中学生勃然大怒，立即回家取枪，再尾随他们来到圣路易斯街上小小的紫罗兰超市，杀死了没立刻跟随爸妈进入超市的刘阿姨和王叔叔的两个儿子，七岁的乔治和四岁的卡尔，然后，他又给了自己一枪。

太帅了，太酷了，他给自己一枪的姿势特别潇洒。范是钢－沈忧－伊琳娜·康斯坦丁诺夫娜嘴上对我嘀嘀咕咕，口吻客观而又平淡，可他眼里，射出的光芒有些贪婪。我真不明白，先祖为什么仇视自杀？他的潜台词好像是，先祖缺乏审美能力。

嘿嘿，这个，我以腹语般的低声悄悄炫耀，我可能还真就想明白了。

真的？你说说！

或许因为，自杀之路通向自由。

唔？

自杀是什么？是对控制的彻底摆脱，是对控制者施予的教训、惩罚、折磨、羞辱乃至毁灭的终极否定，是最大尺度和最完美地实现个体意志……

难道，我那天的"腹语"，也被我师傅偷听了去？否则，二十个月后，他何以从莫斯科一回沈阳就火冒三丈，就通过对幼稚和愚蠢的咬文嚼字来挖苦我、讨伐我、斥责我？你们他妈的多没出息，竟去模仿既幼稚又愚蠢的人类，空虚呀痛苦呀，自由呀解脱呀，操，荒不荒唐，无不无聊……结果，是在他杂乱无章的大喊大叫中，我痛心而又欣慰地猜了出来，我亲爱的好朋友范是钢－沈忧－伊琳娜·康斯坦丁诺夫娜，终于获得了自杀的成功。

那么，现在，此时此刻，我师傅这也由喊叫开始但最终转向了呻吟的自行垮塌，又能让我猜到什么呢？

2

即使它们不是毒菌瘟疫，任礼说，对电话说，至少，它们也低贱，也是与人没可比性的低贱畜牲，怎么能把它们提高到……任礼的声音，提到了一个尖锐的高度，让盛英的耳膜如抵牾利器。任礼声音的提高，与他情绪表达的需要有关，更与窗外狗喊人吠的声浪有关。任礼与电话另一端谈的，正是狗，以及那些狗的主人。这时候，那些狗和它们的主人，嚣嚷之声越来越大，已经陆续地、松散地、不均匀和不规则地、这一堆那一伙地、通过左奔右突和交叉换位，占领了窗外的那片草坪。在他们／它们脚下，本该齐整漂亮的草坪，由于长期经受这种集体性践踏，便像一颗年轻的脑袋患有斑秃。任礼一边为电话回顾斑秃病史，一边示意沙发里的盛英不要客气，并用目光表情和手势一遍遍地指挥妻子何洋，让她动员和帮助盛英削苹果、剥花生、吃葡萄、喝茶水。

任礼说，在最初的园区设计中，这片草坪是游泳馆，但部分业主坚决反对。他们打环境牌。他们推崇自然风物，反对钢筋水泥，把表达心愿的横幅举到了街上。政府官员要求开发商顺应民意，以免破坏安定团结。开发商不关心民意和安定团结，但关心官员。任礼喜欢游泳，问民意，沈阳那么缺游泳的地方，咱门口能有个游泳馆难道不好？民意诡谲地为他答疑。哼，他们若让咱免费游泳，建游泳馆当然好了；可那不可能呀，还必然得对外开放。可占咱们地盘的游泳馆，凭什么也让外人游呢，咱自己不游也不便宜外人。任礼明白，民意不想便宜的除了外来游泳的人，还有开发商的钱包。而留出块空地搞个花园，民意继续说，不用花咱一分钱不说，咱还可以利用那花园，吐故纳新清五脏，散步遛狗打太极。于是每到春天，那块空地都能赤橙黄绿地绚烂起来，但很快，它们又会斑驳下去，甚至刚到夏季还未近秋，它们就得再度复原为空场，除了板结的泥土没有别的。这样，经过两三次季节更替，为那空地，开发商就不想再花费了。但民意不干，扯出标语又要上街，而那些横幅标语，就是拴在政府官员脖子上的绳索，一抻它们，官员就会狺狺

302

地吠叫，开发商只得乖乖地，为一片供人狗践踏的空地继续投钱——不是投资。投资有可能得到回报，赏心悦目也算回报，而投钱，只是打水漂。该！民意快乐地为开发商的钱打了水漂拍手叫好。他们碾绿草踏红花，毁灌木折小树，以社会主人翁的姿态行使权利。

听明白了吧？任礼盯着盛英问。

盛英想点头。他不清楚任礼要表述什么，可还是想会心地微笑点头，以礼貌终止任礼的聒噪。他希望快些结束这次造访，快些离开任礼居住的和谐家园五号楼451室。但隐约地，他又觉得，任礼的发问不针对他，而是针对电话，这样，若他点头或宣称明白，对任礼的演讲就构成了破坏。盛英便及时和迅速地，控制住表情脖颈还有嘴巴，然后，为表示他无意偷听别人谈话——尽管，别人的谈话并没背他——他还让目光自然而然地拐过任礼，拐过阳台窗户，拐过楼下那片狗喊人吠的斑驳草坪，拐过珠江街和华山路以及分割它们的和谐家园汇宝花园步云苑锦绣居等住宅小区还有如家酒店大润发超市和足有一个半足球场那么大的沙子沟农贸市场，再拐过一年多的光阴，遥遥地投射到三华里外，那条狭窄细长的八荣路上，那个倒在地上呻吟的任义身上。

十几年前，八荣路还是垃圾场时，它两侧的商厦林立和店铺栉比就在市政规划的远景图中凸显了出来，作为未来沈阳又一辐射东北的大型服装百货批发中心，"南有五爱街北有八荣路"的口号不胫而走。可后来，由于更换了主管领导，城市规划的重点随之改变，八荣路虽然勉强铺了出来，却狭窄得只略粗于一根手擀面条，还是一根煮软了之后扭曲的面条。左近的居民，有不少都是奔"八荣商圈"来安家落户的，对八荣路未能实现既定规划便耿耿于怀，私下里，为泄愤，他们改称"八荣路"为"八耻路"。

但不论"八荣"还是"八耻"，有了街路，就能应运而生摆摊的商贩，而有了商贩们红火的生意，周边一片片新住宅区里的新居民，日子也就红火了起来。这条细窄街路的本名再度被叫响，它对繁荣光荣欣欣向荣的寄托与期待，重新有了预言性价值。随着马路两侧人行道被漂亮的花地砖装点起来，开白货车穿灰制服的城市管理人员，就也来装点八荣路了。他们以偶尔逡巡的模式装点八荣路，就像某片喂养黄羊斑马长颈鹿的大草原，也由狮虎豹的强力攻击或隐蔽偷袭加以装点。每周都有三或两次，至少一次，在不下雨也不刮风的晴好的白天，八荣路上，狮虎豹驱赶黄羊斑马长颈鹿的情景剧会上演得喜庆，即，白货车要检阅般地逡巡三或两圈，至少一圈。大部分时候，来逡巡的三五个城管人员都三心二意，由于罚款额不与奖金挂钩，他们的执法积极性就只高于零，对待如同惊弓之鸟的小商小贩，他们的骂咧咧要通过笑嘻嘻表现出来：

没记性咋地！

再磨蹭全没收喽！

真他妈的没脸没皮呀……

既然懒洋洋的执法者的胡乱吆喝，只像不得要领的严父威胁调皮的儿子，那么，足智多谋的小商小贩们作为调皮儿子，则完全明白，该怎样给足严父面子，才能确保严父的打雷别转化为下雨。他们的办法是示弱，是通过夸张自己的恐惧和胆怯，来反衬执法者的强大与威仪，他们魂飞魄散地望风逃窜时，就显得远比被狮虎豹追赶的黄羊斑马长颈鹿更狼狈不堪。如此，约定俗成的猫鼠游戏对八荣路的程式化装点便周而复始，城管因每场检阅都能趾高气扬半小时左右而心满意足，小商贩们则只把那不能营业的半小时当成被动的工间休息，当成甩臂踢腿舒筋活血的工间操时间。然后，同样程式化地，逡巡的城管一扬长而去，小商贩们便模仿蝗虫扑向庄稼，忽然地，不知从哪又冒出来，重新把街路两旁的人行道覆盖起来。

可是，在一个地砖缝里已滞留残霜的深秋的上午，八荣路上的生态平衡，被冯建昆联手任义给破坏了——冯建昆是刚由群众艺术馆提拔来城管大队任职的新书记，破坏什么都很正常，他有权要求手下，每次检阅八荣路都得有所斩获，比如，抢几架秤盘、搂一堆货物、扣一两辆人力的或机动的运输车辆。当然了，抢搂扣不是目的，那些商贩的破东烂西没什么好，甚至，通过抢搂扣逼迫商贩们交出罚款都不是目的，不能作为奖金私自分配的罚款有等于无；对于新书记冯建昆来说，行使权力，行使能让人奴态毕现胆怯畏葸的权力，这才是最有价值的事情。可是任义，这个靠手艺勉强维持温饱的残疾人，百年不遇地来一趟八荣路，他怎么配与冯建昆相提并论呢？

这时候，通体软肉的何洋，再度颤巍巍地挡住了盛英遥视八荣路的视线，继苹果、花生、葡萄、茶水之后，继续往茶几上摆布东西，似乎几面的颜色不太体面，她得用盘钵杯碟遮盖住它。刚才，盛英在遥视八荣路前，曾两次或三次地看向何洋，也把点头欠屁股和咧嘴傻笑赠送过她，以呼应她忙忙叨叨的里出外进。现在她又忙叨到他身边了，他不好不沿袭刚才的习惯，便再次点头欠屁股和咧嘴傻笑：二嫂太客气了；别麻烦了二嫂；挺好的了；二嫂够多的了；行了行了；谢了谢了⋯⋯

好！明白就好，你明白了，我们的交流就能深入下去。任礼的演讲，仍然以声音的洪亮度冲击盛英，但这回的盛英，想都没想，就继续与何洋交流而没睬任礼，他知道，任礼的意思不是要表明，他理解了他的谢意。很清楚吗，我们唔——说到"我们"，任礼卡下壳，他似乎更想说"他们"或"你们"——我们混迹世间拼命挣扎，都渴望成为社会的宠儿。可谁是社会？社会是什么？社会不但无形无状，还无血无肉，无情无义，作为所有人的养母、保育员、看管者，它行使监护责任只能例行公事，对谁都不特殊恩宠——天地不仁，以万物为刍狗吗。所以，我们又都得有个心理准备，在这姥姥不疼舅舅不爱的社会之海里，甘为浮萍任风吹浪打，甘为鱼虾任强者吞噬。唔，毕竟大部分人比狗聪明，能认可这一现实，懂得如何在自暴自弃中自珍自爱并自得其乐。可是，总有小部分人，对社会这架大机器理解有误，对社会的假大空宣传信以为真，结果，一发现自己并非这大机器上必不可缺的齿轮螺丝，就绝望，就对事实上的冷落难以承受。可生存无需理由，绝望也得苟活呀。为了活下去，为了平复失衡的心态，便只能通过自慰，把寄托方向转移开去。于是，他们选择的方法之一，就是把自己打扮成强势的一方，再把某种看上去弱小于自己并可以任自己宰割的生命，置于自己的掌股之间，将其作为豢养的宠物⋯⋯在盛巧云任长安的三个孩子里，能说也会说的任礼最像爸爸。任礼和妻子何洋是同系同级的大学同学，毕业后，分别工作在两个局里，但多年下来，都没捞上一官半职，半生里光听别人训了。盛英想不好，刚刚谦恭地把他迎进屋来的任礼，何以眨眼之后，就敢对着一个恰好打进来的电话口若悬河——

是他一个中学同学，在街道当个小官，恰好负责处理咱和谐家园业主和开发商的矛盾……这时候，茶几上，终于完全覆盖了各种瓷的木的纸的玻璃的不锈钢的食物器皿，何洋这才接受盛英"歇歇"的建议坐了下来，同时解释，电话里，什么人在听任礼教诲。何洋说话，不像丈夫那么敞亮，似乎喘气都偷偷摸摸。她小声细气只是习惯，并非怕任礼听去什么秘密，也不是怕对高门大嗓的任礼构成干扰。

盛英对姑姑姑夫的两个儿子，包括他们的配偶及孩子，都印象不佳，他想不明白，姑姑姑夫人都不错，可为什么，遗传的轨迹却走了岔道：残疾的任义心理阴暗，练达的任礼行事庸俗。当然了，他对表姐任慧没有恶感，可惜任慧死得太早。似乎，正是随着任慧死去，任家便走上下坡路了，家里家外矛盾重重，大事小情都不顺当，待任长安盛巧云也辞世后，任家的困窘更达到了顶点。而盛家，倒似乎从任慧死去，即盛英上大学开始，一切景况都好了起来，以至于，不知不觉间，两家的主体位置就转化了，包括盛大庆病故后，许多时候，逢到困窘，帮任长安盛巧云这对念过中专的小知识分子想办法拿主意的，倒是高小波这个只有小学文化的劳动妇女。这期间，两家也曾有过隔阂，是高小波三度交男友时，任长安盛巧云激烈反对。盛英对此很不满意，建议高小波与他们断交，说你交男友我都支持，他们凭什么说三道四。直到后来，独身女人高小波刚过花甲，就作为苦役型囚徒，被任品任格像一副手铐那样死死地锁住。

二〇〇一年夏末秋初，任长安盛巧云暂离沈阳，回了趟任长安的山东老家。这两个要面子的前铁路职工，因为退休时间久了，就没好意思搭人情坐乘车，而是选择了便宜的水路。结果，在烟台养马岛老家住十一天后，坐上那艘六千八百吨的滚装轮船踏上归途夜航大连时，竟既稀里糊涂又眼睁睁地，和其他两百一十四名乘客一道，被浑浊的黄海给吞噬了，牺牲于一起海难事故。这次意外牺牲带给他们的，除了遗憾还有满意，因为死前的他们有时间想到，拖累他们大半辈子的残疾儿子，肯定能从他们的葬身鱼腹中得到抚恤，如果就此儿子能脱贫致富，也算他们对生养了残疾的他的将功补过。不过，赴死的时间稍嫌漫长，便让他们还能想到，他们另外那个不残疾的儿子，以性格特点分析，定然会与兄长争夺在法理上他有权分割的任何好处。所以，面对这一未来的景况，他们的满意里又隐含了忧虑。不是他们偏向，实在是不残疾的儿子已活得挺好，而残疾儿子活得太糟。当然了，私下里，不残疾的儿子对残疾儿子的指控他们完全赞同：你活得糟是自己找的；你自己活命都那么费劲，凭什么还养三个孩子？

任长安盛巧云对未来景况的预判的确应验了，但忧虑则多余。瓜分他们的死亡抚恤时，由于赔偿钱数差强人意，平素很少来往的两兄弟竟没吵没闹，讨论问题时，还心平气和又实事求是，其间出现小分歧时，很快也能化解于无形。小分歧自然与钱有关。为了奔波爸妈的后事，身体健康的任礼先期有些额外开销，比如，他几次去大连烟台，虽然车马费不必掏自己腰包，但每天的出差补助，五十元吧，他希望能在平分抚恤时先行扣除。对此任义没有歧异，有歧异的是，任礼过高地申报了补助额度。任义已偷偷跟公家人打听过，作为一个并没有科长实职的小公务员，任礼若公出，每天只能补二十八元，可他却想补五十元，这明显是欺负哥哥没有公家的消费经验。你处长了吗？弟弟先把家庭变成了单位，哥哥就利用单位的级差制度，逼使弟弟每天少挣二十二元钱。

是那之后，任义这个任长安盛巧云一辈子的债权人，对突然失去债务人无法适应，才顺势伸手，又牢牢抓住了高小波这个新债务人。盛英自然激烈抗议，他追根溯源，矛头指向已故的姑姑姑夫，说他们可真有远见呀，不让你交男朋友找新丈夫，是早想到了，你得接他们班当终身奴隶！高小波则以更激烈的抗议，抗议儿子的抗议——她一辈子，和儿子几乎没有过争执。我曾经想把任义过继到咱家，高小波说，要过继成了，他就是我亲儿子就是你亲哥；但没过继成。可我心里也许过愿，你姑要不在了我还在，任义就仍然是我亲生的儿子。所以，现在，即使我嫁人了结婚了，只要任义需要我，我宁可离婚，也得回来……

其实，任义最需要高小波的，是她长久地活着，她活得越久，他这个债权人的收益才能越好。可高小波失信了。她放弃了活。

事情得从任杰说起。任杰自小不爱学习，勉强读到高三，因为怀孕没参加高考。她声称是为了爱情放弃高考，可熟悉她的人都认为，虽然现在，三个人应考能两个半上榜，但没准，六分之一的淘汰率也能被她摊上。任杰平常更有积极性的，是骑辆加重电动自行车，驮一大包东西走街串巷，独自或者和妈妈一起摆游击摊，把裤衩背心、胸罩袜子、头饰发卡、丝线皮套等质劣价低利薄的女人用品推销出去。让爸妈比较满意的是，虽然她不爱学习，爱情对象失踪以后，还对照顾小宝这个以前的"爱情结晶"后来的"绊脚石"也没了兴趣，但她肯吃苦耐劳，对身处社会最底层当一个风里来雨里去的流动商贩没有怨言。

到了这时，对于任杰，任义桑迎红的态度已不同以往，在他们眼里，女儿的地位远高于儿子。倒不是他们不再重男轻女，也不是他们对两个儿子操心少就感情差，而是他们能预见到，一旦他们老病的时候，对呆傻的任品和虽然不呆傻却像叔叔任礼一样冷漠的任格，是根本不敢有指望的，肯给他们喂水喂药端屎端尿的，只能是善良能干的任杰。他们唯物主义，只看重有用性。他们愿意给有用性投资。虽然不足二十就当了妈妈的任杰安于在街头摆游击摊，可任义桑迎红还是希望，读过高中的任杰能逃离底层，最好有个风不吹雨不淋的办公室工作。他们也知道，许多大学生，毕业之后都没工作，不办公室的差事也不好找。可他们放出的话是不惜花钱。钱最有有用性。

求人办事没钱不行，但有钱还得能送出去，这任义懂。既然懂，骄傲的他便厚起脸皮，向极少来往的弟弟低头。弟弟其实没什么本事，但认识一些有本事的人，这他也懂。任义对任礼没有成见，是任礼自小就嫌恶他，包括后来，对他的妻子儿女全瞧不起，这才让他疏远他的。厚起脸皮的任义给任礼去电话前，已做好热脸贴冷屁股的思想准备。他计划分三天挂三个电话，都被拒了，再从此不认任礼这弟弟。可头一天任礼就接了电话，还友好得像一堵分别从两边垒砌的墙，终于衔接于某一节点。任礼说你有事就电话里说吗，或者，哪天我去看你，不用你出来往这边折腾。是年龄导致了宽厚与善吗？任义坚持登门拜访。于是，下一两天，任义任杰爷俩同时忙碌，计划先准备一份个人简历并打印十份。任杰少历练，不懂得除了性别年龄，她还有什么可示人的东西；诗歌体顺口溜的爱好者任义多见识，他告诉女儿，她身上还有许多亮点，都是叔叔有可能帮她找到的工作单位所喜欢的：她始终拥护改革开放，她一贯和党中央保持一致，她从来都是一个中心两个基本点四项基本原则三个代表理论以及八荣八耻五讲四美三热爱的努力践行者……不过，简历再花哨，也是配搭，一家三口商量后决定，不论任礼是否帮忙，首次登门，都要带上三万元的疏通费以表诚意，并直言相告，事成之后另有谢金。然后，就到了兄弟俩约好的周六这天。这天一早，任杰先陪桑迎红出百鸟公园门前的早市，八点多钟，再辗转来八荣街占旧市的地盘；而任义，先送小宝去幼儿园，八点半一过即赶往银行，取出三万块钱，然后将赶来八荣街找上女儿，再父女一道去叩响和谐家园五号楼451室任礼的家门。

九点半钟，穿过一条零乱的小巷，任义拐到了八荣路上。平时永远地摊逶迤人声嘈杂的八荣路街边，这时安静空旷。当然有人也有声音，人还不少，声音也不小，可感觉上，那种空洞的安静与不安的空旷，既不属于生意兴隆，也不属于市场萧条，而属于一种凶险之兆。对这种兆头任义熟悉，还知道妻子女儿也都熟悉，并因为熟悉，还都善于化险为夷，所以，他根本就不必担心。可这天，即将会晤弟弟的任义有些恍惚，既不够镇定也不够稳定，见不远处有几个城管队员在与什么人争执撕扯，他竟车把一拐凑了过去。

别责怪任义。平心而论，他鬼使神差地凑向是非之地，真的不是想看热闹。这半辈子，作为残疾人，他净当热闹供别人看了，对中国人特殊热衷的看热闹嗜好，他向来恨得牙根痒痒。他凑向是非之地的理由只是，由于距离稍远，他没能看清，人圈里边受围攻的，并不是他视若掌上明珠的妻子女儿，而是对其死活，他根本没闲心闻问的一对乡下父子。很可能，刚刚城管队员突袭八荣路时，那对乡下父子，因对八荣路的规矩和地形都陌生，便躲闪不及，成了从三面包抄他们的城管队员，以及看热闹不怕事大的周边围观起哄者的瓮中之鳖。很快任义就看清了，是什么鳖被收入了瓮中，他从恍惚中回过神来，并责备了自己，觉得不该低估妻女对凶险之兆的预判水平和化解能力。他松口气，掏手机，有点笨拙地从并没录入太多人名的电话簿上找女儿名字。

就是这个电话，把他和冯建昆绑在了一起。

冯建昆作为城管领导，只指手画脚就可以了。战争年代，身先士卒能树立官威，和平年代，高高在上才官气十足。当时，冯建昆就一直在执法车上当旁观者了，是看到属下执行力太差，对付两个乡下人都不能速战速决，才不满地，想亲临现场去具体指挥。结果，路过任义身边时，他看到任义正笨手笨脚地摆弄一款宽大的手机，并且他还没一下就看明白，任义身下的电动三轮车，只是残疾人代步车，并非那种被商贩们改装得灵活小巧的运货车。也是时间仓促来不及判断，而作为前文化干部现城管新兵，又一有机会就想过过动手的瘾，他便伸手去抢任义手机，同时大骂：你他妈的，还拍照录像，是想给海外敌对势力传递情报吧？他误以为，任义是那对农民父子的同伙，而他手里宽大的手机，一定高级得能直通CNN或NHK或半岛电视台或英国广播公司……

这可是个天大的误会。因为眼花，任义用的是老年手机，别说没有照相录像功能，连短信功能都过于简陋。可冯建昆已然出手袭来，误会也只能将错就错。任义腿脚都不利索，胳膊手却异常结实，敏感度也好，所以，尽管对突袭他全无防备，却仍然没让冯建昆占到便宜，甚而他下意识地一翻掌一甩臂，还把瘦弱的进攻者扔了个趔趄。冯建昆摔蒙了，半天无语，直到边上的看客们叫起好来，他才爬起来，边扑向任义边招呼下属：来人来人这个浑蛋寻衅滋事殴打执法人员你他妈的不要命啦暴民刁民草民蚁民贱民愚民我操你妈的……

被四男一女五个城管暴打一顿，任义的身上，除了一些皮外擦伤，还骨折两处。这样，从深秋到初夏，在跨了年度的大半年里，高小波桑迎红任杰这三代女人，所做的事情只有两个：一是照顾任义；一是到市省的信访部门告状投诉。前者见效，任义的康复是明显的，虽然，他体质与自理能力的大大下降也很明显；后者无果，两级信访部门调查好几个月，连任义身上的两处骨折是自己摔的还是被人打的都没结论。但忽然之间，五月到了，并且五月之后还有八月，结果，远在四川的汶川地震，以及即将开幕的北京奥运，便成了照亮任义生活的两颗幸运星。汶川地震与北京奥运，是两次性质不同的全民狂欢，但不论性质如何不同，都需要以友爱作背景音乐，而这时任义发出的不和谐音，就应该不计成本地予以压低直至消除。组织上便以地震和奥运的名义，给任义报销了医药费，并一次性补助他五万元钱。当然这有条件，即，任义得在一张纸上签字画押，以后地球不震了奥运不开了，也不许他和家人再去上访。

所有人都认为合适：挨一顿打换五万元，值！连任礼都说，算你命好，碰到好组织了。任义当然也这样想，恨不得再去挨打再挣五万。可是，他这个有自尊心的顺口溜诗人，心里边又总不能平衡，他不懂，为什么，五个执法者打他一个残疾人这种发生在无数人眼皮子底下的简单是非，就没人来断个对错，就不能有人来道个歉。他特意问任杰，去残联报销医药费和接受补贴时，残联领导有无代人受过地表示歉意。没有，任杰说，没见到残联领导，只有会计和出纳好奇地问我，是哪个部门替咱家从他们那走账。任义窝心，但不好意思再找组织，就派桑迎红任杰去找冯建昆，暗示这个事端引发者与直接施暴者，应该登门"对不起"一下，最起码电话"对不起"一下。找冯建昆个人不算上访，不算破坏与组织的君子协定。为自己的面子，任义对冯建昆的面子就考虑不够，他以为允许对方电话"对不起"，简直就是在打嘴巴与瞪眼睛之间，允许对方横眉立目。可冯建昆不这样认为，他认为，任义这叫给脸上鼻子不知餍足，他警告找他的桑迎红任杰说，不能将你们这些拖社会后腿的人渣绳之以法，已经是我的严重失职，还他娘的"对不起"你！这么一来，两下就又将上军了。高小波只好偷偷出场，以任义家长的身份，带一条烟作为礼物，请冯建昆能考虑到任义是个容易钻牛角尖的残疾人……冯建昆倒接见了高小波，也听她表达了一半的意思，但他坚决拒绝了香烟的腐蚀，更拒绝了她那没有原则不讲是非和稀泥式的问题解决办法。如果向一个倚残疾卖残疾的无赖低头，他说，是让我蒙羞更是让组织蒙羞。这之后，在家门之外，高小波又被卷入了矛盾的旋涡，她与冯建昆的争执节节升级，冯建昆竟像辱骂桑迎红任杰那样，对她这老太太也口下不留情；而在家门内，走进死胡同的任义开始显露出疯狂的端倪，他竟反复以赞赏的口吻，提及这二十多年里他极少问津的已故妹妹。也许，可能，大概，正是任义对任慧的提及和任慧的极端方式，让高小波反倒清醒起来，让她在看不到冯建昆"对不起"可能性的前提下看到，有着极强自尊心的任义会把怎样的可能性创造出来，继之，再创造出喜欢吃零食的肥胖的桑迎红的可能性，再创造出越来越嗜睡和脾气越来越暴躁的任品的可能性，再创造出经常逃学旷课和小偷小摸的任格以及刚刚学会"操你妈"的小宝的可能性……

这时，任礼已经打完电话，意犹未尽地坐到盛英对面，歪在与沙发隔着茶几的一把椅子里大口喝水。盛英往嘴里塞两粒葡萄。微酸的葡萄，既能让他显得有事可干，又能驱逐一个正向他袭来的小小的瞌睡。

事情的结果，我认为完全可以接受。任礼把水杯放回茶几，看一眼盛英，然后仰首看天花板，长长地呼气——是卸除某种负担后那种放松的呼气。五万五，他强调，其他财产都是你的，属于舅妈的，只能认定五万五千，这样，依据遗产范围内赔偿的法律条款，赔冯建昆五万五就算结案，他不服气屁用没有。哈，你还不想让我找韩局呢，怎么样，他开一下口，咱一大笔赔偿金就省下来啦，而且冲着韩局面子，赵处还坚决拒收谢金。当然了，咱也不能巧使唤人，韩局的意思是，你不妨按这些材料，宣传下赵处，这对他下一步上位肯定有用——哦，不发你"复兴"，最好发《人民日报》，最次别的国家级的报纸或期刊。怎么样，你这老新闻，这样的路子总该有吧？任礼边说边把望天的眼睛拉回来，埋向茶几下端，伸手，从茶几的二层格里拎出一只装得挺满的大文件袋，递给盛英。

3

都写完啦？两篇都完啦？真快！

这几天，田平原出国公费旅游，青莲让正值假期的孩子住妈妈家，她自己则对单位撒谎说家里有事，就也像出差那样，带上洗漱用具来盛英家了。盛英喜欢约会，但不喜欢把约会变成过日子；可在青莲看来，男女之好，一定要在过日子模式的朝夕厮守上有所体现。就这一点，在年少时，盛英对青莲有所迁就，如今二十多年过去，他已没法再重塑她了。好在，自打结婚，青莲也基本没有这种全方位介入他生活的时机和条件，于是，这回，盛英不好扫青莲兴，就只能对其他可能找他的人撒谎说，他要去趟河南上蔡，了解一下那些已经长大的艾滋孤儿怎么样了，并提前强调，写报道可能不会被允许，但不写也得了解一下。

一共四天三宿，青莲重温盛英的日常生活。你这人其实最靠谱了，青莲说，二十多年了，你什么习惯都没变化。这四天三宿，多数时间活动在书房的盛英主要是工作。他一会看台湾地图，一会翻苗壮过去的讲话汇编，一会从网络上下载资料或逡巡自己的几个书架，然后在电脑上噼哩啪啦——在这之余，他也会蹿到床上，在青莲的身体上噼哩啪啦，再不分晨昏地，困得不行时眯一小觉。好几天里，青莲都一丝不挂，除了做饭，她只以大床为自己的天地，在上边看书看电视看电脑睡觉，并迎候盛英的噼哩啪啦。现在，一觉醒来，听累瘫在她身边的盛英喊大功告成，她急忙翻身骑到盛英身上，上边以双手按摩他脖子，下边以屁股按摩他腰。

都发哪期呀？你不会把两篇重头稿子发同一期吧？

哪期也不发，两篇都不发。哦，是不发"复兴"。

不发——为什么？要是吴法无那篇敏感，至少，苗壮那篇不犯忌吧，我看现在，好像反腐败的报道又不是禁区了。

嗨，外行，你应该判断的是，即使吴法无那篇能发"复兴"，苗壮那篇也不能发。吴法无的敏感可以掐枝去蔓，甚至胡说八道，反正那是台湾的事，还是旧事；可苗壮这事，上边只内定了他抑郁症的调子，对他的调查都不了了之了，哪能让我把这种专稿放出笼子？这种事叫丑闻，但比丑还让上边不爽的是，大伙都得跟着胆虚。所以，即使最没心没肺的苗壮同僚，或者都参与了收拾他的那些同僚，也不会同意家门口的媒体如实传播丑闻。搞掉他甚至搞死他是一回事，可怎么臭他恶心他，就另码事了。

唔，对对。可是，那不白写了？

那倒不会，给南方媒体呗。你是不知道，暴露性稿件有个规律：要了解北方看南方，想知道东部查西部……

这么弯弯绕呀——那，要是，写中央大人物的，东南西北往哪发呢？

发海外呀——其实呢，那种腐败八卦，多发点少发点都无所谓，倒是吴法无这种，涉及台湾一段相当重要的思想历史，谈论的内容非常严肃，大陆媒体难免忌讳，发不出来我有点心疼……

发海外呀。

哎哟我的傻姑娘呀，这种东西，在海外可就连炒冷饭都算不上了。

那，以后敏感的就不写了，看把咱老头累的……

都不写了，光写你，写你累死也心甘情愿——盛英边说边悠着劲翻身，把青莲翻倒并骑到她身上。来，写你……

等会儿等会儿先等一会儿，青莲反抗，你说了，一写完立刻给我讲苗壮，你说他的《淫魔自叙》是最精彩的黄色小说……

没错，过瘾。要不回头我发你信箱吧，你自己看……

不嘛不嘛，你给我讲。我不看，就听你讲。

嗨嗨，瞧你这女色鬼，女苗壮……盛英以一个色情的手势去羞青莲，青莲美滋滋地，欣然把那手势领受了下来。盛英倚枕半坐起身子，青莲则进一步以一种大尺度的色情姿势依偎过去，躺在盛英怀里，听盛英回忆着《淫魔自叙》的内容细节，夹叙夹议地讲了起来。真看不出，这么多年里，没一点绯闻的老苗，和老婆这对官场伉俪，模范夫妻的美名都四海传了，却又这么不声不响地，就把咱这地面上有头有脸又姿色不差的党政军民学各路女名人一网打尽了，还玩得那么既抒情又审美，既写实又浪漫，咳咳……到底出身文学青年呀。只是有一点我想不明白，他这雅人，文字那么漂亮，为什么非选《淫魔自叙》这种粗俗的书名？他备选的《盛世风月》，倒跟他的内容文字更风格贴切——好好，书归正传，就，从你也认识的巩爱霞讲起……

与苗DJ分手后，从大连回到沈阳，我钻进盛英体内的第一件事，就是和青莲一起听苗壮的故事。可惜，我得替青莲感到遗憾，因为她听到的，只是虚拟的苗壮的故事——哦，也许，我更该替盛英遗憾，他不光信任了苗壮的故事，消费它时，还煞有介事地发掘与解析了它的微言大义，这未免可笑。其实，对青莲来说，即使她清楚了苗壮的故事有怎样的真相，或者说，她已经清楚那故事的主角原本是慕绥新是马向东，是胡长青是成克杰，是克林顿是贝鲁斯科尼，那么，她享受的刺激，也不会有大的出入，因为她只是在盛英怀里放肆放纵时，需要些伴奏的背景音乐，至于那乐曲由谁演奏，知道与不知道差别不大。可对于盛英就不一样了，如果他知道，他信以为真的苗壮的故事，竟骗了他要了他戏弄了他，或者哪怕，那些故事并非苗壮杜撰，只是张冠李戴了，是苗壮把他某些同僚的艳史，改头换面到自己的功劳簿上，那对他盛英来说，也是一场智力蹂躏。哦，我只能希望，盛英别不幸地结识一个苗DJ这类能洞悉事情真相的家伙，而是永远被蒙在鼓里，无从发现自己的尴尬。

当时，在苗壮自杀现场的警戒线里侧，在那个为我们充当临时宿主的保安体内，我不仅没注意到警戒线外侧的盛英何时离开了血腥的现场，连我师傅何时跑出去忙活苗DJ的事，我都一点没留意到。这苗DJ，有演讲天赋，只几句话，就把我给忽悠蒙了，好像我俩的交情都五百年了。他一遍遍喊着我刚刚发明并推荐给他的盛DJ这个好玩的昵称，为我俩的缘分表示惊讶：真难能可贵呀/太千载难逢了/多神乎其神哪/好神秘主义哦……他亲热的理由，是我俩仅一数之差的唇齿相依：他是DJ1413，我是DJ1414，这种两个序列编号紧紧相挨者相遇的事，在圣婴史上，即使有过也肯定极少。我也挺兴奋。可苗DJ的兴奋，除了我们的邂逅，更主要的，则来自他的寂寞孤独，也就是说，只要有机会，他愿意和这世界上的任何圣婴都亲密无间，哪怕他们间的序列代号，风马牛哪哪都不相及。从礼貌计，我只能部分地回他以有距离的亲密，并委婉地指出，你固定宿主是个重要的地方官员，一定活得热热闹闹，随着他，你应该玩得比谁都嗨，可为什么会孤寂呢？

靠，他热闹个屁，他比我孤寂一百倍呢。苗DJ这么说时牢骚满腹，好像苗壮为惩罚他才选择了孤寂。

喊，刚才你不是告诉我师傅，苗壮是因为玩女人，才被组织上拘到这太阳鸟来谈话的吗？玩女人的事，据我知道，可是人类世界里第二热闹的事。

什么第一热闹呀？

玩权术啊！哈，我是听我师傅说的，他说，玩权术第一热闹，可也残忍，所以，他宁可只喜欢人类世界里第二热闹的事。

嘿，新鲜！那你呢？

我？我不知道，我好像，什么都喜欢又什么都不喜欢……哎怎么说上我了说你呀，说苗壮呀。

哦，其实呢，苗壮这个书呆子吧，就是太轻闲把他害了。你们都觉得，官场上人人如同陀螺，好像尿都得边走边撒。哪能呢，人的忙闲，都自己找的，跟官不官场关系不大。苗壮以前伺候官时，那是真忙，他笔头子硬，能把死人给写活喽，你想想哪个官能不需要他。可他自己当上官了，就没事了。他的长项是写文章，可当官了怎么能自己写文章呢，即使手下都是文盲，文章也得由他们写，这是尊严问题。就好像，你的车挂省市委部队公安那种特号牌照，可你开车却不闯红灯不逆行超速，那你不是有毛病吗？苗壮的短板，是做实际事时过于平庸，既不心黑手狠，也不媚上欺下，往上进京送礼求情，向下弹压不同意见，他都笨得手脚不分瓣，连给他打溜须的人找他吃喝嫖赌，他都由衷地没兴趣更没胆量。这么着，你想想，他怎么能不孤家寡人？他闲呀，闲得实在无聊了，就进黄色网站，看黄电影黄照片黄小说。说起来，网上那小说也都怪了，一概第一人称，一概以亲历的方式写自己以及自己的配偶情人或爹妈儿女。年轻时的苗壮，也写过小说，这会儿看人家看上瘾了，就自己技痒也写起来，还学习人家追求真实，点名道姓地编起了自传——唉，相当于手淫吧。他不光把自己打扮成风流淫棍，还为省内那么多有头有脸的知名女人虚构绯闻，通过文字扒光她们，让她们以各种方式躺在他胯下……

这，他这——他怎么编呀？

就——哎，这太阳鸟的老板叶小烨你知道吧？年轻企业家，省政协委员……对，姿色上稍微差点，可她身上的社会符号，符合苗壮故事里的好色标准呀。比如吧，今天有人请苗壮来太阳鸟吃饭，吃完就离开，与叶小烨都没打个招呼。可自传里，他会记，何人为何请他吃饭，都有谁作陪，饭前或饭后，他怎样顺便去叶小烨办公室，和她如此这般地欢爱一番。关键是，就这么着时间一长，他生活还真就被想象替换成了另一种样子，再回顾时，能感受到一种特殊的刺激。你想想吧，啥时候他对着工作日志查一下今天，发现他确实到太阳鸟来过，那《淫魔自叙》里的记录还能假吗？

这也，太荒唐了！我看苗DJ时将信将疑，就好像，他模仿了编派叶小烨的苗壮，在给苗壮编派故事。

我不骗你，真的。苗DJ努力做诚恳状，也像说真话。是他老婆孩子特别傻逼，唉，傻得简直像外星人。苗壮电脑出了毛病，求他儿子看看，他儿子刚上高中，是电脑高手，一家伙就看到了《淫魔自叙》。这小伙子，幼稚，刚看几眼就哭起来，觉得老爸太不像话，而当时，正好苗壮老婆也在家呢，她发现儿子在电脑前哭……再往下，不用说了，那个官场上八面玲珑，比苗壮圆滑一万倍的精明老娘们，竟做出了天底下最蠢的事，居然把《淫魔自叙》复制到U盘上交给了别人——哦，组织，可组织和别人有区别吗？没几天，这三十万字的"传"就传到了网上，虽然很快被删帖了，可苗壮还是迅速成了成千上万网友羡慕嫉妒恨的对象，而现实中，他书里意淫过的好几个女人，有想寻死觅活的，有要和他打官司的，更有扬言一定宰了他的……这么说吧，这两天上边约谈他，既等于救了他，又等于给了他个赎罪的机会，让他得以通过交代问题，郑重地对他"撰"到的辽沈地区各行各业二十七位风云女子表示个歉意，否则，像他这么一个心慈面软从不伤人的人，还真就至死也闭不上眼睛……

我知道，这么多年，你不光有我，像苗壮似的，还有别的女人。

哎你打什么岔你，扯哪去了——别瞎说哈，人家是大官，有权有势，想干谁随便，我一个小记者……

可我还是想再傻一回，再问你一句，你要是觉得生活又有意思了，也想结婚了，想从你的女人中选个老婆，那我，配不配当第一人选？

青莲……

4

"她不可能在这间屋里，她只能在我心里。"

想想盛英在弥留之时，竟如此煽情地提及青莲，我都有点小吃醋了，虽然，他这句型，像他妈效法任慧挥菜刀一样，也有模仿任慧表心迹的嫌疑。盛英不怎么当面哄人，对于表白，甚至对使用频率过高或过于正确的甜言蜜语，他都常常抱有警惕。可见，他下意识的感情流露是真实的。我很想去找到青莲，对她转述盛英的爱意，并向她通报盛英的病况。当然，这种本事我不具备，连我师傅C级以后，这份能耐都没有

317

了。我以为盛英真会死时，还曾打算请金三足前辈当我的信使——这也得通过我师傅找他。低级别圣婴所发送的信息波，除了报告旧宿主死讯和申请物色新宿母，其他的，都只能单向地送给自己的师傅——同样的，我也并没感情用事。别说这事麻烦，即使不麻烦，即使我师傅和金三足前辈都很愿意成我以及青莲盛英之美，我也不会折腾这一番。一切皆命，一切皆缘，一切皆该顺其自然自然而然。这样，我师傅来我这里，我也就没提任何要求，甚至在他的虚弱面前，我还骤然强大起来，骤然获得了灵感，骤然体会到和玩味出，我师傅的来而又去，所给予我的强烈震撼。似乎，我师傅来这一回，说了什么或怎么说的，气宇轩昂了或萎靡不振了，都不重要，重要的只是，他的来而又去，以一种持续显影的方式，把他和盛英迥异的影像叠印了起来——哦，也包括我的，是把我们三个的迥异影像叠印了起来。仔细打量这一影像，最初我只困惑茫然，但之后，很快，它就让我身体燥热并思绪纷纭还感情冲动起来……

你——我们……聊聊？

唔？我在对谁说话？对我师傅？可他都走了好一会啦。况且，这话也不像出自我口，即使像，也仅仅是像，而不是我说的，因为我根本没说话呀。难道我师傅没走猫了起来？

你——你是……我怎么……

我话没说完，床头柜上手机响了，吓我一跳，也吓盛英一跳。手机响前，盛英本想撇着嘴笑笑，笑我的惊慌，可手边电话的突然作声，让他也急刹车似的紧张一下。许可呀？好不少了，没大事儿了……盛英立刻删除了紧张，说话时，也大体做到了语调轻松底气充足，就好像他真病愈了。不用不用你来什么，别整没用的——作为盛英的好朋友小兄弟，许可是唯一知道他生病的人。你小子有事儿吧？这么神神鬼鬼的——盛英的声音低了下来，那就，就买点热米粥拌小菜之类吧……唔？这盛英的声音，怎么耳熟？不对不对，盛英的声音我当然熟，我意思是，此时盛英的声音——不用不用啥药都有……嗨！我真想给自己一拳，我怎么能慌乱成这副德行，要与我聊聊的那个声音，是盛英的呀！

我，想跟你说——他这是，又对我说话？盛英边放下电话边闭上眼睛，但嘴巴明显还一张一合。

你——是和我……其实我不想开口。起码我知道开口没用。圣婴和人，虽然能操持相同的语言，但由于构造我们的材料不同，说话时，不同的喉头不同的口腔对空气造成挤压的方式和机制也都不同，所以，我们能听到人的声音，人却没法听到我们。可刚才，我误以为我师傅在说话时，已回应过一句，盛英显然已听到了。

对呀，这屋就咱俩，我当然和你说话——和我的，精神或意志，和圣婴？

你，知道我？

一确定盛英在和我说话，并且还能听到我回话，我又惊又喜，更又疑又怕。主要的，当然是怕。我接了他话茬即意味着，我帮他验证了一个事实，就是在他体内，寄宿着我这么一个圣婴，而这也就等于我协助着他，对圣婴存在于世做了验证。这不会是叛徒的行径奸细的勾当吧？这盛英，干吗非要引我开口，而我，为何又迫不及待地上他钩呢？如果，此时……我四处张望，调动起全部的感官感受周围。我倒相信，我的安全没有问题。一般情况下，督察圣婴只管大事，只监视能量大本领强的BC级圣婴，不是工作需要，对DE级圣婴无暇操心。

神圣的，圣洁的，婴儿？哈，叫你就像叫我自己。"sheng ying"，盛英叩念着这两个字，很陶醉的样子，好像病都没了。

我也，喜欢"sheng ying"这两个字——真该死，我这与他就聊上了？你是，你怎么知道你体内有个我的？还有，你们人，不应该听到我们声音呀……嗨，我好奇心怎么这么重呀！什么都明白的我，偏偏要明知故犯地惹这身臊——他们要是幼稚呀，你就是愚蠢！怪不得，我师傅对我这么评价。

你——也不知道？我就是莫名其妙地，也不怎么就……圣婴不是，无所不知无所不能吗？

哦——是呀是呀，我竟问上你了，按说我应该比你更了解你。

尽管这很伤我自尊，可我以为也正是这样。不是吗？

我觉得……也许……对不起。本来，从最初，从你还没有自我意识起，我对你的内心活动就了如指掌，可没想到，几十年过去了，你心里还有我未曾涉足的角落——哦，我是想说，就在刚才，一意识到你仍然是个有不为我知的思想秘密的独立个体，我一下子省悟到，其实，不论我有多大的本事深入你了解你掌握你，你仍然是你，不会被外部的力量彻底征服。

谢谢你这么想。你很遗憾吗，觉得身为圣婴丢了面子？

不，没有，我轻松了。

那最好。这样吧，我们试着交流一下。我先说说，我的意识轨迹？

好的好的，咱们想到哪说到哪。

在刚才之前，就是我从昏睡中醒来，重新端详这幅《屠杀婴儿》前，我脑子里，对这世界，是有个长期形成的基本看法的，就是，地球上的生命种类多种多样又层次不同，像人类、大象、猩猩狒狒、猫狗鱼虾、水母蠕虫、微生物……都各有天地，各得其所，然后，又都巧妙和神秘地，连接成一条有机的链环，共同维护地球的平衡——嗨，我没想拿一套肤浅的环保主义说辞当理论基础，我只想说，虽然我也经常看不起人类，但又承认，自从我们这一脉人，智人，从人科动物里脱颖而出，就一直处于生命金字塔的顶尖部位，我们的智慧程度和社会化能力，至少在太阳系里独一无二……

你这么认为非常正常。你，没事儿吧，喝点水？

好像好了，病去如抽丝了。哦，说刚才。刚才，从看《屠杀婴儿》往前推，前推个几十年，好像从几岁起，我就觉得，我有杀人欲望，是杀小孩的欲望，如果不能直接动手，间接去做也能满意。并且，后来，长大后，我又很想吃掉被我杀死的孩子，特别是，我总想，如果我有了自己的孩子，能杀死他再吃掉他，那将是我欲求的最大满足——哦，我怕犯法受罚，我的良知也不允许我滥杀无辜。但我就是忍不住呀，那种疯狂的欲望，让我内心特别撕裂，那种欲做不敢又欲罢不能的撕裂感，发作的时候让我……

对不起，你的撕裂感与我有关。我们圣婴的工作之一，就是设法损伤宿主大脑的前额叶皮层或者杏仁核，通过影响控制情感唤醒和情绪调节的神经回路，激发宿主的攻击性行为，并促使宿主尽量卸下良心包袱，进入冷血状态。

哦，我明白了。我吧，大概十岁左右，看《西游记》，忽然受里边人物的启示，就开始毫无根据地认为，我的杀婴欲望，是一种妖魔鬼怪暗示的结果，而那妖魔鬼怪，又好像有个和我同音的好听的名字，就叫圣婴。那之后的几十年里，我又从许多书上，从许多事情中，经常性地接受到《西游记》那样的启示，并根据那启示，一产生杀婴食婴欲望，就仿佛能得到，得到圣婴的抚慰与刺激——我想说，就像体验性的快乐。你不同意我这么说吧？

没有，对人来说，性快乐的魅力确实大，而它的特点，恰恰就是抚慰与刺激相辅相成。我们把圣婴意志与性快乐的体验绑定之后输送给宿主，也就是为了，达到更好的介入效果。

你说，对人来说？

哦，性呀？是的，是对人来说，它才快乐，在圣婴看来它可危险——是危险之最。无性无变化，有性会演变，演变就容易失控，所以，在生命世界里，唯有我们圣婴没有性别，没繁殖能力，只巧妙地利用人类这一高级生命体的性，以确保我们总处于变与不变之中，能按照我们的……我们先祖的意志稳步进化。

可我觉得，性的快乐是美妙之最呀，足以抵消任何危险……

哈，跑题了。

哦，对对。可惜，可惜的是，我看过的书中对圣婴的记叙，都语焉不详或互相矛盾，这让我，对圣婴的想象总不得要领。我倒隐约猜得出来，你们是空无，是一缕气息或一段波长，以现在人类的认知程度，还无从把握。所以，这么多年里，虽然我总能想到圣婴，总有理由用一些残缺的想象去为圣婴做精神画像，可因为我的，也是大部分人的，知识背景经验背景世界观背景的单一狭隘吧，又使得我从来没完全认真地相信过圣婴存在。所以以前，我也就没想过和你说话。在我与圣婴的关系上，我可能，很像个好的小说读者：若进入阅读，感同身受的能力会被充分唤醒，但回到现实，麻木不仁的状态也能平稳持续。是直到刚才，我再次从昏睡中睁开眼睛，不经意地，又看到这幅《屠杀婴儿》，那一刹那，我觉得在我眼前，这几十年我对圣婴的猜测和想象全都活了，刷地一下，在这个鲜活的场景里，我清楚地看到了我的灵魂——我不认为我是进入了离奇的梦境，或因发烧和服药产生了幻觉，我的头脑清楚的程度，跟前几天写那篇关于文艺复兴的文章时没有两样——这么说吧，不管这世上是否真有你们，在我印象中，或者说在我的虚构中，你们也存在几十年了；可如果刚才之前有人问我，跟我讨论圣婴的事，我又可能，一个字都说不出来。但透过《屠杀婴儿》，我却看到了我的想象也看到了你，就眼前一亮，就对与圣婴有关的一切都恍然大悟了——其实，对你们，我可能还是一无所知，可又好像已经了如指掌，哎呀那种状态吧，真的只有梦里才有，你能理解吗？至于我主动和你说话，那也是因为你鼓励了我，你冲我笑得那么友好和……顽皮。

我……冲你笑？你能看到我？

哦，不不，我没说好，没表述清楚。就好像，我对你们既一无所知又了如指掌一样，我能看到，或者说能感觉到你冲我笑，可对你的模样，对你的形体轮廓还是毫无概念……反正吧，我能感觉到，你那笑的意思是，你们有纪律，不能主动与宿主交流，但宿主找你们聊天另当别论……

哈，哪有这说法。其实呢，是我们和宿主间，和人类间，根本没有交流的可能——当然咱俩，例外了，我也不知道这怎么回事。一般情况下，我们激发宿主时只是通过……

激发？哦，控制和驾驭，操纵和左右……支配。

你看你，别那么敏感呀。

不好意思，实验室里的小白鼠，是不该抱怨实验员的。我只是，对你们支配我们人类挺感兴趣。

唉，你这是引我——那好吧，我就讲讲，正好你也得歇歇了。

嘿嘿，谢谢。

支配呢，一般是指，长时期影响的那么个结果。的确，我们的进化，为的是最终主宰人类，像驾驭机器那样直截了当地驾驭人类，但到目前为止，我们支配人类的能力还十分有限，还需要，碰运气般地，得到宿主的无意识配合——我就以，上期你们"复兴"上的两篇文章作例子吧。那篇写红色高棉的，说波尔布特专政成癖，杀人成瘾，巧立了各种名目，指控别人反党反革命反社会主义，一度认为知识分子都不可靠，而戴眼镜的必是知识分子，就冲所有近视眼开了杀戒，是这意思吧？那个波尔布特，恰好就是圣婴宿主，他那么杀人，给人的感觉，很像是他的寄宿者办法多能力强，对他的支配特别成功。其实呢，圣婴的本领没那么大，至少我们四十九位先祖之外的圣婴没那本事，我们只能滴水穿石铁杵磨针般地，对宿主的意识与感觉做渗透性干扰。也就是说，作为把波尔布特塑造为食婴恶魔的最重要力量，其实不是圣婴，而是波尔布特嗜血好杀的天性。

死在波尔布特手里的，主要是成年人呀。

对，是成年人，但那相当于，为了取卵不得不杀鸡。圣婴的目标不是成年人而是孩子，但人类的"幼态持续"阶段实在太长，要毁掉婴幼儿，就必须先毁掉他们赖以依附的成年人。否则，你把反党反革命反社会主义的帽子直接扣到孩子头上，自己也会不好意思。其实呢，就说二十世纪吧，几乎所有著名的灾难，都或强或弱地有圣婴意志体现在里边，都部分地等于，我们让成人殉了孩子的葬。但是，能操控这类大事件的圣婴，又并非就有三头六臂，他们主要还是运气好，其寄宿对象，在杀人的渴望之外更有机遇。而绝大多数圣婴宿主，连杀鸡宰鱼的机会都稀缺，比如你吧，我都"支配"你几十年了……好好说另一篇。因为新生儿哭闹，那个二十岁的未婚爸爸就把孩子扔微波炉里，弄熟以后还吃了几口，这倒是一个少有的、圣婴直接支配宿主的案例。但即使这事，说圣婴直接支配了宿主也不准确，因为那个把孩子扔进微波炉的，其实已经不是那个年轻的爸爸，而是一个化身为年轻爸爸的先祖级圣婴，基于某种特别需要的直接行动……

你们——还能化身为人？这太吓人了！

唔？环境污染，能源枯竭，气候异常，尤其是意识形态的分庭抗礼与宗教信仰的敌视对峙……可能，更吓人。

好好咱不讨论那些咱还说——刚才你意思我明白了，你抱怨我没给你当一回波尔布特，这我表示歉意——我当然明白，圣婴伦理和人类伦理是两码事，我的歉疚只对你有效。但我还是想不好，你们为什么，非逼我们杀人和吃人？

这话吧，得这么讲，首先，不是"杀人和吃人"，只是"食婴"；然后呢，我们也没逼人类做任何事，也逼不了。杀婴呢，其实是一种所有哺乳动物都本能掌握的天然避孕法，抛开这个不说，我们圣婴也只不过，对人类相残相食的传统和习惯做了开发利用……

这就狡辩了。你们的食，不是杀的方式之一种吗？

可能吧，但这个问题我不和你争……

嘿你这人……哦错了，你不是人——

我们呢，还真是人，说"不是人"就成骂人了。好言归正传哈，基督教举行圣餐仪式时，要把象征耶稣血和肉的酒和饼，分发给信众吃，为什么呢？《圣经》里的亚伯拉罕，《古兰经》里的易卜拉欣，都曾心甘情愿地、恭恭敬敬地，把孩子敬奉给上帝与真主，而中国《诗经》里那篇《苕之华》，也有"人可以食，鲜可以饱"的句子，白居易的诗里也提到过，"是岁江南旱，衢州人食人"，这又说明——你笑话我卖弄？哈，的确，好多都是跟你学的——对，你们人类的宗教能够表明，在特定背景下牺牲孩子，能表征对天意的敬畏和信赖，而吃掉美好，食用爱意，这行为，又能强化信徒对神的认同交融。早期的人类与大部分动物比，并不更多禁忌或更多仁慈，人吃人，现代人看来极其野蛮，在原始人却十分自然，除了敌手之间相残相食，友伴之间，吃掉丧失劳动能力的老弱病残，解除他们坐以待毙的恐怖，也合乎道德是善行义举。但因饥饿或仇恨所吃掉的，多是老病的或被俘的成年人，唯有吃孩子，才是更神圣的仪式的需要：给予神灵的献祭，越指向弱小无辜纯粹洁净，就越灵验。也就是说，我们从人类那里借鉴的"食婴"传统，即使不算美德也算不上罪恶——嗨，你先别忙反驳，我还没说完呢。我还想说，但不论怎样，在传统或者习惯的另一边，人类的制度规约又越来越完善，理性也越来越发达强大，相应地，不仅那种仪式化的食婴现象已基本绝迹，即使那些为食婴提供环境条件的，涉及范围广和影响时间长的特殊事情：大规模战争、饥民起义、瘟疫漫延、种族仇恨、宗教冲突、阶级斗争、改朝换代、暴君苛政、昏官酷吏、政治迫害……也越来越少了。

你这算表扬人类？

这个吧，反正呢，要光说吃人食婴的确恶心，但你得换个思路，别光狭隘地人本主义地考虑问题。比如吧，一个素食主义者，看你饕餮鸡鸭鱼肉，与你看圣婴支配着人……

可说一千道一万，还是杀人——行，杀婴——可非说成食，就是虚伪。

嘿嘿，还真就不是虚伪那么简单，我们绕过"杀"而只以"食"解释自己，其道理在于，一般的"杀"只针对肉体，而"食"的内容则丰富许多，人类生活在社会上，也等于是以社会的道德环境人性标高和文化氛围做食物的……

像鲁迅说的那种"吃人"？茹毛饮血浸皮啖肉敲骨吸髓之类的事儿，对物理生命和精神生命同样成立？

对对，就这意思，就像鲁迅说的。圣婴的进化吧，需要从宿主那里汲取生命素作为养料，而生命素这种宇宙的精华，这种物质性的精神与精神化的物质，又只有那种有过食婴经历的人，才化合得出来。也就是说，能化合生命素的食材，必须是还处于人的本色状态原始状态的蒙昧孩童，年龄应该在五岁以下，最理想的是那种囟门尚未闭合的幼儿。你也许会问，像刚才说的波尔布特，也是一个具体的食婴者吗？如果不是，他怎么化合生命素呢？的确，从实指的意义上说，绝大部分人都算不上食婴者，即使握有无穷杀戮机会的绝对权力的拥有者，手上可能也滴血不沾。但我们所说的食婴，又允许泛指，并且更多是泛指，是象征比喻借代，所谓食婴，未必一定得痛下杀手和大快朵颐；一个人，只要他有了杀伐与吞噬的意念指向，不论怎样曲折婉转间接地达到了那个目的，那他，就算一个合格的食婴者了，体内便会出现生化反应，便能化合分泌出孕育圣婴的质肌红蛋白以及生命素来……

那我，也算——

嘿，那当然了，这还用问……

这——哎对不起……我这有点乱套，脑子有点不跟趟了。我是说，我这身体里，也能化合生命素？哦……哦哦，由于你们所说的食婴不限于实指，也允许虚指泛指，也强调意念，允许意念在人体里实现生化反应，所以，那生命素，就又是一种精神的养料，甚至，它的成分主要是精神性的——

对——哎你怎么了？太累了？太紧张了……

哦，没事——我吧，其实最好奇的，是以后，你们圣婴，彻底完成进化了，也替代人类成地球霸主了，那你们和我们，圣婴和人类，那时候……

不瞒你说，我也特别关心这类问题，尽管，在圣婴界，这些问题只属于我们先祖的关心范畴。可能吧，我们最终完成进化后，还需要在地球上保留人类，只是因为——哦这样说吧，那时的我们，要真正达到不食不色、不欲不求、不爱不恨、不病不灾的圣婴标准，就得由你们已经完全彻底工具化了的人类，尽善尽美地代替我们去嗜食色，滥欲求，溺爱恨，罹病灾……

盛老师开门，我是许可——这时，随着音乐门铃奏起乐曲《玫瑰人生》，有一个兴奋得稍嫌过度的叫声，从客厅的走廊门外传进了屋里。

行了别说了你好好养病吧……

可我但是真想哎哎那什么圣婴呀——

唔？

能告诉我你自己的名字叫什么吗？

5

盛英下地开门的时候，在青花瓷图案的绸质睡衣睡裤外边，加披了过膝的棉布睡袍，咖啡色的。这样的穿着，及颜色搭配，衬上他的面色灰白与头发蓬乱，使他特别像某种长期活动在地下的穴居动物，因为意外来到了地面，便哪哪都显得不伦不类，又与什么都格格不入。许可有些心疼地看他，伸一只手捏他肩胛，想说什么又止住了，只把另一只手里，明显属于好几个人份的一大堆打包饭盒放上了饭桌。盛英嘀咕句你喂猪呀，想顺手关门。手脚麻利的许可，从客厅里饭桌前又错回身子，伸一条腿别住了门。

哎别关。我先进来，是看你穿衣服没，穿了就好，虽然穿得这么难看。

什么意思？

嘿嘿，我吧，给你带来个天大的惊喜——

什么？你这小子……外边谁呀？你小子也太不地道了，我这么副病歪歪活不起的样，你却领人来看我丢人现眼。

盛老师……你不丢人……

盛英愣住了。这呼喊，是标准的莺声燕语。随着一阵高跟鞋木后跟敲击地面的咯咯声响起，随着一袭白连衣裙绽放般地翩翩掠过，随着一脉香水与体香混合散发的气息拂来……几乎来不及做任何反应的盛英，已陷进一个年轻女子温软的怀抱：病中的他是那么虚弱，冲动的她则那么强悍。她的冲动里还包括了吻，是用嘴，吻他的嘴。对这一点他没接受。即使不怕把病菌病毒传给别人，他也不习惯听任一个他还不知道是谁的女人来亲吻他。他挣扎，从她的亲吻和拥抱中逃逸出来，退后一步，腾出眼睛，仔细看面前这个平日里鲜见的美艳少妇——是的，她是少妇，这不仅仅因为许可走后，盛英就知道了她尽管没有婚姻，却已经有了三个月身孕，更因为她那种风格的美，她那种风姿的魅，天生就属于妇人独有，而不论她二十岁还是三十岁，不论她过度纵欲还是严苛守身，她的美与魅，只能都是少妇型的。

是——唐粲？

盛老师——是我！

再一次地，少妇唐粲又抱住了病号盛英——本来，她更想投入他的怀抱，可他那么虚弱，连自己都把持不住，若抱上她，没准两人得同时摔倒。她便只能第二度地，仍然把投怀送抱改成揽入怀中——这一回，在许可建议下，揽入怀中的拥抱又迅速转化成了亦步亦趋的搀扶，她搀扶着他，回到卧室回到床上，并在他的连声咳嗽中，从捶背喂水开始，于眨眼间，就自然而然地转换了角色，由一个初来乍到的客人变成了有条不紊的护士兼主妇：她这边为病人量体温，那边查看桌上的药盒，再挺专业地询问几句病情特点，又挺具体地指示许可去药店专门买某几种药。而且，许可出门后，她还自作主张地，把浅粉色拉杆箱包拎进书房，把那里确定为临时更衣室，再出来时，已是一副居家打扮。她极其有条不紊地先后或同时烧水、抹灰、涮手巾洗碗、帮盛英梳头擦脸刷牙刮胡子、整理桌上地上杂乱的东西，待半小时后，许可买药回来的时候，整个房间以及盛英，都小小地焕然一新。

唐粲，女神哪！许可夸张地喊，夸张地看盛英。盛老师，你要娶媳妇，唐粲真是最佳人选……

去！——盛英和唐粲同时呵斥，但那呵斥后边的潜台词并不一样。盛英的潜台词应该是急扯白脸的简单：扯淡，人家可是孩子。唐粲的潜台词则是欲言又止的复杂：当初的他……现在的我……

床头柜的位置移一下后，三人围着盛英的病榻吃饭。这时候，中午的阳光透过窗棂，大面积地洒在床上，让坐在光晕里的盛英精神不少，而盛英精神的标志之一，是在唐粲和许可都诚恳认错后，仍然发挥和延伸着他的批评：突然袭击，这是对别人隐私的漠视，对别人生活的大不尊重，盛英絮絮叨叨地说，即使你是我亲弟弟，你是我亲女儿，也不可以……唐粲打断盛英的话，强烈抗议：你这是病糊涂了还是老糊涂了？许可只大我四岁，他就弟弟我就女儿？三人齐笑，盛英是在咳嗽中笑，并在咳嗽中听唐粲解释。唐粲说，她太怕他不理她而她又实在太想他了，于是，找到编辑部后，知道他病了，她就逼许可把他的地址给她，但又不许许可用电话提前向他通报她回沈的情况。而许可那边，当然知道，盛英喜欢唐粲，当年举办东北三省中华美孝女大奖赛的不少工作人员，都知道老盛英对小唐粲多么喜欢，所以，许可没多想，就把唐粲归乡这一意外的惊喜，亲自给盛英送上门来——

就是胡闹吗，盛英在咳嗽中说，以后不光对我，对谁，对成年人不行对孩子也不行，都不该玩送惊喜这种突然袭击的荒唐把戏……唉，我哪能，不见你呢？

你们男人，不是都嫉恨，不接受你们爱情的女人吗。

你——胡说八道，爱什么情？我对你好，就是把你当女儿的……

他不承认。许可嘻嘻哈哈地对唐粲说。

你不承认。唐粲憋憋屈屈地对盛英说。

放屁，我凭什么承认没影儿的事儿！盛英的反击不打半点折扣。

聊天的场面有一点僵，许可忙打岔。盛老师你说，若部队里多些唐粲这种军人，是不有益于实现和平？

唔？

像唐粲这么妖娆的军人，她存在的唯一价值，不就是瓦解军心涣散斗志吗，让刽子手放下屠刀立地成情种。

你许可呀，当年多好的小男生，怎么一下就这么坏了？盛老师耶，这徒弟让你可带歪啦……

吃过午饭，许可走了，没有了许可插科打诨，屋里的气氛有种微妙的凝重。破坏了轻松与闲适的自然是盛英。本来，在盛英有意破坏轻松闲适之前，唐粲一直在努力演戏，演装傻卖乖，演懵懂无知，还真像个拙朴憨实的乡野村妇。她一会偎到盛英身边问他是不是还喜欢她，一会又表白其实当年她对他就有好感，可那时幼稚，觉得年龄差异过大，男女的感觉就被压抑了，再一会，她又发布感慨道，这么多年了还能有今天这种独处一室的再度重逢，能无拘无束地诉说心曲，这让她死了也能安心……是在这样的表白感触中，抽个空子，她去卫生间冲了个澡，再裸着身子，裹上刚才盛英穿过的咖啡色过膝睡袍，蹦蹦跳跳地，嘻嘻哈哈着，钻进了盛英有些汗湿的被窝。似乎他们老情侣了，同床共枕肌肤相亲，本是题中应有之义。盛英抗议也阻挠了，没用。

没事儿呀，你病都好了，没劲传染了……

我就喜欢闻老头味病人味被窝味，咋地吧……

贴得越紧我越好受呗，我又没非逼你和我做爱……

你烦我嫌我也忍着点吧，包涵点吧，晚上我走了就清静了……

谁让你对我那么好让我误解呢，我就假设你爱上我了为我单身……

我愿意愿意愿意！我就愿意自欺欺人，我就高兴自作多情，我就喜欢……

是这时候，已经冷静下来的盛英，终于从咳嗽中从手足无措中从唐粲的胡搅蛮缠中挣脱出来，靠着枕头坐稳身子，特别突兀地问了一句：为什么，你不用手机？唐粲愣一下，想解释。盛英摆手阻止了她。你不用狡辩，不用编你不喜欢或刚丢了那种白痴理由，也别说你一别多年回趟沈阳，连二十四小时都待不上，却就因为要见盛英，便姥姥姥爷家都不回了……好好告诉我，出什么事儿了？

唐粲的戏，演不下去了，她装傻卖乖的另一面，她懵懂无知的另一面，假盛英的揭发之手暴露了出来。愚蠢的人扮精明难，精明人扮愚蠢同样困难。唐粲的精明能写进她面部的每一条纹理，要想抹去恐怕得易容。那，我就不绕圈子了，我也累了——唐粲不自然地讪讪一笑，但拉盛英的手摸她肚子，还跪起来，让盛英从下面和侧面看她肚子，则表现得非常自然。我怀孕了，能看出来吗？

哦？盛英再次仔细看仔细摸。看不出来，我没经验。

三个月了。还有，盛老师，如果我说这么多年我一直爱你，你信不信？

又来了。我没爱你，也没……哎你这丫头什么意思，又是怀孕又是爱的。

哦对不起盛老师，你别多心，我没想把肚子里的孩子栽赃给你，这孩子跟你我的感情也没关系，我说它就是话赶话搅一块了。咱重说，说当时，说美孝女大赛。那时候，我真没从男女方面想过咱俩，别人往上暗示开咱俩心，我还觉得他们无聊呢。可去北京后，待的时间越久，见的人越多经的事越多，我就越觉得，你对我的好才真正是爱人的好，是情人的好恋人的好——我吧，在一本书上读到的一句话让我信服，它说爸爸对女儿的好，是含有性意味的，与恋爱对象的好没有区别，它不像妈妈对儿子的好比较单纯。所以你……

唐粲你这离题都好几万里了，不说这没用的好不好？回答我问题，你是不遇到了什么麻烦？

我遇没遇到麻烦并不重要。我来找你，真是为满足我多年的心愿，为告诉你我爱你，还想和你做爱。我想的是，如果你老头了，没劲做了，那我们就这么没有障碍地亲近一会儿，也挺好的。现在，我目的已经基本达到，如果你没兴趣或没能力做爱，我也可以马上就走。只是有样东西，我想给你看看，好让你知道，在北京时，有段时间我特痛苦，无数次决心结束生命，就是因为想你和爱你，才挺了过来……你别这么看我，这理由的确不那么充分，并且也只是理由之一，但它肯定是几条重要理由之一。那你说，什么才是活着的理由？每个人的理由都一样吗？现在呢，这么多年过去了，我也早成行尸走肉了，但对你的爱始终都在，今天能见到你，还真就躺在你怀里了，我好像，更爱你……

你呀——你这，让我怎么说呢，我谢谢你可我——咱不纠缠这些不着边际的小男生小女生话题好不好呢，你告诉我……

可一旦不再乔装演戏，原本耍娇弄嗔的小村妇摇身一变，就成了我行我素的女强人了。唐粲不再听盛英磨叨，而是干脆利落地，甩开身上的棉布睡袍，就那么赤条条地下床，拐进被她暂时霸占的书房，去她箱包里翻找什么，再出来时，手里捏了只牛皮纸信封。眼尖的盛英已然看到，那个下端印有"辽宁电视台"字样的信封上，有他用粗芯蓝色签字笔写下的两行字："请交唐粲"，这是信封中间的四个大字；"盛英托"，这是信封下端的三个小字，三个小字与拼凑的毛泽东手书"辽宁电视台"叠在一起。

我给你写过信？还用电视台的……

盛英的困惑未表达完，唐粲已从信封里抽出一张折为三叠的A4打印纸，一边展开一边递他。那白色的打印纸由于久经摩挲或年久失色，已略显灰黑而不再光洁。当然，不光洁的理由，更因为那纸的两面，分别衬有蓝红两色色调浓烈的手书痕迹：蓝字多，每个字都个头小，红字少，每个字都个头大。盛英先看不是自己笔迹的大个红字：

我爱盛英　血书铭记

盛英想抬头看看唐粲，没敢，只让目光在八个血字下边的署名及年月日上聚拢再散开，散开再聚拢，而对于唐粲的激动紧张，则只靠第六感去意会体察。他计算一下，下边那同样红色的年月日，约为唐粲当年离开沈阳的十个月后。他慢慢把那页纸翻转过来，让红字隐去，露出另一面属于自己字体的蓝色笔迹：

《致母亲》：杰弗雷·乔叟（1340—1400/英国）

母亲啊
你是一座华美的圣殿
如同世界的地图包容万千
你目光闪烁像流彩的水晶
你双颊圆润如宝石般鲜艳

哦母亲
你如此欣悦又如此快乐
当我迷醉于你的怀抱
便是在领受神的飨宴
……

唐粲，上诗原题《致罗思蒙德》，写爱情的，我从一本英文诗集中直接译出，有少许改动并更为现名，你将它填入你熟悉的咏叹调《爱人，为你我宁可死上千遍》的曲谱应该可以，我已随录音笔中你的唱腔感受过了，挺合适也挺自然的。我觉得，美声唱法，歌词亦应保持这类西洋风格，若搭配中国风格，像你的《天地之间孝最大》，太不伦不类。为了帮你更好地理解和演绎这首原来的《致罗思蒙德》现在的《致母亲》，我简单介绍下它的作者，也是预防评委以此歌为题即兴提问。乔叟略晚于意大利的薄伽丘（你说你读过他的《十日谈》），其代表作《坎特伯雷故事》是叙事诗，但汉译本为散文，由许多有着牵强关联的独立故事组成，与《十日谈》一样，在嬉笑怒骂冷嘲热讽中拿性说事。有论者说到这两部"粗俗"作品时，不赞成它们"用对于市民阶层的纵欲抱着欣赏的态度来讴歌爱情和反对禁欲主义"，但在我这里，喜欢的倒正是对于纵欲的这种欣赏——难道纵欲不是"纵爱"的前缀或后缀吗？我一向把欣赏纵欲等同于赞美生命力，而我接触到的全部好的文学都告诉我，世间唯有生命力最真实美丽。

这，唐粲，你把这……盛英这时敢抬头了，但语无伦次。我好像，有点想起来了，当时你们都封闭排练了，我又为你的咏叹调重选了歌词。可，虽然我这信里有性、爱情、纵欲纵爱、生命力啥的，但不是为了引诱你呀……

哎呀老盛英你还行不行，我再幼稚再傻再没文化，也不至于为这个就想入非非吧……我是——哎呀你让我怎么说呢……唐粲说出的每个句子，都力求揭露什么又隐藏什么，这样她的表述就更加显得模棱两可，就更加难于让他的心与她的心心心相印。她只能再恢复为拙朴羞涩的乡野村妇，重新上床，赌气似的偎进他怀里。这回，盛英倒以男人的方式接纳了她，不仅搂抱了一丝不挂的她，还任她把他也扒得一丝不挂。

好了唐粲，到此为止。

盛英老师，我真幸福……

多年以前，《复兴周刊》与多家媒体一道，作为协作单位，参与了一家背景深厚的办会公司举办的东北三省美孝女大奖赛活动。本来，当时的"复兴"副总编盛英只想派个年轻记者去应付差事，没想介入太深，毕竟"复兴"不是晚报与都市报。可这时候，青莲来找盛英了，问他有无可能帮帮唐粲。唐粲？对，正是她。已经很久了，青莲与盛英的约会十分有限，但再有限，有些情况，也能于一走一过间，在盛英记忆中留下痕迹：一直接受官员与富人包养的白荷，始终想找个男人正式结婚，可这美丽的幻想，于她四十一岁时正式破灭，那年，她的卵巢癌一经发现就到了晚期，手术中又出了事故，先切除的竟是健康卵巢，此后，针对她这个具体个体，连最简单的化疗放疗都屡生意外，终于，在她发病二十个月后，她包括结婚在内的所有幻想，都破灭了。而唐粲，从小学起，就完全长在姥姥姥爷身边，对妈妈不检点的鄙视也从那时开始，一直持续到妈妈去世。不过她对妈妈遗传给她的漂亮脸蛋和美妙嗓子，还是感激的，更感激的，是妈妈尊重她的爱好，肯于为她去各种演艺班学习训练和上当受骗无条件买单，并最终，帮她"考"上了北方科技大学新闻学院的影视表演专业。

我知道你讨厌这种事，青莲说，可白荷如果没病，即使有病但仍然活着，也许帮唐粲找个工作不会太难，她认识那么多当官的，总会有讲良心的肯帮帮她。可现在唐粲得自己找工作了，她专业可能还不错，如果有机会得个奖……

行了行了你不用解释，盛英说，别说唐粲还真不错，就是错，我也至少帮她弄个单项奖。这么多年，在这种事上我净帮别人了，这回轮到咱自己的孩子，他们也该还还我礼了。

这之后，盛英亲自介入大赛，还在连续两三个月的逐级选拔中，都有点不避嫌疑地，表现出对唐粲的格外关心。无须废话，这就能让某些原本没注意唐粲的评委，转而对唐粲高看了一眼。这场选美，有个"孝"的主题，为了煽情，盛英亲自捉刀，仍然拿那个子虚乌有的台湾商人做文章，把当年白荷口中的神话，接龙得愈加跌宕起伏，让唐粲与身患绝症的单身母亲间的感人故事不断升华：先歌颂体现了中华民族传统美德的母亲对爱情的忠贞不渝，再揭露被西方价值观异化了的台湾商人父亲的始乱终弃，最后的落脚点是，虽然富有的爸爸多次要把唐粲这个优秀女儿接往台湾，可身为爱国青年孝顺女儿的唐粲不为所动，宁可清贫，也留在大陆尽忠尽孝，悉心照料垂死的母亲，并通过起早贪黑地做家教和卖唱，贴补妈妈化疗放疗的昂贵费用，最后，为实现一生热爱演艺事业的妈妈的遗愿，在妈妈辞世的两个月后，咽下泪水，忍住悲伤，勇敢地走上了这美孝女大奖赛的宽阔舞台，希望在妈妈在天之灵的注视下，能以自己最好的成绩，去广泛地传播美即孝、孝才美的中华民族的传统美德……

　　盛英不愧新闻高手，让唐粲的故事不光在情节上，更在思想上胜人一筹。最后，唐粲一路过关斩将，终于和另两个女孩一道，共同荣获了大赛季军。这样的成绩已相当不错。整个东北三省的七百多名参赛选手中，最终获得大奖和单项奖的，不足二十人，而排在唐粲前边的一个冠军两个亚军，后台皆为省市级的主要领导。可以说，唐粲的成功是空前的。不过，严格地讲，唐粲的最大成功，又并不表现在季军的荣誉和一万元钱的奖金上，而是，她被两个来自军方文艺团体的星探给相中了。那两个似乎对她孤儿身份关注更多的星探，念叨着她名字，表现出的喜悦有点诡异：嘿，真巧呀，以前我们特招过一个湖南的，与你名字发音吧……那时的唐粲，还辨不出惊异与诡异有什么区别，她兴奋甚至幸福地叫：是汤灿吧？我知道她我崇拜她！虽然她民族我美声……这一下，两个星探诡异得更加大张旗鼓，便也兴奋甚至幸福地叫：那太好了，希望你以汤灿为榜样，做才貌俱佳德艺双馨的……

　　也许我去的不是文艺团体，离开沈阳前，唐粲悄悄对姨妈分析，好像是去做秘密工作。

　　当燕子？盛英听青莲复述了唐粲的判断，牙齿刺耳地摩擦起来，好像他嘴里的这只"燕子"，是瓷的铁的玻璃的。

　　青莲先不明白燕子指的什么，听盛英解释后，知道燕子是苏联克格勃里的色情间谍了，她方觉得，她浑身上下都布满啄印，似乎有一群燕子正以利喙鸽她。那怎么办呀——色情还在其次，间谍太吓人啦！

　　但不论唐粲是否真的做了燕子，家人联系她都比较困难，好在，她虽然行踪诡秘，还总以保密为借口，对有些家里本该知道的情况也守口如瓶，但她能经常给姥姥姥爷寄钱，还偶尔打回电话或视频聊天，也寄回过她佩带少尉军衔和中尉军衔的戎装照片。没有过她的演出讯息，并且，只是在离家的三十个月后，利用去黑龙江的兴凯湖还是镜泊湖执行秘密任务路经沈阳的机会，她才得便探了次家，与姥姥姥爷和姨妈共同度过七个小时。那七小时里，始终有同行的战友与她寸步不离。那是两个漂亮的女军人，像唐粲一样也能惊为天人。

　　燕子就燕子吧，倒能为国家多做些贡献。后来的青莲这样自我安慰。

　　这时候，墙上的石英钟，已经指向晚八点了。此前在床上，中午剩的打包饭菜，也被盛英唐粲吃了。本来，盛英要带唐粲出去，唐粲不肯，她恨不得让每一秒钟，都成为她和盛英赤裸相对的零距离时刻。

　　既然你行，为什么不做？唐粲反复检验盛英，不解之间夹着愤慨。

　　我不喜欢，我没兴趣我不想，我不愿意反正不用你管……盛英躲闪着唐粲的手指嘴巴以及臀胯，孩子般地使性子耍赖皮。

　　那我就穿衣服了。唐粲起身，但还是再度拥抱和亲吻了盛英，以示她对他的冷淡或者洁身自好也能理解，尽管，她对他实在难以理解。片刻之后，唐粲开始冲澡化妆穿衣服，一副毫不拖泥带水的军人作风。九点整，我准时离开你这，她在卫生间说，我得去——车站，和我男朋友一起去外地。

　　盛英似乎没有想到，唐粲果然说一不二。你——不行！不能走！盛英一时有点冲动，跳到地上，展臂劈腿地拦在卫生间门口，像半扇门板。但紧接着，他又刻意放松了自己，缩回胳膊腿说，唐粲呀，你这么神神鬼鬼地闹腾一番，不解释清楚我能让你走吗？

　　我和男朋友的事儿，没有必要给你解释。

　　你要有男朋友我倒放心了。可我觉得，离开这里后，你连下一步落脚的目的地都还没有。你到底怎么了,好好说!

你——唐粲终于绷不住了,在盛英的命令中和注视下,把她梳头的动作定格下来,然后以一线空茫的目光去探测书房,似乎要确证,那屋里的什么东西是否还在。我,我没想瞒你,只不过不想当面说。于瞬息之间,唐粲委顿下来,让盛英想到,当年青莲说,有时人后的白荷一副颓相特别可怜,也许就是这样子吧。白荷不避青莲,现在唐粲也没避他。这么多年,我不知道,为什么我一遇到困难就要想你,一有委屈就在心里跟你叨咕,并且今天还,真找你来了。本来,我以为,我永远都不可能再见到你。那几个月,你对我说了那么多话,讲了那么多道理,当时不觉得咋样,可后来我越来越意识到,不论从性的角度还是别的角度,不论从人生导师的角度还是性幻想对象的角度,你都是,我的第一个和唯一的男人……你让我说完好吗?真的盛老师,今天能和你待半天我很知足。你那屋,写字台左手那个抽屉,我刚才放进去一个口袋,里边有个U盘,有一共存了一百万的五张银行卡和我的身份证,还有张白纸,写的是银行卡密码以及一个地址。那U盘里有我对亲人——包括你,做解释的一个视频,那地址,是我姨的,她叫唐青莲,我想请你在适当的时候,找到她,把U盘和银行卡……

你姨——她不在沈阳?盛英一紧张,差点喊出青莲的名字。

在,但现在,我不方便见她和姥姥姥爷——我现在,处境危险,可能有人在追杀我……

什么什么?追杀?唐粲,你这也——是什么人?

盛老师,对你,我不实话实说就不公平了。我没耸人听闻,没犯妄想症,我卷进去的事情有多可怕,外人很难理解,三句五句我也说不明白。你,你就理解为,是我肚子里这孩子的爸爸不想让我生出他/她吧……

那你——如果这孩子都危及你生命了,打掉不行吗?

不行,再流产我恐怕就——哦,也不光是这个理由,这不重要,这辈子生不生孩子我无所谓……哎呀太复杂了。也许,以后,孩子出生后,我想保命恰恰得靠他/她,借助他/她的DNA……反正我得把他/她留住,他/她是我的挡箭牌保护伞。现在我真得马上走了,你看视频里

336

我的解释吧——也可能，看了视频你还不信我，但我不撒谎，我真的是陷进去了，陷进了天方夜谭里。

你要去哪？

现在？去北站呀。但具体去哪我不能说，对谁都不能说。

唐粲其实我不信你，但又觉得，你没道理来骗我一场，除非你疯了，可我又看不出你有精神问题。我觉得，我应该现在就打开电脑看你U盘，以验证你的话真还是假。可我又清楚，其实视频，也未必就能帮我确认你怎么回事，即使你卡里真能取出一百万来，即使你姨唐青莲，也被我找到了，你的话我还是难辨真假——当初我也谈不上多了解你，这么多年，对你更没有了判断的依据。但是，既然事情摆到这了，我决定选择相信你，并且还选择尽量帮你……

谢谢你盛老师！但我不想麻烦你，不能拐带你，我不能让危险……

别虚头巴脑说那些没用的，你怕我危险还来找我。

唔——好吧，我错了，我不该找你我不再打扰我现在就走……

浑蛋！站住！我说的不对吗？我意思是，要么你别来找我，既然来了，就要相信我没理由不帮助你，而且要相信我不会蛮干，能考虑到种种风险指数。

可是……

靠，你以为我愿意冒险？这都是命！

盛老师，我没爱错你……

又来了姑奶奶。行了告诉我去哪吧。这时候，盛英已经开始穿戴，同时没忘把桌上的药也拢成一堆，放进一只双肩包里。再简单告诉我几句他们的来头，能量大到什么程度？

他们——是军方背景，能量大到……我觉得是要多大有多大的程度。哦，你知道厦门远华案吗？知道赖昌星和他的红楼吗？你见过那种，都是顶级人物出入的会所吗？你听说过人奶宴吗？你知不知道有些大领导大老板，性的嗜好都很特别，喜欢睡儿童，喜欢睡孕妇，喜欢同时睡双胞胎或者亲母女……盛老师，说白了，这么多年我就是性奴，如果你瞧不起我不想帮我，我一点都不会……

好了我明白了，现在我已经要求我完全相信你了。你现在面对的这种麻烦，是天大的麻烦。你不用手机避免定位跟踪是对的，也许——火车你也不坐为好，坐就得买票，买票就会留下痕迹。你说吧，要去哪，我开车送你。

盛老师，其实我不知道该去哪，或者说，只要去个他们想不到的地方……

那——我先送你去张集吧。在张集，我有朋友可以给你住处，还有个表妹，不论你是否做人流，也都可以从女人的角度给你关照。当然一个地方不便久留，回头我再想想，争取尽早给你再换个地方。哎对了，你身份证，还是带上好，万一需要……盛英往书房做了个手势。

我还有，还有两个呢，都是那种真的假身份证——就是，虽然名字生日住址都不一样，但都正经八百是公安局给办的。

那好咱这就出发。

可你身体……

你再说别的就虚伪了——

盛老师……

唔？哈，银行卡你放心，我保证不截流，一定尽快交给你姨……

不是盛老师……

唔？

我是想，我们，还是做完爱再走吧。

放屁！

我是——我是真的爱上你了！

6

有一次，我师傅分析过他的爱好与金三足前辈的爱好之后，以人类为例教导我说：你一定要心中有数，最快乐的人，不是有权力的人，而是有爱的人；圣婴也是，有爱才会幸福快乐——哦，我是指爱我们四十九位伟大的先祖。

一如既往地，我看不出他认真还是戏谑，或哪部分认真哪部分戏谑。我，我有，我爱你……我只能既认真又戏谑地去呼应他。

靠，你小子这叫打溜须吗？不香不臭的。这样说时，我师傅嬉皮笑脸。你要不理解爱是怎么回事，就迷信，迷信和爱差不多少，所谓无条件的爱就是迷信。

可是，我迷信什么呢？

你就——我看到，我师傅的表情特别迫切地端庄起来，就迷信咱们的，层级制度吧。

我不敢出声了，只咧咧嘴。我猜不透我师傅什么意思，或话里是否还藏了别的内容。

如果说我们圣婴世界现在已进入少年期了，那么，在我们的婴儿期，在我们的同类还少得可怜时，在我们对人类还一筹莫展时，我们的先祖就做出了充满预见的科学设计，规范了金字塔形的五级建制，据说，就是它保障了圣婴界的和谐安宁稳定——但不知有意还是无心，在世界范围内，如何称呼这个五级梯次，先祖们却未统一命名，这又使得圣婴界的层级称谓乱象一直持续到晚近。最早，在初现文明曙光的不同区域，通过楔形文字或象形文字或线形文字，或某种如今已找不到读音也解析不出意思的特殊符号，对五级梯次有不同的描述：巴、卡、伊卜、阿赫、喀啥特，这是古埃及的说法；金、木、水、火、土，这是昔日中国的说法；金、银、铜、铁、锡，这是被隔绝于美洲的消逝了的玛雅的说法……但后来，随着人类文明一波波的盛衰兴灭，从这些或各自独立发展或彼此交汇融合的文字符号中脱颖而出的，是拉丁字母ABCDE。ABCDE简明浅白，从亚平宁半岛辐射开去，很快就把欧洲旧大陆和美洲新大陆以及西部亚洲统一了起来，而非洲大洋洲，还有东部亚洲的多数地区，稍一犹豫，也亦步亦趋地望风跟从了。唯一的特例是中国区域。在中国区域，直到近一个半世纪左右，那些占世上圣婴总数近三分之一的中国属众，才口服心不服或心服口不服地，接受了ABCDE的层级称呼法。中国圣婴的特点是自信心强。我们当然知道地球是圆的，但还是愿意自慰般认为，中国居于世界的中心，一切都该唯我独尊。这样，直到清朝中后期，在中国周边，那些附属的蕞尔小国，像朝鲜越南，像尼伯尔不丹，像现在分别归属于日本的琉球与俄罗斯的浩罕，都纷纷脱离清朝监护，让中国的败相暴露无遗了，我们圣婴也才恋恋不舍地，让被我们视为宝贵文化遗产的金木水火土这种层级划分法离岗下课，并听任它留在巫婆神汉手上，通过定堪舆测名讳布运势去发扬光大。我愿意相信，我们的先祖在放任层级称谓混乱有年后，终于不顾自己出身东方，而做出了倾向西方的最终裁决，真的没考虑在人类世界中，西方昌盛还是东方强大，他们关心的，只是好写易记，是编码简洁和管理方便：在层级标注的意符之后，他们又大力推崇阿拉伯数字，就能证明，他们只有公心而未徇私情。但有一次，我师傅却说，西式的ABCDE太没内含，而中国的金木水火土，包容一切又各有所属，相生相克又相辅相成，那才称得上意蕴丰盈。

哼，你瞧着吧，下个千年，我师傅贼眉鼠眼地东瞧西看，说不好他当没当真，先祖们就会凡事照顾中国习惯。

那是多年前的一个秋日。当时的背景是，两三年前，因八九事件而制裁中国的西方国家，正羞羞答答地、犹犹豫豫地、遮遮掩掩地、偷偷摸摸地，陆续与中国恢复邦交，对着把时间视为金钱把效率当成生命的中国，一个劲地抛飞吻递媚眼，帮助劳动力廉价又不在乎环境污染的庞然睡狮，瘸着一条腿崛了起来。有一天，正逢我辅导日，中共十四大也刚好召开，我师傅与我聊到金三足前辈时，忽然心血来潮，说要不咱也去人民大会堂吧。他判断，金三足前辈应该在那。可两分钟前，他刚说过，要带我去趟非洲，到刚果加蓬喀麦隆接壤的原始部落看俾格米人。那远古化石般的两三百人，是世界上最矮的人，我师傅卖弄地说，男的一米四出头，女的普遍一米三左右，以他们为临时宿主吧，有种很特别的……可现在，只眨眼工夫他就改了主意，让行将绝迹的俾格米人，继续游离在我的见识之外。对我师傅的任性随意，我特殊反感，这不在于去非洲还是去北京，见俾格米人还是见金三足前辈，而在于，像他这么没谱，会极大地伤害理性。当然，我知道，理性在圣婴世界没有市场，比之于其他师傅训练徒弟，我师傅的做法也属正常。可是，作为让我愈益敬重的师傅，难道他真的，甘心与其他同僚都一个样？不知是否因为失望，我没提醒他两分钟前的上一个承诺。这之后，在热热闹闹的人民大会堂，我随他东一头西一头地折腾起来，一会穿过一个正襟危坐的男人的脊髓神经纤维丛，一会又附着于一个到处拍照的女人的脑神经元，一会再去一个负责安保的小个子军人的中枢神经间来回奔波，从他的角度，秘密观察一对分属于两个代表团的中年男女，猫在楼梯拐角抠摸和亲吻……是这之后，我师傅送我回盛英体内时，几乎没来由地，把上边的话说了出来。

为什么？我问，为什么照顾中国习惯，还要等到下个千年？

嗨，我师傅说，二十一世纪吧，基督伊斯兰两大文明将两败俱伤，杂交于中国的儒释道很可能乱中取胜……

说话间，他身形一闪没了踪影。这不免让我敏感起来，难道，他是在影射，先祖考虑问题时见风使舵趋炎附势，更倾向于，在人类世界里影响力大的那种文化？

我可不敢像他那么影射先祖，并且，至少现在，称呼圣婴的五个层级，我仍然要遵循ABCDE的国际惯例，而不去贸然使用金木水火土的中国传统。

A. 仅指我们的四十九位先祖。他们没有固定宿主，也不必反复诞生，除了可以随时自行选择临时宿主，还可以从任何有条件合成生命素的人的体内汲取营养，并且，能最长连续七天化身为任意一人去人间活动。当然每次化身为人后，为恢复功力，他们还需死掉一样静养七倍于化身为人那个长度的时间。但晚近的数百年里，虽然游遊人间的乐趣越来越大，先祖们化身为人的频率却越来越低，其理由，不是他们不再喜欢去人间玩乐，而是他们不想过多地处于死去般的静养状态。他们不希望某项决策制定之时，其他四十八位同僚都在畅所欲言，自己却坠落在虚幻的梦乡。A级的进化预期是，连续化身为人的时间可以达到四十九天，而恢复功力，只需用去七分之一时间，比如吧，若化身为人一天，静养三个多小时就可以了。

B. 能跻身这一层级的圣婴，不论寄宿过多少位固定宿主，必得有不少于五位为其连续提供生命素在七十年以上。这级圣婴的功力，也能帮他们任意寄宿于任何人体内，虽然有固定宿主，但固定宿主只相当于他们补充能量的歇脚客栈。他们也有能力化身为人去人间游逛，但最长时限，是连续三天，而每化身为人一天，都得死掉般静养十四天才能恢复状态，并且，为他们所化身之人，也只能是他们当世的固定宿主。一般情况下，总有七分之一左右的B级圣婴被委任为督察圣婴，以辅佐先祖处理大量具体事务。督察圣婴中，又有七年期二十一年期与四十九年期三档的分别，一个督察圣婴若能把这三档席位连任下来，成为无期督察，便有可能拥有与四十九位先祖相差不大的执行权与免责权。当然了，与大部分未得到督察荣耀的B级伙伴比，可以恣意妄为的督察圣婴也是伴君如伴虎，所谓利益多大就风险多大，很容易因惹恼先祖而受贬遭罚。但受贬遭罚的B级最惨也不会被降入E级。B级的进化预期是像A级一样，也可以连续四十九天地化身为人，但他们化身为人的对象，只能是自己当世的固定宿主，并且恢复功力的静养时间，得相同于化身为人的时间。另外，将来的B级以及C级，还可以像A级那样，能从任何有条件合成生命素的人那里汲取营养。

C. 得以晋身这级的圣婴，固定宿主里，至少应该有不少于三位为其连续提供生命素达七十年以上。C级圣婴有能力任意寄宿于任何人体内，但没能力化身为人，每年居住于固定宿主体内的时间，累计得在七十天以上。相对来说，D级跃迁C级难度不大，因为D级基本没机会与A级先祖和督察圣婴打交道，也就谈不上犯什么错，所以，只要熬够年头凑足资历，便跃迁有望；但C级若要跃迁B级，困难就大了，上位时，在先祖的例会讨论中，赞成票必须超过七分之四，若反对票达到了七分之一，那不仅这一次没法过关，此后还将错过多轮的被讨论机会。和B级一样，C级的前任固定宿主死后，也有权自行选择宿母，并且将来，能化身为人后，其化身对象也只能是当世的固定宿主。C级的进化预期，是可以连续二十一天化身为人，而用于恢复状态的静养天数，只一倍于化身为人的时间。

D. 这是一个成分最为复杂的层级，描述起来比较麻烦。它大体由三部分成员组成，但每个大部分里，又可能包含小的部分。比如我隶属的大的部分，是一诞生即有资格跻身D级的"良种"部分，可我又是"良种"部分中，少之又少的"完美圣婴"，我与其他"良种"伙伴比，与其他D级伙伴比，跃迁之路将更顺畅。构成D级的，除了"良种"，还有"返修"与"中选"两个大的部分。"返修"不下分小的部分，其成员，都曾经贵为BC级圣婴，是因受罚被贬来的D级；而由E级跃迁上位的"中选"部分，成员最多，成分最杂，但是，也最命途多舛，因为出身低贱，待将来他们进一步跃迁至C级B级后，因种种原因"返修"的几率也将格外地高。D级的进化预期是不再为徒，并能自行变换临时宿主，还可以像现在的A级一样，获得连续七天化身为人的功力——当然，多项的限制仍然存在：每年居住固定宿主体内的时间累计应该超过百天；每次化身为人的对象只能是当世的固定宿主；每回化身为人后恢复状态的时间，要七倍于化身为人的时间……

E.天然落生此级和被罚入此级的圣婴，在不确定中走过的光阴，很可能漫长无比。他们跃迁的理由只是运气，而不是年岁的长短，转世次数的多少，或固定宿主持续为其提供生命素时达到了怎样的年限。在圣婴界，E级的群体异常庞大，假设以足球场比它，那么，数量也很庞大的D级只相当于足球。所以，有机会跃迁D级的"中选"者虽然只占E级总数的很小比例，但对D级来说仍是天文数字。一般情况下，E升D需要"钦点"和"普选"两道程序。首先，在诸多名目繁多的先祖例会上，隔几年将有一次，由负责相关事务的督察圣婴做出汇报，报告"中选"者空编多少的具体数字，然后，由各先祖随机地，在E级圣婴编码名册上画圈打钩，直至补满空编的差额。接下来，每隔若干时日，所有"中选"者都有资格从"中选"名单里写出一定数量的编码，以推荐其晋升D级，这之后，负责相关事务的督察圣婴会综合全部"中选"者的票数，把得票在前的若干位"中选"者归入"准D级"名录：哪个"准D级"

的固定宿主死了，他便得以被送到新宿母那里，以D级的面目完成自己的"成"与"生"。E级的进化预期是，能自由自在地附着于不同的临时宿主穿梭游逛，并有权选择宿母。当然，作为五级圣婴中唯一不可能化身为人的低档圣婴，他们每年仍得有一半时间待在固定宿主体内，并且作为不可能出徒的徒弟，要永世接受师傅周而复始的定期辅导。

7

在火葬场的冷冻室里，盛英仍然不成模样，他的身体，像简易脚手架被踹趴了窝，而他的脸，则像一个沾有红墨水的泄气的皮球，随意滚动时，恰好挂在了已然趴窝的脚手架上。但不知为什么，与十小时前他刚死时比，他似乎变得可接受了，似乎，他乱糟糟的表情和神态都现出了安详。这不可能。与十小时前比，除了停尸地点，由高速路上撞得破破烂烂的车里，来到了张集城郊常春藤火葬场的冷冻室里，其他方面，他都没变化，他脸和身体，还照样模糊着血肉和扭曲着形状——可是，不可否认，他又确实有着朝安详方向演变的趋势。这是我的期望在改变现实吗？随着我对他的好感愈益增强，几十年里，我曾有过无数次猜想，他死的时候我将怎样：是因伤心过度而陷入昏厥呢，还是因悲情难抑而放声号啕？现在，他真死了，我却异常平静，像刚刚付清了一笔欠款，只是有点无事一身轻和事不关己地，观察着他陪伴着他——哦，同时，也观察和陪伴唐粲。

和盛英一样，唐粲也死去十小时了，只是，观察她和陪伴她时，我没能力钻进她体内，只能在盛英体内，与她保持着盛英与她所间隔的那个距离：最初三公分，最后三百公分——在盛英那辆米色丰田RAV4里，初亡的他们紧紧相依，三公分的距离都不存在；而在冷冻室，他们各躺进一只大抽屉，中间的距离约三百公分。他俩是同时死的，彼此间，不存在谁观察谁谁陪伴谁的问题。当然了，他俩只是表面上死于车祸，尽管在车祸中他们受伤惨烈，但安全带和安全气囊，足以帮他们把生命留存在奄奄一息的那个状态，而不会任其继续恶化。可是，前边那辆针对他们尬过蹶子的黑色悍马H3逃逸后，后边那辆车上的人，那辆草绿色福特猛禽150上下来的人，在搜走他们行李和扒掉他们衣裤之前，其中之一，还掏出个针管，在他和她头上撞破的地方，在头发深处隐秘的地方，沿着某个流血的伤口，以不让他们身上留下针眼为原则地，将一针管无色的药液，分别给他俩各注射半支。是这之后，貌似死于车祸的他俩，才因注射了药物而同时毙命——哦，说死去的是他们仨也勉强成立，唐粲肚子里，还有个胎儿三个月大。

以上情况，因为隐秘，不会暴露在现场目击者王实眼前，自然的，也就不会出现在新闻记者王诚笔下——本来，按车祸设计者预期，凌晨两点半沈张高速陵谷段的车祸消息，更应该悄然无声，成为一道瞬间便被后车抹去的前车车辙，充当最短命的新闻都没道理。可《张集晚报》资深记者王诚的双胞胎弟弟王实，这个始终对哥哥的职业充满兴趣，又一直乐于力所能及地为哥哥的工作略尽绵薄的二手车车贩子，偏偏在这特殊时刻，出现在了特殊路段，于是，这天凌晨，在盛英唐粲的车祸发生十分钟顶多十五分钟后，迷迷瞪瞪的王诚就被王实的电话给叫醒了，就了解到了王实在高速公路陵谷段的所见所历。当然，有些内容，王诚并不信以为真，比如王实关于黑色丰田霸道上粗糙大脸将手枪竖立于唇边的讲述，就让王诚推断为，是弟弟这个生意人的职业性夸张。但对弟弟的聪明和敏感，王诚则从来都不怀疑，他甚至相信，如果弟弟不贩卖汽车而贩卖新闻，没准更会如鱼得水。是在这种情况之下，王诚迅速调动起他广泛的人脉，结合从交通队、从火葬场、从120急救中心和高速公路管理处等单位的熟人那里了解到的无数个一鳞半爪，在八点半钟上班以前，就完成了关于高速公路陵谷段车祸事件的首篇报道，并且，作为一个深知如何展示自己新闻才干和如何多挣外快的油条记者，他还利用自己供职的晚报发稿时间晚的时间差，先把他的独家新闻供给了网络。但有一点，他没想到，跑到网上去抢发新闻，也等于他主动撞了枪口，既断了他吸引眼球的炫耀才华之路，也断了他多赚稿费的发笔小财之路——因为这条新闻有惨烈外加香艳的特点，王诚本来希望，将它做成系列报道，所以，虽然，他掌握的线索极其有限，可写首篇报道时，

345

仍然未将材料用尽。可惜呀，一朝没用上，永远都没用。这篇车祸新闻上网不到两个小时，就遭遇了删帖，随即，各新闻单位，又都收到上级指令，不许任何部门以任何方式关注陵谷的车祸事件。上级领导的指令式通知只通过电话发自口头，拒绝形成白纸黑字。

当时，米色的丰田RAV4驶到离沈阳二百七十公里，距张集七十公里的高速公路陵谷段时，盛英多少有些放松：一走出眼前这段"之"字形弯路，以后就都一马平川了。此前他始终有点紧张，路况愈不好，他愈担心有路况之外的事故发生。此前，上高速前，在夜晚沈阳的大街小巷，盛英拉着唐粲，已经无目地转悠了两个小时。倒也不是总没目的，其间，RAV4曾反复经过和停过王小棠家门外与青莲家门外——这是唐粲指点的结果，若唐粲不指点，这俩地方盛英也熟。其中，约摸有一分钟，没用唐粲指点，盛英还看到，青莲家本来黑着的厕所灯忽然亮了。那骤亮的灯光，让他心里痒痒着很想知道，厕所灯所照耀的生殖器官，属于青莲的丈夫田平原或儿子田野呢，还是属于青莲？他没可能去确认那厕所灯下的生殖器官归谁所有，但他能确认，他们身后没有尾巴。是这之后，他们才直奔高速的桃仙出入口，不过，他们是又往与张集相反的方向跑一程后，跑了约摸十多公里，从苏家屯下道再重新上道，这才一路警惕着疾驰张集的。连续警惕数小时后，车近陵谷时，有些放松的盛英和唐粲就都有所忽略，身后追来的那辆黑色悍马H3，不光四蹄生风一骑绝尘，居然还是摸黑赶路，连辗转弯道都没开车灯。这时，很快，无声无息的疯狂悍马已经从右侧超了上来，盛英和唐粲没来由地，都受其吸引，同时往右侧行车道斜了一下惊愕的眼睛。那司机曾是F1的赛车手吗？在这险要的"之"字形道路上，他怎么敢于而且能够，在高速超车的同时，还恰到好处和正确无误地，把一起漂亮车祸制造出来——肯定先于他们的意识，那正巧超过他们的悍马，突然车身一抖往左道压来，不多不少地，让左后侧的保险杠轻带了一下RAV4的右前侧保险杠，于是，飞驰的RAV4就失控了，就在陀螺般打滑掉腔的同时，朝左侧的护栏撞去，然后往高弹了起来，像个跨越鞍马时收不住脚的体操运动员那样，在三排同向车道上连续不停地翻起了跟头。那连成一串的八九个跟头，每一个都不够规范，作为毋庸置疑的前滚翻，却一

346

直幅度很大地左右晃动，使得车里的盛英和唐粲，翻到第三或者第四个跟头时就失去了知觉。失去知觉前，盛英一言未发，只让双手死死焊在方向盘上，那种对座驾的本能控制，确保了RAV4能沿着道路的走向大体翻滚出直线的跟头，即使被两侧隔离带撞烂撞瘪撞零碎了，也不至于被甩到三排车道之外的什么地方；失去知觉前的唐粲倒发出了声音，除去一声几乎难以断定是否出自人的喉咙的凄厉尖叫，在车体翻滚得让她大头朝下时，她还以责备或者抱怨的口吻，把个有实际意义的字眼吐了出来：火——

所幸的是，RAV4只撞出一串串四溅的火星，没着火，最后，肯定与盛英——甚至在丧失意识之后——的控制有关，它在撒落一路车体碎片后，以一个基本正常的体位，姿势别扭地卡在了车道左侧的隔离带上。这时，一辆草绿色福特猛禽150适时出现，从车的两个后门和右前门处，分别走下三个人来。明显分工明确也训练有素的他们，只用大约五十秒钟，就麻利地给盛英唐粲脱掉衣裤又摆好姿势，再搜走他们的部分随身物品，以及，往他们头上的伤口里打针注射……可能刚好五十秒后，那已经离去的草绿色猛禽还未及消失，王实的起亚狮跑就跑了过来。面对恐怖的车祸现场，王实像控制一辆马车或牛车那样，艰难地让狮跑爬进了应急车道，可打开双闪刚想下车，一辆黑色的丰田霸道，如同从柏油路面里长出来那样，倏然挡在了狮跑外侧。别看热闹！赶紧滚蛋！不许乱说！那黑霸道的副驾驶上，有一张粗糙的大脸，罩在一副大镜片的黑墨镜和一顶帽檐很低的棒球帽下，而配合那张脸下端的嘴做出噤声手势的，不是一根竖立的手指，而是一把乌黑的手枪——至少，是手枪前半截乌黑的枪筒。王实以哭腔，叨咕一句他自己都没听清的什么求饶话，抖着手关了三次双闪才按对开关。他几乎趴在方向盘上看前方的路，让疯跑的狮跑，如同湍急的渠水破闸狂泄。连续一百三五十公里地跑了五或者八分钟后，他僵硬的手脚才恢复知觉，恢复了知觉的手脚也才减慢了车速，使他得以观察着前后小心着左右，颤巍巍地拿起电话——

王诚呀……

对于盛英猝死这一情况，我一直没发送告知信息，没通知我师傅，更没通知哪个督察圣婴，这样一来，没有高级别圣婴来帮助我，我自然离不开盛英遗体，也就没法去附体王诚王实哥俩或开悍马的司机或给盛英唐粲脱衣裤的人打注射针的人或以枪口顶唇威胁王实的人或其他某个与车祸事件有关的人，这样，包括王实给王诚打电话的事，包括王诚采访和写作夭折了的新闻报道的事，包括其他所有的事全部的事，便只能来自我的逻辑想象——哦，现在盛英死亡十小时了，如果始终没有高级别圣婴恰好巧遇我并过来帮我，我还可以尽兴地，并且快乐和幸福地，让我的逻辑想象，再持续个十多小时：

　　　　记者王诚报道：今天凌晨两点半钟，在沈张高速陵谷段一处弯道路上，发生了一起"惨烈而香艳"（高速公路管理处某负责人语）的交通事故，一辆米色丰田RAV4上的全部两人均当场死亡。

　　　　肇事车辆挂沈阳牌照，其严重的车损情况，显然系在路面上连续翻滚和不断碰撞隔离带所致。从现场遗留的身份信息可以知道，车上一男一女两名死者，分别是坐驾驶位的出生于一九六八年的辽宁沈阳男子盛×，和坐副驾驶位的出生于一九九一年的黑龙江鸡西女子贾××。盛×上身穿一件与眼下季节明显不搭的长袖棉线秋衣，下体赤裸；贾××除了乳罩缀在胸前，全身皆赤裸。据有关人士判断，这对男女在高速行驶的汽车上即使没有"车震"之举，也肯定有一些会影响开车的不当行为，也许这就是车祸原因。当然，有关人士也强调，事故的具体原因究竟是什么，还需进一步调查。

　　　　现在，记者正就与这场车祸相关的其他问题，不论惨烈的还是香艳的，进行着深入和广泛的采访，并且已经掌握了一些新的细节，诸如：车祸中的男主角盛×，很可能是记者的一位同行，并且还是个在省内新闻界颇具影响力的专业领导；而车祸中的女主角贾××，其身下的血泊能够表明，她在死亡的同时也流产了，也就是说，这位女士是个孕妇，一身二命，有一个可能刚刚开始萌芽的胎儿，也夭折在这场事故之中。

图书在版编目（CIP）数据

圣婴 / 刁斗著. -- 北京：作家出版社，2018.4

ISBN 978 - 7 - 5063 - 8644 - 9

Ⅰ. ①圣…　Ⅱ. ①刁…　Ⅲ. ①长篇小说 - 中国 - 当代
Ⅳ. ①I247.5

中国版本图书馆 CIP 数据核字（2016）第 006507 号

圣　婴

作　者：刁　斗
责任编辑：李宏伟
装帧设计：申晓声
出版发行：作家出版社
社　址：北京农展馆南里 10 号　　　邮　编：100125
电话传真：86 - 10 - 65930756（出版发行部）
　　　　　86 - 10 - 65004079（总编室）
　　　　　86 - 10 - 65015116（邮购部）
E - mail: zuojia@zuojia. net. cn
http: // www. haozuojia. com（作家在线）
印　　刷：河北画中画印刷科技有限公司
成品尺寸：152×230
字　数：323 千
印　张：22.25
版　次：2018 年 4 月第 1 版
印　次：2018 年 4 月第 1 次印刷
ISBN 978 - 7 - 5063 - 8644 - 9
定　价：45.00 元